ENRICO BRIZZI

JACK FRUSCIANTE
È USCITO DAL GRUPPO

I edizione Oscar contemporanea aprile 2016
I edizione Oscar 451 ottobre 2017
I edizione Oscar Bestsellers agosto 2024

ISBN 978-88-04-79537-7

Questo volume è stato stampato
presso ELCOGRAF S.p.A.
Stabilimento - Cles (TN)
Stampato in Italia. Printed in Italy

oscarmondadori.it

Anno 2025 - Ristampa 17 18 19 20 21

mondadori.it

Jack Frusciante è uscito dal gruppo

Per Andrea P. e per T.
che hanno disegnato e scritto

Intro

presto sarebbe volato via pure quello stupido febbraio

presto sarebbe volato via pure quello stupido febbraio e il vecchio Alex si sentiva profondamente infelice ma in modo distaccato, come se la sua vita appartenesse – sensazione fin troppo tipica e cruda ne convengo – a qualcun altro

ma non ghignate, per favore, poiché all'epoca il vecchio Alex non aveva ancora compiuto diciott'anni e in quei giorni il cielo di Bologna era espressivo come un blocco di ghisa sorda e da simili espressività non avreste potuto aspettarvi nulla d'esaltante, neppure uno di quei bei temporaloni definitivi che lavano le strade e da quasi due settimane la città giaceva tramortita sotto una pioggia esangue senza nome

quale conoscente del vecchio Alex e persona informata dei fatti mi limiterò ad aggiungere che una certa storia con una ragazza gli appariva ormai sfumata nel ricordo, guaicita dallo squallore sbalorditivo della vita di tutti i giorni: essere stato terribilmente felice con lei per quattro mesi gli sembrava – ecco un'altra delle sue sensazioni più crude – non fosse servito a niente

ascoltate: fino al giro di boa dei sedici anni e mezzo il nostro minorenne attento pettinato passivissimo – un volenteroso assoluto – era rimasto a marcire a un palmo dalla cattedra dei profii e prendeva gli appunti, il cuoricino! diligente! servizievole! consacrato! un cadavere di buoni sentimenti scolastici sotto innumerevoli riguardi e le entrate in classe strategiche alla seconda ora? *mai*! ché i suoi alsaziani sensi di colpa avrebbero finito con l'ucciderlo altrimenti, e le assenze ingiustificate? *scherziamo*?

un devoto da levare il fiato, credete, e un bel momento invece, una mattina di maggio, albeggiava appena, terminata la lettura di Due di due dell'Andrea De Carlo quel matto aveva deciso con una fermezza giovanile di natura febbricitante e apparentemente superumana che nulla sarebbe più stato come prima, ché grazie a Due di due aveva aperto gli occhi sulle troppe stronzaggini tipo le tabelle dei verbi irregolari gli specchietti sinottici la democrazia fasulla del consiglio d'istituto e il conformismo e la doppiezza dei profii, il modo biforcuto che avevano d'incoraggiare a parole l'indipendenza di giudizio dei ragazzi e la rabbia sottile con cui punivano ogni minimo segnale d'autonomia quei bastardi

e in settembre all'inizio della seconda liceo il nostro redento e l'amico Oscar s'erano precipitati su per le scale in testa al gruppo degli alunni sonnambuli e avevano occupato il banco più imboscato dell'aula guizzanti come cani giovani subito a proprio agio nei nuovi panni di neosvogliati e rinselvatichiti, e così l'autunno e l'inverno erano trascorsi ottusi e lenti fra i muri giallognoli del liceo Caimani ma elettrici e veloci via dalla schiffa galera *fuori* in compagnia di Depression Tony e l'Helios Nardini e quel kranio fosforescente del vecchio Hoge l'unico uomo al mondo persuaso (vi giuro ci vollero mesi per convincerlo dell'errore) che la dizione esatta di blue-jeans era blugìnx con la inx finale

e a inizio marzo splendeva già il bel tempo in città, e ogni mattina Dio srotolava un cielo talmente azzurro con certe nuvole d'ovatta candida appese in lontananza che era impossibile non ghignare di felicità e affacciarsi al balconcino o uscire in strada e resistere alla tentazione di gridargli: grazie capo, non lo dimenticheremo!

e il vecchio Alex si lavava i denti tre volte al giorno e andava a scuola a scaldare il banco e a scrivere preside rot-taryano di merda e rot-taryani stronzi luridi sulla porta dei bagni e poi tornava a casa e mangiava in fretta spaghetti cotoletta mela, migliorava il record di tetris e subito correva fuori di nuovo in sella alla bici e via giù a precipizio per la Saragozza avenue ché si poteva rientrare il pomeriggio tardi a quel punto e persino la mutter era arcistufa di rinfacciargli che non faceva più niente tutto il santo die e ormai l'aveva dato per perso, il suo figliolo

il vecchio Alex l'amava il pavé di via Collegio di Spagna l'asfalto veloce dei viali la distesa di porfido di via Rizzoli e amava anche tutto il resto, i tramonti arancioni dietro San Luca indossare una maglietta nuova salire a salutare nonna Pina e far merenda da lei parlando fitto delle novità politiche o televisive

la soave Adelaide era ancora in città essenzialmente...

per dirla con il vecchio Alex, c'erano stati dei pomeriggi in cui l'aveva desiderata con una rabbia capace di fargli male questa Adelaide, ma lui s'era ben guardato anche solo

capirete

così tra mancati accenni e struggimenti e palpitazioni lei era finita in America a studiare un anno laggiù grazie a una di quelle pazzesche storie degli scambi culturali e okay s'era iscritta a un'associazione e aveva superato varie cavolo di prove attitudinali poi il test d'inglese infine dei pagamenti e dopo aver superato tutto 'sto po' di roba le era arrivata una lettera scritta a macchina da tre pennsylvaniesi padre madre & son quindicenne simpatici solidi e aperti, una kazzo di famiglia borghese fra mura domestiche al cui interno dopo il lavoro vi sarebbe sempre stato spazio per il divertimento purché sano

vivevano in mezzo alla campagna, questi stronzi, a mezz'ora di macchina dalla scuola che Adelaide avrebbe frequentato per quei dodici mesi a venire lunghi lunghi

durante la sua permanenza laggiù Alex le aveva scritto di tanto in tanto e anche Adelaide aveva scritto e una volta anzi aveva persino telefonato e lungo la Saragozza avenue erano le cinque del mattino e lei piangeva

(e lui non aveva mai amato come ora)

mentre sulla città regnava il cielo color ghisa e questa Adelaide era già via da un mucchio di settimane

(poiché si ama davvero forse solo nel ricordo è scritto) al vecchio Alex non restava che sentirsi profondamente infelice ma in modo distaccato e provare a ricordare la loro storia ripensarla scriverne, anche se tutto diventava ingarbugliato non trovava le parole e finiva per vedere solo particolari e basta, un incontro davanti alla vetrina di Feltrinelli una piccola frase di lei uno sguardo particolarmente ridente e fuggitivo sempre di lei

la sua vita fin lì che entrava tutta dentro un jollinvicta

Adelaide era partita all'inizio dell'estate e adesso era metà febbraio – un cavolo di febbraio che strisciava lungo i muri di via Porrettana come un cane in una domenica di pioggia – e al vecchio Alex non restava che questo inutile piccolo dolore in fondo all'anima capirete

(poi un pomeriggio più dazed and confused degli altri quel vecchio aveva riflettuto che era un'emerita scempiaggine la storiella dei cani capaci di portare il giornale ai loro padroni e infatti lui non ne aveva mai visto uno e in ogni caso avrebbero sbavazzato tutta la carta giusto)

va bene va bene certo

con *ordine* sissignore

okay cominciamo questa sgorbia storia daccapo e

ragioniamo, sì.

Primo

Quella pseudoprimaverile domenica pomeriggio

Quella pseudoprimaverile domenica pomeriggio, il vecchio Alex aveva arrampicato le scale di casa con in testa il presagio, meglio, con in testa la *telefoto*-presagio, della sua famiglia barricata in tinello a guardare le pattonate americane via grundig. Un istante più tardi, non s'era ancora sfilato il parka, aveva dovuto prendere atto che la telefoto, di un realismo agghiacciante, gli provava quanto le sue facoltà di preveggenza stessero raggiungendo, con l'età, livelli negromantici sbalorditivi: erano *tutti* in salotto, e tutti variamente sgomenti o assorti di fronte alle forzute vicende del Rocky IV; il frère de lait, risucchiato nel video, che già sognava di diventare pugile professionista, un giorno; la mutter, pericolosamente in bilico fra la visione di quelle forzute vicende e la lettura delle Bologna's Chronicles su Repubblica; il Cancelliere, seminghiottito dalla poltrona e inutilmente sorridente, che accompagnava gli uppercut dello Stallone nano con battutine da sistema nervoso in pezzi e imitazioni, depressive, della voce robotica d'Ivan Drago.

«Gesù grande» aveva mormorato il vecchio Alex, sentendosi improvvisamente senza forze. «Questi poveri esseri costituivano, anni luce fa, una famiglia d'italiani viventi?» Be', stentava a crederlo, kazzo, anche se l'incredulità spirituale che gli divorava la mente e il cuore non gli aveva impedito di sedersi a propria volta di fronte al tv.

Okay, sullo schermo radioattivo del grundig risplendeva il forzuto epos del tappo culturista – non potevano esservi dubbi, non si trattava di un prossimamente, stavano proprio trasmettendo *tutto* il film – e in quella, mentre sullo Stallone nano incombeva l'oscura e forse definitiva minaccia del robot sovietico Drago, era squillato il telefono. Ora, non vi farò il torto di tacere che se il vecchio Alex avesse anche solo lontanamente immaginato che attraverso quegli squilli la soave Adelaide stava apprestandosi a fare irruzione nella sua vita, mica sarebbe andato a rispondere così scazzato e ciabattante come in effetti fece, ma si sarebbe fregiato d'un vestito di piume colorate e scarpe d'oro massiccio.

«Pronto?» si era invece limitato a dire, sia pure con un magnifico timbro baritonale e fonogenico portatogli in dono da una pubertà devastante.

«Casa D.?»

«Casa D.» aveva convenuto il vecchio Alex.

«Vorrei parlare con Alessandro, per favore. Sono una sua compagna.»

«Sono io» aveva detto quel vecchio, mantenendosi in attesa degli eventi.

«Ah, ciao. Senti, sono Adelaide» aveva risposto la voce all'altro capo del filo. «L'amica di Francesca di prima C.»

Ecco, aveva connesso: Francesca era una tipa carina della scuola; cioè, erano anche stati insieme venti giorni, qualche tempo prima, e Adelaide, che veniva dalla Sicilia, era la sua migliore amica. Cos'altro sapeva? Ah, sì, che s'era accompagnata con Federico Laterza, una belva in gore-tex che al nostro stava sulla punta da morire, e che aveva una sorella più grande sorprendentemente carina. Aveva finito il liceo l'anno prima, la più grande: era in classe con Federico Laterza, e ormai volteggiavano entrambi nel mondo d'emmenthal dell'università. Francesca gli aveva sempre detto un gran bene di questa Adelaide, erano proprio molto amiche.

Il vecchio Alex le aveva anche parlato, una volta.

Di poesia, fra l'altro.

«Ciao» le disse, e non gli era venuto entusiasta come avrebbe voluto, ma sapeva che c'erano i barricati con le orecchie tese alle sue spalle e la cosa non gli facilitava l'esecuzione dal vivo. «Come va?»

«Bene, grazie. E tu?»

«Medio.» Così diceva sempre.

«Meglio?» Non c'era uno che capisse.

«*Medio*» ripeté. «Non c'è niente che vada molto male, ma neanche niente d'entusiasmante.» Sapeva che il Cancelliere stava sorridendo sardonico, adesso.

«Ah, *medio*. Senti, Alex, ti ricordi di quando abbiamo parlato di Cummings, quel poeta fenomenale che ti dicevo?»

«Cummings? Hai voglia!» le disse. «Certo che mi ricordo.»

Era l'unica cosa di cui avessero mai parlato, Cummings. Si parlava di poeti come modelli di vita, come miti, come piedi di porco per scardinare la mediocrità della vita di tutti i giorni e andare a far volare l'aquilone nel prato che c'era dall'altra parte. Lei aveva schierato Cummings, e il vecchio Alex quel kranio immenso del Baudelaire. Non sapeva cosa facesse nella vita, Cummings, ma lei gliene aveva parlato come di un genio, promesso che gli avrebbe prestato l'opera omnia da leggere, al limite.

«Quel libro che ti dicevo, la raccolta... Voglio dire, ce l'ho, te la posso portare.»

"Incredibile" si disse il vecchio Alex, impugnando il ricevitore a due mani. "Cristo." Si sentiva più alto di svariati centimetri. «Ehi, si può fare», le disse. Decise di prendere tempo per non dare l'impressione dell'ansioso. «Il vecchio Cummings» sospirò. «Perché non ci vediamo, più tardi? Voglio dire fra *mezz'ora*. Hai tempo, fra mezz'ora?»

«Va bene», aveva risposto lei.

«Facciamo fra mezz'oretta in centro?»

«Va bene. Ti porto il libro.»

«Cristo» si disse il vecchio Alex. Controllò l'orologio al polso con l'espressione più da tigre che riuscì a trovare, disse: «Adesso sono le tre e tre quarti tre e cinquanta. Facciamo alle quattro e un quarto quattro e venti davanti a Feltrinelli?».

«Alle quattro e venti, d'accordo.»

«Davanti a Feltrinelli» ripeté, per essere sicuro non vi fossero dubbi. «Sotto le due torri.»

«Alle due torri» disse la voce all'altro capo del filo.

«Certo», considerò il vecchio Alex. «Ci vediamo lì fra mezz'ora.» Si sentiva i palmi delle mani insensatamente umidi; attese che lei riappendesse, poi controllò di nuovo l'orologio. "Cristo" si disse, gli occhi che brillavano d'una considerevole luce mista a una straordinaria speranza.

Attraversò il tinello con la sua espressione da tigre. Disse: «Io faccio un salto da Feltrinelli».

Il nano forzuto dello schermo stava correndo a perdifiato lungo una distesa di neve del Wyoming, forse.

«È *chiusa* la Feltrinelli» considerò il Cancelliere da dentro la poltrona.

«Non devo andare in libreria» disse lui. «C'ho solo un appuntamento *davanti*.»

«Come sarebbe?» fece la mutter, senza distogliere gli occhi dalle Bologna's Chronicles. «Sei appena rientrato e già riesci?»

«Te l'ho detto, ho un appuntamento.»

«Con chi, un appuntamento.»

«Con una mia compagna, mutter.»

«Una compagna. Sarebbe a dire?»

«Non la conosci. Cosa ti cambia se ti dico un nome? Non la conosci, comunque.»

«Come si chiama» insistette lei. «Hai studiato abbastanza, per domani?» gli disse.

Autocontrollo. Prova della volontà, prova della volontà. «Sì, ho studiato. Al massimo stasera ripasso. Si chiama *Adelaide*, va bene?»

«Adelaide. E a che ora torneresti?»

Prova della volontà, prova della volontà. «Rientro per cena, d'accordo?»

«Cancelliere, ma lo sentite? Il principino vuol rientrare per cena... Ascolta, pensi di vivere in un albergo, è così?»

«Dimmi tu, a che ora» fece il vecchio Alex, infilando l'impermeabilizzato. «In ogni caso, no, non credo di vivere in albergo, mutter. Ho solo un appuntamento da Feltrinelli.»

«Quale ti sembrerebbe un'ora giusta?» disse il Cancelliere, continuando a sprofondare impercettibilmente.

Prova della volontà, prova della volontà. «Va bene se torno alle sette?»

«Va bene, Fran?» Fran era il nome della mutter.

«Tu credi che siamo tutti dei cretinetti, non è vero? Pensi di poter *spadroneggiare*» disse la mutter.

Va bene.

«Comunque, esci pure.»

Va bene.

«Ma il punto non è uscire o non uscire *oggi*, il punto è che tu qui ci stai solo finché ti fa comodo.»

Prova della volontà. Se alzi la voce va a finire che ti proibiscono di uscire. «Le sei e mezzo. Mi sembra un orario più che equo» disse il vecchio Alex, chiamando a raccolta dalle profondità ctonie del parka tutte le risorse diplomatiche di cui disponeva.

In quella, il frère de lait, riavendosi per un breve istante dai suoi torpori preadolescenziali rigorosamente asessuati, ma ancora visibilmente dentro il flusso del Rocky IV, disse: «Dov'è che vai, te?».

«Esce, poverino» aveva considerato ironico il capo dei barricati. «Torna *fuori* perché qui si *annoia*.»

Se il vecchio Alex pedalava con l'energia disperata d'un Girardengo appena appena più basso e rock, non era solo per andare a un appuntamento, ma per allontanarsi da bordo ring, converrete. In ogni caso, stava pur sempre per incontrare Adelaide e così quel matto pedalava dinamico come nessuno, e mentre pedalava cantava White Man In Hammersmith Palais con voce bassa e stonata.

Vecchio Alex. Se avesse intuito che razza di musical stava per cominciare, smontando dalla bici non avrebbe mica fatto il solito esordio con la camminata scema da cowboy e la solita faccia da domenica stonata...

Vespino bianco già parcheggiato, Adelaide era proprio davanti alla Feltrinelli che guardava le copertine dei libri in vetrina con indosso un maglione verde e un sorriso zen imperscrutabile ma molto onnicomprensivo.

No, se il vecchio Alex avesse intuito che razza di musical stava per, non le sarebbe apparso con la solita faccia e via discorrendo, ma avrebbe estratto dal cilindro la grinta heavy d'un Nicholson, d'un De Niro, minimo minimo la glacialità colma d'urgenza dello Swan ne I guerrieri della notte... «Be', salve» le aveva detto invece, seminginocchiato sulla bici, alle prese con la catena antifurto. Respirava a bocca aperta con questa cavolo di catena in mano. «Ehi, come andiamo» le aveva detto in un certo modo un po' strozzato.

Poi, camminando per il centro, questi che non facevano trentatré anni e mezzo in due, avevano cominciato a raccontarsi quel che avrebbero voluto fare nella Vita, di quanto tutto, fin lì, fosse sembrato un po' irreale, comodo e finto. Adelaide – Aidi, per gli amici – (lo so, *lo so*, si pronunciava come la tipa dei cartoni animati che viveva nella baita svizzera) avrebbe desiderato vivere in India, ma non sapeva se come missionaria o fotografa o.

Al vecchio Alex sarebbe piaciuto fare qualcosa tipo il giornalista, poiché fare il giornalista era anche un modo per mettere insieme le due cose più belle, viaggiare e scrivere. «Vorrei fare il cronista» le aveva detto, sommerso in una serietà agghiacciante. «Partire per Cuba, o per il Mozambico, con l'accredito-stampa plastificato che mi penzola sulla maglietta dei Ramones. Giuro che se vado a fare il cronista mi taglio i capelli a spazzola e compro le Clark's.» Non male, eh?

Aidi, invece, gli aveva parlato dei suoi ex ragazzi, un paio di storie che l'avevano lasciata più o meno delusa. Ma non ne parlava in quel certo modo da stronza, tipo io sono stata con dei Ragazzi Più Grandi di te, e neppure se la tirava nell'altro senso, tipo io non ho avuto Esperienze Serie anche se *avrei potuto*. No. La sua sincerità aveva un che di abbacinante, e ogni volta che diceva una cosa – *qualsiasi* cosa – riusciva a nebulizzare interesse e fascino attorno a sé e si vedeva lontano chilometri che le sue non erano pose.

"Mio Dio" pensava Alex, camminandole accanto. Si sentiva più alto di svariati centimetri, camminava accanto a lei e pensava: "Ma questa non è una ragazza, è un intero disco di Battisti".

Ogni tanto, quando smetteva di parlare, lei gli sorrideva come un'alba d'inverno. "Cristo" pensava Alex. "Mio Dio" si diceva.

E poi era venuto fuori che lei sarebbe andata in America, quell'estate; avrebbe frequentato là il quarto anno e questo fatto era al centro dei suoi pensieri, si capiva. Ne parlava come della prima grande prova della sua vita, a un certo punto aveva chiamato il momento della partenza «il grande volo» – niente male pure questa, vero? – ma *tutto* quel che lei diceva aveva qualcosa di specificatamente poetico. Le piaceva Bologna, le piacevano le stradine del ghetto, verso l'università, verso il conservatorio e il teatro, le stesse stradine che il vecchio Alex amava.

Un bel momento avevano preso per via Zamboni, e quella domenica pomeriggio c'era già bel tempo, i ragazzi tenevano per mano le ragazze e giravano con le maniche della camicia arrotolate.

Lungo via Zamboni, Adelaide gli aveva chiesto in modo piuttosto diretto e quasi brutale come mai, a scuola, lui sembrava sempre il principe degli incazzati. Cosa faceva il pomeriggio, si sentiva solo, si rompeva, che cavolo faceva, eh?

Okay. Francesca non doveva averle parlato di lui in termini *del tutto* entusiastici, ma loro due erano andati lo stesso a sedersi sulle panchine davanti al graffito No al razzismo, dalle parti della pinacoteca.

Guardando l'azzurro del cielo si capiva che stava tornando primavera? No, non credo. Però lui lo capiva. E insomma, vi giuro, qualsiasi immagine si potesse avere di lui dall'esterno, illo si sentiva aperto e spontaneo come mai in vita sua. Il vecchio Alex era un tipo che gli piaceva fingere, alle volte. Stupire. Magari era anche un po' stronzo, alle volte; e invece quella domenica pomeriggio lui e Aidi parlavano delle cose che si erano tenuti dentro per anni, con una naturalezza e un trasporto particolari, magici: le paranoie di Aidi per i suoi genitori separati, la paura di Alex che i suoi lo considerassero una specie di loro estensione e basta... Voi mi capite. Era come se lì, seduto contro il poggiaschiena di quella panchina, lui ci fosse già stato, come se Aidi l'avesse già conosciuta. Tra le pieghe della memoria, nelle videocassette d'archivio della scuola elementare, gli sembrava ci fosse qualcosa di lei: Villa Spada, dove andava a giocare con la divisa da lupetto; i pranzi dagli zii a Casalecchio, la domenica; la renault blu che il Cancelliere aveva comprato quando lui aveva sei anni; lo specchio del bagno, alonato di condensa, su cui il frère de lait aveva scritto col dito «W Inter»; e poi certi riff distorti di Fender Jaguar nella memoria... Ebbene, c'era qualcosa di lei, in tutto questo, e il vecchio Alex riusciva a essere più che simpatico e più che naturale, ma senza calcolo, e insomma ne era quasi sicuro, adesso: gli sembrava di conoscere Aidi da sempre, poiché quando si dice il sentimento, ragazzi.

Si erano salutati in un tramonto ultracoreografico sotto le due torri, alla fine, e mentre lui trafficava per liberare la bici dalla catena, Aidi era tornata indietro, l'aveva baciato su una guancia ed era corsa via senza più voltarsi.

Be', potrete capirlo: il vecchio Alex aveva provato in quel momento la pisquanica sensazione che fosse cominciato qualcosa d'infinito, qualcosa che valeva la pena di andare a brindare da solo al bar sotto casa travolti dalle pallonate della gioia, anche se all'infinità del tutto, almeno per la prima settimana, il nostro rocker non aveva pensato in modo particolarmente forsennato o pazzesco o.

Okay. Non erano passati due giorni da quella sensazione, che il nostro – si era già letto tutte le poesie del Fenomenale Cummings, ovvio – parlava di lei al telefono col vecchio Helios Nardini. Alex aveva messo avanti fin dall'inizio le sue perplessità sul fatto che lei, cinque mesi dopo, sarebbe stata lontana. Se si fosse fatto prendere troppo – e già gli sembrava fosse proprio così – la separazione gli avrebbe fatto male. E il vecchio Nardini – ma si sa come vanno certe questioni tra amici, e mai Alex era sembrato uno che se la prendeva, anzi, primissimo tra gli sfottitori – aveva buttato là il classico: «Te devi vedere se funziona la Regola, okay? Sai di cosa parlo. Tre giorni per la lingua, tre settimane per la sega e tre mesi per la fica. C'è la Regola, scusa, stiamo alla Regola...». Ma il nostro s'era risentito seduta stante: «Ascolta» aveva replicato a quel cinico. «È una cosa a cui *tengo*, d'accordo? Non mi va che ci *scherzi*.»

Be', erano proprio queste, le novità.

E naturalmente il vecchio Nardini non aveva perso un nanosecondo, nell'appoggiarle a Depression Tony e agli altri amigos catholic punk, sputtanandolo, quel poveraccio, da Bologna al Canton Ticino. Ma sbisciate e prese pel culo non ci riguardano. Quel che conta, è che il vecchio Alex aveva proprio accusato il colpo: non mi spingerò a dire che era – mio Dio – *innamorato*, ma certo era rimasto un po' stravolto, cazzo.

In quei giorni le aveva scritto la sua prima lettera – roba di un pomeriggio, cinque o sei pagine fitte di emozioni e speranze molto tardoadolescenziali – e per la prima volta si lasciava andare, il nostro rocker, si scopriva. D'accordo, l'aveva capito subito che con Aidi non era come con le altre mezze fighe liceali del tipo «Alex volevo dirti che provo qualcosa per te ma non so cosa», e lui zac!, già pronto a tirar via i calzoni per suggerire la risposta. Insomma, ad Alex non era mai fregato un beatissimo di quel che le ragazze pensavano o non pensavano, e al di là della convenzione sociale di non sbadigliare in faccia a chi parla, aveva sempre mantenuto un disinteresse quadrato nei confronti delle cabale, delle aspirazioni e delle paranoie delle sue – mio Dio – *partners*.

E invece, adesso... Voglio dire, lui era il più *freddo* di tutti, e da un giorno all'altro ce lo ritroviamo poeta e disertore dei pomeriggi nichilisti sdraiati senza scarpe sul tappeto di casa Nardini a parlare delle proprie sfighe con gli Urban Dance Squad e i Rollins Band che pompano e pompano meglio delle pieghe in rotonda il venerdì sera?

Hai voglia.

Quanto al resto, passavano i giorni anche nel soffocante e bigio liceo Caimani, e le inutili ore di scuola scorrevano tra il materialismo hobbesiano e la critica al marinismo. Le punizioni minacciate dai profii e gli annunciati regolamenti di conti tra loro e gl'indolenti della classe non arrivavano mai, e il nostro, nel dubbio, non apriva nemmeno i libri. Stava seduto in ultimo banco e leggeva una raccolta di« Frigidaire» che gli aveva prestato quel kranio elettriko del vecchio Hoge – fumetti e rock primi Ottanta – gli stessi che Alex prendeva dagli scaffali di suo zio Sandro, a casa della nonna, e sfogliava inconsapevole di tutto, immerso nella gelida età dei cinque anni, sdraiato sul letto a pancia in giù mentre lo zio Sandro ripeteva ad alta voce la sua patologia medica.

Odore di '77, odore di punk, odore di spranghe sotto i cappotti. Molte cose erano cominciate da lì, da «Frigidaire», anche se Alex non riusciva ad afferrare tutte le implicazioni. Intanto, con Aidi, saluti, sorrisi, bigliettini nascosti tra i quaderni e lettere quotidiane. Erano giorni di fogli di macchina da scrivere decorati con il sole o un prato, o il fiore a cinque petali con cui Aidi firmava i suoi messaggi. Tutte cose disegnate a matite colorate. A lei arrivavano fogli di computer scritti fitti, parole un po' allegre e un po' tristi in New York 10 punti; e il vecchio Alex l'immaginava seduta al tavolo di una camera che non aveva mai visto, mentre leggeva: «Se vuoi un amico, addomesticami». «Cosa bisogna fare?» aveva chiesto il piccolo principe. «Bisogna essere molto pazienti» aveva risposto la volpe. «All'inizio ti siederai un po' distante da me, così, tra l'erba. Io ti guarderò con la coda dell'occhio, e tu non dirai niente. Le parole sono fonte di malintesi. Ma giorno dopo giorno, potrai venire a sederti un po' più vicino...» Il giorno seguente il piccolo principe era tornato. «Sarebbe stato meglio tornare alla stessa ora» disse la volpe. «Se, per esempio, arrivi alle quattro del pomeriggio, io comincerò a essere felice sin dalle tre. Più passerà il tempo e più sarò felice. Quando ormai saranno le quattro, mi agiterò e mi preoccuperò: scoprirò il prezzo della felicità.»

E lei e Alex, pur fra i mille tramortimenti esistenziali del caso, erano esattamente *felici*, anche se il vecchio si sentiva un po' angosciato quando pensava che la loro era solo una storia di diciassettenni a orologeria col fottuto timer già puntato sulla partenza di lei per l'America.

Intanto, però, si sentivano spessissimo, e quando si rivedevano erano più felici e più forti. Ogni volta che avevano voglia di vedersi si davano appuntamento in centro, giravano tra le luci dei bar, dei negozi, dei cinema, parlando del piccolo principe e di come liberarsi dai condizionamenti della vita di sempre.

(Una volta s'era presentato all'appuntamento prima di lei, e non appena l'aveva vista venirgli incontro, il casco in mano e la sciarpa colorata, non appena l'aveva riconosciuta da lontano, in mezzo alla gente, le era corso incontro cantando senza aprire bocca: si erano abbracciati ridendo, baciati sulle guance fredde.)

Vivevano il loro strano sogno e si raccontavano tutto e camminavano e parlavano e ridevano e camminavano e parlavano contro tutto il già visto proprio come in un lungo sogno, quei matti. E poi, e poi

e poi, un brutto giorno, le parole, fra loro, erano state fonte di malintesi. Anzi, fonte di *un* malinteso, uno solo, ma che era la cosa più triste che il vecchio Alex avesse mai provato in tutta la vita

un sabato sera freddo gelido, in piazza Maggiore, il vecchio Alex le aveva chiesto di mettersi con lui. Era la cosa più ovvia, a quel punto, no?

Solo che.

Solo che lei gli aveva stretto forte la mano, detto che ci avrebbe pensato su, ma aveva un'ombra triste negli occhi.

Lui era tornato a casa sentendosi soffocare, col presentimento che, per un tempo di cui non riusciva a mettere a fuoco i dettagli, con Aidi non si sarebbe sentito.

E tutta la domenica seguente, Alex forte, Alex incazzato, Alex che se ne frega, era rimasto pesto sul letto a leggersi Il gabbiano, mio Dio, Jonathan Livingstone che gli aveva prestato proprio Aidi.

Alex inutile e triste come la birra senz'alcool.

Dall'archivio magnetico del signor Alex D. Questa domenica è la giornata più brutta della mia vita. Di solito il sabato sera vado a letto tardi, o bevo troppo, e il giorno dopo fa un po' schifo perché sto pure male. Comunque, la domenica è il giorno peggiore della settimana. Non me la nominate nemmeno. Del resto lo dicevano anche Leopardi e Vasco. Va be', a Vasco non piacciono neanche i lunedì, ma insomma. Okay, sto malissimo, ma in modo diverso dal solito... Mi viene in mente Aidi che dice che è meglio per tutti e due se non ci sentiamo più e io non riesco a rispondere niente, spalanco la bocca col cuore che mi scoppia e non sono in grado di dire una parola.

Ecco, so solo che mi mancherebbero un sacco di cose di lei... sincerità... fantasia... e in più ho la certezza di aver rovinato un gioco segreto, di aver camminato su dei bicchieri di cristallo con la grazia d'un elefante sommerso... Ma il fatto è che, giuro, non capisco dove ho sbagliato. L'ho ferita e non vedo come. O forse, l'ho abbracciata troppo forte e adesso lei, tipo si deve difendere da me...

Ascolto Love Song dei Tesla e penso ad Aidi quando la canzone dice: «Love will find the way». Mi sento una specie di buco in mezzo al petto, mi viene in mente che i miei sentimenti – i sentimenti di *tutti* – sono inutili, andranno persi, lacrime nella pioggia. Aidi non capirà mai quel che provo perché lei è trincerata nel suo fortino. "Ho paura che il nostro rapporto sarebbe troppo esclusivo, e ti voglio tantissimo bene ma ho paura di dare." Potrebbe dirmelo. Perché lei ha un altro passato, un altro alfabeto, altre rime la fanno sorridere. Siamo irrimediabilmente diversi, ed è bello incontrare gente diversa, ma forse è impossibile capirla fino in fondo. Come in quella canzone incredibile dei Cure dove lei è bellissima e il povero la guarda ammirato e lei si sente offesa e Robert Smith dice: «Ecco perché ti odio».

Comunque, aveva provato a cercare Martino, verso metà pomeriggio. E a Martino era bastato sentire la voce di Alex che diceva «ciao» per capire che al nostro gli era scesa la catena. Avevano scambiato due parole e si erano dati appuntamento per il sabato successivo secondo la formula giovanile Serata Etilica E Stai A Dormire Da Me.

Aveva due anni più di Alex, Martino. S'era fatto segare senza rimorsi in prima liceo, ed era un po' l'idolo tossico della scuola. Si frequentavano da non troppo tempo col patto tacito che lui non gli avrebbe fatto conoscere nessuno dei suoi amici house e Alex, in cambio, non avrebbe mai tentato d'introdurlo nel mondo Fender del punk parrocchiale.

Poi, la nuova settimana aveva preso a gocciolare via, triste e scazzata. Il vecchio Alex cercava di non pensarci troppo, ad Aidi. Lei, d'altra parte, non si faceva sentire. Così, il nostro stava cercando di ridurre tutta la faccenda al rango di quelle storie che sono già finite prima di cominciare perché magari lei ci ripensa e dice Uh, credo che sarebbe un impegno troppo grande, guarda. Uh, restiamo amici.

Sì. Restiamo amici...

Ogni tanto a scuola s'incontravano per un secondo, durante l'intervallo. Adelaide era sempre con qualche collega carlotta, di quelle con felpa da cento carte e jeans di Missoni che scoprivano – diobbuòno – cinque sei centimetri di calza velata. Lei lo salutava via rapida, e poi c'era quell'istante in cui nel film non si sa ancora se i due protagonisti si fermeranno a parlare, quell'attimo in cui sembra che lui stia per chiederle: «Be', come ce la passiamo?», ma Aidi se ne andava sempre, continuava a farsi trascinare in senso opposto dal flusso di lobotomizzati che attraversava il corridoio. E lui sapeva che avrebbe dovuto aspettare altre ventiquattr'ore per incontrarla ancora, e comunque sarebbe stato per un secondo, in una circostanza così. Ma Alex forte, Alex incazzato, non si sarebbe mai mosso per primo, e allora faceva tipo J. Frusciante nel booklet di Blood Sugar Sex Magic, un'espressione deragliata così, e transumava anche lui. Andava a parlare di calcio, di chitarre, di ragazze con qualcuno dei cani giovani.

Però.

Però non riusciva a capire. Come poteva, lei, usare certi *espedienti*; come poteva uniformarsi a tutte le altre ragazze, ai loro comportamenti, ai loro trucchetti di merda; come faceva ad avere per amiche quei rottami di adolescenti globali?

Perché lei era diversa, questo saltava agli occhi, e sembrava del tutto fuori posto a fare determinate stronzate, la fighetta che cerca di evitare un maschio troppo insistente e via discorrendo.

(Chiuso nell'adolescenziale amarezza di quei giorni, aveva riscoperto la compilation di Vasco perduta sotto il letto: Domenica lunatica, Siamo solo noi, Fegato spappolato e Ti voglio bene, non l'hai mica capito.)

Dall'archivio magnetico del signor Alex D. Mi guarda un secondo di troppo passandomi via di fianco con le sue amichette in assorbente esterno. Si vede lontano chilometri che si accorge che sono triste. Però non me lo viene mica a dire. Minimo storico.

Martino sembrava uscito da un rapporto sui giovani a cura della Comunità Europea. Nella fattispecie era il teenager che ogni regista di documentari sui giovani potrebbe sognarsi di notte: personale più che decente, molto attento ai vestiti – polo fred perry, maglioni di marca, anfibi doctor marten's – aveva un lessico da guerriero della notte e una vespa special blu da finto lumpen. Era pieno di soldi, invece. I suoi genitori erano divorziati da un mucchio di tempo. La madre, adesso, stava con una Faccia di Merda Liberale.

Faccia di Merda Liberale, forse per placare i suoi stessi complessi di colpa, lo riempiva di preziosi vinili jazz che Martino riregalava ad Alex in nome del be-bop.

(Non sono mica tanto diversi, il jazz e il punk, si diceva alle volte. Pensaci, c'è la stessa emarginazione, dentro, la stessa rabbia. E c'è l'eroina dietro a tutti e due.)

Del vero padre di Martino non si era mai detto niente, e Martino non aveva piacere a parlare della sua famiglia. Comunque, lui e il vecchio Alex erano diventati amici una sera di gennaio, in un'osteria di via del Pratello.

Martino figurava come nuovo ragazzo di Valentina, una delle poche compagne di Alex estranea alla confraternita delle Semprevergini. Dietro a un tavolone di legno da Oktoberfest avevano cominciato a parlare di musica. A tutti e due piacevano lo ska, i Madness, gli Specials, gli Sham 69. E tutti e due andavano in Inghilterra, d'estate: Alex, spedito in determinate Inghilterre di cartone per turisti milanesi, a imparare i phrasal verbs; Martino, presso misteriosi amici locali, a bere e vomitare, spaccare sedie, e bere, e.

Quella sera, dopo un paio di guinness e innumerevoli scrrisi tipo De Niro a un'amica carlotta di Valentina che nemmeno gli piaceva e che poi l'avrebbe menata per due mesi con la storia che ne voleva da lei ma non aveva il coraggio di dirlo, il vecchio Alex si era congedato per andare in bagno e Martino l'aveva seguito lasciando le ragazze in balìa delle avventure da interrail di Nardini conosciute a memoria da tutta Bologna.

Ad Alex piaceva alzarsi, andarsene via, lasciare il gruppo, poiché è risaputo, appena uno si alza le ragazze si mettono subito a parlare di lui. E al vecchio Alex piaceva, questo. Magari dicevano cose diversissime da quelle che ti sussurravano faccia a faccia, ti criticavano, ti smontavano con le frecciatine, ma ti mettevano al centro dell'attenzione, giusto? Be', sì. Abbastanza. In ogni caso, non è che in quel momento il vecchio Alex si sentisse tanto degno di attenzione; probabilmente le ragazze si sarebbero occupate di Martino, che era alla sua prima uscita col gruppo, figurava come nuovo maschio di Valentina ed era, in quanto tale, alla pesa pubblica.

Alex ammirava Martino per il tono che aveva lui di parlare distaccato, e il modo di agire, distaccato. Per il resto, Martino non leggeva, non scriveva, si era messo con un suo vecchio flirt, non suonava, non faceva sport ed era il classico fighetto che conosceva tutto il mondo: avrebbe dovuto odiarlo, un tipo così. Invece, il vecchio Alex aveva voluto subito essergli amico.

(Detestava guardarsi allo specchio, il sabato sera in particolare: aveva invariabilmente gli occhi lucidi, le guance un po' arrossate, i capelli sconvolti. Per questo se li tagliava sempre corti, tipo Flea, il bassista dei Red Hot Chili Peppers, anche se non gli donavano mica. Per tagliarli a quel modo aveva comprato un rasoio apposta, in Inghilterra, nonostante il Cancelliere e la mutter avessero cercato ogni modo per impedirgli di usarlo. Be', invece era forte: davanti allo specchio del bagno, ormai si va a cena, luci al neon, e vzzz-zzz-zzz, capelli cortissimi, anarchia tricologica. Un po' come nei camerini prima di un concerto.)

Martino si era accostato allo specchio del lavello e aveva passato il dorso della mano sotto la gola, sporgendo il mento come volesse controllare la crescita della barba: era stata la sola mossa da geppetto di cui Alex avrebbe potuto accusarlo, poiché per il resto, il vecchio Martino era un ineccepibile.

Si era spinto fino in fondo al bagno, Martino, camminando radente agli orinali. Era andato a piazzarsi sotto una finestrella a vetri smerigliati, mezza aperta, che dava su un cortile senza luci e lasciava passare aria gelida all'interno. Quindi, fuori le rizla, fuori il samson e il fumello: cominciava la rollata.

«Hai mica un biglietto del bus?» aveva chiesto Martino al vecchio Alex.

«Vado in bici» aveva detto il nostro. «Niente biglietto. Mi dispiace.»

Martino s'era stretto nelle spalle. «Va bene», aveva considerato. «Facciamo a meno del filtro e stop.»

Il vecchio Alex non aveva risposto nulla, e forse si sentiva un po' nervoso, fatto sta che aveva sfilato l'uniposca nero espropriato in una cartoleria vicino al liceo e s'era, come dire, *gettato* in una realizzazione particolarmente impegnativa – la bella scritta "Clash City Rockers" in caratteri gotici – sull'asse di un cesso. Una scritta, sia detto in modo non urlato, sempre meno demente di Forza Magica Virtus o Baggio sei bello o del numero di telefono di una vostra compagna che dovrebbe fare determinati pompini gratis...

Come esistessero *sul serio*, quelle che fanno pompini gratis. Nein, gratis. Vogliono: o i soldi o del prestigio sociale. D'accordo: non *tutte*. Alcune vogliono *entrambe* le cose.

A parte questo, Martino aveva assunto la concentrazione d'un disinnescatore: stava giusto ultimando la rollata e la canna aveva un aspetto di compiutezza esaltante. Era perfetta, cazzo. Né troppo conica, né troppo sottile, di poco più lunga di una paglia normale, appariva sotto innumerevoli profili una specie di fiabesco sigaro marocchino.

Alex continuava a disegnare la sua scritta con il trasporto d'un devoto. "Cazzo" pensava. "Bella figura del cazzo." E mentre Martino estraeva di tasca lo zippo, avrebbe voluto dirgli – con l'intonazione meno da geppetto possibile – che si sentiva... ecco... che si sentiva un po' a disagio e insomma, sì, per quanto lo riguardava, fumare... non fumare... Ecco, lui preferiva non fumare. Tutto qua. Brrr! E comunque, *attenzione*, non gliene fregava così *tanto*, di sembrare un bambino. Proviamo a vederla dal suo punto di vista: Alex era uno straight edge, e per lui non era giusto fumare con uno sconosciuto, così come non gli sembrava corretto, brrr!, fare del Sesso con una ragazza Così Per Fare. (In seguito, fortunatamente, si cresce e determinati idealismi vanno giù nel buco del cesso con una musichetta deliziosa.)

«Capo, non mi va.» La voce gli era uscita benino. Non sembrava una specie di matto, voglio dire. A quel punto Martino avrebbe potuto dire: «Ma cosa sei, scemo? Ehi, non è mica sabbione schifoso!...» Invece, niente. Aveva dato un tiro particolarmente ispirato, sussurrato: «No pròblema, amico», mentre l'odore dell'erba cominciava a ballare intorno. Per parte mia, come persona informata dei fatti, vorrei aggiungere solo questo: Martino non pensava che Alex fosse un fesso. Così come Alex non lo riteneva uno dei tanti poser sfigati che vanno in giro a comportarsi da fatturioni.

E anzi – se interessa sapere – alcune settimane dopo fu lo stesso Martino in persona a confessargli che aveva cominciato a rispettarlo *proprio* in quella cavolo di circostanza, perché il nostro non aveva sentito il dovere di fumare con lui, se non ne aveva voglia. Perché Martino era fatto così: poteva trovare da ridire a pugni con uno solo perché l'aveva guardato leggermente storto – in definitiva era un po' quel genere di attaccabrighe che si fa tutte le busserie del caso, tra compagnia e compagnia il sabato sera, tra studenti e aborigeni in gita scolastica, tra italiani e albani in sala giochi, tra bolognesi e romagnoli in discoteca e via bussando – ma avrebbe fatto *qualsiasi* cosa, condiscendente e *pacifica*, per un amico.

Il vecchio Martino era uno che si sentiva a proprio agio in tutte le situazioni, anche quando chiunque altro si sarebbe scagato, e se ne andava in giro con un coltello a serramanico nella tasca del bomber. Poi, lui non doveva rendere conto a nessuno, se tornava a casa con uno sbrego o una mano rotta. Nessuno gli avrebbe fatto gli *interrogatori*, voglio dire.

Comunque, anche il nostro Alex amava le sbocciate, e bere e cappottarsi e pogare eccetera. Solo, non poteva permettersi di prendere una bottigliata in faccia, o delle sediate. E in ogni caso, lui navigava in giri molto più tranquilli. E quindi, non è neanche da dire che

Quel sabato pomeriggio in cui si doveva dare il via alla Serata Etilica E Stai A Dormire Da Me, lui era entrato per la prima volta in casa di Martino sudato e a disagio al punto giusto. Fortunatamente, nessun personaggio più o meno stronzo o in livrea solcava i corridoi, costosissimi, della villa. L'arredo del luogo appariva paurosamente simile alla casa della donna che il protagonista ultravivace di Arancia meccanica sprangava a morte servendosi del solito cazzo in ceramica: Quadri Antichissimi, Fucili da Caccia, Arazzi, la Kollezione Kompleta dei Piatti Blu di Danimarca...

Invece la stanza di Martino era esattamente come Alex aveva immaginato: classica tana di chi si fa i cazzi suoi e ottiene altrettanto dal resto degli abitanti. Tutta gente che si limita a stargli intorno senza *soffocarlo*, voglio dire.

Insomma, c'era quest'aria molto da tana, ma la stanza era tutt'altro che piccola. Solo, era *piena*. Piena zeppa di cose come in quella cavolo di pubblicità delle timberland: poster ovunque, vestiti ovunque, coperte peruviane dappertutto, foto dappertutto.

Il vecchio Alex avrebbe potuto restarci delle *ore*, là dentro, solo per sapere i nomi dei tizi ritratti nelle foto che campeggiavano sul pannello in sughero che sovrastava il letto; oppure per leggere i titoli sui dorsi dei dischi e delle videocassette. Per quelli dei libri, invece, sarebbe stato sufficiente un nanosecondo: infilati a puntellare la collezione di Max e Ciak, giacevano, inermi nella loro glaciale solitudine, un Fratelli Karamazov, un Quarantanove racconti, un paio di cose dell'Arcana sui Pink Floyd e un dizionario d'inglese nuovo di fabbrica.

La collezione di videocassette toglieva il fiato, comunque: tutto Allen, tutto Scorsese, tutto Coppola, tutto Kubrick, tutto l'ultimo Verhoeven, tutto Malle; Kurosawa, il leggendario Aki Kaurismaki, Oliver Stone, Il gigante, Gioventù bruciata, La valle dell'Eden, cinque o sei titoli con Brando, e persino delle cose con attori che la nostra generazione aveva raramente sentito nominare: Jean Gabin, Louis De Funes, Peter Sellers. A voler strafare, andava già bene se il vecchio Alex aveva visto in vita sua meno della metà di tutta quella roba. E poi Fellini, Risi senior, Ferreri. Nan-ni Mo-ret-ti! Fran-ce-scAr-chi-bu-gi!

Okay. A parte questo, Martino l'aveva accolto in vestaglia, una sciccheria a scacchi buttata sopra un pigiama di qualche tessuto speciale che il vecchio Alex non aveva inquadrato con esattezza, essendo abituato al denim normale normale dei jeans e al cotone pakistano delle magliette punkeggianti della linea Rock and roll stars: play it loud, wear it proud.

Dall'archivio magnetico del signor Alex D. Sinceramente, Martino m'impressiona un po'... Dev'essere davvero in pace con se stesso. Deve aver raggiunto una qualche cavolo d'equilibratura interiore, se può girare in camicia da notte già pettinato e rasato, avvolto in tutti quei bei vapori di dopobarba e dentifricio mentolante. Uno così non può che essere felice. Son sicuro.

Gran personaggio, Martino. Ha dato per persi alcuni lati della vita e ne ha seguiti altri che piacessero a lui. Anche se il fatto che abbia lasciato perdere lo studio e lo sport per dedicarsi a tempo pieno alle ragazze, al cinema e ai viaggi all'estero, mi mette addosso un po' di disagio.

Ma devo saperne di più. Capire meglio.

Martino è pieno di atteggiamenti interessanti. Solo che mi

sta facendo venire un sacco di complessi. Mi sento una specie di sfigato senza scampo, confronto a lui. Voglio dire, lui certe volte mi fa sentire così. Cioè, lui fa tutto quello che può per mettermi a mio agio, ma cavoli, io non sarò mai come lui. Va dall'estetista per i punti neri, diobbuòno...

Va bene. Giuro che mi comprerò anch'io un bel pigiama e delle pantofole così di velluto.

(In quei giorni, nella coscienza del vecchio Alex si faceva largo a spallate la certezza che ad apparire tanto compiutamente benestanti anche quando si è soli – e cioè senza che nessuno sia lì a giudicare – ci guadagnava anche l'opinione che uno aveva per se stesso. Lui, invece, sempre a letto in boxer, in giro per casa con solo i pantaloni della tuta e una maglietta o una felpa quando faceva freddo, con le sue ciabatte scucite, che cazzo si significava? A questo livello d'introspezione, intendo.)

Il pannello delle foto si estendeva per tutta la lunghezza del letto e in altezza poteva essere più d'un metro. Non c'era granché spazio per eroi chitarristici o idoli degli stadi, in quella sfilza; in gran parte delle foto, anzi, Martino la faceva da leone: Martino neonato, in braccio forse alla madre; Martino col bavagliolo che mangia i resti del gelato con cui si è impiastricciato la faccia; Martino sorridente in braccio forse a suo padre. A seguire, una serie sul tema del carnevale, con Martino nei panni dei personaggi più gettonati dagli under 10 del periodo: Martino-Zorro, Martino-Sandokan, Martino-Goldrake eccetera, fino a una specie di Martino-samurai armato di notevole spada in plastica ed elmo piumato da combattimento. Poi, nella penultima serie, Martino in braccio agli amici della madre. Dei reduci sessantottini attualmente editori fricchettoni, avvocati liberal, professori precari. Tutta gente che non esitava a mostrarsi, apparentemente senza l'ombra d'un rimorso, con basette monumentali, camicioni flower power, dei baffi e determinati pantaloni a zampa d'elefante fra i più discussi e zootecnici del periodo; a chiudere: Martino in braccio agli ex compagni d'università del padre, dei mostri col fenotipo da campione di sport, capelli corti, denti in ordine, bei soldi eccetera. Passando in rassegna quelle foto, il vecchio Alex non si era stupito che i genitori di Martino avessero finito per separarsi. Di più: riusciva a immaginarsele, certe frecciate velenose degli amici trotzkisti di lei nei confronti degli amici sportivi di lui e viceversa. Adesso in ogni caso, i capitali di Marx e i diari boliviani del comandante Che, la madre di Martino li teneva ben allineati nella libreria di questa villa sui colli in cui viveva col figlio, mantenuta dall'ex marito, perfettamente a suo agio nei panni di Signora in clark's che impiega il suo Passato Proletario solo per fornire qualche brivido esotico ai nuovi amici massonimprenditorialrot-taryani.

Nelle ultimissime foto della sfilza, c'era Martino con un paio di ragazze che il vecchio Alex aveva intravisto nei corridoi del liceo. Sembravano felici, loro.

Chissà chi ha fatto le foto, si chiedeva il vecchio Alex.

(Se con una ragazza ci state veramente bene, dev'essere difficile trovare uno che vi faccia una foto senza rovinare tutto spiegandovi che non state sorridendo abbastanza. Bisogna avere molta cautela, con chi è felice.)

Quel che faceva franare il vecchio Alex su se stesso era l'idea che Martino, senza impegnarsi in nessuna attività in modo particolare, senza troppi pensieri e soprassalti disumani, ma così, in modo semplice, aveva presumibilmente trovato la felicità: dentro quella tana pubblicitaria delle timberland, aveva cominciato a roderlo il dubbio che la pace interiore, il nirvana, non fossero affatto delle condizioni da raggiungere – nel senso di *corrergli dietro* – come gli imponevano il Cancelliere, la mutter e la propaganda semiprussiana del liceo Caimani.

Dall'archivio magnetico del signor Alex D. Alla fine, l'equilibrio interiore non è da cercare. Forse ce l'abbiamo già, e più ci muoviamo o agitiamo o altro, e più ce ne allontaniamo. Il fatto è che a parlare di equilibrio interiore mi sento un povero stronzo. Mi sembra uno di quei termini che si usano nelle sedute di psicoanalisi liberatoria collettiva o nei rifugi per donne violentate.

Okay. Tutto mi dice di essere forte, determinato negli scopi, capace di andare avanti nella Vita, ma se uno sente che è arrivato il momento di cambiare un po' rotta o anche solo il bisogno di fermarsi a ragionare *sul serio* per proprio conto? Voglio dire: e i cazzi di sette e mezzo in latino, per esempio, che da semplici strumenti sono diventati una specie di fine ultimo?... Insomma, a quanto ne so dovrei studiare per strappare un titolo di studio che a sua volta mi permetta di strappare un buon lavoro che a sua volta mi consenta di strappare abbastanza soldi per strappare una qualche cavolo di serenità tutta guerreggiata e ferita e massacrata dagli sforzi inauditi per raggiungerla. Cioè, uno dei fini ultimi è questa cavolo di serenità martoriata. Il ragionamento è così. Non ci vuole un genio. E allora, perché dovrei sacrificare i momenti di serenità che mi vengono incontro *spontaneamente* lungo la strada? Perché dovrei buttarli in un pozzo, se fanno parte anche loro del fine a cui tendere? Se un pomeriggio posso andare a suonare o uscire con una ragazza che mi piace, perché cavolo devo starmene in casa a trascrivere le versioni dal traduttore o far finta di leggere il sunto di filosofia? La realtà è che mi trovo costretto a sacrificare il me diciassettenne felice di oggi pomeriggio a un eventuale me stesso calvo e sovrappeso, cinquantenne soddisfatto, che apre la porta del garage col comando a distanza e dentro c'ha una bella macchina, una moglie che probabilmente gli fa le corna col commercialista e due figli gemelli con i capelli a caschetto identici in tutto ai bambini nazisti della kinders. Tutti dentro il garage, magari, no. Diciamo più o meno *intorno*. Cioè, *circondato*. Dunque la domanda è: un orrore di queste proporzioni vale più del sole e del gelato di oggi pomeriggio? Più di una qualunque ragazza? Più di Valentina che arrivava sorridendo all'appuntamento con dieci minuti di ritardo e una maglietta blu con dentro quel ben di Dio sorprendente?

Voglio dire, le foto di Martino mi hanno dato la percezione *reale* della beffa: bastava stare fermi lì e cogliere l'occasione, kazzo...

D'accordo, Martino fa praticamente la vita del gentilgiovane, ritirato nella sua tenuta di campagna, con gli appuntamenti dal barbiere segnati sul calendario, pochissimi obblighi e molti privilegi. Così dovremmo odiarci, visto che il sottoscritto viene dalla famiglia più medioborghese che c'è – una specie di macchinetta da guerra che mi ha già sagomato addosso determinati appuntamenti con lo Sbattersi per gli Obiettivi da Raggiungere e non correre il rischio di diventare un Adulto Pieno di Rimpianti. Okay. I miei saranno contenti. Sono talmente intraprendente e determinato e macchina da guerra che i rimpianti ce li ho già *adesso*.

Non lo so, ma a casa di Martino, mentre guardavo quelle cavolo di foto, ho provato la sensazione orribile di avere ucciso a uno a uno, giorno dopo giorno, quei ragazzi felici... Perché anch'io, forse, avrei potuto essere *così* felice. D'accordo, non ricco sfondato come Martino. Ma questo non è *fondamentale* per essere felici. Voglio dire, si può vivere bene anche senza molti soldi.

Ma forse le cose stanno addirittura *peggio*. Perché sono stato io a non prendermi quel che volevo. Come avessi abortito tutti i giorni, come non avessi mai permesso che quel ragazzo nascesse per paura di ritrovarmelo fra i piedi, per paura che sconvolgesse la mia vita. E così mi sono sempre concesso piccole felicità di polistirolo: andare ai giardini; restare a dormire tutto il pomeriggio; guardare Videomusic invece di studiare; fare fuga; mangiare molto; farmi una sega con devozione particolare...

Si vedeva lontano chilometri che Martino faceva di tutto per non fargli pesare la sua abitudine a sabati sera molto più strong – in macchina fino a Riccione, tanto per cominciare, circondato da decurie di fighette sedicenni sboccanti

– e non già la proiezione delle otto e dieci al cine Arcobaleno, con, seduto a destra Depression Tony, a sinistra Helios Nardini, e sullo schermo Abatantuono e Claudio Bisio militari in Grecia.

Per via che non voleva fargliela pesare, la differenza, quel sabato che si doveva seguire la formula Serata Etilica E Stai A Dormire Da Me, Martino aveva accettato di accompagnare il vecchio Alex in una delle solite osterie di via del Pratello a spanarsi di ceres col caravaggione che l'ineccepibile avrebbe estratto dal portafogli al momento del conto.

Avevano finito per raccontarsi gli episodi più pittoreschi delle loro reciproche vite, ovvio, e Martino nelle discussioni da osteria era semplicemente insuperabile. Parlavano e ridevano e parlavano, il tasso alcoolico che cresceva con calma inesorabile; e poi erano usciti fuori a sfoderare altre cazzate nella notte bolognese, a correre a gara da San Domenico alla galleria Cavour, a suonare i campanelli e signora signora la scongiuro apra c'è un mio amico che sta male abbiamo avuto un incidente!, a pisciare contro i muri e i bidoni del rusco e altre imprese non meno definitive che se sei su di giri e cerchi di dirti con Aidi è finito tutto fanno giuoco al cento per cento.

Quando avevano fatto sosta in piazza Minghetti il vecchio Alex era proprio bello cotto, ormai. Così, su il cappuccio della felpa, seduti a braccia conserte e buonanotte, tanto quella sera non c'erano orari né interrogatori tipo adesso mi dici cos'hai bevuto, quanto hai speso, tu puzzi di fumo, figliolo...

Non aveva nessun'idea dell'orario, e Martino l'aveva risvegliato a testate: il vecchio Alex si sentiva gli occhi cisposi e l'ineccepibile voleva trascinarlo in strada Maggiore per vedere se era ancora aperto un posticino che sapeva lui dove servivano della birra verde da urlo praticamente a qualsiasi ora.

Ma prima avevano fatto la lotta per terra.

E alla fine della lotta, Martino gli era saltato sulla pancia immobilizzandogli i polsi, del tutto sordo alle ginocchiate che Alex gli sparava dietro la schiena. Ci avevano messo un po', dopo essersi rialzati, tra determinati annusamenti e reciproci sospetti inauditi, a connettere che si erano rotolati su un tappeto di cacche di cane.

(Avevano ripreso la via di casa che c'era già luce.)

Martino guidava la vespa e il vecchio Alex se ne stava appollaiato dietro con la gola tutta secca. Mentre si aggiustava gli occhiali da blues brother sul naso e il vento gelido lo prendeva a ceffoni, gli si erano cuciti sugli occhi determinati brandelli di un irripetibile, disintegrato e concentrico instant-karma: la stoffa ruvida della sua giacca grigia dell'esercito tedesco, la preoccupazione per non aver mai studiato fisica e lunedì c'era il compito in classe, va be' che con le risposte chiuse si sarebbe copiato in ogni modo, la nuca rasata di Martino a due centimetri dal suo naso da pugile, il quadrante dell'orologio in plastica col vetro graffiato: le lancette azzurre indicavano un orario che il vecchio Alex era riuscito a collocare fra le cinque e mezzo e le cinque e tre quarti del mattino. Più cinque e tre quarti che cinque e mezzo, comunque. Con quel watch non si capiva mai una sega.

Avrebbe potuto essere un altro, in un posto diverso, e invece era proprio lì, appollaiato dietro Martino che spronava la vespa a manetta per le strade dei colli, in una mattina pallida e fredda, col mal di testa cyberpunk per le troppe chiacchiere e stronzate e angosce e birre che avevano cullato quella strana notte da cani giovani.

(Loro due filavano in vespa, e Aidi abitava proprio là, dietro ai ripetitori della televisione. Più in basso, ai piedi della collina, c'era il lago di case avvolto dalla nebbia.)

Per un istante il vecchio Alex aveva pensato di chiedere a Martino di portarlo da lei, svegliarla, sedersi sul bordo del letto e parlarle. Poi gli era venuto in mente che Martino l'avrebbe fatto davvero, di accompagnarlo, e allora aveva preferito non dire niente, continuare ad asciugarsi gli occhi che lacrimavano dietro le lenti per il gran vento.

Erano grosso modo le sei, e il vecchio Alex sentiva la gola in fiamme e le labbra screpolate, quando Martino aveva frenato, sgommando duro, davanti al cancello di casa, e alle dodici in punto di quella stessa domenica il vecchio Alex era di nuovo in pista – cadavere giovanile nel dì di festa – per assistere, da posizione particolarmente defilata e sul fondo, alla messa nella chiesa di Santo Giuseppe.

Più avanti, da qualche parte, doveva esserci suo fratello coi boyscout.

Anche il vecchio Alex c'era stato un mucchio di tempo, negli scout: lupetto, esploratore, novizio, e infine rover. Detestava la retorica da famiglia felice e gli scherzetti ciellini del cavolo, pure, quello era stato il miglior gruppo che gli era capitato di frequentare. Alla fine se n'era andato, si capisce, ma continuava a vedersi con gli altri, gli amici sublimi e alcoolici e cazzari di sempre...

«Oggi Cristo è ferito. Oggi Cristo è emarginato. Oggi Cristo è fuorilegge. Oggi, fratelli e sorelle, Gesù Cristo chiede l'elemosina per le strade...» Il frate missionario s'era esibito in una delle sue pause più riuscite e rettoriche. Aveva attirato ancora maggior attenzione su di sé, e un istante più tardi, dopo aver abbassato lo sguardo quasi a chieder perdono in anticipo d'uno sproposito che non poteva trattenersi dal fare, posate le mani sul leggìo e subito stringendolo come volesse sradicarlo, aveva rialzato gli occhi: il vecchio Alex non era riuscito a trattenere un piccolo moto di sgomento; lo sguardo del frate aveva un che di fiammeggiante, le vene della fronte e del collo s'erano gonfiate come per esito d'una mutazione. Quel frate ricordava, in modo curioso ma fermo, Lou Ferrigno nei panni dell'Incredibile Hulk, e l'Incredibile stava proprio annunciando alle sue pecorelle che, a quanto pareva, Cristo attualmente era stato anche condannato e pativa in galera.

Niente di più probabile, aveva pensato il nostro Alex, anche se non aveva smesso del tutto di sperare in una specie d'amnistia miracolosa che potesse permettere al vecchio Gesù di arrivare lì di persona e al più presto – proprio lì in quella chiesa, a San Giuseppe Sposo di Maria Vergine – per prendere a calci nel culo le cinquantenni stronze del coro che piangevano in estasi facendo tintinnare i gioielli e sbavandosi il trucco... Certo che il discorso di quel Padre Ferrigno missionario doveva averle sconvolte dalle fondamenta, le stronze; costrette ad aprire gli occhi, finalmente; aiutate a comprendere l'ipocrisia senza nome di cui siamo capaci, noialtri...

(E siamo davvero cristiani per modo di dire, e la fede è un'altra cosa.)

... Ha proprio ragione questo frate missionario, a dire che la fede va vissuta fianco a fianco coi poveri, i derelitti, gli emarginati, tutta questa zènte che per fortuna non abita in via Saragozza. Comunque ci vuole più carità, ecco. In fondo si può realizzare e diffondere il messaggio cristiano anche nelle società più ricche. Anzi, forse è persino più facile, qui da noi. Potrei parlarne al circolo dei rot-taryani di merda, venerdì sera, e potremmo organizzare una raccolta di fondi per la Jugoslavia o per l'Af-frica. Ché soffrono anche in Af-frica, quei poveri bambini... Sì, sì, una bella offertina, ci vuole. E poi si compra la 164 al Piergiangi, ché ormai c'ha ventiquattr'anni e non potrà mica andare tutta la vita in golf, no?, ché la golf la si passa alla Maria Stuarda Betty, ché ormai fa i diciotto anche lei!...

Alex *cercava* di credere in Dio, ma il problema maggiore erano le facce di culo ipocrite che incontrava in chiesa. Compresi i giovani del catechismo che animavano la messa con le chitarre e il coro di vergini in camicetta e gonna alle caviglie: gli sembrava una mossa commerciale, capite?, divenuta necessaria per via del tracollo della Chiesa, del fatto che sempre meno giovani volevano andarci, alla messa. Una cavolo di manovra neanche tanto velata per ampliare il target e far sì che i dodicenni con l'apparecchio dei denti sperassero di diventare come loro, organizzare la pesca di beneficenza e suonare la chitarra e andare al campo per le vocazioni e cantare Monte di Sion a due voci e andare a mangiare la pizza col gruppo del dopocresima e fidanzarsi e sposarsi e fare all'amore e mettere insieme dei soldini e diventare dei poveri stronzi felici.

Alex sospettava che in realtà il parroco e gli altri frati detestassero i giovani del catechismo che animavano la messa con le loro chitarre e il loro coro di Semprevergini in camicetta e gonna alle caviglie. Ma il fatto era che il parroco e i frati avevano *bisogno* di loro, adesso. Okkio, stronzi, rifletteva il vecchio Alex, perché ai tempi del rito in latino voialtri con l'apparecchio dei denti vi avrebbero messi al muro e fucilati e basta.

Due Never Mind The Bollocks più tardi era di nuovo lunedì mattina, et illo non aveva studiato fisica.

Era arrivato a scuola con venti minuti di anticipo e una specie di groppo in gola, o sensazione di rimorso, del tutto simile a quella che provava da piccolo dopo aver trafugato la crostatina del mulino bianco dalla dispensa della mutter.

In due parole tardoadolescenziali, c'era il compito di fisica e il vecchio Alex non aveva studiato *un emerito*. Morale tardoadolescenziale, il giovine sciocco che durante le lezioni di fisica aveva letto «Frigidaire» e i giornali di musica che questa non è musica è rumore, si ritrova con capitoli sei da studiare e invece di correre ai ripari frequenta cattive compagnie e alla vigilia del còmpitus si dedica a piccoli atti di teppismo in compagnia d'un amico di quelli che perderli è meglio che.

Va bene. Adesso avrebbe ricevuto la giusta *punizione*, essendo tutta questa storia fottuta legata al cattolicesimo in modo fottuto.

Gli si stavano stringendo i panni addosso, al vecchio Alex, e allora lui aveva provato a valutare la situazione dall'alto come uno stato maggiore in difficoltà le mappe d'una manovra diversiva: Oscar era a casa da tre giorni con una influenza montata ad hoc per studiare greco, dunque, nessuno da cui copiare; il Barone ne sapeva meno di lui, e quindi non; gli altri compagni eventuali erano tutti troppo lontani dalla sua postazione, perciò.

Ci aveva pensato tutta la sera di domenica, il vecchio Alex, quando i complessi di colpa gli impedivano di addormentarsi: nel primo compito aveva scippato una sufficienza piena che sarebbe stato delittuoso guastare con la *débâcle* termodinamica che l'attendeva adesso. Libretto delle giustificazioni: erano già stati impiegati sette fogli. In sostanza gli restavano altre due fughe tattiche prima che il libretto venisse trattenuto in segreteria per i controlli...

Mentre valutava dall'alto le mappe per la manovra diversiva, il vecchio Alex aveva sorpreso in transito il Socialdemocratico di seconda E con mocassini da barca e casacca da pensionato. C'era stata questa pacca reciproca sulla spalla. «Ehi» aveva detto il vecchio Alex. «Forse faccio fuga.»

«Sul serio? Grande!» aveva considerato il Socialdemocratico, ma poi mica aveva aggiunto altro, lo stronzo. Anzi, stava già correndo ai ripari: «Oggi purtroppo ho latino» aveva tremolato, mezzo rosso in faccia. «Ma la prossima volta ci mettiamo d'accordo prima e si fa un megafugone di massa, eh?»

(Sì. Un megafugone la fava.)

Comunque gli brillavano gli occhi, allo stronzo, e forse la tentazione di strapparsi il jollinvicta di dosso e slegare la bicicletta l'aveva avuta anche lui, per un nanosecondo, ma poi lo sguardo gli era tornato subito opaco e aveva offerto al mondo l'ennesima prestazione da mezza sega: «Be', ci si vede, allora. Ehi, Alex, ci sei all'uscita?».

Stronzo.

"Autoinkùlati" s'era detto fra sé il vecchio Alex. "'Fanculo." Poi aveva buttato là un cavolo di "Forse" tutto inutile e triste come la birra senz'alcool.

Il guaio del Socialdemocratico era che non voleva mai deludere nessuno. Quel poveraccio si *sforzava* di dimostrarti che gli piaceva tutto e andava d'accordo con tutti, ma senza lasciar capire cos'è che faceva per far contenti gli altri e cosa perché lo desiderava lui veramente.

C'era anche a chi piacevano così, a questo mondo.

Poi, mentre le bidelle di sempre aprivano il portone e i lobotomizzati del Caimani s'accalcavano per entrare, il nostro rocker era stato trafitto da un solo pensiero: "Fuori da questa mischia assurda, e al più presto".

Il vecchio Alex s'era seduto sulla ringhiera del portico, defilato dal fiume di jollinvicta e mandarina duck che ribolliva impetuoso. Tutti i quartini stavano entrando in massa. Con forse quindici minuti d'anticipo sulla campanella. D'altro canto erano già lì da un pezzo, come dei fan roventi che vanno al concerto con ore d'anticipo rispetto all'apertura dei cancelli. Anche il vecchio Alex si comportava così, in quarta ginnasio, e neppure all'uscita si fermava mai a scambiare due chiacchiere, né partecipava alle assemblee. Durante l'intervallo restava in classe tipo a giocare a calcio o a fare le dediche – mio Dio – sui *diari;* non andava mai in corridoio.

E invece erano proprio quelli gli appuntamenti da non mancare, ma lui l'aveva capito solo alla fine: l'unico momento in cui non era importante esserci era all'entrata. A meno di non essere costretti a fare fuga e ritrovarsi senza colleghi come ora. In ogni caso stentava a crederlo, perché lui era sicuro di conoscere, sia pure di vista, tutta la gente della scuola – e in effetti le celebrità in giro erano sempre le stesse venti o trenta – ma quel sottomondo, quegli sfigatissimi Puntuali, non ricordava d'averli mai visti.

"Dev'essere la prima volta in tutto l'anno scolastico che arrivo in anticipo» s'era detto, perplesso, guardando a occhi molto aperti i mostri brufolosi con tutti quei maledetti capelli a caschetto, gli apparecchi dei denti, le felpe cinguettanti da scuole medie: si muovevano in gruppi, quei mostri adolescenziali pazzeschi. Per bande. Per club.

Chissà quante case, chissà quante famiglie più o meno borghesi, c'erano dietro quei mostri; e chissà quanti armadi pieni di vestiti, quante madri che dicevano Robertamaria non fare così ché sei *molto* carina e sono i *ragazzi* a non avere le idee chiare...

Il vecchio Alex cercava di annullare tutti i corpi e di mettere a fuoco le biancherie intime e basta. Ci sarebbe voluta la Supervista del signor Kent, d'accordo, ma l'idea era affascinante, ammettiamolo: tutte quelle centinaia di mutande, canotte, reggiseni di tutte le fogge e misure in movimento. Degno di Stephen King, in un certo senso.

Poi, il vecchio Alex aveva avvistato i primi volti noti. Bugàni con la giacca mimetica farcita di fumo; Tito Scarpa con le stampelle; il vecchio Cico vestito da autonomo, veterano dell'Isola; Mazza col casco in mano; De Luca con la nuova ragazza di De Luca. E la sua classe, inquadrata nel mucchio: una zona opaca di asessuati non simpatici né intelligenti, più una pattuglia di amici depressi e veri e un paio di fiche d'interesse pubblico. Infine, Rinaldi, l'amico del vecchio Hoge, imperturbabile nella sua giacca in jeans, brufoli e capelli a spazzola. Era uno dei ragazzi più simpatici, Rinaldi. Uno che non si faceva assolutamente il viaggio, e Alex s'era chiesto un mucchio di volte come potesse trovarcisi bene, uno così spontaneo e privo di pregiudizi, in quella scuola di stronzi morti. Probabilmente non ci si trovava bene *affatto*, era stata la conclusione.

Hoge gli aveva detto che con Rinaldi si finiva sempre per parlare di Sesso Peso, ché lui era una specie di maniaco sorridente e felice e ogni volta che si alzava una delle loro compagne per andare in bagno o buttare una cosa nel cestino Rinaldi cominciava a sussurrare: «Certo che ha messo su due belle pere o no?» e subito si lanciava in fantasie molto spinte che potevano turbarti. E infatti quella testa elettrica del vecchio Hoge non voleva più saperne di stare in banco con lui, perché tutte quelle fantasie innominabili lo distraevano troppo.

Il resto del tempo, quando nessuna delle compagne doveva alzarsi per andare in bagno o buttare una cosa o, Rinaldi leggeva dei gran libri in inglese tipo la Storia della Apple Computers e lo si poteva considerare una delle colonne del gruppo del bagno.

Ciascun profio aveva una sua lezione-tipo. Il vecchio Alex & soci ne conoscevano gli schemi a memoria: c'era il profio che prima interrogava e poi spiegava, il profio che a volte spiegava e a volte interrogava, e poi c'era la profia di italiano che aveva lavorato attorno ai Bembi e ai Castiglioni fin verso novembre circondata dal disinteresse d'un sepolcro.

Durante le interrogazioni non c'era problema, si poteva star fuori e rientrare senza troppe rotture, mentre se si tornava in classe grattandosi più o meno il pacco, facendo rumori con il naso o strascicando i piedi durante una lesson di fuoco su Esiodo, un'equazione multincognita, gli anelli di Saturno, era probabile che il profio ne facesse un caso personale: nel corso di lezioni interessanti del genere era consigliabile catapultarsi all'interno di mezza corsa – un'espressione normalmente disperata per esservi persi un po' di sillabe fondamentali poteva aiutare – tuffarsi al proprio posto di combattimento, cominciare a prendere appunti in modo furioso e recuperativo, fissare la lavagna con determinazione d'acciaio e alzare la mano per fare al momento opportuno una cazzo di domanda tanto pretestuosa quanto plausibile. Seguendo correttamente la procedura, al termine della lezione il profio avrebbe conservato di voialtre teste, a livello del subconscio, un ricordo persino vagamente positivo.

Se invece si rischiava il «venga-venga», si stava fuori e basta. Gli unici profii che mandavano a cercare i dispersi erano quelli meno interessati di tutti, quelli che non pensavano a far bene la loro lezione ma solo a quanti posti liberi c'erano in classe. Gli insegnanti nullafacenti erano i peggiori: avevano la coscienza sporca e cercavano di fottervi ogni volta.

Comunque, chi usciva per primo si affacciava alla porta delle altre classi in cui erano disseminati i compagni del bagno e con un cenno, senza farsi vedere dai profii, chiamava chi doveva chiamare. Al vecchio Alex piaceva catturare lo sguardo di qualche carlotta seduta composta, fare la faccia da Johnny Rotten e indicare a smorfie e cenni il banco del compagno richiesto. Dopo due o tre smorfie, la carlotta di turno capiva, si girava nella direzione giusta e indicava la porta a Hoge o a Rinaldi o a Depression Tony o a Leo Chernobyl, e quegli indomiti si alzavano, buttavano un'occhiata di controllo in giro e raggiungevano l'uscita a testa sempre un po' bassa per non far vedere al profio che si stava sorridendo.

Si beveva birra tiepida, in bagno. Heineken comprata al supermercato il pomeriggio prima, piazzata in frigo di nascosto, ormai calda un'altra volta. Ma ad Alex pareva stupendo uscire dalla classe con la lattina nascosta sotto la camicia, vedere in fondo al corridoio gli amici punk parrocchiali che spuntavano dalla porta del bagno e gli facevano cenno di sbrigarsi per non esser sorpresi dalle ronde dei bidelli filoguidate dal preside.

(Era il posto più bello del liceo Caimani, il bagno. Il posto dove nessuno ti veniva a rompere se parlavi delle recensioni di Blast o della realtà virtuale o di preservativi o dei concerti rock a Chiesa Nuova, Sant'Egidio, Santa Rita.)

Durante quegli anni da marpioni sfessati, come direbbe il Caulfield, Alex era cresciuto sentendosi molto più dalla parte dei testi rivoluzionari dei Negu Gorriak e di Anarchy In The UK dei Pistols, che non dell'Alfieri e dell'Anabasi di Senofonte.

Parlavano anche di politica, i ragazzi del bagno. Si sentivano rossi, radicali, anarchici. Odiavano, ricambiati, gli stronzi nazisti che proliferavano nella loro scuola, figli di figli di bottegai, commercialisti, dentisti, figli di un'ignoranza itagliana senza complessi. Si sentivano parte, con sfumature differenti, d'una sinistra sorridente e sincera; simpatizzavano col mondo underground dei centri sociali occupati e delle case discografiche indipendenti, e soprattutto odiavano i pinocchi di piombo delle organizzazioni di partito.

(In città, i pinocchi di partito avevano autorizzato lo sgombero di centri autogestiti come l'Isola, o la Fabbrika. I pinocchi di partito lanciavano proclami di larghe vedute – dipingevano Bologna come una specie di posto in cui si era praticamente realizzato il socialismo dal volto umano – salvo poi calare in mercedes dalle loro ville sui colli per dispensare sorrisi molto finti e pre o post elettorali ogni volta che giocava la Virtus.)

(Erano solo dei pinocchi e dei vip di merda, come ruggiva Dee Dee Bombay nel demo degli Splatter Pink, e i loro figli Pierdavide, Gianfrancesco, Camillamaria se ne stavano in classe a far ronzare i cervelli nel vuoto, pensando a come sputtanare trecento carte il sabato sera, facendo i kazzo di sorrisini al professore che parlava della Comune di Parigi.)

Ecco, per il vecchio Alex e i suoi amici, anche quella era un po' guerra di classe: guerra tra chi si faceva il culo e chi aveva tutto per la fortuna di essere nato ricco o perché i suoi non avevano mai rilasciato una ricevuta fiscale. E dopo c'erano le feste dei diciott'anni in villa e i padri rot-taryani di merda incappucciati e i bei tornei abbronzanti di tennis, no?

I più grandi del gruppo del bagno, tutta gente in grado di votare, pensavano a Rifondazione, invece. Oppure, come il vecchio Alex, guardavano alle idee e ai programmi degli antiproibizionisti.

Comunque.

Eravamo rimasti a quando Alex vedeva Rinaldi, giusto?

«Ciao, vecchio» l'aveva apostrofato il vecchio Alex.

«Ehi» aveva fatto Rinaldi. «Ma cosa sei, *in anticipo* oggi?»

Il vecchio Alex s'era stretto nelle spalle. Si vedeva che gli era scesa la catena.

«E allora» l'aveva apostrofato Rinaldi. «Che cavolo di materie c'hai, stamattina?»

Uh, l'aveva nasata. Non potevano esservi dubbi.

«Due ore di *greco*» aveva buttato là il vecchio Alex, e i suoi occhi avevano vibrato d'una straordinaria speranza. «Storia, il cazzo di compito di fisica...» «Ascolta» aveva detto poi. «Senti, ti andrebbe di fare fuga? Guarda, non so veramente che altro cavolo fare.»

L'aveva slumato in modo terribilmente diretto, e il vecchio Rinaldi s'era pizzicato il mento.

Uh. Gli andava. Gli andava eccome.

C'era solo bisogno di rassicurarlo un po', adesso, e il vecchio Alex era un maestro, quando si trattava di rassicurare qualcuno.

(Seguirono dei momenti d'intensità lacerante, in cui le frustate d'adrenalina arrivavano a mandrie da tutte le parti.)

Poi passò la Boriani di chimica e il vecchio Alex strattonò Rinaldi nell'ombra e gli disse: «Non farti vedere, che c'è la Boriani» e Rinaldi si tuffò nella zona d'ombra dei portici fluido come un delfino, poiché una volta era stato visto dalla Boriani proprio fuori dalla scuola e lui non se n'era accorto e aveva fatto fuga lo stesso. E il mattino seguente, mentre consegnava la giustificazione – Gravi Motivi di Famiglia – quella gli aveva appoggiato là un bel «Ma pensa te, Rinaldi, che m'era parso di vederti, ieri. Qui davanti alla scuola».

E lui, con un'aria a metà fra il prete accusato di pedofilia nei confronti dei bambini del catechismo e il nipote inconsolabile, aveva scosso la testa con energia, detto: «Ieri, purtroppo, non è possibile, poiché noi della famiglia s'era tutti a Parma che c'era il funerale del mio zio».

L'avevano sentita almeno cento volte la storia dello zio defunto, ma quando Rinaldi diceva: «No, no, si era tutti a *Parma*» le risate e i ghigni d'approvazione salivano alti verso il cielo. Non era un'idea tanto semplice, alla fine; la storia del funerale d'un parente l'avrebbe saputa trovare chiunque, ma la classe maestosa di quel dettaglio geografico, con questo spaccato di vita familiare a *Parma*? Sembrava di vederlo, il vecchio Rinaldi, che da piccolo andava a Parma con la sua famiglia, in visita a questo zio ingegnere ora scomparso.

Quasi dispiaceva, per quest'uomo mai esistito.

Benone. Il vecchio Alex e Rinaldi avevano fatto rotta verso il Bar degli artisti, rifugio d'ogni basista di fughe degno di rispetto, e per un secondo Alex s'era visto riflesso nello specchio del bar e aveva pensato che quel giorno si piaceva abbastanza: camicia grigia con punte del colletto allacciate, capelli cortissimi, jeans schott con orlo ultrastirato e anfibi scintillanti con filo giallo ben visibile sulla gomma della platform sole. E poi, mentre si perdeva in certi pensieri di tagli di capelli sempre più radicali e stemmi del West Ham United da cucire sulla giacca militare o sul bomber per épater la bourgeoisie, gli era tornata in mente Aidi, che in quel momento sarà stata a cinquanta metri da lì, appena fuori dalla scuola, e s'era sentito come uno in un film e avrebbe voluto correre fuori urlando, così, senza giacca, con il sandwich mezzo mangiato e la bottiglia in mano, vedere da lontano Aidi coloratissima mentre parlava con le altre carlotte in bianco e nero, stendere a gomitate tutti quelli sulla sua traiettoria, arrivarle vicino, chiederle soltanto «PERCHÉ?» e poi ricominciare tutto daccapo, ché si vedeva lontano chilometri che tra loro non era finita, e si vedeva che lo sapeva benissimo anche lei. E allora, cazzo, era deciso: tornato a casa, quel pomeriggio le avrebbe scritto una lettera che non lasciava spazio agli equivoci e nel giro di quattro cinque giorni quella situazione assurda sarebbe finita.

Un quarto dopo, al Bar degli artisti s'era fatto vedere anche Hoge, che veniva da una retata dalle parti del Benfe e voleva rastrellare dei soci. Ogni tanto entrava qualche altro fughinaro coi libri e il casco, i tipi al banco servivano i caffè e confabulavano coi clienti adulti, e poi era stato Rinaldi a graffiare per primo lo strano silenzio che s'era impossessato del loro tavolo d'angolo – il silenzio, e quell'altro sentimento che stava arrivando su tutti e tre e non era esattamente nostalgia per quaranta minuti prima, quand'erano ciascuno nel proprio letto, coi poster e le foto appese dietro la testa e le coperte aggrovigliate alle gambe – ma faceva diventare un po' tristi lo stesso e bisognava proprio sputarlo via.

«Sentite» aveva detto Rinaldi, incrociando le braccia in modo irrevocabile. «Adesso, noialtri, si fa un salto da me.»

«Be', aggiudicabile, kazzo» aveva considerato il vecchio Alex, scambiando un'occhiata d'intesa con Hoge. «Certo. Dov'è che abiti, tu?»

Avevano lasciato gli zaini e le giacche sul letto di Rinaldi, nella camera che lui divideva con un fratello in età da poster di Gullit, Subbuteo, Micromachines.

Dall'arredamento sembrava che la famiglia di Rinaldi non fosse particolarmente ricca – e comunque non era nemmeno particolarmente povera, ma più o meno sulla media nazionale; e quindi, *sotto* quella del liceo, popolato per lo più da figli di collezionisti d'auto d'epoca, proprietari terrieri eccetera. Magari questa cosa dei padri collezionisti eccetera era solo un particolare non proprio determinante.

Magari sì, però pesava lo stesso.

In una società in cui un diciassettenne non se la sentiva di avere come compagno di camera un ragazzo che usava valigie più a buon mercato delle sue, erano *diversi* i particolari che pesavano.

Il vecchio Alex era contento di Rinaldi, e avrebbe voluto che i suoi amici fossero tutti così, che fossero trasparenti nei confronti delle loro radici di quartiere, che non avessero dimenticato i cortili in cui avevano corso da ragazzini, né i pomeriggi trascorsi a raccattare i gettoni dimenticati dai grandi, quando ancora c'erano le vecchie cabine col tasto giallo della restituzione.

Alex s'era schiantato sul divano del soggiorno, di fianco a Hoge e alla sua felpa slavata, e Rinaldi stava già dandosi da fare per rompere il ghiaccio e metterli tutti e due a proprio agio. A un certo punto aveva buttato là un mangia&bevi degno del vecchio Burgess – vodka glaciale più abbracci del mulino bianco – e le urla d'approvazione erano salite subito alte fino in cielo.

Il bicchierino di vetro opaco aveva preso a capovolgersi senza fretta nella mano fluida e nervosa del vecchio Alex, Hoge non aveva esitato a tirar fuori la storiella del sardo che si offre di scopare la gorilla di dodici metri. E poi c'erano gli abbracci, che erano dei cavolo di biscotti che con la vodka ghiacciata, Cristo, ci andavano quasi a nozze. Gli abbracci non esistevano, quando loro erano piccoli: c'erano solo i frolls, quelli al miele, quelli con la granella di zucchero e pochi altri tipi che già sembravano buonissimi in confronto agli orisaiwa secchi, che si scioglievano sempre nel tè caldo prima che si facesse in tempo a tirarli su.

Rinaldi aveva fatto partire un po' di Pink Floyd.

E poi il discorso era scivolato sul calcio.

Sublime e sociologico!

In fin dei conti, parlare di calcio al Caimani era un modo per differenziarsi dalle moltitudini di sagaci tennisti e abbronzati sciatori che impestavano l'aere, perché il calcio, in Italia – a determinati livelli giovanili – era inzaccherarsi fino alle orecchie in campi di fango, sbucciarsi le ginocchia nei cortili, svegliarsi presto la domenica e pedalare nella nebbia per andare all'allenamento con gli amici della Ghepard Calcio.

Interessarsi di pallone o rugby o boxe o ciclismo, in determinati ambienti scolastici, voleva anche dire chiamarsi fuori dalla bambagia degli altri diciassettenni viziati. Voleva dire che si sapeva stare in un bar, che si sapeva parlare con un barbiere, che si sapeva tornare a casa da soli anche se era notte e la vespa era in panne e non si avevano i soldi per prendere un taxi. In due parole tardoadolescenziali, forse era proprio questa una delle ragioni alla base del look muy aggressivo del vecchio Alex: differenziarsi dai diciassettenni in polo ralph lauren e boccoli biondi da arcangelo frocio.

Comunque, rotto definitivamente il ghiaccio con le dispute sul calcio, in conformità alla teoria dei luoghi naturali, nel soggiorno di Rinaldi il discorso era naufragato sulle solite questions: e tette e fiche e culi e.

Il vecchio Alex era il più vecchio del gruppo, anche se per pochi mesi, e Hoge e il padrone di casa si conoscevano bene; non potevano esserci dubbi, spettava a lui subire le domande molto spinte di Rinaldi. E infatti, il vecchio Rinaldi gli si era già rivolto con l'aria totalmente fiduciosa che si potrebbe usare col proprio commercialista: «O, vecchio, ma secondo te com'è la Tedeschi?».

Dal modo con cui Hoge aveva ghignato si capiva al volo che quell'argomento là era proprio il nòcciolo attorno a cui ruotavano, quotidianamente, dibattiti di fuoco e rovelli d'un mucchio di gente; una specie d'enigma semicollettivo non ancora risolto. Se voleva conservare l'autorità di cui aveva sempre goduto, la nostra roccia doveva dare la risposta giusta. Magari a uno piaceva e all'altro no. Da come l'aveva chiesto, a Rinaldi piaceva di sicuro.

Alla fine il vecchio Alex aveva sorriso, come un antico padre buono che conosce e in fin dei conti condivide le debolezze dei figli: «Be', è un'Entità più che ravanabile, la Tedeschi. Culo molto bene, anche sul davanti... No, no, più che ravanabile, guarda». Rinaldi stava andando in estasi, si capiva, aveva uno di quegli sguardi!, ma Hoge appariva più che scettico. «È anche la *faccia*» aveva insistito il vecchio Alex. «Stupenda pure la faccia. Poi, alle volte le bionde, specie le bionde tinte, sono un po' zorre, no? E invece la Tedeschi... Voglio dire, non è una zorra.»

Ecco, aveva catturato anche la semiapprovazione del vecchio Hoge, adesso. «Guardate, fidatevi. La Tedeschi è un'Entità molto ma molto ravanabile. Porca miseria, ci ha certe perfezioni addosso, quella lì! Sembra una bambola gonfiabile, da quant'è perfetta!»

Rinaldi, spalmato sul divano con le mani sulla pancia, pieno di briciole di biscotti, aveva cominciato a rievocare. «Uh, in quarta ne voleva da me, ti ricordi?»

«Sul serio? Se è così, io mi mangerei ancora le mani, guarda.»

«Eh, e me le mangio sì. Ne voleva da me, non ti ricordi? Sono stato un lesso, non c'è niente da fare.»

«Adesso sta con quel Mazzuòli di terza C. Il fatturione che c'ha la golf rossa.»

«Sì, ma ci sta solo perché il fatturione ha la macchina. *Dio*, se penso che in quarta ne voleva dal sottoscritto... Comunque, volete sapere perché sta col Mazza? Ve lo dico io, perché. Perché sono tutte puttane, le nostre compagne. Puttane della specie peggiore. Puttan*suore*. Fanno *finta* di essere suore, e poi quando ne trovano uno stronzo, ma proprio stronzo forte, si *trasformano* e diventano peggio delle bionde sui viali.»

«Be', non tutte. La Pastorelli no.»

«Ma quella è un roito *spaventoso*, scusa. È evidente che non sarà mai una puttansuora. È un *roito*. Non sarà mai puttansuora...»

«Sì, va be', però io me la farei lo stesso. E poi sono tutte puttansuore, 'scólta, anche i roiti. Te invece le sbatti un bel sacchetto del pane sulla testa e poi spegni la luce... Tanto lì son tutte uguali, 'scólta.»

«Ma allora tanto vale... Voglio dire, anche l'autoerotismo sarà pur qualcosa. Ma allora tanto vale l'autoerotismo, scusa.»

«Be', ma è diverso, scusa, lì c'è tutto un corpo che ti si muove contro...»

«Sì, sì, ma è il corpo della *Pastorelli*. Non lo so. E se poi non mi tira più per il resto della vita?»

«Oh, ma com'è pure che si chiama quella della vostra classe molto carlotta, con due gran bocce, magra... molto ravanabile...»

«La Flavia Maria Ferri?»

«Eh, bravo. La Flavia Maria.»

«Eh, cazzo, ma quella lì sì che è ravanabilissima. Va solo coi venticinquenni... Voglio dire, mi parli della Flavia Maria Ferri, mi parli...»

«Ma perché, secondo voi, quei tipi enormi che la vengono a prendere poi se la scopano?»

«Per me gli ha già dato anche l'uretra» aveva buttato là il vecchio Alex. «E dico l'uretra.»

«Qui finisce che ci arrestano» aveva detto il vecchio Hoge. Non dava più tanti segni di vitalità come all'inizio. Ogni cinque minuti mandava giù un sorso e s'era un attimino intristito, pareva. Invece Rinaldi si vedeva che stava proprio volando nel boschetto della sua fantasia con tutta la Ferri Flavia Maria nuda dentro la doccia, in un alberghetto messicano, lui che irrompe con del cocco in mano...

«Certo che a entrare... be', non è così facile.»

«Tieni, non pensarci. Facciamoci un altro brindisino.»

«Ancora bella fredda, eh? Va giù ch'è un piacere. Brindo all'amore, guarda.»

«Giusto.»

«Più che giusto. All'amore.»

«Certo che nei film si vede gente che si conoscono di pomeriggio e la sera sono già lì che ci danno e ci danno. Da subito. Per delle *ore*. Ma da noi mica capita così. Voglio dire, dipenderà dall'età?»

«L'età non c'entra. Dipende dalla scuola. Sono tutte fighe di legno, ma che non le vedi? Se la tirano, se la tirano, se la tirano, e non la danno mai. Va be', non a noi, comunque. Quelle se la tirano, ma non la danno. E allora te devi proprio farti un bel giro intorno, vai a vedere altri mondi. Che ne so, vai in una scuola cattolica. Quelle delle cattoliche imparano a sboccare a tredici anni. Lo dice anche il cugino Nando: Figlie di Maria, le prime a darla via. Ah, poi c'ho una teoria a proposito delle ragazze, e l'altro mio cugino Pietro del mare me l'ha confermata: quelle che durante l'anno se la tirano tanto e massimo massimo ti danno un platonico bàsio sulla bocca, in vacanza, e specie al mare, si sbragano, cazzo, *completamente*. Va bene. State a sentire. Forse che i ragazzi del mare gli piacciono tanto di più? O forse che in città gli viene ritegno di farsi guzzare? *Impossibile*, giusto? E poi mio cugino Pietro del mare, ma non lui solo, anche altri, va be', m'ha giurato che queste turiste piombano a Rimini alla ricerca spasmodica di cazzi, ma dopo essersi sollazzate a piacimento, quando tornano a Parma, a Varese, a Luganobella, a Vicenza, nel bergamasco, a Guastalla, a Verona, insomma, in tutti i posti dove tornano, sapete che fanno?, staccano tutti i ponti coi boyfriend del mare, tipo non ti rispondono alle lettere, tipo non si fanno trovare al telefono... Non ti parlano più. Per loro sei come morto. Ergono questi muri di freddezza polare e chi s'è visto s'è visto. Pare giusto?»

Eh, no che non pareva.

Applausi.

Vodka.

«Tutto vero. Sacrosanto. Ma c'entra anche che noi qui siamo in Italia, scusate. Ci sono Paesi e Paesi, giusto? Ci sono i Paesi ricchi e ci sono i Paesi poveri. In quelli poveri ci si consola così. Voglio dire, ma guardiamo alla Grecia!, ma guardiamo al Portogallo!, ma guardiamo all'Africa! Ma cavoli, ci sono posti dove la gente a quindici anni c'hanno già tre figli! A quindici, a quattordici anni, c'hanno già tre figli! E poi ci sono i Paesi cattolici e i Paesi non cattolici. Nei Paesi cattolici le ragazze hanno un sacco di complessi, hanno paura di essere puttane, magari la menano con l'uguaglianza – adesso poi neanche più tanto, perché hanno capito che è più comodo stare a casa a far niente – ma comunque, poi, non prendono del cazzo neanche a piangere. Ma guardiamo invece al Nord!, ma guardiamo all'Olanda!, ma guardiamo alla Svezia! A parte che là, a quattordici anni, le ragazze sono già stupende. Qui c'hanno l'apparecchio dei denti, i capelli *grassi*... Ma io non lo so...»

«Come l'amica di Zanardi.»

«Sì, ma lei di anni ne ha diciotto, non quattordici. Capisci? Non è uguale.»

«Va be', l'amica di Zanardi fa veramente scago. Comunque, il discorso è quello che ho fatto io. Andate a nord delle Alpi e vedrete.»

Kazzo! Andiamo!

Vodka!

«Io, quest'estate, mi mandano a Exeter in college» aveva detto Hoge. Si stava spegnendo piano piano, quel ragazzo.

«Io l'anno scorso sono stato a Londra in famiglia. La padrona di casa aveva due figlie, una della nostra età e una di un anno meno.»

«Adesso viene fuori che te le sei fatte tutte quante *insieme*. Dimmi che è così, ti scongiuro!»

«Sì, anche la madre... Ma cosa sei, scemo? Quella più grande si portava in camera dei tipi enormi. No, no, neanche parlarne. L'altra, invece, che pareva tutta più minuta e gentile e perbenino, ma ci aveva una voglia di cazzo che non ci si stava vicino. Rita. Si chiamava Rita. Okay. Un bel giorno eravamo a casa noi due soli, lei stava in camera sua e io stavo in soggiorno a guardare la tv. A un certo punto, quella tipa scende giù e non mi si mette a sedere proprio di fianco? Ora, c'erano *due* divani *enormi* in quel soggiorno e la tipa mi si mette proprio di fianco, quasi addosso, e mi passa pure un braccio dietro le mie spalle...»

... Ecco, la cosa che gli stava più sulla punta, al vecchio Alex, era che i suoi racconti erano *veri*. D'accordo, alle volte gli era capitato di dover colorire qualche particolare, ma di sicuro il nostro vecchio non era di quei contaballe più o meno giovanili che si vedevano in giro in quegli anni. Solo che non c'era niente che distinguesse il bugiardo che giurava di essere sincero dal sincero puro, ecco cos'è che ti fregava, e allora tanto valeva raccontare a cuor leggero le cose vere e con grande verosimiglianza le balle, no?

«... Insomma, io, lì, non ho detto una parola. Allora lei non mi comincia a guardare negli occhi con aria da Bambi? Non mi si mette proprio *davanti*? Davano I tre amigos, in tv, e uno dei finti pistoleri era arrivato al punto del cespuglio che canta...»

Okay, cinebrivido, ma questa però riconosciamogliela, al vecchio Alex. Voglio dire, accostare una scena di pace casalinga con una di sesso dà subito l'idea di uno scopatore appagato, quasi distratto. E questo, almeno a certi livelli tardoadolescenziali, piace. E fa giuoco.

Adesso, per esempio, aveva appena finito di modellare in aria, nel soggiorno del vecchio Rinaldi, i fianchi quindicenni di Rita Wilson. Poteva, un gesto del genere, non fargli giuoco? No, che non poteva. Tant'è che il vecchio Rinaldi aveva gli occhi a girandola e pareva gli si fosse lussata la mandibola in modo serio... Hoge, niente, invece. Stava spalmandosi sul divano a vista d'occhio e nient'altro...

«... Insomma, in tv ci sono I tre amigos nella scena del cespuglio che canta e Rita Wilson non mi comincia a togliere la *maglietta*? Io, niente. Immobile. La guardo senza dire niente. A un certo punto però mi alzo in piedi e comincio a spogliarla anch'io...»

E qui, quel tardoadolescenziale del vecchio Alex aveva proprio abbracciato con lo sguardo la sua platea – movimento da pilota di caccia in picchiata che si lancia su un punto ben preciso del pavimento, mentre il vecchio Rinaldi con la mandibola ormai fratturata restava a guardare per terra, in attesa che la quasi sixteen years old Rita Wilson gli si materializzasse, sudata e mugolante, proprio lì, sul tappeto del salotto di casa sua...

«... Che altro dovevo fare, a quel punto? Ho dovuto imbrandarmela seduta stante, sulla moquette, e poi, mentre lei faceva la doccia, ho visto la fine dei tre amigos, quando battono gli uomini del Guapo.»

A volte, la realtà superava le fantasie più pazzesche.

Il vecchio Alex.

Va bene, di questo, lui, a Rinaldi e a Hoge, quella volta che stavano tutti e tre nel soggiorno di Rinaldi, non aveva fatto parola, comunque la storia con l'inglese quindicenne era abbastanza vera, solo che non era stata una gran cosa. Ricordava tutto del luogo: i dischi di Joan Armatrading e Lionel Ritchie impilati sul comò, le tendine semitrasparenti, la moquette beige, il piatto con la carta dei cookies appoggiato per terra.

«Ma come *diavolo* hai fatto? Voglio dire, sì, le precauzioni! Come hai fatto, con le stramaledette *precauzioni*, eh, cazzo?»

Eh, le precauzioni, le precauzioni. Al vecchio Alex erano tornati in mente tutti quei sudori più o meno freddi e le ansie dell'autunno.

«Io, veramente, avrei usato il sistema del salto della quaglia. Del resto, non c'era altro modo. Salto della quaglia. Tirarlo fuori in tempo. Ecco la precauzione. Ma se posso darvi un consiglio, non fate mai stronzate, ché qui nascono figli a *grappoli* e bisogna essere più guardinghi dei coguari.»

«E che non lo so? Io mi porto sempre dietro un preserva, per esempio.»

Aveva ripreso un filo di vita il vecchio Hoge.

Probabilmente sempre lo stesso da *anni*. Il preserva, voglio dire.

«Certo che a entrare... non è *così* tanto facile. Ti ci vuole del culo, per entrare, se no addio...»

Be', era proprio il vecchio Rinaldi dei tempi d'oro, questo. Un immortale. Era il buon Rinaldi che si slumava i film con Edwige Fenech e Alvaro Vitali di nascosto dai suoi; che andava nelle edicole più lontane della città a comprare quei certi porno da novemilanovecento per non correre il rischio d'incontrare i parenti.

Solo che adesso il vecchio Alex l'aveva scaldato troppo, e Rinaldi insisteva che si doveva vedere tutti quanti in gruppo almeno Poliziotte Bollenti Missione Alcatraz. Adesso. Lì. A casa sua. Il vecchio Alex non è che ci tenesse alla morte, ma comunque, visto che anche Hoge, tutto bevuto di vodka com'era, non voleva saperne di tirarsi indietro e il vecchio Rinaldi aveva ormai praticamente la videocassetta in mano dopo averla estirpata da un ripiano della libreria e già mezza sfilata dalla custodia di Red Hot Chili Peppers Live In Holland, alias un titolo sufficientemente impenetrabile che nelle previsioni di Rinaldi sarebbe bastato a tener lontani gli altri parens... Cos'altro si poteva fare, a quel punto? Bisognava accontentarlo e guardare.

Poi, erano colate a quarti d'ora le undici.

A mezzogiorno e venti, le poliziotte bollenti avevano già preso chilometri di cazzo, la vodka glaciale era finita, e al vecchio Alex stava venendo su da qualche zona d'ombra interiore un bel sonno impetuoso.

Ed era proprio ora di tornare a casa, alla fine. Lunedì .. Sì, lunedì cinque ore... Il vecchio Alex doveva essere a casa tra l'una e un quarto e l'una e mezzo.

Bisognava assolutamente rimettersi in marcia, e bisognava farlo *adesso*.

Così, era venuto anche il tempo dei ciao Rinaldi, ciao vecchio, non chiamarmi Rinaldi chiamami Rocco, va be' ciao Rocco, ciao vecchio, ciao Hoge, scusa mi sono dimenticato la cartella, ciao Alex, ciao vecchio, ma io ce l'avevo la giacca?...

Risate cosmiche.

Poi, il vecchio Alex aveva sceso le scale con una leggerezza che aveva qualcosa d'irreale, e invece Hoge non riusciva a camminare dritto neanche un po' e rischiava di andare a sbattere contro tutti i negozi poveri della via di Rinaldi, il cartolaio povero, la lavasecco povera, il fontaniere, povero anche lui... Che cavolo stava succedendo nella via di Rinaldi, che erano poveri tutti quanti?

Era tremendo, per il vecchio Hoge. Chissà come si sentiva, Rinaldi, quando tutti parlavano delle vacanze su e giù e lui se ne restava a casa tutta l'estate o al massimo andava a casa dei nonni, su in montagna. Non riusciva a camminare dritto neanche un po', il vecchio Hoge, ma si faceva di queste domande.

Avevano trovato un autobus semivuoto, per tornare in centro, e in quell'autobus semivuoto avevano kazzeggiato tutto il tempo, lui e Hoge. Poi, visto che per Hoge mancava una sola fermata, s'erano salutati nel solito modo, con la stretta di mano e chiudendo le dita intorno al pollice. Un ultimo abbraccio, ancora risate, e il vecchio Alex era rimasto solo, con la vodka in circolo e un mal di testa che minacciava di assumere proporzioni generazionali.

Una lotta terrificante contro se stesso per scendere più o meno all'altezza della fermata del 20 e poi per attraversare la strada e guadagnarla *di fatto*, la fermata del 20.

Dopo un tempo imprecisabile, aveva scorto la balena arancione che impegnava il rettifilo sul fondo e avanzava nella sua direzione beccheggiando e beccheggiando e alla fine gli spalancava davanti quelle inutili fauci di gomma nera. Salire. Arrampicarsi, con calma, dentro. Faceva caldo e c'era un fottìo di gente che sudava e sudava, in quell'autobus, cazzo. (Okay. Sono in cassa totale. Sono in cassa, okay... La vodka in cassa totale alla frutta. Va bene. Okay. In cassa totale.) E poi c'era stata questa signora tipo parrocchia, di quelle coi capelli azzurrati e la pelliccia di barboncino, che gli aveva detto proprio: «Senta mo', ziovanòtto...» e il vecchio Alex stava giusto abbracciando l'obliteratrice e una vocina sorda nel suo cervello alla vodka gli stava giusto dicendo: "Va bene. Reggiti in piedi e spòstati. Reggiti in piedi e spòstati".

«Ziovanòtto, 'scólti. Senta mo'.»

Reggersi *in piedi*? *Spostarsi*? Impossibile! Con tutta quella vodka alla frutta in movimento? Impossibile!

Allora il vecchio Alex aveva guardato i capelli azzurrati in barboncino, ma non ci aveva capito niente. "Non franiamo, va bene? Non facciamoci riconoscere, sì?" gli diceva la vocina che nuotava nella vodka del suo cervello. A un certo punto aveva fatto questo sforzo inimmaginabile di sorridergli, al barboncino azzurrato, e vista dall'esterno la sua espressione d'assieme era tutta neorealista e lui stava proprio sorridendo come un povero terremotato al ministro della protezione civile davanti alla casa in macerie con sotto le sue bambine sordomute.

Okay. Il vecchio Alex aveva visto sfilare tutta via Farini e piazza Cavour al rallentatore. Non ci sarebbe mai arrivato, a casa, lo sapeva bene. O forse ci sarebbe arrivato in quattro cinque ore. Ci sarebbe arrivato, cioè, *lentissimamente*.

Tanto.

E i vecchi dell'autobus l'avrebbero fatto a pezzi come in Arancia meccanica, quando venti trenta mani di vecchio venose e pelose afferravano il bellissimo e sfolgorante teenager e lo massacravano e gli strappavano i capelli e tutto quanto il resto. E lo facevano a pezzi per invidia, perché loro erano dannatamente ed eternamente vecchi e lui no. Lui era pazzo, e giovane.

Gli arrivavano le voci dei proprietari delle mani venose e pelose. Alcune venivano da sott'acqua, naturalmente, ma nel complesso arrivavano soprattutto da dietro, dal fondo dell'autobus. Le voci ce l'avevano coi giovani drogati, non potevano esservi dubbi. E l'unico giovane drogato nei paraggi, il solo tossico che si faceva tenere in piedi dall'obliteratrice – 'fanculo, stronzi – era proprio lui.

Poi, la voce rauca d'un peloso sott'acqua – il vecchio Alex non lo vedeva in quanto quello era sott'acqua, ovvio, ma di sicuro il rauco ci aveva il riporto e la pancia – ebbene, quel rauco sommerso ce l'aveva con lo Schiffo e la Debòscia, ché quando era giovane lui, a Bologna non c'erano gli schiffi, ché ai tempi suoi, nella gioventù, non c'era tutta quella debòscia. "Come *débauche* in francese" pensava il vecchio Alex. "Perché no. La debòscia, la *débauche*..." Era piegato a metà e riusciva a guardarsi le punte delle scarpe alla frutta. Poi, anche qualcosa sui treni che arrivavano in orario. Bello.

E fuori c'era già un po' di zoo, un po' di circo: tutti quei quattordicenni di via D'Azeglio con le vespe nuove e le fighette che cominciavano a puttaneggiare intorno. Caschi tipo skate-board, scarpe da playground...

Treni in vampate di sudore in orario.

Un altro sommerso: «Scusi, ziovanòtto, ma dovrei pur fare il biglietto, sa?».

«Lo lasci stare. È un ragazzo che sta male, poverino.»

La droga. La debòscia.

«Cazzo siete, voialtri? Io vado a casa a mangiare. Mica vi ho invitato.»

«Se sta male, vada mo' su al Maggiore!»

«Mica giusto che *prima* si fanno i comodi loro *e poi* diano noia alla zènte.»

«Poverino, che mi fa pur pena. lo che sono una mamma.»

«Solo una mamma lo può sapere. Certi dispiaceri...»

«Sì, sì, ma io devo fare il biglietto. E se sale il controllore?»

Non lo sapevano che il vecchio Alex aveva migliaia di gnomi attaccati ai capelli che gli sbriciolavano la testa con migliaia di scalpelli e mazzuòli? Poi, il rauco aveva deciso di abbandonare le profondità dell'abisso e gli si era manifestato in tutta la sua sgraziata gloria, e le vecchie che gli nuotavano attorno avranno pensato che il rauco alla fine era pure un coraggioso; e le schiene di determinate donne in menopausa lì presenti saranno state percorse da squasi indomabili tipo le fighette sedicenni quando Tom Cruise stende il porco rapinatore a mani nude, no?

Basso e stempiato. Con basette color canna di fucile. Sui sessanta. In via d'incazzamento.

«Uh» aveva pensato il vecchio Alex, senza smettere di abbracciare l'obliteratrice. «Uh, adesso mi colpisce, adesso mi tira un cartone in pancia e io casco giù come una pera e sbatto la testa: mica giusto, però, approfittare così del mio stato» s'era pure detto.

Il rauco indossava uno di quei completi da giorno feriale color poltiglia. Un maglioncino bleu alla bolognese occhieggiava da sotto la giacca: «Scusi, eh, giovanotto, ma qui c'è uno sbandèrno di gente che vuol fare il biglietto. È un loro diritto, no?».

Uh. Fermo, ma gentile.

«Guardi, lei è fermo ma gentile» aveva rantolato il vecchio Alex, mentre gli gnomi ci davano sotto coi mazzuòli e le sue guance avvampavano nel sole.

Doveva averlo spacciato per un pazzo integrale, la qualità di quel rantolo.

«Lei sta infastidendo uno *sbandèrno* di gente, giovanotto. Si faccia da parte.»

Uh.

«Ascolti» aveva considerato il vecchio Alex. «Lei mi ricorda quei versi...» Uh. «... Non so quello che voglio ma so come ottenerlo. E voglio distruggere, se si può... È una vecchia canzone. Un ballabile. Si chiama Anarchìa in Italìa. La conosce?»

E in quella, il coro delle vecchie bolognesi, che gli sembravano, sia pure in modo brumoso, tutte vicine di casa di sua nonna, aveva ricominciato con i «Mo' com'è giovane...» e i «Poverino, dovremmo chiamare la croce rossa», mentre le voci femminili da mutter, cucite fra l'entrata posteriore e l'ultima fila di posti, facevano eco con i «Sì, sì, cominciano presto. Eh, ma per forza, hanno tutto!» e con «I *vigili*, bisognerebbe chiamare, altro che la croce rossa!»

Alex aveva ripreso a sorridere nel modo spento e neorealista di prima, e il rauco che gli stava di fronte non aveva ancora deciso se mettersi a ridere anche lui o stenderlo con un cartone alla bocca dello stomaco. Mentre all'interno del bus si viveva immersi in tali flussi d'indecisione, il mondo fuori aveva girato fino all'incrocio fra i viali e via Saragozza e il vecchio Alex era stato spinto-parcheggiato, da invisibili mani, su un sedile lasciato libero da una specie di massaia caritatevole e ben tenuta, di quelle che passano molto tempo dal parrucchiere.

Anche perché oggi la donna – come meditava fra sé il vecchio Alex semiriverso sul sedile – ha bisogno di sempre più attenzioni verso se stessa, per sentirsi legata al suo uomo. Nel pomeriggio pioverà

stronzate.

Ormai si era calmato

tutto.

Off.

Dall'archivio magnetico del signor Alex D. C'ho due palle che lo so solo io. Comunque vorrei far sapere a chi cavolo ascolterà questa cassetta nel Tremila, che la famosa adolescenza comprendeva anche pomeriggi del genere, dato che secondo il sottoscritto anche nel Tremila ci saranno gli adolescenti skazzati e i genitori che non sapranno perché.

Skazzato. Mi capita molto spesso, in questa stagione in cui ti svegli e il cielo è bianco-bigio, a mezzogiorno il cielo è bianco-bigio, a sera il cielo è bianco-bigio, e magari pure di notte, dietro la tapparella, il bigio è sempre là a guardarti, sempre uguale, come fossero le sei di pomeriggio a vita, da quando ti svegli a quando vai a letto incazzato nero perché sei rimasto stonato tutto il tempo.

Comunque, a parte l'estate, il resto dell'anno per me è quasi sempre così, e allora vado in bici e non in bus, perché almeno a pedalare col freddo che surgela i passeri sui rami, ti senti vivo. Almeno ti pare che stai facendo qualcosa di un po' strano, ma anche di eroico e solitario.

Sono qui, martedì pomeriggio, spalmato sul letto a pancia in su; in para totale sotto le foto giganti di Malcolm X e dei Pistols, ad ascoltare il demo degli Splatter Pink che mi ha prestato l'amico Hoge; senza aver studiato per domani; a prendere a badilate in testa le talpe dei complessi di colpa che continuano a saltar fuori da tutte le parti.

Sento la mutter che parla nel solito tono ansioso al telefono. Di sicuro c'è il Cancelliere, all'altro capo del filo. E di sicuro stanno parlando del signor Alex D. Ma non m'importa di sentire cosa dicono.

Tanto lo so già. Si spreca. Si butta via. Non fa mai niente. E in questi ultimi tempi, poi.

Scorro le mani sui polpacci, in posizione fetale, a occhi chiusi. Sento il ruvido dei peli.

Non si distinguono quasi le parole, nel demo degli Splatter Pink. Il bassista, D. D. Bombay, è un vero manico, come del resto quasi tutti i bassisti hard-core.

Sarebbe bella anche la traslitterazione americana: se fossi in lui mi firmerei Dee Dee Bombay, come Dee Dee Ramone, dei quattro fratelli il più amato.

La grafica del booklet interno è abbastanza merdosa, le foto, benché scannerate, sono troppo nebulose per rendere veramente l'idea di una band sul palco...

(... È meglio scegliere dall'inizio chi sta veramente con te, se per sovvertire questo stato di cose ti vanno bene anche individui a cui sputeresti in faccia non puoi venirmi a dire è colpa vostra, siamo divisi, troppi stronzi qui fra noi e tu lo sai, isolarsi può aiutare a far scoprire gli infami in mezzo a noi, c'è qualcuno sempre pronto a essere solidale con le tue rivendicazioni, poi un giorno scopri che è diventato peggio degli altri, lo vedi accettare quel che ha negato in precedenza...)

Dee Dee Bombay.

Forse il vecchio Dee Dee lo considererebbe uno stronzo e un infame, a Martino. Per la sua classe sociale, per il suo menefreghismo. Forse mi direbbe di isolarmi, Dee Dee Bombay...

Di sicuro, a scuola, isolato lo sono. Isolato col mio gruppetto di amici red catholic punk, e non ci teniamo neanche un po', a mischiarci con gli altri. La fighetteria con la fighetteria e i red catholic coi red catholic, perdìo...

«Ma vi credete di essere *i migliori*, voialtri?» chiedono i più liberal, i più audaci. No, che discorsi. Per nulla affatto. Però crediamo di essere diversi dalla maggioranza degli studenti zombi del liceo Caimani. E che cavolo, questo sì. Non pensiamo di essere i migliori, ma è sicuro che crediamo di fare la sola scelta possibile, o almeno la più coerente, fregandocene degli avvertimenti mafiosi dei professori; facendoci rispettare, per quanto possibile; spiegando agli insegnanti che non possono venirci a parlare di maturità quando non si fanno mai vedere a un'assemblea d'istituto, o quando, per mantenere l'ordine, passano tra i banchi a requisire i libri non strettamente necessari per la loro materia e cercano di guadagnarsi l'attenzione con l'ultradisciplina e non con delle lezioni un po' interessanti...

Ti guardano male, se sanno che fai delle letture per conto tuo. Se si accorgono che alzi la testa, o che esci dal gregge. Di questa gente di merda non voglio essere connivente né amico: la loro ironia del kazzo, il loro programma di reintegrazione se li possono proprio appallottolare dove non splende.

Io e i miei amici per il loro gioco siamo pedine perse, degli irrecuperabili.

No, non crediamo di essere i migliori. Di certo i parens mi rimproverano perché dicono che sono troppo attaccabrighe, e i nostri compagni mediamente ci considerano dei cazzoni e basta, perché potremmo starcene zitti e agguantare senza sforzo i nostri sei, invece di metterci tanti problemi.

Rinaldi o Martino magari non approverebbero, ma penso proprio che il sottoscritto dovrebbe seguire i consigli del vecchio Dee Dee Bombay.

Sono troppo stanco di compromessi.

O forse, sono troppo stanco e basta.

Okay. Cinebrivido. Un bel momento era arrivato un pomeriggio molto più grigio e verniciato di mal di testa degli altri. Uno di quei pomeriggi passati a studiare dieci minuti, a ogni nuovo paragrafo alzarsi per farsi una pera di Videomusic, aspettare l'inizio del prossimo clip, se è brutto me ne vado e se invece no lo guardo...

Alla fine, Alex era rimasto davanti al tv per ore, ché di chiudersi in camera col Panteista Spinoza e lo Scettico Hume tutti sottolineati dal precedente proprietario di Filosofi e filosofie nella Storia, Egli, roccioso e a pezzi com'era, non ne voleva mezza.

Poi, il telefono. E non era il Cancelliere che chiamava da Roma per sapere se tutto procedeva bene e la famiglia si manteneva operosa e in salute.

Bensì era Aidi.

L'aspettava da un pezzo, quella telefonata, il vecchio Alex, ma non sapeva cosa dire...

(L'essenziale è invisibile agli occhi, disse la volpe.)

«Ciao, Alex... Mi è arrivata la tua lettera. Come stai, davvero.»

«Davvero?»

«Sì. Come stai.»

«Sto male, Aidi. Come cavolo dovrei stare, se no.»

«...»

L'ascoltava respirare.

«Volevo... *vorrei* che ricominciassimo a vederci, ecco.»

Okay. Lui, adesso, era *contento*. Ma sarebbe servito?

Okay, andava bene. Bisognava provare. Bisognava provare e basta, perché il solo vederla gli dava gioia, e sfiorarla, e guardarla sottovoce negli occhi.

«Alex?»

«Mi hai fatto male, Aidi.» Uh. «Un sacco di male. E mi sei mancata...» Uh. «Credevo fosse tutto finito, ma sapevo che non era possibile. Perché tu» perdonàtelo perdonàtelo perdonàtelo «sei *diversa* da tutte le altre ragazze che ho conosciuto... Quando c'incontravamo in corridoio, a scuola, io lo sapevo che recitavi; quando passavi oltre senza fermarti a parlare, io lo sapevo, e lo sapevi benissimo anche tu. Perché fai così.»

«Mi dispiace, e giuro che non lo dico per dire, giuro che lo sento al cento per cento. Mi sono accorta di essere stata molto stronza, ecco... ma non l'ho fatto per farti star male, mi credi?»

«...»

«*Alex*, mi *credi*?»

«Cosa devo dire? Che tu non l'hai fatto apposta per farmi star male ci credo, se me lo dici, però vorrei capire che senso ha, o ha avuto, tutta questa storia. Non rispondermi, quella sera, non farti più sentire, non considerarmi in nessun modo...»

«È che avevo paura, ti giuro... Tutto questo l'ho fatto solo per noi due. Alex... io non me la sento di stare con te...»

«Guarda che questo l'avevo capito anche un minuto dopo che te l'avevo chiesto.» Uh.

«Ma non fraintendermi, ti prego. Non me la sento di stare con *nessuno*, non me la sento di legarmi troppo a una persona e formare una specie di mondo chiuso in cui non può entrare nessun altro...»

«Va be', Aidi.»

«Ma quello che ti voglio dire, ascoltami per favore, è che voglio vederti, voglio frequentarti, voglio uscire con te. Mi sono accorta che è strano, con te... Io non me la sento di metterci insieme, ma per certi versi siamo ben oltre lo stare insieme. Ti sento dentro, Alex, ti capisco, e mi piace...»

Splendido. Datemi solo delle revolverate un po' all'impazzata, qui. Grazie. Tipo My Way di Vicious. Fate fuoco quando volete.

«... Aidi, ti giuro che sono stato veramente... diciamo *a pezzi*. Ero strasicuro di essere sprofondato in mezzo a tutte quelle cose tremende tipo lui è appena stato scaricato da una ragazza non ha voglia di studiare la scuola non gli dà nessuna soddisfazione e intorno ha tanti amici ma quelli sinceri, gli amici con cui si può confidare, sono rarissimi. Non ha mete, nella vita. Essere felice, forse, ma è lontanissimo anche solo dall'*idea* di poterlo essere. E intorno tutto va come è sempre andato, e forse andrà sempre così. Tutto è prevedibilissimo, l'ho già vissuto in cento film tutti uguali e mi sento il personaggio di un libro che non mi piace e odio l'autore che mi fa fare queste cose che detesto e non mi fanno minimamente sentire felice e...»

Okay. Noi crediamo che lei dovrebbe *fermarlo*, prima che sia troppo tardi. Comunque, perdonàtelo. Anzi, non state più a sentire neanche me. Aprite il fuoco e basta.

«... Alex, ma è proprio questo che volevo dirti. Io credo che noi due, in qualche modo, non so, ma potremmo uscire dal libro. Mi sento in colpa per tutto quel che è successo in questi giorni, e avrei voluto dirtelo subito, ma avevo troppa paura che tu non avresti più voluto saperne di me, di noi...»

«E invece no, kazzo. Anche se non stiamo insieme, non è grave. Ciò che dobbiamo fare adesso è trovare tutti e due un posto fuori dal libro.»

Su Urano, tipo.

«Ti andrebbe di vederci, sabato sera? Possiamo parlare, o fare quello che ci va.»

Gli andava, gli andava.

«Aidi, a me va di parlare. E anche di stare seduti sul davanzale di camera tua, darci la mano e guardare il cielo.»

Hai voglia.

«Va bene, davvero. Sono contenta, Alex. Ti giuro che non lo dico per dire.»

Chiaro.

«Anch'io sono contento, Aidi, stanchissimo e contentissimo. E vorrei che domani fosse sabato, e invece è un pallosissimo giovedì di scuola.»

Una grinta immensa.

«Come dice la volpe al piccolo principe, quando mancherà un'ora al nostro appuntamento io comincerò a essere felice, e sempre più impaziente...»

«Anch'io spero che arrivi in fretta sabato.»

E poi erano stati zitti con il ricevitore in mano, per almeno mezzo minuto, ad ascoltarsi respirare e sorridere.

«... Aidi?»

«Sì?»

«Domani, a scuola, quando ci vedremo, per favore, corrimi incontro. L'ho sperato tutti questi giorni e non è mai successo...»

Okay. *Fuoco*!

«Va bene, Alex.»

«Promesso?»

«Promesso. Certo.»

«Sono felice, Aidi. Adesso vado a dormire, e sarà stato come un sogno.»

«Un bel sogno?»

Ma è *chiaro*.

«... Bellissimo. Ciao, Aidi.»

«Ehi, Alex.»

«Sì.»

«Ti voglio bene.»

Uh.

Secondo

La casa di Adelaide era nel parco del seminario

La casa di Adelaide era nel parco del seminario, su in collina, fuori porta San Mamolo; e la salita di via Codivilla che bisognava superare per raggiungerla era il genere di posto in cui il vecchio Alex non avrebbe mai accettato di portare a far giretti certi infanti da passeggino.

Non che lui se ne andasse a spasso con dei neonati, normalmente, ma se per qualche motivo il passeggino avesse dovuto sfuggirgli di mano e rollare lungo la discesa a centocinquanta l'ora in una scia di pianto e disintegrarsi contro alberi o musi d'auto, sentiva che lì per lì non sarebbe riuscito a non pensare a Fantozzi.

Gli dava i brividi, questa cosa di Fantozzi.

Come tipo di reazione isterica, intendo.

Comunque, passavano anche quegli strani giorni, e di Martino neanche l'ombra, non una telefonata né niente. Crescevano le possibilità che non venisse ammesso alla matura, era una voce che il vecchio Alex aveva sentito, più o meno – ma in giro per i corridoi di scuola Martino non si faceva vedere, e lui non si era preoccupato troppo di cercarlo, perché quelli erano giorni molto tardoadolescenziali, a pensarci bene, e il vecchio Alex aveva i pomeriggi sempre molto impegnati, diciamo

arrivava a casa di Aidi verso le sei sei e mezzo, così stavano insieme un'oretta, in veranda, o in camera, e qualche volta nascosti nell'erba alta del prato, sdraiati a pancia in su a guardare le scie bianche degli aerei che volavano tra Mosca e New York. Quel diavolo d'un uomo era più emozionato a stare sdraiato nell'erba di fianco ad Adelaide dandole la mano, di quanto non fosse mai stato negli sporadici Momenti Particolarmente Erotici della sua vita. Era tutto talmente nuovo, pulito, fresco, pensava il nostro diavolo. E anche un po' da libro, pensava. Con un giorno già stabilito che sarebbe arrivato, purtroppo, a dividerli, anche se lui non aveva ancora chiari i contorni della separazione e non riusciva a mettere a fuoco la qualità della nostalgia. Per imparare certi ritmi blues, avrebbe avuto tempo più tardi, okay, non era *tanto* scemo, lo sapeva già da allora. Per questo cercava di pensarci il meno possibile

(Le storie andate di Aidi. Le storie andate di Alex.)

gli sembrava così strano e intrigante, il fatto che non stessero insieme davvero...

Comunque, per quel diavolo d'un uomo era divertente parlarle senza inibizioni di tutte le ragazze che un po' gli piacevano e lo interessavano e via discorrendo; ma quando era lei a parlare di ragazzi che, il diavolo se la prendeva sempre. Finché Aidi diceva che il tale o il talaltro erano *carini*, non gli importava granché – uuuh! – ma quando immaginava che lei avrebbe potuto effettivamente mettercisi insieme, si rendeva conto che la loro – mio Dio – *relazione*, avrebbe subìto un duro colpo mortale. Detto questo, per parte sua il diavolo si riteneva assolutamente capace di conciliare le due esigenze, invece: Aidi e *tutte* le altre eventuali ragazze.

Be', ne parlavano, i nascosti nell'erba alta.

«Forse vorresti semplicemente stare con me, e allora per non ferire il tuo orgoglio hai bisogno di pensare anche ad altre ragazze, come per dimostrarti che se vuoi puoi farti questa, quella, quell'altra...»

«Eh, forse è vero» doveva convenire quella roccia immortale del vecchio Alex. Continuavano a guardarsi negli occhi da un palmo di distanza e poi cambiavano discorso, ridevano o tornavano seri o ridevano a piccole ondate successive, fino a quando il vecchio Alex non doveva saltare di nuovo in bici e volare a casa. Di solito, quando lui stava per andarsene, arrivava, a bordo della mini rossa, la madre di Aidi con Federico – il fratellino biondo di Aidi ritirato da qualche asilo. Era molto gentile, quella madre, e lui l'ammirava seriamente, per il fatto d'aver mandato avanti da sola la famiglia.

(Gli sembrava di starle abbastanza simpatico, o qualcosa del genere.)

Federico aveva una pistola di plastica che sparava proiettili conici gialli su bersagli a forma di cubo con, segnati sopra, dei punti; era abbastanza bravo, anche se ci metteva un po' a caricare. Quando Federico avrebbe avuto la loro età, sedici diciassette anni, ormai Aidi e sua sorella Chiara sarebbero state molto oltre il mondo giovanile delle pizzerie, dei concerti e dell'università, questo pensava il vecchio Alex. Chi avrebbe saputo dire se si sarebbero ancora frequentati, lui e quell'infante? Per ora gli portava il giornale della Pimpa e ogni tanto glielo leggeva un minuto e basta.

C'era sempre il fatto che con Aidi non interagiva fisicamente – nemmeno si baciavano in bocca, quei pirati! – ma a parte questo, Aidi indossava sempre delle prodigiose magliette bianche e poi ascoltavano tutto il tempo soft-rock tipo Housemartins o cantautori italiani anni Settanta. Inoltre, giocavano a memory e a shangai.

Alex perdeva sempre. Perennemente agitato e inquieto e tormentato com'era, non si poteva mica vincere, a shangai, in condizioni del genere.

E poi parlavano e parlavano. Parlavano di cose che non avevano mai chiesto a nessuno – i pomeriggi sdraiati sul tappeto, o seduti in cortile, a raccontarsi le estati passate e i trasalimenti per i domani di pioggia. Alex le ripeteva in continuazione che alla fine di giugno, quando si sarebbero salutati, sarebbe stato tristissimo. Aidi sorrideva, ma senza dire niente.

Gli dispiaceva un po' che non dicesse anche lei che le sarebbe smisuratamente dispiaciuto non vederlo per un anno intero, ma era solo un istante: il nostro diavolo d'un uomo sollevava lo sguardo e c'era di nuovo lei, Aidi, senza aggettivi.

Se ne stavano anche zitti, ogni tanto. Abbracciati sul letto, i respiri che andavano su e giù. (Erano i silenzi più lenti e maledettamente intensi che il vecchio Alex avesse mai ascoltato.)

Inoltre, certe volte andava da lei, dopo cena. In qualche occasione, per andare da lei dopo cena tirava il pacco agli amici ex scout, e un po' se ne pentiva.

(Aveva parlato di Aidi solo coi rockers più intimi.)

Generalmente, a quell'ora di notte Federico dormiva e la madre di Aidi era fuori o al piano superiore a guardare la tv. In ogni caso, non bisognava far rumore: loro due accendevano una candela e la posavano sul tavolo di cucina; lasciavano colare qualche goccia di cera sul piattino, per fissarla.

Nelle sere più paranoiche, si buttavano a capofitto sul loro rapporto, su com'era diverso, il loro rapporto, sia dall'amicizia sia da qualunque altro sentimento o cosa per cui erano già state trovate delle parole.

(Finiva sempre che la nostra roccia ci restava male.)

Nelle sere più luminose, invece, si volevano bene come in certi romanzi straordinari, e parlavano del Caulfield e della vecchia Jane, ed erano raggiantissimi solo stringendosi la mano.

In quelle sere di primavera, seduti al tavolo di cucina coi libri sparsi un po' in giro, la musica a basso volume e la candela accesa, Alex cominciava a capire cosa fosse la felicità; e forse, aveva visto correre rapido e silenzioso come un'ombra, appena fuori dalla finestra, anche quell'altro semidio dardeggiante. Gli era sembrato fosse lui, insomma. E anzi, ripensandoci a mesi di distanza, con Aidi ormai oltreoceano, se ne sarebbe convinto definitivamente: Uh, era lui. Era proprio lui...

(Alla luce di quella candela portentosa, aveva sentito per la prima volta la forza immensa che abbiamo dentro.)

Guardare in silenzio le labbra, i capelli, le mani di Aidi alla luce di quella candela, era un'emozione maestosa come sdraiarsi sui binari e fermare una locomotiva con la forza delle gambe o nuotare in apnea, per ore, in un mare – perdonàtelo – di tè *fresco* alla *pèsca*. Era Shane MacGowan, il santo poeta punk alcoolizzato che guarda dal finestrino del treno e vede gli ultimi vagoni inseguirlo senza raggiungerlo mai.

Ma di tutto questo, il vecchio Alex si sarebbe accorto più tardi, poiché in quei giorni sentiva solo un misto portentoso di felicità e inquietudine mai provato prima. Aidi gli sembrava una fata luminosa e un'Entità imperscrutabile, e il lato illuminato della strada, Sunnyside Of The Street, la voce di Shane sulla musica dei Pogues, era la loro cabala preferita: non voglio altro che restare per sempre proprio dove mi trovo, sul lato illuminato della strada.

Aidi diceva che quando l'ascoltavano, ogni volta al vecchio Alex brillavano gli occhi, capirete

Un mattino si erano dati appuntamento alle sette e tre quarti a porta San Mamolo e lui le aveva regalato una confezione di stelle adesive fluorescenti; il pomeriggio le avrebbero attaccate insieme sull'armadio a fianco del letto per formare – perdonàteli e poi fucilàteli – le loro costellazioni zodiacali, scorpione e pesci. Poi, andando a scuola, quel fascio di muscoli ciclistici pedalava a tutta forza, e lei gli andava dietro in vespa. Rideva, diceva che era buffo il vecchio Alex quando, lungo il pavé sconnesso di via d'Azeglio, s'alzava in piedi, altissimo sui pedali.

Un pomeriggio di marzo, da Feltrinelli, Alex aveva passato in rassegna le novità di narrativa, i tascabili, e poi aveva comprato un libro che raccoglieva le foto in bianco e nero dei Clash dalla furia londinese del '77 al Gran Finale, e intanto lei era rimasta tutto il tempo a leggere un libro sul buddhismo. Mentre passeggiavano per il centro sotto un sole all'anidride carbonica, Aidi gli aveva spiegato come a volte i novizi zen impiegassero anni e anni per trovare la risposta a un solo koan. Il nostro diavolo d'un uomo, invece, le aveva parlato di Joe Strummer che era andato a fare il cantante punk anche se suo padre era un pezzo grosso della diplomazia inglese. Poi Adelaide gli aveva raccontato della sua terra, la Sicilia, con parole così tremendamente intense e sincere che lui non le avrebbe più dimenticate. Aidi possedeva almeno dieci libri che parlavano di mafia. Ma a parte questo – a parte le cose da Meri per sempre, i magistrati ragazzini e le cronache dei superprocessi – erano le parole arancioni con cui lei descriveva la campagna, il mare e il vulcano, a sedurlo. Gli pareva di sentirne l'odore anche quando pedalava come un matto in mezzo ai gas di scarico dei viali; la pensava come una terra fortunata, alla fine. Appassionata. E ormai era deciso: prima o dopo, sarebbe andato a vederla.

Nel corso di quei giorni, era come se lui fosse finalmente riuscito ad abbracciare il verso dei Beatles, lo strano verso che dice Happiness is a warm gun, che fino a quel momento gli era parso una specie di metafora un po' pittoresca o uno spunto buono per un manifesto pubblicitario.

A elettrizzarlo, era la certezza che se lui o Aidi si fossero messi con qualcuno, tutto sarebbe precipitato di nuovo nel libro, nel garage-rock duro e sordo e grezzo che aveva ascoltato fino a due mesi prima. E invece, il vecchio Alex aveva proprio bisogno che le cose andassero avanti così ancora un poco. Ancora poco, e non sarebbe mai più tornato quello di prima; ancora un po' di tempo felice a quel modo, e sarebbe stato catapultato fuori dal libro per sempre.

Ancora un po' a giocare a Shangai insieme a lei, e sarebbe riuscito a mandare al tappeto l'Alex Cancelliere degli anni a venire. Ancora fino a giugno così, anarchia sentimentale fino alla partenza di Aidi, e poi, qualunque cosa fosse accaduta, nulla sarebbe più stato come prima.

Se niente li avesse separati fino al momento della partenza, sarebbe stato come Ricky Cunningham presidente degli Stati Uniti o come suonare l'attacco di Foxy Lady con la Strato in fiamme uguale preciso all'attacco su disco del vecchio Hendrix.

Sì. Il nostro diavolo d'un uomo ci avrebbe creduto.

Ci avrebbe creduto tutti i giorni, e per sempre

Aveva guardato il signore anziano col giubbetto di lana grigia caracollare via verso la zona buia del confessionale fino a quando la lucina verde sullo stipite della porta non s'era spenta e al suo posto era comparsa la spia luminosa rossa: la targhetta "Padre Fortunato" aveva tremato di brividi cyberpunk, investita dal riflesso di quella nuova luce purpurea. Poi, la voce dell'uomo anziano col giubbetto di lana grigia aveva preso a biascicare, da dietro la porta socchiusa, mescolata al brusìo di fondo dei ventilatori. Alex riusciva a percepire solo carogne di sillabe o nodi consonantici, e, a tratti, il po' di tosse asinina che sprigionava dal ventre del confessionale. Poi, anche quelle carogne di sillabe erano cessate, e il pensionato col giubbetto di lana grigia aveva fatto capolino dietro la porta cigolante ed era strisciato via lungo il perimetro della navata lasciando libero il campo.

All'interno del confessionale, le fiatate di padre Fortunato galleggiavano alla loro maniera, furiose d'aromi umani troppo umani, e il nostro Alex s'era appena lasciato alle spalle – assicurandosi che la porta fosse socchiusa – la navata colma di pensionati che cantavano in coro l'inno preparatorio alla comunione: aveva degnato d'una sola occhiata la mezza dozzina d'edizioni dell'Atto di dolore che arredavano il semibuio.

«Sia lodato Gesù Cristo, figliolo.»

«Sempre sia lodato.»

Alex intravedeva la fisionomia cappuccinesca di padre

Fortunato attraverso la croce di fori che guarniva il sipariet-to in metallo e permetteva la comunicazione fra le anime. "Sarebbe più semplice parlare di determinate questioni, se fra noi anime e il confessore non ci fosse niente" aveva anche pensato il vecchio Alex.

«Allora, com'è che andiamo.»

Le fiatate di padre Fortunato potevano rendervi attoniti, alle volte.

«Be', insomma. Direi abbastanza bene.»

Dall'archivio magnetico del signor Alex D. Questa è una delle mie paranoie preferite: da circa un paio d'anni, tutte le volte che entro in un confessionale mi sento su di giri, euforico e brillante. Mi vengono in mente un sacco di cose, per lo più scherzi da fare ai preti chiusi nei loro gabbiotti, tipo vestirmi da scimmia o liberare qualche animale.

Per riuscire a dominarmi quando mi vengono in mente idee inebrianti del genere, m'impongo ogni volta di pensare a scene di stragi, campi di battaglia, ufficiali in agonia, ma ho finito per autocondizionarmi a tal punto che adesso mi faccio sempre venire in mente (è come avere un proiettore nel cervello che spara le immagini sulla parete interna della fronte) un soldato nordista ferito in modo serio, sdraiato sulla pancia, coi guanti bianchi, le bretelle sulla casacca blu, i capelli arruffati e la barba d'una decina di giorni. Ha un fazzoletto giallo al collo e gli occhi semichiusi. È una delle mie immagini mentali più ricorrenti. Forse è un fumetto che ho letto da piccolo. O forse, ma è meno probabile, il fotogramma d'un film.

«Da quanto non ti confessi?»

«Uh. Due tre mesi. Forse quattro.» Non mentiva coscientemente.

«Allora, cosa mi dici?»

«Uh. Direi che va abbastanza bene. Non credo di aver commesso nessun peccato particolarmente odioso. Certo, alle volte, in famiglia, non ho molto aiutato. Non ho aiutato quasi mai, credo. Sì, be', in famiglia non ho aiutato mai.

E alle volte non sono stato abbastanza paziente con mio fratello – tipo quando mi chiedeva di aiutarlo per i compiti eccetera. Gli ho detto che siccome io facevo i miei, lui si facesse i suoi da solo. Giusto, eh, per carità. Però magari avrei potuto essere più gentile. E poi alle volte qualche scherzo. Che magari a chi l'ha subìto è sembrato pesante... Che magari anche a me, se l'avessi subìto, sarebbe sembrato pesante. Mah. Qualche busseria. Qualche pugno in testa, così, per scherzo. Ma le volevo chiedere una cosa...»

Padre Fortunato era sempre lì, imperturbabile, fotografato di tre quarti – la mano destra sul petto a lambire la lunga barba – plausibilmente morto.

«... Ecco, non so se la Bibbia ne parla mai, da qualche parte. Magari nell'Antico Testamento, tipo nei Salmi... Non lo so, ma è che a me pare, in questi ultimi tempi, in queste settimane voglio dire, come di... Non lo so, come di andare *sempre meglio*. Come di essere più me stesso, di sfruttare pienamente un potenziale di cui finora avevo usato solo una parte. Ne parla, la Bibbia, tipo in qualche massima o che so io? Lo dice che a volte sembra che tutto vada bene?»

Aveva infilato tutta la frase con un tono concitato, tipo teenager che tenta di spiegare al poliziotto la scena d'un delitto avvenuta sotto i suoi occhi. Si accorgeva di dare l'impressione del pazzo in pieno delirio, ma non gl'importava.

Padre Fortunato, imperturbabile.

Secondi. *Minuti*, forse.

Senza tensione.

Il vecchio Alex avrebbe potuto strisciare via dal confessionale a passo di leopardo, e probabilmente padre Fortunato non avrebbe battuto ciglio. Fuori, adesso, c'era il silenzio dei comunicandi, le donne coi foulard sulla testa – «In segno di rispetto» gli ripeteva la mutter quand'era piccolo – sciamavano lungo la navata e i corridoi laterali; i bambini in bermuda e giubbino di lana – «In chiesa fa freddo» – abbellito con decorazioni navy tipo salvagenti o delfini, scalpitavano per allinearsi in fila anche loro, mentre un cane, introdotto da qualche decerebrato in giacca di montone, abbaiava stentoreo sul fondo facendo strillare un neonato. In distanza, l'eco degli «Amen», ognuno di timbro e tono diverso dal precedente, ritmati dai sussurri professionali del celebrante.

Alex aveva azzardato un colpetto di tosse.

Forse il frate stava muovendo le *palpebre*? Era una situazione un po' paradossale, non potevano esservi dubbi.

E alla fine.

«Bene, figliolo. Non è che la Bibbia ne parli proprio in specifico. È uno spirito che si respira, un'unità di base che c'è in tutta la Bibbia. La felicità, il migliorarsi. Ne parlano i profeti, ne parla anche Gesù...»

Okay. Non è che questi espedienti da Azzeccagarbugli l'esaltassero, al vecchio Alex: aveva voglia di chiedergli *quando* ne parlano i profeti e *quando* Gesù, perché magari padre Fortunato s'era inventato tutto, ma di fronte allo spettro d'una seconda pausa di riflessione estatica, aveva lasciato perdere e basta.

Off. S'era messo a pensare al campionato di calcio, un torneo per cui stava perdendo interesse a vista d'occhio. Da piccolo, invece, seguiva tutte le giornate a Domenica Sprint, la sera. Non sapeva neanche chi fosse in testa alla classifica, adesso. Ogni tanto gli giungevano dei commenti, certi aneddoti o profili di campioni da suo fratello, un appassionato d'acciaio, anche se il Cancelliere mica ce lo lasciava andare, al Dall'Ara, «per via che gli stadi sono pericolosi»; ma si trattava di notizie abbastanza sparse, brandelli di questioni ormai fuori dai suoi interessi.

Poi, una frase pronunciata in tono meno mortale del solito l'aveva costretto a interrompere quelle divagazioni: «... E allora, *forza*. Continuiamo *così*. Andiamo bene, ma ricordiamo sempre che la fede va vissuta insieme; che la fede, da soli, non serve a niente; che la fede, anzi, addirittura non può esistere, da soli. Cristo ha detto che dove due o più saranno riuniti in nome Suo, Lui sarà presente. E cioè in famiglia. E cioè a scuola. E cioè sul lavoro. E cioè tutte le volte che il gruppo parrocchiale agisce... *Bene*, figliolo. Per penitenza, dirai tre Ave Marie alla Madonna».

Il vecchio Alex se l'aspettava.

Quand'era piccolo doveva dirne due, di Ave Marie, ma da quando verso i tredici anni aveva scoperto di commettere atti impuri e l'aveva riferito all'Autorità competente, quel duo s'era trasformato in trio per emendarlo dall'autoerotismo, diciamo.

«E adesso, recita l'Atto di dolore, figliolo.»

(Una volta, innumerevoli anni prima, il vecchio Alex se l'era dimenticato, l'Atto di dolore, e non aveva saputo fare di meglio che scoppiare in lacrime dentro il confessionale.)

«... Cos'io t'assolvo da tutti i tuoi peccati, nel nome del Padre, del Figlio e dello Spirito Santo.»

«Be', allora grazie. Arrivederci.»

«Arrivederci a te, figliolo. E grazie d'essere venuto. E buona domenica anche alla tua famiglia.»

«Sì. Grazie, padre. Arrivederci.»

«Grazie a te, figliolo. E buona domenica anche a te.»

«Ok.»

La gente ormai stava sfollando, e un diacono con i capelli solo laterali aveva preso ad annunciare i soliti avvisi futuristi sull'attività della parrocchia. Il vecchio Alex s'era fermato pochi istanti, con la fronte luminosa tutta rivolta all'altare e le avemarie che rotolavano dentro in maniera semiautomatica.

Poi, una volta in bici, diretto verso casa come un Girardengo appena appena più basso e rock, sulla strada larga di bell'asfalto nero, pedalava fluido, Alex, e si sentiva l'umore a mille.

La mutter avrebbe portato in tavola le tagliatelle prosciutto panna e piselli, la cotoletta, la torta di carote, e alle tre in punto spaccate, tagliato il traguardo in salita di via Codivilla, avrebbe rivisto Aidi la risplendente.

L'aria era ancora fresca, e quel Girardengo ci aveva le maniche della camicia rimboccate e un paio di maestose canzoni dei Pogues nella testa.

Due ore più tardi, eccovelo di nuovo in sella, il vecchio Alex, che pedalava arcicontento nella luce del primo pomeriggio; una qualità di luce che, per un secondo, gli aveva ricordato certi rari pomeriggi d'agosto un po' sul tardi, e azzurri e limpidi come dopo una pioggia: i rari giorni d'un agosto bolognese che per quell'anno lei non avrebbe visto.

Con la bici, intanto, andava sempre meglio. La sua potenza era aumentata, da quando aveva preso a lanciarsi su per via Codivilla.

La prima volta era arrivato a metà salita e il respiro gli si era spento dentro all'improvviso; aveva dovuto scendere, portare la bicicletta a mano fino al cancello: era sera, e sui colli, la sera, faceva buio pesto; era marzo, e nel nero delle otto e mezzo di quella sera di marzo si cominciava a sentire il profumo della primavera.

Le prime volte Aidi scendeva ad aspettarlo al cancello, il vecchio Alex la ricordava seduta sulla vespa, sorridente, con il casco in mano. Poi, Alex legava la bici e saliva in vespa con Aidi e Aidi lo portava fino alla casa del seminario. Guidava bene, lei, anche se l'anno prima, in Sicilia, aveva avuto un incidente: il nostro vecchio non poteva evitare di dispiacersi per quel piccolo incidente che pure s'era concluso nel migliore dei modi da molti mesi e che lui non avrebbe potuto evitare in alcun modo.

La primavera gli stava proprio scivolando di mano, non potevano esserci dubbi, ma nel frattempo aveva imparato a giocare col cambio, a dosare bene la forza. Riusciva ad arrivare fino allo spiazzo antistante la casa di Aidi senza fermarsi mai.

Schizzava via come una revolverata dai viali, svoltava a destra per via San Mamolo, quindi, se non c'era traffico, all'altezza del baracchino dei gelati infilava, saettando come nessuno, la via Codivilla. Sul tratto in pianura accelerava al massimo, poi attaccava la salita di potenza sotto gli occhi sorprendentemente indifferenti dei rari passanti e automobilisti che scendevano anestetizzati incontro alla città. Cercava di tenere il rapporto di pianura, che ha il passo lungo e ti fa fare più strada, fin dove gli era possibile; poi si alzava a pedalare in piedi con tutta la bici che ballava sotto; quando sentiva che la pendenza diventava troppo forte, quando capiva che dopo altre due o tre pedalate avrebbe dovuto poggiare un piede a terra, lungo la curva, di solito al primo cartello di divieto di sosta permanente, si piegava sul cannone e col pollice faceva scattare il cambio: la catena saltava sulla corona più piccola, le gambe ricominciavano a macinare; lui si spostava sul cordolo, al limite dell'asfalto, per evitare ogni palmo di strada superfluo: all'uscita della curva, poteva riprendere a pedalare restando seduto.

Quando avvistava la fila delle macchine parcheggiate, stabiliva un traguardo a cui arrivare senza lasciare il sellino: almeno arrivare alla golf bianca – avambracci tesi, schiena curva, vene sulle mani e sui polsi in evidenza, palmi sudati.

Almeno arrivare a quella stramaledetta golf...

Pensava ad altro, guardava a terra, in quei momenti difficili: i titoli dei dischi dei Police. Regatta De Blanc, Outlandos D'Amour, Synchronicity, Zenyatta Mondatta, Ghost In The Machine. Perché Regatta De Blanc è prima di Outlandos D'Amour, vero?

E il vecchio Alex scandiva mentalmente marca, modello e colore delle macchine parcheggiate, per non pensare al suo corpo, ché tanto quello pedalava anche da solo. Le riconosceva quasi tutte, anche se ogni tanto non gli venivano in mente i nomi di alcuni modelli tipo le utilitarie giapponesi.

G-g-g-olf biah-n-n-n-cah! In piedi, adesso!

Eh, adesso era quasi Coppi. Pedalava in piedi, inclinato avanti, sporgendosi oltre il manubrio, mentre il sudore gli colava ai lati delle sopracciglia e dietro gli orecchi, mentre la maglietta aderiva alla schiena. Ancora pochi metri, ancora pochi metri soltanto, e avrebbe avvistato i due leoni di pietra dallo sguardo spento, semidormienti sulle colonne a cui era incardinato il cancello.

Quel grosso cancello coi due leoni menefreghisti e semidormienti era sempre aperto, e il vecchio Alex lo superava d'infilata e passava sotto il fresco buono degli alberi. C'era un tratto in pianura, all'interno, ma lui sapeva che non doveva ingannarsi, ché se rallentava per rifiatare in quel tratto dopo avrebbe dovuto dannarsi a riprendere il ritmo; allora si lanciava su per i tornanti del sentiero asfaltato che attraversava il bosco, e alla seconda curva, che piegava a destra, faceva saltare la catena sulla corona più grande: imboccava la pendenza del rettilineo di nuovo in piedi sui pedali.

Giocava di spalle, per restare all'esterno delle curve, e ormai mancava davvero una manciata di strada, prima del seminario, e lui, fermo sul rapporto di pianura, poteva smettere di pensare a Coppi, a Girardengo, e anche ai gregari mitici e scalatori – cosce d'acciaio e volontà nicciana – destinati a restare ignoti, ma che al Giro attaccavano in tutte le tappe di montagna e ridicolizzavano i campioni costruiti in palestra...

A sessanta secondi da lì, c'era Aidi.

Ultimi colpi per arrivare allo spiazzo del seminario.

Il vecchio Alex si passava le mani indietro, tra i capelli bagnati.

Ancora dieci pedalate, e sarebbe stata di nuovo pianura, immersa nel fitto del bosco.

Gli piaceva immensamente filare veloce in quel paesaggio di foglie, e non era necessario cronometrare un bel nulla. Lo so quanto voi, non crediate. Magari, lui, non era *così* tanto bravo, con quella bici, però l'essenziale non era cronometrare la gara, ma non poggiare i piedi a terra durante la salita, non fermarsi a rifiatare in pianura. Era quello, il suo record.

Quanto al resto, dal punto di vista del nostro Girardengo appena appena più basso e rock, se Adelaide era una sibilla o una fata, contava anche il fatto che abitava in un bosco.

Dall'archivio magnetico del signor Alex D. Registro questa cassetta perché le mie emozioni di oggi non vadano perse come nespole nell'oceano.

Non ho bisogno di uno scooter o di una moto, non ho bisogno di fare i compiti per domani, non ho bisogno del telegiornale, della gente, di una casa. Basta il fresco sulle braccia, basta la fotografia mentale di Aidi seduta sul letto in camera sua a gambe incrociate, assorta sul libro di greco. Nella sua classe stanno svolgendo il programma che noi avevamo l'anno scorso, i lirici greci e Ohi lassa innamorata e quel Cecco dell'Angiolieri. Mi basta sapere che tra qualche secondo lei sentirà il campanello della mia bici e scenderà a darmi un bacio. E quando riporto il cambio sul rapporto maggiore e pedalo gli ultimi colpi fluidi girando attorno al seminario e poi scendo con la ruota posteriore che scalcia inchiodata dal freno fino allo spiazzo e alla casa di Aidi, be', sono convinto che il paradiso sia un posto abbastanza del genere.

Adelaide sta mangiando una mela. È bella. Ha i capelli castani sciolti sulle spalle, la maglietta Jan Sport contrasta con la pelle scura e non riesce a nascondere le sue tette reggae. Non so. Mi crea effetti strani. Per la prima volta, di una ragazza prendo in considerazione anche le braccia, il collo. Mi crea effetti strani, insomma. Ci prendiamo per mano senza dire niente e camminiamo fino al ciglio del prato, poi sediamo vicini. Le colline illuminate dalla luce tiepida del pomeriggio, l'erba tenera sotto noi: tutto è verde e tutto va bene.

Hai un'aria incredibile a scuola, Alex, mi fa. A volte hai un aspetto incazzatissimo, altre sembra che il tuo corpo sia lì e la tua anima chissà dove. Insomma, non è che ti ci trovi molto...

Io mi sono messo a ridere e lei m'ha passato un filo d'erba sull'incavo del braccio. Perché ridi? mi fa.

Perché sono contento, credo. Le ho detto questo.

Anche lei ha riso, e ha fatto una specie di linguaccia.

No, sul serio, mi dice. Ascolta. A scuola hai sempre quest'aria da poeta decadentista, e invece, il pomeriggio, sei disteso e carino e...

Lo so. È perché ci sei tu, mia adorata.

Altra linguaccia. Semibacio.

E il vecchio Alex si diceva arciconvinto della necessità dell'antiproibizionismo, in quegli anni. Poiché la maffia, per mantenersi, avrebbe dovuto vendere gli stramaledetti orologi falsi, se ci fosse stato l'antiproibizionismo.

Intanto, a scuola, il nostro teorico politico navigava tra sufficienze deprimenti e qualche colpo di pseudoculo ogni tanto, e un paio di profii l'avrebbero cacciato volentieri a calci insieme a tutti i punk parrocchiali, specie da quando le bidelle avevano trovato il bagno, appena ridipinto, fiorito di scritte autografe e messaggi subliminali tipo Okkio al kranio rot-taryani, e Alex ti vede – quest'ultimo messaggio, intelligentissimo, lucidissimo, a lettere di trenta centimetri, direttamente in pennarello fosforescente sull'interno delle porte dei bagni delle girls.

E Aidi, invece, sarebbe andata in gita a Praga con un paio di classi della sua sezione – alias tutta gente assolutamente sconosciuta e indegna d'essere nominata per iscritto – di lì a non molto.

Fervevano già i preparativi, anzi. Una frenesia e una nevrastenia tutte tardoadolescenziali e cinguettanti e rot-taryane di merda che lèvati.

Il vecchio Alex in gita non ci sarebbe andato, perché la sua classe non aveva trovato nessuno che li accompagnava, in quanto – uh – erano degli skazzati svogliati e strafottenti.

Uh. Uh.

Dall'archivio magnetico del signor Alex D. Io, i professori, li odio. Basta prediche, okay? Basta con le cazzo di prediche, *signori*. Le prediche sono abolite. Finite. Stop.

Poi, una bella mattina la profia di latino e greco aveva portato in classe un disco di canti di Catullo accompagnati da chitarra e flauto, e dopo una più che scoraggiante esaltazione dell'Eternità dell'Amore, era proprio spuntato il tecnico di laboratorio con una specie di grammofono anteguerra e la profia ci aveva proprio fatto girare il disco: tutte quelle declamazioni col sottofondo di flauto, fruscii e toctoc. Un giulebbe difficile da credersi.

Quinci, finito di gustare una prima volta l'*intero* disco, la profia aveva chiesto cosa ne pensavano, di quel giulebbe, gli studenti. Siccome doveva aver colto non si capisce quali segni di compiacimento e profonda partecipazione da parte di determinati stronzi, diobbuòno, non v'aveva *rinnovato* il supplizio? Dopo ulteriori venti minuti di suoni putrefatti, quando ancora la puntina doveva essere sollevata dal vinile, rapide e fuori luogo come la morte stessa, le Sempreverginі Morelli e Musiani avevano chiesto di poter portare a casa quella magnificenza putrefatta per poterla riascoltare nella quiete dei loro salotti e magari, perché no?, farne alcune copie su nastro da regalare – mio Dio – agli amici della classe.

E che cazzo.

Il vecchio Alex e Depression Tony s'erano lanciati uno sguardo d'intesa più esplicito d'una chiamata al sexy phone, e non appena era suonata la campana dell'intervallo, nella classe ormai vuota, avevano fatto quel che c'era da fare: Depression Tony aveva frugato con la rapidità del coguaro la cartella della Musiani, e un nanosecondo dopo quei frugamenti, il disco era finito dietro un termosifone in corridoio. Poi, due ore di matematica e svariati assi cartesiani per intercettare delle Entità uguali a x + z e nessuna verifica da parte della Musiani della cartella della Musiani. Quindi, campana delle dodici e quaranta, il vecchio Alex e Depression Tony – tattici quant'altri mai – che s'erano fatti trovare prontissimi a catapultarsi fuori dalla classe già vestiti e con le cartelle pronte.

Infine, pochi minuti in bagno aspettando che la gente sfollasse, e, last but not least, puntata più che coguarica a recuperare il disco. Quel pomeriggio istesso, mentre Depression Tony teneva il vinile nella posizione più propizia, entrambi muniti di guanti in lana atti a non lasciare cazzo d'impronte digitali, il vecchio Alex aveva fatto stridere la sega da traforo con devozione certosina, e, meno di mezzo minuto più tardi, la Scelta di canti catulliani era diviso in due metà quasi perfette che smaniavano d'essere infilate in buste sacco imbottite e recapitate alle Sempreverginі Morelli e Musiani.

Be', e che cazzo.

E intanto, mentre Aidi era ormai in gita a Praga, c'erano state le elezioni. Purtroppo il vecchio Alex non poteva ancora votare, così una determinata lista di sinistra aveva preso un voto in meno, perché va bene essere anarchici, ma quando ti trovi davanti la scheda con stampati sopra lo scudo crociato e il garofano non ci vedi più, e ti viene in mente che quella famiglia con gli occhiali che è entrata al seggio dietro di te di certo ha votato compatta per i socialdemocrìsti con preferenza a qualche gerarca amico di amici di famiglia, e allora butti tutto il tuo peso all'opposizione, no? Voglio dire: e che cazzo.

Così, tutta la settimana precedente il weekend elettorale era trascorsa, per il vecchio Alex, a strappare i manifesti dei partiti di governo e a cimentarsi in più che coguariche fughe in bicicletta.

Cristo. Era andata *benissimo.*

L'antiabortista Casini era comparso in diretta tv praticamente in lacrime, e il vecchio Alex era stato a un nonnulla dal complimentarsi con se stesso – tramite seghino a due dita lì seduta stante – tanto si sentiva sprofondare fra le pallonate della gioia.

Anche se poi, alla fine, tutto sarebbe ricominciato come prima, e i ladri avrebbero continuato a rubare anche con cento voti in meno a Benevento e a Latina, ma insomma...

Insomma, bisognava costruire una nuova Italia, poiché la Prima Repubblica era fallita, e intanto il vecchio Alex era tornato anarchico in attesa di unirsi alla colonna Durruti con la sua bandiera rossa e nera: l'anno seguente avrebbe avuto i diciotto anche lui, e alle elezioni sarebbero stati kazzi per tutti.

Martino non l'aveva più visto dal weekend prima del compito di fisica, ma non sentiva tanto la sua mancanza. Fino a quando non era stato lui, Martino, a chiamarlo, in un pomeriggio di luce accecante. Uno strano pomeriggio lungo lungo, che più tardi, prima di riarrotolare un pezzo della sua vita e chiuderlo in un cassetto buio, il vecchio Alex avrebbe ricordato come un fottuto lunedì di aprile.

Martino era in casa da solo, come sempre, e al telefono, già da come gli aveva detto il solito «ciao, vecchio», ci aveva una di quelle voci che si capiva lontano chilometri che gli era scesa la catena di brutto; e dopo i primi tentennamenti, incalzato dalle domande preoccupate del vecchio Alex, l'aveva vuotato, il sacco, Martino, ché due settimane prima i kaschi l'avevano beccato a Riccione, all'uscita di una disco, e lui era strafatto e stava male e in tasca ci aveva mezzo foglio di trip. Gli parlava a voce bassa, rauco, con dietro della musica da stereo. Aveva fumato, e non voleva saperne delle parole un po' di circostanza del vecchio Alex: era scazzato e disperato, Martino.

«Alex» gli aveva detto, parlando basso dall'altro capo del filo. «Alex, diobbuòno. Non so se ce la faccio, capisci? Odio *tutti*, capisci? Non fanno che raccontarci bugie, amico mio. Non ci raccontano altro che *bugie*...»

Così aveva detto.

«... Io stavo male, e quegli stronzi volevano vedere i documenti... Esci dalla macchina, stronzo, e fa' vedere i documenti! Ma cos'è che c'ha, 'sto balordo? Di cosa ti sei fatto, eh, *balordo*?... Ridevano fra loro, gli stronzi, e io gli ho detto giù le mani, voialtri bastardi, non azzardatevi a toccarmi, voialtri, e quelli m'hanno sistemato perbenino, ché m'hanno trovato la roba in tasca e mi tenevano contro la macchina come un sacco di merda e adesso vieni con noi, brutto stronzo, ché ci facciamo un giro in questura, hai capito, sì?, lo capisci l'italiano, sì?... E che cazzo potevo fare, io, con quei figli di puttana che mi tenevano da tutte le parti, e abbassa la testa che ci guardano tutti, li vedi i tuoi amici?, questi sono i tuoi amici, balordo, e sai cosa guardano?, guardano che fine si fa ad andare in giro calàti, brutto stronzo...

«Solo stronzo, sapevano dire... M'hanno tenuto dentro un giorno... Alex, ci sarà il processo, capisci? A me mi devono processare, adesso... E mio padre, quando è venuto a vedermi, ha *finto* d'incazzarsi, ma dentro di lui non ha fatto una piega. Io lo so com'è, lui. Lo conosco, quell'altro bastardo. Mi trova l'avvocato e stop. Io ero disperato, e lui ha fatto finta d'incazzarsi, ma dentro di sé non provava niente. Lo zero assoluto di *niente*, capisci? Mi trova l'avvocato *prestigioso*, capisci?

«A scuola sanno tutto, non è vero?»

Aveva voluto sapere questo, il vecchio Martino.

E chissà come godevano certi genitori, adesso che la mela marcia aveva avuto la sua lezione, ché non era ammissibile ci fosse uno come lui, nella scuola, e non avrebbero avuto bisogno dei compiti in classe per segarlo, ché sarebbero bastate le voci, i commenti dei genitori, i discorsi delle madri-stronze-truccate-con-la-gonna-corta, ché fino a quando ti calavi gli acidi con le loro figlie e te le scopavi di nascosto mentre loro erano a cena fuori coi Lions, tutto bene, no?, ma adesso bisognava protestare, farsi sentire col preside, adesso non si doveva sapere che l'elsamaria e selvaggia erano in classe con un balordo drogato, uno spacciatore...

«Non sono un cazzo di nessuno, io» gli aveva detto il vecchio Martino. «Non serve a niente, il sottoscritto. Credevo di servire a qualche ragazza, ma non è vero neanche questo, perché sono tutte troie quelle che conosco io, e per loro uno vale l'altro, e si fanno scopare, ascoltano Carboni, ti smollano, si fanno scopare, ascoltano Carboni, ti smollano... E i soldi, i soldi, i soldi... Vanno via da tutte le parti, i soldi... Spendo un milione in una sera, Alex, amico mio... Mi faccio schifo, capisci?... Non voglio essere così e non posso essere nient'altro.»

Alex avrebbe voluto solo dirgli non fare così, Martino, vedrai che una via d'uscita la troviamo, e ce l'hai una bicicletta, vecchio, e allora perché non andiamo a fare un giro insieme sui colli, che adesso c'è il sole, ascolta, ed è tutto meno orrendo, se trovi qualcuno con cui pedalare, lo sai, fratello... Lui non l'aveva mai sentito piangere, il vecchio Martino, né parlare a quel modo; talmente disperato e rabbioso che doveva aver preso a calci lo stereo, a un certo punto, perché insieme alle lacrime e alla rabbia aveva sentito i colpi all'altro capo del filo, e la musica che s'era spenta, e un secondo dopo anche il telefono s'era spento, e quando Alex s'era precipitato a richiamare, e per tutto il tempo che aveva tentato e ritentato di riuscire a parlargli, la linea aveva dato il segnale di occupato e nient'altro, ché il telefono, Martino, doveva averlo staccato e basta, e il resto della storia era come se fosse già scritta sui giornali, in qualche modo. Conosciuta da tutti.

Ciò che né la gente o la polizia o i giornalisti avrebbero mai conosciuto, era la lettera che Martino gli aveva spedito dopo quella telefonata. Una facciata di foglio ad anelli fitta di caratteri piccoli e nervosi di bic nera.

Alex l'aveva mostrata solo ad Aidi, poiché certi segreti sono troppo terribili per la coscienza d'una persona sola.

Alex, amico mio,

finita questa lettera scenderò per via dei Colli, via San Mamolo, via D'Azeglio e via Farini a cavallo della mia celebre vespa special, mi fermerò in piazza Minghetti di fronte alle poste, imbucherò la lettera, forse prenderò un gelato (mi va un gelato alla frutta con le amarene sopra), tornerò indietro, lascerò la vespa in giardino, mi chiuderò in casa e distruggerò tutti i quadri che si sono comprati i miei per far bello questo posto di morti.

Mi fa troppo schifo vivere così, e ci sono troppo dentro per cambiare.

Comunque, i miei sono dei poveretti. Non è per loro che ho deciso. È per me.

Ho pensato e pensato, vecchio mio. E le mie conclusioni sono queste: se sei un barbone, un drogato, un immigrato, un albano, sei fottuto. Ti isolano, sei fuori dal gruppo. Poi, il gruppo ti lascia più o meno in pace e in disparte all'inizio, fino a quando non ne fai una troppo grossa, e allora finisci in galera.

Se invece sei una persona normale, rispettabile, se sei nel gruppo, bene o male lavori per il gruppo. E questo non vuol dire necessariamente essere onesti. Anzi. I capi del gruppo sono tipo gli amici dei miei, gran stronzi pieni di soldi che cercano di controllare la gente. Con i partiti, con la censura, con i gruppi economici. Ne sai a pacchi di queste cose, tu, che sei una specie di inkazzato sociale.

Il gruppo è tutta la merda che ci danno da mangiare, giusto. Ecco, io credo che se ne esca o essendo intelligentissimi, spiritualmente liberi come i monaci buddhisti o i grandi filosofi, e allora ci si innalza; oppure prendendo il sacco a pelo e andando a vivere alla stazione o nei campi nomadi, e allora ci si abbassa. A me la prima soluzione non mi va. Troppo dura. E poi l'unica cosa intellettuale che faccio è guardare dei film. E la seconda non mi va perché a fare i barboni ci si ammala quasi subito e si diventa pieni di croste e malati e bruttissimi.

C'è pure un terzo modo, alla fine: un salto fuori dal cerchio che ci hanno disegnato intorno.

Mi fa solo un po' schifo pensare a come sarà il mio corpo. Ieri notte ho sognato i pompieri che entravano in casa buttando giù la porta e trovavano il mio cadavere. Ero sdraiato per terra a pancia in su. Il pompiere era grosso, sui cinquanta, aveva i baffi neri, mi sollevava la testa e diceva: «Povero ragazzo...» come nei film.

Ma sono a posto con me stesso, sai Alex?, perché è la prima grande cosa che faccio. Tutto il resto me l'avevano insegnato, questa storia l'ho progettata e decisa io.

Alex, amico mio, sono sereno, non credere.

Ti abbraccio e ti saluto con tutta la forza. Non lasciare che ti sottomettano. Non dimenticarmi.

Martino

La lettera era in una busta imbottita gialla. Dentro, insieme al foglio ad anelli, c'era un nastro registrato; e sull'involucro del nastro era stato aggiunto a pennarello un verso dei Doors, It's the strangest life I've ever known. Quel nastro registrato, il vecchio Alex lo conosceva bene, era una compilation dei Diaframma che aveva prestato a Martino un paio di mesi prima. Sull'etichetta adesiva, compilata a penna, c'era scritto Libra – lato B.

L'aveva dimenticato per un po', quel nastro, l'aveva quasi sommerso con le compilation estive e gli stupidi hit da discoteca, e invece Martino l'aveva ascoltato, ed era rimasto colpito proprio da Libra, la canzone più rabbiosa e potente.

Alex aveva aspettato fino a domenica pomeriggio, quando i suoi erano fuori, e poi l'aveva riascoltata, la registrazione, spingendo l'impianto a tutto volume, i toni bassi a danneggiare i woofer, mentre la voce asimmetrica di Federico Fiumani, con sotto il fruscìo della registrazione live, diceva: «Dedicata... al punk... rock». Subito arrivavano gli applausi, e poi la band cominciava e a lui sembrava proprio ci fosse Martino, a ruggire nel microfono il primo verso della canzone; e poi iniziava il giro furioso di corde dure tipo Anarchy In The UK, e le parole pogavano sopra tutto il resto ammazzandosi a testate in faccia e a un certo punto il nostro diavolo d'un uomo aveva praticamente cominciato a sentirsi gli occhi molto lucidi e

«Grazie a tutti, buonanotte, ciao» diceva il cantante Federico Fiumani, alla fine del pezzo. Poi, anche il vecchio Alex aveva gridato, senza aprire bocca, Colpisci il passato al cuore!... Distruggi il futuro!, e nel cassetto buio di tutta quella storia, il funerale di Martino era stato di pomeriggio, e non c'erano più di venti persone a salutarlo, quel vecchio. Delle centinaia di ragazzi e ragazze con cui aveva diviso la sua vita di acidi e autostrade, s'era presentato solo un lampadato sui vent'anni, Ray-Ban, giacca azzurra e mercedes targata Verona. Ma sembrava a disagio. Era andato via prima della fine.

Dall'archivio magnetico del signor Alex D. Sono stato io a mostrargli l'articolo sul giornale, ai parens, per evitare che se ne accorgessero loro e pensassero che gliel'avevo tenuto nascosto perché c'era sotto qualche storia losca. La foto pubblicata dal Resto del Carlino era, anche se molto ingrandita, la stessa che aveva Martino nella sua carta d'identità. La foto con le basette lunghe e la faccia semisorridente da amico del mare.

I parens ne avevano sentito parlare ben poco del vecchio Martino, quindi non si sono molto inquietati, però mi hanno fatto lo stesso il terzo grado, hanno voluto sapere se avevo mai visto girare della droga, a scuola, o se ne avevo mai presa. E io: No, no, no. Giuro. Figliolo, dicci la verità. È meglio dire la verità adesso, che trovarsi in una situazione come quella di quel poveretto. No, no, no, davvero, ve lo direi, giuro. Promesso? Promesso, certo.

Alla fine, il Cancelliere ha stabilito che Martino doveva essere una specie di povero disgraziato e basta, uno che era capitato in un giro di spacciatori e magari s'era ucciso perché quelli l'avevano messo di fronte all'alternativa di ammazzarsi o farsi ammazzare. Quando ha cominciato a svolgere ad alta voce le sue deduzioni da investigatore dei poveri di fronte al resto della famiglia che assentiva, ho giurato a me stesso che non gli avrei mai mostrato la lettera, ai parens. Mai. Perché la gente non capisce, e non è nemmeno che facciano apposta: proprio non ci arrivano e basta.

Noialtri mettiamo i giornali vecchi dentro un cesto che ogni tanto mio fratello va a svuotare in cambio di una piccola mancia. Il giornale in cui si parlava di Martino, però, con la sua foto e tutto quanto il resto, l'ho preso e l'ho buttato via io quella sera stessa, per evitare che mia madre lo leggesse al telefono a mia nonna, o che mio fratello ritagliasse l'articolo per mostrarlo ai suoi amici.

Seduti sui covoni di fieno che stavano dietro la casa di Aidi, dove non li poteva sentire nessuno tranne le cicale e il cane lupo del ragazzino che abitava nella casa di fianco, i primi giorni ci pensavano sempre, con Aidi non parlavano d'altro, e Aidi, certe volte, si metteva a piangere, anche se con Martino non aveva mai parlato. E a scuola, naturalmente, non si era fatto che discutere del vecchio Martino. Alex, chiuso nel guscio buio del suo dolore, sapeva che, a parte forse tre o quattro persone, nessuno credeva sul serio alle frasi amare e fataliste che circolavano in giro per le classi, e poi, a parte quelli della sua sezione, gli altri studenti conoscevano Martino sì e no di vista...

«Aidi, ogni tanto, cioè, abbastanza spesso, non per ore di fila, ma così, abbastanza all'improvviso, mi viene in mente lui. E ci sono due cose, sai? Innanzitutto, la lettera che mi ha mandato: mi viene in mente nelle ore e nei posti più inaspettati, quella lettera... E poi, un'altra cosa, più profonda, più tagliente... Anche se non eravamo usciti insieme tanto spesso, lui e io, durante quei giorni in cui noi due non ci sentivamo più... Insomma, se penso che adesso è morto, che non c'è più... Se penso, al di là di tutto, che adesso quel ragazzo non esiste più... Mi sento come un pozzo dentro il petto, come un buco nero che potrebbe risucchiare tutto. Potrebbe succedere, anzi, prima o poi succederà, con tutti, con la mia famiglia... e via un pezzo della mia vita... Cioè, quando morirà mia nonna, non ci sarà più nessuno nello spazio della mia vita di quando mangiavo le stelline in brodo, o di quando mi sentivo scottare la fronte e lei mi metteva il termometro e mi copriva con il plaid perché non sentissi freddo. Voglio dire, quando lei morirà ci saranno tutti i parenti in giro, i pianti, i problemi col contratto della casa, e tutto questo sommergerà il me stesso di quattro anni coi capelli ricci e il maglione blu che mi aveva fatto lei, il mio piatto di stelline e tutti gli altri momenti di quand'ero piccolo. Pian piano me ne scorderò anch'io, credo.

«Quando moriranno i miei genitori sarò grande, mi farò la barba tutti i giorni e saprò scalare perfettamente le marce della macchina, ma da qualche parte dentro di me si sarà perduto il momento in cui mio padre mi ha portato allo zoo di Parigi, e anche la domenica mattina in cui mia madre mi ha portato per la prima volta ai lupetti e io avevo paura che facessimo dei giochi pericolosi tipo saltare dagli alberi e le stringevo fortissimo la mano. Se ne andrà tutto, piano piano, e forse resterà solo il ricordo delle centomila volte in cui abbiamo litigato, sempre uguali, sempre più stanchi. Moriranno anche i miei amici, e intanto mi spegnerò anch'io, piano piano. Alla fine morirò anch'io e sarà finito tutto, a quel punto... Forse Martino pensava le stesse cose e ha deciso di andarsene prima che la gente cominciasse a cadergli intorno. Forse lui ha preferito andar via quando tutto era ancora intero...»

A quella roccia del vecchio Alex gli scendevano dagli occhi le prime lacrime salate, anche se il tono della voce restava fermo.

Poi, quei due pirati s'erano stretti forte, senza dire niente per almeno un quarto d'ora azzurro e arancione e verde – la roccia che tutti conosciamo e la vecchia Aidi, molto vicini alla sensazione d'essere sepolti a Spoon River.

Tanti, tantissimi pomeriggi di studio sommario, e poi alé, *fuori*, a pedalare via dai rimproveri della mutter.

Pedalate a milioni, mille volte che arrivava allo spiazzo del seminario, mille discese sullo sterrato, mille frenate alla Girardengo di fronte a casa di Aidi, mille volte sotto il sole, mille volte l'erba verde e il profumo di quel mondo profondissimo e vegetale, mille volte Aidi che veniva ad aprire la porta di casa e lasciava i quaderni aperti sul tavolo di cucina e diceva tanto mi manca poco e finirò dopo cena...

E forse a noi non sembrerà granché, questa cosa dei due pirati sdraiati a letto, vestiti di tutto punto, abbracciati forse senza parlare; oppure l'idea del solito roccioso che la guarda mentre lei suona la chitarra con aria assorta; o loro due che intagliano le iniziali nelle patate, H e J, come il Caulfield e la vecchia Jane, le friggono e le mangiano insieme, ma erano queste le cose che succedevano in quei giorni. Colavano lenti e densi i quarti d'ora di maggio, e Aidi e il vecchio Alex sedevano in veranda e ascoltavano Circle e Hard Rain's Gonna Fall di Eddie Brickell.

Nell'anno a basso voltaggio della loro separazione, il vecchio Alex avrebbe ricordato la ghiaia che scricchiolava sotto i suoi anfibi doctor marten's, la mano lungo una venatura di ruggine della sedia in giardino, il freddo del tavolo di marmo su cui sistemavano la radio e i fogli e le matite colorate.

Nello stesso istante in cui quel diavolo d'un uomo disegnava Aidi con un sorriso enorme come disegnano certi artisti minori verso i sette otto anni, o le sfiorava un polso, o la baciava pianissimo su una guancia, sapeva, nel cuore del suo cuore, che non sarebbe mai stato migliore di così.

Il momento della partenza di Aidi si avvicinava, e loro due avevano deciso di passare insieme quegli ultimi giorni, prima di salutarsi.

Dopo congrue contrattazioni in famiglia, la situazione per il vecchio si delineava grosso modo come segue: sarebbe partito da Bologna alla fine di maggio – tanto a scuola gli ultimi giorni non si combinava nulla («Non che durante il resto dell'anno ti sia spezzato la schiena, beninteso») – per passare due settimane in Inghilterra a studiare inglese. A metà giugno, come back to Italy. Poi, una settimana l'avrebbe trascorsa coi parens, a casa. Quindi, i parens sarebbero partiti per la montagna e il roccioso avrebbe alloggiato presso la nonna per un'altra settimana da dividere con Adelaide, fino a quando lei non sarebbe partita per la Sicilia, a salutare cugini e parenti prima del – okay – Grande Volo.

Un pomeriggio, mentre il nostro diavolo stava per andarsene a casa, Adelaide gli aveva infilato in mano un biglietto. «Aprilo solo stasera dopo cena» gli aveva raccomandato. «Quando sarai a letto, con una bella cassetta in sottofondo.» E lui, quel dopo cena, sdraiato e tutto quanto il resto, con Bob Marley And The Wailers Live in sottofondo, aveva sfilato il foglio dalla tasca dei jeans e cominciato a leggere.

Casa, pomeriggio, prima che tu sia qui.

Alex,

questi giorni sono ben strani. Più passa il tempo, più sento crescere dentro l'emozione, e anche la paura per il Grande Volo, per l'America. È una cosa difficilissima da descrivere; so soltanto che allora sarò davvero sola, e che è la prima grande cosa che farò. L'ho decisa io, l'ho preparata io. E ormai si avvicina il gran giorno; intanto noi passiamo un sacco di tempo insieme, e, ogni giorno di più, mi sembra di entrare in te. Mi sembra di capirti, ma capirti non è la parola esatta, mi sembra di entrarti dentro; ci sono volte in cui mi sento davvero una persona sola con te, e altri momenti in cui ti sento lontano, e ho paura, ma in complesso è stupendo, non mi era mai capitato con nessuno. Forse adesso non riusciamo a renderci davvero conto di tutto, l'unica cosa che so è che va bene così, e che voglio che giugno sia degno di tutto il resto che c'è stato prima.

Il quaderno l'ho già pronto, appena torni dall'Inghilterra cominceremo a scrivere.

Ti voglio troppo bene. Ti al-di-là, anche se suona male.

Un abbraccio.

Aidi

Ti al-di-là è una cosa che non tanto suona male ma toglie un pochino il fiato, e personalmente, okay, sono anch'io *a pezzi*. Ma la storia è questa, non un'altra.

Avremo bisogno di tutto il nostro coraggio, lo so, lo so.

Depression Tony era già una specie di veterano, il vecchio Alex ne aveva solo visti fare, anche se non aveva mai preso una bomboletta in mano. Comunque, l'idea era stata sua, e il progetto era maturato quel pomeriggio.

Così, dopo una cena funky bruciapaghetta da McDonald's, all'angolo di via Rizzoli con Ugo Bassi, si erano diretti nel gomitolo di stradine tra via D'Azeglio e piazza Cavour. Sul muro della sede di un'associazione pro-ciechi – canaglie fino alla fine, verrebbe fatto di pensare oggi – avevano provato le bombolette, e Depression Tony aveva spiegato in modo sommario le tecniche d'esecuzione. Verso le dieci, lui e il vecchio Alex erano immersi nel buio cinematografico di via Codivilla, circondati da un silenzio ovattato, rotto, alle volte, da rare auto che rollavano via per la salita.

Ogni tanto arrivava qualcuno che aveva caricato un'amica part-time sui viali e veniva a infrattarsi senza dar fastidio sotto il sipario d'alberi sul lato opposto della strada. Con la paura fottuta che arrivasse la polizia, Depression Tony e quell'altro esaltato avevano portato a termine un graffito coloratissimo – contenente la semplice invocazione AIDI – a lettere di sessanta centimetri su un colonnone posto all'entrata del giardino pubblico.

Quindi, portato a compimento quel gesto artistico, lui e Depression Tony erano corsi via scherzando e ululando, mentre nelle mercedes targate Modena e Ferrara insospettabili padri di famiglia si congiungevano carnalmente, ansimanti e ululanti, con le rispettive amiche part-time.

Da un punto di vista strettamente tecnico, il graffito non era niente di speciale, ma quell'artista giovanile del vecchio Alex era certo che i colori fossero poco meno che straordinari.

Lunedì, lei lo avrebbe visto.

Così, fra un autocompiacimento pittorico e l'altro, erano arrivate le ultime battute di maggio, le ultime interrogazioni a scuola, gli ultimi aneddoti cyberpunk da mandare a memoria e raccontare agli amici del mare, le ultime birre in lattina in compagnia della solita gang.

Nella foto di fine anno, il vecchio Alex era venuto con uno sguardo da tossico memorabile, indossato con disinvoltura fra la maglia a strisce orizzontali verdi e bianche del Celtic Glasgow e un taglio di capelli opinabile – tipo mi sono appena svegliato stortissimo e non riesco a trovare il pettine ma per fortuna ci ho i capelli abbastanza corti. Ebbene, la visione di quel nobile volto aveva destato un certo scalpore, presso le madri delle Sempreverigini compagne di classe. Diverse di loro, anzi – si disse all'epoca – non avevano esitato a chiedere, fra comprensibili cigolii d'ovaie, se il proprietario di quel nobile volto avesse o meno a che fare con il ragazzino che al ginnasio aveva sempre la media dell'otto.

Dall'archivio magnetico del signor Alex D. Questa è per i genitori delle mie compagne in assorbente esterno che, a quanto mi viene riferito, stentano a riconoscermi nella foto di classe e si chiedono se quel tanghero e il ragazzino che fu un giorno tanto studioso hanno qualcosa a che vedere o meno.

Il sottofondo che si può apprezzare presentemente è la Henry Rollins Band pompata dallo stereo centrale a pieni woofer.

Be', sissignori. Il tanghero sono proprio io, razza di bastardi. Il tanghero e il bambino che se ne stava sempre zitto a disegnare, e poi si faceva leggere il libro delle parole di Richard Scarry e conosceva a memoria i nomi degli uccelli compresi il tarabuso, il tucano e il pulcinella di mare, sono la stessa fottuta persona. Sono proprio io, kazzo. Colui che andava alle elementari vestito da tirolese, coi pantaloncini di pelle e le tasche a forma di foglia di quercia e il posto per il coltellino, sono io.

Il tanghero che se non fosse per i suoi genitori sarebbe da un pezzo in mezzo a una strada e non è detto non ce lo sbattano loro, alla fine, sono sempre io. Colui con quella musica a volume assordante che quella non è musica è rumore, che si stona per non sentire la vocina della sua coscienza che gli dice sei una specie di alcoolizzato come quell'altro finito male e non sai scendere a compromessi e se non ti pieghi ti spezzerai, sono sempre io, kazzo.

Be', venite a prendermi, no?

Cielo, quasi dimenticavo. Le vostre figlie fanno tutte cagare, *signore*. Le vostre figliole vorrebbero essere delle troie sbragate, *signore*, uh, ma nessuno se le fila. Perché kazzo, domanderete voi. Be', perché non sanno lasciarsi andare, più o meno. E perché se sembrano delle suore in fila indiana non è per modestia, purezza o altro, ma per paura schiffa. Comunque, autoinkulàtevi tutte, se possibile. *Gràzzie.*

Fine delle trasmissioni.

Okay. La penultima settimana di maggio il nostro roccioso aveva semifloppato l'interrogazione di fisica, con svarioni di compiuta somaraggine sul moto uniformemente accelerato e sul passaggio dal sistema internazionale a quell'altro e viceversa. S'era buttato col suo sguardo da tigre in una dissertazione sulla forza centrifuga, e come esempio, provandosi a superare la banalità del cestello della lavatrice in funzione, non era riuscito a trovar di meglio che la storiella del luna park e la stramaledetta giostra in cui ci si assicura ai sedili che girano intorno allo stramaledetto fusto metallico centrale, al quale fusto sono congiunti da una catena.

Ebbene, più lo zingaro giostraio faceva girare in fretta il fusto, più le catene dei sedili con a bordo gli scemi tendevano a disporsi parallele al suolo. Per effetto della forza centrifuga, appunto.

Sei meno meno, ma i suoi non l'avrebbero mai saputo.

La domenica mattina, il vecchio Alex si alzava presto, e intanto che la sua famiglia si godeva il sonno dei giusti, inforcava la sua bici nera e faceva il giro dei colli di Bologna.

Immerso in quella beata solitudine, al massimo incontrava qualche altro eroico ciclista con cui non disdegnava di scambiare taluni energici saluti calorosi.

Gli piaceva enormemente salire per San Mamolo, Roncrìo, via dei Colli, volare giù per le curve di Paderno, attaccare il muro di parco Cavaioni e veleggiare sul colle di Casaglia per poi planare nella Saragozza avenue mentre la città si risvegliava.

Tornava a casa che i parens avevano appena cominciato a sbadigliarsi in faccia.

Ecco, era giusto una di quelle domeniche mattina esageratamente azzurre, quando, rientrato in casa fradicio e indolenzito, il vecchio Alex aveva letto sul giornale che vicino a Palermo avevano fatto saltare cinquanta metri d'autostrada per uccidere il giudice simbolo della lotta alla mafia.

Era questa l'Italia in cui stava vivendo.

Magari non era stata la mafia, magari erano stati i servizi segreti, o comunque anche loro avevano una parte – come in tutte le altre stragi della Repubblica, del resto – e il fine era distogliere l'attenzione dell'opinione pubblica dalle indagini dei giudici di Milano sulla corruzione nel mondo politico e finanziario, indagini che stavano prendendo una bruttissima piega per i boss di partito.

Insomma, s'era messo in testa un'idea di questo tipo, il vecchio Alex: qualche esponente dei partiti di governo aveva comandato ai servizi segreti, ampiamente controllati, di combinarne una particolarmente grossa – qualcosa del calibro della strage alla stazione della sua città o dell'attentato al rapido 904 – per far sì che l'opinione pubblica si spaventasse e facesse quadrato attorno alle Istituzioni Democratiche, Istituzioni rappresentate appunto dai partiti al governo, in modo da allentare la morsa che gli si stava stringendo addosso. Così, qualche più o meno oscuro dirigente dei servizi aveva deciso: quella brutale condanna a morte avrebbe sconvolto il Paese e sarebbe stata attribuita alla mafia. Una specie di piano perfetto. Che poi i servizi avessero eseguito l'attentato o avessero fornito protezione e mezzi alla mafia per eliminare il nemico numero uno, faceva poca differenza.

Portava avanti questi ragionamenti, il vecchio Alex, seduto in salotto col giornale aperto sulle gambe e la memoria alle altre stragi della sua infanzia: aveva sentito il boato immenso della stazione di Bologna che saltava in aria, e poi tutte quelle sirene delle ambulanze che correvano verso l'appennino lungo via Porrettana, la notte della bomba a San Benedetto; e poi.

Era questa l'Italia in cui stava vivendo.

Così, era rimasto in casa tutto il giorno, rabbioso e in gabbia, convinto com'era che in Italia, e forse anche nel resto del Mondo dei Grandi, tutto era un po' come a scuola: ovunque spadroneggiava la forza e l'ignoranza, fosse quella del boss mafioso con la catena d'oro al collo e l'Uzi nel cassetto, o quella del professore supponente che ghignava delle opinioni politiche o del modo di vestire degli studenti, o quella del sottosegretario che s'ingozzava di pasta al salmone nei ristoranti romani senza pagare mai il conto...

Quel pomeriggio, il vecchio Alex aveva rivisto daccapo Il portaborse di Nanni Moretti e aveva stabilito che un uomo come Cesare Botero non avrebbe esitato a ordinare a chi di dovere l'esecuzione di un giudice, pur di salvare il suo posto in parlamento. E di uomini come Cesare Botero, a Montecitorio, ce n'erano anche troppi...

Anche quel giudice assassinato era un uomo che aveva tentato di uscire dal gruppo – rifletteva, rabbioso e in gabbia, il vecchio Alex – uno a cui non andavano bene le prepotenze e l'arbitrio dei forti, uno che aveva camminato controcorrente con l'acqua alla cintola, fino a quando non era arrivata un'onda troppo grande che l'aveva trascinato via. Era uscito dal gruppo, certo. E quando per il gruppo era diventato scomodo, l'avevano fatto saltare in aria con la moglie e tutti gli uomini della scorta...

Il gioco era diventato durissimo, e l'indomani la profia di latino e greco, commossa, aveva appeso in classe, sotto il crocefisso alle spalle della cattedra, un fotoritratto del giudice assassinato. L'ora seguente, l'insegnante di chimica aveva fatto il suo ingresso semitrionfale in classe, fissato la foto, guardato gli studenti con aria interrogativa, domandato chi fosse il tizio della foto.

Un istante più tardi era passata a interrogare sulla digestione, con particolare riguardo al bolo, chimo e chilo, giacché s'era indietro col programma, boys.

Era questa l'Italia in cui stava marcendo.

L'ultimo pomeriggio prima della partenza del vecchio Alex per l'Inghilterra, era un cavolo di pomeriggio oscuro e cupo che prometteva pioggia come certe illustrazioni dei sussidiari che accompagnavano la lettura del racconto Un temporale estivo. Tutto era grigio ed elettrico, e Aidi e il vecchio Alex s'erano dati appuntamento all'incrocio tra via Codivilla e via San Mamolo.

Lui aveva legato la bici con due catene al montante d'un cartellone pubblicitario su cui era incollato un manifesto bianco col timbro comunale e poi aveva tirato fuori il pennarello; prima che avesse finito di trascrivere il testo di Sunnyside Of The Street, Aidi l'aveva raggiunto a bordo della sua vespa.

Le voleva bene, a lei, il vecchio Alex, e voleva bene anche alle sue guance, alle sue dita e al modo che aveva di abbracciarlo. Alla fine di tutti i loro saluti tardoadolescenziali, lei aveva proposto di fare un giro sui colli e il solito roccioso aveva accettato subito, tutto proiettato d'entusiasmo e pronto a volare sulle ali della sua fantasia. In vespa, quel matto stava seduto dietro, a meno d'un centimetro dal maglione verde di lei: se l'era messo per farlo contento – Alex lo sapeva bene – perché quel maglione portentoso parlava di Irlanda, di Pogues e di felicità. Ecco, aveva pensato a un certo punto, mentre la vespa guadagnava via la strada, tutto questo il vecchio Martino non potrà più provarlo. Mai più avere il cuore in gola perché domani pomeriggio si parte e per due settimane non si vedrà una ragazza speciale; mai più accorgersi che una persona è veramente diversa dalle altre; mai più essere un po' emozionato perché si deve fare una certa telefonata per la prima volta; e non essere mai più contento di sentire il motore di una certa vespa e credere di riconoscerlo anche se si sta solo sognando nel proprio letto una mattina di primavera; e non avere più un cavolo di niente, né ragazze con cui sperare di fare l'amore, né dischi da comprare, né giri di Fender Jaguar da suonare... Martino non sarebbe mai più andato sui colli con una ragazza, in due sulla stessa vespa: stava solo cercando di convivere con questo sentimento, il vecchio Alex, e poi

all'altezza del capolinea del 16 cominciava la salita e Aidi era impegnata a guidare, e lui sentiva che erano veramente una cosa sola, il petto contro la sua schiena e le mani sui suoi fianchi. I capelli le uscivano dal casco, e al vecchio Alex era venuta in mente quella canzone degli Smiths, There's A Light That Never Goes Out, dall'album The Queen Is Dead, quando più o meno dice Non portarmi a casa, stasera, perché non è più la mia casa, ma la loro, e io non sono più il benvenuto. E se un autobus a due piani si schiantasse contro di noi, sarebbe un modo sublime di morire, e se un camion ci uccidesse tutti e due morire al tuo fianco sarebbe un piacere e un onore, per me.

E su nastro era ancora niente! Aveva visto un vecchio concerto su Videomusic, e tanto per cominciare c'era Morrissey con quella giacca trionfante e la camicia aperta, che ballava come un clown, epico e grottesco allo stesso tempo, un mazzo di fiori bianchi ammosciati in mano, allegoria sublime che ricordava We're The Flowers In The Dustbin dei Sex, e non appena attaccava con And if a double-decker bus crashes into us, il teatro esplodeva, e migliaia di ragazzi si mettevano a cantare in coro *quanto* sognavano di morire insieme.

Be', gli veniva in mente proprio questo. Non che sperasse che Aidi tirasse dritto alla prossima curva in modo da volare giù belli sparati per la scarpata, però tornava fuori un'altra volta la magia di essere insieme, e il fascino di non capire *esattamente* cosa volessero uno dall'altro, perché soltanto dandosi la mano – uh – avevano già tutto.

Erano sbarcati in un piazzale sconosciuto, alla fine, una specie di parcheggio deserto circondato dagli alberi. Regnava, in quel luogo, una pace assoluta, e i nostri pirati s'erano seduti su un gradino – in effetti questa è una vicenda dove le genti sedute su delle sedie normali non si vedono quasi mai – e poi, in uno di quei momenti tremendamente fuori dal libro in cui si guardavano negli occhi da tredici centimetri di distanza e non c'era niente di già scritto, il nostro roccioso aveva buttato là esattamente questa cosa un po' immortale: «Oggi, Anna, quella di prima B con gli occhi azzurri, mi ha dato una lettera tremenda. Tipo che quando mi guarda capisce che sono diverso dagli altri, e sa cosa penso quando me ne sto per i cazzi miei, ed è veramente felice se parlo con lei, e insomma penso che ne voglia a strapacchi, guarda».

E poi.

«Vedi, l'anno prossimo è già deciso da cima a fondo. Sono già nei piani che hanno scritto l'Anna e la Federica. Con una devo fare il sinistro cerebrale tutto Cineclub Lumière e libri di filosofia, con l'altra posso essere molto più pop, quasi glam, e farmi presentare ai suoi genitori e telefonarle tutti i pomeriggi alla stessa ora. Con una devo sorridere dei miei amici di sempre un po' animali – fanno un gran casino perché non hanno le idee chiare ma in fondo sono ragazzi a posto; con l'altra devo rinnegare i punk parrocchiali di merda – alcoolizzati drogati teppistelli da oratorio che don Pio vi rimetterà a posto e vi farà tagliare quei capelli schifosi da un barbiere *vero*, una parte del mio passato che ho quasi dimenticato. Ma che loro due si aspettino da me queste cose, non è tanto grave. Alla fine, ognuno cerca di far muovere gli altri nel suo personale teatrino. Il peggio è che io farò precisamente tutte queste cose, tutto quel che si aspettano da me, un gesto dopo l'altro, in fila, per vivere anche nelle loro scenette squallide o banali o tragiche e poi riderne da solo, ma farò tutto quel che vogliono, perché l'unico modo che ho di sentirmi vivo è cambiare continuamente e fare sempre delle cavolo di recite. Finora ho sempre avuto delle parti del cazzo, d'accordo. Il fidanzatino della tale, il teenager gentile che aiuta la sconosciuta a salire sul treno o il nipote di città, ma questa è solo la scena off-off. Lasciatemi il tempo di maturare, e potrò impormi anche in parti da caratterista tipo l'insospettabile impiegato puttaniere che frusta i figli con la cinghia o il divertente insegnante di matematica calvo et segaiòlus...»

Forse Aidi non lo capiva fino in fondo. O forse sì. D'altra parte, si trattava pur sempre di argomenti etno-filosofici di devastante portata, e quindi, voglio dire.

Adelaide l'aveva colpito con un pugno finto, un bel momento, ma a lui era venuta voglia di baciarla *seriamente*, e poi di morderla un po' e legarla a sé e non lasciar gocciolare via neanche un istante del tempo che restava...

«Cosa farai l'anno prossimo» aveva detto Aidi «quando avrai voglia che io sia qui?»

«Be', ti scriverò, credo. E mi affaccerò al davanzale con indosso un maglione grigio molto pesante e sarò triste. Guarda che tu non ti rendi mica conto di quanto sei importante, per me... È cambiato tutto, da quando ti ho conosciuta. Insomma, lo sai...»

«Alex, mi dispiace quando dici così, sembra quasi che a

me non importi niente, come se l'unico ad agire o a guidare le cose fossi tu. Io non so... ogni tanto salti fuori con queste storie... Guarda che per me sei importantissimo.»

«Sì?»

«Certo. Ma perché fai così?»

«Dài, Aidi. Lo so che per te sono importantissimo, ma ho sempre bisogno di sentirmelo ridire. Guarda che è bello. E pure tu, non credere che anche se lo dico molte volte sia meno vero, o che...»

«Ti voglio troppo bene, Alex.»

«Eh.»

(Maggio sui colli. Venticello fresco, nuvole, macchine che passano ogni dieci minuti e tutto quanto il resto.)

«Insomma, quando torno dall'Inghilterra e viene giugno lo facciamo davvero il quaderno, intesi?»

«Intesi.»

Poi, i nostri pirati erano rimasti seduti vicini vicini fino a quando non erano arrivati quegli orari da pre-cena tipo le sette e venti. E la mattina seguente, il roccioso era all'aeroporto scortato dai parens, biglietto e carta d'imbarco in mano, quando all'improvviso era saltata fuori Aidi, arrivata in vespa fin lì per salutarlo. Il Cancelliere e la mutter erano rimasti prudentemente in disparte, e invece il vecchio Alex era raggiantissimo, e quando si era messo in fila col resto dei passeggeri Aidi gli aveva pure detto che era carino. Così, quel matto era partito tutto sorridente con in testa un rock commerciale tipo versione disco remix di Holidays In Cambodia dei Dead Kennedys; pieno di emozioni concentriche perché al ritorno sarebbe stato giugno e poi basta.

Due settimane in Inghilterra, e tra la preoccupazione di trovare la corriera giusta per Heathrow e il viaggio di ritorno verso Londra, erano rimasti incastrati solo il corso d'inglese e le facce tipo Benetton di Paulos, Ivan, Shoko e di tutti gli altri amici conosciuti davanti ai toast di pollo nella canteen della scuola; un match di cricket sull'erba rasata a puntino con un fuoricampo suo poco meno che spettacolare; delle partite a biliardo; certe seratine a freccette e drinking under age al George's Inn; un paio di giorni verniciati di mal di testa da sbornia; dei risvegli alle sei del mattino perché la finestra non aveva la tapparella; i bei sorrisi da coyote alla ragazza bionda che passava a distribuire il giornale; un paio di storie letteralmente insignificanti; qualche concerto gratuito...

E infine, però, anche la grancassa che gli batteva nel petto a due quarti, al vecchio Alex.

Perché ormai, gente, era proprio *giugno.*

Terzo

Il Cancelliere aveva telefonato dall'Italia

Il Cancelliere aveva telefonato dall'Italia al caposcalo di Heathrow e aveva chiesto se sarebbe stata sul serio l'ultima volta che AZ 1236 delle diciassette veniva marcato "Delayed".

Il volo per Bologna era scivolato dapprima alle diciotto e venti, e poi addirittura alle venti e quaranta, mentre sulle piste gli altri aerei rollavano beffardi verso destinazioni tutte uguali, verso mille posti con la stessa moquette e la stessa aria condizionata. A guidare le danze, i padroni di casa, sicuri di sé fino all'arroganza, i giganti della British Airways pronti a dare di gomito all'Air France e alla Lufthansa, i nuovi padroni d'Europa. Peggio che ai corsi di sci sulle Alpi, dove i bambini tedeschi avviluppati dalle loro tute antivalanga fluorescenti non dovevano far altro che calarsi sugli occhi la celata antivento, per umiliare tutti i moccolosi freddolosi piagnucolosi bambini italiani troppo rigidi sulle ginocchia, troppo portati a sbilanciarsi all'indietro, troppo destinati a franare sempre nella neve e a chiamare la mamma.

I turisti giapponesi ascoltavano divertiti le musicalità mediterranee della sua convocazione al check-in Alitalia.

«Non posso presentarmi in questo stato» avrebbe detto qualcuno.

Lui era filato in bagno a cambiarsi la fruit of the loom sudata con una polo color albicocca più che rispettabile, lavarsi la faccia con una mano sola perché con l'altra doveva tener premuto il tasto dell'acqua gelata, pettinarsi con le mani bagnate fino a raggiungere l'impressione di un finto gel. Aveva il viso talmente abbronzato e la barba così di tre giorni, che sarebbe potuto sembrare uno studente universitario, o comunque un giovane degno di rispettabilità, traguardo dal quale lo separava implacabilmente la data di nascita stampata su passaporto e carta d'identità: appena diciassette anni e mezzo, non aveva la macchina, non fumava il cigarillo, non si sapeva vestire con gusto... In poche parole, il vecchio Alex sentiva di non avere il fascino skazzato che avvolge *chiunque* abbia una casa coi poster di Corto Maltese, una partner fissa ma non troppo, una specie di lavoro, delle feste decenti a cui andare, e una moto, e.

Tutto questo ben di Dio lui poteva tentare d'imitarlo, ricalcarlo, ma non riprodurlo *esattamente*. Ci sarebbero voluti anni. E nel frattempo doveva imparare a riconoscere i vini e buttar via quelle *tremende* scarpe da basket.

Basta parlarci dieci minuti, con certi diciassettenni – con i ragazzi intendo, perché con le ragazze è un'altra storia, più complicata – e salta fuori subito che sono dei maledetti insicuri.

«Basta sentire come parliamo» rifletteva fra sé quel roccioso. «Noialtri, per esempio, ci lanciamo in tutte quelle acrobazie sintattiche che non hanno ancora nulla del magnifico menefreghismo di chi sbaglia i congiuntivi senza complessi... Il nostro gergo» rifletteva il vecchio Alex «riguarda soprattutto la sfera scolastico-masturbatoria, senza quel distacco da frequentatore di jazz club che io spero tanto riusciremo ad acquisire col tempo...»

Però, dopo tutti questi tentennamenti, il nostro roccioso ne era stato quasi certo: era *solo* una questione di tempo, e quel dritto l'aveva capito da come gli similsorrideva l'impiegata in camicia color crema – il mondo dell'aeronautica civile doveva essere un inferno di depravazione, la vita delle hostess e degli steward un viluppo di promiscuità innominabili.

Insomma, quella lì non aveva mica lo sguardo condiscendente che si usa coi bambini, né l'espressione seccata che accompagna l'arrivo di un adolescente rompipalle tipo Il Mio Amico Scongelato. Cristo, lo stava guardando *professionalmente*, come un cliente rispettabile, un kazzo di giovane cliente rispettabile.

Poi, parlando col caposcalo a un livello di parità, quel matto aveva proprio provato il brivido dell'incognito e la sensazione – oscura – di essere una specie di spia in territorio nemico: «Signore» «Lei potrà capire, son certo» «Alcuni sfortunati disguidi».

Ehi, Girardengo reggeva la parte ch'era una bellezza. Da attore consumato. Senza scacazzarsi addosso per l'emozione di essere finalmente considerato un adulto, forte delle letture di culto del settore, Il Cavaliere d'Industria Felix Krull e Treno di Panna. Pure, qualcosa al centro della sua mente continuava a temere che da un momento all'altro quel signore in giacca gallonata si alzasse da dietro la scrivania, lo fissasse negli occhi e poi gli sibilasse a un centimetro dalla faccia: «Credi che non sappiamo che musica di merda ascolti? Credi che non sappiamo che dentro la tua valigia ci sono un paio di anfibi e due magliette dei Sex Pistols? Quella non è musica, è rumore! E ora fila fuori di qui, prima che ti sleghi dietro i cani, tardoadolescente di merda!».

Bene. L'orario sembrava definitivo, adesso. Per le venti e quaranta il guasto che minava il DC 9 sarebbe stato solo un ricordo, i motori avrebbero rombato – l'aereo piazzato sulla runway – e il comandante Pusceddu avrebbe fatto alzare in volo il clan dei Bolognesi, rossi di vergogna per la figuraccia fatta davanti a tutte le airlines del mondo, ma banalmente felici di tornare a casa, e il vecchio Alex aveva potuto lasciare con quel certo incedere trionfante il gabbiotto Alitalia, tutto impastato di soddisfazione per aver superato con discreto successo una delle forse ventinove cerimonie d'iniziazione all'età adulta.

Mancavano appena three hours, alla partenza, e comunque il nostro roccioso non ci aveva niente da fare e avrebbe preferito qualunque cosa, ballare al ritmo del più brutto album dei Pet Shop Boys durante un rave party, restare ad aiutare il caposcalo, pulire per terra, perché adesso star lì a non far niente era una dannazione troppo pazzesca.

Così, aveva assunto di nuovo un aspetto meno marziale – piedi strascicati e immediato abbandono del portamento da solida gioventù padana – e s'era trascinato all'interno di quell'edicola cartoleria drogheria al neon.

Là dentro, c'erano scaffali *interi* con confezioni di emenèms grandi il *triplo* di quelle italiane, kazzo. E sdraiata in full colour sulla copertina del Daily Mirror, una ragazza con due tette planetarie coperte da un velo semitrasparente prometteva more on page nine, e un ragazzino dal volto imporporato non riusciva a trattenersi dall'accartocciarsi sul pacco dei Daily Mirror sperando che nessuno sospettasse che si stava riempendo gli occhi proprio di page nine.

Due ragazze romane casiniste, culo basso, capelli a ogiva, calate in pantacalze a strisce orizzontali infami, si scambiavano risate a tutta bocca e pacche sulle spalle, indecise se comprare o meno una rivista esposta sul bancone dei vari Playboy e Mayfair. Sulla copertina della rivista sorrideva malizioso un muscolare con la faccia da arcangelo frocio impegnato a esibire bicipiti e frugarsi il pacco. Con ogni evidenza, quel bel periodico le tentava irresistibilmente – le ganze sfoggiavano degli occhiali neri *identici* – però loro erano anche molto imbarazzate e non sapevano decidersi e continuavano a ghignare e basta, et erubescenti per la vergogna, allungavano e ritraevano la mano verso quel totem alle origini delle loro secrezioni squittendo «Figura dde merda» e «No, tu!» e «No, pijalo tu!». A un tratto, al vecchio Alex era venuta in mente una specie di sequenza cinematografica che gli aveva dato il capogiro: una delle due ragazze, tornata in Italia, che raccontava a un gruppo di sette otto amiche tutte uguali, con giacca jeans, pantacalze su ginocchio valgo, assorbente esterno e superga in tela blu, di quanto s'era divertita in Inghilterra con Maddalena. «Abbiamo conosciuto dei ragazzi simpaticissimi di Milano che forse quest'estate ci vengono a trovare e ce n'è uno che si chiama Simone trooppo ganzo, ci ho qui la foto e ci siamo ubriacate quasi tutte le sere!»

Alla fine di quella vertigine, il vecchio Alex era scappato verso l'uscita agguantando un mensile di musica e una barra di cioccolato. Poi, alle otto, dopo le ore più lunghe della sua vita passate nell'Our Price Music Shop dell'aeroporto a leggersi i song lyrics inclusi nei portacassette, sul pannello delle international departures s'era accesa la spia rossa anche per il suo volo, incoraggiandolo verso il check-in. Comunque, i Red Hot Chili Peppers prima avevano alla chitarra tale Hillel Slovak, attualmente morto, a cui era dedicato Mother's Milk, e proprio quella mattina il nostro roccioso aveva letto su Vox che anche Jack Frusciante era uscito dal gruppo, adesso.

Jack Frusciante era stato il nuovo chitarrista della band, per un paio d'anni. Era un tipo magro e muscoloso, sul metro e settanta. Vale a dire un autentico tappo, in confronto ai compagni, alias dei classici armadi da spiaggia californiana. Comunque, aveva acconciature memorabili, lui, taglio a caschetto primi Beatles o testa rasata con un gran ciuffo fin sugli occhi, perennemente in braghe skate e scarpe da playground. Era sempre rimasto un po' in ombra rispetto agli altri del complesso, poiché il palco dei Red Hot veniva monopolizzato da Anthony, il vocalist, e dal più che coreografico bassista Flea, che nel video di Behind The Sun compariva vestito solo di un paio di pantaloni fatti di giocattoli – tipo bambole, cubi e pupazzetti in plastica e peluche.

Non era esattamente un chitarrista di grande talento, il vecchio Frusciante, però faceva quel che doveva fare, si muoveva nel sound elettrico e liquido della band senza alzare mai gli occhi, senza fissare la telecamera con aria allucinata come faceva Flea. Alex lo ricordava in particolare nel video di Under The Bridge, in cui lui suonava l'intro con una Fender Jaguar, maglione e cappuccio peruviani, davanti a una pacchiana scenografia western. E adesso, in modo assolutamente inspiegabile, il vecchio Frusciante aveva abbandonato il gruppo. Adesso che non si trattava più di suonare per due lire nei club di Hollywood o ai festival underground, adesso che piovevano soldi a palate ed era in corso il tour mondiale. Adesso che arrivavano il disco d'oro, i Grammy Awards, la fama e la sicurezza, lui se n'era andato.

E forse, da solo, quel vecchio non sarebbe stato nessuno, poiché era ancora troppo poco noto. Dunque, non era stata una mossa alla Peter Gabriel che lascia i Genesis all'apice della popolarità per darsi a una gratificante carriera solista.

Per lui, probabilmente, c'era solo il ritorno a Hollywood, la droga, forse un nuovo complesso di fama strettamente locale; e i gestori avrebbero scritto con le lettere fluorescenti sui cartelloni dei loro locali J. Frusciante Former Red Hot Chili Peppers Guitarist, e lui avrebbe suonato lì, mentre la gente fumava senza considerarlo troppo, e forse qualcuno con una buona memoria si sarebbe chiesto il perché di una mossa tanto stupida...

Certo che era difficile da mandar giù, una scelta in apparenza così sconclusionata, e il vecchio Alex, che amava riflettere, alle volte, sulle trame di fili sottili del Destino, aveva continuato a rompercisi la testa fino all'imbarco.

Poi, una volta a bordo, aveva riscoperto con grande delusione tutta la provincialità che aveva messo da parte in quella parentesi inglese: l'accento pesante dei suoi compagni di viaggio, la scarsa competenza dei redattori musicali del Carlino – ma le avete mai lette le recensioni dei dischi? E quelle cinematografiche? – e, alle sue spalle, una coppia assolutamente balsamica...

Lei, a quanto pareva più zorra che carlotta, volava per la prima volta e non faceva altro che quizzare di Domande Stupide il suo compagno: Perché si alza (abbassa) il carrello, Dove sono i freni, Sopra che città passiamo adesso.

Lui appariva in possesso d'una personalità più complessa: oltre a qualificarsi come cabarettista multiforme tramite un paio di atroci barzellette sulle catastrofi aeree – due sturiellètt che comunque non avevano mancato di suscitare nitriti d'ilarità nella partner – s'impegnava anche a dare risposte soddisfacenti ai quiz aeronautici di lei con parole semplici semplici tipo Sembra di essere fermi nell'aria e invece andiamo velocissimi, ma anche impiegando termini tecnici con sforzo compiaciuto da scuole serali: Il comandante abbassa il carrello per offrire resistenza all'aria. Stiamo sorvolando lo spazio aereo della Francia (Svizzera).

Alex si era addormentato subito prima che lei chiedesse Ma cosa succederebbe se si rompesse il finestrino, e aveva sognato di essere sdraiato sul bordo di una piscina enorme con ragazze bellissime e i suoi amici scout e i compagni di scuola e i catechisti chitarristi punk, anche quelli che aveva incontrato di rado e con cui magari non aveva scambiato più di due parole o che avevano abbandonato la compagnia da anni, e tutti stavano quasi sempre zitti e baciavano quasi tutte le ragazze e ascoltavano rock tipo Nirvana strafatti di cioccolato e corvo di salaparuta e nessuno vomitava o doveva tornare a casa per le undici o diceva che la musica non era musica ma rumore.

Al risveglio, aveva sfogliato il giornale: la notizia più coinvolgente parlava di una pantera che era fuggita da un circo e vagava inferocita per le campagne dell'Italia centrale. Vale a dire, proprio quel genere di notizia che, immancabilmente, movimenta le estati italiane lasciando senza fiato tutte le mamme, che poi proibiscono ai bambini di andare a giocare in giardino temendo di vederli rapire da una pantera (ma vi pare?), e così contribuiscono in maniera determinante ad abbassare lo standard calcistico nazionale. "Altre due o tre generazioni di pantere" pensava il vecchio Alex "e non vinceremo più neanche una Coppa Uefa."

L'ultimo giorno inglese, l'aveva passato sdraiato in calzoni da skate-board nel giardino della host family. I giornali titolavano "Heatwave" come in Fa' la cosa giusta, e per quelle parti faceva *seriamente* caldo.

Lui, in ogni caso, era rimasto sdraiato almeno dieci ore ad ascoltare i Pixies e i Pogues col walkman surriscaldato e la cioccolata sciolta di fianco alla testa. E s'era pure addormentato, un bel momento. Fatto sta che ci aveva uno strano colorito inedito, adesso. Beige con striature fucsia.

Poi, dall'aeroporto al rientro a casa, c'era stato tutto quel che s'aspettava: il Cancelliere ch'era venuto a prenderlo, e i tortellini, e il carpaccio molto limonato, e il dolce alle mele, e i come è andata dài dài racconta et via discorrendo, finché il nostro roccioso non aveva preso di nuovo possesso della sua camera sempre uguale: le foto di Malcolm X e dei Sex Pistols sopra il letto, stare in canottiera grigia e jeans, il mucchio di lettere di Aidi nel cassetto, le nike puzzanti in terrazza, il poster dei Blues Brothers e i Madness e i Clash e il demotape degli Orange.

Dall'archivio magnetico del signor Alex D. Socialismo o muerte. Sono tornato oggi dall'Inghilterra, e pensieri ribollenti mi si agitano in testa mentre sono qui tutto solo in camera mia. L'interrogativo che mi ha abbastanza attanagliato nelle ultime due settimane – passo ulteriore, o forse semplice presupposto della mia teoria sulla Commedia Totale: che senso ha essere sinceri, nella vita?

Voglio dire, non sarà una semplice perdita di tempo e basta?

A volte mi capita di pensare che mantenere rapporti franchi con le persone non paghi – con alcune persone, intendo, quelle con le quali valga la pena di andare oltre la sega delle frasi fatte, l'esibizionismo delle proprie personali sfighe e insomma tutta la coprofagìa dell'E A Casa Tutti Bene? Conviene recitare e barare, no? *Tutti* giocano a fare i cinici, ma i soli veri cinici sono quelli che non lo confessano *mai*, sono le ragazze che mostrano di non mettersi in mostra, le albechiare che si addormentano di sera e si svegliano col sole e intanto fregano chi le guarda pensando di aver trovato finalmente una ragazza semplice e vera, facendo *finta* di arrossire.

Se fossi più bello, potrei interpretarmi al cinema.

Il punto è che il patto col diavolo non me lo lasciano fare, le pratiche di Dorian Gray sono semplicemente inaffrontabili, mi sento troppo abbozzato troppo imperfetto; il personaggio che ricorda più da vicino l'emissario del maligno inviato a propormi un patto faustiano è un postino coi capelli solo laterali che compare un giorno sì e uno no per farmi firmare delle ricevute in assenza dei parens o portarmi cartoline da località balneari in cui gli amici stanno cuccando alla grande.

Ma perché questa depressione senza fine?

E soprattutto: perché la gente non ha stile?

I gangster hanno la tuta e i jeans, vi lascio pensare al resto...

Tra i miei coetanei quello che aveva di gran lunga più stile era Martino. Non basta mentire imbrogliare recitare. Bisogna farlo bene, gratis, e senza secondi fini. Bisogna farlo per amore dell'arte.

Sposare una donna ricca per avere molti soldi da spendere lo farebbero tutti, è troppo stupido; idem comprarsi una bella macchina per attirare le ragazze o stare con una ragazza per farci del sesso chiusi in camera. È tutta roba di un'ovvietà sconcertante.

Comunque.

Sono io disposto a mettermi coscienza e controcoscienza sotto le suole delle scarpe e cercare solo quel che mi fa essere felice, che mi fa star bene, che mi fa ridere, per sentirmi vivo sul serio?

Sì, sono io disposto. E non è tutto qui. Il punto è che mi sto perfezionando, poiché questa è una materia difficile. E poi non voglio cadere nell'errore banalissimo del negare l'esistenza o addirittura l'importanza fondamentale dei sentimenti, errore che porta a squallide riconversioni in tarda età, quando ormai si può giusto cercare l'amore sotto le voci Relazioni Personali o Proposte Matrimoniali, previo pagamento fermo posta.

Quando si diventa professionisti cinquantenni seri e dinamici con tanta voglia di vivere e si cerca una max venticinquenne scopo serio rapporto astenersi mercenarie e perditempo, i sentimenti cominciano a costare novemila lire ogni venticinque parole.

Okay. Credo di essere lontano mille miglia da un edonismo annoiato e discotecaro.

Il tutto sta nel dosare sentimento e stile, il tutto sta nel mettere insieme la rabbia estemporanea del punk e la più rigorosa impostazione jazzistica, per cominciare la più grande rivolta di tutti i tempi.

Adelaide non capirà mai. Nessuno capirà mai, ma a lei vorrei cantarlo fino a farla entrare davvero nel mio mondo. Se fossi sicuro che è con me, non avrei paura né dell'America né del futuro né della morte.

In definitiva, sono io un pazzo? Sono io all'inizio di una strada che non va da nessuna parte? Sono io all'inizio di una strada che porta in alto? Sono io nel gruppo? Sono io fuori dal gruppo? Sono io nel libro? Sono io fuori dal libro? Sono io innamorato di Aidi?

Sarei felice, con lei, se non dovesse partire per l'America, o tutto quel che di bello sta succedendo è solo per la fretta di avere pochi, pochissimi giorni, a disposizione? Staremo mai insieme regolarmente tipo vuoi stare con me? Oh, sì, caro! Sarebbe più bello di così? Non so, credo di no. Il fatto è che tutto è talmente confuso... Certo che però non capisco perché non ci baciamo eccetera. È ben strana, eh, questa Adelaide che quattro mesi fa non conoscevo nemmeno e adesso, be', adesso è parte di me...

Mah. Buonanotte.

Siate pronti, poiché non sapete né il giorno né l'ora.

Aveva dormito fino a tardi.

Dall'archivio magnetico del signor Alex D. Urge aggiornamento sul finale di anno scolastico. Mi recai stamane al bigio liceo Caimani onde apprendere i giudizi assegnatimi, nonché, almeno un poco, per conoscere quelli attribuiti ai di me amici.

Tony ha fatto double down: latino e greco, tutti e due con quattro; Oscar e io abbiamo pagato la nostra linea di granitico disinteresse con l'ennesimo dispetto dei professori: hanno sottratto un punto alle nostre medie del sette, con un gesto di ripicca così ovvio da suscitare i nostri sbadigli.

Mi pare di vederle le mie professoresse, sedute in cerchio, con le cosce e i culi soffocati da calze contenitive che le fanno orrendamente sudare. Portano mutande gigantesche. Rinforzate, ribadite, blindate. E cerotti sulle caviglie escoriate dalle scarpe da vecchia che usano anche in estate.

Pontificano sulle intenzioni più o meno buone degli studenti. Mi vedo come in fotografia la Ciuncoli, col suo raccapricciante completino estivo, che decide a chi dare una mano e a chi no, stabilisce, ritaglia, sintetizza, sfoga le sue frustrazioni per il fatto di non esser mai stata considerata da un uomo e cacciata dall'ambiente universitario: ha ancora viva davanti agli occhi la scadenza del dottorato di ricerca, il mancato rinnovamento, la trafila per l'esame di abilitazione, il cursus honorum finito prima di cominciare, la retrocessione alle medie superiori...

Questo è il mio piccolo mondo facile, liceo ginnasio Caimani di Bologna, dove intreccio rapporti più o meno amichevoli, compro la merenda, si controlla il mio grado d'omologazione. Questo è il pollaio in cui mi insegnano a interagire coi miei simili. A stare nel gruppo, a non alzare la testa.

E poi c'è lei, c'è Aidi, per cui non basta nessuna canzone, nessuna definizione, per cui spero che oggi Dio non faccia piovere. Per il nostro primo appuntamento dopo quindici giorni di seratine a freccette al George's Inn e sorrisi da coyote alla ragazza bionda dei giornali, abbiamo concordato, previa telefonata, di vederci ai giardini, perché questo è proprio Giugno, è l'Adesso e il Qui, e fra due settimane non ci si vedrà più, e.

(Gli veniva da tenerla abbracciata un giorno di fila per tutte le volte in cui avrebbe voluto farlo e lei sarebbe stata a centomila chilometri.)

Erano andati a sdraiarsi al sole vicino al laghetto delle papere, quelle stesse per cui avevano recitato cento e cento volte la cabala delle anatre di Central Park, quando il Caulfield parla col tassista e gli chiede dove vanno, quelle anatre, durante l'inverno.

Insomma, c'erano tutte queste meraviglie ritrovate, e il sole e le papere e i romanzi indimenticabili, e a un certo punto non era venuta fuori la storia di Mattia?

Kristo, il puerco le era stato dietro per tutte e due le settimane che il vecchio Alex s'era assentato un momentino, e, detto in due parole, ci aveva più che *straprovato*, kazzo.

Aveva cercato di mettersi tra lui e Aidi, il puerco.

Aidi, in ogni caso, aveva adottato il prestampato «Sei carino, sei simpatico e interessante, ma non me la sento di mettermi con te».

Alex non aveva – mio Dio – *niente*, contro il fatto che dei ragazzi potessero starle dietro, né aveva alcun diritto di protestare, visto che non stavano neppure insieme, ma la storia di Mattia l'aveva scosso.

Se al suo ritorno da quei quindici giorni londinesi di seratine a freccette Aidi fosse stata felicemente insieme a Mattia o a qualunque altro geniale bùttero, lui non avrebbe nemmeno voluto restare a Bologna, ma sarebbe partito per la montagna con la Famiglia dopo averla salutata.

Quanto a Mattia, era un indiscusso figlio di puttana: non aveva mai accennato a un suo interessamento per Adelaide e aveva aspettato quatto quatto che Alex si allontanasse per fare questa stronzata? Restava un bastardo fottuto anche se la sua punizione l'aveva già avuta.

(Il primo istinto era stato di accoltellarlo ridendogli in faccia.)

(Alla fine aveva concluso che non ne valeva la pena.)

L'avrebbe incontrato nel pomeriggio per illustrargli la situazione e invitarlo a cavarsi dalle palle fino alla partenza di Aidi. In futuro avrebbero potuto fare insieme qualunque cosa, bere birra e rubare dischi e andare alle feste, ma da parte sua non ci sarebbe mai più stata amicizia.

A Mattia sarebbe dispiaciuto, anche se in apparenza non sarebbe cambiato niente.

Nel sole del primo pomeriggio era di nuovo ai giardini, in piedi davanti a illo. Mattia, seduto con la sua lacoste celeste a maniche lunghe e il tono di voce di chi merita comprensione, stava lì a parlare come fosse solo, stava lì a giustificarsi senza che Alex glielo avesse chiesto. Una voce lontana, che in tono lamentoso recitava «... E sinceramente, io, a te, in quei giorni non ci pensavo... Non ho scuse da trovare, guarda, perché lo so, non avrebbe senso...».

I giardini continuavano la solita vita: sullo sfondo i salti degli aspiranti skaters, maldestri e dodicenni come sempre lungo la striscia nera del viale; le nonne passeggiavano coi bambini per mano; una coppietta non smetteva di baciarsi rotolandosi sul prato e il rotolante cercava clamorosamente di guidare le mani di lei verso il pacco.

Illo continuava a parlare come il perfettissimo pinolo.

(Chiede scusa a tutti coloro che si sono ritrovati nei personaggi o che sono stati esplicitamente citati e non si riconoscono nel ruolo, meno che a Mattia. Comunque, tutta questa storia è la sua verità, e se qualcuno non l'avesse raccontata lui sarebbe morto soffocato.)

Avrebbe potuto prenderlo di sorpresa con una bella anfibiata in bocca.

No, no, no.

E non perché avesse paura. Mattia gli faceva pena e basta.

In fin dei conti, i ladri di polli non sono da mettere in prigione.

L'aveva guardato come Lee Van Cleef nella locandina de Il buono il brutto e il cattivo, e gli aveva detto solo: «Tu non sai niente. *Niente.* A te non deve fregare *di cosa* c'è tra me e Adelaide, sapevi che mi avresti fatto incazzare a metterti in mezzo e l'hai fatto lo stesso. Sei a chilometri da noi, capisci? Tu sei per terra. Non c'entri un cazzo, okay? E adesso togliti dai coglioni, vai al mare in montagna al lago, vai dove ti pare ma non provarti più a rivedere Adelaide. Non chiamarla nemmeno. E non osare sognarla, è *chiaro*?».

Mattia si aspettava un Alex furioso e ne aveva trovato uno notevolmente freddo e distante. Alla fine se n'era andato via in modo abbastanza precipitoso, camminando di traverso.

Alex l'aveva raggiunto in bici appena fuori dai giardini: «Non sono di quelli che vanno in giro a minacciare la gente, ma io non ti avevo fatto niente e tu hai provato a fottermi. A rompere la pace sei stato tu. Io non ti faccio niente perché sei già rimasto inkulàto e perché adesso non mi va di avere dei problemi. Un altro al mio posto ti avrebbe aspettato sotto casa con due amici. Io ti condanno con la condizionale. Pensa quel che ti pare, ma la prossima volta che hai un'idea del genere paghi anche questo colpo di genio. Tutto qui».

Mentre sullo sfondo Mattia si allontanava di buon passo dalla sua amicizia voltandosi indietro di tanto in tanto, il nostro roccioso s'era buttato sui viali con in testa il ritornello di un pezzo degli Snap, e, fermo al semaforo, aveva mulinato sequenze di pugni in aria pensando a Robert De Niro in Toro scatenato.

Poi, era andato a casa di Aidi pronosticando che Mattia avrebbe chiamato nel giro di un paio d'ore, e lei aveva detto che non dovevano rovinarsi il loro giugno per colpa di un ragazzino capriccioso.

Be', giusto.

Mangiare le ciliegie in giardino, Aidi che tira fuori quello che diventerà *il* quaderno – un blocco cecoslovacco di bell'aspetto – e poi avevano finito per arenarsi sull'esclusività o meno del loro rapporto. Quindi avevano stabilito di non parlarne più ribadendo che avrebbero fatto sempre e solo ciò che si sentivano. Se si fidavano uno dell'altro, non poteva far male. O forse sì, poteva farne tantissimo, ma era giugno, e bisognava vivere e non discutere dei massimi sistemi.

«Chissà se un giorno potrò stare a dormire da lei.»

Sapeva bene che i vari parens non gliel'avrebbero mai permesso, ma lui avrebbe escogitato qualcosa per la settimana seguente, quando il Cancelliere e la mutter e il frère de lait se ne sarebbero andati.

Progetti vari, cose da fare.

Un abbraccio dolcissimo nel tramonto arancione, e si era lanciato dalla discesa di via Codivilla a gran velocità, abbastanza chilometri l'ora per non riuscire a tenere aperti gli occhi senza farli lacrimare: la camicia aderiva perfettamente al petto e al torace; i capelli, appendici assolutamente inessenziali alla tensione del momento, apparivano schiaffeggiati all'indietro; il naso irregolare di Alex tagliava l'aria di cui avvertiva la consistenza tangibile, la pressione sugli zigomi; tricipiti e dorsali tesi; non trasmettere nessun input al suo corpo se non quello di fotografarsi così per un'eternità di quindici secondi. Senza che i muscoli del collo si muovessero, il suo sguardo era volato sulla sinistra per un centesimo di secondo, quanto bastava per esser certo che nessuno avesse cancellato il graffito, un guizzo azzurro-giallo-verde come un disco di Newton che schizza via dal muro e sfonda il soffitto, e poi la discesa cominciava a digradare, la pendenza tornava accettabile, le ciocche sudate si rincollavano alla testa, la camicia diventava meno aderente.

(Girardengo planava verso il punto in cui avrebbe dovuto stringere il freno non troppo bruscamente per non inchiodare la ruota.)

(Via San Mamolo era una di quelle strade che percorse all'andata risultavano inequivocabilmente in salita ma al ritorno non erano diverse dalla pianura: doveva pedalare, per superare la colonna delle macchine ferme al rosso e pronte a immettersi sui viali.)

Dall'archivio magnetico del signor Alex D. Sera. Seduto su una sdraio nella terrazza di camera mia. Fa fresco.

Ascolto gli Smiths col walkman, mentre il resto della famiglia fa comunità in salotto. Sto bene.

Ieri mattina ero a Londra e adesso è giugno e domani c'è solo Aidi, anche se capisco che mentre per me c'è un'unica persona che parte per la Pennsylvania e ci sta un anno, lei invece deve salutare un sacco di gente, e certo che io sono una persona speciale, ma anch'io nei suoi panni vorrei fare un sacco di cose e abbracciare un sacco di persone. Quindi, non ne devo fare una malattia, se lei non può passare ventiquattr'ore su ventiquattro con me.

Va bene. Non saranno ventiquattr'ore, sarà una bella mattinata e un appuntamento al volo di pomeriggio, giusto per scrivere un po' il quaderno.

Aidi vuole riempirsi gli occhi e il cuore di posti e persone che non vedrà per dodici mesi, e io non voglio stringerla troppo forte.

Buonanotte a tutti, mi lavo i denti e mi infilo in calzoncini sotto il lenzuolo col walkman acceso.

Bigmouth strikes again.

Alle nove e mezzo al solito posto, tra via San Mamolo e via Codivilla; legare la bici al cartellone su cui adesso aveva scritto tutta Sunnyside Of The Street, saltare in sella dietro ad Aidi e via, su per i colli, come il giorno prima di partire per l'Inghilterra.

Lei non si faceva distrarre dai racconti scemi di Alex che la teneva stretta e aveva voglia di farla fermare e baciarla e ripartire senza dire niente.

«Alex, ti ricordi quando mi hai mandato quella lettera con la storia del piccolo principe e della volpe?»

«Certo.»

«Mi è piaciuta un sacco.»

«Lo so.»

«Sì?»

«Me l'avevi detto tu.»

«Senti, ci pensavo ieri. Credo, senza che questo vada sopra alla libertà di nessuno, senza che questo blocchi niente, ecco, io credo che ci siamo addomesticati a vicenda. Cominciamo a preoccuparci quando l'altro è in ritardo... Io sono felice quando ti vedo arrivare, o quando sto con te, abbiamo tanto da dirci, e anche tanto da non dirci, da stare in silenzio uno vicino all'altro e basta.»

(Erano rimasti abbracciati anche quando avevano cominciato a cadere le prime gocce del temporale.)

Aidi avrebbe fatto una festa, per la partenza. Festa di addio, cioè, di arrivederci. Insomma, festa per la partenza, ecco.

Il pomeriggio era andato alla Ponticella, a casa di Depression Tony, con l'undici B: avevano suonato un po' di rock blues con la batteria fatta di libri suonati con gli attrezzi da cucina.

Avevano parlato di ragazze insignificanti che andavano dietro a questo e a quello e poi se la tiravano, se la tiravano, se la tiravano, e avevano ascoltato il demotape dei New Hyronia con Claudio Severi.

Poi, la mattina della festa spiovicchiolava, e c'era il timore più che fondato di dover rimandare tutto, perché era previsto di stare all'aperto e persino di fare un fuoco. Invitati, più o meno i compagni di classe di Aidi più tre o quattro personaggi di seconda, quelli con cui era andata in gita a Praga.

Il vecchio Alex aveva telefonato per precisare l'orario. Aveva risposto la madre di Aidi, e lui l'aveva scambiata per la figlia.

«Alle cinque, c'è anche Elena, quella di seconda di cui ti ho parlato» gli aveva detto Aidi al telefono.

Gliene aveva parlato, in effetti. In termini entusiastici. Alex aveva provato a inquadrarla mentalmente, ma l'immagine di questa Elena era rimasta abbastanza priva di contorni. Comunque, okay, alle cinque su da Aidi per dare una mano durante i preparativi.

Gli invitati sarebbero arrivati sulle sette e mezzo. Tutto molto informale.

Lui, in lacoste nuova color verde prato e pantaloni di tela bianca ereditati da Hoge. Una cannonata. Aveva fatto le prove. Gli andavano alla perfezione.

Alex sembrava morto.

Sdraiato sul divano in salotto, subito dopo pranzo, ad ascoltare The Singles dei Clash a volume da lite condominiale, occhio girandolato, lattina di coca poggiata a terra, calzoncini sdruciti in zona paccoculare e maglietta da hooligan, fissava il soffitto contando con preoccupazione il numero di solchi che lo separava dalla fine del side A.

Alla fine di London's Calling avrebbe dovuto fare appello a svariati muscoli, per raggiungere la posizione eretta e andare a girare il disco.

All'improvviso, era entrata una donna, nella stanza. Una donna *arrabbiata*. Parlava a voce molto alta che Lei non può, Signorino, star sempre lì ad ascoltar musica che questa non è musica è rumore, con la coca-cola fredda che non è ora di merenda et poi rutta per lo pomeriggio intiero e se anche ogni tanto pensasse a studiare non sarebbe un reato, poiché Lei fa lo studente e l'età per andare a lavorare l'avrebbe di già et noialtri non s'è disposti a tollerare in eterno le Sue Paturnie, Signore, ché adesso sembra Lei abbia tempo solo per la Sua amica Adelaide e della Sua famiglia non Le importa nulla, ma poi quando ha bisogno non va mica dalle ragazze, viene da noi, giusto?, et allora veda, *Signore*, d'avere un poco più di rispetto, sì?

Alle cinque era arrivato ansimante sullo spiazzo erboso davanti a casa di Aidi.

Che ascoltasse il walkman mentre andava in bici era un caso più unico che raro. Raw Power. Live In Parma.

Bacio. Bacio.

«Mi pare che ci stiamo un po' formalizzando.»

«Già.»

Con una doppia chiave articolare aveva fatto franare Aidi in ginocchio, leccandola sul collo mentre rideva.

Sul tavolo se ne stavano sdraiati un paio di tegami pieni di dolci in arretrato stato di preparazione, tipo farina e cacao in polvere, quattro o cinque torte salate e arnesi da cucina assortiti. I nostri pirati avevano parlato di Aristotele e di Plotino rigirando i cucchiai nell'impasto, badando a non trascurare il pericolo dei grumi di cacao.

La porta.

Elena, evidentemente.

«Ciao-ciao, Aidi mi ha parlato molto di te.»

«Sì?»

Elena, per l'appunto.

Si delineava un personaggio accettabile, un po' saccente, molto ferrata nel settore vacanze studio in Inghilterra; look sul nichilista. Non sembrava una stronza. Il nostro roccioso la guardava di sottecchi mescolare l'impasto di quella che sarebbe diventata una frittata con le zucchine o quasi.

Era la prima volta che si trovava in quella casa magica e c'era qualcuno che non fosse Aidi o i suoi familiari. La mamma di Aidi, gentile e prodiga di spunti per eventuali merende; Federico con la pistola e i cubi; il papà di Aidi, che ogni tanto spuntava anche lui, sempre più simile a un investigatore privato da film americano; Chiara, la sorella maggiore, bellissima e simpaticissima, che dava tanti pensieri ad Adelaide. E invece, nel giro di un paio d'ore sarebbe cominciata a spuntare gente a frotte, e un po' si sarebbe profanata, quella casa segreta circondata dal bosco...

Ma lui non doveva andare in para. L'essenziale è invisibile agli occhi, aveva detto la volpe. La gente che sarebbe arrivata tra poco avrebbe mangiato, scherzato, distribuito baci, raccontato cose, e alla fine se ne sarebbe andata dimenticandosi tutto, senza portar via niente della magia del posto. Sarebbero arrivati in macchina o in motorino, rombando, e non avrebbero capito nulla dell'emozione di pedalare su per la salita, nel vento o sotto il sole, coi passeri intorno. Una volta, il vecchio Alex aveva visto persino uno scoiattolo, ma quello era scappato prima che lui riuscisse a convincerlo a saltargli in braccio e portarlo da Aidi. Per gli altri, sarebbe stata una strada buia illuminata dai fari e basta.

Dall'archivio magnetico del signor Alex D. Che tipo, la mamma di Aidi. È di sicuro la persona più indaffarata che conosco, con tre figli di età così diverse, ma è sempre allegra, gentile, e carica di scorte di frutta non trattata e pasta fatta col grano coltivato biologicamente.

Sulle otto, inizio del tramonto, era arrivata pure Francesca di prima C e il padre di Fran aveva salutato Adelaide, che non avrebbe più visto per un anno intero, ché al ritorno Fran si sarebbe dovuta trovare un passaggio, dato che qui non viviamo mica per i figli e stasera può anche darsi che il nostro programma cambi, mio e della mamma. Non avrebbe più visto per un anno la migliore amica di sua figlia, e l'aveva salutata con la battuta più triste e stonata che Alex avesse mai sentito: «Ma cosa ci vai a fare, laggiù, che l'America è qui! L'abbiamo trovata qui, la nostra America!».

(Spaccargli la faccia, sbatterlo in macchina di peso e bombardargli di sassi la thema metallizzata mentre lo stronzo scappava giù per la discesa con la bocca piena di sangue.)

L'unico a non accorgersi dell'infelicità della battuta era stato proprio lui, che era risalito in macchina ridendo e aveva messo in moto soddisfatto. Andava a vedere un buon programma a quiz su Canale 5, o forse a leggere qualche pagina di best seller prima di sciacquarsi la bocca con l'antiplacca e spegnere la luce. Magari sulla strada di casa avrebbe preso del gelato per fare una sorpresa a sua moglie. *Merde.*

Cinque ore più tardi se ne stava andando anche Pietro Rossi, che aveva passato tutta la festa chiedendo se qualcuno avrebbe potuto riaccompagnarlo a casa.

Poi, il vecchio Alex aveva aiutato Aidi a mettere a posto.

Era stata una bella festa. Solo che lui era in lacoste, e a tornare a casa così gli sarebbe venuta una congestione.

Erano finiti in camera sua, per mano. Aidi gli aveva scattato un paio di foto in bianco e nero, e poi una insieme, con l'autoscatto, seduti guancia guancia sotto la locandina di Via col vento.

Poi, lei gli aveva prestato un bel maglione a strisce orizzontali viola e blu. Ciao Aidi, buonanotte, ciao Alex, domani alle tre, ti voglio bene, io ti voglio troppo bene.

Il tratto in salita, dalla parte opposta a quella da cui si erano allontanati gli invitati, per la strada segreta che passava dietro il seminario. Là dentro dormivano tutti, poveretti. Aidi gli aveva raccontato che una volta, quando aveva dieci o dodici anni, mentre stava giocando nel parco una banda di seminaristi l'aveva avvistata, e urlando «Una femmina! Una femmina!» kazzo, l'avevano inseguita per *chilometri*.

In sella. Sì, le chiavi di casa le aveva. Bene. Via per un'emozionante discesa. Probabilmente Aidi si stava lavando i denti. Primo, prendere velocità sul tratto in pianura, adesso. Con un colpo di pollice, lasciar saltare la dinamo contro il pneumatico anteriore. Faceva un po' casino, nella notte, ma altrimenti si rischiava di ammazzarsi, giù per il bosco. Prima curva a sinistra. Ecco, cominciava la pendenza. Lì avevano trascorso un intero pomeriggio, tipo in aprile, a discutere sull'opportunità o meno che uno dei due si mettesse con qualcun altro. Alex era assolutamente contrario, e anche un grosso ipocrita, dato che poi, a Londra era stato con una tipa polacca per circa *due ore*, e poi addirittura con una giapponese, ma non sapeva se contava, dato che ci si era messo al George's Inn dopo quattro o cinque pinte – era l'ultima sera e tutti i giapponesi e gli arabi offrivano alla grande – e si era reso conto di quel che stava succedendo mentre era già lingua in bocca con lei, una perfetta sconosciuta, sapore di triplo malto, addossato al bancone. Un turco era passato e aveva detto in italiano «Bravo cazzo duro» e gli aveva allungato una pacca sulla spalla, facendo cenno di offrire un altro giro, ma Alex aveva declinato, mor-

morando «Italia Turchia una faccia una razza» perché ancora una goccia d'alcool e stracciava in bocca alla giapponese.

L'aveva rivista il giorno dopo, prima che partisse per Tokyo, e non era riuscito a capacitarsi dell'accaduto.

Sì, insomma, anche se si era fatto delle storie, non aveva mai distolto l'attenzione da Aidi, e invece aveva paura che se lei si fosse messa con qualcuno lui avrebbe finito per recitare un'odiosa parte di ripiego, anche se poi sarebbe stato il primo a capire che non c'era più posto, a quel punto. Niente pianti, niente discorsi. Se Aidi si fosse messa con qualcuno, sarebbe stato così lampante che non aveva capito

se ne sarebbe andato in silenzio, pedalando a tutta forza giù per la discesa del seminario, e nei giorni successivi avrebbe girato da solo per le vie del centro, con la faccia tirata e le mani in tasca come De Niro nella locandina di Taxi Driver. Poiché il nostro roccioso si sentiva molto De Niro in Taxi Driver: un eroe inutile.

Ma non sarebbe finita affatto così, perché Aidi non era la tipa da farsi storie facili, e al contrario di lui, quando faceva qualcosa ci voleva credere davvero: la vedeva sfrecciare nel cielo azzurro a duemila miglia, e aveva capito, senza neanche dover chiudere gli occhi, che qualunque cosa potesse succedere l'avrebbe avuta dentro per sempre.

Rettilineo da quaranta cinquanta l'ora. Col suo ridicolo fanale vedeva sì e no a venti metri. Per fortuna conosceva la strada a memoria.

La scommessa, adesso.

Chiudo gli occhi? Chiudo gli occhi? Chiudo gli occhi?

Uno-due-tre. Fatta anche questa.

Piega a sinistra.

A seguire, curva totale, a gomito, sulla destra.

Bisognava frenare un po', o sarebbe volato dall'altra parte della rete, e d'accordo che lì c'erano le Officine Ortopediche Rizzoli, così la mattina quelli dell'accettazione l'avrebbero trovato primo della fila, ma *f-f-f-frenare* si doveva. Okay, bene così, anche se due o tre sacchi di copertone erano rimasti sull'asfalto, e poi, ancora giù, dritto, a destra, a gomito sulla sinistra, ultimo tratto di rettilineo, di nuovo a gomito a sinistra, doppiare la gigantesca aiuola con gli abeti così arrivava direttamente all'interruttore automatico del cancello coi leoni. Uh, qui era tutta una curva da gara di motociclismo, c'era scappata una piega sulla sinistra per guadagnare spazio e non entrare nella macchina parcheggiata davanti alla casa del custode. Il cancello si era aperto, via Codivilla ai centocinquanta l'ora e ritorno al livello del mare.

(Aveva svegliato tutta via Saragozza con una versione caricatissima di White Riot urlata a squarciagola.)

«Alex, non ti capita mai di pensare come la nostra storia sia assolutamente folle e fuori da tutti i canoni, e di come la gente non la capisca e di come nessuno la potrà mai capire?»

«Se è per questo, ci penso praticamente tutti i giorni. Anzi, spesso mi domando quanto ne capisco io.»

«Un sacco di gente mi chiede perché non stiamo insieme e... non so, è strano, a pensarci bene. Effettivamente, visti dal di fuori dobbiamo dare l'idea di due che stanno insieme.»

«Io non sto con te perché... perché va bene così, perché giugno è fantastico, e sapere che c'è l'America che arriva, e allora dirsi tutto perché tra una settimana è troppo tardi, è magnifico. Qualcosa mi manca, e lo sai. Io vorrei baciarti e tutto il resto, ma non tanto per il gesto in sé... Davvero. È difficile... È come mettere le basi per addomesticarti un po' di più. Farai più fatica a dimenticarti di me, così. Resteremo più attaccati ogni cosa in più che faremo. Io ho paura, per l'anno prossimo. Bacerò cento ragazze, andrò a letto con gente di cui non m'importa, ma non sarà come uscire con te e non dirsi niente per tutto il pomeriggio. Io so già che l'anno prossimo farò le cose più facili, più banali. E con te è tutto così trasparente e da ragazzini... Se penso che non ti ho mai baciata, Aidi...»

«Lo sai, bisogna sempre fare solo Quello Che Ci Si Sente.»

«Certo, dicevo così. Dicevo Quello Che Mi Sento.»

«E cosa ti senti, ancora?»

«Sento che questo giugno, questo scoprirsi ogni giorno di più, e ogni pezzo di me che scopro trovarne uno nuovo di te, e ogni pezzo di me che ti regalo trovarne in cambio uno che tu mi lasci nel calzino di lana di fianco al camino mentre dormo, è bello. A me non era mai successo. E veder crescere Aidi e Alex, ogni giorno, ogni mattina di sole, che per il resto della gente non vuol dire niente di particolare, è sovvertire tutti i pronostici, è ridere di fronte all'Uomo con le Previsioni Sicure, quello che era certo che la Danimarca avrebbe preso una vagonata di gol e sarebbe stata eliminata nelle qualificazioni e invece si è qualificata e agli Europei giocherà con squadre molto più forti, e l'Uomo con le Previsioni Sicure non si raccapezza. La Gente capisce solo quando le cose sono già successe, mai mentre accadono. E per noi due è lo stesso. La Gente che non capisce come sia possibile, visto che l'Uomo dei Sondaggi aveva negato categoricamente che due come noi potessero avere una pazza storia del genere.»

«Fantastico. E la Danimarca come gioca?»

«Bene. Si vede che si divertono.»

«Alex», aveva detto lei, stringendogli le mani con una strana intensità che l'aveva turbato. «Io voglio che la Danimarca vinca.»

Dall'archivio magnetico del signor Alex D. Leggo Kerouac, e non mi rompete i coglioni che leggo Kerouac, e ascolto tutti i miei dischi, e leggo anche Tondelli e Andrea De Carlo che diventano i miei scrittori italiani preferiti.

Non ci tengo particolarmente a vedere nessuno.

Sto da mia nonna, a prepararmi per il trasloco, col jollinvicta pieno di libri di copertura, i thriller degli scrittori bolognesi, un pigiama e due o tre magliette.

Aidi non ha mai visto casa mia.

All'inizio, quando ci eravamo appena conosciuti, ci eravamo accordati perché venisse un pomeriggio da me, ma quando l'ho annunciato al Cancelliere si è scatenato un putiferio, e insomma il problema, essenzialmente, era che lei era una ragazza.

... E visto che i propri spazi bisogna imparare a guadagnarseli, e che la pappa pronta serve a far venire su dei rammolliti e qui di rammolliti non abbiamo bisogno, al massimo puoi fare come certi studenti inglesi, che quando invitano una ragazza in camera sfilano la porta dai cardini.

Pittoresco, ma che bisogno c'è?

È una forma di rispetto.

Volevo ben dire. Insomma, visto che di far squadrare Aidi dai miei genitori per tutto il pomeriggio non avevo voglia, le ho raccontato com'era andato il nostro dialogo e tanti saluti, a casa mia lei non c'è mai venuta.

Quando i miei se ne andranno, e cioè domani l'altro mattina prestissimo – gli spostamenti della mia famiglia sono caratterizzati da partenze a orari *pazzeschi* tipo le cinque e tre quarti. Per forza, siete *lentissimi*! – la casa sarà sigillata, chiusa a chiave, e chi è fuori è fuori e chi è sotto è sotto.

E visto che io voglio che Aidi veda casa mia prima di partire, e che i miei, previdenti, si sono fatti consegnare il mio mazzo di chiavi perché non possa entrare in casa, io, appena tornato dall'Inghilterra, sono andato in ferramenta e ho fatto fare ben *due* copie di ogni chiave, alla faccia degli imprevisti.

Dopodomani mattina ce ne serviremo per penetrare il mistero dell'appartamento sommerso, e al telefono non ci sono per nessuno, ché leggo Sulla strada.

Appuntamento alle tre, con un sapore triste in bocca, perché in fin dei conti sono così felice per via di Aidi, e quando lei se ne sarà andata, invece, cosa succederà? Comincerà la rivoluzione punk jazz, e io non crederò più a niente e nessuno e cercherò solo di vivere vivere vivere, la cosa più grande che mi ha insegnato Aidi, anche se lei la prende in modo diverso ed è così gentile e ingenua e si fida di tutti, anche del primo Mattia che le si attacca al culo. Crede che in fin dei conti tutti siano buoni e degni d'attenzione, e a me fa sorridere e mi riempie anche di una gran dolcezza, e un po' mi fa invidia, nella sua casa magica nel bosco, ché vuole bene a tutti, e io, invece, Taxi Driver ed esistenzialista.

E va bene che non bisogna dipendere da nessuno nella propria cazzo di vita, ma io mica dipendo. Io vivo anche da solo, senza dipendere da nessuno, come ho fatto fino a quattro mesi fa, col pilota automatico. Mi sbatto le mani in tasca e comincio a camminare dove mi porta la strada.

Anche Martino diceva sempre che non aveva bisogno di nessuno.

Peccato però che quando vado col pilota automatico le sensazioni più belle siano prendersi delle bresche il sabato sera per dimenticare un'altra merdosa settimana di scuola in cui non è successo niente, vomitare subito prima di rientrare a casa e svegliarsi la domenica mattina con il mal di testa come nella parodia delle canzoni di Vasco.

Posso *sopravvivere*, col pilota automatico, ma vivere è un'altra cosa. Da quando ci siamo addomesticati a vicenda, è logico, per restare a un certo livello non posso più fare a meno di lei. E per lei è lo stesso, anche se ho bisogno di sentirmelo ripetere cento volte di fila, perché la paura è troppa.

Quando glielo dico, Aidi, che ha la faccia stanca perché dopo che ieri notte me ne sono andato anch'io si è messa a leggere un libro finché non l'ha finito, e l'ha finito da poco, mi guarda senza dire niente.

Fisso il vuoto, mezzo metro sopra la mia testa, un punto generico del muro bianco, ruvido, fresco, mentre sento che sto per

L'unica volta che ho pianto con Aidi è stato quando è morto Martino.

Mi stringe forte forte fortissimo, e quando riabbasso lo sguardo perché mi fa male il collo, vedo che anche lei ha gli occhi castani stracolmi di lacrime che le scivolano sulla pelle scura delle guance, come in un film che ho già interpretato tantissime volte in sogno, davanti a un pubblico di ciechi con gli occhiali tridimensionali.

Le passo il pollice sulle guance per raccogliere le lacrime

più indisciplinate, poi le bacio pianissimo la pelle, morbida liscia salata.

«Dormiamo un po' insieme, Alex» dice lei.

Ci sdraiamo abbracciati sul letto, e prima di addormentarmi sento che il mio respiro va più lento del suo. Circa tre suoi respiri ogni due miei.

Il quaderno procedeva, pieno di versi di canzoni, riflessioni estemporanee, dialoghi che i nostri pirati non avevano voglia di fare ad alta voce e persino delle *favolette*, kazzo: il giorno prima della partenza, l'avrebbero sigillato e lasciato in custodia alla mamma di Aidi. «Di tanto in tanto noi c'incontreremo, quando ci piacerà, nel bel mezzo dell'unica festa che non può finire» aveva quasi scritto un narratore notevolissimo come il Richard Bach in un libretto che parlava della lontananza e della presenza *nonostante* la lontananza. Ogni volta che il vecchio Alex leggeva quella frase, si faceva trasportare da innumerevoli sentimenti tutti legati grosso modo all'idea d'infinito. Gli veniva abbastanza voglia di volare, per dirla tutta, e poi, insieme a quelle sensazioni aeronautiche, anche un'angoscia sottile che immaginava dipendesse dal dover mangiare con le posate, dalla necessità di camminare in linea retta e da tutte le altre sovrastrutture che allontanavano l'Uomo dall'infinito che aveva dentro.

In quei giorni, il nostro poeta sentimentale s'era accorto per la prima volta che sia Antoine de Saint-Exupéry sia Richard Bach erano stati piloti d'aereo. Avrebbe voluto volare anche lui, e in certo qual modo aveva provato dei suoi primi metaforici salti da tacchino, anche se sapeva perfettamente che il primo vero volo sarebbe stato contemporaneo a quello di Aidi, passare un anno senza di lei e uscire dal libro già scritto. Lo stesso libro, pensava il nostro vecchio, che non aveva aiutato Martino a vivere.

Be', cinebrivido. I parens se n'erano *andati*, alla fine. Prodighi di raccomandazioni. E il Cancelliere l'aveva preso da parte e gli aveva detto guarda Alex io capisco che per te tutto questo sia importante ma vedi di non fare sciocchezze e se vuoi ti lascio le chiavi dello studio di via Ghiselli, così se ti va di mostrare quelle carte geografiche all'Adelaide è tutto a posto ma badate di

a) chiudere l'acqua;

b) controllare che la porta sia ben chiusa;

c) lasciare tutto come l'avete trovato.

Timeo parens et dona ferentes, il furbastro di nostra conoscenza era filato a casa di nonna Pina col jollinvicta colmo di materiali tipo vestiti e libri, pedalandosi via Saragozza verso l'ora di cena, quando ormai veniva il buio, schivando all'ultimo secondo un paio di portiere d'auto e ugolando Friday I'm In Love dei Cure, grande hit di quel giugno che scorreva parallelo alla loro storia.

La gente avrebbe dovuto ringraziarli i ciclisti, invece di tentare di farli fuori con le kazzo di portiere aperte di colpo, si diceva. Ringraziarli per tutta la merda che evitano di spargere nell'aria, che, come raccontavano all'asilo Gobetti, era di tutti. Be', l'*aria*, ovviamente.

(Aveva giocato a briscola con nonna Pina nella notte, vinto alcune partite.)

Alle nove spaccate del mattino seguente, come già architettato, i nostri pirati s'erano ritrovati sotto casa dei genitori di Alex. Aveva la *chiave*, quel dritto, e i parens, dicbbuòno, sloggiati da ore... Poi, però, una volta alle prese con la fottuta porta dell'appartamento fottuto, la chiave non aveva voluto saperne di funzionare. La pirata era stupita quanto il pirata, ma il fenomeno era incontrovertibile: la chiave faceva un giro, un giro e mezzo, e la kazzo di blindatura mica scattava però. E allora, canditi di delusione, avevano ripiegato alla volta dello studio di via Ghiselli. Avevano trascorso l'intera mattina a scrivere il quaderno, e al momento opportuno, in bagno, mentre il nostro diavolo d'un uomo le stava ritto di fronte, Aidi gli aveva fatto la barba con schiuma e rasoio.

(Il pomeriggio era scivolato via fra inutili corse in bici, spole e voli radenti dai ferramenta.)

Non si diventa nonne per caso, fortunatamente.

E dopo cigolii di parquet, frugamenti di borse, ispezioni di portamonete e cigolii di parquet, la madre di sua madre, quella sera stessa, era tornata in cucina con una caramella all'arancio e una copia delle chiavi di casa dei parens.

«Aidi?» aveva annunciato lui, raggiantissimo, in contatto telefonico con la casa del seminario. «Domattina potremo entrare!»

Dall'archivio magnetico del signor Alex D. L'appartamento è abbastanza spazioso, con carte da parati di gusto variabile. La mia camera, nel momento stesso in cui ci faccio entrare Aidi, è un po' diversa dalla mia camera di sempre. Il sole entra dalla porta finestra che dà sulla terrazza e ci sono le foto dei Beatles per i giorni distesi, dei Pistols per i giorni inkazzati e di Malcolm X, per quando mi sveglio alle sei e un quarto a studiare poiché il giorno precedente non ho aperto libro, a incoraggiarmi col pugno chiuso.

Nello zaino Aidi si è portata il quaderno e un paio di album di fotografie, uno vecchio, di quando suo padre e sua madre stavano insieme, subito prima di sposarsi, con Aidi che ne parla in modo sognante: età dell'oro post contestazione studentesca, amore e progetti, affitti da pagare e feste dell'Unità. Li invidio, anche se adesso fra loro due è finito tutto. Nel secondo album ci sono foto di Chiara in Sicilia. Con amici e cugini, per lo più. Aidi prova per sua sorella un affetto sorprendente.

Non so, credo che mio fratello in fondo mi voglia bene, ma di certo non ha il minimo slancio d'interesse o ammirazione per quel che faccio. Mia madre, nei momenti di confidenza, dice che so perfettamente che non è vero e che mi compiaccio di fare la parte dell'incompreso.

Chiara è bellissima.

Pomeriggio a correre in bici sui colli. Solo. Come un Girardengo d'altri tempi.

Poi succede che loro vanno su a San Luca, lungo il portico più lungo d'Europa, in questa alba hollywoodiana, senza nessuno in giro, essendo all'incirca le sei di mattina. Inquadratura dal basso. Salgono i gradini dandosi la mano. Sorridendo.

Dall'archivio magnetico di Alex D. Al telegiornale sportivo del pomeriggio la Danimarca la danno già per spacciata, stritolata dai cingoli dei panzer tedeschi.

Io e Aidi. Ci baceremo mai? Faremo mai l'amore? Ci sarà un tempo in cui staremo insieme? E sarà meglio che incontrarci alle cinque e tre quarti come stamattina e sognare insieme di essere dentro un film? Cosa chiedo alle altre ragazze? Cosa cerco? Perché ho sempre bisogno di farmi rassicurare da lei? Perché continuiamo con questa menata dell'amicizia molto ma molto speciale? Perché siamo così porca troia insicuri, tutti e due ma soprattutto lei? Le cose sarebbero diverse se non ci fosse in mezzo l'America?

Sì.

Non posso dire cosa succederebbe, ma la tensione sarebbe per forza di cose più bassa, se lei non partisse, e invece adesso c'è un'aria da ultimi giorni di Bisanzio o da assedio di Madrid che mi sferza dalla mattina alla sera. È una cosa notevole, comunque.

Non connetto molto bene. Mi sono svegliato troppo presto, stamattina.

(Andare da solo al cinema in spagnolo senza sapere lo spagnolo.)

Dall'archivio magnetico del signor Alex D. Ce la siamo guardata insieme, la finale. Con spaghetti nell'intervallo. Be', ha vinto la Danimarca. Ci siamo abbracciati, mentre i giocatori si scambiavano le maglie, e c'era una certa magia, nell'aria. Aidi mi ha guardato e poi ha chiuso gli occhi a tre centimetri da me. Stavano succedendo delle cose impossibili. Poi abbiamo parlato dei koan, dei monaci buddhisti, dell'America, dei Pogues, di cosa faremo l'ultima sera, della gelosia e della lontananza.

Per prenderla in giro ho fatto la pantomima della sua famiglia pennsylvaniese che desidera metterla a suo agio e ha organizzato una serata all'italiana, con pizza e vino rosso, mentre il father, travestito da Pulcinella, canta O sole mio tutta storpiata.

Ci siamo baciati ancora, cento volte, fino al mattino.

Voglio dormire tutto il pomeriggio. Abbiamo ancora domani, e domani l'altro, e il giorno dopo ancora.

(Aveva legato la bici vicino ai cancelli d'ingresso che davano su viale Gandhi. Era la prima volta che l'andava a trovare, e non c'era proprio nessuno nessuno lungo i vialetti di ghiaia, ma solo questo enorme silenzio. Un signore vendeva mazzi di fiori di vari colori e dimensioni appena fuori da un gabbiotto coperto di lapidi. Lui ne aveva comprato uno, con calma, e poi aveva fatto quel che c'era da fare. Aveva cambiato l'acqua nei piccoli vasi, sistemato i suoi nuovi fiori, ascoltato quell'enorme silenzio, sfilato il walkman di tasca.)

Ti dedico No Feelings dei Pistols direttamente dal mio walkman, Martino. Un abbraccio forte, da maschi, fratello.

Ascoltavano i vecchi album dei Rem e dei Dire Straits. Poi, alle prime parole di Tunnel Of Love, Aidi si era seduta sotto il tavolino del telefono. Un gesto difficilmente comprensibile se non ci si sforza di attribuirgli la forte dose di mistero che promanava sul momento, e il vecchio Alex avrebbe dato qualsiasi cosa pur di scoprire cosa stava pensando, lei, adesso. Allo stesso modo, non voleva saperlo.

Era confuso, e girava per casa guardandosi i piedi.

I nostri pirati attanagliati dallo stress.

Ma Aidi era ancora lì, *sotto* il tavolo del telefono e poteva ancora baciarla, e stringerla. Poteva ancora tenerla con sé.

Le aveva regalato la coperta arancione con la giraffa. I parens per portarlo a casa dall'ospedale l'avevano avvolto

E lui l'aveva sempre usata, tutti gli inverni, e adesso ci avrebbe dormito lei, in Pennsylvania.

L'ultima mattina, ai giardini, erano così tremendamente tesi e buoni e puntuali e gentili. Si erano accorti così perfettamente di quanto tutto assomigliasse davvero alla fine.

Dall'archivio magnetico del signor Alex D. Controlli vari, sì, il tuo indirizzo pennsylvaniese ce l'ho, forse manderò una cartolina per Natale ai tuoi genitori. A Federico, e a Chiara.

Un anno senza amore e senza gioia, mi sembra di vederlo in faccia.

Ma poi no, è lei la prima a non volere, perché non è giusto per nessuno

okay

Ma come cazzo faccio nei pomeriggi in cui vorrei vederla, anche solo per un secondo, magari solo passare in bici senza che lei mi veda.

Per me sei più di una persona, più di un'amica, più di una ragazza, sei quasi un'idea, come Jonathan Livingstone, ma sei pure vera, e arrivi tardi agli appuntamenti proprio come me e ti metti il maglione verde anche in giugno...

Non è finita, vero?

No.

Promesso?
Promesso.
Compagni di strada, allora.

Tornare a casa di nonna Pina, lasciare lì la bici, andare a piedi fino alla fermata dell'autobus per la stazione.

Bolzano, solo andata.

Suonava di merda, giusto?

Alla stazione di Bozen ci sarebbero stati i parens con la macchina per portarlo in montagna, fare un minimo di vacanza, stare un po' insieme. Lungo i tornanti l'avrebbero trafitto tipo con settecentomila domande sul genere cos'hai fatto durante la settimana, come sta la nonna, perché cavolo continui a tagliarti i capelli a quel modo eccetera, e lui avrebbe avuto mal di testa e

Aidi sarebbe partita.

La loro era una storia che al cinema non avrebbe mai funzionato. Be', per fortuna.

Troppo poco sesso.

Ma come direbbe il Caulfield, se c'è una cosa che odio sono i film. In un certo senso, diciamo. Comunque, non me li nominate nemmeno

con lei che lo guarda con gli occhi da cerbiatto e alla fine si salutano in un'alba tipicamente hollywoodiana e lui se ne va spingendo sull'asfalto gelido il suo vecchio skateboard. Poi, tac!, inquadratura di lei che piange e, tac!, schermo nero con sovraimpressione in stampatello, un po' tipo graffiti, e si capisce che è una specie di pagina di diario scritta da lui. Che poi sarebbe Marky Mark, nel film. Be', immagino costerebbe un occhio, ingaggiarlo, Marky Mark.

Subito dopo pranzo aveva preso un bloc-notes e aveva scritto per trecentosessantacinque volte, a distanza di un po' di righe l'una dall'altra, la parola

una per ciascun giorno dell'anno. L'avrebbe portato ad

Aidi quel pomeriggio stesso. In Pennsylvania, lei avrebbe potuto leggerne una ogni mattina e sarebbe stato un po' come essere là ad augurarle la buona giornata.

si era messo a sedere di fronte a nonna Pina e le aveva raccontato tutto. Gli occhi di lei si erano illuminati come se fosse tornata indietro di forse cinquantacinque anni, a scrivere di nascosto bigliettini d'amore, curva sul tavolo della sua stanza. A Castel San Pietro.

Poi, era ora di uscire.

È l'ultima volta che pedala su per la salita del seminario. Il cielo comincia a imbrunire.

Nessun posto è lontano. Se desiderate essere accanto a qualcuno che amate, forse non ci siete già?

(Al vecchio Alex piaceva da morire se una ragazza gli accarezzava la nuca, quando aveva i capelli tagliati cortissimi.)

Avevano ascoltato Sayonara dei Pogues, giusto?

Alla fine era stato lui a sciogliersi dall'abbraccio, baciarla un'ultima volta prima di salire in bici.

Ehi, se ne va senza voltarsi, diavolo d'un uomo!

Ancora più forte, col passo lungo da pianura.

Non sente la fatica.

Bene. Avevano deciso che un giorno sarebbero andati a Parigi insieme, i nostri due pirati – occhiali da sole e facce allegre da gita sulla banchina della Gare de Lyon. Io me li vedo. Potrebbero anche farlo, un giorno.

E allora, perché cavolo i suoi occhi sono così – come dire – sono così *lustri*, mentre per l'ultima volta scende come un Girardengo appena appena più basso e rock per la via Codivilla?

Cos'altro fa, il nostro matto, *piange*?

Non lo sa neanche lui.

Certo che pedala da Dio, a vederlo dalla telecamera dell'elicottero. E che *appiombo*. Non male, vero?

Comunque, no, mica piange. Ha solo gli occhi un pochino lustri per via dell'enorme velocità, è chiaro.

Okay. È anche perché quel figlio di puttana del piccolo principe ha addomesticato la volpe. E poi, forse, perché magari sta pensando che dei due pirati, adesso, qualcosa è come stesse andando un po' via per sempre. Sapete come ragionano certi ciclisti sentimentali, alle volte. Magari sta giusto pensando che determinate cose, nella vita dell'Uomo, possono succedere una volta sola. Sì, insomma, potrebbe farlo.

Di sicuro ha in mente questa ragazza che crede ancora che le persone siano quasi tutte buone. Vive praticamente in una casa in mezzo al bosco ed è venuta a salutarlo all'aeroporto, un giorno. E poi ha in mente quella volta al telefono, che il vecchio Alex credeva fosse la tal persona e invece era la madre. Di quella tale, intendo.

E ci sono anche tutti i pomeriggi passati sull'erba del giardino di una certa ragazza, una mezza pirata, ad ascoltare musica e parlare e.

Comunque no, non piange mica. E poi è un *Girardengo*, kazzo...

Diobbuòno cosa fila, adesso.

Ehi, dico, ma lo vedete?

Ma sì, ma sì, lasciamolo correre questo ragazzo, e date retta al sottoscritto che lo conosce da sempre. Se ha gli occhi un pochino lustri, è per via che il vecchio Alex, quando fila così come il vento

PEFC
PEFC/18-32-03

Certificato PEFC
Questo prodotto è realizzato con materia prima da foreste gestite in maniera sostenibile e da fonti controllate
www.pefc.it

RAMPAGE

THE WORLD WRESTLING FEDERATION'S INVASION OF THE BRITISH ISLES (1989 - 1993)

LEE HERBERT

RAMPAGE: The World Wrestling Federation's Invasion of the British Isles (1989 - 1993)

Cover design and illustrations by Ben Tallon

Published by Wrestling Life Online Press.

ISBN: 9781806542215 (Paperback)

First edition: September 2025

An environmentally friendly book printed and bound in England.

For Sally, Ada, Mum and Dad.

CONTENTS

FOREWORD: BARRY "REPO MAN" DARSOW

When I was a WWF Superstar, I wrestled on four UK tours. In 1991, I was part of the *Rampage Tour* wrestling as Smash, one half of Demolition. I returned for the 1992 *Rampage Tour*, but this time the leather and facepaint were gone, and I was known as Repo Man. Later that year, I returned for *SummerSlam* '92 at Wembley Stadium – a night that I'll never forget – and again in February 1993.

I loved going to London and Manchester, and all the other towns. The UK is just a fantastic place. As a bad guy, the fans hated your guts. But outside the ring, at a bar or wherever, they loved you. I guess it's like rugby: you'll fight on the field, but afterwards you're hugging and drinking beer. That's kind of how it was when I was Repo Man.

In the States, some places were still incredible, but others went downhill. But in Manchester in 1991, we had two shows in one day – in the same building. It was crazy. When the agents told us, we said, "Well, that doesn't make sense."

That's how big wrestling was. Two sellouts in one day. And the second crowd was just as wild as the first. That didn't happen in the States. If you had a double shot, it was always two buildings, two cities – never the same building.

We had good crowds in the States, but not like that. Wrestling in the UK was huge.

By the '90s, wrestling wasn't "real" anymore. It's still hard to say that, because I came up in a time where if you said that, you could get beat up or fired. People in the States knew it was a work, and as a heel, they didn't want to kill you like before. Back in the '80s, people pulled knives on me. I've had cars totalled. But that kind of heat was gone.

In the UK, though, they knew it was a work, but they still hated you like it wasn't. It was like, "You're the bad guy. I'm going to get you!" Until you got outside the ring. That was the big difference. British fans were with it. Big time.

I never thought I was a star. I just went out there and had a good time. I played those characters, but afterwards I was Barry Darsow. Then I met Robert Plant backstage in Birmingham in '91 with Crush. He was my all-time favourite – you know, *Stairway to Heaven* and all that – and here he is, getting a picture with us!

We had a couple of days off, and I can't remember the town, but we stayed at a hotel on a street with about 50 bars. I called Haku and said, "Hey, Haku, you wanna grab a beer?"

He goes, "Yeah!"

Everybody knew us. At first, they didn't recognise me without the Demolition face paint, but they saw Haku – you can't forget that face – and put it together. People started buying us beers. I said, "We're never getting out of this bar."

We told everyone, "One beer, then we'll hit the next place." By the tenth bar, the guys from the first were still with us. We never bought a beer. By bar fifteen, your beers were hitting us hard!

It started with a few people and ended with 30 or 40 following us down the street. That's how great the British people were.

We had the time of our life.

Back then, you had Repo Man, Skinner, Doink the Clown, all these characters. That's what wrestling was. It was about characters and entertainment.

That's what got kids' attention, and I think that's what Repo Man did. When I kicked the window of a car and stole a kid's bike, people said, "That guy's a real villain!"

My job was to get people over. That's what I talked to Vince about. I wanted to have fun, no stress. I didn't want to have the best match on the card. I just wanted to have a good match and help others shine. I worked with Savage, Duggan, all the top guys.

I had a big match with Brian "Crush" Adams at *SummerSlam* '92. I'd been to the UK a bunch by then, so I wasn't nervous. The match wasn't the big thing. Going back to London, seeing everyone, that was it. Wembley Stadium was huge, but you can't beat the UK fans.

I've been in big buildings before, but walking through the curtain at Wembley, seeing that crowd, wow. Then it was about a mile and a half to the ring! And I was out there with one of my best friends. That was special.

It was so big that when I'd get on Crush, you'd hear boos... then 10, 15 seconds later, boos from the upper seats. So we had to slow things down to let the noise catch up. You didn't want to step on that.

Brian and I were close. When you work with a friend, you take care of each other. My job was to make him look strong. So, boom, he press-slammed me – and I was almost 300 pounds.

I just had a lot of fun.

And Davey Boy Smith wrestling Bret Hart? That was the biggest pop I ever heard.

I'm very grateful to the fans, and we've got the greatest fans in the world. Without them, you've got nothing. All these years later, we're still doing appearances. Bill Eadie and I are booked solid. Thank God people still want to see us.

Now the parents are the big fans, but their kids are into it too. They'll say, "You look different!" Well, yeah, I'm 40 years older than I was on TV!

I get asked to sign Repo Man figures, even at Demolition signings. So Repo Man meant something to people. Whether they hated me, liked me, or laughed – it meant a lot. I'm thankful people still remember that character. I think I did my job.

I wish I'd known it at the time. Back then, without the internet, we thought once you were done wrestling, that was it. I think we *all* did. But now we make more money signing autographs than we did wrestling every night in some territories.

I love visiting the UK. The people are great. I'm always excited to see the British fans and thank them for all their support over the years.

And next time I visit, I'd like a day off too. To do the same thing I did with Haku.

Thanks for the memories.

Barry Darsow

FOREWORD: BEN VEAL

You never forget your first time.

And no, I'm not talking about *that* first time. The one I mean is far more profound and an initiation into a world unlike any other: a moment when you discover joyous escapism in its purest, most electrifying form.

I'm talking about the instant you encounter a universe so larger-than-life it defies logic and explanation. The moment when you meet a vivid cast of heroes and villains, storytellers whose drama, emotion and spectacle transcend the confines of ordinary entertainment. The very first time you fall under the spell of professional wrestling.

For me, that moment came during the summer of 1992, just after I turned eight years old. It was the kind of magical time that sticks with you, with endless days of possibility, bright blue skies, childhood wonder at its peak. My mum, after *a lot* of nagging, bought me a pack of World Wrestling Federation Merlin "Gold Series" trading cards – small, glossy gateways to an entirely new realm that everyone at my school was buzzing about.

I had no clue what wrestling actually was at the time. I didn't understand why these cards were causing such a frenzy or what the hype was all about. All I knew was that they were coveted treasures and I wanted in on a piece of the magic.

Then I saw my very first card.

There, staring back at me with impossible levels of charisma and framed by a black and gold border, was the "Immortal" Hulk Hogan, complete with bulging 24-inch biceps, bleached blonde hair, yellow spandex and a wide smile that promised adventure and heroism.

At that moment, I knew nothing of the *Rock 'n' Wrestling* era, of Hulkamania's global grip on the world, or of slams so thunderous they echoed across the world. I didn't yet grasp the significance of his rallying cry to "take your vitamins and say your prayers." I hadn't even seen a professional wrestling match or promo on my TV.

But none of that mattered.

Because from that instant, my young mind was cracked open to a world far beyond the *Ghostbusters*, *Teenage Mutant Hero Turtles* and *Masters of the Universe* figures that had dominated my childhood until that point.

Far away, all the way across the ocean in the United States of America, there existed a realm where heroes and villains battled in a spectacle unlike any other, where the lines between reality and fantasy were truly blurred and where larger-than-life characters were as real as the pavement beneath my feet.

That revelation was nothing short of magical for me. And it has remained so ever since.

Now, writing this foreword to Lee Herbert's tremendous book *Rampage*, I am a husband and father of two in my early 40s who is still enchanted by the spectacle of professional wrestling. All these years on from staring in awe at that trading card, I now have the privilege of working within the pro wrestling business, interviewing some of the sport's greatest legends and I count many of my childhood heroes as my friends. But beneath all that, I remain, at heart, a fan – just like the wide-eyed kid who first laid eyes on the Hulkster.

For many of us, that initial spark of delight for the world of wrestling occurred in the early 1990s. Those Merlin cards were just the beginning. The real baptism by fire came later that summer when I witnessed my very first wrestling event on television: *Summerslam '92*, held at London's Wembley Stadium. I had no idea then that I was watching a historic peak for the World Wrestling Federation's European presence, a night that would echo in wrestling lore for many decades to come. It remains the biggest show on UK soil to this very day.

I remember being utterly mesmerised as The British Bulldog triumphantly claimed the Intercontinental championship from Bret "Hitman" Hart amid a shower of fireworks and a roaring sea of fans. I was wowed by the likes of Papa Shango, The Repo Man, Crush and The Ultimate Warrior. I couldn't believe my eyes when The Undertaker was transported to the wrestling ring on the back of an actual hearse! It was a spectacle so vibrant, so emotional and so captivating on every level that I knew I had found something truly special: the missing piece of my childhood puzzle. Wrestling was not just entertainment; it was a portal to a new kind of wonder for me and so many.

Rampage invites you to take that journey back in time, with Lee Herbert acting as your guide to an era when the world felt simpler, brighter and more thrilling. Lee, like me, lived it and *felt* it.

It's so fitting that *Rampage* is the first book to be published by Wrestling Life Online Press, as WL, at heart, is all about a home celebrating the stories and sacrifices of wrestling's biggest names and the profound impact that the still-largely-misunderstood world of "Sports Entertainment" has had on so many lives, including mine.

With *Rampage*, Lee doesn't just recount a golden era of WWF; he unlocks the unique forces behind its rise in the UK, the cultural phenomena that gripped young audiences and the genius marketing that forged lifelong connections with fans across generations.

So, whether you're a lifelong fan, a newcomer curious about the magic, or someone longing to revisit the glory days of wrestling's heyday, *Rampage* will remind you why that first time is always unforgettable, because it's when the magic finds you.

This is the story of how the World Wrestling Federation perfectly tapped into the desires of a young audience, building connections that have lasted whole lifetimes.

Ben Veal
Wrestling Life Online

IX

INTRODUCTION

> I hope you're not taking this seriously, even a five-year-old knows that this is as choreographed as any ballet.
>
> LISA SIMPSON, *THE SIMPSONS*

All my life, I've been watching wrestling. It started in 1990 with World Wrestling Federation supercards like *WrestleMania VI,* where the wrestlers looked like comic book superheroes come to life[1]. My life has changed significantly since the days of watching Hulk Hogan and The Ultimate Warrior on a VHS, but one question still lingers: a question about a man known to WWF audiences as Giant Gonzales.

If you were a WWF fan in the early '90s, that name evokes a

1. I should address the WWF/WWE situation. The company was publicly branded as WWF in the years I'm discussing, and to remain historically accurate, that's how I'll refer to it here. Mostly. Unless it feels wrong in context. Look, you're just going to have to trust me on this one. I promise it'll make more sense than The Gobbledy Gooker ever did.

chilling image. Let's begin with his ring attire. Gonzales wore one of the most absurd outfits ever donned in a physical combat scenario: a ghastly bodysuit designed to make it look like he was wrestling naked. He looked like someone subjected him to a spray tan using the colour index usually reserved for cast members of *The Only Way Is Essex*.

Jorge González was the man behind this disturbing persona, a 7ft 7in former basketball player from Argentina. His sheer size and athletic background were enough to turn heads; the heavy lifting was already done for the creative team. But the World Wrestling Federation in 1993 wasn't a place where understated characters existed. It was the home of Bastion Booger and Papa Shango[2].

Giant Gonzales wore a bizarre, rusty-coloured, skin-tight leotard, covered in airbrushed muscles and hair[3]. There was a clear line between the painted-on body and his own – it looked ridiculous.

Were we expected to suspend our disbelief and accept him as being naked? Or was it simply a part of his character, implying he deliberately chose to wear a "naked" suit? If you think about it (as I often do), the latter would raise as many questions as the former.

What would be his motivation for *either*? Was he waging psychological warfare? Was he using misdirection and showmanship to manipulate his opponent's reactions, like in a Derren Brown special?

Maybe I'm giving WWF far too much credit and this is simply evidence that a complete lunatic was running the show: a frazzled mind momentarily short of good ideas, having spent the last of

---

2. Bastion Booger had a slob gimmick best described as an American version of the character Onslow in *Keeping Up Appearances.* Papa Shango was a voodoo master who could put curses on his opponents causing them to spontaneously combust. Subtlety and nuance were not the WWF's strong points in the early '90s.
3. I'm aware the first revolting outfit Gonzales wore had patches of fake hair, but the second version is the one stuck in my mind: the fully airbrushed model.

them on Razor Ramon, Doink the Clown, and Yokozuna (it was definitely this).

We can only speculate. But, after three decades of silence, it's time for answers about this towering goliath who's haunted me all these years. (I should add that as an eight-year-old, I saw nothing strange about a naked giant in the WWF.)

As absurd as Gonzales' costume was, it perfectly encapsulates early '90s wrestling: a bizarre blend of theatricality, camp, and ludicrous yet unforgettable characters. This book isn't just about the spectacle; it's about how these moments – both ridiculous and sublime – shaped a generation of fans, myself included.

Why do I care? I'm 40 with a hairline like Hulk Hogan's in 1987 – shouldn't I have left all this childish nonsense behind? Absolutely not.

Even when I was a kid, my interest in this curious phenomenon was questioned. I didn't listen then and I refuse to now.

"What *is* this rubbish you're watching?" was a reaction I heard often, even then. My parents made their feelings clear whenever they paid closer attention to my favourite form of entertainment. The absurdity of this lanky, nude giant demanded everyone's attention – for all the wrong reasons.

Little did Mum know, as she voiced her disgust, that a zombie with a live vulture would be the next to emerge through the curtain.

Welcome to the spectacle of the World Wrestling Federation.

In April 1993 I was engrossed in a video of *WrestleMania IX* that a school friend taped for me. The supershow from Caesars Palace, Las Vegas, had already set off alarm bells in the Herbert household. My mum, a wrestling sceptic at the best of times, glimpsed Luna Vachon after Shawn Michaels and Tatanka's show opener. Michaels was a powder keg around parents with his *Sexy*

Boy entrance music, chaps, chains, and risqué antics. However, this time, Michaels wasn't the primary culprit.

Vachon, dressed in what can only be described as S&M-inspired attire, viciously attacked rival valet Sensational Sherri. Sherri was a provocative dresser herself, often resembling a cast member from *The Rocky Horror Picture Show*, but she looked like Mary Poppins next to Vachon, who accessorised her black leather bikini with a spiked dog collar, belt, and wrist cuffs. Combined with her bleached-blonde Mohawk and face-painted veins, it was an unconventional look not seen before, or since, in our small village in North Shropshire.

It certainly didn't go unnoticed by the conventional mother of a year-three primary schooler, especially one that considered Wet Wet Wet frontman Marti Pellow to be a bit of a bad boy.

As Vachon slammed and choked her adversary, tension filled the room. I fumbled for the fast-forward button on the remote control and prayed the next match would feature someone inoffensive enough to bring to your nan's house. A safe pair of hands like Bob Backlund or Bret Hart – I'd even have welcomed Barry Horowitz to help tone things down. I've never been so relieved to see The Steiner Brothers in all my life.

With cringe-worthy moments like this and constant, condescending reminders that "it's all fake!", growing up as a fan of professional wrestling was hard. The ridicule and contempt from its detractors, along with the shame they would make you feel as a fan, were profoundly real.

When I left university with a journalism degree in 2006, this wasn't a book I could have written. To fit in with certain crowds you would bury your interest in wrestling, a dirty little secret. Asking people for their favourite *WrestleMania* match, or if they still owned any Hasbro figures, was a good way of not getting invited to parties.

With age and wisdom comes a thicker skin. If someone asks

why I'm tired in April, I admit it's from staying up until 5am for *WrestleMania* weekend. That's a conversation killer.

I like it that way. Once someone's decided wrestling is ridiculous and worthy of ridicule, there's no changing their mind. I don't discuss wrestling, except with like-minded friends or within the safe confines of a dedicated internet group. I change the subject if a non-wrestling fan enquires about my fandom. To those who don't get it, no explanation is ever enough and the insinuation is always that you must be a bit thick.

While millions tune in to *I'm A Celebrity* or *Love Island* to see which ghastly social media influencer will be voted off next, wrestling fans are watching a morality play with incredible displays of athleticism, pageantry, fireworks, and shiny gold belts. So who are the clever ones here?

Even after all these years, the "f" word touches a nerve. The close-minded who say professional wrestling is pantomime are wrong; it's more of a blend of Olympic-standard gymnastics and bodybuilding. Les Dennis doesn't hit the gym 365 days a year to train for *Aladdin* at Telford Theatre. Those who choose to step into the ring for our entertainment often do so at great cost to their health. Wrestlers can suffer life-changing injuries. Premature deaths have occurred with uncomfortable regularity. There's nothing "fake" about the sacrifices made.

The WWF contributed to these attitudes from non-viewers: I'm a loyal, dedicated fan and I've been mortified by the content on many occasions. By the time the WWF's celebrated *Attitude Era* came around, I was old enough to have a TV in my room, and luckily, Mum was tucked up in bed by the time *Raw is War* started on Sky Sports at 10pm. If Luna Vachon raised eyebrows in 1993, I can only imagine the reaction to characters emerging at the end of the decade when Vince Russo was on a mission to shock and outrage. *(Beaver Cleavage – good grief.)*

It's hard to imagine an entertainment show marketed to kids on TV today featuring two stars playing a porn actor and a pimp – and having them be the good guys! WWF storylines in the late '90s featured castrations, crucifixions, drugging and attempted murder. Yeah, it's difficult to convey to someone how insane the WWF became if they stopped watching after 1993 when the UK boom fizzled out.

My parents, like many, didn't take wrestling seriously. But, in the early '90s, many people did. So many, in fact, that the WWF became a full-blown national craze, the same way *Teenage Mutant Hero Turtles*, *Transformers* or *He-Man* did before[4].

Hysteria followed at sold-out arena shows in London, Birmingham, Manchester and Sheffield. The UK's largest toy retailers, Argos, Toys 'R' Us and Woolworths, displayed action figures front and centre.

The Simon Cowell production *WrestleMania: The Album* reached No.10 in the UK charts. The lead single, *Slam Jam,* reached No.4 and sold over 200,000 copies. By comparison, the UK's biggest-selling single of 2023 achieved 91,000 downloads. To confirm, music featuring Bret Hart and Randy Savage was more than twice as popular as Miley Cyrus.

The newsagents' shelves were stacked with sticker albums, trading cards, and magazines. Video rental shops dedicated entire sections to wrestling tapes. In arcades, Hulk Hogan and The Ultimate Warrior replaced *Space Invaders* and *Asteroids*. Articles about the WWF *(in kayfabe!)* frequently appeared in the "red top" newspapers.

---

4. Yes, in the UK we had "Hero Turtles". The BBC renamed *Teenage Mutant Ninja Turtles* due to a moral panic – the ultimate badge of honour – over "ninja violence." Politicians debated the possibility of the country being terrorised by a swarm of eight-year-old ninjas brandishing nunchucks. Sensationalist newspaper stories about the Turtles' influence on society claimed the cartoon encouraged kids to explore sewers and eat too much pizza. Strange times.

The craze culminated in a live show at Wembley Stadium in 1992, where 80,355 spectators broke numerous records. *SummerSlam '92* was larger than life. It was American wrestling done in the UK, but with all the razzmatazz of a show at the Hoosier Dome or the Pontiac Silverdome – a stark contrast to the dingy town halls and leisure centres where UK wrestling was typically held. Great Britain had become the World Wrestling Federation's home from home.

Before internet access was widespread, the only way to watch WWF's syndicated shows in the UK was on Sky Television. By June 1990, only one million households had Sky, meaning kids hypnotised by a *WWF Magazine* cover had just a 1-in-20 chance of seeing the characters on TV. If, like Rishi Sunak, you weren't lucky enough to have Sky at home, the only option was convincing someone who did to record it for you.

Otherwise, you had limited access to WWF content. You could buy official videotapes when they became available, but you were in a permanent state of time delay and owning the full library was expensive; the retail price of £14.99 was a lot of money back in 1992. You could also keep up with news via the official monthly magazine, but that was produced a couple of months before it landed on our shelves and was out-of-date by the time we had a chance to read it. All of this made the tidal wave of devoted followers for this very American niche product all the more remarkable.

I was one of the unlucky ones, we didn't get Sky in our house until 1994, by which time the WWF's popularity had dwindled. At the height of the British WWF craze from 1989 to 1993, I had no regular and reliable access to the programming.

I was dependent on a friend at school delivering me a Memorex or Scotch video cassette each week. That friend relied on their mum programming the VCR correctly to catch Sky One or Sky Movies at the right time. Navigating this complex supply chain as an eight-year-old was no easy task. The fear, that when you hit play, you'd be greeted by an episode of *The Darling Buds of May*, added an element of danger.

Like many fans, my WWF obsession began long before I ever watched wrestling. The imagery alone in the sticker albums, trading cards, and toy packaging was captivating. The wrestlers felt like they came from another planet; they looked like real-life versions of characters from Marvel or DC comics. After this period of strange loyalty to a show I'd never seen, I finally watched – and from that moment, I was fixated.

It felt like the most exciting thing in my life; the teatime shows on the BBC, such as *Blue Peter* and *Neighbours*, couldn't compare. Why watch Anthea Turner make Tracy Island from old yoghurt pots, when you could see a man called Jake "The Snake" Roberts carry a live king cobra into a wrestling ring and get it to bite someone? Nobody wants to ride the teacups after they've been on Nemesis five times at Alton Towers.

The wrestlers were mysterious and exotic, we didn't know their real names or where they'd been before appearing in the WWF. All we knew was the limited information we got from a sticker album or magazine. The writers inflated the height and weight statistics for effect, almost as much as the wrestlers inflated their muscles.

Step by step, I became a fully-fledged WWF fanatic: I chose The Ultimate Warrior as my favourite wrestler, an easy pick with his neon clothes and face paint, superhero muscles, power chord-filled entrance tune, trademark sprint to the ring and frantic rope shaking. I made frequent visits to the local newsagent for newly-landed copies of *WWF Magazine*, which would disappear quickly and were then gone forever. I watched *WWF Superstars of Wrestling* at my friend's house whenever I possibly could[5].

---

5. I trapped a nerve in my neck at that same house after opening out a sofa bed to

Despite my limited access to content, wrestling dominated my thoughts. I remember the intense envy I felt when a classmate returned from a Birmingham NEC show with a pair of Bret "The Hitman" Hart sunglasses.

I recall how, with a strict pocket money limit and by sheer will, I swapped my way to a full set of Merlin-produced *SummerSlam '92* trading cards, a collection I treasure to this day.

I remember the overwhelming desire to own all the latest Hasbro action figures, waiting on the pegs in the local Woolworths. I would pore over every Argos and Kays catalogue, hoping to find a new, undiscovered toy. I could spend hours staring at the figures on a page, *imagining* having them in my hands.

I couldn't find enough content to satisfy my obsession, not even close. Two decades later, I'd have 24/7 access to thousands of hours of footage on Netflix and YouTube. Back then, I was feeding off scraps.

Such was my profound love for the heroes of the World Wrestling Federation that, even today, seeing a clip of Hulk Hogan walking to the ring – waving the United States flag, with *Real American* booming from the arena PA – can conjure up emotions that are, frankly, a little embarrassing for a man in his 40s.

Before you know it, I'm talking with misty eyes in a niche internet group about how wrestling used to be the ultimate good-versus-evil story, how the big blue cages were so much better than the mesh ones used today, why Bret Hart was a 20th-century artistic genius, and how much I admire Rick Rude and Jake Roberts' fantastic moustaches.

We're told wrestling is better than ever, and WWE's Premium

---

experiment with some dangerous piledrivers and suplexes. The WWF would constantly tell you not to try this at home, which planted the idea in your head immediately.

Live Events blow old WWF pay-per-views out of the water. They're more successful than ever, thanks to two mammoth deals: Endeavor purchasing WWE as part of a $21 billion merger with UFC, and Netflix buying the rights to *Raw* for $5 billion.

But I want to ask you this: when were wrestling shows better, today or in the early '90s? The answer is, of course, today. I'm not an idiot.

I won't try to persuade you that Giant Gonzales vs. The Undertaker was a better wrestling spectacle than Sheamus vs. Gunther in Cardiff. But I did rewatch the former, and it reminded me of revisiting *Be Here Now* by Oasis; I realised it wasn't anywhere near as bad as its reputation suggests. The naked costume and the match's conclusion – The Undertaker being subdued with a rag soaked in chloroform – are undeniably absurd. But ask anyone over 38 about chloroform, and I bet they know what it is because of *WrestleMania IX*. Memorable *and* educational.

I won't try to convince you that *Royal Rumble '89* was a better show than *Royal Rumble '23*. I won't argue that Warrior vs. Rude in a "Super Posedown" was more exciting than Sami Zayn turning on The Bloodline. But the hill I'm willing to die on is this: the early '90s was the best time to be a wrestling fan.

These cartoonish characters meant more to me growing up than today's highly-polished, super-athletic wrestlers ever could. They gave me memories I have carried for 30 years. I could never have been an accountant, because when I hear "tax", my thoughts drift to one thing: Irwin R. Schyster.

I'm sure everyone says being a wrestling fan was better in *their day*. Early '80s kids will say wrestling peaked with the battles between the Von Erich brothers and The Freebirds. *Golden Era* kids will say Hulk Hogan and Randy Savage were the greatest. *Attitude Era* kids will point to the box office success and legacy of stars like "Stone Cold" Steve Austin and The Rock. I've no idea what those poor 2009 kids would say about what they were subjected to.

Yet I've come to realise that fans who discovered the WWF when it arrived in the UK in the early '90s share a unique nostalgic connection. It was a magical time like no other; the scarcity of content meant you searched for your tribe. Like-minded people came together to share old magazines and swap stickers. And every tribe needed a member with Sky.

This book isn't just about the larger-than-life characters that filled our screens; it's about how they captured the imagination of an entire generation. It's about the fan culture, the bonds formed, and the sense of belonging to a special club. A community spirit that ensured even those without Sky could join in: there's much society could learn from the wrestling tape-trading community. People came together to make sure no fan was left behind and nobody would miss out on seeing a 7ft 7in naked giant.

At school, some kids liked football, some liked music, and one weird kid was obsessed with lorries (yes, heavy goods vehicles). But for a moment, when we had *SummerSlam* in the United Kingdom, it felt like everyone loved the WWF. For those few hours, The Bushwhackers and The Legion of Doom accomplished something no political party ever has: they united an entire generation of British youth.

I know people who haven't watched wrestling in over 30 years. But dangle some neon tassels in front of them, and they'll tell you all about The Ultimate Warrior. They can't tell you who "The Head of the Table" is, or what "The Pipebomb" was, but they remember Tatanka battling Rick Martel on Sky One in 1992.

I've long since lost track of people from that time. Yet I can tell you the name of the friend from school with the biggest stack of sticker swaps, the friend who owned *Royal Rumble* for the SNES, and the one who claimed Davey Boy Smith was their cousin.

Wrestling's rise in the UK during the early '90s was a pop

culture revolution, uniting fans through schoolyard sticker swapping, taped matches, and the buzz of live shows.

But how did I, along with hundreds of thousands of others in the UK, discover the WWF in the first place? How did this thick slice of Americana take Britain by storm?

This book explores those questions by tracing the WWF's remarkable impact in the UK – beginning with the backstory of ITV ending British wrestling coverage, the WWF's national expansion in America, and the arrival of Sky Television.

It's a journey through every aspect of the WWF craze in the early '90s: speaking to key players from *WWF Magazine*, Silver Vision, and Merlin; revisiting the UK tours; and reliving the unforgettable moments that defined our fandom in this magical era.

From playing with action figures and video games, to the live-on-Sky *Rampage* specials, and the grand spectacle of *SummerSlam '92*, this is the story of how the WWF transformed our lives forever – and, perhaps, a chance to finally get some closure on Giant Gonzales.

DADDY
PRICES: £3.50
CHILDREN UNDER 14 & O.A.P. £2.00

CHAPTER 1
FROM BIG DADDY TO THE BIG TIME: HOW THE WWF SNUCK ONTO BRITISH TV

IN 2024, Netflix put $5 billion down on a 10-year deal to become the new home of *WWE Raw*. It resembled the 1986 deal that first brought WWF footage to a mass audience in the UK in the same way that Heron Foods resembles Harrods.

Back then, things were different. When Vince McMahon struck a bargain-basement deal to sneak the WWF onto British terrestrial television for the first time, his timing was perfect – 1986 marked the end of an era for British wrestling.

ITV's *World of Sport* had been the home of wrestling on British TV since 1964. At its peak, it attracted audiences of 10 million every single Saturday. But in September 1985, *World of Sport* was taken off the air. Wrestling continued as a weekly standalone show due to its enduring popularity, with millions still tuning in each week. It was a British institution, like fish and chips, fry-ups, or binge drinking – but without the later-life heart implications.

Well, it continued most weeks, anyway. Wrestling was often bounced around the schedule, and if something "more important" came along – like the European Curling Championships – it was unceremoniously bumped. It was an undignified end for a spectacle that had once rivalled *Coronation Street* in viewing figures and counted Prince Philip as a fan.

But it wasn't just the show's name, format, or timeslot that signalled the end of an era: the wrestling itself was changing. For 31 years, Joint Promotions had been the exclusive provider of footage for ITV's wrestling coverage. But when their latest five-year deal expired at the end of 1986, everything changed.

Joint Promotions was a two-headed beast: Max Crabtree was the mastermind and promoter, while his brother, Shirley Crabtree – better known as Big Daddy – had been the undisputed star of UK wrestling for over a decade. He was beloved by Prime Minister Margaret Thatcher and Queen Elizabeth II. But by 1986, Big Daddy was 56 years old and British wrestling could no longer be built around his ample frame. With ITV's contract up for tender and no clear successor to Big Daddy's spangly Union Jack robe and top hat, other players had a chance to enter the ring.

One of those was Brian Dixon, an opposing promoter who had tried to negotiate TV time for his company, All Star Wrestling, back in 1981. But Joint Promotions secured a five-year extension, maintaining their monopoly. During those years, they failed to create a new star to take over from Big Daddy, while All Star Wrestling showcased talented mat technicians like "Rollerball" Mark Rocco, offering a more dynamic and innovative product than the tired formula of Big Daddy squashing every heel in sight.

When the rights deal came up for renewal in 1986, Dixon seized his opportunity and secured a share. And in the background, a third company took a smaller piece of the deal: an American company.

Vince McMahon's Titan Sports struck a deal that brought WWF footage to British terrestrial television for the first time. According to Kent Walton, quoted in Simon Garfield's book *The Wrestling*, the WWF was only asking £700 per show: a fraction of the £17,500 per episode he claimed Joint Promotions had negotiated in their 1981 deal[1].

ITV aired WWF matches several times during '87 and '88, cutting together footage from various old tapes. Whatever ITV paid WWF, it was pure profit. Viewers had no idea that, on January 17, 1987, one of the matches ITV aired – Hulk Hogan vs. Randy Savage from Madison Square Garden – was already 11 months old. It didn't matter. *It was Hogan vs. Savage from MSG.*

On the same show, ITV aired The British Bulldogs vs. The Hart Foundation – two of WWF's greatest-ever tag teams – from a Boston show the previous November. Vince McMahon was planting seeds when he chose to introduce the WWF to a new territory using future Hall of Fame legends.

While millions of UK viewers were discovering American wrestling, British wrestling hit the headlines for all the wrong reasons.

Tragedy struck at the Hippodrome in Great Yarmouth on August 23, 1987, when Malcolm "King Kong" Kirk suffered a heart attack during a tag match against Big Daddy. Although a postmortem cleared Big Daddy of any wrongdoing, sensationalist media claimed Kirk had been killed by Daddy's 26-stone splash.

Kirk's widow, Ilona, directed her anger at the Crabtrees in a *Daily Mirror* interview in August 1987: "He was paid only £25 for the bout that cost him his life... While Big Daddy and his brother got rich, my family's been living in hardship."

---

1. It may have been even less. Also quoted in *The Wrestling*, Max Crabtree claimed that after Sky began airing the WWF, he approached them in an attempt to sell British wrestling footage (*good luck with that, pal!*). According to Crabtree, Sky told him they were paying McMahon just £500 per hour of content.

Bigger problems were on the horizon for the domestic wrestling scene when ITV appointed Greg Dyke as its new director of programmes. Dyke believed wrestling was too low-brow for his channel, and its working-class roots didn't fit with his vision for the future. In his words, he wanted ITV to be "more like Sainsbury's than the Co-op." Wrestling, darts, and bowls – along with *The Cannon and Ball Show* – were all on his hit list. Dyke saw these shows as part of the "problem" of "the old English working class sitting around the telly, staring blankly."

Dyke knew removing wrestling from ITV outright would cause an uproar, so he disrupted it first. After the move to earlier time slots viewing figures plummeted to 2.5 million – but not because interest had faded. William Regal noted in his autobiography, *Walking a Golden Mile*, that the core wrestling audience was working-class, and many worked Saturday mornings.

Dyke had his excuse. At the 1988 Montreux TV festival, he made it official – wrestling was gone.

Tony Purnell
"Grunt and groan is KO'd by ITV"
Daily Mirror
(London, May 17, 1988)

Wrestling is being knocked off the TV screens after 33 years.

The grunt-and-groan sport, which has drawn millions to their TV's every Saturday afternoon, will be counted out by the end of the year.

ITV's new boss of sport Greg Dyke – a soccer supporter – said yesterday that wrestling was the wrong image for the 1990s.

He also disclosed that legendary grapple stars like Big Daddy and Giant Haystacks, who used to attract 7 million viewers, now only have 3 million admirers.

He added "Wrestling is to sport what Crossroads was to drama and we feel it's time it was given the heave-ho. It has a loyal following but it is a bit of a joke as a sport – more an entertainment."

Dyke admitted: "I expect wrestling fans will be after my blood."

People were furious, and some remain so to this day. Giant Haystacks, whose feud with Big Daddy had been the cornerstone of British wrestling's golden era, said he would have broken Dyke's neck if he could have avoided jail time. *The Sun* newspaper captured this sentiment in cartoon form, humorously depicting the scene: and then sold the artwork to Dyke himself.

With wrestling off TV, ticket sales at live shows plummeted, and as opportunities dwindled, many wrestlers found other work. Yet *Power Slam's* Findlay Martin believes it wasn't Greg Dyke who killed wrestling – wrestling killed itself. Findlay argues that British promoters failed to notice wrestling's evolution in the US and adapt.

"A lot of British wrestling was really good towards the end, but the whole presentation felt like something from the '70s. It never moved on. Then, we got to see American wrestling on a large scale – massive arenas, state-of-the-art lighting, music, larger-than-life commentary, and this constant, exciting style.

"When you look back on WWF in '87 or '88, you think, 'Oh god, it's really slow-moving,' but compared to what we were seeing at the time, it was packed with high-impact moves. It was exciting because the contrast was so striking. I was brought up on Kent Walton and British wrestling in the '70s, and seeing American wrestling was like comparing big-budget Hollywood movies to an am-dram production. You were floored by it all, floored by how larger-than-life it was."

Drew McIntyre echoed this in his book *A Chosen Destiny*,

recalling how the British wrestlers on TV reminded him of "dad and his friends in their underpants" compared to the chiseled goliaths of the WWF. He was drawn to the loud, flashy American presentation.

British wrestling failed to evolve alongside changing audience expectations and tastes. By the final days of ITV wrestling in 1988, Joint Promotions were still putting Big Daddy and Giant Haystacks in their TV slots. Meanwhile, the most talented British wrestlers – Davey Boy Smith and Tom Billington – were showcasing their skills at *WrestleMania III*, helping the WWF to fill a giant football stadium.

Dyke's strategy had not only precipitated a steep decline in fortunes for British wrestling – it had, via the reported £700-per-show Titan Sports deal, inadvertently highlighted the gulf between the domestic shows and the high-octane, superstar-filled product emerging on the other side of the Atlantic. Yet his stubborn attitude toward professional wrestling as a whole meant that the WWF phenomenon slipped through ITV's fingers before it had truly begun.

ITV pulled the plug on wrestling in 1988. Had Dyke responded to the impact those WWF matches were having on his audience and secured exclusive, long-term rights to McMahon's "Sports Entertainment", the WWF could have been a gigantic success for ITV for years to come – both in terms of ratings and revenue.

Instead, he created a vacuum.

There may not have been any wrestling on television, but the dedicated fanbase hadn't vanished. The market was wide open.

A perfect storm was brewing.

Two ambitious entrepreneurs and a homegrown hero were about to bring wrestling back to Britain.

CHAPTER 2
ROCK 'N' WRESTLING, RUMBLES AND RUTHLESSNESS: MEANWHILE, IN AMERICA...

> Wrestling has always attracted a very special group of fans, many of whom may eventually be eligible for parole.
>
> BRUCE NEWMAN, *SPORTS ILLUSTRATED*

BY THE TIME Sky Television began beaming the WWF into the UK in 1989, the United States wrestling boom had peaked. So, what had we missed?

Vincent Kennedy McMahon founded Titan Sports Inc. in 1980, took control of the WWF from his promoter father in 1982, and went on a mission to repackage wrestling as a more upmarket form of family entertainment. While other promoters enjoyed great regional success, McMahon's national dominance in the US was unprecedented.

McMahon systematically expanded into rival promoters' territories, turning Titan Sports into a national powerhouse by poaching top talent and outmanoeuvring his competitors.

. . .

While McMahon fancied himself wrestling's Walt Disney, in reality, he was more like Gus Fring in *Breaking Bad* – using ruthless tactics to eliminate rivals and monopolise the industry. There's no evidence to suggest McMahon poisoned anyone, although it's difficult to keep up with all of the Federal Investigations. It's hard to say who had a worse impact on society: Fring flooded the streets with meth, while McMahon gave us Mantaur – a wrestler who wore a bull's head to the ring and made animal noises.

"Even when I was a kid, my philosophy was basically, if I wanted something and somebody else didn't want me to have it, the worst that could happen was I might get the hell kicked out of me," McMahon told *Sports Illustrated* in 1985. "So we decided to disassociate ourselves from the other promoters and make a lot of enemies all at once. I must say, we've been very successful at that."

McMahon needed a new star with the X-factor. Years later, Simon Cowell would hold auditions in provincial town shopping centres to find the next big thing. McMahon, however, took the best from the rest. Enter Terry Bollea – better known as Hulk Hogan. Hogan had fallen out with McMahon's father over his role in *Rocky III* and jumped ship to the American Wrestling Association (AWA) in 1981. McMahon Jr. saw something bigger in Hogan: a box-office appeal capable of driving his vision of "Sports Entertainment". After *Rocky III* became the third-highest-grossing film of 1982, Hogan's name was on everyone's lips (pun intended).

In November 1983, Hogan left for a tour in Japan – he'd been doing these for New Japan Pro Wrestling (NJPW) since his first WWF stint – and McMahon flew out there to make the deal in person. When the AWA's Verne Gagne received a note from Hogan on December 21 that read "I'm not coming back. Signed, Hulk Hogan," he dismissed it as a prank. That was, of course, until Hogan didn't show up for work at a sold-out Christmas Day show.

Just as the Bible is divided into the Old and New Testaments, professional wrestling can be split into two eras: before Hogan and after Hogan. The character of Hulk Hogan existed before the WWF, and wrestling existed long before The Hulkster. But when he made the leap to the WWF, the wrestling world tilted on its axis.

22,092 fans packed into Madison Square Garden on January 23, 1984 to witness Hogan defeat WWF World Heavyweight Champion The Iron Sheik. Commentator Gorilla Monsoon declared Hulkamania had arrived.

Hogan was the living embodiment of Vince McMahon's vision for professional wrestling: awe-inspiring, outrageous, and a wholesome slice of Americana marketable to kids and adults alike. He didn't fit the mould of a traditional World Champion; he was a charismatic showman rather than a mat technician. The NWA promoters preferred the sort of man who looks undefeated in pub car park scraps. Hogan, however, was a fit for McMahon's show. A perfect fit.

Vince McMahon's approach to wrestling turned out to be radical. He found innovative ways to get his audience to buy into his characters – and buy their merchandise.

Captain Lou Albano – future manager of The British Bulldogs and a WWF employee since the Vince Sr. days – was the unlikely catalyst for what came next: *The Rock 'n' Wrestling Connection*.

Albano had a chance meeting with Cyndi Lauper on a plane ride from Puerto Rico, an encounter that changed the course of wrestling history. Albano went on to play the role of Lauper's dad in the *Girls Just Wanna Have Fun* music video, "which seemed to play every 15 minutes on MTV," according to Bruce Prichard. Lauper became an important figure on WWF television, where the real-life music video collaboration was used as the basis for a wrestling angle, with Albano turning heel on the songstress. This storyline marked a turning point for WWF, showcasing how music and wrestling could combine to reach new audiences. "When Lauper appeared on WWF television... wrestling had suddenly become popular, trendy and had taken on a new demographic," said Dave Meltzer.

This partnership fuelled rapid growth and peaked with two MTV specials. *The Brawl to End It All* and *The War to Settle the Score* were ratings hits, with the latter setting a cable record at 9.1, thanks to Mr. T and Cyndi Lauper's involvement[1]. Celebrities like Danny DeVito and Andy Warhol were in attendance as wrestling became a full-blown pop culture phenomenon. The event propelled Hulk Hogan and other WWF superstars such as Roddy Piper into the mainstream, exposing wrestling to more eyeballs than ever before.

The WWF built on this momentum with an idea for an event they hoped would transcend professional wrestling. Howard Finkel came up with the name for what would become the biggest date in the wrestling calendar.

Vince McMahon was 39 when the first *WrestleMania* took place in 1985 – the same age I was when I started this book. Sure, McMahon's gamble may have been bigger, but would he have the audacity to open a story with Giant Gonzales? Actually, he would, wouldn't he?

WrestleMania's debut at Madison Square Garden drew 19,000 fans, with hundreds of thousands more watching via closed-circuit television[2]. Titan banked more in one day than most wrestling

---

1. The WWF-MTV relationship soured and dissolved when MTV made it known they wanted a stake in McMahon's growing empire. However, in the '90s and '00s, they would rekindle their partnership, with MTV airing *WWF Sunday Night Heat*, the reality series *WWF Tough Enough*, and a *Celebrity Deathmatch* episode featuring claymation versions of "Stone Cold" Steve Austin and Vince McMahon.

2. Closed-circuit television was a ticketed version of what you might see in city centres during big sporting events, such as the World Cup or Wimbledon. The WWF would book a stack of arenas and turn them into makeshift movie theatres, transmitting the live show by satellite. Originally, 200 venues were booked, but

promotions did in an entire year. We didn't get the first *WrestleMania* in the UK, not even the lucky few with cable.

McMahon sent his main event stars, Hulk Hogan and Mr. T, out on the talk show circuit to drum up interest in those closed-circuit tickets.

During one TV appearance, Hogan accidentally knocked out host Richard Belzer after being asked to demonstrate a wrestling hold – a shocking moment that left Belzer waking up in a pool of his own blood. He later filed a lawsuit. It wasn't the only incident causing both an actual and legal headache. John Stossel – a reporter I'd describe as looking like a smaller, less Scottish version of Graeme Souness – antagonised "Dr. D." David Schultz by declaring him and wrestling to be "fake," which seemed like a gamble. Schultz delivered two open-hand slaps to Stossel, sending him to the ground clutching his head.

I love wrestling for these absurd stories. Soap fans will never get to see a *Coronation Street* star choke out Graham Norton for slagging off The Rovers Return.

WrestleMania may have been a one-match show, but with celebrities like Cyndi Lauper, Liberace, and Muhammad Ali, it elevated wrestling to new heights. Mr. T teaming with Hulk Hogan was key to the event's success. He was the star of *The A-Team*, one of the most-watched shows on American television, regularly drawing over 20 million viewers on NBC. It gave *'Maria* a pop culture buzz that few sports could match.

The original *WrestleMania* was a different kind of Showcase of the Immortals to the ones that followed. There were no pre-match video packages, no pyro, and only a few had entrance music.

Lord Alfred Hayes, who read his autocues awkwardly

---

concerns about ticket sales led McMahon to cut his losses and cancel 67 of the underperforming locations. They brought in \$3.8 million, on top of the \$502,000 taken at MSG and an estimated \$229,845 in pay-per-view revenue.

throughout the show, was the lone UK representation at the inaugural *'Mania.* Unless you count Roddy Piper, which you shouldn't, despite his Scottish bagpipe-backed marching band entrance.

Hayes hosted the show with the look of a man on *Don't Tell The Bride* who's blown the wedding budget in Vegas and is desperately trying to hide his inner panic.

It didn't matter. McMahon promised – and delivered – "The Greatest Wrestling Event of All Time!" It was a trailblazing production, a magnificent spectacle, and attempting it in the first place was a gutsy move. None of the matches could be considered wrestling classics, but McMahon wasn't concerned with appeasing *rasslin'* purists. He created a must-see event in *entertainment.*

McMahon's vision was one of wholesome superheroes who could appear in cereal commercials (Hulk Hogan did advertise Honey Nut Cheerios in 1985), not cauliflower-eared, grizzled types with faces you might see sketched on a *Crimewatch* appeal. Hogan's mainstream appeal peaked when he graced the cover of the April 1985 issue of *Sports Illustrated* – the first and only wrestler to ever do so.

McMahon's heady brew generated bigger television ratings than college basketball, tennis, or hockey.

Hulk Hogan's Rock 'n' Wrestling, a Saturday morning animated series, launched on CBS in September 1985. In the UK, it was only available to a tiny cable audience; it didn't make it onto ITV until the wrestling craze took off in the '90s. It looked like most of the era's popular cartoons: *The Raccoons*, *Scooby-Doo,* and *DuckTales.* But let's face it, it wasn't fit to lace their boots. The wrestling connection was pretty loose: the wrestlers didn't even voice their own characters, and it was best not to think too hard about the storylines.

"Mean" Gene Okerlund was the voice of millions of

childhoods and one of the few announcers who became as popular as the wrestlers themselves. I assume he was being his usual sweetheart self – and not entirely honest – when he told WWE.com, "It's a piece of Americana now. It's a part of the wrestling culture, because it was the first of its kind. It plays well even today."

I loved Gene Okerlund dearly, but I refuse to believe that, in his 70s, he sat watching a cartoon about Andre the Giant attending a high school reunion in an outfit made from a tent and thought to himself, *"This plays well even today!"*

In 1985, the WWF was *everywhere* in America. The British Bulldogs, Hulk Hogan and Ricky Steamboat even guest-starred in the November 12 episode of *The A-Team,* titled "Body Slam". The Bulldogs – Dynamite Kid and Davey Boy Smith – had signed with the WWF full-time in March.

This prime-time cross-promotion capped off a monumental year for Titan. It delivered record-breaking MTV specials, the biggest wrestling show ever, new weekly television programmes, and even a album. WWF ran 822 live shows, selling a staggering six million tickets.

Vince McMahon only had one thing on his mind: *what's next?*

It was the most McMahonesque of McMahonesque decisions when he decided the sequel to the biggest wrestling show ever should be held in three locations, across three separate time zones. When Jim Crockett Promotions – an NWA affiliate and McMahon's fiercest competitor – ran *Starrcade* across two locations in 1985, McMahon *had* to top it.

New York, Illinois, and Los Angeles each hosted four matches, while those in attendance on April 7, 1986 watched the other eight on closed-circuit television[3]. A tuxedo-clad Vince McMahon, having tripled his staffing requirements, wore several hats for the New York portion of the show: anchor, interviewer, and commentator.

McMahon has been accused of being many things – some of which would be impossible to comment on from a legal perspective – but you couldn't ever say he was a boss who was afraid to get his hands dirty. Metaphorically, of course, the famously germ-phobic McMahon would be horrified at the mere thought of actual dirty hands.

WrestleMania 2 (What the World Is Coming To See!) featured a parade of celebrities, including the returning Mr. T, Ray Charles, Joe Frazier, and a dazed Ozzy Osbourne walking The British Bulldogs to the ring. Gene Okerlund mistakenly informed the audience Osbourne was from Manchester, a real snub to the people of the West Midlands. "Dynamite Kid" Tom Billington revealed in his autobiography, *Pure Dynamite*, that he received $20,000 for his 15 minutes work – not bad for a lad from Golborne, Lancashire. The average annual UK salary at the time was £7,551.

40,000 fans attended *WrestleMania 2* across the three locations, with another 319,000 watching on closed-circuit. Industry estimates suggested pay-per-view, priced at $13.50 (or $17.50 for last-minute buyers), generated $5.2 million in additional revenue. While the content was questionable and two of the venues didn't sell out, it was a major success as a live wrestling event in 1986. McMahon was streets ahead of his competition in marketing and production, pulling off concurrent live events in three major wrestling markets – markets crucial to the future growth of the promotion.

The WWF would put on two or even three shows per night for

---

3. Uniondale, New York (15,500 spectators – sellout); Rosemont, Illinois (9,000 spectators); and Los Angeles, California (14,500 spectators).

the rest of the year, capitalising on the buzz from the first two *WrestleMania* events. House shows were the main source of revenue (almost $6 million from the 797 shows in '86) in the days before the multi-billion dollar television deals. TV was a marketing tool, you wouldn't see any star-versus-star matches for free. Wanna see Hulk Hogan? Buy a ticket when the show's next in your town, brother.

George "The Animal" Steele – a green-tongued, hairy-backed, turnbuckle-eater who turned babyface in '85 – told Findlay Martin in *The Power Slam Interviews Volume 1*: "The reason I have so much respect for Vince McMahon Jr. is that he was a risk-taker. He took huge risks. If the first [*WrestleMania*] had failed, he would have been out of the business. If the second [*WrestleMania*], from three different sites, had failed, he'd have been out of business. And when he made big money, unlike other promoters who put it in their pocket, he put the money back into the business."

McMahon booked the biggest venue of his career as a wrestling promoter in 1987. The Pontiac Silverdome in Michigan was a gigantic stadium; it had hosted the Super Bowl in 1982. There was scepticism as to whether a wrestling show could attract enough interest to fill it.

McMahon's *WrestleMania III (Bigger! Better! Badder!)* production – which ended with an iconic moment in wrestling history – was "Sports Entertainment" perfected. It became the most successful card in wrestling history and gave us wrestling's most famous match. *WrestleMania III* took place on March 29, 1987 and brought in $20 million from tickets and pay-per-view, with an additional $630,000 in merchandise. McMahon had bought the entire company for $1 million five years earlier. A crowd between 78,000 and 93,173 were there, depending on who you believe. The event was the first to be shown in areas of the UK with cable services, on Sky Channel.

Harley Race was an eight-time NWA champion between 1973 and 1984 and had wrestled all over the USA and Japan, but admitted to *Power Slam* years later he'd seen "nothing to that extent."

WrestleMania III is often considered one of the best pay-per-views of the *Golden Era*, with a card bursting at the seams with legends. In a throwback to *Rock 'n' Wrestling*, Alice Cooper accompanied Jake Roberts, and Aretha Franklin opened the show with a stirring rendition of *America The Beautiful*.

The card was built around a main event of Hulk Hogan vs. Andre the Giant for the WWF World Heavyweight Championship. The story was long and driven by emotion; Bobby Heenan's manipulation of Andre led The Eighth Wonder of the World to betray his friend Hogan and align himself with the dastardly Heenan Family. Honestly, it was better than Shakespeare. If Othello confronted Iago with *Real American* blasting through the PA system, I might've paid more attention in that A Level module.

Critics panned the match – it's often referred to as a prime example of terrible wrestling. Rewatching it today, it's just a *bit shit*, which is actually a slight letdown. Two massive units brawling was never going to be a *World Of Sport*-style technical display. Yet, Hogan was in his hotdog-coloured prime and the power of Hulkamania was unrivalled: when he slammed Andre, it became one of the most replayed moments in wrestling history. It was pro wrestling magic.

The WWF delivered the ultimate display of good triumphing over evil, with the whole thing shrouded in mythology. The kayfabe undefeated streak, Andre's exaggerated height and weight, and the storyline of Andre never having been slammed all helped *WrestleMania III* to cement the WWF's place in the mainstream, proving pro wrestling could attract a massive, diverse audience beyond its loyal, niche following. The stadium show was a statement: the World Wrestling Federation had become as big as The Rolling Stones, the NFL, or the Pope. It was time to start adding more big events to the wrestling calendar. *Survivor Series (50 WWF Superstars, One Great Card!)* was introduced as a second pay-per-view on November 26, 1987.

The *Royal Rumble (No Partners... 19 Opponents)* followed the following January. It was a free-to-watch special, which drew an 8.2 rating – the highest rating for any show in the history of the USA Network.

The Main Event was a prime time special created for NBC in February 1988. Wrestling was shown on prime time for the first time since 1955 and was headlined by the highly anticipated Hogan vs. Andre rematch from *WrestleMania III*. It was watched by *33 million* people.

Those phenomenal viewing figures on NBC made it the most-watched wrestling match in US wrestling history, a record which will likely stand forever now the audience is fragmented across multiple platforms. The only shows to come anywhere near this in recent times include *Sunday Night Football* on NBC (around 20 million), *The Big Bang Theory* on CBS (around 11 million), and *American Idol* on Fox (14 million). In other words, any chance of a future Hogan vs. Andre-sized audience would require Simon Cowell and Sheldon Cooper getting a game for the Seattle Seahawks.

The match ended in a screwjob finish, robbing Hulk Hogan of his World Heavyweight Championship, with WWF leaning into the classic evil twin trope from movies and TV. A tearful Hogan tried to process how there could be two Dave Hebners (Dave's twin Earl, paid off by Ted DiBiase, had delivered a fast-count to Hogan).

"How much money did they spend on the plastic surgery, man!?" mused a heartbroken and confused Hulkster. You'll never convince me this wasn't the greatest moment in television history. If it had aired on ITV, the entire country would have lost its mind.

Ted DiBiase had bribed both Andre the Giant and corrupt officials to prise the WWF World Championship away from Hulk Hogan and crown himself champion. For a fleeting moment, The Million Dollar Man held the gold – after all, "Everybody's got a price for the Million Dollar Man." Well, everyone except Jack Tunney. The WWF President swiftly stepped in, overturned the decision, and stripped DiBiase of the title one week later. This dramatic twist perfectly set the stage for *WrestleMania*.

WrestleMania IV (The Whole World Is Watching!) was a commercial success with $22 million generated from ticket sales and pay-per-view. However, it failed to win the hearts and minds of the fans who bought it. The one-night tournament format for the vacant World title meant no advertised main event and no guarantee of Hulk Hogan's involvement. In the UK, a pre-recorded version aired on Sky Channel – available to the 0.2% of the population subscribed to cable.

What wasn't underwhelming was Hogan's deranged promo – one of the most absurd I've ever heard. Hogan says he's going to slam Andre through the Trump Plaza – and when Donald Trump and the Hulkamaniacs fall into the cracks in the earth and into the ocean, he's going to doggy paddle them all out on his back. It's the sort of gibberish you usually only hear standing in someone's kitchen at 4am.

Hogan and Andre were both eliminated in the quarterfinal via double disqualification. The Hulkster was scheduled to take a leave of absence to conquer Hollywood with his *No Holds Barred* movie.

Vanna White was the guest timekeeper for the main event, best known from *Wheel of Fortune*. It's disappointing we didn't get Carol Smillie in the same role at *SummerSlam '92*. Randy Savage won the tournament final for the vacant World Heavyweight Championship, defeating Ted DiBiase.

Viewed as part of a long-term series of events, the show held great historical importance as the first chapter in the saga of The Mega Powers. *WrestleMania IV* served as the prologue to the forthcoming blockbuster, *WrestleMania V.* Before we got there, there was the launch of another new pay-per-view spectacle.

The first *SummerSlam (Where The Mega Powers Meet The Mega Bucks)* took place at Madison Square Garden in August 1988. The event quickly established itself as the second-biggest show of the year.

A victorious Hulk Hogan held Elizabeth in his arms after the main event, kicking off a love-triangle drama even bigger than "Sharongate" on *Eastenders.* While there were hairstyle similarities, unlike Phil Mitchell, there was no conclusive evidence Hogan was involved in an affair.

The other major headline from the event was The Ultimate Warrior ending Honky Tonk Man's record-breaking 454-day Intercontinental Championship reign – in 30 seconds. Warrior, a bodybuilder whose sculpted 265-pound physique caught the eye of wrestling trainer Red Bastien at a Gold's Gym, joined the WWF in June 1987. His meteoric rise culminated in this dominant victory, solidifying his status as a top-tier fan favourite.

Forbes ran a feature on the success of Titan Sports in their October 17, 1988 edition, reporting that after *SummerSlam*, the WWF would be valued at $100 million if it were publicly traded. Not everyone was singing their praises, though. A few months later, *The New York Times* quoted Verne Gagne – whose AWA was edging closer to bankruptcy – offering a less enthusiastic take:

"They've got a cartoon going there... a lot of 'em don't even know how to wrestle."

Survivor Series '88 (Teams Of Five Strive To Survive!) took place on November 24, 1988.

Everyone was waiting to see if any further tension would develop between Hogan and Savage. During Hogan's traditional post-match posing routine, he lifted Elizabeth in his arms, as he had done after *SummerSlam*. This time, the commentators took notice, and the confused glance Savage gave Hogan at *SummerSlam* turned into a full-blown death stare. The table was set for the biggest storyline in wrestling history – a storyline that was set to dominate 1989.

Royal Rumble '89 (No Partners... 30 Opponents) came from Houston Texas, on January 15, 1989. Interspersed throughout the show were clips of the wrestlers finding out when they would be entering the *Rumble*; they should absolutely bring this back. The slick, highly polished presentation of modern times is great, but watching the wrestlers draw their number from a tombola – like something from a church fête – is absolute gold.

It was the first *Rumble* on pay-per-view and the 30-man gauntlet was won by Big John Studd. However, the *real* story on this show was the continuing tension within The Mega Powers, when Hulk Hogan accidentally eliminated Randy Savage. After some shoving and finger-wagging from Savage, Elizabeth stepped in between them, and cooler heads prevailed.

The truce was short-lived when WWF returned to prime-time on NBC with *The Main Event II* a few weeks later. Hogan and Savage faced The Twin Towers, the super-heavyweight tag team of Akeem and The Big Boss Man. *The Main Event II* attracted 20 million viewers – not close to the ratings Hogan and Andre delivered 12 months earlier, but still gargantuan numbers for professional wrestling. Viewers witnessed scenes more shocking than the "Red Wedding" episode of *Game Of Thrones.*

During their match, Akeem launched Savage out of the ring, sending him crashing into Elizabeth, who was knocked out cold. Cue a tearful Hogan, who swept Liz up in his arms and took her backstage, leaving Savage to face a two-on-one beatdown. As for The Hulkster? He stayed in the back, clutching Elizabeth's hand while Savage took a relentless pounding. The "please don't die" act wasn't Hogan's worst performance – I've seen *Santa With Muscles* – but it wasn't winning any Emmys either[4]. Liz eventually stirred, and Hogan finally returned to the ring, only to be greeted by a slap from Savage. The Macho Man stormed off, leaving Hogan to Hulk-up, pin Akeem, and cuff Boss Man to Slick before dashing back to the medical room.

Savage was convinced that Hogan wasn't just after his title; he had "lust in his eyes" for Elizabeth. Savage snapped, attacking Hogan, tossing Liz, battering Brutus Beefcake and Pat Patterson, and trashing the medical room. It was Savage at his most unhinged, no doubt feeding off some real emotions given his notoriously jealous nature off-screen[5].

"Watching again, one is mesmerised by 'The Macho Man's' psycho performance," Findlay Martin wrote in the final edition of *Power Slam*. "This was his show. Hogan was the enhancement talent."

If there was any doubt about who the *real* villain was, Savage's

---

4. *Santa With Muscles* was a Christmas "comedy" movie that received a 23% score on Rotten Tomatoes. Anyone who has witnessed this atrocity of cinema will be wondering how it managed to achieve a rating in double figures.

5. Several of Savage's former colleagues, in shoot interviews, have commented on his jealousy and protectiveness in his real-life relationship with Elizabeth. Although Titan PR denied it when asked by the press, Savage and Elizabeth had been married since December 1984.

meltdown sealed the deal. Savage was the latest in Hogan's growing list of ex-best friends – a formula as reliable as Hogan's comebacks, though probably not great for The Hulkster's self-esteem.

Vince McMahon's blockbuster angle was nearing its climax. Three days after *The Main Event II*, Sky Television launched in the UK, introducing "Sports Entertainment" to an entirely new audience and reshaping the wrestling industry forever.

In seven years, Vince McMahon had reshaped the landscape of the business, transforming it from a regional attraction into a mainstream entertainment juggernaut. Revenue was flooding in from live ticket sales, pay-per-views, broadcast deals, VHS sales and merchandise, including a boom in action figure sales.

The Titan Sports powerhouse caught the attention of two brothers in the UK with ties to the entertainment industry, both of whom encountered the WWF during their travels to the US.

Harvey Goldsmith CBE, a renowned promoter responsible for the biggest live music event in history – Live Aid – told me how it began.

"I was bringing Cyndi Lauper over for her first UK tour, and I went to New York to meet with her agent, Frank Barsalona. Frank said, 'Cyndi's doing a video shoot. Would you like to come down and meet her?'

"I said, 'Absolutely'. So I went down and she was shooting a video with Hulk Hogan. I said, 'Who's this guy?'

"They both said, 'This is Hulk Hogan. He's part of the WWF. You should look into it'.

"I started looking into it and realised how big it was."

Martin Goldsmith ran a successful global event merchandising company and worked on Live Aid alongside his brother Harvey. He shared how his relationship with WWF began.

"I'd been to America quite a bit on holiday, particularly to Florida, and I was aware of the growing interest in professional wrestling. As someone who used to go to British wrestling shows – *World of Sport* wrestling – whenever they came to London, and like the rest of the country, screaming at the TV on Saturday afternoons, it always fascinated me.

"I told Harvey it was taking off in America, and usually what happens in America, we follow a little while later. So I made it my business to learn more about what was going on. I made contact with the WWF in Connecticut and got through to someone who put me in touch with Vince McMahon, who I'd never spoken to before in my life.

"I said to him, 'We're interested in looking at the opportunity to bring some of your stars to the UK.'

"I always remember, he said, 'Are you crazy?'"

The Goldsmiths weren't the only UK promoters to take notice of what the WWF was doing in America. Tim Parsons, co-founder of MCP Promotions, had achieved great success promoting bands including The Clash. "I was always looking to diversify," he told me.

"There were two music publications: one was called *Music Week* for the UK and the other was *Pollstar,* the American version. *Pollstar* used to publish box office figures [for live events] in the back. It would have the artist, the agent, the venue, and the gross. I noticed towards the end of the '80s this thing called WWF popping up."

Tim had no idea what the World Wrestling Federation was, but the numbers spoke for themselves and he discovered that the company had yet to break into the UK. "I got in contact with the WWF and found this guy called Dick Glover, who I got on with famously," Tim said. "He was a delightful chap who I really enjoyed. The whole organisation was on a different level by comparison with what I was dealing with in terms of music agents and music management."

Harvey Goldsmith also made contact with WWF. "I met with Vince McMahon and I said, 'You've got to come to Europe'. And that's how it started. The negotiations weren't difficult at all. He was thrilled that somebody wanted to take WWF to Europe and bring them to England.

"What triggered it was Vince said, 'We need to get television exposure – can you help?'

"And I said, 'I'll have a go.'"

After meeting with Tim Parsons in Hyde Park, Dick Glover told him that they had no choice but to go with Harvey Goldsmith due to his strong TV relationships. However, Dick wanted to work with Tim on future tours and asked if he would consider co-promoting. The deal was struck: Tim would co-promote the provincial shows, while Harvey would get the London shows exclusively. Tim accepted the proposal.

With Harvey, Martin, and Tim onboard, WWF was ready to launch its European invasion. Before the craze fizzled out in the US, Hulkamania would run wild in the UK.

What happened next would forever change the face of wrestling in Britain.

CHAPTER 3
REVOLUTION IN CHOICE: THE LAUNCH OF SKY TELEVISION

MY DAUGHTER THOUGHT something had gone wrong when a show she was watching was interrupted by three minutes of adverts. She'd never seen live TV before, having only experienced ad-free streaming services as a toddler: it must have been jarring for a four-year-old to see a hard cut from *Pip and Posy* into a sales pitch for life insurance. She doesn't understand adverts or TV schedules and has no patience for either.

She will probably never get how excited I was when Sky TV launched, liberating us from the mundane existence of four terrestrial channels. Before people were glued to their phones and everyone in the same room watched different things, it seemed everyone's lives revolved around the TV set. *The Royle Family* was practically a documentary. Some argue the quality of television was better then, but when *The Paul Daniels Magic Show* and *Bergerac* were the prime-time highlights, I beg to differ.

Sky offered unprecedented access to new programming, including the World Wrestling Federation. Rupert Murdoch's satellite experiment, which went live on Sunday, February 5, 1989, had its origins several years earlier.

Satellite Television, launched in 1982, was Europe's first satellite channel. To access it, you needed a commercial satellite dish bigger than your garden shed and costing thousands of pounds.

Cable television was a cheaper alternative, but it wasn't widely available. It was originally invented to deliver radio, and later terrestrial channels, to rural areas – not so people in Salford could watch American college basketball.

Change was on the horizon. By 1984, Vince McMahon was transforming the wrestling industry, while the UK government was overhauling its cable laws. Vince McMahon hired Mr. T; the Home Secretary hired Lord Hunt of Tamworth.

Rupert Murdoch, the real-life version of Logan Roy from *Succession*, swooped in, took over the struggling Satellite Television, and rebranded it as Sky Channel: a McMahonesque move. Rupert Murdoch shared another thing in common with Vince McMahon, he was engaged in a long-term feud with Ted Turner[1].

Sky Channel relied on US imports to fill its broadcasting hours from 4pm to midnight. Alongside *WWF All Star Wrestling,* there was coverage from the NBA and NFL, plus shows like *Starsky & Hutch.* When I was a kid everything from America seemed more vibrant and exciting. Sky Channel's lineup was edgier than the BBC's *Are You Being Served?,* or *Anything Goes* with Keith Chegwin.

---

1. Ted Turner was an American media mogul who founded CNN, TBS and TNT. He did everything in his power to get McMahon off his TBS station after his "Black Saturday" takeover of Georgia Championship Wrestling in '84. McMahon angered Turner by using the coveted Saturday 6:05 pm timeslot to air months-old squash matches instead of the live, competitive matches Turner demanded. Viewers complained in their droves and an under-pressure McMahon sold to Jim Crockett for $1 million. Turner and the NWA were pleased they got their way – but McMahon used that money to fund the first *WrestleMania* and kill the territories. Turner later bought out Jim Crockett Promotions, which became WCW and eventually led to the "Monday Night Wars".

But the more exciting content on cable didn't translate to higher viewership than terrestrial TV and the UK government mandated that cable be installed underground – unlike in America, where it was run above ground – which significantly increased costs. The biggest operators either sold up or went out of business before it gained momentum. I'd see the cable listings in the newspaper, but I didn't know a single person with access. It was mysterious and out of reach.

Murdoch's deep pockets kept Sky Channel afloat. WWF regularly featured on the network and coverage extended to show *Superstars of Wrestling, Saturday Night's Main Event, WrestleMania III,* and *WrestleMania IV*. Not that most people knew about it: cable's limited reach meant if you were watching WWF programming in the UK before 1989, you were part of an exclusive 1% club.

Findlay Martin knew someone in the 1% club and had access to WWF recordings from cable. "When I was on a YTS scheme a friend of mine had cable[2]. He brought the tapes in and we watched them in the video room at lunchtime. I remember being astounded by how thrilling it was, these larger-than-life characters, they all looked like Arnold Schwarzenegger in *Predator*.

"Some of us would get together and watch the pay-per-views and that was a huge event. I was so excited – you've got to remember there were only four pay-per-views a year in '88."

Sky TV's launch in '89 brought multiple new channels; the existing Sky Channel (rebranded as Sky One in July), Sky News, Sky Movies, and Eurosport.

Viewers installed new, smaller dishes on the side of their

2. The Youth Training Scheme (YTS) was a government-backed programme that paid school leavers to combine work experience with training – a bit like WWE does with new NXT talent fresh out of college, but with bricklaying and data entry. The scheme was scrapped in 1989.

homes, connected to a decoder inside. You could pick these up in Comet, Rumbelows, or Dixons for £200, plus an installation fee. Sky offered all its channels for free to anyone who bought the kit. Sky Movies didn't switch to a premium subscription service until the autumn, when it cost £12 a month.

A Sky Television press release noted: "SKY will continue to broadcast WORLD WRESTLING FEDERATION matches which, judging by SKY's mailbag and phone count, is an obsession with British cable TV viewers. A previous WWF WrestleMania special on SKY out-rated all other stations in UK cable TV homes, including BBC1 and ITV."

The ten thousand or so who invested at launch were greeted by the following message at 6pm on the first day, broadcast simultaneously across all channels:

> *Welcome to Sky Television. 5 February 1989, the dawn of television's new age. And the most dramatic innovation in broadcasting since the launch of commercial television in Britain more than three decades ago. This is a television revolution, a revolution in quality entertainment, a revolution in choice.*

In the launch video, Ultimate Warrior's face flashes on screen, right next to Jack Nicholson and Tom Cruise. Over the next couple of years, Warrior would become a bigger star in the eyes of British children than any Hollywood A-lister.

Murdoch instantly doubled the amount of television available to viewers in Britain. The BBC reported that it was going to cost him £156 million in the first year. "Whatever it takes," he replied.

Critics said he was offering nothing but cheap, downmarket entertainment – the same criticisms wrestling had long faced. It was dubbed "council house television" for years. Murdoch dismissed this as a product of "English class-ridden snobbery," insisting he was broadcasting for everyone.

Importantly, for fans of professional wrestling in Great Britain, he was broadcasting *for them*.

Kenny McIntosh, founder of *Inside The Ropes,* recalls the struggles of a Sky dish-related neighbour dispute. After convincing his mum to get a dish, their upstairs neighbour refused to allow it to be installed: "He became my enemy for the rest of the time that we lived there, I hated him. I hated him beyond belief. My mum was going to get it for me, but then we couldn't."

Like many Sky-less fans, Kenny relied on visits to his grandparents' house to catch glimpses of *Superstars* and *Wrestling Challenge*. As if life as a Sky-less WWF fan wasn't tough enough, his gran insisted Kenny went to church first. "You'd get home from church at like ten-to-one and be able to watch the last 10 minutes of *Superstars*. Any time I saw it, it felt like getting a fix."

Future WWE Champion Drew McIntyre didn't have Sky, but he caught a glimpse of the WWF at his cousin's house. An obsession was sparked, and after announcing to the entire family he would be a wrestler one day, his Uncle Ian began recording the weekly shows for him.

Fan Richard Sparkes was luckier – his family got Sky in 1989 for Eurosport, but it was the WWF that hooked him: "I remember seeing Bret Hart vs. Brooklyn Brawler and thinking, 'Wow, this is incredible!'"

Despite limited access, WWF's allure sparked a culture of tape-sharing. Fan Steve Riley recalls a friend from school who taped *SummerSlam '89* and *WrestleMania V* for him: "I thought *SummerSlam* was just incredible, absolutely loved it, and to this day, it's one of my favourite events."

It's amazing how the WWF captivated kids who needed to

jump through hoops to see it. It's even more incredible that some of these fans went on to have successful careers linked to the product.

I didn't have Sky at home until 1994, but I wasn't excluded from the craze; the rest of us built our own fan communities. Our school playground tribes didn't share food; we shared video tapes. In an age when connectedness in society often feels lacking, there's something special about how those with Sky would selflessly share their resources with the "have-nots". There's magic in that culture of resource-sharing and the bonds formed over a collective excitement.

Sky expanded its reach over the coming months and brought WWF to more and more people across the UK. News spread by word-of-mouth, and soon, practically every kid in the country wanted a satellite dish on the side of their home. There were many factors that contributed to the British WWF craze, but it was Rupert Murdoch's revolution in choice that made it all possible. Sky didn't see WWF as an embarrassment: they saw it as an asset. They got fully behind Vince McMahon's vision of "Sports Entertainment" from the beginning, and things were only just getting started.

SKY ONE
MANIA
UK
RAMPA

CHAPTER 4
HULKAMANIA RUNS WILD IN LONDON

> “I don’t think they are ever going to let him [Hulk Hogan] go, Tony. I think we are going to be here until tomorrow.
>
> LORD ALFRED HAYES, *SUPERSTARS OF WRESTLING (FIRST UK LIVE EVENT)*

BEFORE HULKAMANIA SWEPT the UK in 1989, the nation was gripped by Batmania. I was five years old and I made Batman my entire personality before the WWF arrived. My blue, hand-knitted Bat-Signal jumper got plenty of wear, judging by how often it featured in the family photo albums.

Tim Burton’s *Batman* got an unprecedented promotional push from Warner Bros. It was the movie event of the year, but the BBFC threw a spanner in the works for children, clearing the way for Hulk Hogan to claim the top spot as the ultimate kids’ icon. *Batman* was deemed a little too dark and scary for kids. It was heading for a 15 certificate, but instead became the first general release to be classified as a 12 – in 1989, that meant no admission for anyone under that age. I had to wait for the VHS.

However, as would be the case with the WWF, I didn't need direct access to get caught up in the hype – I owned a Merlin sticker album. I imagined the film through its massive, colourful photographs and accompanying text outlining the main plot points. Merlin founder Peter Warsop told me he wanted the album and stickers to reflect *Batman's* boldness, so they went with a larger format than usual. Shops weren't happy with the A3 albums that didn't fit on the shelves, but the extra attention they got from bespoke displays made them a huge success. *Batman* had everything – t-shirts, toys, magazines, hit singles, and even fast food tie-ins that every kid was chasing. It revolutionised how the film industry marketed would-be blockbusters. Channel 4 started airing the old Adam West series, something I *was* allowed to watch.

If there were two things the UK needed in 1989, it was *Batman* and the WWF. I was too young to understand it at the time, but the '80s was a decade marked by social unrest. Rising unemployment, nuclear paranoia – '80s Britain felt like a time of endless strife. But at least we had Timmy Mallett.

Things were finally on the up: Thatcher's reign was ending, the Berlin Wall fell, and the charts were full of poptastic hits from Stock, Aitken and Waterman. For the kids too cool for Kylie Minogue and Jason Donovan, The Stone Roses released their influential self-titled debut. I won't pretend that was me, because I've seen photo evidence of me wearing a sweater with the faces of Kylie and Jason inside a love heart.

1989 was the year *Fun House* landed on our TV screens, hosted by the mullet-sporting Pat Sharp. Like all great kids' game shows of the era, it focused on one thing – gunge. I've always believed the WWF to be the ultimate form of children's entertainment, but if I had one criticism, it would be that it lacked gungings.

In the 2000s, Pat Sharp made an appearance at my university's Students' Union nightclub. He cracked a number of risqué jokes about the twins, Melanie and Martina, which were far more sexually charged than you'd expect from a man who was still riding a BMX on TV in his 30s. My memory of *Fun House* has been soured somewhat. Thankfully we never had a visit from anyone who featured in *SummerSlam '92*.

As British culture shifted, so did wrestling. A year after grappling was pronounced dead by ITV, the most exciting thing of all in 1989 was the news that Hulkamania was coming. "Wrestling's back with a slam!" said a Sky advert in *The Daily Express*.

"The meanest. The baddest. See the megastars of America's World Wrestling Federation every week on Sky One." Then came some important news: "Live October 10th. Hulk Hogan vs. Randy Savage. WWF title fight live from London Arena."

Sky's growing promotion of the WWF helped sell 12,000 tickets in one week, as fans clamoured for a Hogan vs. Savage *WrestleMania V* rematch. For British fans, it was a chance to witness live the spectacle they'd only seen on TV.

I asked Martin Goldsmith about what it was like negotiating with the WWF to organise these toe-in-the-water shows. He said: "Although they thought we were mad, they weren't naive. The deals were tough."

They added a second, non-televised show at Birmingham's NEC Arena for the following night, selling out the venue in record time. A remarkable feat, considering Sky was still in its infancy and the WWF was available in only 250,000 British homes.

On Saturdays, *WWF Superstars of Wrestling* aired on Sky One for an hour at midday, with a repeat at 10:30pm. *All American Wrestling* followed on Fridays. While the official magazine was now widely available, there were still no toys or sticker albums in shops – WWF remained a niche interest in 1989.

Former WWF broadcaster Sean Mooney told Ben Veal on

the *Wrestling Life* podcast that this era marked the beginning of a "love affair" between him and WWF's UK fans. Mooney played a key role, being one of the first to create customised segments specifically for British audiences. He says he still gets fan mail from WWF viewers to this day – he left the company in 1993!

"The United Kingdom was really the new international frontier," he said. "It was one of the first places that we went. Now it is indeed worldwide, but the UK was the place where we really started it."

The British media began reporting on the WWF's increasing popularity.

> *"Superstars in sell-out"*
> *Gloucester News*
> *(Gloucestershire, October 5, 1989)*
> *SKY will be broadcasting the biggest wrestling event ever to take place in the UK live from the London Arena in the Docklands.*
> *The event next Tuesday will feature the two superstars of American wrestling, World Wrestling Federation Champion Hulk Hogan and "Macho Man" Randy Savage who meet head-on in an explosive revenge match in the aftermath of Hogan's world title victory at Wrestlemania 5.*
> *Randy Savage's longtime manager, Miss Elizabeth will be there in Hulk's corner after a dramatic change of allegiance.*
> *Since the announcement of this spectacular event in the national press, there has been an unprecedented demand for tickets and the show is completely sold out.*
> *"Superstars of Wrestling" will be screened live on Sky*

One, the entertainment channel on October 10 at 800 - 1030pm.

Warren Dixon
"Invasion of the body smashers"
Wales on Sunday
(Cardiff, October 8, 1989)
They may sound like male strippers but "Macho Man" Randy Savage, Brutus "The Barber" Beefcake and "Simply Ravishing" Rick Rude are professional wrestlers who command a following of more than eight million in America.
Now "Wrestlemania" is about to sweep the UK with the 10,000-capacity London Arena playing host to some of the top names of the World Wrestling Federation.
The show sold out faster than anything ever staged at the venue. In fact, ticket-hungry fans tried to bribe the Arena's sales girls with offers of exotic trips abroad and even proposals of marriage!
Now, so not to disappoint their fans, another Wrestlemania will be staged at the Birmingham Arena on Wednesday.
Wrestling in the UK hit an all-time low last year with the scrapping of ITV's Saturday afternoon slot. Long forgotten now are the names of Big Daddy and Giant Haystacks.
Whether this is sport or entertainment is open to debate. There is no doubt about the athleticism of the participants with hardly a beer-belly in sight.

Some unexpected WWF news reached Ireland in March unrelated to the UK visit; Irish media reported Vince and Linda McMahon breaking kayfabe to declassify professional wrestling as a sport in America. Why the hell would the McMahons do that? To dodge hundreds of thousands in taxes on *WrestleMania V* earnings. That's why.

> *Richard Loy*
> *"Only Rock 'n' Roll"*
> *Evening Herald*
> *(Dublin, March 13, 1989)*
> *Most Europeans know that wrestling is entertainment rather than sport... but a shocked America is only just finding out.*
> *The World Wrestling Federation has confessed to the New Jersey Senate that wrestling is just rock 'n' roll and that the competitors are trained not to injure each other.*
> *They had to prove that wrestling did not need the regulations governing boxing.*
> *But this somewhat diminishes the macho image of U.S. wrestlers like Hulk Hogan, Bam Bam Bigelow and Andre The Giant.*

Who knew the people of Dublin were getting *Wrestling Observer*-style content in their daily paper?

Meanwhile, the *Wrestling Observer* itself contained juicier rumours for British fans. In the April 10, 1989 edition, Dave Meltzer reported that Davey Boy Smith was trying to get his old WWF job back. The British Bulldogs had left the company in late '88, but with the UK invasion imminent, it was the perfect time for a comeback. As it turned out, it took another year.

Between *The Main Event II* and those first UK events, much happened in the World Wrestling Federation.

. . .

WrestleMania V (The Mega Powers Explode!) was a blockbuster event, held for the second consecutive year at Trump Plaza on April 2, 1989. Trump was delighted with the return on his investment in bringing the biggest show in wrestling back. The future WWE Hall of Famer and two-time future US President told the WWF cameras: "They [the casinos] are packed. The whole town is packed. It's been a real boom to the town, it's been just a great thing."

It was the climax of a year-long story which captivated audiences. Dave Meltzer wrote in the *Wrestling Observer*: "The interviews with Randy Savage building up WM5 have been some of the finest promotional work I've ever seen in wrestling. Savage's interview was incredible and the thought behind all this is something other promotions should study and study hard because it completely outshines anything being done in the business today."

A new pay-per-view record was set for the next decade, as 19,000 spectators – referred to as "High rollin', Atlantic City sweat hogs" by Rick Rude – set a US gate record, and the event raked in a total revenue of $26.7 million. The event was available in the UK on Sky Channel (which was rebranded as Sky One a month later), but it took three months, airing on June 30.

Hogan's promo wasn't as absurd as the previous year, though he did claim that Trump sent a team out to check the building's foundations, which, to be fair, is more believable than the average Hogan anecdote. At the culmination of what many consider wrestling's greatest-ever story – one bridging two *WrestleManias* – Hulk Hogan won the World Heavyweight Championship for the second time.

Elsewhere on the show, "Ravishing" Rick Rude was crowned Intercontinental Champion after defeating The Ultimate Warrior – thanks to the devious antics of Bobby "The Brain" Heenan. Former tag champions Strike Force split after Rick Martel turned on Tito Santana, sparking a feud that would see Santana defeat Martel in the *King of the Ring* tournament final and continue through to *Survivor Series.*

Creatively and commercially, *WrestleMania V* was the peak of the *Golden Era.*

The WWF train wasn't slowing down after *'Mania* though. On April 23, two years before their famous *SummerSlam* match, Bret Hart and Mr. Perfect delivered a grappling masterclass at Toronto's Maple Leaf Gardens. Hart gave the performance of the night, solidifying his claim as a future singles star. He would grow before our eyes, eventually surpassing Hogan to become the No.1 wrestling hero in Britain.

On NBC's *Saturday Night's Main Event* broadcast on May 27, Hulk Hogan made his first high-profile title defence against The Big Boss Man in a steel cage match. Hogan impressively superplexed the 350-pound prison officer in one of the most memorable "Big Blue" bouts ever.

At the same time, most of the WWF's focus was centred around promoting Vince McMahon and Hulk Hogan's joint Hollywood venture, the movie *No Holds Barred.*

McMahon's top priority was recouping the $8 million *No Holds Barred* budget by steering his WWF audience into movie theatres. Following Hulk Hogan's title win at *WrestleMania V*, the film's main antagonist, Zeus, was inserted into the main event scene as a new threat to Hogan.

Tommy "Tiny" Lister was the man behind Zeus: a 6ft 5in mountain of a man who was blind in one eye and also served as Eddie Murphy's personal bodyguard. Though he had no wrestling experience, his supplement-enhanced physique ticked all the right boxes for Vince McMahon in the '80s.

The movie opened in North America on June 2, grossing close to $5 million in its opening weekend. Only *Indiana Jones and the Last Crusade* managed to beat it at the box office.

When a movie lists Vince McMahon and Hulk Hogan as the executive producers, it conjures up mixed emotions: excitement, paired with a sense of impending doom. It's like the first time you visit a new all-you-can-eat Chinese buffet: on paper, it sounds like all your favourite things, but there's a nagging fear that the end result might leave you with a queasy stomach.

No Holds Barred is either the best or the worst idea for a film in the history of cinema. It's a wrestling-based story set in a fictional version of the WWF, with Hulk Hogan playing the protagonist, Rip Thomas. Demolition's Ax, Jesse Ventura, Gene Okerlund, and Howard Finkel also make appearances.

The first 20 minutes of *No Holds Barred* are some of the most absurd ever committed to film. It's utter madness. Rip attends a business meeting in spandex, survives a botched kidnapping, and watches a limo driver follow-through after fighting in an abandoned warehouse.

No police are called, Rip heads straight to another board meeting where he leers at his new account executive, Samantha, who inexplicably asked the deranged pervert out on a date – during the meeting! The bizarre restaurant scene that follows reveals Rip to be a culture vulture with hidden depths. He clumsily speaks French in a scene that feels more *'Allo 'Allo* than Hollywood.

Moments later, there's a *Trainspotting*-style horror toilet with overflowing urinals and wrestler Stan Hansen unleashing hell in a cubicle. In the next scene, we're introduced to Zeus and find out he's a convicted murderer. It's absolutely mental.

Despite all this, I want to be clear on one thing: *No Holds Barred* is a good movie. A bad movie is one so boring you start checking your phone notifications. *No Holds Barred* is so unhinged and so completely inept in every sense it's impossible not to be entertained by it.

The storyline carried over to *SummerSlam '89* (*Feel The Heat!*), where Zeus teamed with Randy Savage – sporting matching black and silver gear – against Hulk Hogan and Brutus Beefcake. Savage, now a full-fledged heel under Sensational Sherri's management, was caught off guard when Miss Elizabeth made a surprise appearance to support Hogan. The match was packed with the oversized, cartoonish antics that defined Hulkamania, culminating in a victory for Hogan and Beefcake.

The Ultimate Warrior also delivered a standout moment, regaining the Intercontinental Championship from Rick Rude to a thunderous crowd reaction. The finish came when Rude was distracted by Roddy Piper's cheeky antics – literally. He lifted his kilt and showed him his bare arse.

Everything seemed to be getting huge reactions on this show, from Jim Duggan's USA face paint to Dusty Rhodes' pay-per-view debut win over the perpetually unlikable Honky Tonk Man.

SummerSlam '89 was the *Golden Era* at its best and was free to watch in the UK on Sky One, airing on a Sunday night at 8pm. The exact Sunday is unclear, as *Superstars of Wrestling* episodes were running six weeks behind in the UK at the time.

Sky One viewers would soon watch Hogan, Savage, and Elizabeth live from London: *"It's as good as being there!"*

The new London Docklands Arena would serve as the setting for the first-ever UK only show – a Sky One exclusive simply titled *Superstars of Wrestling*.

"We brought them over and they did their first show at London Docklands Arena, which I co-owned," Harvey Goldsmith told me. "I said to Vince McMahon, 'I've got an arena for you to play in'. Vince didn't want to come over without the TV exposure. He said that was really important. When they agreed to put it on Sky One, that justified the cost of coming over, and that's when we closed the deal.

"We got a percentage of the ticket sales. We were at risk the same as he was, but not as much. We picked up the local costs, he brought the wrestlers over, and then once we recouped, we could split the profits. I guess he was slightly more at risk than I was, but he knew that for them, the recoup was going to come out of the TV broadcast."

Sky was only six months old, and the Goldsmiths were determined to make sure the first UK venture was a roaring success. Martin Goldsmith said: "We came to an arrangement with the WWF to bring their stars into London to do a few PR things. I'm not sure now who they sent over – it wasn't The Hulkster, I think one of them was Jimmy Hart. They came over and started doing some press. *The Daily Mirror* interviewed them and did an article about the WWF in America.

"We took the gamble. We got two or three articles in *The Sun* and *The Daily Mirror*, followed up by a couple of very low-key ads in the same newspapers. Within about two days, I think we'd sold out – and that was around 12,000 people. It was completely unheard of. Of course, we held the upper hand, and Vince couldn't believe it. It was completely sold out, much to the amazement of everyone in our business and in the world of wrestling. It wasn't exactly the No.1 attraction here at that time."

With the Birmingham NEC also sold out, it was time for the superstars to fly over. From the 58-strong WWF roster in October 1989, there were some notable absences from the first UK visit. Missing from the action were Andre the Giant, The Brainbusters, Demolition, Big Boss Man, Dusty Rhodes, Jake "The Snake" Roberts, Mr. Perfect, Roddy Piper, Rick Rude, "The Million Dollar Man" Ted DiBiase, and The Ultimate Warrior. Sadly, there was also no sign of Zeus.

The October 10 card was, to put it bluntly, a bit rubbish. I doubt anyone cared though: as legendary commentator Jim Ross would say so often about the business, the people were there for the sizzle, not the steak. They wanted to see an American wrestling show like the ones they watched on Sky One. And, most importantly, they wanted to see Hulk Hogan hit the legdrop and strike a pose.

Ticket prices were set at between £14 and £35 for the show, the first of its kind. WWF super-fan Gary Banham, aged 12 at the time, remembers getting his ticket like it was yesterday: "The event was advertised in the national papers, just a small ad towards the back, not in the sports section but a few pages in. It advertised the World Wrestling Federation coming live to the UK for two dates with a picture of Hogan. My Dad said he would get tickets, and we would go. He rang up, booked the tickets, and planned the trip. We went from Blackpool to London by coach, and I can still remember getting up very early – it felt like Christmas morning."

For fans like Gary, this was a once-in-a-lifetime experience that cemented their love of wrestling forever.

The opening match, featuring former Joint Promotions stars, wasn't televised. In the October 30, 1989 *Wrestling Observer* newsletter, Dave Meltzer wrote: "WWF found itself having to use English wrestlers on the undercard. There was some obscure law in England that matches can't be held between two non-citizens of the British Commonwealth (in other words they could have gotten away with using Canadians) although I guess they had to pull strings since Hogan vs. Savage doesn't exactly qualify under those rules. They did use local guys in prelims to satisfy local authorities."

This show isn't available on Netflix or YouTube, nor did it receive a full video release. Some of the matches are included in other compilations, but it's impossible to see in its entirety unless you have a VHS recording of the original broadcast (my DMs are open).

The poster advert for the event didn't list any matches – it didn't need to. It featured black-and-white shots of Hogan and Elizabeth at the top, with photos of King Duggan, Savage, and Jimmy Hart beneath, along with the title *Superstars of Wrestling*, the WWF and Sky branding, and the date and location.

The show was hosted by Tony Schiavone, with none other than Lord Alfred Hayes by his side.

The slick merchandise operation that would break records in a few years' time was yet to get off the ground. Gary Banham, who travelled more than 200 miles from Preston, remembers his disappointment: "One big thing I was looking forward to was buying t-shirts and merchandise I'd seen in the magazines and on TV. I'd saved for months. They didn't have a single thing for sale, not even an event programme! Everyone got a free Sky TV poster with Hulk on it, with the slogan 'Hulk Hits Town'. If you watch the event, you'll see the odd person with a t-shirt or a foam finger. Prior to going live, Howard Finkel lobbed them out randomly to the crowd."

It was the first event fan Richard Sparkes ever attended, and at the time, he was living near Nottingham. "It was just before my ninth birthday. My parents got me a ticket, and I went with my dad. It was Hogan and Savage in the main event. I remember it being really Sky branded. I got a Sky backpack or something.

"I hadn't been around that many people before, and it felt like the biggest thing I'd ever been to. I'd seen wrestling at holiday camps and stuff, but this was just way bigger. I remember it being incredibly loud. Even at eight or nine years old, I realised it was kind of a tribal thing, a sense of belonging – everyone being into one thing and all being in one arena together. It definitely left an impression on me, and I've been a fan ever since."

Koko B. Ware kicked off the show with a solid victory over Boris Zhukov, finishing the match with his signature missile dropkick in 11 minutes.

The Hart Foundation hadn't split yet, but Bret Hart was seeing much more singles action in '89. The crowd erupted for The Hitman, whose popularity in London far exceeded his position on the card. Despite a sluggish match that stretched on for 16 minutes, the fans were fully invested, cheering every one of Hart's moves and booing Dino Bravo's offence with the intensity of a football crowd.

It wasn't the first time Bret Hart wrestled in the UK. At the end of 1981, Hart worked eight dates for Dale Martin and Best Wryton under the Joint Promotions banner. It was a clean sweep of defeats then, with losses in Wolverhampton, Oldham, Warwickshire, Huddersfield, Halifax, Buxton, Manchester, and finally at the Royal Albert Hall in London. His luck didn't improve all these years later.

Gary told me they didn't even know Bret Hart was on the card. "Prior to the event, we had no idea who was actually on; there was no billing anywhere, and only Hogan vs. Savage was announced. The place went wild when Bret Hart came out. We all loved The Hitman back then; it was still early in his singles career, but we knew he was going places."

Bret Hart's defeat to Dino Bravo was featured on the Silver Vision video release *WWF World Tour 89/90*, which boasted an imposing shot of The Ultimate Warrior on the cover and was hosted by Sean Mooney.

World Tour also featured a Lord Alfred Hayes sightseeing tour of Europe filmed during these shows, which – like most segments with Hayes – ran a strange gauntlet of being totally unhinged and completely mundane at the same time. He drops a monumental clanger when he refers to the Union Flag as the "flag of England". This might be forgivable for Americans confused about the UK, a tiny island roughly the size of Michigan, but Hayes had no excuse. He was born in Britain and lived here until the age of 40. Unbelievable.

Jim Duggan's match with The Honky Tonk Man also appeared on the *World Tour* video. As a kid, I despised Honky Tonk, and it might seem like a dereliction of duty for me not to make a joke about his irritating Elvis-impersonator gimmick. But he attends the same wrestling conventions where I hope to one day promote this book, and while I don't expect him to ever read this, to take him down here still feels like a gamble.

Sean Mooney described this match as "the biggest thing to hit London since The Battle of Britain". Using a battle fought entirely by air forces feels like the wrong analogy for burly wrestlers like Duggan and Honky Tonk: both would likely get a nosebleed climbing to the top turnbuckle.

The carnival atmosphere was showing no signs of letting up; it could have been Bob Backlund vs. Dan Severn and the audience would have been bouncing. In a surreal moment, Duggan led the UK crowd in a spirited chant of "USA! USA!". This match was far more about soaking in the electric atmosphere than the in-ring action. Even a slow-paced contest like this felt like a main event, buoyed by the party-like energy in the arena. A group in the front row showed up in full WWF fancy dress, setting the tone for the kind of fan dedication that would define UK crowds for years to come.

Duggan later reflected on his visits to Great Britain during an appearance on the *Prime Time with Sean Mooney* podcast: "It was exciting, to get over there and be treated like The Beatles from the '60s. I mean, people having the airport staked out, the hotels, you know, following the cars, motorcycle escorts on all sides of the bus. I think it was a thrilling time to be in the business."

Credit to the WWF for being on the ball and ensuring that for this show, "Hacksaw" Jim Duggan was presented in his "King" gimmick. UK viewers of *Superstars of Wrestling* were living in a time warp, with episodes on Sky One running six weeks behind their American air dates, which themselves were already weeks removed from when they were taped. British fans were blissfully unaware that Duggan had already lost the crown to Savage. In an era when wrestling magazines were produced months in advance and the internet wasn't around to spoil everything, this was a smart move. It prevented the episode of *Superstars* from being spoiled for a crowd that wouldn't see it until November.

The energetic crowd reactions made everything feel like a *WrestleMania* opener, but it wasn't *WrestleMania* on the celebrity front. Early in the match, the camera panned to the cast of *Hi-de-Hi!* sitting in the audience – a sitcom that the BBC had stopped making two years earlier.

Lord Alfred Hayes had no clue who they were, and it was obvious he'd missed his cue: the camera cut back a minute later, and Tony Schiavone stepped in to identify Su Pollard. Four years after Hayes' deer-in-the-headlights *WrestleMania* hosting, they were still giving him a live microphone – so they only had themselves to blame.

Next was the *third consecutive* match to feature Jimmy Hart as the heel manager with his bloody megaphone. I think we can all agree there is such a thing as too much Jimmy Hart. The Rockers faced The Rougeaus in a match that ran nearly half an hour. Jannetty secured the win, but the real highlight was the crowd's relentless enthusiasm, which made every moment feel bigger than it was. The match was featured as an extra on a Silver Vision DVD release, *WWE Live in the UK - April 2010*.

The Brooklyn Brawler pinned Paul Roma in a six-minute throwaway match. There isn't much else to say about this drab contest that somehow found itself in the semi-main event. It wasn't going to make it onto a compilation video release, but at least Jimmy Hart's reign of terror had ended.

Gary Banham said: "I never understood why they put Paul Roma vs. Brooklyn Brawler before the main event. It was as if something had gone wrong backstage and they just threw this match together. I like Paul Roma – he was a decent wrestler and went on to bigger things – but at that time, I'd have placed this match as the opener."

In the main event, it was Hulk Hogan vs. "Macho Man" Randy Savage for the WWF World Heavyweight Championship. This iconic match has been made available in a few places: initially released on VHS by Silver Vision as part of the *Hulkamania 5 (Forever)* tape, and later included in the 2023 *WWE: Best of UK Classics* DVD from Fremantle Home Entertainment.

With *Pomp and Circumstance* blasting through the arena, Savage entered with Sensational Sherri by his side, flanked by two security guards. The packed crowd looked incredible as they squeezed through: everyone standing, bodies spilled over the railings, kids perched precariously on shoulders, limbs everywhere.

When *Real American* blasted through the speakers, the arena erupted into pandemonium. Hulk Hogan, clad in his iconic yellow and red ensemble, made his way to the ring, with manager Miss Elizabeth by his side. As the crowd roared, Elizabeth was escorted through the chaotic masses by Pat Patterson and a team of security guards, navigating their way through the riotous audience. They'd only seen Hogan on TV and in magazines – it was as if he'd arrived from another planet.

Next up, we got our latest celebrity reveal: disc jockey Tony Blackburn. Once a big name in the '60s and '70s, he'd been off BBC Radio 1 for five years and was nearing 50 by the time of this show. Wrestling's image was already bad enough – couldn't they have got some younger, cooler television stars, like Andi Peters? At least Blackburn mustered enough enthusiasm to gesture with the coveted yellow HULK RULES foam hand he'd been given.

You could see groups of children darting through gaps in the crowd, eager to catch as much of The Hulkster as possible. Hogan delivered his signature pre-match vest rip, flexed his muscles, and the adoring crowd ate it up. Then, Savage ripped up a Hogan poster and finally got the unanimous heat that had eluded him earlier.

They managed to elicit loud reactions from the audience with barely any action in the opening moments, hamming it up to the max and barely touching. Through sheer charisma and larger-than-life personalities, the crowd was in the palm of their hands. Savage played the cowardly heel, drawing loud boos, while Hogan's every move earned thunderous cheers. Both veterans would have been acutely aware from the electric atmosphere that this was a night when taking too many bumps wasn't necessary.

One moment tells you everything you need to know about this match: Savage throws a chair into the ring, which Hogan catches one-handed, sits on, and then makes hand gestures toward Savage – earning a standing ovation in the process. Watching these masters at work, drawing such frenzied reactions with hardly a sweat broken, makes me question how we ended up with the gratuitous risk-taking we see in wrestling today.

British fans were so starved of wrestling in general – let alone wrestling done like this – that they'd pop for next to nothing. So next to nothing is what we got for much of this match, with plenty of shenanigans and interference from the dastardly Sherri.

You could argue that there's nothing to be gained by looking back at the past and judging it by the morals of today, but if you were to look at Hogan manhandling Sherri in 1989 and judge it by the morals of 1889 you'd struggle to give it a pass. I can't understand why Hogan thought it was a good idea – especially as he was presented as the embodiment of morality and integrity to children around the world.

Elizabeth delivered a well-deserved slap to Savage, setting up Hogan's signature comeback, a big leg drop, and a clean pin. When it seemed like things were wrapping up on a high note, Hogan bashed Sherri's head against Savage's as *Real American* blared through the arena. Appalling at the time, and it's aged terribly since.

It must've been hot under those ring lights, as both men were drenched in sweat despite only wrestling for half of the 14-minute match. Savage continued to trash talk as he made his way back to the dressing room, leaving Hulk Hogan in the ring to do his full "Hulk must pose" routine. It felt like that part lasted longer than the match itself, and the crowd were absolutely bloody loving it.

Hogan's shift didn't end when he left the Docklands Arena, he appeared on ITV's *Good Morning Britain* the following day. Lorraine Kelly introduced The Hulkster to over a million viewers at 8:49am.

"American professional wrestling has enjoyed an enormous resurgence in popularity over the past decade, largely thanks to our next guest. He's not only the undisputed colossus of the World Wrestling Federation, he's a multi-million-dollar, one-man merchandising industry, with even his own children's cartoon series on American television. He's also the star of a new film opening this week. It's called *No Holds Barred,* and perhaps we can have a wee look at a clip from that film..."

After *GMB* aired the movie footage, they moved on to the previous night's Sky special from the Docklands. Hogan told Kelly he'd "had a really good time at the London Arena, the place was sold out, and all the English fans went crazy over the American style of wrestling—" before she cut him off to correct him.

"British, I'm sorry, I'm sorry," said Hulk.

Kelly's tone turned flirty. "That's ok [laughs], you can say anything you want, really. *You can say anything you like.*" Most of the country had just finished breakfast – what a minx.

The conversation took a predictable turn: the "f" word.

"Now tell me about wrestling – people say that it's staged, that it's all a fix. Is that true?" asked Kelly.

"Well, I wish I could say that and then you guys could wrestle and make the same kind of money I do. No, I'm just joking. It would be very unfair to say that it's all staged and it's all fixed."

Richard Keys interjected, trying to stir the pot – a gamble after the Belzer incident[1].

"This man on the end is insistent, that it is [fake], Paul Gambiccini, he says it's all acting."

[All laugh]

"Well I guess we're gonna have to get him in the ring," Hogan said. "No, it's much more than that. It's a sport, it's acting, it's entertainment, it's charisma. If you were there last night you'd see how the British crowd reacted, they were standing on their feet. And all the British wrestlers that were on the card said, 'We've wrestled here for 10-15 years and have never seen a crowd react like that'. Usually it's just a clap or so if it's a good move in the ring, but last night they were on their feet yelling and screaming. I thought I was in Madison Square Garden in New York City. It was wild."

Kelly did her best to keep Keys out of trouble by steering the conversation back with a compliment: "It's hugely successful in America."

Hogan's demeanour was more understated than you'd expect if you were only familiar with his wrestling promos. He said: "Yes, it is. As far as television goes, the demographics and the ratings are

---

1. Yes, the same future disgraced Sky Sports presenter. In a strange turn of events, both Keys and Hogan found themselves at the centre of leaked tape scandals two decades later. In Keys' case, it was almost pro-wrestling-esque: an inside job, with someone at Sky leaking footage of him making sexist remarks. He was forced to resign from TV in 2011 for what he later described as "prehistoric banter" and shifted his focus to radio. One year later, Hogan faced a leaked tape scandal of a rather different nature, ahem. He successfully sued Gawker Media for $140 million in damages – eventually accepting a $31 million settlement after the company filed for bankruptcy.

just as high as our major shows like *The Cosby Show* and *Entertainment Tonight,* and things like that. And the main reason for the new surge and the new interest in professional wrestling is that we've changed the whole image from the *rasslin* and the blood and guts and the beer drinkers and the cigar smokers at ringside to 'Sports Entertainment'.

"We're not here to insult the people's intelligence; it's an exhibition, and there are very good athletes out there that work really hard and get hurt in the ring. But also, to draw the type of crowds and get the type of response, you have to have charisma and be an entertainer also."

They showed a clip from *Superstars of Wrestling* with Hogan slamming Big Boss Man and Akeem. Despite the impressive physical display he had just witnessed, Keys interrogated Hogan.

"Now Hulk... that is *entertainment*, that is not sport, and there is a dividing line somewhere between the two—"

Hulk interjected, calmly trying to explain, but Keys wasn't letting up.

"But how far will you go in conceding it is entertainment before it's sport?"

Hogan kept his cool. "I can't say it's all entertainment because I'm bruised up and hurt today from wrestling so hard. You just can't tag it with one label; it would be very unfair."

Kelly sensed the tension building and took over, which is a shame because it would have been all over those *TV's Funniest Ever Moments* countdown shows if Hogan had battered Keys. "Now, I suspect you're a bit of a softie really, because you are a big hero to children. Children think you are a great hero in America."

Hulk explained how he uses his influence for good, telling kids: "If you don't eat your vegetables, Hulk Hogan will body slam you right at the table."

"*I* would listen to you," said Kelly, returning to her flirtatious best.

After some chat about *No Holds Barred,* they wished Hogan well, then Keys went full Alan Partridge: "Have you ever been nicked by a traffic cop?" he asked.

"I don't think they would dare," said Lorraine, with the kind of uncomfortable laugh usually reserved for interactions with an elderly relative who's lost the use of their verbal filter.

"Well, I'm a pretty good bluffer, I kind of—"

"I'm just wondering what you'd say to him if you were. You're quite forceful, one way or another, aren't you?"

Bizarre from Keys, I have no idea where he was going with that. Hogan wrapped up and headed to Birmingham for night two, hopefully without any "traffic cop" involvement.

That night, the WWF arrived in Birmingham for the show at the NEC, with the card altered from the one in London. Bret Hart faced The Honky Tonk Man, while Shawn Michaels and Marty Jannetty worked singles matches against Jacques and Raymond Rougeau. In the main event, Hulk Hogan teamed with Jim Duggan to defeat Randy Savage and Dino Bravo.

The stars then flew out to Belgium for a show in Brussels on October 12 and then to France for a Paris show the next day. This European tour became infamous for two unsavoury backstage incidents, both of which led to disciplinary action.

Koko B. Ware was suspended after getting into a fight with WWF executive Jim Troy after the Brussels show. "It was a pretty bad scene. It went throughout the lobby, not a good scene in any way, shape or form," Bruce Prichard recalled on his *Something to Wrestle With* podcast. Both were sent home on the day of the Paris show. Troy resigned, while Koko B. Ware was welcomed back to work at a California house show the following month.

The Rockers, Shawn Michaels and Marty Jannetty, were then

fired after an alcohol-fuelled altercation that resulted in a hotel chandelier being damaged beyond repair.

The day after the NEC show, a local paper ran a bizarre report that focused primarily on Hulk Hogan allegedly hiding from autograph hunters.

> *Molly Blake*
> *"It's Hulk the sulk!"*
> *Sandwell Evening Mail*
> *(Birmingham, October 12, 1989)*
> *This was an eager, roaring, stamping, kiss-blowing, fist-shaking crowd powered on popcorn and Pepsi, high on atmosphere and biceps.*
> *"Don't ask me to explain," said Simon Staite, a 22-year-old wood machinist from Childswickham, near Evesham, who'd spend £25 for a ringside seat.*
> *"It's like nothing on earth to see the Hulk knocking the daylights out of someone. He's an artist, you see. A moving sculptor."*
> *Ringwise, the Hulk's a dream, a wrestler in the style of the medieval tumblers, his tanned skin so translucent that one knows it would be petal-soft above the primrose-yellow trunks. Pity about his missing personality and balding patch...*

When the WWF returned to America, it was time for *Survivor Series '89 (10 Teams! 40 Top WWF Superstars!)*. Held on Thanksgiving Day, November 23, at the Rosemont Horizon in Illinois. The event was broadcast in the UK earlier than usual; Sky announced it had been "rushed from the USA" and aired the following Tuesday at 7pm on Sky One. Hogan and Warrior would be the sole survivors of their respective teams, setting up their blockbuster clash the following year. It was Warrior, not Hogan, who was chosen to close the show – a hint of what was to come in 1990.

Zeus was back as part of The Million Dollar Team to face Hogan's Hulkamaniacs. WWF wasn't done squeezing every last drop from *No Holds Barred* and this confrontation set the stage for an end-of-year pay-per-view.

No Holds Barred–The Match/The Movie aired on pay-per-view in December, combining the unintentionally comedic film with a bonus tag team steel cage match. Brutus Beefcake and Hulk Hogan defeated Zeus and Randy Savage. Priced at $11.95, it added an extra $5 million to Titan's coffers.

As for Zeus? He didn't return to WWF after the cage match, but Hogan brought him into WCW in 1996 for a one-off match. Outside of wrestling, Lister found success in Hollywood, appearing in Michael Jackson's *Remember the Time* video and playing a prisoner in the *Hard Knock Life* spoof in *Austin Powers: Goldmember*.

The UK had received its first taste of live WWF action in 1989, and it was a resounding success. Reflecting on the experience, Gary Banham said: "I was a little kid whose dream had come true. It's one of the best memories I have of my dad, along with many other events we went to.

"All that was on my mind was, when are they coming back? Will they come back?"

The first UK show marked a huge milestone and kicked off a boom that defined the early 1990s.

1989 Honours List

World Heavyweight Champion:
"Macho Man" Randy Savage (27/03/88 – 02/04/89)
Hulk Hogan (02/04/89 – 01/04/90)

Intercontinental Champion:
The Ultimate Warrior (29/08/88 – 02/04/89)
"Ravishing" Rick Rude (02/04/89 – 28/08/89)
The Ultimate Warrior (28/08/89 – 03/04/90)

World Tag Team Champions:
Demolition (27/03/88 – 18/07/89)
The Brain Busters (18/07/89 – 02/10/89)
Demolition (02/10/89 – 13/12/89)
The Colossal Connection (13/12/89 – 01/04/90)

CHAPTER 5
KAYFABE CRIMES TO ARRESTING BOBBY HEENAN: HOW TOM EMANUEL BROUGHT WWF MAGAZINE TO THE UK

THOMAS H.W. Emanuel answered the phone. The voice on the other end belonged to Howard Finkel.

"Do you realise?" asked The Fink.

"What?"

"Look at page 23."

Tom picked up a copy of the new issue of *WWF Magazine*, on whose pages his name appeared as editor-in-chief.

"Oh my god. Howard, it's been nice working with you. Take care of yourself, my friend."

Tom's next stop was the office of Vince McMahon. An office into which you *never* walked without an appointment. Only on this occasion, that is exactly what Tom did.

"Vince, obviously you have my resignation."

The most powerful man in the industry took a beat before responding.

"No, no. You fucked up. Don't do it again."

. . .

"I couldn't believe it. I was packing up my desk. *WrestleMania* was the Holy of Holies, and I had committed the ultimate kayfabe crime. I suddenly realised then that maybe the weird veneer of reality that was the WWF storyline wasn't quite as inviolate as I first thought it was."

The WWF sent the April 1988 edition of *WWF Magazine* to subscribers on February 29, several weeks before *WrestleMania IV* was scheduled. In the *Private Eye* column, a caption read: "Elizabeth, manager of the World Wrestling Federation Champion Randy 'Macho Man' Savage".

To steal a phrase from Paul Heyman, this wasn't a prediction – this was a spoiler. At the time, the WWF World Heavyweight Championship was vacant. The magazine's production team confused the timelines, and accidentally revealed the identity of the next champion. Not any result, but the outcome of *WrestleMania* – the biggest show in professional wrestling.

"To this day I don't know why he didn't throw me out. If I had a better relationship with him, one of these days I would go and ask him. That would go down in my memories as one of the biggest surprises in my life."

News outlets reported the blunder; it even appeared on the front page of the *Milwaukee Sentinel*. However, it turned out not to be as catastrophic as initially feared. Titan played it down to the press; WWF vice president of marketing Basil DeVito explained: "Unfortunately, there was a typographical error... It's obviously a mistake." WWF held back newsstand copies until the last week of March, telling distributors the bar code wasn't scanning and needed to be corrected with a sticker that would be sent to them.

Smart fans speculated the slip was a red herring, a conspiracy theory which worked in WWF's favour.

Wrestling's perpetual backstage drama often attracts

conspiracy theorists. A prime example is the claim that "The Million Dollar Man" Ted DiBiase was the original choice to win the belt at *WrestleMania IV*[1]. Tom Emanuel's story puts that speculation to rest: it was always going to be Randy Savage.

WWF Magazine introduced me to the crazy world of kayfabe. It was the first way I absorbed any WWF content. I'd read about the superstars in the magazine long before I ever saw them wrestle. *WWF Magazine* played an important role in filling storyline gaps for kids like me who didn't have Sky and got to see shows only sporadically. Sure, you might know that Randy Savage is facing Ric Flair at *WrestleMania VIII*, but do you know *why*? Because that's the important bit – and that's where *WWF Magazine* came in.

In the '90s, before we became obsessed with instant gratification and addicted to doom-scrolling for quick-fire dopamine hits, magazines were an *event*. When I got my copy in hand, I couldn't get home from the newsagent quickly enough. I'd disappear into my bedroom and greedily devour every word. I'd read it over and over again until the next one came.

When my parents decided to drag me around the high street, a chore was now an opportunity. I would obsessively search every newsagent I encountered, hoping to discover another wrestling magazine on the shelf. Any wrestling magazine that mentioned WWF would do, until Tom Emanuel gave me my next official fix.

It's easy to look back on these magazines now as a clued-up veteran fan (which I can, after spending £50 on a handful of them

---

1. There is an urban myth that The Honky Tonk Man refused to drop the Intercontinental Championship to Savage at *The Main Event*. McMahon supposedly chose Savage to win at *'Mania* as a peace offering, with Ted DiBiase as collateral damage. While I'm familiar with backstage politics in wrestling, believing this tale means accepting that Vince McMahon allowed himself to be bossed around by The Honky Tonk Man. Unless this happened on the same day McMahon discovered Jägerbombs, I'm not buying it. Furthermore, *The Main Event* took place on February 5, 1988 and the magazine had already gone into production before then. Case closed.

from eBay) and roll your eyes at how silly it was. It's easy to dismiss the writing as having no value because of the strict adherence to kayfabe and hokey content. You could do that, but you'd be doing *WWF Magazine* a huge disservice.

Kenny McIntosh appreciates the role *WWF Magazine* played in the UK as an essential part of the '90s fan experience. In 2020, he gathered wrestling journalism's biggest names to launch his industry-disrupting print throwback, *Inside The Ropes* magazine. Kenny obsessively read *WWF Magazine* in the early '90s. While his monthly publication is a kayfabe-free zone to align with modern times, he wanted to carry the mantle and preserve what he saw as a "vital medium."

"I loved the magazine as a kid. I think the big thing in this period of time is that there weren't a lot of options for a lot of stuff. The magazine was the perfect thing for its time; you didn't have YouTube, you didn't have the internet where you could watch stuff online. You would get *WWF Magazine*, and that would be you for like three or four hours on a Saturday, just sat reading it. For us, that was the norm."

I wanted to know more about how the magazine came to be exported here and why, at the height of the craze, when the UK market was overtaking America, we never got our own UK version – made here and tailored to the British audience. Luckily, Tom Emanuel, the driving force behind WWF's publishing exploits, happened to be British. Not only was he able to answer my questions, but he also helped me realise I'd been looking at things the wrong way this entire time.

I was curious how someone from a family of doctors in leafy Kensington found himself in Stamford, Connecticut, acting as Vince McMahon's publishing guru for a decade. Tom moved to the US in 1981, disillusioned with life in the UK. He went from living in a "horrible hotel" in Manhattan to sitting in booking meetings with WWF's top brass in just a few years.

Tom was the Production Manager for *Connecticut Magazine* before joining the WWF. When a headhunter offered him that job, he didn't even know where Connecticut was. He asked how many inches it was from Manhattan on a map, just to establish whether the commute was feasible.

While at *Connecticut Magazine*, a representative from R.R. Donnelley (one of the world's largest commercial printers) told Tom about a client based in Greenwich, Connecticut, that was having some problems. "She said, 'These people have just started a magazine and they have *no* idea what they are doing. They are *really, really* in need of somebody like you, because they are being ripped off.'" The client was Titan Sports, Inc.

"The WWF were using a client publisher, a third party, who handled all the publishing for them. They were ripping the McMahons off like you wouldn't believe. I interviewed with Linda McMahon, and we fell in love with each other right then and there. To this day I love her. She said, 'I think you'll probably do, but you should go and have an interview with Vince.' I thought, 'Oh shit, this is going to be interesting'.

"I was summoned into the Holy of Holies. I should have got the measure of the man right there. His desk and chair were on a dais and the chair that you sat on in front of him was like this ridiculously under-padded leather chair, so you sat in it and sunk six inches. So I was at Vince's navel level. That's Vince for you, that's the man in a nutshell.

"He said, 'I hear you can save me money.'

"I went, 'Yep.'

"He said, 'So you're some kind of weird limey?'

"And I went, 'Yep.'

"He said, 'You'll do.' And that was it. That started a ten-year romance that was really the happiest ten years of my life.'

This was late in 1984, as the company was gearing up for

WrestleMania. "I joined when all hell was breaking loose," said Tom.

And all hell *was* breaking loose. The WWF audience grew exponentially in Tom's first few years, fuelled by the success of *WrestleMania* and its sequels. Thanks to Tom's industry knowledge, the magazine was able to capitalise on this surge in popularity.

1987 was the year of Hogan vs. Andre. In November, the *Southern Connecticut Business Journal* reported that, in the first half of the year, *WWF Magazine* "ranked fourth in the nation in overall gains, with a 54.6% increase to 212,890 subscribers." Newsstand sales were also booming.

Tom turned the publishing division into a viable and profitable revenue stream for Vince McMahon. It was time to take it global. "I was looking to expand very aggressively and we did so internationally. We licensed nearly a million copies a month – without the UK. The international market became huge for us."

The UK's growing interest in the WWF hadn't escaped Tom's attention, but the plan was to export US magazines rather than approve a licensed edition. "I was very aware of what was going on with Sky. I guess the change came when they decided to do live touring and when they hooked up with Martin and Harvey Goldsmith. I enjoyed them. Real East End Londoners made good. They were fun. Once I realised they were going to start going live, I thought, 'Okay, we really need to do something'.

Tom identified WWF was developing a fervent UK fan base through touring and television. He believed his magazine would serve as an essential companion piece.

"I went to Linda McMahon's office and I said, 'I need to go to England for a couple of weeks.'

"She said, 'Why, are you missing your parents?'

"I said, 'Well, yeah, but that's not why I need to go. I need to launch the magazine out there.'

"And she said, 'Alright, let me know how you make out when you get back.'

"So I looked around to find out who was the biggest distributor of imported titles at that stage in the UK and it turned out to be Select Magazines. They used to have their offices in Drayton. I got hold of somebody there and I said, 'I have a proposal and I really can't do it over the phone. I need to do it face to face.'

"He said, 'Your timing is great as we happen to be having our annual conference. Consider yourself invited, come over and talk to us.'

"It was in some weird place, I heard about it on traffic reports, the Robin Hood Roundabout. Somewhere in West London, I believe. There was an awful hotel/motel right there, and that's where the conference was being held. So I turned up and by the time I got there, most of them were hopelessly drunk, so they weren't really in a position to question what I was saying. I said, 'Here's the magazine. You haven't heard too much about this just yet, but believe me, in three months you will.

"I said, 'I'll make you a promise. Right now *Time Magazine* is the UK's biggest single imported American title.

"I just blurted out: 'I'll guarantee you we'll be outselling *Time Magazine* in 18 months.'

"In the event, it took 12."

In 1990 alone, the UK market brought in over £1 million in magazine sales. Sending by boat rapidly became unfeasible for Tom due to the timelines involved. He needed to get his product into the hands of rabid UK fans more quickly. Eventually, Vince McMahon "swallowed very hard" and began shipping the magazines by air.

. . .

"When I started at the WWF the magazine was a bimonthly and I went to Vince soon after and said, 'Vince, I don't know what the company's coffers look like, but if you want this magazine to be any good to you, you can't be a bi-monthly. You've gotta be monthly.'

"So Vince, he said, 'Oh yeah that makes sense to me: what about going weekly?' That's typical Vince."

Linda McMahon went to Tom's wedding and he still has the Tiffany candles she gifted him sitting on his dining room table. Tom left in 1995, but says even now she greets him like an old friend. During his decade at Titan, Tom and Linda developed a close relationship.

I get the impression that his relationship with Vince McMahon was difficult. He doesn't expand on this, nor do I press him on it. "We didn't always see eye to eye, but I never did not admire and respect him. I didn't always necessarily like him, but his constant ability to reinvent himself was quite extraordinary."

There was one question I was dying to ask: why didn't we get a dedicated UK magazine? It made perfect sense to me and the sales figures Tom quoted would appear to back this up. "What we were selling was the American product. From my perspective, rightly or wrongly, any attempt to Anglicise it would be a mistake because that's not what people wanted. At least not what I thought people wanted."

The more we talked, and I looked back at the magazines, I came to realise that I was wrong and Tom was right. My question had been born out of a chip on my shoulder that developed after seeing British fans treated like second-class citizens as my childhood progressed. We were made to wait years for *Monday Night Raw* and *In Your House*. The dire C-shows held in the UK and aired on Sky Box Office in the late '90s were of no importance; they had no bearing on wider WWF storylines.

This isn't what was happening with the imported magazine. I

looked back at the old American adverts for the WWF ice cream bars, ICOPRO supplements and the USA Network, and was transported to '90s North America. It wouldn't have had the same aura with adverts for C&A and John Menzies. The WWF felt so exotic to us because, like all the best movies, it was American. It felt like it was happening on a different, far more exciting, planet.

In 1991, the UK did get something exclusive: *"So, for you, WWF fans in the UK, we present our first UK edition of the WWF Annual. It's all yours. Nowhere else in the world can this be purchased. Have fun!"*

WWF's business was on fire here and London-based firm Grandreams Limited did a licensing deal to produce official annuals. However, they soon needed Tom's expertise.

"The wrestling market was so weird and the stories and the characters were so complex, people would do these deals and suddenly realise they had absolutely no idea how to handle it. So they would call back to the office and go, 'Help. What is Hulk Hogan? Who is Hulk Hogan? How do we write about him?'

"With Grandreams, I wrote the texts, and my wife, who was a graphic designer, put the books together for them. They never touched a piece of original material. We put the whole book together, edited it, did all the pre-press work for them and just shipped the films out to them. I remember bumping into the guy from Grandreams at the Frankfurt Book Fair, and he was flogging off the rights all over Europe, so they did very well."

WWF Magazine didn't just tell the stories; sometimes it was right in the middle of them. Brutus Beefcake held up a copy of the January 1992 edition during an infamous "Barber Shop" segment that ended with Marty Jannetty picking shards of glass from his head. The magazine was also key to the Randy Savage, Elizabeth, and Ric Flair love triangle storyline that produced the best match of *WrestleMania VIII*.

Tom appeared as himself on WWF television to "clear his name" and add authenticity to the story. The *WWE Timeline* documentary "She Was Mine Before She Was Yours" used the footage of Tom in his Titan Towers office, being put on the spot to explain how Flair duped the magazine with doctored photographs.

Tom appeared on television once before, on *Prime Time Wrestling*, broadcast in the US on March 11, 1991. Vince McMahon cast Tom as a Scotland Yard detective who was there to arrest Bobby Heenan and his Queen of England impersonator. I wondered if Tom was a willing participant.

"There was no discussion here. My phone lit up. I saw that it was Vince, and it was like, 'Oh shit. This can't be good'.

"He said, 'Be at the studio by seven. You're going to arrest Heenan'.

"This was live TV, I've never been so terrified in my life. I was shitting bricks."

They showed a clip of Heenan and the Queen impersonator smoking, boozing, and playing cards in a hotel room. Their scheming uncovered, Tom arrested the pair to end the show.

"It was a scary experience. I still have the VHS; I guess that was my Warholian 15 minutes of fame."

The magazine and television worked hand in hand. For Tom, as well as his publishing duties and cosplaying as a detective at the behest of his boss, it meant he would have to attend booking meetings. He sat alongside Arnie Skalland, Pat Patterson, Tim White, Howard Finkel, and Bruce Prichard.

The wrestling storylines, which dictated the direction of the magazine content, came from the imaginations of the booking team. I wondered if everything in the magazine was a work. I had my suspicions about the wrestler interviews. "A lot of the stuff was plucked right off TV as far as that goes, but we weren't beyond fabricating a few quotes, and a lot of them were extremely happy for us to do just that. Hulk used to say that all the time, 'You know what I'm all about, just fill in the blanks.'"

I wondered what Tom made of the current nostalgia wave for this era and people collecting vintage copies of *WWF Magazine* in the present day. "I didn't even realise there was such an aftermarket for these things. I'm flabbergasted!"

I suggested it must be flattering. "Yeah it is, I'm surprised. I had a franchise, nothing to do with wrestling, it involved going into people's houses and talking with them. Every once in a while, it would come up that I used to work for the WWF and they would dive into the closet and pull out an armful of magazines. I'd point to my name on the masthead and suddenly I was like a celebrity."

Tom has happy memories of his decade as the head of Titan's publishing arm. One stood out: "We did an event in London for Select Magazines. We got Butch and Luke [The Bushwhackers] to do celebrity shoots. I've got this great picture of me and my younger brother, who was an aspiring barrister back then, and them throttling us with our own ties. It's a great picture: I treasure it."

WWF Magazine left a lasting legacy. When Kenny McIntosh launched *Inside The Ropes* magazine, it was an obvious throwback to Tom Emanuel's work. "The reason that focus was there," Kenny explained, "was because Dante Richardson – who is the editor and co-founder of the magazine – and I grew up in this era: Hulkamania, Hasbro, *New Generation*. So we wanted to kind of have a nod to that. We did that for a while as the whole look of the mag and then eventually it evolved. We had to make it part of the magazine instead of the whole thing. But initially, we wanted to appeal to people who read the magazines in the '90s. The cover was inspired by *WWF Magazine*; that was the idea. It's paying tribute to the magazines we loved."

Some would argue that *WWF Magazine's* content (aside from the Savage error and the Savage/Elizabeth/Flair love triangle) lacks great historical importance. However, I would argue that it was hugely important in laying the foundations of WWF fan culture in the UK.

It wasn't just a source of information. The magazine resonated with me because it felt like an episode of the *Superstars* shows I often couldn't watch – captured in written form. Storylines, match reports, news, all brought to life with vibrant, exciting photographs. Without *WWF Magazine*, I might never have become a WWF fan; it pulled kids like me into the whirlwind of the WWF craze. Today, for adult collectors, it serves as a nostalgic gateway to an era they long to revisit.

Keith Elliot Greenberg, the man behind so many of the features that filled in the blanks for me, is surprised but proud that his work played such an important role for UK fans. "I didn't think that anybody would be looking through these magazines more than 30 years later, dissecting it, and talking about the impact of an article I wrote. But I'm glad they are.

"I'm very proud to have been able to convey such rich stories in an era before YouTube. People can look this stuff up online now, but what people understood about these stories was simply explained in words – and that's an art form that nobody really needs anymore.

"I'm glad that I was a professional writer in a time where your words could have an influence on somebody's perspective. My words are still living in people in their late 30s and early 40s – and that's a source of joy for me."

Criticising the magazine for being childish, hokey, or preposterous misses the point of why it existed in the first place. Deep down, those of us who returned to professional wrestling fandom as adults – or never left – long to experience the magazine and wrestling shows with that same sense of childlike wonder and naivety once more.

The World Wrestling Federation was selling over a million copies of the *WWF Magazine* annually in the UK, sparking a wrestling media frenzy as other publishers scrambled to cash in on the wrestling magazine market.

By the time the *Rampage* tours rolled around and the craze was in full swing, anything with Hulk Hogan's face on it was guaranteed to sell. If you got it right, tens of thousands of kids were ready to spend their pocket money on it.

Collecting magazines became an obsession for wrestling fans: they were like trophies. I spoke to long-time wrestling fan, former Silver Vision employee, and magazine collector Steve Riley.

"By the time I went to university, I had thousands of magazines. I had a Saturday job, and there was a newsagent on the way home that for some reason would have American sports magazines. So I used to get *Pro Wrestling Illustrated*, *Inside Wrestling*, *Wrestling Eye*, all these kinds of different wrestling magazines. I used to just read them cover to cover and consume as much as I possibly could."

I remember seeing some of them, but I had no knowledge or interest in anything that wasn't the WWF. Unless The Ultimate Warrior or Legion of Doom's Hawk and Animal were on the cover, they never grabbed my attention. To learn more, I knew exactly who to ask.

Findlay Martin's eBook, *Pro Wrestling Through The Power Slam Years 1994-2014*, begins where this book ends and chronicles the history of his *Power Slam* creation. Before that, he was the editor of another magazine, *Superstars Of Wrestling*. And before all that, he was a fan and a dedicated magazine consumer.

"Back then, you would scour the newsagents. You'd go into basically every one, hoping to strike it lucky and find wrestling magazines.

"I lived in Kendal, and I would drive to Preston – 40 miles from Kendal – to a comic shop just within walking distance of the town centre. It was an old-school comic shop, and they stocked imported wrestling magazines.

"It was an 80-mile round trip just to buy wrestling magazines, and I'd do it. There were times I'd get there, and they either wouldn't have any magazines in stock or the ones they had were ones I already owned. It might feel like a wasted trip, but your fandom was so strong that it didn't matter. It was worth the investment of time, petrol, and giving up your Saturday afternoon.

"If there were no wrestling magazines, sure, you'd feel disappointed, but you'd never think, 'What a wasted trip.' Because there *might* have been magazines you wanted to buy. And when you did get them, you'd sit and read them over and over."

It was this passion and thirst for knowledge that drove Findlay to eventually start his own publication. I identified with reading the same thing over and over – I did the same with *Power Slam*.

"In many ways, pro wrestling was like being a fan of Marvel or DC comics. It was this fantasy world, only limited by the restrictions of your imagination. You'd picture how amazing it could be; often, it wouldn't live up to those expectations, but that didn't stop you from fantasising about how incredible this form of entertainment could be."

Findlay regularly made trips to Manchester to visit friends attending university or to watch live music, which presented another opportunity to hunt for American magazines.

"I vividly remember picking up a *Sports Review Wrestling*, one of the PWI family of magazines, that had coverage of the *Starrcade '89* Iron Man and Iron Team tournaments. I think I bought about four magazines, because you couldn't get them where I lived. They just didn't exist."

Tom Emanuel told me that WWF was shifting enough magazines in the UK to make air shipping a viable investment. For these smaller imported titles, however, that wasn't the case. Findlay was living in a time warp.

"There was always a huge time lag between when events happened and when those American magazines came out. Then, they would have had to make their way over here. So, this was probably April/May 1990 by the time a magazine featuring coverage of *Starrcade '89* reached UK newsagents' shelves."

Findlay's experiences navigating the UK wrestling magazine market – dealing with the challenges of finding US magazines and the time lag between events and coverage – gave him the determination to provide engaging, UK-specific content.

Findlay's first foray into writing about wrestling was creating all the content for *Superstars of Wrestling*. In January 1992, the first issue "stumbled onto the newsagents' shelves as an A1 poster magazine, priced 99 pence."

Findlay wrote in *Pro Wrestling Through The Power Slam Years*: "As factually defective and poorly written as the first issue of *SOW* was, it sold in excess of 20,000 copies via UK newsagents, more than any issue of *Power Slam* would. For a low-budget publication, it was a success. The sales figure was plainly not a gauge of the quality of the publication; it was entirely attributable to the popularity of the WWF in the UK."

Superstars of Wrestling remained an A1 poster magazine for issues two and three. This changed from issue four, when it transitioned to a 24-page magazine (priced £1.40), as the poster magazine format proved too restrictive to offer the level of wrestling information fans wanted.

It's safe to say Findlay found his way in the world of wrestling print. His fandom gave him an understanding of the market – what he didn't like, and what he could do differently. "There were some really low-budget, really naff wrestling magazines back then. I was more interested in learning about things like real names, who had done what and where, and which matches were actually good and which weren't.

"You almost needed a codebook to decipher some magazines,

because – even the independent ones – lots of them had agreements with companies not to critique their shows, wrestlers, matches, pay-per-views, or whatever. It was all about keeping the promotions sweet, because they didn't want to lose photo access to events or any other access to information."

The rise of independent magazines catered to more knowledgeable fans – those looking for deeper coverage and critiques. This was the audience Findlay wanted to write for.

"When *Superstars of Wrestling* launched I wanted to speak to people, or write about wrestling, in a language that they also used. Because that's what we always used to say to each other as fans, me and the group of people I knew in Lancaster.

"If a show or a match was terrible, or if someone wasn't very good in the ring, people would just say that out loud, competing with each other to see who could bury the person the most. And yet, the wrestling magazines really didn't do that. That was in a sense frustrating, but also really invigorating, because I realised there was a niche for *Superstars of Wrestling* to do what other wrestling magazines weren't doing."

Although Findlay decided to move away from posters to focus on unique written content, there was still a market for this type of magazine. As a child, my walls were covered in posters relating to whatever craze I was currently obsessed with. For a poster magazine to survive, it needed high-quality photographs – washed-out, blown-up, low-quality images captured from a distance would not make for repeat customers. Most independents working on a modest budget simply didn't have access to good-quality images.

The WWF began banning third-party photographers from ringside at the start of the expansion in 1984. Vince McMahon had his lawyers serve notices to outside publications, stating that photos of Hulk Hogan were off-limits. At this time, it was only the WWF that had poster-worthy photographs of their talent. When I discovered an officially licensed WWF poster magazine. *Sporting Superstars*, featuring high-quality, bright, clear photographs, it immediately caught my attention.

The man behind the magazine, Richard Wallis, shared how it all came about: "I was in the business of pop collectibles – photos, posters, things like that. I'm a photographer by trade. I was in partnership with a guy called Keith Shackleton, working on various publishing ventures. He was involved with the UK licensing rights for the WWF."

Keith Shackleton's story is a fascinating one. He served in the RAF alongside Gerry Anderson, the creator of *Thunderbirds*, *Supercar*, and *Stingray*, among other iconic series. The two remained friends, and Gerry later hired Keith as his head of merchandising.

From there, Keith built a licensing empire, revolutionising TV merchandising in the UK. In 1965, he launched *TV Century 21*, which became the UK's top-selling comic book franchise of its time. Within weeks, its circulation surpassed classics like *The Beano* and *The Dandy*. Keith later managed numerous third-party licences, including ABBA and *Power Rangers*, and was the first to secure WWF rights in the UK.

According to Richard, *Sporting Superstars* was Keith's idea. "We were publishing poster magazines on pop stars like Kylie Minogue, Bros, and people like that," Richard said, "and he said, 'You know, I think we could do something with the WWF. It's really building.'

"I was vaguely aware of it at the time – it was just when it was starting to take off on Sky. Kids at school were lending videotapes of the weekend's bouts to friends who didn't have Sky, and it was creating this real buzz."

Sporting Superstars was an officially licensed WWF title, making it the perfect companion to *WWF Magazine* on newsagent shelves. Inside the folded down A1 poster, was a double-page spread with news and photos, while the reverse side showcased an A3 poster. The back cover was packed with quizzes, competitions, and, of course, mail-order information.

I was curious about how the licensing deals worked. Richard explained: "Our deal with WWF meant that for everything we published, we paid a percentage of the sales. They supplied the photos, and we would send the artwork to them for approval before printing. Then we would print, publish, distribute, and, hopefully, sell some copies, paying royalties on what we sold. Everything was approved by WWF, and it worked out very well."

I was desperate to ask how the magazine was put together in an era with no internet or cloud storage. Richard explained: "The photographs would usually come over by courier – FedEx – and they would send material on SyQuest discs, so we gradually built up a bit of a library. Communication wasn't much by phone; we mainly used fax to pass things back and forth. With the time difference, we could fax them at the end of our day and usually have an answer by the next morning.

"If there were tours or other events coming up, they'd ask us to include specific content and sometimes provide us with copy.

"I don't think there was a general style guide – nothing like the style guides you see today, with strict rules for logo size, colours, and everything else. Back then, we worked from the designs and products they had already created to maintain consistency. We had a very good designer who was tuned into their style. But it was all still cut-and-paste work. Even the copy was typeset rather than done on a computer, at least in the early days. It was more labour-intensive, but that was just how things were done then."

Sporting Superstars didn't face the same time pressures as magazines focused on news and reviews. Richard didn't need photographs tied to specific matches or events to create his magazine.

"You'd have a mixture of studio shots – those were generally used for the front cover and the two posters – and then some action shots. It wasn't a news publication; it was more about personality features, and quizzes. If we received photos in January, they'd appear in the magazine hitting newsstands by late February or early March. The turnaround was about six to eight weeks.

"Sometimes they'd suggest changes depending on their storylines at the time. We wanted to be guided by them to ensure we were promoting the right people at the right time. They were always very responsive and professional.

"After finalising the layouts, we'd send them over for approval along with typeset text and the design layouts. Once approved, we'd handle the repro – converting the designs and photos into film for printing. From going to press to being on sale only took two or three days – it was very quick."

Richard initially ran into problems with distribution – the business of getting his magazines into UK newsagents. After approaching Merlin, those problems were solved. "I think Richard was staggered at the volume we were selling for him," said Merlin's Mark Hiller.

Poster magazines had short lifespans as kids moved from one craze to another. Yet *Sporting Superstars* lasted several years, outlasting many of its contemporaries.

Richard said: "The sales were quite ridiculous; we were blown away by the WWF's popularity. The first issue did well – we printed 50,000 to 60,000 copies for newsagent distribution, all managed by our partner. But the second and third issues really went gangbusters. One of those, I remember, was the biggest seller. We did a double poster magazine with one folded inside the other, and the print run was 120,000 copies.

"It was all sale or return, so you design it, produce it, print it, and pay for it upfront. Then it's distributed to newsagents, who send the unsold copies back and are credited for them. But we didn't get many back."

Richard's background was in mail order and he detected an opportunity. He began to offer additional WWF items via the magazine.

"We began by adding back issues of the magazine and then we got in touch with Hasbro to buy their figures, including one of the most popular items: the wrestling ring."

Merlin, keenly aware of the opportunities presented by the WWF craze, expanded into mail-order merchandise. Richard, already collaborating with them to distribute the *Sporting Superstars* poster magazine, saw a chance to strengthen their partnership.

"They were working on their sticker collection and had started doing mail order through the back of their packaging, selling videos and other bits of merchandise.

"We eventually realised it was a bit silly for both of us to be running separate mail-order operations, so we joined forces and formed a venture called Squared Circle. It worked very well."

Sporting Superstars ceased production in 1993 as the UK wrestling boom began to cool. "Average sales in year three were probably 50%-60% of year one," said Richard. "These things have their time – they don't necessarily go on forever.

"It was a fairly gentle decline because it had been so popular. Those poster mags were selling for about £1.50, which was a cheap way to buy into WWF – much cheaper than an action figure.

"It was good for us, and it was very good for the WWF as well because it gave them visibility in high-street newsagents."

With the magazine wrapped up, Richard joined Merlin as publishing director. "I brought him into the Merlin business because I liked him so much – he's a talented guy," Mark Hillier told me.

"There was quite a lot of overlap before that, as I had been working at their office in Milton Keynes one or two days a week from 1992. So, I was already close to the phenomenon and excitement that was the WWF," added Richard.

"The big Merlin sticker collections happened before I officially joined, but from '94 onwards, I was involved in designing and producing the ones that came after. It was an incredible time to be part of the team."

Richard stumbled into the world of the WWF, but did he become a fan?

"I got into it and enjoyed it. I thought it was done very well. The popularity was something to behold. The biggest event I attended in the UK was *SummerSlam* at Wembley Stadium in '92. I also went to the event at Docklands in London in '91. It was absolutely mad – really great seats, about 10 rows back. *SummerSlam* was especially dramatic, just extraordinary.

"I went with my wife and our daughters. There were some meet-and-greets beforehand, and they got autographs from Bret Hart, who was their big favourite. Happy days. Really nice people, both the wrestlers and the WWF team. Later on, I went to the States a few times, visiting the head office in Connecticut twice and meeting Vince McMahon. I also attended a *WrestleMania* in Chicago."

Richard's idea for a poster magazine took him to places he could never have dreamed of, and it was clear he looked back on the entire experience with fondness.

"I've worked with many people – different artists and licensees – who were a nightmare. But the WWF was absolutely not one of them. They *got it*. They knew how to make it work, and they weren't greedy.

"They wanted to do the best for their brand, as did we. They respected our knowledge and ability to project their brand and generate sales, so it was always a win-win situation.

"When I worked for Merlin and Topps, we were part of the

WWF family, collaborating with all the other licensees. We had a common interest in promoting the brand and ensuring its success.

"I'm not as young as I used to be, and it's been a long time, so I don't remember everything, but I'm talking to you with a smile on my face because it was a very happy time."

A few months after we last spoke, I received the sad news that Richard Wallis had passed away. The last time we communicated, I sent him a photo of the poster magazine I'd tracked down on eBay and just received. I hope it pleased him to see his work exciting people 30 years later.

Richard's work adorned bedroom walls across the nation in the early '90s, and his legacy will live on through collectors and fans like you and me.

Richard Sparkes, who worked with Richard on the WWE licence at Topps, wrote: "He was the best boss I ever had. Most of all, he was a great dad, husband, and friend."

I would like to extend my sincerest condolences to Richard's family. He was a tremendous help to me throughout this project, and it truly wouldn't have been the same without his invaluable input.

ARROGANCE

CHAPTER 6
US DECLINE, UK RISE, AND THE BRITISH BULLDOG'S RETURN

IN 1990, the UK was embracing all things American. MC Hammer's *U Can't Touch This* and Vanilla Ice's *Ice Ice Baby* dominated the radio airwaves, while *Baywatch* became a Saturday night sensation on ITV. It even featured an unlikely crossover when WWF stars Giant Gonzales and Shawn Michaels appeared on the show in later years.

Our obsession with all things American transformed high streets, with McDonald's and Burger King muscling in on Wimpy's turf. Our sporting events followed suit – Sky's *Monday Night Football* launched in 1992 with cheerleaders waving pom-poms to *Alive & Kicking* by Simple Minds.

But in 1990, we were forced to watch our favourite American import, the WWF, from afar. That year, the company left North America just once – for a show in Tokyo on April 13, which drew over 50,000 people to the Tokyo Dome to see Hulk Hogan defeat Stan Hansen in the main event.

The WWF would not return to the UK until the following year, but in the meantime, Sky fully backed Vince McMahon's UK expansion. *Wrestling Challenge* aired on Fridays, *Superstars of*

Wrestling on Saturdays, and *Saturday Night's Main Event* enjoyed prime-time slots. With additional shows on the Eurosport channel, the WWF's presence grew, attracting more Sky subscribers each month.

McMahon's unique, over-the-top presentation of professional wrestling was one of the two key US imports driving subscribers – the other was *The Simpsons*. Bartmania ran alongside Hulkamania at the start of the new decade and by January 1991, *Do the Bartman* would top the UK charts for three weeks.

In an effort to boost satellite subscriptions, Sky took steps to prevent WWF programming from being shown on cable. This caused a minor panic among the small number of fans who relied on cable to get their fix of Hulk Hogan, The Ultimate Warrior, "Macho Man" Randy Savage and the rest of the WWF's roster. The situation became such a concern that it made the second page of a local newspaper.

Thankfully, there was a happy ending. If there's one thing wrestling fans are good at, it's coming together in a time of need.

"Fans beat cable cut"
Milton Keynes Citizen
(Buckinghamshire, March 29, 1990)

WRESTLING fans John Brandon and Phil North WILL get to see their favourite American stars even though Sky television bosses pulled a major event off the regular cable network.

John claimed last week Milton Keynes was home to hundreds of World Wrestling Federation supporters – and he was right.

After we told how the pair will miss six hours of Wrestlemania live from the States next month, they have received several offers of help.

"Someone has promised to tape the whole thing for us so

> *we can watch it the following night, which is better than nothing. and a satellite installer from Leighton Buzzard even offered a decoder for the night." said a delighted John this week.*

Sky's ability to show pay-per-view events as part of standard subscription packages was a major coup. In the US, *WrestleMania* alone cost viewers $29.95 to watch, or $39.95 for last-minute buyers.

Sky One aired the *Royal Rumble* on January 21, 1990, marking the first American pay-per-view to be shown live in the UK. It would be the first and last PPV on Sky One before they moved the programming to Sky Movies, which went encrypted in February, costing £12 per month.

Sky Movies aired *WrestleMania VI* live and ran an advert for a "Night of WrestleMania" at the Camden Palace in London. On Sunday April 1, they screened *No Holds Barred* followed by *WrestleMania*, starting at 6pm. Tickets were sold only at the door – over-18s only.

SummerSlam '90 wasn't broadcast live but was shown the Tuesday after the event at 8pm. The six-week delays of 1989 were now a thing of the past.

The WWF's fervent fan base wasn't enough to prevent Sky from losing £10 million a month in 1990, just as British Satellite Broadcasting (BSB) launched. Despite government backing, BSB struggled. Their launch was delayed, and their more expensive "squarial" dish failed to gain widespread adoption.

With the VHS vs. Betamax war fresh in people's minds, many consumers were hesitant to financially commit to new technology until a clear market leader emerged[1]. Both companies cut their

1. Betamax lost the video format war to VHS in the '80s, becoming obsolete despite ongoing debates about which had better sound and picture. The real issue

losses after a six-month battle for supremacy – costing more than £1.25 billion combined – and merged in November 1990 to form BSkyB.

Although technically a 50:50 merger, it was clear who was in the driver's seat. The company was marketed as Sky, not BSkyB, with operations based at the existing Sky headquarters. Rupert Murdoch's News Corporation became the largest shareholder, and Sky executives filled most of the senior roles, while the majority of BSB staff were made redundant. The vacant BSB building was kept and eventually became the home of the QVC shopping channel.

With *The Simpsons* and the WWF as its two major imports, Sky gained a huge advantage. Harvey Goldsmith told me that in the '80s, he advised Sky they needed two or three mainstay shows to compete with the BBC, ITV, and any satellite rivals – and he was right. "*The Simpsons* and the WWF, that's what made them stand out from the pack."

By the end of 1990, 2.3 million homes had access to Sky, and 830,000 subscribed to Sky Movies, the home of WWF pay-per-view.

If you watched the World Wrestling Federation on Sky in 1990, you witnessed the end of an era. As 1989 came to a close, Vince McMahon decided The Ultimate Warrior would supplant Hulk Hogan as both champion and the face of the company for the '90s. Hulk Hogan's crimes against the dramatic arts in *No Holds Barred*

---

was functionality – Betamax tapes maxed out at one hour. If, like me, you recorded pay-per-views to build a home-made WWF library, you'd have needed three tapes per supershow. Chaos.

hadn't been enough to deter him – or filmmakers – from pursuing his Hollywood aspirations.

Jim "Warrior" Hellwig was to professional wrestling what Hogan was to cinema, yet he was a perfect fit for WWF's cartoon era. Loud, colourful, and larger than life, Warrior captured the imagination of children and teenagers alike. His painted face mask and vibrant outfits were a merchandiser's dream, making him arguably the most toyetic superstar of them all.

Warrior's high-octane entrances were unforgettable. He would sprint to the ring, violently shake the ropes, and exude an energy that was impossible to ignore. Combined with his incredible physique and fluorescent war paint, he embodied everything kids loved about professional wrestling at the time.

Royal Rumble '90 (Every Man For Himself) took place at the Orlando Arena in Florida, drawing an audience of 16,000. Hulk Hogan entered the Rumble at No.25 and claimed victory after 13 minutes. The much-anticipated face-off between Hogan and Warrior electrified the crowd, serving as a tantalising preview of their future showdown.

Confrontations at the *Rumble* – between Ted DiBiase and Jake Roberts, and between Randy Savage and Dusty Rhodes – also helped lay the groundwork for future *WrestleMania* moments.

Vince McMahon shook things up for *WrestleMania VI (The Ultimate Challenge!)*. His previous blockbuster formula had involved: Hulk Hogan's closest ally betraying him, popping big ratings on an NBC special, and culminating in good triumphing over evil in the *'Mania* main event. It had worked with Andre. It had worked with Savage.

This time, however, McMahon pitted his top two superheroes against each other in a historic showdown at Toronto's SkyDome. World Champion vs. Intercontinental Champion. Title vs. title. A record-breaking crowd of 64,287 fans – including future *'Mania* headliner and WWE Hall of Famer Adam "Edge" Copeland – packed the arena, generating $3.4 million in ticket revenue.

It was the first time *WrestleMania* was held outside the US and the first to be broadcast live in the UK. The year before, we had waited three months to see it in full. Steve Riley watched it on Sky Movies.

"*WrestleMania VI* was the first event I saw live. The guy who used to tape it for me, I went round to his house. He turned on his television and it said, 'Sorry, due to unforeseen circumstances, *WrestleMania* is cancelled.' And I just stood there gobsmacked, staring at the telly. My first opportunity to see live WWF, and it had been cancelled. It didn't even cross my mind that it was the first of April. I don't know whether it was Sky or WWF, but it was an April Fools' message!"

When the action began and the main event arrived, fans were divided, with no clear bad guy in the bout. Steve was firmly team Warrior. "Running to the ring, that ball of energy, he looked like a Greek God. The next day I went into Honiton town centre, bought some fluorescent shoelaces, and tied them round my arms pretending to be The Ultimate Warrior. Bear in mind, I was 15 at the time, so not the coolest move."

The battle between two seemingly invincible superheroes was nothing short of epic, perfectly suited to the occasion. After a dramatic 23-minute clash – the longest singles match in WWF pay-per-view history at the time – Hulk Hogan passed the torch to The Ultimate Warrior. Sort of.

Hogan had held the WWF World Heavyweight Championship since dethroning Randy Savage at *WrestleMania V*; at *WrestleMania VI*, he suffered his first clean pinfall loss since joining Vince McMahon's national expansion in December 1983. In another historic moment, The Ultimate Warrior became the first man to hold both the WWF World Heavyweight and Intercontinental Championships simultaneously.

The dramatic scenes won over Hogan's harshest critics, with Dave Meltzer describing the titanic clash as "probably Hogan's best performance."

While Hogan's Hollywood ambitions took him out of the spotlight, Warrior's reign as WWF Champion was meant to usher in a new era. But replacing the biggest star in wrestling proved more difficult than anyone expected. Despite the character encapsulating everything kids loved about the WWF, Warrior's reign flopped in the US, and McMahon soon regretted his decision. With both wrestlers refusing to turn heel (merchandise, brother!), a rematch was never on the cards. McMahon's plan to put Hogan back on top soon began to take shape.

"I felt the promotion wanted [the torch] to be passed," Hogan told *Power Slam* in 1994. "But I knew in my heart, from the crowd reaction, it wasn't done that night. They gave him the ball, but The Ultimate Warrior couldn't run with it."

Elsewhere on the card, Brutus "The Barber" Beefcake ended Mr. Perfect's (storyline) undefeated streak. In reality, Perfect had been losing nightly to Hulk Hogan on the house show circuit, but pre-internet, they could get away with it.

Demolition, the dominant team of the Hulkamania era, captured their third World Tag Team Championship. A few months later, they added Crush as a third member due to concerns over Bill "Ax" Eadie's health, and the group turned heel. Ax saw better opportunities in Japan and was gone before the end of the year, leaving Smash and Crush to continue the legacy.

In addition to the symbolic end of Hulkamania, it marked the end of an era in the commentary booth. Jesse Ventura called his final *WrestleMania* alongside Gorilla Monsoon, with Bobby Heenan stepping in to replace him the following year.

Andre the Giant wrestled his last televised WWF match in America against Demolition. A bout that ended fittingly, with

Andre turning on his former manager and manipulator, Bobby Heenan.

This led us into *SummerSlam '90 (The Heat Returns),* where 19,304 fans filled the Philadelphia Spectrum on August 27. Vince McMahon and Roddy Piper debuted as the new commentary team. In the main event, The Ultimate Warrior defended his WWF World Heavyweight Championship against Rick Rude inside a steel cage. However, their rivalry was starting to feel stale after so many previous encounters. The pair had already clashed on pay-per-view at the *Royal Rumble*, *WrestleMania*, and *SummerSlam* in 1989. Rick Rude left WWF for WCW shortly after this final showdown.

Meanwhile, Hogan's fresh feud with Earthquake – complete with a career-threatening injury storyline – had the crowd far more engaged, making it the true draw of the night.

The WWF hadn't given up on Warrior by this point. He made talk show appearances and in a throwback moment to the *Rock 'n' Wrestling* era; he appeared in a new music video for Phil Collins' *Two Hearts* as part of the London-born musician's September special on CBS. Yet despite the exposure, Warrior never achieved Hogan's level of mainstream success. Jim Hellwig lacked the charisma and charm that made Terry Bollea a media darling who could effortlessly charm the likes of Lorraine Kelly.

Enough about the babyfaces – let's dive into some wrestling horror. WWF inflicted much childhood terror in the early '90s, and what I call their "scarred for life" era began in October 1990. I was six years old. The VHS collection in our house contained shows like *Cockleshell Bay* and *Teddy Ruxpin*. Before this, the most terrifying thing I'd seen was Worzel Gummidge swapping his heads – which, in hindsight, was pretty disturbing. But not as disturbing as seeing Jake "The Snake" Roberts' sightless, white eyes.

Rick "The Model" Martel's oversized canister of "Arrogance"

cologne was a ridiculous slapstick prop, the kind you'd expect Wile E. Coyote to use on the Road Runner. He must have shopped at Costco.

During an interview, Martel sprayed it in Jake Roberts' eyes, leading to a disturbing hospital (*medical facility, pal!*) scene where Roberts, eyes bandaged, panicked about whether he would ever see again.

The doctor then removed the bandages to apply eye drops, forcibly holding Roberts's eyes open to do it, while Jake cried, "It's burning, man!" The doctor demanded that Jake open his eyes, which were revealed to be completely white. *On a show for kids!*

Roberts, as we now know, was wearing contact lenses for dramatic effect. "That was my idea," he revealed on his podcast *The Snake Pit*. "I went and got the contact lenses and said, 'Let's do this'. It sucked. It hurt taking them out. And once you put them in, you couldn't see shit."

Six-year-old me had no idea contact lenses existed, so as far as I was concerned, Jake Roberts was *actually* blind. It was terrifying. Apparently, the writers of *Byker Grove* were taking notes, because in '92, they decided to traumatise kids all over again by having Anthony McPartlin's character, P.J., blinded by a paintball gun. A bleak scene that has put me off paintballing to this day.

The Roberts-Martel angle – which wouldn't pay off until a Blindfold Match at *WrestleMania VII* the following year – was just the start of the WWF scarring kids for life. In the next 18 months, I would be made to consider the terror of being buried alive, bitten by a cobra, and falling head-first through glass.

Survivor Series '90 (Ten Teams! Each & Every Match) leaned further into the darker side of wrestling storylines. 16,000 fans packed the Hartford Civic Centre and witnessed the unforgettable debut of The Undertaker. Ted DiBiase's mystery partner was revealed, and the terror in the eyes of the audience was something to behold.

A new star was born as the sinister, imposing figure calmly dominated his opponents, leaving the crowd frozen in fear. Despite his towering presence, The Undertaker's agility was remarkable – walking the top rope, delivering flying elbows, and executing dropkicks with ease. Few could have imagined that this debut would mark the beginning of a legendary 30-year run, capped by an unprecedented 21 consecutive *WrestleMania* victories. A Phenom was unleashed, and wrestling would never be the same again.

The WWF desperately needed fresh ideas. Characters and storylines had grown stale, with declining attendances and fading crowd enthusiasm reflecting the slump. Vince McMahon's answer? A giant egg at *Survivor Series*.

After weeks of buildup and much speculation about who it might be, the egg hatched, revealing... a giant turkey with googly eyes, known as The Gobbledy Gooker. Forget The Undertaker, now *that's* scary.

The Gobbledy Gooker stands as one of the most infamous moments in WWF history. Weeks of speculation led to a payoff so ludicrous it left audiences baffled. What positive impact McMahon thought a man in a turkey suit could have remains one of wrestling's greatest mysteries.

Both Warrior and Hogan featured on the card twice, and the show ended with them as teammates and sole survivors: an uninspiring end to an uninspiring show at the close of a creatively difficult year.

The WWF's popularity in the United States was fading. The Ultimate Warrior-led company failed to sustain the momentum of the '80s. While attendances remained strong for pay-per-views (for now), average crowds dropped to their lowest levels since 1984.

There are several possible reasons for this decline. First, looking at the broader economic environment, the United States entered a recession in 1990. With purse strings tightening, WWF live shows became an expendable luxury. A large percentage of the WWF's target market consisted of children, and parents were already under pressure to keep up with the cost of toys, merchandise, and pay-per-views.

Perhaps WWF overachieved in the '80s, and the business was suffering from burnout. *Rock 'n' Wrestling* was a cultural phenomenon, Hogan vs. Andre the most-watched professional wrestling match in US history, and the Mega Powers exploded. It would be naive to assume that the dizzying heights the Titan juggernaut had reached would remain consistent forever.

The end of the Hulkamania era posed a significant problem for the WWF, as the company and Hulk Hogan were so intrinsically linked. The vast majority of fans didn't know a WWF without Hulk Hogan – to them, he *was* wrestling. Television history shows countless examples of ratings dipping when a central figure leaves. While Hogan hadn't left entirely – yet – there was a risk that Hulkamaniacs might lose interest if his involvement continued to diminish.

Then there was the matter of Warrior himself. He has often been scapegoated for his shortcomings as *the* man, but was he a victim of circumstance, doomed to fail from the start? The absence of a compelling feud and Hogan's shadow looming large didn't help his prospects. Jim Hellwig wasn't the company man that Terry Bollea was and didn't do himself any favours, either.

Hulk Hogan understood Vince McMahon's mantra that "perception is reality" and embraced the role of superhero – kissing babies and telling kids to eat their vitamins. Being WWF Champion meant more than carrying the belt, and Warrior was often a reluctant participant when it came to the PR side. On one occasion, when Vince McMahon heard that Warrior had snapped at a child in an airport and refused to sign an autograph, he was ordered to film an apology video.

It's difficult to pinpoint one factor as the cause of Warrior's struggles. What we can say for certain is that this was the beginning of a tough few years for Titan in America.

1990 was a year of contrasts for the WWF. As Vince McMahon struggled to maintain his foothold in the US, the UK told a very different story. British fans couldn't get enough, tuning into Sky and snapping up merchandise as WWF mania prepared to take hold. Business in America was declining, but over here, to borrow another Jim Ross-ism, business was about to pick up.

In time for the next stage of the UK expansion, Davey Boy Smith made his long-awaited return to WWF in late 1990 – as a singles wrestler. His last appearance for Titan came two years earlier at *Survivor Series '88* as part of The British Bulldogs tag team. His former partner, Tom "Dynamite Kid" Billington, wasn't coming back.

David "Young David" Smith began his career with Dale Martin Promotions as a teenager before following Dynamite Kid to Stampede Wrestling in 1981. Japan came next. Dave Meltzer wrote in the *Wrestling Observer* that Dynamite was already "a wrestling idol," and when Smith joined him, he also "became an international superstar literally within seconds." According to Meltzer, after they formed a team for a New Japan Pro Wrestling tour in January 1984, they "became arguably the top tag team in the world."

They joined WWF in March 1985, though they completed two tours for All Japan Pro Wrestling in May and November that year[2].

---

2. Tom Billington and Davey Boy Smith had worked dates for the WWF in 1984, when Vince McMahon bought Stampede Wrestling from Stu Hart. One condition of the deal was that McMahon give jobs to them and Bret Hart. But when Dynamite received his first TV taping cheque – a fraction of what he earned in Japan – he saw it as a mark of disrespect and sent McMahon a frank message about

McMahon, desperate not to lose them to the NWA, offered a unique deal that allowed them to fulfil their obligations – for the time being. By 1986, McMahon struck a deal with Giant Baba of AJPW to keep The Bulldogs in the States full-time. He was determined to put the belts on them and push them as his top tag team.

Their blend of European, Canadian, Japanese, and American styles made them an instant hit with WWF audiences. As one of the chosen few in this era to receive entrance music, they stood out even more. At *WrestleMania II*, they were crowned World Tag Team Champions. Over the next couple of years, their most memorable matches came against The Hart Foundation a rivalry that saw them wrestle nearly 100 times. Findlay Martin captured their legacy in the *Power Slam Yearbook 1994*: "As far as I'm concerned, The Bulldogs vs. The Harts was *the* state-of-the-art program. The chemistry was blended to perfection... It was magnificent."

Smith agreed, telling Findlay in '94, "We had some superb matches. They were on a level that will probably never be matched."

The Bulldogs left WWF under a cloud after backstage pranks spiraled into violent incidents between Dynamite Kid and The Rougeaus. One such prank by Curt "Mr. Perfect" Hennig led to Jacques Rougeau wrongly accusing Dynamite Kid, who then attacked Jacques Rougeau. This, in turn, prompted a retaliatory incident that left Dynamite hospitalised. Vince McMahon intervened, demanding a truce to put an end to the escalating locker room feud.

McMahon didn't stand in the Bulldogs' way when they gave their notice two weeks before *Survivor Series '88*. While Smith

---

what he could do with the job. Smith trusted Billington's judgement and followed him back to Japan.

followed his cousin out of loyalty, it seems to have been a decision he soon regretted.

Smith explained his nearly two-year hiatus by telling *Superstars* viewers he had been "sitting in Wigan, watching my TV," but he had been working throughout his absence.

Before the internet came along and ruined all the fun for fans, wrestling operated very differently. Smith and Billington were feuding in Canada, yet when they wrestled in Japan, they remained a team. Perhaps this is where the phrase "what happens on tour, stays on tour" originated.

Smith became the Stampede North American Heavyweight Champion on March 24, 1989 by defeating another former WWF superstar, Don Muraco. The constant switching between sworn enemies and tag partners continued across the globe throughout the year.

On January 28, 1990 The British Bulldogs teamed together for the final time in a six-man tag match at Korakuen Hall in Tokyo. By May, Davey was touring AJPW solo, as Dynamite's physical condition continued to deteriorate.

In *Pure Dynamite*, Billington claimed the old team was set to reunite for an AJPW tour – until Smith derailed those plans. "In November 1990, after nearly a decade in the ring with Davey, I realised I didn't know him at all.

"Just two weeks before we were supposed to go, I heard that my tag team partner for the tournament, Davey Boy Smith, had gone back to WWF. When I say that I heard, I did – literally. Not from Davey, but from someone else, because Davey couldn't or wouldn't tell me himself. I had no idea how long he had been planning it, but he had never mentioned that he was thinking about going or even that he'd spoken to Vince McMahon." Billington said he never heard from Smith again.

The WWF broke the news to fans on the October 20 edition of *Superstars of Wrestling*: "The British Bulldog, Davey Boy Smith, is back in the World Wrestling Federation!" The announcement promised Smith would return the following week, and when he did, he made an unforgettable impression. Sporting a more jacked physique than ever and newly-braided hair in the colours of the Union Jack, Smith looked destined to be a main eventer.

On the October 27 episode of *Superstars of Wrestling*, Smith stepped back into the ring, facing The Brooklyn Brawler in a match taped earlier, on October 9. However, his true in-ring comeback had occurred weeks earlier at a Boston house show, where he defeated Haku.

The Bulldog dispatched The Brooklyn Brawler in swift fashion, dominating the squash match – a staple of WWF's syndicated programming at the time. Smith sealed the victory with his signature running power slam, pinning his opponent cleanly in under three minutes. Despite his noticeable additional bulk, Smith retained the agility and athleticism that always set him apart. The timing couldn't have been better; in 1991, the WWF was gearing up for a major invasion of Smith's homeland, preparing to go on a UK rampage.

1990 Honours List

World Heavyweight Champion:
Hulk Hogan (02/04/89 – 01/04/90)
The Ultimate Warrior (01/04/90 – 19/01/91)

Intercontinental Champion:
The Ultimate Warrior (28/08/89 – 03/04/90)
Vacated (03/04/90 – 23/04/90)
Mr. Perfect (23/04/90 – 27/08/90)
"The Texas Tornado" Kerry Von Erich (27/08/90 – 19/11/90)
Mr. Perfect (19/11/90 – 26/08/91)

World Tag Team Champions:
The Colossal Connection (13/12/89 – 01/04/90)
Demolition (01/04/90 – 27/08/90)
The Hart Foundation (27/08/90 – 24/03/91)

(The Rockers won the Tag Team Championship on October 30, 1990 and even defended it, but the match was never aired on TV, and the belts were handed back to The Hart Foundation.)

STICKER ALBUM
294

CHAPTER 7
A STICKY SITUATION IN MILTON KEYNES: THE STORY OF MERLIN'S WWF COLLECTIBLES

IT'S the summer of 1992 and a crowd of 12,500 people have swarmed a trading estate in Milton Keynes. Some of them have been tipped off by an article in the *Northampton Chronicle and Echo*. Some heard about it on local radio. Some were handed flyers as they walked around the local shopping centre. All of them are there for the same reason.

One of the units in the estate has been redecorated for the occasion. The tenants have hired professional theatrical dressers to create a funeral parlour theme in a unit that usually deals in the production and distribution of collectible stickers. There's dry ice. A candelabrum. And... is that ... a coffin?

Outside there are people everywhere. Roads are blocked by the improvised parking of hundreds of cars. Police are on the scene, demanding to know what's going on. Milton Keynes is in chaos.

Inside, the unmistakable figure of The Undertaker assesses the scene and nods approvingly at his hosts.

"I can't believe what you've done!"

. . .

How did we get here? Stickers.

At the start of the '90s, the Merlin WWF sticker albums were a central part of the craze that consumed playgrounds across the UK. It's impossible to forget the feeling of leaving the newsagents armed with sealed packs of self-adhesive stickers. The joy of opening the packet. The thrill of lining up a sticker in its assigned box. The rush of pulling a shiny. The frenzy of standing in the school playground, rifling through a friend's collection of swaps.

Got. Got. *NEED!*

Collecting stickers taught you a surprising number of life lessons. Chief among them was the great debate over how much a foil sticker – also known as a shiny – was worth. Most people, the reasonable ones, agreed that two normal stickers equaled one shiny. But when faced with an unscrupulous swapper demanding five – or even ten – of your stickers, you got your first taste of life's injustices and a crash course in negotiation. It was also perfect preparation for dealing with ticket touts selling Oasis reunion tour tickets at ten times the market rate.

Once you passed the halfway point in your album, finding more swaps than needs became a statistical inevitability with each new pack. This taught you resilience and perseverance. It also encouraged communication and problem-solving skills. You needed to step outside your usual friend groups and mingle with other collectors to find the right swaps. These days, LinkedIn-types would probably call it prospecting and networking.

Stickers were a craze within a craze. People who grew up in the '90s associate the word "Merlin" with stickers first and the sorcerer of Arthurian legend second. Before Merlin's famous Premier League football sticker albums, there was the WWF.

Merlin Publishing played a huge role in the success of the WWF in the UK and is fondly remembered by fans from that era. WWF was already the most exciting thing in the world to kids like me – Merlin made it more so.

The idea was simple – like most of the best ideas are. You'd buy a sticker album – or, for *Daily Mirror* readers, collect three tokens and attach them to a voucher to claim a free album – and then buy sealed packets of stickers to try to fill the designated spaces on the pages.

Each wrestler's page featured a biography, and there was a separate page for the belts and their history. The stickers included official headshots, wrestlers in their signature poses and moves, and a coveted shiny featuring their logo.

When the album was complete, you were left with a collection of all the iconic imagery from the WWF during that era.

Merlin provided an attainable way for kids across the UK to get into collecting WWF-related items. If you managed to extort a couple of quid from a parent or grandparent, you could walk out of the newsagent with a wad of packs and feel like The Million Dollar Man. If extortion failed, there was always a bus you could skip or a lunch you could sacrifice.

For millions of kids, Merlin was their entry to the colourful, chaotic world of the World Wrestling Federation.

Merlin released the original WWF sticker album in 1990, pricing it at 50p, with packets of six stickers costing 20p each.

This was the black album, featuring the classic *WWF Superstars* three-dimensional logo across the centre, along with images of some of the stickers you had to hunt, including Hulk Hogan, Ultimate Warrior, and The Legion of Doom.

If you're so inclined, you can buy a completed album on eBay. Recent sold listings reveal one went for £55 at auction, but listings range anywhere from £75 all the way up to £1,000. If you're feeling like a complete maniac, you could track down an incomplete album – the last one sold for £26 – and try to complete it yourself. A word of warning: prices for mint individual stickers range from £2.50 to £50.

Merlin released the second series sticker album in 1991, keeping the prices the same for both the album and the sticker packets. This was the blue album, featuring an image of a British Bulldog sticker on the cover, sandwiched between Hulk Hogan and The Undertaker. These albums have exchanged hands for more modest sums; a complete album has sold for £30 at auction, with incomplete ones going for as low as £10. If that sounds a little more tempting, bear in mind that a foil Legion of Doom logo is currently listed on eBay for £30. And if you've totally lost your mind and want to complete your collection authentically by purchasing sealed packs, incredibly, you can still find them. Expect to pay between £10 and £20 per packet of six.

Merlin also released their first WWF trading card collection in 1991, priced at 30p for a packet of eight, with 150 different cards to collect. The blue foil packets featured a large image of Hulk Hogan with an American flag draped over his shoulder. The English language versions are not easy to come by; eBay tends to have more of the Italian and German versions. Someone recently sold a full set of the German cards for £185.

I became most interested in trading cards and it was the first set released in 1992 that hooked me – the "WWF Merlin Gold Series, SummerSlam Special (Part One)". Grandad's *Daily Mirror* habit paid dividends once again when they gave readers tokens to collect a free pack from a newsagent. The packets looked incredible; the gold foil screamed "premium product" and the images of Davey Boy Smith and Ultimate Warrior were fantastic. It was never in doubt that my parents were going to be badgered incessantly to fund my quest to collect all 96.

I still have my collection and was convinced I'd completed it. So convinced, in fact, that I wrote in the introduction to this book that I had. Turns out, I was wrong. After getting the cards out to write this chapter, I was shocked to discover I *hadn't* completed the collection. As any sane person would, I decided to get collecting again. I was planning to buy the missing cards individually, then I spotted a sealed pack for sale. How could I resist?

Having paid a cool £10.50 (plus £3.25 postage), the pack arrived through the letterbox. £13.75 may have represented a price increase of more than 4,000%, but it was worth it. I was transported back to 1992 as I peeled the strip off the right-hand side of the packet. I didn't think life could get better than being first to the yellow stickers in the Marks and Spencer Food Court, but finding only three swaps from the eight cards inside was exhilarating.

Just like that, I was a trading card collector again. These hunts, for me, are part of the enduring legacy Merlin left behind.

Topps now holds the WWE licence, having regained it from Panini, and Merlin no longer exists as a company. Topps acquired Merlin Publishing in 1995, and the Merlin name and branding has since resurfaced in retro Champions League football collections. So who knows, we might see it again one day.

The story of Merlin's triumph in the face of adversity could be an '80s Hulk Hogan angle. Beaten down into submission by the legal heavies controlled by the publishing equivalent of Bobby Heenan – a man named Robert Maxwell – the founders of Merlin were preparing to lose their jobs, their homes, and everything they owned. Refusing to go down without a fight, Merlin made a hot tag with the WWF, Hulked up, and left a huge legacy in UK wrestling fan culture.

Peter Warsop, Kelvyn Gardner, Peter Dunk, and Mark Hillier worked for Panini, the dominant force in European sticker collecting. When media mogul Robert Maxwell bought the company in 1988, he began using Panini to siphon cash into other areas of his business and sucked the joy out of sticker collecting in the process. Disillusioned, the quartet left to form Merlin in 1989. Maxwell did everything in his power to block them from distributing their products, issuing writs in the knowledge that a lengthy legal battle would inevitably lead to bankruptcy.

The World Wrestling Federation was now a key part of the newly-launched Sky Television, and it was this that saved them. "It was an absolutely extraordinary period in our lives," Mark Hillier reflected. "It was quite remarkable... not just from a business perspective, but from a personal one as well. It literally changed our fortune."

My question was: how did Merlin's relationship with the WWF first come about in early 1990?

Mark revealed: "We were fortunate enough to have Sky, and my eldest son, Luke, was absolutely addicted to it. He would watch it all the time. It was the days of VHS, and he kept recording it, which I thought was fine, but the tapes kept disappearing. I thought, 'We're getting through dozens of these bloody blank tapes – where are they all going?' Then he told me he was sharing them with his friends at primary school. I thought, 'There's something in this.'"

Peter Warsop was another early Sky adopter and shared similar thoughts. "I've got two boys, Paul and Mark, who are older than Mark Hillier's boys. I guess they would have been between 14 and 16 at the time. I noticed they were interested in the WWF, and I was intrigued by it."

Peter lived near Mark, and it wasn't long before the topic came up in conversation. "I said, 'I think it's quite interesting, but is this too old for our regular children collectors?' And Mark said to me, 'No, because my two are into it as well.'"

Neither Peter nor Mark could ignore the level of excitement WWF was generating in their homes. Their boys' fandom was about to inspire a journey neither of them could have predicted.

Then, Peter's phone rang. It was Keith Shackleton – the man who managed the WWF's UK licencing rights and who first pitched the idea for *Sporting Superstars* magazine to his business partner, Richard Wallis.

"Keith said, 'I want to talk to you about the WWF'. He was a bit surprised that I knew anything about it," Peter recalled.

"We had a meeting. My feeling at the time was that kids couldn't get enough of it. Not many people could see it on Sky because they didn't have a dish, but videos were being passed around at school. For that reason, I thought it could be something."

"At that time, Keith Shackleton hadn't sold anybody a licence. The only people involved with the WWF in the UK, as far as I could tell, were Silver Vision. At our first meeting, I said to Keith, 'I'll buy the licence.' I can't remember how much it was, but I didn't think it was expensive. I offered a minimum guarantee."

Mark elaborated on how licensing guarantees work: "Most licensing agreements include a minimum guarantee – regardless of how many products you sell, you pay that guarantee. From a business perspective, you try to negotiate the lowest guarantee you can because it's a risky business – you never know whether it will work or not. We had a fairly low guarantee on WWF to begin with, and then you negotiate a royalty rate for sales above that level. It could be anything between 1% and, I don't know, 20%. Ours was probably 8% or 9%. You pay a royalty cheque quarterly, I think it was. They saw this money coming in and they were very happy."

Peter continued, "I was the Managing Director, and we had a Licensing Director called Kelvyn Gardner. My biggest worry was that I'd gone out and bought a licence without consulting him. I was a little bit nervous, but when I told him, he took it very well.

"He started talking about old English wrestling – Big Daddy and the like – and said he'd been following that. But he hadn't noticed the WWF, so I said, 'This is the new direction. I think this is going to be better and bigger than anything you remember about Big Daddy and the rest'. This would have been early in 1990, and we slotted it in for publication in October."

"It was a time when Merlin was in real jeopardy," added Mark. "This was our last roll of the dice."

Robert Maxwell's substantial business portfolio included *The Daily Mirror* and Paragon Press, while Panini's turnover was estimated at £25 million. So why had he dedicated so much effort to sabotaging Peter and Mark's fledgling company?

"He was being pretty aggressive towards us," Mark recalled.

"He attacked us in every way possible. He served a writ on two of my colleagues, and I was served one for aiding and abetting them," Peter added. "We fought back, but it cost a lot of money."

"The case never got to court," Mark explained, "but we spent hundreds of thousands of pounds on legal fees. That was his strategy – he knew we were a startup."

"He took away about 40% of all our distribution; losing 40% of 40,000 newsagents is catastrophic," said Peter.

"What Maxwell did was tell WH Smith, our biggest wholesaler, that if they continued to work with us on the Merlin business, he'd pull *The Daily Mirror* from them," Mark explained. "Of course, they stopped working with us. That caused enormous problems because it left gaps in our distribution. They were our biggest customer by a long way. All of a sudden, large parts of the country didn't have access to our products."

"He even tried to take away our manufacturer," added Peter.

Merlin's sticker manufacturer, Antonio Panini, hailed from Modena – the same town as the famous Panini company. He was the son of Panini's founder, Giuseppe Panini, and had left the family business after it was acquired by Robert Maxwell. He joined forces with Merlin, much to Maxwell's annoyance.

Robert Maxwell's obsession with Merlin was driven by more

than bitterness toward former employees. After his death at sea in November 1991, following his mysterious disappearance from his yacht, it emerged that his empire was teetering on the brink of collapse. Maxwell had illegally plundered company pension funds, leaving a £460 million deficit. If Merlin dethroned Panini as the king of sticker collectables, it could have further devalued his company, destabilising the fragile balance sheet propping up his house of cards.

"Our business was almost on its knees from a cash flow perspective," Peter said. "I'd already bought the WWF licence – the money had been spent. The question was: could we afford to launch it? Launching a sticker collection in the UK is very expensive. You're talking about significant quantities; we launched with around four million packets of stickers for that first collection. That kind of production costs a lot of money. If you want to promote and advertise the collection, that adds even more expense.

"As we edged closer to the October release, the buzz around the WWF kept building. The vibes we were getting were hugely encouraging. By this point, people were starting to believe it could really take off. So, I said to the team, 'We're going for this collection – it might be our last chance.'"

Securing a licence was one thing, but how did they manage to get the photos for the stickers? In 1990, without the convenience of broadband, it couldn't have been straightforward. Mark explained: "WWF were extremely helpful because they had banks and banks of photographs – old 35mm slides. They made their library available to us, so we had quite a lot of material to work with.

"Peter Dunk, our publishing director at the time, was responsible for assembling everything and making it look attractive. It was his job to bring it all together."

Now they needed to get them on the shelves. Mark explained: "I started talking to the News International wholesalers, the ones who distributed *The Sun*, *The News of the World*, and *The Times*. They supplied the same newsagents but just sold them the News International portfolio. These guys said, 'Yeah, we want to help you. We bloody hate Robert Maxwell. Of course we'll help. Here's a list of all our wholesalers.'"

I thought there must have been some scepticism from people when they were being sold a WWF product, especially since the craze was in its infancy.

Peter recalled: "They would say things like, 'The World Wildlife Fund?' I'd reply, 'No, I'm talking about something very different'. They thought we were crazy. 'American wrestlers? You've got to be kidding.' It was our reputation that got the support of the wholesalers."

Mark added: "They trusted us and understood the business. We didn't have many gaps in distribution. And even if it didn't work, they knew they could send back what they didn't sell to us, because it was sold on a sale-or-return basis. There was zero risk for the newsagents and wholesalers. All the risk was ours."

"We thought that we would have to work hard on WWF," said Peter. "Although we were becoming more and more confident about it, we still believed it would need all the marketing we could afford to make it take off. Not many people had a Sky dish at the time. We spent as much money as we dared."

Peter decided that a collaboration with Silver Vision could be profitable for both parties. He phoned Ian Allan to discuss Silver Vision supplying him with videos that Merlin could sell through the album. "We bought all five video releases. My first order was maybe 24 or 36 in total, and we put them on the back of the album."

The five videos listed for sale on the "WIZARD WWF OFFERS!" page were: *Hulk Hogan – Real American*, *High Flyers*, *SummerSlam '88*, *Ultimate Warrior*, and *WrestleMania's Greatest*

Matches. All were priced at £9.99, except for SummerSlam, which was £14.99. Peter wasn't done there.

"I was also thinking about t-shirts because I'd seen them sold at the events, but they weren't available anywhere else in the UK. I went to the t-shirt licensee in New York – lovely people – and they were very happy to let me have some t-shirts. It was a sale for them. We bought 36 or 50 of each type. It livened up the album."

There were three t-shirts available in the initial collection: a WWF Logo, Hulk Hogan, and Ultimate Warrior. They were priced at £7.95 for adult sizes and £7.25 for kids.

"When we got to the publication date, we were still struggling for cash," Peter explained. "There was only one person in the company who had a cheque book – that was me. I was under pressure from the bank, I was under pressure from our financial investor. We had a large overdraft from the bank; by this time, I'd asked the directors to stop taking a salary. It was that serious. This was the situation we were in when we launched the collection in October 1991.

"But we could feel the pulse of things. I remember saying to everybody, 'We need to keep a very close eye on this because if we're lucky and we do need more stock, that takes a couple of weeks from Italy. We need as many people as possible out there checking retail stock.'

"I sent as many of my team as I could to places like Bournemouth, Birmingham, and Manchester to check how many packets were left after the first four days of launch."

Mark said: "Most of the newsagents we called on around the country had sold out in a day or two, which was remarkable. It just didn't happen. So, we were all on our car phones, phoning each other, excited. We realised we had something quite special."

Peter said: "I remember Peter Dunk calling me; he'd never done a retail stock check before. He said, 'I don't know if I'm doing this right. I was in a shop, and they had a box, but they didn't have any left'. I said, 'That's fantastic!'

"It was the same story all around the country. We knew we had something really special on our hands. I called Antonio Panini and said, 'We've got some good news – I need you to get back into production'. He was able to do that really quickly for me. The good news just kept pouring in; as quickly as we could supply it, it was flying off the shelves."

Merlin joined forces with the WWF and Sky to create a striking TV advertising campaign, which played a key role in their unprecedented success.

Mark said: "Once again, the WWF were extremely helpful – they even made a TV ad for us. Randy Savage and Queen Sherri starred in the ad, and they were great. The campaign was a massive success. We sold tens of millions of packets; it was quite staggering, actually."

"The next thing that happened," said Peter, "we started to get a lot of consumers sending us cheques for these videos and t-shirts."

Merlin's foresight to market other products to WWF-crazy kids paid off. What they hadn't anticipated was the overwhelming demand.

Mark said: "We came into the office on a Monday and were sitting in the conference room when there was a knock on the door. It was the postman. He said, 'What on earth are you people doing? I've got 40 sacks of mail for you in my van!' It was orders for videos and t-shirts from the album promotion, and we had over £80,000 worth of cheques that day."

Peter was soon back on the phone to Ian at Silver Vision, asking how quickly he could produce more videos because he wanted 100 of each title. Ian assured him that it wouldn't take long. A few days later, Peter was on the phone again, this time requesting 1,000 of each.

Peter recalled: "I remember hiring a van to drive down to Ian's place. We were parked outside the warehouse, just waiting for them to load up the van. It wasn't just about ordering a thousand or whatever – it was, 'Put as many in the van as you can'. It was incredible."

The sticker money took months to arrive on Merlin's doorstep because everything was sold on a sale-or-return basis. Any unsold stock would be credited, which meant the wholesalers were slow to pay Merlin. They wanted to first see what stock was returned from the newsagents, not wanting to risk being in a position where Merlin owed *them* money. Meanwhile, the videos and t-shirts provided instant revenue.

"That cash helped Merlin stay afloat because of the problems we had with Robert Maxwell," Mark said. "I can remember going to the bank, depositing all the cheques, and the girl behind the counter almost fainted. It was quite funny. From that moment, we knew we had something special and unique on our hands."

Peter added: "It kept us going while we were waiting for the big money from the trade for the stickers and albums. It was just wonderful."

I knew the first album was a smash hit, but I wasn't prepared for the numbers Mark was about to hit me with.

"In a way, the album sales were almost irrelevant because we never made much money on albums. The album was simply the tool to sell the packets of stickers. Once you got the album and stuck in the first packet, that was it – you wanted to fill it. We were far more interested in sticker sales than album sales.

"We probably printed around 100,000 albums initially, but we certainly reprinted four or five times. As for sticker packet sales, I can't remember the exact numbers now, but it was around 50 or 60 million packets for the first one. And it wasn't just one year – the second year was even better.

"After the success of the first one, everyone was asking, 'When's the next one coming?' because they'd sold so many."

50 – 60 million packets of stickers. That's a lot of 20p coins.

"I think Luke, my son, was one of the most popular boys at school. I used to keep stock of these things in my car, just in case a newsagent said, 'I haven't got any, can you sell me some?' Our garage at home probably had 10 or 12 cases of this stuff.

"I can remember thinking, 'I thought I had more than that'. Of course, his mates would come round and just empty out display boxes of these bloody sticker packets, helping themselves."

Any collector worth their salt will know that there was a form you could send off for the final 20 stickers to complete your collection. I was curious about the logistics of what I imagined to be a labour-intensive task. If hundreds of thousands of people are sending in forms, that's a lot of bespoke orders.

"When we printed any collection, we'd tell the factory to produce X number of every sticker so we could fulfil these orders," Mark said. "We had all the stickers in numerical order in big wooden trays. When the WWF collection took off, we were getting thousands and thousands of these orders. Everyone wanted the Hulk Hogan silver foil. In the end, we had dozens and dozens of people picking stickers because the volume became so big."

If there was a loophole, WWF-mad kids would find it. "We did limit the shinies because they were the most sought after. Literally, the day the thing was published, the next day we'd get an order for 20 shinies or something." Merlin stipulated that a maximum of six shinies could be requested on the form to prevent the more unscrupulous swappers from hoarding the most desired stickers.

Merlin's sticker success caught the attention of Titan Towers' top brass.

Mark said: "They had a conference at their headquarters in Connecticut about six months after the launch of that collection, and they invited us over. So, I went over with Peter Dunk, our Publishing Director, and they made us extremely welcome."

It was only the start for Merlin, and celebrations were halted as they got to work on the next launch.

Peter said: "There was such a demand out there that we decided we couldn't leave it for a year. It's an unusual thing to do, but we decided to launch the first trading card collection in May."

In the UK, stickers were generally more popular than trading cards, with the reverse being true in America. Collecting trading cards was often seen as a hobby for mature collectors, while Merlin's sticker collectors were mostly children.

"Stickers were 20p a packet in those days, and we sold the cards for 30p, which was unheard of. There were no card collections priced under a quid back then. We brought the price down close to that of the stickers, hoping that kids would buy them – and that's exactly what happened."

The "Gold Series" trading cards, released a year later, are the Merlin product I have the most emotional attachment to. "They were successful – probably the first trading card collection we did that really took off," Mark said. "To be honest, I think if we had sold socks with WWF on them, they would have sold well. It was the power of the licence. But it definitely helped establish a trading card business in the UK – or at least, contributed to it."

I put it to Mark and Peter that it must have been hard not to get swept along by the excitement of WWF during this era.

Peter recalled attending *Rampage '91* at London Docklands. "I was invited by the WWF to have ringside seats – they gave me about 20 tickets based on the success we had with the first collection. I mostly invited wholesalers, key buyers from WH Smith and John Menzies.

"The WWF asked me, 'Have you got all your guests?' and I said yes, and told them who they were. I could see they looked a bit concerned.

"They said, 'They'll be coming from work, won't they?' and I said, 'Yeah'.

"They said, 'Peter, this is a televised event. You're on the front row. We don't want business people in ties and suits sitting at the front of our audience'.

"I thought, *'What the hell am I going to do about that?'* All the wholesalers arrived at the event in their suits and ties and we gave them all these t-shirts I'd been selling from America.

"I always remember, I looked down the line, and by this time, Hulk Hogan was on. You can remember how electric the atmosphere was when he was around. I looked down at all these wholesalers, and they were all up on their feet, shouting like the kids behind them – one was even standing on his bloody chair!

"I thought, *'I can't believe this is happening.'*"

Mark said: "Some of the things we did were quite remarkable. They asked us to host some of the wrestlers around *SummerSlam* '92. I can remember taking The Bushwhackers – those two were crazy – to a newsagent in Bath or Bristol to sign autographs. Honestly, it was bedlam. Kids were queuing around the shopping precinct. It was madness.

"Another guy we had on that tour was Jim Duggan, and he'd carry around this bloody plank of wood! He'd take it everywhere with him, and people just thought it was great. We even had people turning up with a plank of wood for him to sign. It was so clever.

"For our most important customers, we had a hospitality suite at Wembley Stadium for *SummerSlam*, and we had Bret Hart doing a signing session and chatting with the guests. These customers brought their kids, and you could see how excited the kids were, like it was the most thrilling thing they'd ever seen in their lives.

"Back in those days, in the early '90s, the characters they created were something special. They were so powerful, so strong. For some reason, the public just connected with them."

I asked why they thought stickers captured the imagination of WWF fans in the way that they did.

Mark said: "It's such a simple, pleasing concept. You buy something blind, with no idea what's in the packet until you open it. It's like Christmas every day. That's the magic of it. Nowadays, everything's instant and digitised. For something as simple as a packet of stickers, or trading cards, to have lasted this long tells you just how powerful it is."

Peter added: "When you build an album, like with your WWF stickers, it feels like a publication you've created yourself. You're assembling the book, placing the pictures. You become part of it. You feel connected to the sport and the athletes. You're building an association with them – and with all the people you want to swap with."

These albums weren't just collections; they were social glue, bringing fans together in a way that felt personal and exciting.

WWF changed everything for the Merlin founders.

"We had been days away from shutting Merlin down. It was a very scary time for all of us," Mark said.

"We never imagined it would have that kind of longevity. But I'm glad it did. I'm really proud of what we accomplished at Merlin. For Kelvin, the two Peters, and me, it wasn't just about a job or making money. Of course, we're happy it ended up being successful, but we were doing something we loved."

I asked Mark if that passion was key to the success of the partnership with the WWF.

"I think the WWF people recognised that we loved what we were doing, which is why they gave us so much support. For them to trust us with their superstars – I was in the back of a bloody stretch limo with The Bushwhackers, pulling up at a newsagent in the middle of nowhere, with three or four thousand kids outside screaming.

"Why would they trust us with that? Because they knew we got it, we loved it, and we could help build their brand."

I told Peter and Mark about my eBay hunting and asked what they thought of the secondary market for their work today.

Mark said: "It's flattering. We're still very proud of what we did. We worked hard to build that brand and make it stick in people's minds. And we definitely had a lot of fun doing it."

Peter added: "It fills me with both surprise and pride. I'm really proud that we gave kids that level of enjoyment."

At the start of 1995, *The Independent on Sunday* ranked Merlin as No.1 in their Fastest Growing Privately Owned Business list. The Premier League licence was a monster success for them from '94, but since launching the business in '89, it was WWF that had been the driving force behind their rise.

Peter said: "I remember telling the Premier League people, 'You won't believe this, but I'm selling ten times more WWF than Panini is selling football'. Getting the Premier League rights was just incredible."

It's clear that for Peter and Mark, this was never about cashing in on the WWF name. Their passion for sticker collecting is infectious, and they recognised that the WWF was the perfect fit for them and for the kids who loved their product.

"It's nice, when you get to my age, to reminisce now and then. It's good to look back on those days – they were great times," Mark said.

"I wouldn't change a thing," Peter added.

On the surface, sticker collecting might seem like an outdated hobby in today's world, where electronics companies are offering virtual reality headsets and tablets that store millions of videos, songs, and books on demand.

But I ask you to reconsider. Sticker collecting is a fantastic way to get your kids off their screens and working on something together. It's a perfect way for parents to engage with their kids. The core of collecting stickers is the swapping – and that's only possible with a community. Stickers bring people together.

Peter put it perfectly: “It’s good for the soul. We all need to be more friendly. We all need a solid circle of people we can talk to. We’re lacking that in this day and age.”

Merlin may have started as a sticker company, but its impact on the WWF’s UK boom was immeasurable. Even today, the excitement of swapping stickers lingers in the memories of fans who grew up in that era.

So, buy a sticker album and a bunch of packs, sit down together, and start filling it. Start a swap shop.

Trust me, stickers are the future.

FISH CHIPS

CHAPTER 8
UK RAMPAGE

> Hey man, I might move here. These are rowdy, rampaging kinda people!
>
> "ROWDY" RODDY PIPER, *UK RAMPAGE '91*

AS WE WOLFED down our sugar-laden bowls of Flintstones Breakfast Boulders in 1991, there was only one thing on our minds; the WWF was coming back to the UK.

We'd spent hours recreating matches with our WWF Hasbro figures, but this time, it wasn't make-believe – it was real. The WWF was on its way and it was the start of something bigger than a tour. Once The British Bulldog and the rest of the WWF roster hit our shores, the UK would never be the same again.

WWF Hasbro figures were *everywhere*. The first series launched at the end of 1990, and now the second incarnation of Hulk and Warrior were here. But these characters didn't just exist in action figure form anymore, this was the year children across the UK would finally see their idols up close.

By 1991, Hulkster-hungry kids were finally getting more

options beyond sticker albums, action figures, and communal VHS tapes. The home gaming revolution had begun to reach WWF fandom.

If you hadn't yet persuaded your parents to buy you a Game Boy or a Mega Drive, chances are you did have an LCD handheld game from Tiger Electronics. In 1990, Tiger had jumped on the WWF craze with a *Superstars* watch game. It was about as good as you'd expect a game on a 1990 digital watch screen to be.

But if you think for one second that I haven't been on eBay and clicked "watch this item" on a brand-new, sealed version of that watch – which not only offers 12/24 hour time modes and an alarm but lets you play as Hulk Hogan against a generic opponent – you'd be dead wrong.

The handheld games were pretty terrible – think Nokia 3210-level graphics – but they had the all-important licences that made them irresistible to kids.

In 1991, Tiger released games based on *Home Alone, X-Men, Back to the Future, Hook,* and an expanded version of the *WWF Superstars* watch game. Tiger later created the iconic Talkboy, which topped millions of Christmas lists in 1992 after featuring as a prop in *Home Alone 2*. It was perfect for recording WWF entrance themes straight off the TV for your Hasbro toy figure federation.

Like the WWF, Sega and Nintendo understood the importance of having a big draw as your top babyface. Sonic the Hedgehog and Super Mario became as well-known as Hulk Hogan. Sonic's debut on the Mega Drive was released in 1991, sparking the iconic rivalry between the lightning-quick blue hedgehog with attitude, and the chubby, moustached plumber.

1991 was a monumental year for cinema, with two major releases which would influence the WWF and WWE in the years to come.

James Cameron's groundbreaking sci-fi sequel, *Terminator 2: Judgment Day,* hit screens in 1991, with future WWE Hall of Famer

Arnold Schwarzenegger wowing audiences as a cybernetic killing machine. The performance cemented his status as a Hollywood megastar and later inspired Paul "Triple H" Levesque's epic *Terminator*-themed entrance at *WrestleMania 31*.

That same year, *Cape Fear* hit cinemas, with Robert De Niro's portrayal of Max Cady cited as the inspiration for Dan Spivey's ahead-of-its-time WWF character, Waylon Mercy, in 1995. Waylon Mercy would, in turn, influence Windham Rotunda's mesmerising Bray Wyatt persona, introduced in WWE's developmental system in 2012.

I wasn't allowed to watch *Terminator 2* or *Cape Fear*. Instead, I was stuck with the VHS release of *The Little Mermaid*.

In the UK, WWF's audience grew as Sky provided more airtime in 1991, spreading the product across three channels. Sky One continued airing *Superstars of Wrestling* and *All American Wrestling*. Meanwhile, the newly-launched Sky Sports showed *Wrestling Challenge* and *Prime Time Wrestling*, while Sky Movies hosted all the pay-per-views. To top it off, Sky One treated us to a Saturday night airing of *No Holds Barred* in the build-up to *WrestleMania VII*.

More significantly, the UK saw two WWF tours in 1991 – something that was unheard of at the time. These tours marked a turning point for British wrestling fans, as the WWF's presence in the UK grew exponentially.

Fans were feeling inspired to get more involved in the world of the WWF. As the *Sandwell Evening Mail* revealed in March, some weren't content just watching – they wanted to take part. "A West Midland man is trying to set up a fan club for American wrestling and is planning to hold auditions for the best of the Brits to take on the hulks from Stateside."

Lee Bourne, of Blackthorne Close, Solihull, took things a step further than most. His home phone number was printed on page 12, with an open invitation for anyone interested in joining his

World Wrestling Federation fan club – or even auditioning for a wrestling contest – to give him a call.

Different times.

Beyond the world of wrestling and DIY fan clubs, global events were unfolding, and somehow, the WWF found itself intertwined with the headlines. The Royal Air Force joined US-led airstrikes on Iraqi forces in Kuwait during Operation Desert Storm. After Saddam Hussein's invasion of Kuwait, Britain became part of the international coalition to liberate the sovereign state. In a bizarre – and self-inflicted – twist, the Gulf War would also contribute to the WWF's continued downturn in the USA.

With the stage set for an unforgettable year, the *Royal Rumble* kicked things off, showcasing the growing tension and shifting dynamics in the World Wrestling Federation. On January 19, 16,000 fans packed the Miami Arena in Florida to witness Hogan toss Earthquake over the top rope after 65 minutes, winning his second consecutive *Royal Rumble*. Vince McMahon set his plan to resurrect Hulkamania into motion.

One of the most memorable moments in the *Rumble* match came when Bushwhacker Luke marched in, got thrown out by Earthquake in four seconds, then marched back out again without missing a beat. Comedy gold.

This event also marked the end of The Ultimate Warrior experiment, as Sgt. Slaughter became the new WWF World Heavyweight Champion – with a little help from Randy Savage. Even if Vince McMahon doesn't tell you outright he's lost faith in you, there may be signs. Like being sent on third in the card to defend your title *before* a match between Koko B. Ware and The Mountie.

The match itself contained little one-on-one action, with interference and shenanigans stealing the spotlight. It was a vintage heel performance from The Macho Man.

Sgt. Slaughter had been absent from the WWF for six years

following a dispute with Vince McMahon that led to his departure before the inaugural *WrestleMania*. Around that time, Hasbro was looking for someone who could be the living, breathing embodiment of their G.I. Joe character. Someone who could make public appearances and convince kids he *was* G.I. Joe.

They found the perfect candidate in Slaughter and signed him to a multi-year personal toy deal. But there was a problem: Vince McMahon had just inked a licensing agreement with rival toy company LJN, creating a conflict of interest. Slaughter was given an ultimatum – and chose Hasbro over the WWF.

After calling Vince to congratulate him on *WrestleMania VI*, Slaughter was brought back into the fold, but McMahon's plans for him would spark some significant problems for Titan in the United States. Instead of drawing on his G.I. Joe persona and presenting him as an American hero, McMahon took a different approach. He brought Slaughter back to the WWF in 1990: not as a hero, but as a heel with an aggressive anti-American gimmick.

McMahon came up with a storyline that was breathtakingly misjudged and jaw-droppingly offensive. In the midst of the Gulf War, he decided to morph the Slaughter gimmick into that of an Iraqi sympathiser. On the December 29, 1990 episode of *Superstars*, Slaughter – I can't believe I'm saying this – pledged his allegiance to Saddam Hussein as his manager General Adnan waved an Iraqi flag.

"President Saddam Hussein did not invade Kuwait. He conquered Kuwait! He conquered Kuwait!" Slaughter cried. Poor Gene Okerlund, he didn't deserve to get caught up in that awful business.

The coverage continued in *WWF Magazine:* "Slaughter has defamed the land of his birth and sworn allegiance to Iraq and its brutal dictator, Saddam Hussein," the March 1991 edition declared. "I'll crush you under the heels of my boots," Slaughter was quoted as saying. "The special boots that were a gift to me from the greatest man in the world, the great humanitarian Saddam Hussein."

As a kid, this was impossible to make sense of. Wrestling was larger-than-life, a world of cartoon villains and exaggerated grudges, yet here was a storyline entangled with real-world warfare. It seemed like a bizarre decision to involve Saddam Hussein in a programme when your core audience was children.

What happened to classic bad guys like Ted DiBiase – the millionaire with the evil laugh, a cross between Noel Edmonds and Gordon Gekko? Or The Undertaker, an actual 6ft 10in zombie?

Wrestling is supposed to be escapism. This was far too real. It wasn't an outdated war being resurrected for cheap heat; this was unfolding in real-time. The *Royal Rumble* took place two nights before Operation Desert Storm. McMahon could have scrapped the angle when blood was being shed on the nightly news. Instead, he doubled down. Utter madness.

In Vince McMahon's mind, he was crafting the ultimate good-versus-evil storyline: Hulk Hogan would defeat Sgt. Slaughter as the US military would defeat Iraq, and everyone would love it.

But the American national press *didn't* love it. They called for a boycott and launched a letter-writing campaign to both Titan and its sponsors. The public relations disaster led to headlines like, "Wrestling Exploits Gulf War" and critics accused McMahon of "making a buck on American blood". One newspaper suggested he should be explaining his actions to a judge.

McMahon responded in the most McMahonesque way possible – he pulled all advertising revenue from the newspapers that challenged him.

Every great hero needs a despicable villain, but McMahon had gone way too far. A reader letter in the *Wrestling Observer* summed it up: "Up to this point, I have respected him as a very schrewd [sic] businessman. But he obviously has a few screws loose."

People in the US hated Slaughter like people in Britain hated Thatcher in the '80s, or "Nasty Nick" in 2000[1]. Slaughter revealed to *Inside The Ropes* magazine that Titan's answering machine was flooded with death threats targeting him, his family, and threatening to blow up their cars, offices, and TV studios. Disturbingly, one caller obtained the home addresses of Slaughter's and McMahon's children. In response, McMahon hired 24/7 security to protect their families.

Things escalated further when the FBI provided Slaughter with a bulletproof vest for his matches, warning of ongoing bomb and death threats. "I wore this bulletproof vest for quite a few matches leading up to *WrestleMania* and some after, but things calmed down afterward," Slaughter recalled.

Despite the chaos and danger, McMahon doubled down on the controversial storyline, hoping to break attendance records for *WrestleMania VII*. However, sluggish ticket sales forced the WWF to move from the 105,000-seat Los Angeles Memorial Coliseum to the significantly smaller 15,500-seat Sports Arena. To save face, Titan claimed security concerns forced the venue change.

"We're here to entertain," insisted WWF spokesman Steve Planamenta. "We're not trying to offend anyone."

Business in the US had been on a downward trajectory since the peak of Hulkamania at *WrestleMania V*, and these events only worsened the decline.

The Monday night show *Prime Time Wrestling* was undergoing a format change in an effort to stop declining ratings. Even more concerning, February's NBC special *The Main Event V* recorded its lowest rating for a WWF program on the network – despite featuring Hulk Hogan. Once a ratings juggernaut, *The Main Event*

1. *Big Brother's* first series in 2000 gripped the nation when "Nasty" Nick Bateman was caught trying to manipulate votes. It dominated the headlines, with front pages treating it as if it were a political scandal.

had seen its viewership cut in half in 12 months. The 33 million viewers who tuned in for its 1988 broadcast had dropped to 10.6 million by 1991.

It was the final installment of *The Main Event* to air on NBC, with only one more edition of *Saturday Night's Main Event* following, which aired for the last time in April. Vince McMahon had enjoyed NBC's full support since the beginning of his national expansion, but the network now seemed to be losing faith in the WWF's drawing power in America.

Oh yes, there was also some wrestling. *WrestleMania VII* (*Super-stars and Stripes Forever!*) took place on Sunday, March 24, but aired in the UK at 8pm the following evening, on Sky Movies.

The consensus is that it was the least profitable *WrestleMania* since *WrestleMania III,* when the pay-per-view era truly took off. Less than half as many people purchased *WrestleMania VII* compared to *WrestleMania V* two years earlier.

Vince McMahon's decision to centre his biggest revenue generator around an ongoing war was controversial at the time. With three decades of hindsight, it's clear – it was absolutely mental.

It was the last *'Mania* that would see Bret Hart and Shawn Michaels appearing as tag team wrestlers. The future of the company lay in the technical skills and storytelling abilities of those two men.

"The British Bulldog" Davey Boy Smith made his fourth *WrestleMania* appearance – and his first since 1988 – pinning The Warlord after a trademark running powerslam. Their feud had been prominently featured in the March 1991 edition of *WWF Magazine*, in a Lou Gianfriddo article titled "It's a Matter of Muscle".

McMahon loved pitting two jacked-to-the-gills super-heavyweight muscle monsters against each other. We kids did too. Their "Battle of the Full Nelsons" feud was far more entertaining than any storyline involving The Warlord had any right to be. Watching Smith hoist the 300lb brute into a powerslam was a jaw-dropping display of strength that had the crowd eating it up.

Elsewhere, Miss Elizabeth returned to reconcile with Randy Savage after his retirement match loss to The Ultimate Warrior. The crowd was in tears – that was the power of WWF. The existential theme of many great wrestling stories – redemption – has never been so clearly stated.

When Savage inevitably returned as a babyface alongside Elizabeth, it dealt another blow to Warrior, who fell to No.3 on the fan favourite list – 12 months after Hogan had "passed him the torch".

Though the Gulf War ended in February, the WWF persisted with the distasteful angle. On the March 17 edition of *Prime Time Wrestling*, Hulk Hogan dedicated his upcoming match to fallen soldiers. In the main event of *'Mania*, The Hulkster *had* to win. Despite plenty of cheating from Sgt. Slaughter and General Adnan – and his head gushing blood after a chair shot – Hogan powered out of a camel clutch, delivered a big boot, and hit the leg drop to claim victory. The controversial storyline was finally put to rest.

Though *WrestleMania VII* was a good show, it was overshadowed by the clumsy attempt to exploit real-life tragedy. Two weeks later, cable industry media reported that PPV buys were down. Titan's Skip Desjardin defended the numbers, claiming, "Anytime you generate $24 million in one day, it's positive". Numbers continued to fall across other events and prices continued to rise.

The UK was blissfully unaware of the controversy and business struggles. It wasn't news here, and even if it was, it would've sailed right over our heads, buried as they were in Merlin sticker albums.

The Daily Star dedicated two pages to WWF coverage

(including a half-page ad for Silver Vision), reporting on *WrestleMania* in glowing terms. The article featured large, colourful pictures of Warrior, Hogan, The Undertaker, and The Legion of Doom, with no mention of the Gulf War storyline or declining attendance. Instead, it included some bizarre copy about a "Lord of the Ring" title and the number of toilets at the event.

> *Sue Blackhall*
> *"Lords Of The Ring"*
> *Daily Star*
> *(London, April 18, 1991)*
> *Grapple fans clamour for souvenirs as the latest wave of Wrestlemania grips America.*
> *And, while their followers paint their faces and snap up jazzy hats, the beefcake idols prepare to do battle for the title of 'Lord of the ring'.*
> *In the 49 rest rooms of the Los Angeles Sports Arena, girls are stripping off and ripping their newly-bought T-shirts from the bags. One young pony-tailed fan, pulling the Hulk vest over her head, is near to tears.*

One week later, the superstars of the World Wrestling Federation arrived in the UK. The overwhelmingly positive reaction to ticket sales for the UK tour provided a welcome distraction.

In January, tickets for WWF's seven-night tour of the UK and Ireland sold out quickly – one in a matter of hours – leading to the addition of two more shows, including a Manchester matinee, which also sold out. The WWF was packing venues that British wrestling never had the popularity to fill.

Dave Meltzer noted in the *Wrestling Observer*: "WWF, in its letter to fans who had purchased tickets informing them of the site change, is now claiming that this year's WM was the fastest sellout in the history of the WWF. Fastest, as farthest in advance. Not true because there are British shows a month after Wrestlemania that are already sold out, one of which sold out in a matter of hours."

Findlay Martin recalls buying a ticket for this tour: "I think the tickets were about £25 each but that was a hell of a lot more than they were charging in America. At that time, ticket prices in the States were really low, like $15.

"The crowds they were drawing on the European tours were more than double what they were getting in the States, and they were selling out, which wasn't happening in 1991. Shows in the US or Canada were rarely selling out or drawing big crowds.

"It was just bonanza time for them over here. They were making huge money and doing enormous merch sales because that was the only place you could buy the merch in person. They could basically charge whatever they wanted, and people were there with money to spend.

"For the talent, it must have been great because they would have been getting great paydays. There were no guaranteed contracts at that point, so pay was based on the size of the crowd, your position on the card, and your merch sales. And you didn't have to work very hard because the crowd was just happy to be there."

Television ratings were dropping in the US post-*WrestleMania*, with *All American Wrestling* on April 7 setting an all-time low for its time slot. It was time to head for greener pastures.

The UK, hungry for more WWF action, was about to experience the first shows on these shores since 1989 – and this tour was set to take the WWF craze to the next level. "These foreign tours over the next few years will probably prove to be more successful than the shows at home," Dave Meltzer predicted.

The Goldsmiths secured a long-term deal with the WWF to bring their shows to as many British fans as possible, Martin Goldsmith reflected on its success: "Every single thing was a sellout, whether we were in Manchester or Glasgow."

Getting the British tabloids on board was key to their success. "*The Mirror* and *The Sun* would always write about the characters and give it a lot of coverage," said Martin.

Regional papers across the country also ran features on the upcoming tour.

Paul Cole
"No Holds Barred!"
Birmingham Mail
(Warwickshire, February 9, 1991)
Last year the WWF sold £40 million of tickets. Souvenirs sold at shows brought in £72 million – and spin-off products brought in £85 million!
You can buy more souvenirs than you'd find at a New Kids On The Block concert – from blow-up dolls and teddy bears to T-shirts and wristbands.
"There was a time when wrestling was laughed at," says US expert David Redesco. "But television has made it big business.
"At the same time British wrestling was being axed from TV screens, the American version was growing in popularity.
"Now it's reached such a stage that it's watched worldwide on satellite – and the star performers tour to sell-out audiences.
"British wrestling could have been built up this way, but

nobody seemed willing to give it a go. It was a sad day when it disappeared from TV."

I'm not sure where Paul Cole was finding his blow-up dolls, I think they must have come from a rogue trader working from a duffle bag in the car park. He went on to say that they announced the tickets going on sale for the forthcoming NEC show in their morning edition of the newspaper and by 3:30pm it had sold out.

Billy Sloan
"Lords Of The Ring"
Daily Record
(Lanarkshire, February 1, 1991)
They're the superstars of American wrestling – the grappling giants whose bone-crushing exploits in the ring have made them the idols of millions of kids on the other side of the Atlantic.
NOW, SCOTLAND IS SET TO GET ITS FIRST TASTE OF THE HYSTERIA.
This spring, the World Wrestling Federation are bringing their biggest names in the business to Britain in the multi-million dollar UK Rampage package tour.
And I can EXCLUSIVELY reveal that they've booked a date at Glasgow's SECC on April 25.
As any kids would tell you, no rumble in the ring would be complete without one man – the most famous wrestler of them all, Hulk Hogan.
They certainly don't come much bigger than the incredible Hulk.
He's bald, sports a shaggy walrus moustache, stands a towering six-foot eight-inches tall and weighs-in at a staggering 22 stones.

Fortunately the overall spectacle of the WWF was bigger than The Hulkster, as he didn't appear in Glasgow. The article went on to say that tickets would be priced £20.60, £15.60, and £10.60 and some would be available from Virgin Records in Glasgow.

Gary Ellis
"Megastars of the ring set to take Province by storm"
Ulster Star
(Antrim, April 12, 1991)

There is nothing quite like American wrestling. Beamed into our homes now by satellite, the craze is taking over here.

Now these well oiled biceps will be beaten, hurled and floored on the King's Hall canvas thanks to Belfast based promoter Peter Aiken.

Although satellite dishes are limited across the Province, the bug has certainly been catching on. The younger fans have signed up to the official fan clubs and they catch up on all the news through popular magazines.

Wrestling has always had its critics. Many of us remember the Saturday afternoon antics of the likes of Mick McManus and Jackie Pallo – well rehearsed routines that saw fortunes swing to and fro until the referee stepped in to end a bout.

But in those days it was all done quite mild in comparison to today's hyped up version.

The towering giants have muscles oozing herculean strength... would you like to tell them it's all play acting?

Of course we all know this is not for real, but we can still enjoy the taunts and tussles both inside and outside the ring.

The press was on board, but Sky's backing was as crucial. The network agreed to broadcast a live show from each tour. "They were always there to back up any promotion we decided to do," Martin Goldsmith noted.

In March, Sky launched a television advert featuring a blank screen accompanied by commentary from The Undertaker's debut at *Survivor Series '90*. The following text appeared:

> *This guy isn't just big.*
> *He's huge.*
> *If you had Sky, you could see the World Wrestling "UK Rampage" next month.*
> *Contact your retail or rental outlet.*

Tim Parsons fondly recalled working on this tour: "What struck me most was that all the wrestlers were contractually committed to doing meet and greets. At the time, musicians would have security to ensure they never actually met the public. With the WWF, not only were they required to meet their fans, but they also went to great lengths to connect with kids with disabilities."

Tim explained that financially, the bottom line was split 80:20 between WWF and the British promoters. As co-promoter, he shared the 20% with Harvey. "They weren't making it hard for you to make money. From our point of view, it was a doddle."

When WWF first hit the UK in 1989, the buzz around their sell-out nights in London and Birmingham was undeniable. But this time, it truly exploded.

Press coverage intensified, and while articles hyped the imminent tour, the real focus was on one man – "The British Bulldog" Davey Boy Smith. No longer just a wrestler, he was fast becoming a national treasure.

The *Wolverhampton Express and Star* ran a piece on Smith – and, in true British fashion, his mum.

Wrestler Davey 'Boy' Smith who has made his name in America, revealed today that his mother encouraged him to start training to keep out of trouble as a boy. Davey, aged 28, a top attraction with the American World Wrestling Federation, is now set to break box office records in a British tour.

"My mum wanted to start weight training because she thought it would keep me out of trouble and I became a professional wrestler after I was 15."

A very British way to create a wrestling superstar – while American kids were dreaming of being Hulk Hogan, Davey was just doing what his mum told him.

The same article appeared in the *West Lancashire Evening Gazette, Manchester Evening News, Nottingham Evening Post*, and the *Liverpool Daily Post*. Wherever you were in the country, you knew that a Lancashire lad had made it big in America. Now, he was coming home.

Birmingham took things a step further, giving Smith an entire full-page spread.

Graham Young
"The British Bulldog"
Birmingham Mail
(Warwickshire, April 11, 1991)

Celebrities from actor Chuck Norris to tycoon Donald Trump pay a fortune just to be at ringside when he fights.

"It's great when people like Chuck come to see me. They are just as starstruck with me as I am with them," says Bulldog.

"Even movie stars can't believe what they see us guys do

in the ring – so what must the average person think?"

A lot, judging by the reaction to his forthcoming appearance in the World Wrestling Federation eight-fight bill at the NEC, promoted by the Evening Mail VIVA page.

The April 30 extravaganza sold out faster than any other non-pop event ever held at the International Arena.

"I was in Ireland the other day promoting the tour and 3000 people turned up," says the Wigan-born wrestler.

"In the US, the WWF holds the TV pay-per-viewing record.

"We give people showmanship as well as the sport – and they love it. I've wrestled in front of 95000 people!"

Showmanship for Bulldog includes having his two-year-old bulldog mascot Winston accompany him into the ring.

"I like to be different – and it really helps that I'm the only British wrestler on the American circuit."

No British newspaper article from this era was complete without mentioning what a sports star had bought their parents with their earnings. Smith delivered: a done-up house, a Volvo, and, naturally, some fish and chips.

Meanwhile, the *Manchester Evening News* ran an article that perfectly captured the contrast between traditional British wrestling and the WWF spectacle:

Alan Hulme
"Gripping stuff"
Manchester Evening News

> *(Lancashire, April 16, 1991)*
> *Remember Saturday afternoon wrestling on the box, with a sedate Kent Walton crooning into his mike and stout-drinking grannies hoping Big Daddy might land in their laps? Forget it.*
> *Heading this way is a new brand of American originated, glitzy, showbiz-style wrestling, featuring such macho men as Rik [sic] The Model, Jake The Snake Roberts and British Bulldog Davey Boy Smith.*
> *Wrestlemania is about to sweep the country in a series of live bouts backed by exposure on Sky TV.*
> *Across the Atlantic, professional wrestling, slickly packaged and backed by the full weight of mega-bucks merchandising, commands a following of more than 8m fans.*
> *This cavalcade of athleticism, showmanship and violence attracts whole families and is considered good, clean, all-American fun.*

Professional wrestling became a full-blown pop culture movement. The days of Big Daddy and Giant Haystacks plodding around UK leisure centres were gone. Now, the WWF was selling out the biggest arenas in the country, with star power to match.

In '89, the hype was huge, but the actual match cards were underwhelming. Aside from the main event, they were lacking in memorable moments. Two years later, things were different. This time, WWF had promised an all-star lineup, with several megastars making their long-awaited UK debuts.

Astonishingly, this included Andre the Giant. Three months earlier, Andre was pulled from a *Royal Rumble* return due to health issues. His brief appearance at *WrestleMania VII* saw him keeping a hand on the ring apron for balance, and he generally looked unwell.

On the surface, it might seem odd to send Andre on a long-haul flight to the UK, especially given how torturous plane journeys were for someone of his size. However, he was on his way back from a three-week tour of Japan, and the stopover served a dual purpose: providing a star name for the UK and breaking up the flight back to the States.

Other new additions to the roster for this tour included "Rowdy" Roddy Piper, "The Million Dollar Man" Ted DiBiase, "The Texas Tornado" Kerry Von Erich, Earthquake, Demolition, Jake "The Snake" Roberts, Sgt. Slaughter, The Bushwhackers, Mr. Perfect, The Undertaker, The Ultimate Warrior, and Davey Boy Smith.

DiBiase was one of the most entertaining villains of the early '90s. On *Superstars*, he pulled all kinds of dastardly stunts: offering a kid $100 to bounce a ball 15 times, only to kick it away on the 14th; paying a pool attendant several hundred dollars to kick all the kids out of a pool on a scorching hot day; and, of course, orchestrating the infamous evil twin referee scheme to steal the WWF Championship.

By this point, he carried his own belt – the "Million Dollar Championship" – designed and crafted by Vince McMahon's favourite family jeweller[2]. DiBiase was such a heel that when he couldn't win the WWF World Championship fair and square, he went out and bought his own.

By the time Kerry Von Erich joined the WWF in 1990, his best days were behind him, following a decade in his father's promotion, World Class Championship Wrestling. Despite having

2. Terry Betteridge of Betteridge Jewelers in Greenwich, Connecticut. In 1989, it cost $40,000 to make.

a foot amputated before his WWF run, The Texas Tornado made a significant impact[3].

In an era dominated by tall, long-haired muscle men, Von Erich was a firm fan favourite. His 84-day reign as Intercontinental Champion came in August '90 and, like many kids, I proudly owned his Hasbro figure – with *Texas Twister!* action.

Mr. Perfect was a lot like Bret Hart – a wrestler you could appreciate as both a kid and an adult, albeit for different reasons. On TV, he was introduced through unforgettable vignettes showcasing his perfection: effortlessly sinking pool balls, hitting baseball home runs, nailing three-pointers from impossible angles, and throwing a football across an entire field and catching it himself. The WWF's ability to introduce characters like this on *Superstars* was nothing short of brilliant.

As an adult, you could admire Curt Hennig for his mastery of wrestling. His big-bumping style and willingness to throw his body around with reckless abandon made his matches thrilling and elevated his opponents. He really was perfect.

The Bushwhackers were wildly popular with children, and their iconic arm-swinging march was the TikTok dance craze of its day. Despite sharing the stage with countless wrestling legends, Butch and Luke stood out as two of the most memorable characters of the era. They were unapologetically daft, and that's exactly what got them noticed and talked about on school playgrounds across the UK.

The eccentric New Zealanders weren't there to put on five-star matches; their mission was simple: to whip kids into a frenzy. And they were bloody brilliant at it. Whether slobbering over sardines during interviews or Butch using Luke's head as a battering ram to

---

3. In 1986 Kerry Von Erich had his right foot amputated following a motorcycle accident. Remarkably he wrestled using a prosthetic and managed to keep it a secret from audiences. He even kept it a secret from some in the business, legend has it that he showered with his boots on.

target the guts of teams like Power and Glory, their antics were designed for maximum entertainment. The Bushwhackers were wrestling's equivalent of Saturday morning cartoons: outrageous, ridiculous, and impossible to forget.

Bushwhacker Luke told me he was particularly excited about coming to the UK, mainly because of the British cuisine: "Fish and chips wrapped in the old newspaper; that reminded us of back home. The old pie carts too – we had mashed potato and a pie with peas on top of it. Every time we were over, we were well looked after." I can't imagine it was a tour diet plan Warrior or Von Erich would have followed.

The tour programme featured a photo grid of nine superstars, but three of them appeared only once. The line-up was stacked with stars, especially compared to the lacklustre cards of '89. However, for some wrestlers, it was a one-off appearance rather than a full tour. Hulk Hogan and Sgt. Slaughter only appeared at the tour opener in Docklands, while The Ultimate Warrior made a single appearance at Wembley Arena.

To put it into perspective, Andre the Giant – who, by this point, could barely walk – made more appearances in the hottest new territory than the two highest-paid superstars in the company.

Some key superstars were absent. There was no Randy Savage – who, in kayfabe, was retired but quietly working for Super World Sports in Japan – no IRS, no Mountie, no Tugboat, no Legion of Doom, no Nasty Boys, and no Big Boss Man.

I asked Harvey Goldsmith about the difference between touring wrestlers and the rock bands he was used to working with. There was only one thing that stood out: "More meals!"

"We would find the countries, book the dates, put the schedules together, and handle all the logistics. One of our guys was always on the road with them – we were kind of like their agents. We represented them and coordinated the dates, in the most weird and wonderful places."

I asked Tim Parsons the same question. "It was an absolute joy. It was a lot easier because working with artists, agents and managers was much more difficult and complicated than working with sports or TV talent. They still seemed to believe in the promoter's role and gave you respect.

"It had a different aim because music is relatively short-term, revolving around an album release. With WWF, each performer was a story that unfolded across multiple chapters."

Like any of Harvey and Tim's tours with stadium-filling rock bands, there was an official tour programme for sale. The notes from kayfabe WWF President Jack Tunney read as follows:

> *THE WWF INVASION OF THE BRITISH ISLES*
>
> *It's great to be back here in the British Isles! We at the World Wrestling Federation have been anticipating this tour for quite some time and, judging from your letters that I have received, you – the patrons of the United Kingdom and Ireland – certainly have been waiting with bated breath for us.*
>
> *Well wait no further. All the excitement and action of the World Wrestling Federation has returned in grand style... What's more, you will also have the chance to cheer your hometown hero, the British Bulldog, who as many of you know, calls Leeds, England his place of residence.*

I still don't know where the whole Leeds thing came from. If he's from Wigan, surely you go with Manchester?

Birmingham's *Sandwell Evening Mail* covered the WWF's first visit to the UK in '89 and they continued to give Hulk Hogan plenty of page space in the run-up to the *Rampage Tour.*

"I want to make certain that Hulkamania remains the strongest force in the universe," Hogan declared to the people of

Birmingham. "I keep to a strict moral code – and I'm aware that I have a responsibility to the young fans who follow me." Hogan must have been spreading his moral message telepathically, as he left the tour before the superstars arrived in Birmingham.

The WWF's first proper UK tour kicked off with the *UK Rampage* event on April 24, 1991 at the London Docklands Arena. "It all happens tonight, 7:30 – you ain't seen nothing 'til you've seen UK Rampage, live and exclusive on Sky Movies Plus." Silver Vision later released the show on video, titled *UK Rampage*.

Before the cameras started rolling, the live audience was treated to a dark match featuring UK talent, including William Regal – then known as Steve Regal – and Dave Taylor. Regal explained to *Inside The Ropes*: "WWF had to put six British wrestlers on the show otherwise the British government wouldn't give them visas for their wrestlers."

The second dark match saw The Brooklyn Brawler pick up a win after his rare – and absurd – placement in the semi-main event of the first UK televised show.

Vince McMahon and Roddy Piper served as the commentary team for this Sky special, which opened with an inexplicably long Jim Neidhart vs. Warlord match, clocking in at nearly 15 minutes.

After splitting from The Powers of Pain in 1990, Warlord traded his face paint and wild hair for metallic shoulder and chest armour, topped off with a metallic half-mask.

The Anvil – mistakenly announced as The Warlord during his entrance despite wearing none of these things – won with a sudden rollup. The most devastating move in professional wrestling.

More baffling than the match's running time was its inclusion on a second Silver Vision video release, *World Tour '91*. You can have too much of a good thing. And you can definitely have too much of Neidhart vs. Warlord – which was most certainly not a good thing.

Kerry Von Erich and Ted DiBiase made their UK debuts, with DiBiase picking up the win thanks to outside interference from Sensational Sherri.

The third televised match of the evening saw Haku take on Greg Valentine. The Hammer secured the victory after eight minutes with a sunset flip. Despite its forgettable nature, this contest was included on another compilation tape titled *US Rampage '91*. It also marked the first – and only – televised UK appearance for both men under the WWF banner.

Shawn Michaels and Marty Jannetty, who delivered some of the best action for UK fans in '89, returned to face The Orient Express. Andre the Giant managed The Rockers, he stepped in to even the odds after Mr. Fuji – manager of Kato and Tanaka, the Japanese martial artists – whacked Jannetty with his cane before the match.

The bout concluded in classic Rockers style, with a top-rope double team combo for the win. The Eighth Wonder of the World also got involved, decking the villainous Mr. Fuji and clobbering Kato with the cane. This high-energy match earned its spot on the compilation tape *World Tour '91*.

The fast-paced action in the previous match brought the crowd to life; then Jimmy Snuka and The Barbarian came out to ensure no one got too excited. The most noteworthy moment came when the arena lights failed, giving the match an unintended *Rock 'n' Wrestling* era vibe, albeit without the star power to back it up.

Snuka eventually won with a roll-up after a gruelling 16 minutes; though it likely felt more like 61 to fans accustomed to the squash matches on Sky One.

The crowd erupted for The British Bulldog, who secured the win against The Berzerker with his signature running powerslam. While The Berzerker wasn't the most thrilling opponent, the hometown crowd – including Smith's family – was ecstatic.

In the penultimate match of the evening, Jake Roberts faced Earthquake. At one point, Earthquake dragged Damien into the ring, seemingly intent on squashing the poor snake. Roberts intervened just in time to prevent any harm to his pet but was disqualified by the referee for taking Damien out of his sack. Roberts then chased the referee away with the snake, adding a touch of slapstick to the chaos.

On the *Superstars of Wrestling* episode broadcast in America on April 27, Earthquake gave new meaning to the term "squash match" when he crushed Jake Roberts' venomous companion in the middle of the ring.

Earthquake rubbed salt in the wounds, quite literally, when he turned the snake into burgers, which he then fed to Vince McMahon, Bobby Heenan and Lord Alfred Hayes on *Prime Time Wrestling*. While the squashing and mincing of the snake were, of course, kayfabe, it's hard to imagine any of this making it to air today. Only in professional wrestling.

The evening's main event featured a *WrestleMania VII* rematch, with Hulk Hogan defending the World Heavyweight Championship against Sgt. Slaughter, who was joined at ringside by General Adnan. It followed the classic Hogan formula attacked before the bell by multiple heels, locked into the villain's submission hold, refusing to give up, and then launching the inevitable Hulk-up comeback. The match ended with Hogan landing his signature leg drop for the pin after Adnan, aiming for Hogan's eyes, accidentally threw salt at Slaughter instead – all neatly wrapped up in the UK's now traditional 16-minute match time frame. Hogan celebrated with the Union Flag as the show went off the air.

The event suffered from the extended match running times, but with talent working house shows in the US, padding the event with whoever was available each night was unavoidable. That might have worked if everyone was blessed with the energy of

Shawn Michaels, but many were super heavyweight plodders better suited to minimal ring time.

Of course, these are the complaints of modern, cynical fans looking back. As a kid, you were grateful for every minute.

London's *The Stage* newspaper reported:

> *When they hear the word wrestling most people think of old ladies with their handbags sitting in some dreary civic hall of a Saturday afternoon. But those days are gone as proved by the World Wrestling Federation UK Rampage tour shown on BSkyB on April 24.*
>
> *Forget the Turtles, the new heroes for kids these days are the likes of Jake "the Snake" Roberts, British Bulldog and Hulk Hogan. And kids were certainly in abundance in the capacity crowd at the London Docklands Arena.*
>
> *Grappling Yanks are such a huge hit over here, thanks dare we say it, to BSkyB's coverage of the sport, that the ear-piercing screams of the crowd were louder than any you might hear at a New Kids On The Block concert.*

The next evening, WWF rolled into the Scottish Exhibition and Conference Centre (SEC) in Glasgow. Roddy Piper, in his "hometown," defeated Ted DiBiase in the main event.

Rowdy Roddy Piper was another of McMahon's territory steals from the '80s. As the ultimate heel of the *Rock 'n' Wrestling* era, Piper terrorised heroes Hulk Hogan and Mr. T. But by 1991, he had transformed into a cheeky babyface and was being presented on the UK tours as a native hero.

Of course, Roderick George Toombs was not, as WWF wanted you to believe, from Glasgow. Born in Saskatoon, Saskatchewan, he was a Canadian citizen. Despite his strong Canadian accent, I never questioned his Scottishness for one moment – that was the power of kayfabe.

Piper did have some genuine family ties to Scotland if you jumped back a couple of generations – his grandmother hailed from the Hebrides.

Davey Boy Smith was positioned two matches down on the card, where he secured a count-out victory over Earthquake – a significant achievement at the time.

John "Earthquake" Tenta joined the WWF in mid-1989, making his TV debut that November. In a memorable segment, Jimmy Hart "randomly" plucked him from the live audience during a push-up contest between Dino Bravo and The Ultimate Warrior. Presented as an innocent spectator tasked with sitting on their backs, The 6ft 5in former sumo champion Earthquake instead crushed Warrior, revealing the duo's evil plan.

By the time of his match with Davey Boy Smith, Earthquake had been one of Hulk Hogan's primary house show opponents, competing in 22 Stretcher Matches since the start of 1991 alone[4].

"John Tenta was one of the best big men this business has ever seen. He didn't look particularly cool – he had the receding hairline, sort of skullet hairdo – but watching the way both he and Typhoon moved was incredible," reflected WWE announcer Corey Graves on his *After The Bell* podcast. "Earthquake regularly threw a great dropkick. That's amazing. Absolutely amazing."

Defeating such a high-profile name marked a significant moment in The British Bulldog's career.

The tour arrived in Belfast the following night at King's Hall, where the main event was a six-man tag match: The Rockers and

---

4. The only way to win a Stretcher Match was to incapacitate your opponent, put them on a stretcher and wheel them out. Hogan and Earthquake faced each other 31 times in 1991 and 22 of those were in Stretcher Matches.

Andre the Giant versus The Orient Express and Mr. Fuji. This was a variation of the match from *UK Rampage*, with Andre and Fuji entering the fray. Having Andre wrestle in the first-ever show in Northern Ireland felt like a throwback to the old days when promoters used him as a special attraction to draw crowds in new territories.

Andre – wrestling for the only time on the tour – scored the decisive three count. Two months later, he would undergo knee surgery to remove two bone spurs "the size of golf balls". Meanwhile, Davey Boy Smith, once again positioned two matches down, picked up another win over Earthquake.

A special report appeared in the *Ulster Star:* "Thousands of wrestling fans packed the King's Hall last Friday night to see the top stars perform in the UK Rampage tour.

"They came in droves to see the likes of Hulk Hogan and the Ultimate Warrior – but alas these two gladiators were not on the bill.

"The biggest cheers of the night came when the British Bulldog won his bout with Earthquake, Sensational Sherri was 'clobbered' by Roddy Piper and when Andre the Giant entered the ring... almost moving in slow motion such was his incredible bulk."

On April 27 the tour hit Dublin at the Point Depot. For some reason, it was here, as WWF crossed the UK border into the Republic of Ireland, that Davey Boy Smith was finally promoted to the main event.

Future WWE superstar Stephen "Sheamus" Farrelly was there and told Justin Barrasso for *Sports Illustrated* that Smith enjoyed hero status in the Republic of Ireland too: "When WWE came to Dublin, I was so excited to see the British Bulldog. We didn't get Hogan or the Warrior, but we got the Bulldog. He was in the main event against Ted DiBiase, and I remember thinking that match was incredible.

"Even though he's British and I'm Irish, and there's a big rivalry between the Brits and the Irish, I always loved the Bulldog."

"Hulka wannabees at the Point"
Sunday Tribune
(Dublin, April 28, 1991)

ANDRE the Giant wears size 21 shoes, "and that's the biggest in the world", says the little girl queuing up outside The Point. "And he says he's the eighth wonder of the world", she adds to nobody in particular. Her mother though has heard enough: Calm down, you're making me hyper".

After months of television promotion, speculation about the bill, and parents being harassed by Hulka Maniacs, the World Wrestling Federation's (WWF) UK rampage finally reached Dublin last night, having sensibly lost the UK part of its title, somewhere between Belfast and the Republic.

Inside the Point, thousands of kids were scrambling around the merchandising areas dressing themselves out of their parents' pockets, in Hulk Hogan T-shirts, baseball caps, gloves and scarves, posters and banners that claimed 'Hulka Mania will never die'.

This was the first chance for Irish audiences to witness at first hand the wrestling craze that has made Hulk Hogan, Sergeant Slaughter, Jake The Snake Roberts and dozens more household names in the States.

The WWF is a multi million dollar entertainment corporation which, through the medium of Sky Channel, has become one of the most popular cults amongst Irish children – so much so that last night's Point show was one of the fastest events to ever sell out in this country. Show publicist Chris Roche said he's "never seen anything like the demand for tickets".

The next day in Manchester saw two shows, with a matinee added due to high ticket demand. Remarkably, the logistical headache of getting the crew to England from Dublin made it into the *Manchester Evening News*. Reporter Patricia Roberts revealed that British Air Ferries had run into a "heavyweight problem" trying to fit the 30-strong group of wrestlers onboard. Their solution? Rip out some seats and "re-adjust those left in the plane". One problem remained, though – they hadn't figured out how to get the drinks trolley down the aisle.

In the afternoon, Roddy Piper headlined again, defeating Ted DiBiase. Davey Boy Smith was booked in the semi-main event, scoring a count-out win over Earthquake.

For the evening show, the card was switched up. Smith appeared before the main event once again, this time defeating Ted DiBiase. Roddy Piper took on Earthquake in the main event and was the winner by count-out. Demolition and Koko B. Ware were new additions to the tour for this show and it was the first time Smash and Crush wrestled in the UK.

John Shone was four years old when he got to experience the WWF live for the first time in Manchester. "We were sat pretty far back, and I had to sit on my nan's knee to see!

"I don't remember much about it, but I've got some photographs. Looking back at the match card now, it's unbelievable to think I saw The British Bulldog."

Findlay Martin attended the evening show and reflected on the atmosphere. "Everyone just took the night off. If you were to see it now, people would be rioting. They didn't have to do anything because the fans were so exuberant. The atmosphere felt like a *WrestleMania* main event for every match. The fans were there for the stars; they didn't really care about the matches. They were ecstatic to hear the music and join in the chants."

Before Facebook groups, the shows were the perfect place to find like-minded friend groups. "There was a guy called Mark who sat next to me, and we got talking," remembers Findlay. "He was a big fan, and I ended up buying a load of video tapes from him. We became wrestling pals.

"He couldn't believe it the following year when *Superstars of Wrestling* launched in January '92!"

Two nights later, Birmingham's NEC got an upgrade in the main event with the Intercontinental Championship on the line. Champion Mr. Perfect lost but retained his title via count-out after taking Jake "The Snake" Roberts' patented DDT and falling to the outside.

Bret Hart also made his first appearance on the tour, as The Hart Foundation defeated Power and Glory in the semi-main event, with Hart pinning Paul Roma. Meanwhile, Davey Boy Smith, positioned in the mid-card pre-intermission slot, secured a disqualification win over a major opponent – The Undertaker.

On May 1, Brighton hosted its first-ever WWF show at The Centre. In the semi-main event, The Bushwhackers scored a big win over Demolition. Meanwhile, in the main event, Davey Boy Smith finally headlined a UK show, defeating The Undertaker by disqualification.

The tour concluded with a major house show at Wembley Arena. Davey Boy Smith was moved back to the mid-card but managed a count-out victory over Intercontinental Champion Mr. Perfect. In the main event, The Ultimate Warrior made his long-awaited UK debut, defeating The Undertaker by disqualification.

Across the UK and Ireland tour, The British Bulldog was only booked at the top of the card twice, but he was kept strong with a flawless win record.

Dave Meltzer highlighted the brutal schedule the roster

endured: "If you ever begrudge the amount of money any of these men earn, consider this. Over the past two weeks, The Rockers, Sherri Martel, The Orient Express, Ted DiBiase, Roddy Piper, Jake Roberts and Earthquake worked nine shows in nine days in the United Kingdom, ending the tour on the 2nd. On the 3rd they worked a show at the Omni in Atlanta, then flew to Los Angeles for a show the next night, then were on to St. Louis, followed by television tapings in Rockford and Green Bay."

I'd love to see someone tell them, after a grind like that, "it's all fake."

The tour may have been littered with count-outs and disqualifications, but it didn't matter. This groundbreaking run reached 100,000 fans, most of whom were seeing their favourite superstars in the flesh for the very first time. Packed houses in every city and exuberant reactions to everything they saw provided a rare bright spot amidst all-time low TV ratings and declining PPV buys back home.

WWF Magazine writer Keith Elliot Greenberg was blown away by what he saw when he joined the tour to report back to readers. "The mood had flattened at the US arenas, then I remember going over to England in '91. The fans were pumped up before the matches even began, which was different from the States where the fans had grown cynical. I recall someone reversing a wristlock and getting applause!

"It was eye-opening to me, to go over to the UK and see how hungry people were for the product. As someone who was writing these articles, it set a fire in me."

For those who missed out, some good news hit the *Ealing Leader* on May 24: "If you were unable to get tickets for the UK Rampage wrestling tour, or missed it on satellite television, you can still get to grips with all the action on a Silver Vision video, UK Rampage, which takes you to the London Docklands Arena."

Ian Allan wasn't hanging around when it came to getting

videos out in a timely manner. He told the *Leader*: "The UK Rampage tape is likely to be the biggest selling in our catalogue as no doubt the thousands of fans watching the shows and the coverage on Sky television, will want to own a keepsake of the event."

While in the UK, the WWF had touched people in more ways than one. Amid the media frenzy and spectacle, a poignant story appeared in the *Shropshire Star* in May.

Stuart Pitt, from Smestow near Wombourne, had tragically passed away from leukemia hours before his 18th birthday. His final wish had been to meet the WWF Superstars – and in his last days, that dream came true. "Stuart was taken by ambulance to the NEC to see the World Wrestling Federation show. He was given VIP treatment and watched the action from a stretcher."

Reading this article, I was incredibly moved. It reminded me of what Tim Parsons had told me about how the WWF would go above and beyond for sick and disabled fans. Among all the silliness and theatrics, moments like this highlight the real impact of this crazy business.

"Stuart was taken backstage to meet his favourite stars, including Jake 'The Snake' Roberts, the Brooklyn Brawler and the British Bulldog. Mr Pitt said: 'They were all wonderful with him. It made his day. He's been very brave.'"

For Stuart, the WWF was a source of joy and inspiration in his most difficult moments. And for countless others, it meant more than just larger-than-life characters and storylines.

For Vince McMahon, the question wasn't whether the WWF would return to the UK in 1991 – it was how quickly they could get back.

VIDEOS
IN EUROPE
SUMMER
MANIA
SURVIVOR SERIES 91
E-180

CHAPTER 9
IAN ALLAN, REEL SUPERSTAR: THE STORY OF SILVER VISION

I WAS HOLDING a tape that would change my life: *WWF Best of Saturday Night's Main Event.* And I had a company called Silver Vision to thank for it.

I pressed play and got dragged into a world of neon lights, pounding guitar riffs, and pure, frenetic energy. This was unlike anything I'd seen before. It was raw, chaotic, and bursting with personality. The garish sets were more '80s than Elton John's old shell suits. Jesse Ventura and Vince McMahon shouted over each other on commentary. And the wrestlers – Hulk Hogan, Randy Savage – boasted a presence and charisma like I'd never experienced.

"The Weasel" Bobby Heenan, being tossed over the top rope like a rag doll. Andre the Giant, bloodied and trapped between the ropes by a neon-green-clad Macho Man. Jake Roberts terrorising everyone with a live snake. The iconic blue steel cage, and Hulk Hogan suplexing The Big Boss Man off the top of it. It was the greatest thing I'd ever seen.

That tape was the spark that ignited my passion for this wild soap opera in bold primary colours, with exaggerated heroes, and larger-than-life villains.

My life has changed a lot since those days of wearing out the same 90 minutes of wrestling footage for months on end; not all of it for the better. Everything felt so much simpler.

There's an ice cream parlour I always go to in Blackpool called Notarianni Ices. I love it, not just because they serve the best ice cream around, but because they only offer one flavour. There's something reassuring about having choices removed. Maybe Steve Jobs was onto something with his cupboard full of identical turtlenecks.

On the flip side, streaming services cause me anxiety. Sometimes, the endless options on YouTube and Netflix are so overwhelming that I end up watching nothing. An evening of doom-scrolling and battling algorithms, unable to make a decision. We live in an era where content is limitless and immediate, and what we watch isn't dictated by a battle for the remote control, or what's on live television. My family can be in the same room watching three different things at once – unless *Gladiators* is on. Dopamine-promising content stalks us in our daily lives on our mobile phones, tablets, and laptops, nagging for our attention.

In the early '90s, you watched whatever was on TV, or you watched a video tape. As a result, my childhood was defined by the handful of video cassettes we happened to own: *The Neverending Story*, *The Labyrinth*, and *Terrahawks* – all of which I rewatched dozens of times, despite them being fairly traumatising. Some of the stuff we watched back then was wild, haunting me more than any 18-rated horror movie I've watched as an adult. We remember the things we owned because physical media offered a rich sensory experience.

To be clear, this isn't going to turn into one of those cringeworthy Facebook essays your nan shares about how everything was better in the past. I *do* enjoy being able to punch a few keys on my laptop and instantly watch Hulk Hogan's training montage from *The Main Event* in 1988[1].

I also like that I can order everything online and have it brought straight to my doorstep – mostly '90s WWF tat from eBay, but it's far more convenient than schlepping around a car boot sale. When I was a kid, though, it was different.

Shrewsbury might not sound thrilling to you, but the Virgin Megastore there was, to me, the most exciting shop in the world. I could happily spend hours there, among the eye-catching cover art of video cassettes and compact discs.

Video rental shops were a portal to another dimension. Hundreds of sleeve designs hit you at once, a sensory overload. If you were lucky, your local shop stocked WWF videos you could hire. If you grew up with parents like mine, you'd watch it again the next morning – whether you liked it or not – to get your money's worth. When it came to WWF videos, I needed no encouragement. Two watches were rookie numbers; it would be played on repeat until the return deadline loomed.

Don't forget – *Be Kind, Rewind.*

In the early '90s, this was our equivalent of YouTube: a mix of things you recorded, things others recorded, and the official releases you bought or rented.

What I saw on Silver Vision videos has stayed with me far

1. The greatest training montage in wrestling history. Hulk Hogan dressed in black, skin like a freshly Creosoted fence, flexing and pumping iron, is straight out of a *Rocky* movie. The accompanying soundtrack would shortly after become Jake "The Snake" Roberts' entrance music. It is the wrestling fan's ultimate deep cut. In the same way some people say you are not a fan of Radiohead unless you have listened to and appreciated *Weird Fishes/Arpeggi*, to me you are not a wrestling fan until you have watched this scene.

more vividly than most of what I've watched on Netflix. It was about the entire experience – the joy of discovery, the thrill of commitment, bringing something home, spending time with it, and letting it linger in your thoughts. There wasn't an overwhelming flood of content or information. All we had was that narrow sliver of action and scattered bits of information, and it felt precious.

That's why the Silver Vision video introduction is etched into the memory of every '90s WWF fan.

> *The best of WWF American wrestling. WrestleMania, SummerSlam, Survivor Series, Royal Rumble, UK Rampage, and many more specialist releases. Available only through Silver Vision. The official distributor of the World Wrestling Federation video.*
> *So if it's bodyslams, side suplexes, clotheslines, dropkicks, and powerslams that you're after, increase your library of WWF videos with some of these spectacular annual WWF events.*
> *Silver Vision. Bringing home to you the very best of the World Wrestling Federation's matches.*

If Merlin's 20p sticker packs were the perfect gateway into WWF fandom, then Silver Vision videos became the ultimate premium product, with their hefty £14.99 price tag. When I hear the words "Silver Vision", I'm taken back to those Saturdays visiting my grandparents. I can still picture the advert in *The Daily Mirror*, listing the latest video releases beneath a photo of Hulk Hogan tearing off his vest. I'm transported to WH Smith, poring over every word on the sleeve, hoping my parents were feeling generous enough to let me take one home.

Silver Vision didn't just produce WWF videos in the UK; they were the gateway to the world of wrestling for fans without access to Sky TV. These tapes offered a chance to experience the shows missed out on, long before Rupert Murdoch's satellite revolution brought wrestling into British living rooms.

Silver Vision became synonymous with the WWF's UK boom, cementing its place in the hearts of a generation. Though VHS has been a dead medium for over 20 years, people still proudly display their collections. Some are buying them for the first time. What Silver Vision managed to achieve defies all logic – a product that's essentially useless in the present day, yet holds immense sentimental value. And, against all odds, these tapes are holding up pretty well in terms of monetary value, too.

Drew McIntyre, the first Brit to become World Heavyweight Champion, reflected on how Silver Vision helped shape his future in his autobiography, *A Chosen Destiny*. He recalled how, growing up, he would pester his parents to buy wrestling tapes and how he watched them hundreds of times until they wore out.

For Drew, those Silver Vision tapes were a key part of his wrestling journey, fuelling his passion and determination to pursue a career in the squared circle.

Kenny McIntosh has built a wrestling media empire, but before that, he was also a Silver Vision customer. "We didn't have Sky. My Grandpa somehow found the Mega Mail catalogue. The first two videos I got were *WrestleMania III* and *SummerSlam '89*, which were watched to death. That was the beginning of it."

For Kenny, those tapes were the gateway to his lifelong wrestling obsession. "My early memories are of the Hasbro figures and tapes from Silver Vision. It was definitely Hogan that got me hooked. Having *WrestleMania III* and *SummerSlam '89* in some ways was just this accidental perfect thing, because if you wanna become a fan of Hulk Hogan, when you watch those two main events you totally get what he was about."

WrestleMania III aired on cable in the UK, but with cable's limited reach, Silver Vision provided most fans their first chance to see it.

"It was just all this big, camp, theatrical stuff. As a kid, those two events were perfect; it was like seeing the best of WWF without even knowing it. If it hadn't been for those shows with Hogan, I don't know if I would have loved it as much as I did."

Silver Vision was such a big deal to so many of us. I wanted to learn more about the company and the man who founded it, Ian Allan. I'd spoken to people who worked for Ian during the DVD era, but details of those early years were scarce.

When I finally tracked down Ian – the man behind so many pivotal memories – and he kindly agreed to speak with me, all the niche questions (some too nerdy to print) I'd held about video cassettes from over 30 years ago could finally be answered.

To start with, I asked Ian to take me back to the very beginning.

"A friend of mine knew I'd been watching some English wrestling and gave me a ticket to see a show in New Jersey," he said. "I remember getting to the coach station in New York and seeing all these strange people boarding, dressed in Hulk Hogan and Ultimate Warrior gear – it all seemed very odd to me.

"When I got to the stadium and found my seat, the guy next to me, dressed as Hulk Hogan, started chatting and asked if we got this on English television. I explained that it had been on, but it wasn't regular. Then the girl sitting behind me said, 'I do like your accent,' so I leaned into it and put on the English accent even more.

"I really enjoyed the event, which featured The Ultimate Warrior, but what stood out the most was the crowd. The fans were absolutely fanatical.

"I started talking to this girl, and she asked for my address, saying, 'I'll send you something.' Lo and behold, I received an

NTSC video [the VHS format used in the US but not the UK]–which, of course, I couldn't play. I knew someone who could convert videos from NTSC to PAL, so I got him to do it.

"When I watched it, I thought to myself, *'This is something special.'*"

In North America, videos were produced by Coliseum Video, with prices that were eye-watering by UK standards. Their first release, *Wrestling's Bloopers, Bleeps, and Bodyslams!* in 1985, was priced at $59.95. Videos in the States were more often rented than purchased, being marketed primarily to stores like Blockbuster, rather than directly to consumers.

Coliseum Video was a small, independent company formed as a joint venture between the WWF and Evart Enterprises. And Evart Enterprises? Well, they were best known for producing, there's no easy way to say this, pornography.

"I looked at the sleeve, saw the details for Coliseum Video, and gave them a call. I told them I was interested in taking the video licence, and they asked me to send in a proposal. Since I'd done that sort of thing at Thorn Lighting – where I was still working – I put together a proposal, and they accepted it.

"My brother had a company importing CDs called Silver Sounds. I said to him, 'I think we should consider doing something'. We decided to set up Silver Vision and split it 50:50."

I asked Ian if Coliseum must have wanted some assurances about what he could deliver. "For the first 12 months, we guaranteed we'd release 12 videos. The arrangement was that they'd send their NTSC masters, and I'd get them converted to PAL. The next challenge was finding a distributor. I approached Warner Brothers and Virgin, but absolutely no one wanted to know.

"A friend of mine who lived opposite had a video shop and gave me the number for someone running a video distribution company called VCI. I eventually got him on the phone, explained that I had three WWF videos, and asked if he'd be interested.

"It turned out he already knew about WWF and had actually tried to get the licence himself. Since I had it signed, he agreed to distribute the first three releases.

"Coliseum sent in the artwork, which I had to adapt. It needed the BBFC certificate and a barcode, so I was learning as I went."

I wondered how easy it was for Silver Vision to get their videos on the shelves, especially considering the dominance of industry giants like Disney and Warner Bros. in the retail space, while the WWF was finding its feet in the UK in 1990.

"He was able to get one copy of each of those first three releases in each WH Smith store. Within a week, they doubled the order. A week later, they doubled it again. And then again the following week. That's when I realised this was going to be quite popular."

The videos were flying off the shelves at WH Smith, but Ian recognised they were at the mercy of the retailers. Those videos could be pulled from the display as quickly as they'd been put up. Ian had a plan. He added a line on the back of the box. *"For further information, contact Silver Vision."*

"They were sending in postal orders, and on my way home from work, I'd start sorting through the mail. My wife didn't know what was happening."

Remarkably, Ian was managing all of this while still employed full-time. Today, influencers would call it a "side hustle". But then he was made redundant – and decided to go all-in on the venture he had started with his brother.

"When I was made redundant, I decided to take the severance package and focus on building Silver Vision. I set up shop in my brother's office, with nothing but a box of files as my desk. That's how it all started."

I didn't expect Ian to hand over his personal financial records from 35 years ago, but I was curious about how royalties worked.

"The deal was with Coliseum Video, not directly with the WWF, because Coliseum held the worldwide licence. So, I was dealing with two guys from Coliseum, who had originally been in the business of producing pornographic videos.

"When I first sent the royalties, they thought something was off, because they didn't expect much. So, they decided to visit me in the UK, to see everything firsthand. They came into my brother's office and I took them to the filing cabinet and said, 'That's where everything is.' After going through it for a while, they looked up and said, 'We don't need to see any more.' That night, we went out and painted the town red."

Adapting US-ready-made WWF content for the UK market was anything but straightforward. While the US used the NTSC video format, the UK relied on PAL – and the two systems weren't compatible.

Only the most hardcore fans would import videos from America. Dual machines that converted the signal were available, but they were expensive and not widely owned. Alternatively, you could import an NTSC machine from the US, but that came with the added complication of needing voltage converters due to different electrical standards.

If you needed proof of how dedicated UK wrestling fans were, this is what some people did before Silver Vision came along. Despite the cost and effort, superfans would go to great lengths to fill in the gaps in their collection.

There were companies that offered tape conversion services, much like developing a roll of camera film. This is exactly what Ian did.

"When I received the NTSC master, I had a duplicate made in

PAL by a company in Soho Square. Then, I took the PAL master to Sony for duplication. The sleeve design needed to be adapted for the UK, so I worked with a company in London. However, they decided that the design was theirs and tried to sue me. I explained that the design was owned by the WWF in the States and all they had done was adapt it for my requirements. Eventually, they backed off. I then went to another company for the design work. Over time, we built up a design department, run by my wife, and a mail-order side of the business – but that came a little later."

Ian went – in the immortal words of Cody Rhodes – from undesirable to undeniable in the eyes of WH Smith. I was curious how long it took other retailers to take notice, and how high street sales compared to mail order.

"VCI had a sales force that secured orders from the retail market. Meanwhile, I was building a mail order database, which was unique. Unlike a lot of companies, I didn't buy my database. This one was made up of fans who were genuinely interested in the releases."

Ian found a solution to the ongoing challenge of housing his ever-expanding release schedule in limited retail space: mail order exclusives. Titles like *WrestleFest* and *Supertape* could only be ordered directly from Silver Vision, at least initially. Customers who ordered by mail were rewarded with a £1 voucher for their next purchase and entry into a prize draw, where they could win a £20 voucher and exclusive merchandise, including a Hulk Hogan quartz watch.

"In the beginning, sales were probably 80% mail order, until the retail business started taking off, and then it reversed completely. After WH Smith, we got into HMV, Virgin, and eventually Woolworths, though they came a lot later. After Woolworths, the supermarkets like Tesco and Morrisons followed. The biggest thrill I had was walking into my local Tesco for the first time and seeing *SummerSlam '92* on the shelf. That was our biggest seller, by far. When we had tickets for *SummerSlam '92* to give to the retail trade, we had so many B-list celebrities asking for them, and that's when I realised how big it was really going to get.

"Some retailers wanted exclusives for a certain period. We always set a minimum quantity of 20,000, and they had the exclusive for a few months before it went on general release."

Ian told me that the average number of videos sold per release was 25,000 copies, with 75% of sales happening in the first three months. Between 1990 and 1993, Silver Vision released 75 titles, with some, like *SummerSlam '92*, taking off in a big way.

Ian sent me a photograph of a British Video Association (BVA) Platinum Performance Award from December 1992, marking sales of over £1million for *SummerSlam '92*. But that wasn't the only award he received. He also shared a photo of a BVA Gold Performance Award from January 1992, recognising £500,000 in sales for *SummerSlam '89*. What's astonishing about this award is that it was for a show already more than two years old – proof that British fans, new to the product, were buying up releases of older events in droves.

"WWF must have received millions in royalties over the years from Silver Vision, which put me in a position to make certain demands. One of those was exclusive footage, like *UK Fan Favourites*, which was produced specifically for the UK market. Because we were able to pay enough in royalties, WWF was willing to create content just for us.

"That was one of the great things about working with the WWF – the quality of the programmes they produced was excellent."

Ian described Vince McMahon as "very easy" to work with, a sentiment not always echoed by others in the industry. This collaborative relationship helped Ian build Silver Vision into a vital part of the UK's WWF experience.

"When Vince gave a lecture at Cambridge University, I had

lunch with the McMahons at Gaucho. I found Linda McMahon to be an absolutely lovely person. I met her quite a few times, and for some reason, despite all the people she met, she always remembered my name. She was just a lovely person. Vince was quiet."

It's no wonder Ian was popular at Titan Towers. Royalties were paid directly to the WWF from 1997, when Coliseum lost the licence.

"I come from a marketing background. At every opportunity, I advertised in the WWF programmes, and whenever *The Daily Mirror* or any other newspaper ran a special offer, I grabbed that chance. That's something the WWF appreciated because I wasn't just promoting the videos for the royalties – they were also getting broader exposure. At the time, they needed all the promotion they could get.

"These videos were being sold at £14.99. What we tried to do was add as much value as possible. I persuaded WWF to include exclusive footage just for the video. I also occasionally included a folded, shrink-wrapped poster with the video. Companies like Hasbro wanted to promote their figures, and they gave us – if I remember right – 5,000 figures."

I was glad Ian brought that up.

Silver Vision rewarded loyal mail-order customers with freebies. If you bought *Survivor Series '87*, you'd get a free pair of Bret Hart sunglasses. *Royal Rumble '89* came with an Ultimate Warrior poster, and *WrestleFest '91* included a free Hogan bandana. But the most famous of all was the Hulk Hogan action figure that came with the *Saturday Night's Main Event* video.

The Hogan "mail-away" is now one of the most coveted items in WWF merchandise collecting. Hasbro wanted to promote their WWF action figures in the UK and provided Silver Vision with 5,000 Hulk Hogan series one figures to give away. Another promotion followed for 5,000 more – this time series two Hogan figures. Mint condition figures in their original sealed bags can change hands for thousands of pounds today – and no, Ian doesn't have any left.

UK kids obsessed with his videos didn't know Ian Allan, but he felt a deep responsibility toward them.

"I was always very conscious that the videos were being watched by kids, which is why I asked the WWF to produce a segment at the beginning that said, 'Please don't try this at home'. Eventually, Sky took that up, and the WWF did too. I had to work my way into the good books of the BBFC. In the beginning, the videos were sold as sports videos, so I didn't need a certificate. But they changed that, and eventually I had to submit each release for certification."

I asked Ian if he ever considered cutting footage to appease the BBFC. Channel 4, who acquired WWF broadcast rights in 2000, incurred the wrath of fans when they started censoring shows. They were fine airing *Eurotrash* on a Friday evening, but Trish Stratus going through a table at 3am was deemed a bit much.

The idea of censorship was a resounding "no" from Ian. "It didn't matter to me if it wasn't a U, or if it was a 12 or a 15, because I knew it wouldn't interfere with sales. I thought it was more important not to cut or censor the tape."

Ian was a fan before he became the king of UK wrestling video. I asked if he remained a fan or if working with the WWF became more of a busman's holiday.

"I went to most of the UK events because I took retail customers with me. I received a number of complimentary tickets from the WWF. The buyers would bring their kids, and I was able to arrange for my guests to meet some of the wrestlers backstage, which the WWF kindly organised.

"I also went to every *WrestleMania* from *V* up to 2012. As part of marketing, I took retail buyers with me to *WrestleMania*. It was always very enjoyable. We'd have an arranged dinner on the

Friday night, and because I had these retail buyers with me, WWF would often arrange for one or two wrestlers to come to our dinner.

"I was very friendly with Davey Boy Smith. He'd often phone me, and once he even pretended to be Vince McMahon, demanding that I send more royalties over. I actually thought it was really Vince! Bret Hart was a very nice guy. I had lunch with him once – he was quiet, polite, and easy to get along with. I got on well with him. I met most of the wrestlers at that time."

These personal connections extended to fans, as Ian saw firsthand. "I spent a lot of time with the WWF whenever talent came over to the UK, arranging meet-and-greets and signings at various stores."

Personal appearances were one of the things that set WWF apart in the world of entertainment. Movie stars were only seen on the screen, but with the WWF, you could see the stars in the flesh. As Kenny McIntosh pointed out to me: "If you got a toy of *The Terminator*, you weren't going to Wembley Arena to see Arnold Schwarzenegger."

"There was a time we had a meet-and-greet with The British Bulldog at a Blockbuster Video, I think it was in Maidstone," said Ian. "Blockbuster weren't used to doing meet-and-greets, so they hadn't set up the proper barriers. People started surging forward, and kids began crying. Davey Boy Smith had to stand up and tell everyone to calm down. It got a bit scary because there were so many people in the store, and the security guards were starting to get overwhelmed. Normally, signings were done in stores like HMV or Virgin."

Silver Vision continued to grow, moving to new offices and expanding with Queensway Digital, the division run by Ian's wife, which handled converting master tapes. At its peak, Ian employed 36 people and established branches in Italy, France, Belgium, and Holland.

Not everything went smoothly. Ian shared that the transition from VHS to DVD nearly ended Silver Vision. He was left with a warehouse full of tapes that no one wanted. Despite the setback, Silver Vision found a way to adapt and continued for many more years.

I mentioned that people still collected videotapes. Ian seemed surprised. "But the tapes must deteriorate over time, surely?" he said. A minor detail for the superfans.

In 2011, it came to an abrupt end. The Enfield riots that summer sparked a fire that destroyed 60,000 DVDs before the crucial Christmas rush[2]. Meanwhile, Fremantle, who long coveted the license, seized the opportunity and took control while Ian struggled to meet his royalty guarantee without any stock. Even with its abrupt end, Silver Vision's impact on UK fans remains undeniable.

Ian looks back on his two-decade-long run with fondness.

"I never would have believed anyone if they'd told me what would happen in the beginning. Running Silver Vision was such an enjoyable time in my life.

"My wife and I had a lot of fun running the company. There were ups and downs, but overall, it was a wonderful experience and very enjoyable. I wouldn't have missed it for anything.

"I'm really proud of the way the company ran. We were fortunate to have some fantastic employees, especially those working in the mail order department. They spent hours talking to fans on the phone, and they were always so patient. We tried to run the business as honestly as possible, and I hope that came through."

---

2. The riots erupted after the shooting by police of Mark Duggan in Tottenham and spread across London and other regions, resulting in arson, looting, assault and murder.

For two decades, Silver Vision's tapes were doorways to a world of larger-than-life characters and unforgettable moments.

When you bought a WWF video, it was real. You could see it, hold it, and display it proudly on your shelf. In today's digital world, everything exists in the cloud and is always available, but it lacks that same connection. You don't invest in it the same way – with time, money, or emotion. It doesn't have a physical presence in your home, making it easier to forget.

Silver Vision was an integral part of our lives, leaving UK WWF fans with a lifetime of cherished memories. Ian Allan's dedication and vision made that possible.

It stood as one of the five pillars of WWF's success in the UK, alongside Merlin, *WWF Magazine*, Hasbro, and Sky. Silver Vision left an indelible legacy, and Ian deserves to be celebrated for the crucial role he played in fuelling the UK's WWF craze.

9 must-see Silver Vision releases (1990 - 1993)

SummerSlam '92 – *The biggest selling video Silver Vision ever released and a legendary, record-breaking show.*

Battle Royal At The Albert Hall – *A UK exclusive and an iconic event with British hero Davey Boy Smith on top.*

Greatest Steel Cage Matches Ever – *Everyone's favourite type of match growing up.*

Hulk Hogan: Real American – *The first in the collection and the one that kickstarted the craze for so many.*

UK Fan Favourites – *Featuring Bret Hart vs Shawn Michaels and Randy Savage vs Ric Flair.*

UK Rampage '92 – *Featuring Randy Savage vs Shawn Michaels, and Davey Boy Smith in the main event.*

Davey Boy Smith: The British Bulldog – *Features one of Smith's earliest matches against Shawn Michaels.*

Invasion '92 – *Featuring Ric Flair vs Bret Hart* and *Ric Flair vs Shawn Michaels. Lovely.*

Supertape II – *A mail order exclusive featuring lots of MSG goodness, including Piper vs Rude in a steel cage.*

RAH

CHAPTER 10
EUROPEAN RAMPAGE AND A BATTLE ROYAL AT THE ALBERT HALL

> Oh, he did it! Oh, my word! Great, great, great stuff Davey, the emotion here is absolutely overwhelming. Davey Boy, The British Bulldog, you pulled it off! Oh, that's tremendous!
>
> LORD ALFRED HAYES, *BATTLE ROYAL AT THE ALBERT HALL*

AFTER THE RIP-ROARING success of their UK excursion, it was back to the USA for five months as WWF faced the challenges of a creative slump in 1990 and a controversial start to 1991.

The company was grappling with a star power shortage, as Hogan was set to take time off for movie commitments after the next pay-per-view. Morale within the roster was reportedly low, compounded by live event cutbacks that reduced earning opportunities for talent.

The plan to drive Hogan-less business hinged on pitting The

Ultimate Warrior against The Undertaker in Casket and Bodybag gimmick matches.

Clearly, McMahon believed they had struck a chord after unsettling children in late 1990 with The Undertaker's debut and a blinded Jake Roberts. Leaning further into horror and WWF's "scarred for life" era, more terrifying angles came in '91 – starting with The Ultimate Warrior.

Paul Bearer, The Undertaker's manager, issued an open invitation for someone to appear on the "Funeral Parlour" segment of *Superstars of Wrestling*, broadcast in the US on April 13. The Ultimate Warrior answered the call.

As Bearer taunted Warrior, The Undertaker emerged from a casket, attacked him, struck him with his urn, and locked him inside the coffin. Vince McMahon and Randy Savage on commentary drove home the peril and repeatedly emphasised that the coffin was airtight. The camera lingered on the frantic attempts to open it – first with a crowbar, then a chisel and hammer, and finally, power tools. *"Give the man some air!"* McMahon cried.

Five men struggled to pry the casket open, working for what felt like an eternity, until the lid finally popped. Warrior appeared lifeless. CPR was performed, but he remained unresponsive, and it was heavily implied that The Undertaker had just committed homicide. *On a show for kids!*

Six months after I'd believed Jake Roberts was blind, my friends and I, along with children across the UK, were convinced we had witnessed an actual murder. (This does make me worry that, as a child, I was thick as shit.)

Finally, five minutes after the coffin was sealed, Warrior began to show signs of life, with faint head and arm movements. Relief washed over us all.

WWF further capitalised on the angle with an article in the August 1991 *WWF Magazine* titled "The Darkness Is In Me

Forever". In it, Keith Elliot Greenberg described Warrior as "thrashing in his sleep, soaking the sheets with sweat" and recalling "the sealed confines of the casket, his fingernails desperately ripping at the material on the inside". Pretty dark.

Vince McMahon had tapped into something with his murderous zombie creation. Crowd reactions took an unexpected turn in the subsequent house show matches between The Undertaker and Warrior. Dave Meltzer reported: "Problematically crowds had started to turn pro-Undertaker, fans even booing when attempts to stuff Warrior in a bodybag were foiled by other babyfaces." Times and tastes were changing.

Jake Roberts also became involved in the angle on *Superstars*. During the "Funeral Parlour" segment, Roberts threatened Paul Bearer, claiming he would share the "secrets of the darkness" and the "secrets of The Undertaker" with the Warrior to help him in his battle with The Deadman.

In subsequent episodes, Roberts escalated the mind games, locking Warrior in a casket and burying him alive as part of his "training".

"We were out in this fucking graveyard at 3am shooting this shit," Jake Roberts later recalled on his podcast *The Snake Pit*.

By the August 17 *Superstars*, Roberts' menacing new heel persona was fully revealed. He locked Warrior in a room full of snakes, where he was bitten and poisoned. As Warrior tried to crawl away, his hands found the feet of... The Undertaker. This was pure cinematic madness.

"We had over 200 snakes in that room," Roberts said. "And we told him, 'Slide your feet through them. That way you won't step on them, you won't get bit'.

"What did he do? He just went in there and stomped around, man. He got bit several times [laughs]. It was funnier than shit, man!"

However, the disturbing feud wouldn't carry over into the pay-per-view. Neither The Undertaker nor Jake Roberts appeared at *SummerSlam* that year. Instead, fans were treated to something *far* removed from bodybags and caskets.

SummerSlam '91 (A Match Made in Heaven, A Match Made in Hell!) marked the first pay-per-view at Madison Square Garden in three years. The event featured a wedding ceremony as the co-main event. Sky aired it on Tuesday, August 27, at 8pm.

Davey Boy Smith was featured in the August 1991 edition of *WWF Magazine*, with the article focusing on his ambition to capture Mr. Perfect's Intercontinental Championship. Playing fast and loose with geography and facts, readers were told:

"Bulldog and Winston recently returned to the United Kingdom during the WWF's UK Rampage tour. There, the Bulldog says, he went back to basics. He returned to the same musty gym in London where he had packed on mountains of muscle in the early days of his wrestling career."

The piece also claimed that while in London, Smith had worked on a game plan with none other than Led Zeppelin's frontman, Robert Plant.

"The Bulldog had a chance to talk with Plant – who happens to be a devoted WWF follower – while in the United Kingdom. Plant, says the Bulldog, stands behind his countryman 100% in his effort to bring the Intercontinental Title back to the Queen's land. 'Robert Plant told me that he's supporting me every inch of the way in my quest for the Intercontinental Title,' says the Bulldog."

It sounds like a classic case of *WWF Magazine* writers using poetic license to entertain readers. But this time, the story was true. Mike Chioda, who began refereeing for the WWF in 1989, revealed in an interview for *Wrestling Life Online* that Plant was a huge fan and was backstage at a Birmingham show.

Despite wrestling Mr. Perfect for the title on the house show loop in May and June, Smith wasn't in the championship picture when *SummerSlam* rolled around. Instead, he teamed up with the returning Ricky Steamboat and The Texas Tornado in a six-man tag match, where the trio defeated The Warlord and Power and Glory.

Steamboat, who had left the WWF in 1988, was now known simply as The Dragon[1]. Repackaged in a dragon outfit, he added fire-breathing to his ring persona. Presented as a new character aimed at a younger audience, there was no mention of Steamboat's past as Intercontinental Champion, a title he won at *WrestleMania III*. Wrestling purists may have hated it, but this new persona made for a much more memorable Hasbro figure than his previous incarnation – and that's what we cared about most.

Bret "The Hitman" Hart ended up being the man to challenge Mr. Perfect at *SummerSlam* and they delivered a bona fide wrestling classic. It left a lasting impression on fan Chris Scull: "The first time I really liked a heel was Mr. Perfect. I can tell you the exact match too – it was *SummerSlam '91*."

But it often wasn't the quality of matches that left an impression on us back then. "What I loved about Mr. Perfect was that he would enter the match looking pristine, and by the end, he'd look absolutely fucked. His hair would be all over the place. I remember that *SummerSlam '91* match – Bret Hart stripped him down, ripped his outfit off, and he looked like he'd been through a total war."

---

1. Steamboat told Hannibal TV he'd requested two weeks off to be home for the birth of his first child in June '87, and Vince McMahon agreed. But shortly after, McMahon took the Intercontinental Championship off him, despite previously promising a year-long run. "It rubbed me the wrong way," said Steamboat, who then informed McMahon he'd be taking six months off instead. He returned to the WWF in July, but the relationship had soured. When it became clear he wouldn't be getting the title back – or anything meaningful – he left after a first-round defeat in the *WrestleMania IV* tournament. His 1989 trilogy with Ric Flair in the NWA is still widely regarded as one of the greatest series of matches in wrestling history.

Sid Justice, a recent acquisition from WCW, joined the WWF during this period of transition. The 6ft 9in, 310-pound towering powerhouse – who seemed destined to succeed Hulk Hogan as the top star – made his first major appearance as the guest referee in the Match Made in Hell. The showdown saw Hogan and Warrior team up against Sgt. Slaughter and Colonel Mustafa (formerly the Iron Sheik).

After *SummerSlam*, Warrior vanished from the WWF, leaving fans without any payoff to his feud with The Undertaker or the unresolved "secrets of the darkness" angle. "Oh, man. I can only dream of what might have happened," Jake Roberts reflected.

Vince McMahon had his first major falling out with Jim "Warrior" Hellwig. This led to an initial 90-day suspension for "unprofessional conduct".

Hellwig, unhappy with his pay for *WrestleMania VII*, had sent McMahon a handwritten letter on July 10, 1991, demanding the same terms as Hulk Hogan. "I meant as much or more to that show as Hulk – I deserve to be paid the same (I know what Hulk will get)."

McMahon responded in writing on July 13, 1991, agreeing to Hellwig's demands. Everything seemed back to normal – until it wasn't.

On August 26, the day of *SummerSlam*, McMahon handed Hellwig a letter when he came backstage after his match.

"Unfortunately, it now appears the fame that you have obtained through the efforts of Titan has gone to your head. Frankly, you have become impossible to work with, and have completely forgotten your obligations to Titan and WWF fans, both ethically, professionally and contractually.

"You have become a legend in your own mind."

Titan staff were informed of the suspension the following day. Hellwig attempted to quit, but his release wasn't granted. He was sent home and wouldn't resurface in the WWF until April of the following year at the conclusion of *WrestleMania VIII*.

There was craziness on-screen too at *SummerSlam '91*. The Mountie faced The Big Boss Man in a Jailhouse Match, with the stipulation being that the loser would spend the night behind bars. The Mountie was horrified as he was carted off to his prison cell, hamming it up for the cameras. It was classic early '90s WWF.

The Match Made in Heaven was a change of pace – the reunited Randy "Macho Man" Savage and Miss Elizabeth tied the knot in the middle of the ring. *SummerSlam* climaxed with a wedding, for a couple who had been married for nearly seven years in real life.

The couple's wedding reception was filmed for cable and syndicated programmes. In typical WWF fashion, the lovey-dovey atmosphere didn't last long. Jake Roberts – now a disturbed and disturbing heel – crashed the celebration.

As Elizabeth opened her gifts, Roberts' king cobra, given the charming name Lucifer, leapt out of one of the boxes, sending the event into chaos. But Lucifer wasn't the only unwelcome guest – The Undertaker appeared and struck Savage with his urn. It was a special day.

Sid Justice wasn't the only 1991 debutant as the WWF sought to revive the product Stateside.

Barry Darsow, formerly known as Demolition Smash, was repackaged as Repo Man – a sneaky, skulking heel dressed in grey with a Lone Ranger mask, prowling around repossessing property. Vince McMahon enthusiastically informed *Superstars* viewers that Repo Man "optimises sneakiness". It was an absurd but undeniably memorable gimmick.

WWF Magazine added to the mystique with their typically

dramatic flair in the January 1992 edition: "WWF's Repo Man, who brings a towing winch to the ring with him, says people will become accustomed to his trade. He emerged from a clandestine junkyard and has vowed to repossess the careers of all his opponents. Every wrestler in the WWF better beware because the Repo Man is here to take their cars and their homes."

Because nothing says wrestling villainy like a masked debt collector with a winch.

He had tire treads across his gear, designed to look like he'd been run over – which, on the surface, doesn't make much sense (not that I questioned it for a second as a seven-year-old).

Years later, Corey Graves cracked the mystery. After watching a reality show, he discovered that repossession workers are more likely to be run over than any other profession. "Repo Man's attire might have been the most logical of any WWE superstar of that era," Graves remarked.

Skinner was introduced in classic WWF fashion: a series of vignettes[2]. In the summer of 1991, the man from the alligator-infested Florida Everglades promised to slaughter WWF superstars as he did alligators in the southern swamps. Despite his brutal finishing move, the Gatorbreaker, Skinner is better remembered for his disgusting habits, notably chewing tobacco and dribbling it down his beard and clothes.

Both Repo Man and Skinner were immortalised with their own Hasbro figures, preserving their legacy in WWF history –

---

2. The man behind Skinner, Steve Keirn, had been wrestling since the '70s and racked up a staggering list of accomplishments – most notably 17 AWA Southern Tag Team Championships, 14 of them as one half of The Fabulous Ones with Stan Lane. After retiring from the ring, his wrestling school became a legendary WWE developmental territory: Florida Championship Wrestling (FCW). There, he trained some of today's biggest stars, including future WWE Champion Drew McIntyre. "I owe so much of the success of my wrestling career to Steve Keirn," McIntyre wrote in the foreword to *The Keirn Chronicles: Volume Two*. "I wouldn't be where I am today without him."

even if their matches made little impact beyond the imaginations of WWF-obsessed kids from this era.

Irwin R. Schyster, or IRS, made his debut in 1991. The man behind the character, Mike Rotunda, was previously part of the two-time WWF Tag Team Champions The US Express in the '80s. Now repackaged as a tax man for his singles run, McMahon's fascination with vocational characters struck again.

The most impressive acquisition was NWA icon Ric Flair, the biggest star in wrestling outside of the WWF. The reigning WCW Champion had fallen out with WCW executive Jim Herd – a former executive of Pizza Hut – and waltzed into WWF still holding their belt, declaring himself "the real World Champion".

For wrestling purists familiar with the world outside of the WWF, the addition of Flair was a *major* coup. He was considered by many experts to be one of the all-time greats when it came to technical ability in the ring.

But for kids like me, Ric Flair seemed a bit dull. Sure, he wore custom-made $10,000 robes, but it all felt too... well, serious. We were the kids who tied neon shoelaces around our arms, painted our faces, and idolised over-the-top characters. We knew nothing of The Four Horsemen and didn't care about how many 60-minute broadways he'd wrestled in the territories.

Flair didn't have the cartoonish look of a WWF superstar, but he did have the personality. His rule-breaking antics, unmatched charisma, and electric promo ability made him a natural fit for Vince McMahon's larger-than-life brand. On top of that, McMahon held a golden opportunity to turn every fantasy booker's dream match from the '80s into reality: Ric Flair vs. Hulk Hogan.

The WWF was trying to freshen up its product, but trouble was brewing outside the squared circle. In June, the first major steroid trial with ties to pro wrestling began. Dr. George T.

Zahorian III faced a potential 44-year prison sentence for selling steroids to wrestlers.

Although neither the WWF nor any of its wrestlers were charged with illegal activity at the time, the scrutiny was intense. As a precaution, they announced a new internal steroid testing programme. Company spokesperson Basil DeVito released a statement to the media, reported in the *Wrestling Observer*: "WWF only seeks to provide wholesome family entertainment and set a positive example for the youth of America."

The Zahorian trial placed drug use in professional wrestling under intense media scrutiny across the US. In an effort to counter the growing negative publicity, WWF sent Hulk Hogan onto *The Arsenio Hall Show*. The appearance backfired spectacularly[3]. Vince McMahon later appeared on *Entertainment Tonight* in a desperate attempt at damage control, but the controversy continued to escalate. The situation was a ticking time bomb.

Hulk Hogan's new movie, *Suburban Commando*, stirred up controversy for entirely different reasons. It was his first film without Vince McMahon's Titan machine behind it and it was panned by critics. While bad reviews were nothing new for Hogan, *No Holds Barred* at least made some money. *Suburban Commando*, however, was both a critical and commercial flop.

In the film, Hogan played Shep Ramsey, a space warrior temporarily stranded on Earth while his spacecraft recharged. Shep's awkward attempts to navigate suburban life in California – learning to skateboard and mistaking a video game for an intergalactic war – delighted my seven-year-old self, even if the critics didn't share my excitement.

3. Hogan went on *The Arsenio Hall Show* and according to Bret Hart in *Hitman*: "Flat-out lied and looked bad doing it". Dr. Zahorian had already said under oath in court that Hogan had been a heavy steroid user from the day he met him in 1984. Hogan told Hall he'd only ever used them once to treat an injury.

WWF had its own box office concerns, following a 15% drop in sales from the previous year.

Adding to the pressure, TV ratings in September were also down, with a WCW show outperforming WWF on cable.

Vince McMahon was cutting costs to keep the WWF afloat. A new regionalised US tour schedule reduced travel expenses, ticket prices for live shows were increased by a dollar, and 10% of the office staff were "wished well in their future endeavours".

Meanwhile, McMahon's cost-cutting measures funded a new pet project: the World Bodybuilding Federation (WBF). As McMahon attempted to revolutionise bodybuilding as he had the world of wrestling, WBF athletes received lucrative guaranteed contracts – a perk denied to WWF wrestlers – which further dented the already plummeting morale of the roster.

The WBF was a financial disaster on every level. Despite heavy promotion on WWF programming, in *WWF Magazine*, and through McMahon's signature marketing strategy of celebrity endorsements, the venture failed spectacularly. It barely lasted two years.

While the WWF was struggling to connect with US audiences, it was delivering great television: a solid *WrestleMania*, Bret Hart and Mr. Perfect's all-time classic at *SummerSlam*, and Jake Roberts and The Undertaker emerging as genuinely terrifying heels showcased the creative highs of the era.

Meanwhile, us Brits couldn't get enough of the WWF. Every forthcoming UK show sold out on the first day of sales. The timing couldn't have been better for the superstars to pack their suitcases and head across the Atlantic.

The WWF returned to the turbulence-free sanctuary of the United Kingdom. The April *Rampage Tour* was hailed as "probably its most successful overseas tour in history," in the May 18, 1991 edition of the *Wrestling Observer*.

The second European tour of the year introduced fresh faces to UK audiences, including The Nasty Boys, Ric Flair, The Big Boss Man, The Mountie, The Legion of Doom, and Typhoon.

In the early-to-mid '90s you needed to be very careful when disclosing your employment history to Vince McMahon as there was a good chance you would be saddled with an occupational gimmick.

If you were unlucky, you could end up as a plumber, a dentist, or even a NASCAR driver sent out to the ring in a chequered flag print spandex leotard[4]. Or you could strike it lucky and land an iconic role.

Ray Traylor fell into the latter category when the former corrections officer from Cobb County, Georgia became The Big Boss Man.

Traylor's list of accolades don't do The Big Boss Man justice as one of the WWF's most memorable characters between '88 and '93. In an era dominated by Hogan, Warrior, and later Hart and Smith, the fact that Boss Man was picked as a merchandise-worthy star on the UK tours is testament to the job he did in making the audiences believe in his character. His epic theme music performed by Survivor front man Jimi Jamison didn't hurt, either.

Every great cop movie features corruption and, in this case, The Mountie played Denzel Washington to Boss Man's Ethan Hawke. Jacques Rougeau was handed the Canadian police heel gimmick at the start of the year, a role that *WWF Magazine* gleefully framed: "The Royal Canadian Mounted Police are

4. These all really happened, tragically. TL Hopper, Isaac Yankem DDS, and Thurman "Sparky" Plugg represented the very worst of Vince McMahon's obsession with giving wrestlers day jobs in the mid '90s.

considered to be some of the most determined law enforcers in the world," it informed us. "The WWF's Mountie seems to use his badge to bully people. He's far from helpful. Actually, he's openly prejudiced."

Typhoon was another repackaged character. Since joining the WWF in 1989, Fred Ottman had been known as Tugboat – a human embodiment of Popeye, but with Bluto's face and rotund physique. In 1991, McMahon ditched the old-school sailor outfit, turning Ottman into Typhoon and pairing him with Earthquake to form The Natural Disasters[5].

The Legion of Doom were among the most popular tag teams in the UK, rivaled only by The Bushwhackers. While their multiple WWF runs left a lasting impression, many fans consider their earlier days as The Road Warriors in the NWA and Japan to be their true peak.

Hailing from the South Side of Chicago and weighing a combined 570 pounds of pure muscle, The Road Warriors dominated the tag team scene in the '80s. Their hard-hitting, no-nonsense style and legendary entrance to Black Sabbath's *Iron Man* made them trailblazers and fan favourites.

Despite their dominance, the team often found themselves compared to three-time WWF Tag Team Champions Demolition, who were widely regarded by wrestling insiders as a watered-down imitation of the Road Warriors. However, while Ax and Smash achieved tremendous success in the WWF and are often ranked as the company's greatest tag team, their original lineup never competed in the UK. By the time the Smash-and-Crush iteration appeared on the first *Rampage Tour* in 1991, Demolition's prominence had begun to wane.

5. Tugboat turned on fan-favourites The Bushwhackers, tossing Butch out of the ring and splashing Luke on the 15 June 1991 *Superstars*. There were a lot of very sad-looking children in the crowd.

In contrast, The Legion of Doom debuted at the height of WWF's expansion into the UK, instantly captivating audiences. While their gritty, brutal personas were toned down for the family-friendly WWF product, their larger-than-life aesthetic and unmatched marketability made them iconic. With their unforgettable red-and-black spiked shoulder pads, LOD became a merchandising juggernaut, creating one of the most coveted items in the WWF catalogue for kids during the early '90s.

The most notable absentees from the tour – aside from Hogan and Warrior – were Bret Hart, Randy Savage, Ted DiBiase, and Jake Roberts.

"European Rampage, October 3 on Sky Movies Plus, live from the Royal Albert Hall...you better see it to believe it!"

Wrestling first graced the Royal Albert Hall in 1904, with Dale Martin Promotions reviving the tradition in 1957. By 1963, even Prince Philip was in attendance, watching stars like Jackie Pallo and Mick McManus compete. During the second British wrestling boom, Dale Martin Promotions hosted their annual *Extravaganza* events at the Hall, with Greg Valentine winning the Royal Albert Hall Challenge Trophy in September 1984.

All Star Wrestling promoted the Hall's final British wrestling event on 24 April 1987, just before it vanished from television.

Then came the WWF. On October 3, 1991, wrestling returned to the Hall in spectacular fashion. Sky Movies Plus broadcast the event live, sponsored by *The Daily Star*, and in every sense it eclipsed its predecessors.

Sky initially marketed the event as *European Rampage*, the name of the tour. Later, regional adverts featuring stars like Tito Santana referred to it simply as *Battle Royal*. Eventually, it became widely known as *Battle Royal at the Albert Hall*, thanks to the Silver Vision video release shortly after the event.

Before the cameras started rolling, the event featured dark matches involving British talent – once again to meet the UK government's requirements. Among those competing was Steve Regal, whose mentor Terry Rudge had orchestrated his involvement in the event. Regal told *Inside The Ropes* magazine: "Without me knowing it Terry called Lord Alfred Hayes – who he had not seen in 20 years – and said, 'There's a lad that I'm working with. I think he'd be good for you.'

"And out of the blue a FedEx turned up at my house in Blackpool telling me to go to the Albert Hall. I was like, 'What!?'"

When the Sky show began, the Victorian elegance of the Royal Albert Hall was juxtaposed with a sea of foam hands and painted faces. Those things overtook the *Blue Peter* badge and *Blockbusters* jumper as my most desired item from TV at the time.

Marble columns and decorative archways framed the spectacle, while neon floodlights highlighted the intricate mouldings and vibrant banners. The crowd's energy added a uniquely British touch – flags being waved like a Jubilee street party, while the horns and football-style chants set a tone distinct from the American shows.

Sean Mooney later reflected on the atmosphere of *Battle Royal at the Albert Hall* during his *Prime Time* podcast: "I remember being up in one of the balconies before the event had started and seeing this wonderful decorum there. It was a tremendous event."

The commentary team received a major upgrade for this event, with Gorilla Monsoon and Bobby Heenan stepping in as our A-list hosts. Heenan's sharp wit and timing made him the ideal foil for Monsoon's straight-laced authority, creating one of the most beloved commentary duos in wrestling history. At the Albert Hall, they were in rare form. Perhaps it was the freedom of broadcasting exclusively for a UK audience, but the usual restraints seemed to vanish, allowing them to unleash their full comedic brilliance together.

First through the curtain into the grand, circular hall were The Nasty Boys, Jerry Saggs and Brian Knobbs. Their leather jackets and neon, paint-splattered attire starkly contrasted with the cream-coloured walls and luxurious setting of the venue. The crowd came alive, leaping from their plush, deep-red seats as The Rockers were introduced. But the energy deflated when Sags used Jimmy Hart's megaphone to score a cheap victory over Marty Jannetty.

Ric Flair next arrived on the scene, looking as if he'd stepped out of the Royal Box that overlooked the auditorium, wearing a green and gold sequined robe. Strutting into the ring, he proudly displayed the WCW title belt[6]. But I'm not so sure what Her Majesty would have thought about Flair exposing Tito Santana's bare backside as he held him down for the win.

Earthquake defeated The Big Boss Man after interference from The Mountie, making it three consecutive wins for the heels on a night dominated by long matches and victories for the bad guys.

The grand organ – the centrepiece of the hall's design – accompanied The Undertaker's ring entrance, played by an organist dressed as *The Phantom of the Opera*. It was a precursor to the elaborate entrances that would become The Phenom's trademark in later years.

In a callback to '89, his opponent Jim Duggan got the UK audience chanting "USA! USA!" before being disqualified for belting The Undertaker with his 2x4 – four out of four now for the heels.

The Mountie, with Jimmy Hart in tow, pinned the Texas

---

6. Flair had put down a $25,000 bond for the WCW Championship, which Jim Herd refused to reimburse. So, Flair took the belt with him to WWF TV, sparking a lawsuit from WCW. Eventually, a settlement was reached – Flair returned the belt and received his $25,000 back, along with $15,000 in interest.

Tornado after illegally using the ropes, maintaining the streak for the bad guys.

Gene Okerlund took some liberties with UK geography when he told us that The British Bulldog was from "just around the corner, up north."

The Bulldog made sure to highlight his keen sense of smell. "That's right, I'm excited, Mean Gene. The British Bulldog's at home. And what did we say to each other on the flight over here when we landed at London airport? I said, 'I smell something, Mean Gene'. I said, 'I smell victory'. The British Bulldog smells victory in his hometown. He smells victory against The Barbarian, coming up pretty soon. And then, Mean Gene, I smell victory in that 20-man battle royal. Earthquake, Typhoon, there's an old saying in England, 'The bigger they are, the harder they fall'; and you will fall to the feet of The British Bulldog right here in the Royal Albert Hall."

"You know, that's an old saying in Brooklyn too," Mean Gene added. Yes, and everywhere else.

The Legion of Doom received a huge ovation, with plenty of kids in the crowd sporting replicas of their trademark spiked shoulder pads. They defeated Power and Glory in a repeat of their *WrestleMania VII* encounter, though this time it took them nine minutes instead of 59 seconds. Animal pinned Roma after a powerslam.

As much as I like to poke fun at Lord Alfred Hayes' nervous handling of live microphones, it was genuinely touching to see him receive a big introduction and a warm reception. He was the UK's link to the first two *WrestleManias*, and it was nice to see him get a special moment.

The glass-domed roof nearly came off the building as Davey Boy Smith made his entrance. He stopped at the top of the entrance steps, spread his arms to display his Union Flag cape, and delivered an emphatic thumbs-up to the rabid audience, who waved mini Union Flags back at him.

Smith looked about 10 stone heavier than in his *World Of Sport* days a decade earlier. Bloodied but triumphant, he defeated The Barbarian with his signature running powerslam, sending the crowd into a frenzy as flags waved across the ornate interior.

When Bobby Heenan said, "Only in the World Wrestling Federation could you get 20 guys fighting for a teapot," I thought he was being his usual mischievous self. It turns out the Battle Royal trophy, which at first glance looked like the FA Cup, was literally a metal tea urn. It was like Cody Rhodes being handed a Nespresso machine at a Saudi Arabia show.

Ten minutes after The Bulldog defeated The Barbarian, Smith was back for the battle royal. Roddy Piper, the final entrant, had promised in his pre-match interview to take English footballer Paul Gascoigne out "to the disco" if he won. But it was Smith who was the last man standing, after defeating The Mountie and Typhoon in the final three. He collapsed in the centre of the ring after his victory, only to be attacked by The Natural Disasters and ultimately saved by Andre the Giant.

The night after, on October 4, 1991, the WWF held a major house show in London, returning to Wembley Arena for the second time that year. *The Times* reported that the sellout – a staggering 56 minutes after tickets went on sale – was the fastest in the building's history.

The British Bulldog, accompanied by Andre the Giant, defeated Earthquake in an upper-mid card bout after using Andre's crutch as a weapon. The Giant was still recovering from knee surgery and visibly struggling with mobility. A true professional, he made these appearances for the UK audience despite being in clear pain.

In the semi-main event, The Undertaker defeated Roddy Piper by disqualification when Piper used The Deadman's urn as a weapon. In the main event, The Legion of Doom successfully defended their World Tag Team Championship, defeating The Nasty Boys when Hawk pinned Jerry Saggs.

The Goldsmith brothers took the WWF to Barcelona, Spain, the following night, where Tito Santana defeated The Undertaker in the main event.

Santana was repackaged with a new gimmick – a bullfighter known as El Matador. Gone were his plain white tights and boots; now, he donned green and gold gear, complemented by neon pink boots.

As always, *WWF Magazine* was ready with an elaborate backstory to justify the transformation:

"For many years, *Lowdown* has found out, Tito Santana has been interested in the art of bullfighting," they informed us. "Tito, as most people know by now, has gone back to his roots. He has studied the ways and lifestyles of the matador and is preparing to marry those skills with those of wrestling in the very near future."

Because, naturally, the best way to revitalise a respected veteran's career was to dress him like a matador and suggest he'd been training to take on actual bulls.

The WWF returned to the UK for back-to-back shows in Sheffield on October 7 and Birmingham on October 8. Davey Boy Smith, with Andre the Giant in his corner, secured two more victories over Earthquake. Meanwhile, co-main eventers The Legion of Doom added two more wins to their record, with Hawk pinning Nasty Boys' Jerry Sags and Brian Knobbs on consecutive nights.

Multiple newspapers reported on the Birmingham show.

Peter Keenan
"Idols of ring thrill crowd"
Sandwell Evening Mail
(West Midlands, October 9, 1991)

THOUSANDS of wrestling fans packed the National Indoor Arena to see their idols do battle with assorted villains.

The World Wrestling Federation European Rampage, presented by the Evening Mall Viva Page, attracted 12,000 shouting and screaming spectators – the majority of them children.

All tickets for the event last night had been snapped up within 24 hours of going on sale, illustrating the increasing popularity of the sport in this country.

The audience ranged from Jean Wilkins, of Lichfield, celebrating her 50th birthday, to Dale Clayton, of Bournville, Birmingham, celebrating his ninth.

The wrestlers gave Oscar-winning performances but the fans lapped it up and begged for more.

Brendan Fisher, aged 21, from Newport, South Wales, said: "It is brilliant entertainment. There is humour mixed in with the aggression."

Matthew Kelly

"Hunks 'n' hulks..."

Liverpool Echo

(Lancashire, October 18, 1991)

I set off for the most recent show at the Birmingham National Indoor Arena, accompanied by my mates Carley, 11, Joseph, nine, and John-Paul, four.

The 10,000-plus seat arena had sold out within hours of the box office opening. Outside the stadium the touts were smiling – banned from Wimbledon they appreciate every earner they can get in their dying trade.

We watched the show. Good triumphed over evil more times than not. The British Bulldog won. The kids loved every minute and slept all the way back up the M6. That, in itself, may have been worth the ticket money.

It began positively, but Kelly couldn't resist the urge to get a few digs in.

Watching young kids whipped up into a lather of emotion, over something just maybe they think is real, gives me cause for at least a little concern.
And what is a bit more disturbing still is to watch the adult fans. Grown men and women so wrapped up in this comic book world that they seem to lose touch with reality completely, at least for a couple of hours.
But I'll tell you something: If football and other mass spectator sports gave as much consideration and put in as much effort for the fan – and indirectly in the box office – attendances would leap, families would come back, and we could send these comic book Yanks back over the Atlantic... where they belong.

What people like Kelly – and so many others – failed to grasp is that the chance to escape reality for a few hours, is exactly why millions have bought, and continue to buy, tickets to live wrestling. The WWF offered the purest form of escapism.

The European tour concluded the following evening in Paris, where Davey Boy Smith triumphed in an 18-man battle royal, eliminating Typhoon to secure the win. Andre the Giant made his final WWF appearance that night, fittingly in his home country, once again standing by The British Bulldog's side.

A month later, *The Daily Mirror* dedicated two pages to The British Bulldog, proclaiming "Big Davey's taking the States by storm... and now he's going to be huge over here."

> *Catherine O'Brien*
> *"Alive and kicking... the Bulldog breed"*
> *Daily Mirror*
> *(London, November 16, 1991)*
> *His nightly reception at venues around America is on a par with New Kids On The Block.*
> *As Bulldog, the only Brit among the World Wrestling Federation's entourage of heroes and villains, he takes the adulation in his stride.*
> *As plain Dave Smith, the gas board worker's son from Wigan, he still can't quite believe his luck. "I'm just a kid from a coal mining town who had a few breaks," he says.*
> *"Now I can walk into a packed stadium of 20,000 people and get a standing ovation."*
> *At 28, Davey, who left Golborne Comprehensive School without a certificate to his name, is on his way to his first million. Home, a luxury five-bedroomed pad complete with swimming pool and set in two acres of sunny Florida, puts his parents' modest Northern semi in the shade.*

The best part of the article? The sheer astonishment that this 19st 4lb brick shithouse started his day with six eggs and three bowls of cereal. Well, you don't build 25-inch biceps on a Munch Bunch fromage frais and a Kit Kat.

In 1991, the WWF ran 13 sold-out shows across the UK. While Davey Boy Smith wasn't always listed as the main attraction, he appeared at every single one, walking away with a flawless record of 14 victories over the two tours. He had become a bonafide national celebrity.

But it wasn't just the two smash-hit tours and our homegrown hero driving the success. The five pillars of the WWF's UK craze – Merlin, Silver Vision, Hasbro, *WWF Magazine*, and Sky Television – were firing on all cylinders, fuelling the WWF phenomenon that firmly gripped the nation.

Hulk Hogan may have been absent from the WWF tour, but he made his presence felt on UK television in October. He appeared on *Motormouth*, a Saturday morning ITV series hosted by Neil Buchanan and Gaby Roslin. The show was known for its zany antics, including a life-size version of the board game Mouse Trap. Hogan's appearance on the October 19 episode was to promote his latest movie, *Suburban Commando*.

The WWF returned to the USA only to be greeted by empty seats. *Survivor Series '91*, held at the Joe Louis Arena in Detroit, Michigan, drew an attendance of 17,500 – but 2,000 seats remained unoccupied. Local radio stations ran giveaways, and tickets across all price ranges were available on the night. No chance in hell that would have happened in London, Birmingham, or Manchester.

Survivor Series began on November 28 with one of the best openings to a pay-per-view in wrestling history. That's because the show launched straight into harrowing footage that aired on the November 23 episode of *Superstars of Wrestling*. This was the peak of a series of storylines that left a generation of kids traumatised – Jake Roberts unleashing his snake on Randy Savage.

Watching this segment as a 40-year-old with the knowledge it isn't real, the whole thing is still terrifying. As a kid I was convinced it was genuinely happening.

Savage was trapped, tangled between the middle and bottom

ropes, completely helpless. Roberts seized the moment, slipping on a protective glove before unveiling Lucifer, his King Cobra. Waving the snake menacingly in Savage's face, he then did the unthinkable – he let it strike. The cobra sank its teeth into Savage's arm.

No CGI. No clever camera angles. *The snake bit him.*

If, by some miracle, Jake Roberts' blinding or Warrior's casket ordeal hadn't already scarred you for life, this moment certainly did.

WWF Magazine reported:

"At Jake's signal, the serpent spread its hood, reared and struck down fiercely. The fangs of the cobra sank deeply into Savage's muscular forearm. Blood spurted from the wounded limb, and a look of agony crossed Savage's face while Jake continued to beat him.

"Only quick action by a medical team saved Savage's life after the cobra filled his body with venom."

The commentary was frantic: *"The snake is biting him! The snake is biting him!"* The camera zoomed in on Lucifer's jaws clamped onto Savage's bicep, so vivid it felt like the snake could leap out of the screen at any second.

McMahon's hysterics drove home the terror: *"That poison is going through his veins!"*

Harrowing.

"Oh my God. His mouth flew open," Jake Roberts recalled on *The Snake Pit*. "I grabbed the whole snake and I pulled, and he wouldn't let go... pulling, pulling, pulling. Finally, I had to do the old lion tamer thing where I spread his jaws open."

I spoke about this infamous moment with wrestling fan Chris Scull, who vividly remembered its impact: "At that point, the debate in school was, 'Is wrestling real? Is wrestling fake?' When Jake turned the snake on Macho Man and it literally *fucking bit his arm*, the next day we were all saying, 'Did you see that? It's not fake'. And also, 'How did Macho Man not die?'

"I still think this is one of the most fucked-up things ever to air on TV. This was a *kid's show*! When you watch that footage back, it cuts to the crowd and the kids are wondering, 'Am I watching a murder?'"

Chris's reaction was emblematic of the time. The surreal blend of realism and horror, broadcast to millions of children, blurred the lines between scripted entertainment and something far more sinister.

At *Survivor Series*, President Jack Tunney announced that Randy Savage was officially reinstated as a WWF competitor, granting him the opportunity to return to the ring and face Jake Roberts – just not on that show. The most significant aspect of the event wasn't the action in the ring but how it served as a setup for *another* pay-per-view less than a week later: *This Tuesday in Texas*. Vince McMahon would never openly admit to being short of cash, but there would be signs.

At *Survivor Series '91 (The Gravest Challenge)*, Hulk Hogan lost his WWF World Heavyweight Championship to The Undertaker. Fans were shocked when The Deadman, a year into his run with the company, scored an upset victory. A Tombstone onto a steel chair thrown by Ric Flair kept Hogan down for the three count[7].

---

7. This incident sparked one of Hogan's most infamous backstage political moves. He claimed the Tombstone Piledriver caused a real injury, alleging that Undertaker had spiked his head on a steel chair. Hogan sold it so convincingly – skipping his post-match interview and sending Sean Mooney instead – that the *Wrestling Observer* reported it as legitimate. But footage showed Hogan's head never came close to the chair.

The damage, however, was done. The Undertaker told ESPN in 2020 that Hogan had been lying on Vince's office floor, begging for someone to call his wife and kids. "I knew all I needed to know about him," he said, implying Hogan fabricated the story to derail his rise. "My radar was up any time I had to interact with him," Undertaker added.

Hogan doubled down on the story over the years, often contradicting himself.

The Legion of Doom's members were the sole survivors in the main event elimination match. As the show went off the air the last thing viewers saw was The Undertaker promising to bury Hogan at *This Tuesday In Texas*, reinforcing the message that *Survivor Series* was the set-up, rather than the pay-off.

This Tuesday in Texas aired in the UK on Sky One on December 6, three days after the event had taken place. The show featured Randy Savage finally getting his hands on Jake Roberts, delivering long-awaited payback. In the main event, Hulk Hogan triumphed in his rematch against The Undertaker, though Ric Flair's interference once again played a pivotal role. The chaos prompted President Jack Tunney to declare the WWF World Heavyweight Championship vacant, with the new champion to be crowned at the 1992 *Royal Rumble*.

In the US, *Tuesday in Texas* was offered at a reduced price of $12.95 compared to *Survivor Series*, which cost $27.95 on pay-per-view. Despite the discount, only half as many people purchased it. By using *Survivor Series* as a vehicle to sell another event so soon after, WWF devalued one of its marquee shows, and US audiences weren't buying into it – literally.

Skip Desjardin told the media that buyers "were satisfied that they got their money's worth out of the *Survivor Series* event." However, he also gave the assurance that the WWF did not plan to add more surprise events in the near future.

UK fans with Sky were getting an extra show at no additional cost, so there were no complaints from this side of the Atlantic. As far as we were concerned, McMahon could pull as many of these stunts as he wanted. The only ones less thrilled were the parents

---

In his first memoir, *Hollywood Hulk Hogan*, he claimed to have spent days in hospital and lost feeling in his arm and hand. By 2006, on the reality series *Hogan Knows Best*, the story had morphed again: Hogan now insisted Undertaker dropped him on concrete during a match in Detroit – in 1974, years before Undertaker had even debuted.

footing the bill for Silver Vision video tape collections. And if the rumours were true, their wallets were about to take another hit.

Dave Meltzer noted in the November 11, 1991 edition of the *Wrestling Observer* newsletter: "There is interest in England to host one of the major PPV shows in 1992... if the popularity in England stays at its current level, maybe it's inevitable at some point."

Back in the States, the WWF finally pulled the trigger on every fantasy booker's dream match – but not in the way anyone imagined. For years, Flair versus Hogan was heralded as the ultimate showdown, a dream match fans clamoured for since the mid-'80s. When Flair signed with Titan, a *WrestleMania* main event clash between the two seemed inevitable.

WWF Magazine fuelled the hype, quoting Flair as saying:

"Hulk Hogan just falls short. He's never beaten Ric Flair, and he never will. He doesn't have the skill, he doesn't have the guts and he doesn't have the class of a world's champion. The people cheer him because they don't know any better. But that's gonna change real soon, when Ric Flair walks down that aisle and takes what's rightfully his – the World Wrestling Federation Championship Title."

Instead, the long-anticipated clash didn't take place under the bright lights of pay-per-view or the grand stage of *WrestleMania*: it played out 29 times on the house show loop. Talk about an anti-climax.

As 1991 drew to a close, wrestling fans were left with countless questions. The Ultimate Warrior vanished following his 90-day suspension: would he return in the new year? Would the UK finally get a major pay-per-view event in 1992? And, after a year of outrageous storylines, were there any more attempted murders on the horizon for WWF television? (The answer to all three was yes.)

Just before Christmas, British tabloids delivered shocking news: Hulk Hogan was quitting wrestling.

Kevin O'Sullivan
"I quit says the Hulk"
Daily Mirror
(London, December 20, 1991)

Hulk Hogan, king of wrestling, is quitting. At 38 he is wise enough to realise his days in the ring are numbered. "I'm finding it tougher and tougher," he says.

"Quite frankly I'm getting too old! I'm already winding down my appearances and within a year I'll only be fighting occasional celebrity bouts."

So the man who's become a multi-million dollar wrestling phenomenon is switching to a career in movies.

He stars in Suburban Commando, which is released in Britain today - and is expected to take £30 million at the box office.

Hogan admits "I don't suppose I'll win an Oscar, but I'm proud of it. There's no horrible violence, so it's a film you can take your kids to, and the pro isn't some gun-toting killer."

The World Wrestling Federation TV shows have made Hogan a celebrity in the farthest flung corners of the globe.

But he reserves a special affection for his fans in Britain. He says "it's one of my more excitable foreign countries. I love you guys! Anyone says anything bad about England – you let me know!"

Behind the brawn, the 20-stone king of the ring is anything but a dumb blond.

"The world is full of wrong stereotypes," he says. "Like every guy in England wears a bowler hat.

"If people want to look at me and think that just because

I act like an animal on TV I'm stupid, that suits me fine.

"I have 300 different merchandising deals, and that's more than Elvis Presley ever had.

"I have used my own acumen to turn a million dollars into 10 million, I have a beautiful wife, two lovely kids and a great lifestyle."

In the States, Hulk Hogan transcended wrestling in the '80s, becoming a pop culture phenomenon. His face was everywhere – from cereal boxes to home workout kits. If he was hanging up his boots, the WWF faced a colossal challenge: creating a new megastar to fill his shoes. Their last attempt with The Ultimate Warrior fizzled, and while Sid Justice was floated as the heir to Hogan's throne, could he truly become the beloved hero kids rallied behind?

In the UK, the story was different. Hulkamania hadn't reached the same fever pitch as it had the States. That's not to say Hogan wasn't a huge star – he absolutely was. He was the reason most of us discovered wrestling and became fans. Even kids who didn't watch WWF programming had a Hogan Hasbro action figure. His merchandise will still being sold in the UK long after he'd left the WWF for WCW. And we watched him star in *Thunder in Paradise* on ITV on Saturday afternoons.

But as WWF content became more accessible in the UK, Bret Hart shot to stardom. The Hitman was the face we were seeing on *Superstars of Wrestling*. He captured the Intercontinental Championship in August and won *King of the Ring* in September. By then, the UK had already embraced him, and 1992 would cement his status as a true breakout star.

1991 Honours List

World Heavyweight Champion:

The Ultimate Warrior (01/04/90 – 19/01/91)
Sgt. Slaughter (19/01/91 – 24/03/91)
Hulk Hogan (24/03/91 – 27/11/91)
The Undertaker (27/11/91 – 03/12/91)
Hulk Hogan (03/12/91 – 04/12/91)
Vacated (04/12/91)

Intercontinental Champion:

Mr. Perfect (19/11/90 – 26/08/91)
Bret "The Hitman" Hart (26/08/91 – 17/01/92)

World Tag Team Champions:

The Hart Foundation (27/08/90 – 24/03/91)
The Nasty Boys (24/03/91 – 26/08/91)
The Legion of Doom (26/08/91 – 07/02/92)

GET UP!

CHAPTER 11
POWER-UP: WWF VIDEO GAMES IN THE EARLY '90S

THERE'S nothing like the rage of watching your wrestler get pinned for the three-count, knowing your last pound coin has disappeared with it. I still remember the day in Blackpool when I made it to the final match of *WrestleFest*, only for the buttons to fail as The Legion of Doom broke my heart. (In true wrestling shoot interview fashion, I've clung to that excuse so long, I'm starting to believe it.) Yet, despite the frustrations, I kept coming back for more. Video games were a way to step into the ring, live out the dream, and feel both the glory of victory and the sting of defeat.

When researching this book, I uncovered many things: some memories long forgotten, others I didn't realise had happened at the time. Despite my travels into the more niche corners of the internet, there was one thing I hadn't managed to work out: where I could play *WrestleFest* on an arcade machine in the 21st century. I needed to know if it was as good as I remembered – nostalgia is a powerful drug. Had fiction become reality, like when The Hulkster claimed he was almost Metallica's bass player?

I discovered that Arcade Club – "Europe's Largest Free Play

Arcade" – was practically on my doorstep. Now all I had to do was a) convince my wife that playing Asteroids, a game developed in 1979, was exactly how every five-year-old wanted to spend their Saturday, and b) convince my five-year-old that this was true and somehow get her in the car.

Scurrying past *Double Dragon* and *Final Fight* cabinets, I finally found it. The opening sequence – flying through space as the faces of all the legendary WWF superstars appeared with that unmistakable music – instantly transported me back in time. I selected the classic *Saturday Night's Main Event* tag team mode, picked Jake "The Snake" Roberts and "The Million Dollar Man" Ted DiBiase as my team, and just like that, it was childhood summer holidays all over again.

Despite the game being tougher than I expected – although, in hindsight, it was a bit arrogant to think I'd be performing at peak 1992 levels without any training – I managed to put away Hulk Hogan and Big Boss Man after spamming bodyslams and back body drops. But it was clear there was work to be done if I was ever going to make it to Blackpool redemption against LOD. Even with the button-mashing enthusiasm of a young teen, Demolition ended any chance of settling the score that day.

But the bigger question to be answered: was the game any good? Well, by modern standards it was basic, the music was stuck in 1991, and the graphics looked like a cartoon and nothing like reality. So, yes, it was bloody fantastic, and still better than anything released since.

Kids born in the '80s saw an acceleration of technological advancement that has been unmatched in the years since. The '90s began with 8-bit consoles as the height of home gaming technology, but by March 1997, 64-bit consoles had arrived. In primary school, I was playing two-dimensional side-scrolling games, and by secondary school, I was exploring massive three-dimensional worlds.

The first iteration of the Sega Mega Drive launched in the UK on September 14, 1990. Nintendo, trailing behind their rivals, released their own 16-bit offering, the Super NES, on April 11, 1992. This was the fourth generation of home video game consoles, following the 8-bit era of the Sega Master System, Nintendo Entertainment System, and Atari 7800.

I had spent hours in seaside arcades every summer. My interest in gaming had been made clear. So what did Father Christmas bring me in 1992: Sega, Nintendo, or Atari?

Answer: an Amstrad CPC 464.

Amstrad was best known for producing budget household electronics when their first attempt at a PC appeared in Rumbelows and Comet. Released in 1984, it came almost two years after the more famous computer that inspired it – the ZX Spectrum by Sinclair.

So why had Santa ignored the fierce battle between Sega and Nintendo in favour of a machine more suited to a gaming museum? If he was going for retro, he could've at least gone with a Commodore 64.

Maybe it was the scope for expansion, allowing you to connect external devices like a printer. Or maybe it was because it came with its own monitor, which meant I could play in my bedroom and not take over the family TV. (It was almost certainly the second one.)

"A complete workstation for the price of a home computer," the newspaper advert said. Which didn't exactly scream fun. While my pals were off exploring Green Hills with Sonic, Amstrad offered me the "mouthwatering" possibilities of a computer they claimed was "equally at home in business and educational applications as it is running the household budget".

The full-length keyboard, described as being "like you would see at an airport," featured an in-built cassette deck, with the option to add a joystick and floppy disk drive (the short-lived three-inch variety, smaller than the ones you used for school homework).

With the joystick attached, the full setup would probably be considered cool now – maybe a quirky addition to a hipster craft beer bar in Manchester's Northern Quarter. In winter 1992, though, it was as hip as a Nissan Micra, or gout.

Despite all this, I was thrilled to have a computer, even if I was a little young to appreciate its household budgeting capabilities. I remember the excitement of flicking the power switch, the crackle of static, and the low hum as the monitor warmed up before that blue screen appeared.

Games were abundant, and second-hand tapes could often be picked up cheaply from market stalls. Whether they'd actually work when you got home was a game in itself, a game of chance. Amongst the dross, there were fantastic titles I'd play obsessively: *Chuckie Egg*, *Jet Set Willy*, *Renegade*, *Chase H.Q.*, and *Saboteur.*

There were plenty of licensed games featuring characters from TV and movies. As an eight-year-old, getting to play games based on films I wasn't yet old enough to watch – *Bruce Lee*, *Terminator 2*, and *Robocop* – was a huge thrill.

Ocean Software, based in Manchester, recognised the drawing power of licensed games. In the '80s, they published titles based on *The Neverending Story*, *Rambo*, *Batman*, and the aforementioned *Robocop*, which went on to become the most successful movie-to-game license of the decade. Most exciting of all was their acquisition of the license to publish *WWF WrestleMania*, a game that would be developed by Harrogate-based developers Twilight.

I had played a WWF game before receiving my Amstrad. One of the perks of our annual holiday at Sunnysands Holiday Park in

Tal-y-bont was the large on-site arcade[1]. Alongside the usual 2p coin pushers, fruit machines, pinball, and live bingo, they also displayed a *WWF Superstars* cabinet.

While my Amstrad had its charm, the thrill of arcades was unmatched – especially when it came to *WWF Superstars*. Developed and manufactured by Technos Japan in 1989, it was everything a WWF fan could want at the dawn of the '90s. The game featured six playable characters – Big Boss Man, Honky Tonk Man, Hulk Hogan, Ultimate Warrior, Randy Savage, and Jim Duggan – allowing you to choose your tag team. For me, it was always The Mega Powers.

The game cut to a backstage promo with the final bosses, The Mega Bucks, being interviewed by "Mean" Gene Okerlund. It's safe to say the voice acting wasn't up to par – The Million Dollar Man sounded more like one of the characters from *The Goonies* than the man himself.

To face Ted DiBiase and Andre the Giant, you needed to rack up three victories. Beat them, and you'd be rewarded with a congratulatory message from Miss Elizabeth. Then, you'd be sent to Tokyo to take on the same challenge, only now on a harder setting which felt downright impossible.

Your chosen superstars would make their way to the ring in one of the iconic *WrestleMania III* blue carts. The visuals were brilliantly colourful and cartoonish, with moving crowd graphics that added to the excitement. Wrestlers changed their attire, and different colours were used for the ring to give the feel of wrestling at various shows.

It was a classic two-button masher, with each character having some nicely animated, unique moves. The game was clearly

1. Sunnysands is where I spent all my childhood summers and where I experienced live wrestling for the first time in August 1992. Two hundred people in a marquee watching 62-year-old Big Daddy isn't quite Hart vs. Smith at Wembley Stadium, but for seven-year-old me, it was a big deal.

designed to eat up your coins as quickly as possible, but for a 1989 release, it was well made. Simple, colourful, and fun – it was everything a wrestling game should be.

The Amstrad's *WWF WrestleMania* – released two years *after* Technos had already launched *Superstars* – was none of those things.

Ocean offered the game in two formats: a £12.99 cassette and a £15.99 3-inch floppy disc. I assume the £3 price difference was meant to compensate for the fact that cassette games could take up to 20 minutes to load – roughly the same amount of time it would take to power on a Megadrive and play the first four levels of *Sonic the Hedgehog*.

Today's gamers with their 500 Mb/s ultra-fast fibre broadband would have a breakdown if they had to stare at a blank screen for 19 minutes, waiting for a game to load. The cassette version of *WrestleMania* was a two-sided load, forcing you to flip the tape when you thought the pain was over.

I wish I could say that was the last you'd see of the loading screen, I *wish* I could. If you wanted to switch to a different character, you'd be prompted to rewind the tape to the start of side one and begin the entire agonising process again. It was a harrowing experience.

So it was probably for the best that there were only three characters to choose from to face Mr. Perfect: Hulk Hogan, The Ultimate Warrior, or Davey Boy Smith. Defeating Mr. Perfect – no easy feat for a first level – would earn you the chance to face The Warlord, followed by Ted DiBiase, The Mountie, and finally Sgt. Slaughter. I never got that far.

At first glance, the WWF logo and arena backdrop seemed promising. But after selecting a character, you were greeted with endless, pointless promo screens and agonising loading times.

The few sounds that did exist in this game were abysmal. The animation was so crude that even the most die-hard WWF fans would struggle to identify the wrestlers from a gameplay screenshot.

Each character possessed one generic move, mapped to a single button. Every wrestler played the same – equally clunky and unresponsive. To make matters worse, the game demanded relentless joystick mashing, often to the brink of snapping the thing in two. It wasn't a hoot.

WWF WrestleMania felt hastily thrown together, a quick cash grab riding the wave of the WWF craze (it definitely was).

Yet somehow, none of this stopped me from playing it daily. That alone is the most compelling evidence of how deep my obsession ran. I'd happily sink hours into a game that infuriated me, simply because it let me play as Hulk Hogan.

My mixed feelings about *WWF WrestleMania* are perfectly captured by two wildly different reviews from *Amstrad Action Magazine*. In February 1992, it received a glowing 90% rating. By June 1993, after a price drop to £3.99, that rating plummeted to 43%. My own relationship with the game followed a similar love/hate trajectory.

Ocean released a follow-up game right up my street: *WWF European Rampage Tour*. But it was only released for the Amiga and Commodore platforms so I never got to play it on my Amstrad. Which was probably for the best judging by the review in the *Western Daily Press*: "There is little excitement, no commitment, hardly any gameplay worth speaking of, and appallingly bad main character graphics. All this for £25.99. Avoid it!"

I had no choice but to avoid it. Instead, at the top of my Christmas list in 1993 was a Nintendo Game Boy. Launched in the UK in September 1990, the Game Boy was revolutionary: a mini-console you could slip into your coat pocket, complete with swappable, instant-play games. At the time, it felt like the pinnacle of cutting-edge technology. Its batteries lasted much longer than the average smartphone does today.

When I saw a full-page *WWF Magazine* advert, with The Ultimate Warrior gripping a Game Boy, I knew I *had* to have it. A handheld console finally brought the arcade game I loved into my pocket. *WWF Superstars* promised incredible wrestling action, TV interviews, out-of-the-ring mayhem, and turnbuckle turmoil.

Unfortunately, due to the limitations of the Game Boy, *WWF Superstars* resembled the arcade game in the same way Wetherspoons resembles a Michelin-starred gastropub.

By the time I managed to get hold of the game, it had already spawned a sequel. I would have to wait a couple more years for second-hand copies of that to pop up in the newspaper classifieds.

Technos had no involvement in the Game Boy version, which was developed by Rare and published by LJN. Aside from sharing the *WWF Superstars* name, the handheld adaptation was almost unrecognisable compared to the arcade classic.

The control system, move set, and roster were entirely different. The tag team element was scrapped, and there was no final boss to defeat. Instead of a congratulatory message from Miss Elizabeth, players were greeted with Vince McMahon declaring them champion.

By handheld console standards, it was decent. By Amstrad standards, it was bloody brilliant. The roster offered five superstars, two more than my Amstrad game: Hulk Hogan, Ultimate Warrior, Randy Savage, Ted DiBiase, and Mr. Perfect.

There were some nice touches, too: pre-match promos that varied depending on your opponent, authentic entrance themes, and some camera angle changes during the matches. The gameplay was a straightforward button-masher with no finishing moves, but at least the characters were recognisable and came with their own music.

It was fairly well received by critics, earning a 77% rating in *GB Action* magazine. Reviewers Brian Sharp and John Davison summed it up perfectly: "No matter what I may say, anyone under the age of 12 will drag their parents down to the local software emporium and purchase this product pretty pronto." They were right, of course. The WWF logo alone could have sold a rebranded version of *Tetris*, and I'd still have been harassing my parents endlessly.

For quick, handheld pick-up-and-play sessions – especially under the duvet with a torch when you were meant to be asleep – it was as good as you could hope for. Yet, for all its charm, it didn't come close to capturing the arcade magic I was desperate to recreate at home.

Though handheld gaming had its perks, nothing compared to the experience of *WWF WrestleFest* – a game that truly defined WWF gaming excellence. The summer the *WrestleFest* cabinet arrived at Sunnysands, it blew my mind.

If UK employment and health and safety laws permitted an eight-year-old to gain legal employment, I'd have been frying fish in the chip shop next door to the arcade just to generate more pound coins with which to feed *WrestleFest*. It's not just my favourite WWF game of all time – I genuinely believe it's the best WWF game of all time.

Technos absolutely nailed it with *WrestleFest*. The characters, graphics, and gameplay perfectly captured the peak WWF era, with its cartoonish style translating brilliantly into the arcade experience.

Hogan, Warrior, and Boss Man remained, with new additions like Mr. Perfect, Sgt. Slaughter, Earthquake, Ted DiBiase, Jake Roberts, and Demolition (Crush, not Ax). The Legion of Doom were included as the final bosses.

Each character possessed their own signature moves, but beyond that, there were subtle differences in their speed and endurance.

The game offered two play modes: a *Royal Rumble* and a

Saturday Night's Main Event tag team tournament, complete with the iconic blue steel cage.

WrestleFest had hidden depths with camera angle changes outside the ring, weapons, and Gene Okerlund's news reports. You could perform double-team moves and hit a hot tag if you kept your partner waiting long enough.

In 1992, it was the most converted arcade cabinet, meaning arcades were recycling existing machines to play *WrestleFest* more than any other game.

Technos were ahead of the pack when they produced *Superstars*, but with *WrestleFest*, they set the standard for what a wrestling game should be. Over-the-top presentation, multiple arenas, iconic characters that looked incredible, and did the moves they were best known for.

Much like *The Godfather Part III,* I prefer to pretend the atrocity that was THQ's *WWE WrestleFest* never happened[2].

Nowadays, games are described as "immersive experiences" and developers tell us we can enjoy a "best-in-class creation suite", rather than simply having fun beating up baddies with some button-mashing and joystick-waggling. But I liked having fun, beating up baddies by mashing buttons and waggling my joystick.

With *WrestleFest*, I would just beat someone over the head with the steel steps and then hit them with Jake Roberts' patented DDT for an epic win. Now, in *WWE 2K25*, one of the main game modes involves collecting digital trading cards. How boring.

As good as *WrestleFest* was, I could only play it during a few weekends a year. At home, the quest for a comparable experience continued, leading me to the Super NES and *Royal Rumble*.

In late 1993, Acclaim came the closest so far in replicating the

---

2. THQ poorly imitated the original with their 2012 remake featuring modern stars. It was only available for mobile phones, with the planned console releases scrapped after the game was poorly received.

thrill of the arcade games at home with the release of *WWF Royal Rumble*. It launched in the UK in time for Christmas, initially only on SNES, which immediately made it the console of choice for WWF fans.

Of course, I didn't have a SNES in late 1993 – I had an Amstrad.

Luckily, the same friend from school who had Sky TV also owned a SNES and *Royal Rumble*. I tried to get invited to their house after school as many days as I could in 1994, as it meant watching taped episodes of *Superstars* and playing this game.

While not a patch on *WrestleFest*, with the 16-bit power of the SNES behind it, it was streets ahead of the Amstrad or Game Boy experience. I was seeing more WWF TV during this era, so the *New Generation Era* roster was incredibly exciting, with the likes of Yokozuna, Razor Ramon and Crush all included.

The presentation was solid, with the title screen doing a good job of staying in line with WWF programming of the time. The characters were immediately identifiable, but lacked the larger-than-life cartoonish finesse of *WrestleFest*. Yokozuna didn't have the same physical presence as in reality, and The Undertaker didn't look any more imposing than Tatanka. You just knew Technos would have exaggerated their attributes to make them monster characters.

The grappling mini-game was a frustrating affair, leading to a real-life Last Man Standing match, as the winner was determined by the player most willing and able to out-button-bash their opponent. Still, the exciting new roster, variety of moves, and different game modes, including, of course, a *Royal Rumble*, made it seem otherworldly compared to the Amstrad abomination.

I did eventually get an upgrade for my Game Boy, *WWF Superstars 2*. The underrated Game Boy sound chip came up trumps again, and there was the exciting addition of steel cage matches. I was thrilled that the roster now included Sid Justice and The Undertaker. The Mountie? Not so much, but you always need a baddie to beat up.

With the fifth generation of video game consoles on the horizon, my Amstrad monitor finally packed in. Sega were launching the Saturn, and Sony was entering the console market with the PlayStation. To fill the large void left (quite literally, as it filled an entire desk) by my now departed Amstrad, Father Christmas brought me – a Sega Megadrive.

SKY
EURO

CHAPTER 12

EUROPEAN RAMPAGE AGAIN

> I am very disappointed with all the people here in the United Kingdom. They don't know anything about fashion. They have no class.
>
> "THE MODEL" RICK MARTEL, *UK RAMPAGE '92*

BY NOW, *everything* in my life was WWF.

I was wearing official WWF pin brooches made by Dufort & Sons and an official calendar made by Danilo was on my wall. I was washing in Hulk Hogan bubble bath and sleeping under WWF bedsheets. I was playing *WrestleMania* on my Amstrad CPC 464 and staging my own championship bouts with Hasbro toys every chance I got, when I wasn't busy admiring my stickers and trading cards. Copies of *WWF Magazine* were stacked beside my bed, while posters from *Sporting Superstars* adorned my walls. Lunchtime football matches at school would grind to a halt for impromptu Perfect Plexes, flying elbow drops, and figure-four leglocks.

In the UK, the WWF eclipsed every other childhood craze, dominating playgrounds, bedrooms, and living rooms alike. And 1992 would prove to be the biggest year yet, with two European tours, a live Sky TV special, and a landmark event that would change the perception of wrestling in Britain forever.

But as the lights grew brighter in Europe, shadows loomed elsewhere. While the WWF cemented its dominance on our shores, back in the US, Vince McMahon was locked in a battle for survival.

Kids like me had no idea the company's very existence hung in the balance. Our heads were buried in *WWF Magazine*, obsessing over our favourite superstars, oblivious to the storm brewing behind the scenes.

The WWF exploded into UK pop culture, and ITV sought to capture the same fanbase with *Gladiators*. The show was the latest US-inspired spectacle to hit British television, and it shared much of WWF's DNA.

Designed for families to enjoy together, *Gladiators* featured larger-than-life competitors with electrifying names like Lightning and Warrior. The action played out in front of a raucous live audience waving foam hands at Birmingham's National Indoor Arena.

However, while *Gladiators* was a ratings juggernaut, the WWF was the bigger live draw. The NEC Arena – a stone's throw away – had already played host to the WWF once in '89, twice in '91, and would do so three times in '92, filling more seats and proving that wrestling reigned supreme.

If you squinted, the *Gladiators* cast could almost pass for WWF wrestlers[1]. They had their own heel, Wolf, who revelled in trash

---

1. In November 1992 *The Daily Mirror* reported that Davey Boy Smith was set to join the cast of *Gladiators*. An LWT spokesperson was quoted as saying he would be a "great asset," but sadly it didn't work out. In 2008, future *SmackDown* General

talk and villainous antics. But *Gladiators* couldn't match the larger-than-life aura of the WWF. Its stars were humbled in challenges by everyday contestants – a dance teacher from Dagenham could outclimb a Gladiator on The Wall. You'd never see Hulk Hogan embarrassed by Tony, a call centre manager from Solihull. One contestant transitioned from challenger to Gladiator, stripping the show of any mystique.

While contestants shared their backstories, *Gladiators* wasn't driven by narrative. The focus was on the challenges, unlike the WWF, where wild storylines fuelled the drama. If a Gladiator lost, they'd shake the contestant's hand and playfully vow revenge next time – there were no steel chair attacks in the locker room.

In the WWF, a simple handshake was rare. Feuds didn't end with a friendly rematch; they escalated into wrestlers being locked in caskets, having their hair shaved off, spending a night in jail, or, in the case of Jake Roberts, seeing their pet snake turned into burgers.

Gladiators couldn't rival the sheer madness of the WWF universe.

In 1992, more kids gained access to the WWF – thanks to the Premier League.

Sky Television struck a groundbreaking £304 million deal to broadcast a new era in English football, which finally persuaded many reluctant parents to open their wallets. ITV had tried to acquire the rights, but was blown out of the water by Rupert Murdoch's audacious bid.

It was poetic justice; Greg Dyke, the man responsible for removing wrestling from ITV, was defeated by the company that had brought wrestling back into British homes.

This deal marked a turning point for Sky. With the WWF, *The*

Manager Nick Aldis appeared as Oblivion in a reboot of *Gladiators*, a role that led to him being signed by TNA.

Simpsons, and the Premier League now featured prominently in their advertising, they finally turned a profit. By August, dishes had been installed in 3.3 million homes, with 1.6 million of those households subscribing to Sky Sports and Sky Movies – fantastic news for young WWF fanatics.

"The British Bulldog" Davey Boy Smith was inspiring kids across the nation, and an entire generation decided they wanted to be WWF superstars. School kids tuning into Sky were staging their own wrestling events in their homes and gardens.

Chris Scull shared with me a typical day in his backyard wrestling federation: "My mum had a bouncy castle hire company. We always had a bouncy castle up in our back garden and me and my mates were always wrestling.

"I got the Bret Hart sunglasses for my birthday and I would do the full entrance from the back door of my house into the garden with the glasses on. Then we'd beat the shit out of each other on the bouncy castle. The ones that my mum had didn't have a roof but had quite high sides which became the top rope.

"I don't know how none of us ever got hospitalised but we were jumping off the top of the bouncy castle dropping elbows on each other at eight years old. It's insane when you think about it, our parents just let us crack on! I don't know what they were thinking."

Kenny McIntosh recalled having front garden Royal Rumbles: "We had a high hedge and you'd throw people over it!

"My mum, knowing the sort of accidents that could happen with kids getting thrown out on the pavement, said, 'Let's not do Royal Rumbles anymore'; so we just did regular matches instead!"

The silliness wasn't confined to outdoor spaces. There were times when I got so caught up in what I was watching on TV that I'd start reenacting it in real-time. Fan Ben Tallon could relate to this: "My brother Sean was five in 1993 and I remember he used to mimic what was happening to the jobbers on the TV weeklies –

launching himself into the sofa when he saw Yokozuna fling Dave Roulette across the ring!"

Schools weren't safe spaces, either.

"We would just go to the grass field, put jumpers down in four corners and create a ring. And everyone would wrestle," Michael Marden said on the *Quickly Kevin* podcast. "We would play this every single break and this would be the thing we would look forward to most in the day, every day. Until one day, a kid broke his collarbone and then they banned it."

Remarkably, it wasn't the World Wrestling Federation that sparked the copycat craze that gave teachers the most headaches in 1992 – it was a Tango advert. It became the '90s equivalent of a viral TikTok video like the cinnamon challenge. The advert featured the Tango Genie, who was a bald man in a pair of shorts, spray-painted orange from head to toe. He ran around delivering a two-handed slap to the cheeks of Tango drinkers, which, naturally, schoolchildren found hilarious.

The Advertising Standards Authority banned the advert when kids started suffering from perforated eardrums. Thanks to this controversy, wrestling-related injuries flew under the radar.

One thing I hope wasn't replicated at school, or at home, by anyone, was the breakup of The Rockers. I was mentally scarred by this angle, which left Marty Jannetty physically scarred.

The January 11, 1992 episode of *Wrestling Challenge* featured a "Barber Shop" segment during which Brutus Beefcake produced a copy of *WWF Magazine* which featured an exposé titled "The Rockers – Are They Breaking Up?"

The pair hugged it out, and at first it seemed that the popular tag team's disagreements were behind them. But then Shawn Michaels double-crossed Marty Jannetty, throwing him head-first through the glass window of the Barber Shop. *Actual glass.*

The camera panned to a distraught kid in the crowd – we were all distraught. It was a heinous, disturbing act that I've never forgotten. Michaels defiantly tore up the copy of *WWF Magazine* as blood poured from Jannetty's face: harrowing scenes for a seven-year-old to process.

Shawn Michaels' betrayal of his partner marked a turning point in his career. It signalled his transformation from a clean-cut, babyface tag team specialist to the arrogant Heartbreak Kid – a persona that would eventually propel him to the pinnacle of the business and into the WWE's Hall of Fame.

Titan's internal chaos mirrored its on-screen storylines. The WWF's entire world was shattering behind the scenes, much like the glass that shattered against Jannetty's skull that day. The issues threatening the WWF's very existence in 1992 made the Gulf War controversy seem trivial in comparison. In America, the once kid-friendly product found itself embroiled in allegations of sexual misconduct and drug misuse.

Dr. Zahorian's 1991 imprisonment wasn't the end of the steroid controversy for Titan. The investigation uncovered a paper trail linking him to the WWF and its biggest stars. Zahorian admitted in court that he'd supplied steroids to between 15 and 20 superstars at any given TV taping. When the doctor wasn't backstage, he supplied drugs by mail order to wrestlers' homes and to Titan HQ.

As the scandal rumbled on in the background, disgruntled former wrestlers appeared across the American media, blowing the lid off the realities of drug use in the WWF. One television exposé focused on Hulk Hogan – the face of the company and hero for American children. UK fans of my age were oblivious to all this until years later, when we started reading *Power Slam*.

The wrestlers began to shrink in size as the WWF tried to distance itself from the accusations of a rampant steroid culture. McMahon was forced to put aside his penchant for gargantuan grapplers, and many of the more artificially inflated monsters disappeared entirely.

When McMahon called a meeting to announce that drug testing would be enforced more strictly, he reportedly told the talent there would be *two* people watching them pee in a cup and gave them six weeks to get clean.

More scandals continued to surface, sending the US business into further decline. Allegations of sexual harassment and assault were made by a former wrestler, a referee, an office worker, and two former ring attendants.

This led to resignations in the WWF office, but McMahon maintained the company's innocence. He claimed it was not an admission of guilt, and that the resignations were merely to appease the sleaze-hungry media: "Anyone can always come to me, they've always been able to come to me and tell me if anything is out of line," McMahon said about the allegations on *Larry King Live.*

McMahon was having a torrid time, with Bill "Demolition Ax" Eadie becoming the latest to send a lawsuit in his direction. Eadie joined Jesse Ventura in suing McMahon for royalties he felt were owed to him[2].

The WWF was front-page news for all the wrong reasons in the USA. Some of these stories made it to the UK, but they weren't considered newsworthy enough to dominate the mainstream media here. The people watching the late-night news weren't

---

2. Ventura discussed the lawsuit – which centred around the use of his likeness on WWF videotapes – on his podcast *The Body Shop*. He revealed that his legal team played the Savage vs. Steamboat classic from *WrestleMania III* in the courtroom – twice. Once without commentary, to highlight the value Ventura brought. Court documents from Ventura vs. Titan Sports Inc. show the jury found in his favour, awarding him $801,333.06 in videotape royalties and $8,625.60 for merchandise.

Bill Eadie filed a lawsuit against Vince McMahon and the WWF in August 1991, seeking $2.5 million in damages for breach of contract, fraudulent misrepresentation, and more. The case was eventually settled in 2001, with terms that included a gag order preventing Eadie from discussing it. When *The Six Pack* author Brad Balukjian asked Eadie if he was satisfied with the payout, he replied, "Oh, yes."

interested in the WWF, and the kids swapping Merlin stickers in the playground wouldn't be tuning in to *Panorama*. The only drug scandal I was aware of as a child was Zammo's heroin addiction when BBC aired reruns of '80s Grange Hill episodes.

Hulk Hogan's name was all over the steroid scandal coverage in America, but in the UK he was still portrayed as a clean-cut, all-American hero and was the subject of a New Year's Day TV special. *Hulk Hogan: Real American Story* aired during prime time at 8pm on Sky One.

Hogan's future was uncertain as he made plans for more Hollywood ventures. The Ultimate Warrior – the man anointed as The Hulkster's successor – became a HR nightmare backstage: *nobody* wanted to work with the volatile and unpredictable Jim Hellwig. McMahon needed to look elsewhere for the new flag-bearer of the world's biggest wrestling company; a wrestler with star quality who didn't rely on an artificial physique that would attract more unwanted attention.

Bruce Prichard, Dave Meltzer and Bret Hart himself have all confirmed that The Hitman was considering a move to WCW at the turn of 1992. Talks went as far as a verbal agreement for him to debut at WCW's *Clash of the Champions* on January 21. But Hart's contract hadn't expired as he had first thought; it automatically rolled over.

Instead, the son of legendary Calgary promoter Stu Hart stayed, became the breakout star of 1992, and embarked on a singles journey that cemented his place as a professional wrestling icon. The Excellence of Execution would, more often than not, deliver the best match on the card as the super-inflated monsters became a thing of the past.

Keeping Hart was crucial for Titan as the company faced the challenge of commercially rejuvenating *WrestleMania* for its eighth instalment. While *VI* and *VII* delivered brilliant matches and legendary moments, the event had lost some of its lustre since the blockbuster success of *V*. With the roster in a state of flux, stars like Bret Hart would be essential to driving pay-per-view sales and carrying the company forward into an uncertain future.

Hogan *was* still wrestling in WWF at the start of 1992, despite his retirement claims at the end of 1991. The Ric Flair matches continued at house shows, which proved to be the final nail in the coffin for any hopes of it being a *WrestleMania* headline attraction.

Kerry Von Erich, Jimmy Snuka, and The Legion of Doom's Hawk all served suspensions in '92, and The Ultimate Warrior had yet to resurface after Vince McMahon handed him that now-infamous "legend in your own mind" letter; the WWF needed new faces.

Chris Chavis and Charles Wright, better known as Tatanka and Papa Shango respectively, were both introduced to fans in 1992.

Chavis worked dark matches at the end of '91 but was officially unveiled with his new Tatanka persona in January '92. McMahon leaned into Chavis' Native American heritage to create the character, who remained undefeated for nearly two years in WWF[3].

Shango, on the other hand, was inspired by the *Live and Let Die* villain Baron Samedi. A voodoo practitioner, he was dressed in black with white face paint resembling a skull. He completed the look with a necklace of bones and a skull-tipped cane entering the ring to ominous ritualistic music that added to his chilling presence.

3. Ludvig Borga ended Tatanka's streak on *Superstars* in late October '93, thanks to a distraction from Mr. Fuji which allowed him to batter Tatanka with a steel chair and steal the win. As for Borga? He was positioned as an *anti-American foreigner* – highly original. Finland wasn't exactly a nation famous for being a great enemy of the USA and his run in WWF was a flop that lasted six months. The Hellraiser from Helsinki wrestled some European dates in Germany, Austria, and Portugal, but never in the UK. His valuable Hasbro "green card" never made it here either.

A new character, though not a new roster member, was Crush, who underwent a near-total rebranding. The former Demolition member traded in his black leather gear for purple, yellow, and orange spandex, transforming into a Hawaiian babyface. First introduced to fans as Kona Crush, his Day-Glo gimmick was a merchandise-friendly character that became synonymous with post-Hulkamania – he was the living embodiment of the *New Generation Era*.

The most high-profile acquisition for Titan in 1992 was former WCW World Heavyweight Champion, Lex Luger. Standing 6ft 3in and weighing 275 pounds of chiseled muscle, The Total Package seemed tailor-made for Vince McMahon's body-conscious WWF.

However, Luger was initially signed as part of the World Bodybuilding Federation (WBF), serving as a TV host. Luger agreed to a one-year non-compete clause when leaving WCW, preventing him from wrestling for the WWF. He appeared prominently on *Superstars* and in *WWF Magazine*, promoting the WBF in an attempt to generate interest in competitive bodybuilding among wrestling fans. (It didn't.)

The year kicked off, as always, with the *Royal Rumble*, and the 1992 edition *(Every Man For Himself!)* delivered one of the greatest shows ever – one of the best in WWF history, in fact. Despite the turmoil behind the scenes for Titan in America, they were producing some of their finest work.

For the first and only time, the WWF World Heavyweight Championship – vacant since December 7, 1991, when company President Jack Tunney stripped Hogan of the title following *Tuesday in Texas* – was on the line in the *Rumble* match. The heightened stakes led to an instant classic.

Davey Boy Smith entered the *Royal Rumble* as the first participant, with UK viewers getting a subtle nod from Gorilla Monsoon, who referenced the Royal Samovar Trophy.

Bobby Heenan gave the performance of his life in the

commentary booth. He elevated the match without ever distracting from it. His loyalties shifted with every twist – anyone helping Ric Flair was a hero, anyone hurting him was scum – and it was hilarious.

Sid Justice looked like the man to beat after he eliminated Roddy Piper, Sgt. Slaughter, Randy Savage, and Hulk Hogan. But it was Ric Flair who emerged victorious at the Knickerbocker Arena in Albany, New York, becoming the first man in history to win both the WWF and NWA World Heavyweight Championships. While the Ric Flair experiment hadn't unfolded as Vince McMahon envisioned, his hour-long performance in the *Rumble* set the stage for a legendary first half of 1992.

Roddy Piper was another ring veteran enjoying a career renaissance. He stepped in for the absent Bret Hart on the *Rumble* show in a singles clash. Having never held gold in WWF, Piper's Intercontinental Championship victory over The Mountie was a milestone moment and drew an emotional response from the Albany crowd.

I watched *Royal Rumble '92* on a Scotch or Memorex tape recorded from Sky. But it wasn't the 60-minute man Ric Flair etching his name into WWF history or Roddy Piper's title win that captivated me that day. It wasn't even "Mean" Gene Okerlund telling someone to put a cigarette out that left the biggest impression on me.

It was Sgt. Slaughter's unforgettable *Rumble* exit – launched out of the ring after a thunderous Irish Whip into the turnbuckles from Sid Justice. He might still be airborne to this day. I must have rewound that moment 30 times, pushing the tape to breaking point.

It wasn't just Slaughter's huge frame flying that night – UK tour tickets were moving just as fast. On March 2, news of the next UK tour hit the pages of the *Wrestling Observer*. Dave Meltzer remarked: "Tickets for these shows will probably be all sold out before you read this, considering the WWF's popularity in the UK." That's exactly what happened.

Before that UK tour, all eyes were on *WrestleMania VIII*. The Hoosier Dome in Indianapolis, Indiana, drew an impressive attendance of 62,000 fans for a double main event – one of which WWF billed as Hogan's swansong. While pay-per-view buys were significantly down compared to the *'Manias* of 1990 and 1991, the visual spectacle of a stadium setting was far more striking than the prior year's presentation.

Sky dubbed April 5 "Wrestling's Big Night of the Year" and advertised an exclusive double feature. The evening kicked off on Sky Movies Plus with *No Holds Barred* at 8pm, followed by live coverage of *WrestleMania VIII* at 10pm.

Behind the scenes, WWF teetered on a legal and financial tightrope. On camera, *WrestleMania VIII* gave the impression that business was booming.

One of the event's pivotal moments came when Roddy Piper passed the torch to Bret Hart by suffering his first ever clean pinfall defeat on a WWF pay-per-view in a classic, bloody battle. With this victory, The Hitman began his second and final Intercontinental Championship reign, solidifying his decision to reject WCW's advances and commit his future to Titan.

"Piper passed the torch to me at WrestleMania," Hart told *Sports Illustrated*. "When I think back about my career, with the exception of Mr. Perfect, Roddy Piper was the only guy who said, 'I'm going to help make one of these new guys into a star for the next generation'. I'll never forget that."

In the co-main event, Randy Savage defeated Ric Flair to capture the WWF World Heavyweight Championship, bringing their heated rivalry to a dramatic conclusion. The feud masterfully incorporated *WWF Magazine* into its storytelling, with Flair producing seemingly incriminating photos of himself and Elizabeth. The Dirtiest Player in the Game's deception was later exposed when it was revealed the photos of Savage's wife were doctored.

There was no out-of-the-box thinking with the storytelling for the other co-main event.

When you've been watching wrestling long enough, you start to notice recurring themes. It's no different from bands recycling the formula of a hit single or Hollywood's preference for sequels and remakes over original ideas. Once someone has a profitable concept, they tend to milk it for all it's worth.

Vince McMahon's go-to formula for Hulk Hogan was the friend-turned-enemy storyline. It started with Paul Orndorff, reached its peak with Andre the Giant and Randy Savage, and then, like a film franchise stretched one sequel too far, collapsed into unintentional comedy with Sid Justice.

The attempt to give Hogan a grand "last match" at *WrestleMania VIII* was marred by a screwy finish that turned into an outright botch. Papa Shango missed his cue to interrupt a pin attempt, leaving the sequence in awkward limbo. Hogan ultimately won by disqualification, but the post-match chaos wasn't over. After the bell, fans were treated to a surprise return by The Ultimate Warrior – a move that felt more like a desperate Hail Mary than a calculated story beat.

When Warrior returned, he joined an exclusive club alongside Paul McCartney of The Beatles. He became the subject of his own "Paul is dead" urban legend, with conspiracy theorists suggesting he had been secretly replaced by Kerry Von Erich. Those who were aware of Titan's ongoing public relations nightmare regarding steroids had a pretty good idea why his appearance had changed.

It wasn't a steroid-*free* show, but it was the closest that the WWF had come to it. Superstars were looking leaner than before, and smaller wrestlers like Bret Hart, Owen Hart, and Shawn Michaels were being showcased.

As the WWF entered its *New Generation Era* over the next couple of years, McMahon would continue to embrace the leaner, more technically gifted performers, as the steroid scandal loomed large over the company.

With *WrestleMania* done for another year, it was time for another *UK Rampage*.

> The UK wrestling fans are the best fans in the whole world... Let me tell you something, IRS. Tonight on Sky Movies Plus, you are gonna pay the British Bulldog way. In the ring, live, right here in Sheffield.
>
> "THE BRITISH BULLDOG" DAVEY BOY SMITH, *UK RAMPAGE '92*

It took just six months for the WWF to return to the UK. In April, the *European Rampage Again Tour* spanned 16 dates, with nine of those in the UK and Ireland. One of these, in Sheffield, was broadcast live on Sky and later released on video by Silver Vision as *UK Rampage '92*.

"As I predicted, Vince had stumbled onto a gold mine," Bret Hart wrote in his book *Hitman*. "American wrestling was huge in Europe, and all the WWF wrestlers were household names."

To capitalise on the European boom, WWF ran two consecutive tours, beginning with shows in Holland, Belgium, and Italy. Once again, the UK and Irish press were chasing the WWF news.

> *Fiona Looney*
> *"When a body meets a body"*
> *Irish Independent*

(Dublin, April 4, 1992)

On April 16, all the madness and mayhem will happen again, at the Point Depot, as the superstars of wrestling make a return visit to Dublin.

Last time the UK Rampage came to Dublin (sensibly losing the UK part somewhere over the Irish sea) the show sold out before the bill was even announced; thousands of excited kids haranguing their parents for tickets, t-shirts, posters, bandanas, programmes imitation championship belts, singlets, headbands and other souvenirs from the massive range of merchandise available – most of which sold out within ten minutes of the doors opening.

It was an electric evening – well-organised chaos as the multitudes turned out to pay homage to the giants of American wrestling. And even if Hulk Hogan didn't show, the kids were all right and the parents went home happy.

Mostly, it is for the kids – but you'd be amazed by the number of adults who down tools every weekend for the wrestling, who'll cheer on their favourites and who'll hijack the children for an excuse to be at the Point. It's colourful, it's crass, it's fun and, unlike sumo, boxing and a million and one other contact sports, nobody gets hurt.

Me and my big brother will be there. That's just the kind of sad people we are.

The first UK show of the *European Rampage Again Tour* took place at the Brighton Centre on April 12. On the same night, there was also an event in Kiel, Germany. Fans in Brighton undoubtedly got the A-show: Intercontinental Champion Bret Hart defeated

Shawn Michaels, Davey Boy Smith bested Ric Flair, and in the main event, WWF World Heavyweight Champion Randy Savage triumphed over The Mountie.

Meanwhile, the 7,000-strong sell-out crowd in Kiel were treated to a main event of Money Inc. versus The Bushwhackers.

The following day, the WWF made headlines in the British press with a full-page spread. Though presented as news, it was little more than a cleverly disguised advert for merchandise.

> *"Get a grip"*
> *The Daily Mirror*
> *(London, April 13, 1992)*
> *The world's heavyweights are in town and the Daily Mirror brings you a ringside view of the action.*
> *All this week, as the mighty stars of the WWF European Rampage Again swing in the ring, we'll give you exclusive interviews with the muscle men - AND a set of brilliant pictures to stick on today's FREE WWF Wallchart.*
> *The awesome grunt 'n' groan series of fearsome grapples will culminate in the Grand Finale being held at the Sheffield Arena on Sunday. More than 12,000 fans will be watching the action live while millions more tune in on Sky Television's Movie Channel.*
> *Tonight the Rampage is at London's Wembley Arena and fans there will be able to buy a whole range of exclusive merchandise, including the WWF Official Tour T-shirts, all of them with tour dates on the back and showing a collection of your favourite superstars.*
> *They feature Legion of Doom, The Undertaker, British Bulldog, Macho Man Randy Savage and the current world champion Ricky [sic] Flair.*

Also on sale are Bret Hitman Hart glasses, and T-shirts, WWF Championship belts made in the USA, tour caps – WWF Rampage, British Bulldog and Boss Man – plus the Hulkamania Hulkster Foam Hands.
If you're not lucky enough to be able to get to the live events the ONLY way you can lay your hands on these souvenirs is by taking advantage of our great offer.
Just fill in the coupon on page 20 of today's paper.

I carefully cut out the "super, all-action colour pictures" from Grandad's *Daily Mirror* and glued them onto my wallchart. Trust me, it was far more exciting than it sounds. The biggest worry in my young life was whether Nan might accidentally bin them all before I arrived on Saturday. Simpler times.

The week kicked off with Sid Justice and Jake Roberts, with two more superstars added each day for fans to cut out and stick. Alongside the daily features, a slightly reworded version of the merchandise promotion and order form made a repeated appearance, while a Silver Vision video competition was also launched to keep the excitement rolling.

Despite Jake Roberts' inclusion on the wallchart, he wouldn't be part of the tour. His loss to The Undertaker at *WrestleMania VIII* marked his final WWF appearance until 1996[4].

The Ultimate Warrior, meanwhile, returned to work but didn't appear on a single show during this tour. With two European crews in action, WWF paused all US events, making it a complete

4. Roberts demanded to leave on the day of *WrestleMania* after secretly negotiating a deal with WCW. He later revealed that McMahon had promised him Pat Patterson's job, and Roberts grew frustrated when that promise wasn't kept. He revealed on his *Snake Pit* podcast: "I told Vince, 'This is it. I'm done. You lied to me one too many times, and tonight's the night'."

mystery why Warrior was given two weeks off immediately after an eight-month absence.

A testament to the WWF's immense drawing power was its ability to sell out Wembley Arena on two consecutive nights.

On April 13, 1992, Davey Boy Smith secured another massive victory over Ric Flair, delivering his signature running powerslam, a move that was establishing itself as one of the most devastating finishers in the WWF. Oddly, this match was positioned mid-card, while the semi-main event slot went to Jim Duggan versus Dino Bravo – a baffling choice.

With the Intercontinental Championship on the line, Bret Hart and Shawn Michaels fought to a draw, delivering their signature mix of technical mastery. Meanwhile, Randy Savage retained the World Heavyweight Championship against The Mountie, securing victory with a piledriver, followed by his trademark flying elbow drop.

Findlay Martin made the five-hour drive from Cumbria to cover the show for *Superstars of Wrestling* magazine, which cost £1.40 in 1991 but set me back £12.50 (plus £2.90 for postage) on eBay. He arrived three hours before the show started, and already, hundreds of fans were lining up at every merchandise stall.

He wrote at the time: "This card could have been better, but it was still streets ahead of the Sheffield date. Although it would have been nice to witness a live Undertaker–Sid Justice matchup, the bouts involving Flair and The British Bulldog and Hart and Shawn Michaels, adequately made up for the absence of the two big men. I'll be there for the next tour!"

During his time there, Findlay gathered fan feedback. Mark Greaves from Lancaster said: "I travelled over 200 miles to see this event and I've enjoyed it tremendously... my wrestling ambitions are achieved!" Andrew Cannon from Plymouth added: "I just knew WWF wouldn't let us down during their trip to England...

with the atmosphere and deafening noise of the crowd, seeing it live is simply awesome!"

The Daily Mirror were there too:

Stewart Dickson
"KER-UMPH"
Daily Mirror
(London, April 15, 1992)
The cheers of triumph rattled the rafters at London's Wembley Arena. For OUR man, the British Bulldog, had just savaged the Yank reckoned to be one of wrestling's dirtiest players, Ric Flair.
It was all part of the "hunkiest show on earth" the World Wrestling Federation's European Rampage Again Tour which reaches a ring-shuddering climax at Sheffield Arena on Sunday.
More than 85,000 fans will have caught a live piece of American-bred action- but the biggest cheers came on Monday night when Leeds-born Bulldog bulldozed former World Champion Flair.
Before his humbling, Flair, 6ft 1in and 17 stone, exuded smooth menace in £750 hand-stitched Italian threads.
Across his forehead were fresh, vicious-looking scars. "Got them in a cage match" he shrugged. "You should have seen the other guys."
Flair, 42, wastes no time on nicety. "I can't wait to let the British fans watch the real me," he snarls. "I won the world title the hard way when I beat 29 superstars in the 1991 [sic] Royal Rumble. All wrestlers shake in their boots at the prospect of facing me."
Battling Bulldog showed no sign of the shakes, but it still

couldn't capture him that coveted world title on his home patch.

On April 14, Wembley Arena did get the battle between The Undertaker and Sid Justice – the latter's first match in Great Britain. But there was no conclusive winner, as the two behemoths fought to a double count-out.

Chris Scull was there and recalled: "I'd been so conditioned by watching it on TV. You know when The Undertaker made his entrance and Vince McMahon would always say, 'It's just got cold in here'? Well, that had been drilled into me so much I remember being convinced, 'Oh yeah I can feel it, I can feel it, it *has* got colder!'"

Elsewhere on the card, Skinner and Owen Hart faced off in their UK debuts, with the youngest Hart sibling scoring the pinfall victory. Tatanka also made his first UK appearance, defeating Kato in the semi-main event.

Bret Hart and Davey Boy Smith were missing from this show, as they were performing at a sold-out card in Munich, broadcast on the Tele 5 channel. Hart found himself facing Dino Bravo once again, a match he wrestled on the first UK tour in 1989. The Excellence Of Execution was already a huge star in Germany and the opponent didn't really matter. Hart successfully defended his Intercontinental Championship in the opening match. As he recalled in his book *Hitman*, "Hulkamania was a phenomenon, but the reaction I got was more like Beatlemania! They chanted my name so loudly that I could barely hear myself think."

Smith teamed with The Legion of Doom to defeat The Mountie and The Nasty Boys in a six-man tag match. This bout was included on a US-only compilation tape released by Coliseum, *Wrestling World Tour*. Smith later returned for the main event, where he won a 16-man battle royal.

An out-of-breath Davey Boy Smith declared to host Carsten

Schaefer and the Tele 5 viewers: "The British Bulldog is victorious in England – and he's victorious in Munich!"

With two concurrent European sell-out shows, totalling more than 23,000 fans in attendance, Titan was given plenty of food for thought as their struggles in the US continued.

The Munich crew headed to Frankfurt the following night, while the London crew made their way to Belfast's King's Hall. The WWF recycled the same card (and results) from the second Wembley date in Belfast, with the added twist of The Brooklyn Brawler standing in for the injured Ted DiBiase to partner IRS.

Bret Hart was attracting a lot of attention – not just at the hotels, where groupies were camping out to see him, but also in the newspapers. The following article would have done little to discourage the girls throwing themselves at him.

Stewart Dickson
"Heart-throb from hell"
Daily Mirror
(London, April 16, 1992)
He's mean, mouthy and the girls love him in pink.
When Bret Hitman Hart isn't pounding opponents with his 6ft-tall, 17 stone bonecrushing frame, he's flooring the ladies with his brutal good looks.
Women find him a total knockout in those pink tights, black leather jacket and sexy shades.
When we meet, wrestling's No. 1 pin-up whips off those trademark dark glasses and utters the words that send terror into his opponents hearts: 'The Hitman's got you in his sights!'
He's over here for the World Wrestling Federation's European Rampage Again Tour, which has its final at Sheffield Arena on Sunday.
The outcome is uncertain. Hitman is the

Intercontinental champ, a title he won back from Roddy Piper in Indianapolis last week.
But on Monday he only managed a draw against Shawn Michaels, and he faces gruelling bouts on Friday in Birmingham and on Saturday in Glasgow.
Flicking the hair from his face, Bret – second most popular wrestler in Britain after Hulk Hogan – announces "Last time I was in Britain I didn't get to meet too many people. I mean to change all that."
But don't worry, the champ's intentions, out of the ring, are strictly friendly.
He says "I'd like to meet more of my British fans, and get to know them. I get lots of mail from Britain – now I might get the chance to speak to them."

On April 16, WWF headed to Dublin's Point Theatre, repeating the same show as Belfast, but with The British Bulldog back from Germany to defeat The Repo Man.

The German tour concluded that same night with a show in Dortmund, meaning everyone would be in the UK for the final English and Scottish dates.

As President Jack Tunney put it in the programme notes, it was time for the WWF to "converge upon Glasgow and Birmingham". On April 17, Glasgow hosted a repeat of the Belfast and Dublin shows, with Virgil defeating The Warlord and Rick Martel defeating The Texas Tornado every time[5].

Birmingham had the more interesting card on the same night. Papa Shango made his first UK appearance, and Bret Hart

5. The Warlord quietly left WWF after this tour where he lost to Virgil every night. Despite being only 30 years old, his exaggerated physique no longer fit with WWF's shifting focus, particularly in light of the ongoing steroid scandal. His departure signaled the end of an era for some of the promotion's more physically imposing stars.

defeated Shawn Michaels in an Intercontinental Championship match. For reasons I will never understand, The Mountie got another shot at Randy Savage's World Heavyweight Championship, which lasted all of six minutes. It was The Legion of Doom who were put in the main event spot, defeating The Nasty Boys.

If you're still not convinced that the WWF was the hottest ticket in the UK in 1992, they switched the cards and sold out the same two venues again the very next night.

The Big Boss Man vs. The Berzerker clash from the second Birmingham night was immortalised in the August 1992 edition of *WWF Magazine*.

In Keith Elliot Greenberg's "On-the-Scene Report from the WWF's Latest European Tour", readers were treated to a dramatic, blow-by-blow account of the action – along with a little flattery. "The British fans – normally more polite than their North American counterparts". A little buttering up never hurt.

Greenberg described how "the two behemoths waged a most ferocious war," and how "the fans from the city of Birmingham – all of them proud and hard-working West Midlanders – cheered resoundingly."

What came next sounded completely outlandish – until you considered it was Birmingham on a Saturday night.

"Locals relaxing at a popular pub on Birmingham's busiest street rushed toward a window to view a most unusual sight. Trudging through the streets of this industrial city in central England was the massive Berzerker, complete with Viking helmet and sword."

On the surface, it reads like something out of a fever dream. But on reflection? Just another night in a city-centre Wetherspoons.

The tour concluded with another live Rampage show for Sky on April 19. Released on video by Silver Vision as *UK Rampage '92*, it's not to be confused with the Coliseum Video release *Rampage '92*, which was known in the UK as *US Rampage '92*. Makes sense.

The atmosphere for the previous three Sky specials were electric, with fans bursting at the seams with enthusiasm for the spectacle. But the in-ring action followed a predictable formula: a string of sluggish 15-minute matches between wrestlers with no business going beyond six, a triple dose of Jimmy Hart, and a big moment at the end to send the fans home happy. The WWF could get away with it – but just because you can, doesn't mean you should.

Was this any different? In a sense, yes. *Rampage '92* at Sheffield Arena was the best televised show the WWF had presented in the UK up to that point. This was like being the nicest guy in prison, to use one of Jim Cornette's favourite phrases.

European Rampage, as it was called on Sky, aired live on April 19 on Sky Movies Plus, sponsored by Atari and *The Sun*. Ocean's second WWF game, *WWF European Rampage Tour*, was coming soon on Atari. I, unfortunately, was Atari-less and never got to play the game, which scored a dismal 18/100 in *Amiga Power*. On the cover was The Ultimate Warrior, who, of course, never made the tour.

Gorilla Monsoon and Bobby Heenan were back on the commentary desk, which was much welcomed after the hilarious and unhinged soundtrack they provided together during the Royal Albert Hall show.

Tatanka arrived to a huge pop from the packed arena. The mohawked Native American defeated the "uncouth pig" Skinner (not my words, but the words of Gorilla Monsoon) with a tomahawk chop into a Samoan drop for the pin.

It was then doomsday for the unlikely pairing of Canadian powerhouse Dino Bravo and Iraqi strongman Colonel Mustafa, who were steamrolled by the spike-wearing UK fan favourites, The Legion of Doom. This marked Bravo's final match in WWF[6].

Two of the most intense, menacing superstars in wrestling faced off next when Sid Justice met The Undertaker. Justice defeated The Deadman by count-out, and some post-match shenanigans glossed over the strange ending. Sid whacked The Undertaker with a chair, but The Phenom sat up and delivered a Tombstone to Sid, who then no-sold the move. Sid Justice's first televised appearance in the UK turned out to be his final televised appearance for the WWF until 1995[7].

Shawn Michaels continued his 100% appearance record on UK tours, but this was his first as a singles star. The Heartbreak Kid challenged Macho Man Randy Savage for the World Heavyweight Championship. It was a match worthy of a *WrestleMania* main event, yet it was positioned deep in the mid-card before the intermission. "Oooh yeah!" Savage won by pin after a 15-minute barnburner, finishing with a cross-body. Miss Elizabeth appeared in the WWF for the final time, and the couple would divorce in real life four months later.

During the intermission, The Bushwhackers made their appearance, much to the delight of fans, as they engaged in their signature head-licking antics. Heenan and Monsoon's off-the-wall commentary only added to the fun.

No UK show would be complete without Jimmy Hart. The Mouth of the South was back to accompany The Mountie to the ring in his match against Virgil. Hart distracted the referee,

---

6. Dino Bravo's departure from wrestling marked a stark turn in his life. He was found dead in his home, shot 17 times, less than a year after this match. His murder remains unsolved, with his connection to organised crime explored in the *Dark Side of the Ring* documentary.

7. Sid failed a drug test before *WrestleMania VIII* but had been allowed to fulfil his obligations in the UK and on the *'Mania* card before serving his suspension. He quit the company and returned in early '95. Sid went on to pin Shawn Michaels at *Survivor Series '96* to win the first of two WWF World Heavyweight Championships.

allowing The Mountie to zap Ted DiBiase's former lackey with his shock stick and score the pin. While the Mountie didn't always get his man, he did that night.

Bret Hart defended his Intercontinental Championship against "The Model" Rick Martel. The cocky fashionista, more Primark than Versace, was outclassed by The Hitman, who won with an inside cradle.

The Repo Man made his first televised UK appearance against "Hacksaw" Jim Duggan, who was making his third. Hacksaw continued his streak of getting British fans to chant "USA! USA!" and earned a disqualification win when the sneaky masked villain used his tow hook.

Irwin R. Schyster wasn't the first name you'd expect in the main event, but with Jimmy Hart in his corner, he faced off against The British Bulldog. Davey Boy Smith devoured IRS like a tin of Pedigree Chum, pinning him after a running powerslam. Once again, Smith was the last man standing as the UK special went off the air.

Yet Smith's work in the UK wasn't done yet. Before heading back to the States, he squeezed in some publicity stops, including a meet-and-greet at the Milton Keynes branch of Our Price, where he signed Silver Vision videos for fans.

Five thousand people turned up. "It shows the grip wrestling has on the people of Milton Keynes," an Our Price spokesman said. "We couldn't believe the length of the queues."

An unnamed mum compared the chaos to "worse than the first day at the sales".

He made more stops, including one at the Virgin Megastore on Corporation Street in Birmingham. It was a similar scene, with fans reportedly queueing for three-and-a-half hours.

"We've never experienced anything like it," said Neil Bowyer, assistant manager at the store, in the *Birmingham Daily Post*.

The newspaper printed a photo of the crowd – fans packed

shoulder to shoulder, the queue stretching further than the photographer's lens could capture. The first in line, Brian Greswold, proudly declared he'd been to every Birmingham event so far. Another die-hard fan, Andy MacDonald, had travelled all the way from Bristol for the chance to meet Smith, who would also stop at a Woolworths in Liverpool, where another 2000 queued to meet him.

We could be talking about The Spice Girls in 1996 here. Davey Boy Smith was a full-blown pop culture icon.

Thanks to Smith's dedicated fan base, The *European Rampage Again Tour* in '92 was another roaring success. But it was more than a series of sell-out shows; for many, it was a once-in-a-lifetime chance to witness the spectacle of the WWF live, and for those lucky enough to attend, the memories would last a lifetime.

1992 was a turbulent time for WWF, with time-served stars leaving, and new characters being created in a bid to refresh the product. While the UK was a land of sell-out shows and enthusiastic crowds, business was collapsing at an alarming rate back home. The pressure to reinvent the product was on, and the WWF responded by introducing a slew of new gimmicks in an effort to revive its fortunes.

One such gimmick was Nailz, an ex-convict with a personal vendetta against the WWF's veteran law enforcement officer, The Big Boss Man. The angle began on the May 30 edition of *Superstars*, when Boss Man served justice to a jobber. This was when Nailz made his debut.

Handcuffing Boss Man to the top rope, Nailz proceeded to batter him with his own nightstick. He kicked, slapped, and wrenched at Boss Man's neck, all while his hands remained cuffed behind his back. The assault was relentless, and those five minutes felt like an eternity – genuinely disturbing. It says a lot when The Berzerker and Mr. Fuji provided some much-needed light relief.

In May, the WWF served up another horrifying angle that further blurred the line between reality and fantasy. The Ultimate Warrior was once again the target, but this time, the perpetrator was the mysterious Papa Shango.

The May 9 edition of *Superstars* was an overwhelming whirlwind of action – seven matches, including the "debut" of Crush, and double-figure interview clips. But the most shocking moment came when Papa Shango cursed Warrior.

The following week, Warrior found himself facing Brian Knobbs of The Nasty Boys. After the match, Shango appeared, and when Warrior saw him, he collapsed off the ring apron, clutching his stomach in agony. Shango, in a trance-like state, gyrated and shook his skull staff as a terrified crowd looked on. Children were horrified as Warrior writhed in pain. The backstage segment where Warrior was treated, vomiting black goo in an *Exorcist*-like scene, only added to the sense of dread.

The horror didn't stop there. The next week, Gene Okerlund conducted a special interview with Warrior in the arena. As a result of the curse, black goo started leaking from Warrior's head[8]. The unsettling visual was enough to leave Vince McMahon stuttering in disbelief, asking, "What was it that we saw?"

Despite facing off over 50 times on the house show circuit, Warrior and Shango never met in a major pay-per-view match, and the angle fizzled out without a satisfying conclusion. Yet, it remains one of the most memorable and terrifying storylines of the cartoon wrestling era. For many fans, particularly children, it

8. There was a callback to the angle in 2021 at *WrestleMania 37* when the black goop appeared from the head of Alexa Bliss. Wrestling fans have long memories, and love nothing more than when we're rewarded for our enduring fandom.

felt all too real. As fan Chris Scull recalled, "I thought, *'Oh, witchcraft is real now'*".

WWF's simplicity, storytelling, and larger-than-life characters in 1992 sets it apart from modern wrestling. You didn't need to follow insider news, dissect match ratings, or keep up with multiple weekly shows. You watched, believed, and got swept up in the spectacle.

Wrestling today is slicker, more athletic, and more technically impressive. But in its constant pursuit of realism and complexity, it's lost some of that magic. The wild entrances, the cartoonish but unforgettable gimmicks, and the clear-cut, easy-to-follow stories that made kids give their hearts so fully – those things feel like relics of another time.

Maybe that's why 1992 still holds such a special place for so many fans. It wasn't just about what happened in the ring; it was about the way it made you *feel*. And for a generation of kids, wrestling never felt bigger, better, or more exciting.

The *European Rampage Again Tour* programme featured an advert for a *SummerSlam* travel package, highlighting an exciting opportunity for British fans to attend the show live in the United States. A Bolton-based company, Adventure USA, was offering travel packages to the Capital Centre in Landover, Maryland. Prices started at £650 for adults and £350 for children.

For those wanting to turn the trip into a family holiday, the package included a two-week dream vacation: attendees would experience *SummerSlam '92* in Washington, then spend 10 days in Orlando, Florida, visiting the magical Disney World. It was the ultimate package for any wrestling fan looking to blend their passion with a family getaway.

In addition, Sky TV ran a competition where viewers could

dial an 0891 number (costing 36p per minute during cheap rate times, 48p at other times), answer a question, and have the chance to win a trip for a British family to attend *SummerSlam* in the States. It was an enticing offer for anyone dreaming of being part of the spectacle.

But despite all the hype and promotion, things would not go according to plan. The fans who bought tickets, the families who booked their flights, and the lucky competition winners – they were all expecting one thing, but what they got was a shock they never saw coming. *SummerSlam* didn't take place in Landover, Maryland as advertised. Instead, the event was moved to a very different venue… and the location would leave everyone stunned.

CHAPTER 13
FANTASTIC PLASTIC: HASBRO'S WWF ACTION FIGURES

"THEY'RE NOT DOLLS! *They're action figures!*"

I couldn't stand it when my parents called my action figures dolls. Hearing it as a kid was bad enough: hearing it at 40 is even worse.

Dolls had hair to brush and outfits to change. My Hulk Hogan and Ultimate Warrior action figures were different. They had three points of articulation and real wrestling actions!

Without Sky's support, the WWF wouldn't have become a UK phenomenon. The second biggest factor in propelling interest to craze levels was arguably the toys. Big retailers played their part, putting WWF action figures front and centre, introducing countless kids to wrestling. Those who weren't part of a family of early Sky adopters were pulled into the world of WWF by toy shops and newsagents. It was near impossible to miss the powerful pull of pro wrestling in the early '90s.

The action figures and magazines hooked me long before I'd ever seen a WWF match.

I wasn't the only one. '90s WWF fan Phil Rapley shared a similar experience: "My earliest memories of the WWF are the figures. I owned some before I'd even seen WWF programming. I had a series one Warrior and never saw him wrestle until repeats and VHS in the mid '90s."

WWF superfan John Shone had a near-identical entry point. "It was towards the end of 1990 when I first saw the Hasbros," he told me. "I'd never seen wrestling before, but my cousins had a couple of figures.

"I remember being at my nan and grandad's house, and they had Akeem and Jake 'The Snake' Roberts. I said to my mum, 'What are these!?' I didn't know what wrestling was, but I was so excited that they got me a couple. It was hard, as a four-year-old, not to get hooked."

Hasbro's action figures and *WWF Magazine's* kayfabe stories let you create the show in your own mind. And no television production can match the creation of a child's imagination.

Hasbro created these toys, which remain the most iconic and valuable range of WWF action figures ever made. While WWF toys existed before Hasbro entered the scene – just as WWF programming existed long before Sky TV – LJN's figures, though popular, were less suited for play. Their heavy, rubberised "dog toy" design meant no articulation[1]. When LJN exited the WWF market in the late '80s, Hasbro stepped in, bringing a fresh and innovative approach to the toy line[2].

---

1. Typically, prototypes would be produced at double the size, known as a "two-up", allowing for detail capture. Once satisfied, makers scale down for retail. Sales representatives mistakenly showcased the eight-inch prototypes as the finished product. Buyers loved the bigger figures and placed orders. But, this created a problem. Larger figures meant higher production costs.

In 1984, the market aimed at children, not adult collectors. High prices would deter parents. So, LJN faced a dilemma: admit the mistake or cut costs. They chose the latter, compromising quality and abandoning plans to make them fully bendable. The figures became static, heavy toys. Actionless action figures that were more like dog toys.

2. Trouble hit LJN when their ultra-realistic water pistols were being used to commit bank robberies. In addition, police shot dead three youths in separate

Hasbro had already found success with their *G.I. Joe* and *Transformers* licenses, among others. They scrapped LJN's Pets At Home manufacturing style and started from scratch, designing four-and-a-half-inch action figures with mechanisms that let each wrestler perform a signature move.

Bob Swanson, former Hasbro Brand Marketing Director, told *Inside The Ropes* magazine, "Wrestling lent itself to more pose-able figures. We felt we could take this big wrestling craze to the next level and integrate action moves into the figures."

The mechanics of Hasbro's approach created toys perfectly suited to the imaginative play WWF kids craved. While LJN's figures were mostly good for bashing against each other, Hasbro's moving parts allowed for actual wrestling moves, bringing the action to life like never before.

Hasbro didn't just make great WWF toys – the packaging was fun, too. The highlight was the cut-out-and-keep biography card on the back. I've even forgiven the "Wrestling Points" token, which encouraged kids to "save for world wrestling premiums" that never materialised.

The partnership between Hasbro and the WWF was a massive success, with the license reaching a value of $100 million at its peak. When the toys first arrived in the UK in late 1990, they couldn't have come at a better time – just as the WWF craze was starting to take off.

The '90s was the golden age of toys. Before smartphones and tablets stifled our imaginations, moulded and painted plastic was the most exciting thing around. Every hit Saturday morning

---

incidents when they had been mistaken for carrying real guns. Following those tragic incidents, MCA sold LJN to Acclaim Entertainment.

Grand Toys in Canada took over production of the final unreleased set. They switched the packaging to black cards and these final figures are the most valuable on the secondary market. Mint-on-card Bret Hart and Ultimate Warrior figures command a fee of $25,000. Even Brutus Beefcake is worth $17,500.

cartoon spawned its own toy line. Each Christmas, the news would report on panicked parents desperately hunting down the year's sold-out must-have.

Thanks to Hasbro, the WWF became the latest source of toy hysteria. *The Daily Record* printed a letter on December 12, 1990 from a reader who asked, "Does any reader know of anywhere in the Glasgow area I can buy World Wrestling Federation figures?" The hunt was on.

Going to Toys 'R' Us to write your list for Santa was a rite of passage. I remember the thrill of that annual trip to the Shrewsbury store, filled with every toy imaginable. Toys 'R' Us didn't just stock a few WWF figures like supermarkets today – they had an entire aisle dedicated to wrestling.

I was always into action figures: *He-Man* figures with the Castle Grayskull playset, *Thundercats* figures with the Thundertank, and then it was *Teenage Mutant Hero Turtles*. Toy makers rushed to secure new licences while interest was at its peak. If you saw something you liked on TV or in a movie, you soon wanted the toys. I even owned action figures from *Robin Hood: Prince of Thieves* shortly after Bryan Adams' song dominated the UK charts for 16 weeks.

But without a doubt, the toys that generated the most excitement – more than all those that came before – were the WWF figures Hasbro sold in the UK from 1990 to 1994. To this day, they remain some of the most sought-after toys by collectors. The adverts told us to "Collect Them All..." and, oh, how we harassed our parents to let us do that.

When Argos released a new catalogue, the first thing I did was flip straight to the toy section, eager to see if new WWF figures had arrived. Each catalogue felt like Christmas. If only I'd known back then what an investment those figures would become at £3.49 each.

Figures first appeared in stores towards the end of 1990, but the

WWF toy craze hit its peak in Christmas 1991, when wrestling figures dominated wish lists across the UK.

The *Liverpool Echo* reported that the Nintendo Game Boy was the top-selling toy nationally, with WWF action figures coming in second. This was echoed by newspapers across the country, with the *Gloucester Citizen* confirming, "Hasbro's WWF wrestling figures and ring come in second."

Some publications went beyond national statistics and checked in with local toy shops. *The Northampton Chronicle and Echo* discovered that, at least in their town, wrestling figures had *beaten* the Game Boy.

> *Jon Jones*
> *"Wrestlers KO all other boys' toys"*
> *Northampton Chronicle and Echo*
> *(Northamptonshire, December 19, 1991)*
> *FORGET the Nintendo Gameboy... youngsters have let their parents' pockets out of a stranglehold and asked for wrestling figures as presents this Christmas, say Northampton's toy sellers.*
> *Instead of going to distance with mums and dads to get them to fork out £70 for one of the hand-held video games, boys want World Wrestling Federation figures and wrestling rings.*
> *Nationally, the British Association of Toy Retailers puts Nintendo top of the toy parade, closely followed by the WWF figures and rings, which cost considerably less. Youngsters had tired of Teenage Mutant Hero Turtles, obviously last year's thing, which had fallen to sixth place in the chart.*
> *Debra Hall, manager of Beatties of London's store in the Grosvenor Centre, said the WWF figures were*

> *favourite for boys and Quints dolls were tops with girls, closely followed by the Scamps puppy.*
> *"It's the TV as usual, everything on TV sells well," she said.*

The Sunderland Echo also reported on the WWF toy hysteria, noting: "This year's fad is for the American World Wrestling Federation, with everything from posters and videos to figures and curtains."

Argos spokeswoman Janet Hidreth told *The Daily Mirror:* "It really is phenomenal. Turtles are old hat. This is going to be the big winner this Christmas."

Toys 'R' Us ran national adverts promoting WWF toys and smaller regional retailers jumped on the bandwagon. Beatties in Northampton and Joplings in Sunderland placed their own ads in local newspapers, ensuring parents knew exactly where to go to secure the must-have presents of Christmas 1991.

Shops across the country had been ransacked and for good reason – these figures defined an era. The designs perfectly matched the time's style, they avoided ultra-realistic sculptures, instead resembling the colourful, exaggerated sprites from the classic *WrestleFest* arcade game.

Each Hasbro figure captured the wrestler's essence, from Demolition's sticking-out tongues to Hogan's ripped vest. These details made each figure instantly recognisable, infusing personality into every character.

Nothing about the collection felt generic. Each figure possessed its own pose and signature move, with Rick Rude's *"Rude Awakening Headlock!"* standing out as one of the highlights.

Some came with accessories as a bonus. Ted DiBiase, in a brilliant black-and-gold tuxedo, came with the Million Dollar Belt. Brutus Beefcake arrived with a set of shears, and Jake Roberts came with Damien, his snake and sidekick.

The action shots on the backing cards (complete with printed autograph) made the toys look exciting – so much so that kids were getting them as gifts, even if they didn't know who the wrestlers were. It seemed like every kid in school played with Hulk Hogan with his *"Gorilla Press Slam!"* and the Ultimate Warrior with his *"Ultimate Smash!"*

Warrior was undoubtedly the most toyetic of all the superstars, and Hasbro chose some of his most striking colours for his first figure. The neon green and pink on his trunks and tassels popped on the toy shop's shelf.

In my collection, The Big Boss Man came first. He looked menacing with his nightstick in hand and sunglasses covering his eyes. The second version of Hogan followed: yellow trunks, yellow headband, walrus moustache, and that fixed *"Hulkster Hug!"* pose. Then Warrior's second incarnation turned up and looked even better. Bright face paint, tassels everywhere, like someone had crammed all his energy into a lump of plastic with his *"Ultimate Slam!"* stance.

They weren't carefully placed on a shelf or kept pristine. They got chipped and battered in brutal battles, day after day. There was *some* mindless figure-bashing, but WWF toys inspired incredible creativity. Some kids were content to re-enact the action they saw on screen. The more imaginative ones had bigger plans: building a "fig fed".

Children across the nation took on the role of Vince McMahon with their Hasbros. Once enough figures were assembled, you'd crown champions, create rivalries, and write your own storylines. Those striving for a touch of professionalism might use a Casio stopwatch to time their shows. I remember going a step further and creating a handmade *WWF Magazine* to report on my "fig fed". I'd draw and caption it, documenting the drama I was playing out with my toys. What I'm saying is, Hasbro's WWF toys should have been part of the national curriculum.

Some of my earliest memories involve those action figures. I can barely remember anything about primary school, or my first holidays and trips. However, I can vividly recall leaving Woolworths in Oswestry with a Greg "The Hammer" Valentine figure. I also remember the day I was playing football on the local playing field when someone brought their Demolition figures – the first time I'd seen them in the flesh. There was no internet to alert you to new releases. You had no idea which characters were coming and when they were arriving until you walked into the shop and saw them on the peg.

For many fans, the hunt for WWF action figures was part of the thrill, whether it was scouring official channels or discovering hidden gems, like Kenny McIntosh once did in Glasgow.

Kenny told me about a memorable Christmas when he received a wrestling ring along with figures of Hogan and Akeem before he'd seen the show. Those gifts sparked a lifelong passion for the future wrestling interviewer.

But I wanted to ask him about something else. I'd heard stories of unofficial WWF shops springing up in certain places, driven by the toys' overwhelming demand. One such story was set in Glasgow. Despite my efforts, I hadn't been able to confirm its existence and wondered if it was an urban myth.

Kenny put the mystery to rest. "In Glasgow there's a market called The Barras and it's where you would go in the '90s to buy pirate video tapes. On the back street of the market was this shop called The World Wrestling Federation Shop. It had the full logo, just completely brazen. I think it existed for less than a year, for obvious reasons! You would walk in and the whole wall was Hasbros – it was crazy."

People often talk about remembering where they were when major news events occurred – the assassination of JFK was shot, the death of Princess Diana died, the attack on the Twin Towers. For those who grew up on the WWF in the early '90s, there's another milestone: everyone remembers where they were when they first saw a Hasbro figure.

Dee Kalsi has been collecting since the very beginning. "I was about five at the time, so 90-91. I remember being at my childminder's and she had bought her son a load of these action figures – I was immediately hooked. We ended up walking down to the shop and I got my first two. I picked Andre the Giant and The Million Dollar Man, which I still own to this day.

"All of my other toys got dropped after that. All I wanted was wrestling figures. Toys 'R' Us was like Disneyland."

It became an obsession for John Shone too. "Every Christmas and birthday it was Hasbro figures," he recalled. "It got to the point where, as I got older – six or seven – I could tell what they were just by the shape of the wrapping. So my family had to start hiding them inside bigger boxes to throw me off the scent!"

For Ben Veal – who would go on to host the *Wrestling Life* podcast and write books alongside WWE stars – the journey began with the most unexpected of Hasbro figures.

"When I was eight years old, I got my very first Hasbro figure for Christmas: Sgt. Slaughter. I didn't ask for Sarge, but he was the first figure I received. Why? Because my dad was hugely passionate about military history, and knowing him, I suspect it was his way of nudging me toward a more educational pastime.

"Years later, not long after my dad passed away, I had the chance to spend time with Sarge and shared the story with him – it brought a huge smile to his face. I was a bit disappointed as a kid, being a fan of The Hitman and The Hulkster. Now, that figure is one of my most cherished possessions."

Hasbro's distribution strategy was designed to ensure stores carried the full range. Individual figures couldn't be ordered – retailers were obliged to accept assortments dictated by Hasbro. This strict policy made certain figures harder to find, creating a sense of rarity that kept kids and collectors hunting for their favourites.

The first range was split into uneven five and seven-figure bundles to accommodate extra Hogans – the undisputed best-seller. "Hulk was the driving force, the most popular by far," said Bob Swanson. Separating Hogan and Warrior in the assortments further incentivised stores to stock the entire range.

Hasbro faced the unique challenge of developing figures 12–18 months in advance, often without knowing how characters or storylines would evolve. "We had to develop at least two more figures than we needed in every assortment." Vincent D'Alleva, former Hasbro Product Manager, told *Inside The Ropes* magazine.

"We wanted a balance of good guys and bad guys. All of a sudden, when one character changed from good guy to bad guy – or quit, or got hurt, or changed his costume – that threw off the assortment. We always had to have a couple extra ready to go. Which is why some of the figures had the same body, we just switched the heads!"

The timing of releases sometimes led to mismatched figures. By the time the heel-era Big Boss Man from his Twin Towers days was released in series one, he was already a babyface. Tugboat required more adjustments when he transformed into Typhoon, necessitating a costume and name change.

These details might sound trivial, but for kids building their "fig feds", having a balanced roster of current heels and faces was essential.

A big roster of figures was something the wrestlers wanted too. Bushwhacker Luke told me the toy business was lucrative: "You got paid for merch every quarter. When they put out a new figure, that quarter cheque would be four times higher than the average."

When Bill "Demolition Ax" Eadie sued Vince McMahon for $2.5 million in unpaid royalties, his Hasbro action figure was a key issue. Court documents obtained by Brad Balukjian for his book

The Six Pack revealed that in the first quarter of 1991, 225,912 Ax figures were sold, generating $810,985.84 in revenue. Eadie's cut? $11,353.80.

Hasbro released 11 series of WWF figures between 1990 and 1994, keeping the figures and packaging uniform across the entire line – a crucial detail for mint-on-card collectors. Urban legends surrounded several figures, with the "Rhythm 'n' Blues" Greg Valentine being one of the most infamous. A *WWF Magazine* Toys 'R' Us advert featured the figure, but it was never released.

Before the internet, there was no way of knowing this; local shops sometimes carried one figure assortment and certain characters sold out quickly. It was only years later that collectors realised "Rhythm 'n' Blues" Greg Valentine never made it onto the shelves. Prototypes were eventually discovered, ushering in a whole new level of WWF Hasbro collecting: prototype hunting[3].

Today, the hunt continues for the Diesel prototype from the unreleased 12th series, known as the "orange cards". While only sketches and a head sculpt have surfaced so far, hand-painted prototypes of Lex Luger and Doink from the abandoned series proved that some figures got further than initially thought. It's the thrill of these discoveries that keeps seasoned collectors engaged long after completing their collections.

The allure lies in the unknown. Someone, somewhere, might have a box in their garage with a one-of-a-kind Mabel and not realise its significance. 30 years later, new figures and designs are being uncovered, leaving the most meticulous collectors wondering what treasures might still be out there.

While collectors worldwide now hunt for rare prototypes, UK fans in the '90s faced challenges finding standard figures. In a 1994

---

3. The prototype was found by a relative of the Hasbro company and auctioned off for sale. It sold for $12,600. More have been found in various states. The one believed to have been used in the Toys 'R' Us advert, along with the "two-up", were sold together to former WWE star Matt Cardona for a reported $43,000.

letter to a fan, Hasbro UK confirmed that Dusty Rhodes hadn't been officially distributed in the UK. "My mum and dad hunted everywhere for it," John Shone said. "Little did they know they were on a wild goose chase."

Loose Rhodes figures have since sold on eBay for £100–£200, while mint-on-card versions – the ultimate collector's prize – command significantly higher prices.

The UK wrestling boom cooled off in 1993, making later WWF figure releases increasingly harder to find. Major retailers began dedicating their shelf space to newer trends. "In the beginning you could just rely on Woolworths, but then you had to branch out if you wanted to get all the figures," said Kenny McIntosh.

Niche specialists, like comic book shops, became the new hunting grounds for collectors. Lesser-known characters such as Skinner have become more memorable as toys than as performers, largely due to the scarcity of their figures.

The UK never received any figures from the final set, series 11, known as the "green cards". A complete set of seven, mint-on-card, recently sold on eBay for £2,500, cementing their status as prized collector's items.

More remarkable than Hasbro's popularity in the '90s is the thriving community of collectors that exists today – a community fueled by nostalgia and a shared love for these iconic toys.

Two key factors have reignited interest in Hasbro's WWF figures in recent years.

The first was Mattel's launch of their Hasbro-inspired retro series in 2017. "When they came out, it brought a resurgence," said Dee Kalsi. Made in the same style as the originals, these figures caught the attention of collectors who thought they'd left it all behind. I, too, was brought out of wrestling figure retirement after 24 years when I saw them. For many from the

Hasbro generation, it was as close as you could get to reliving the thrill of walking into Woolworths and picking up a new figure.

The second factor was the Covid lockdowns. With everyone looking for ways to reconnect during a time of isolation, these figures became symbols of simpler, happier times. Online groups sprang up where people shared photos, traded figures, and swapped stories of finding their Holy Grail toys. "Everyone was buying and selling, the prices shot up ridiculously." Dee added.

But today, it's about more than completing a collection – it's about the friendships and camaraderie these figures have fostered. Collectors from around the world connect through online groups and in-person events, united by their love of these little plastic heroes.

For some, the perfect storm of Mattel's retro-style figures and enforced time at home reignited old passions. "When Covid struck and we were all sat at home on furlough pay with nothing else to spend money on, I thought I'd start looking at the retro stuff and collecting that," said Richard Sparkes.

These figures may have started as childhood toys, but they've become timeless reminders of connection, community, and nostalgia.

Most people didn't buy these toys in the '90s with future collectability in mind. While some kept them sealed on their cards, most kids played them to death. Today, those looking to reclaim their childhood toys at '90s prices often have to settle for battle-worn figures with scuffs, missing paint, and loose limbs. It's a miracle if the actions still work. Pristine, mint-condition figures now come at a premium.

Dee Kalsi has assembled one of the most complete collections in the world, including rarities like the "moon belly" Kamala, which he tracked down in Germany. Yet for Dee, it's not about the money. "It's never been an investment for me. Someone could offer me a million pounds today and I wouldn't sell my collection. The value there can't be replaced, because it's the memories."

For many collectors, it's not about the toys themselves – they represent a special time in our lives, a way to revisit the joy and nostalgia of childhood.

I was touched when Daniel Warburton shared some heartfelt reflections. "Recently, I lost my mother and collecting these Hasbros brings back so many memories of my childhood, so many happy memories, and a new-found respect and admiration of what my parents did for me. Now, having children myself, I collect and involve them in the hope of sharing my childhood and making it part of theirs. My kids don't know any of today's wrestlers, but they know every single Hasbro character!"

I met these collectors when I stumbled upon a Facebook group called "Legion of Hasbro". Immediately, I was struck by the strong sense of collective spirit and camaraderie, and I wanted to know more.

Robbie Duncan, who co-founded the group six years ago, explained its origins. "I started it because I felt there was a gap for a UK group with a proper community. The US groups at the time had some great community aspects which I enjoyed, so I took some ideas from that."

Phil Rapley, a long-time member of the group, shared his first impression: "'Wow!' I thought, 'there are other saddos like me!' I saw all those old figures and ones I didn't know ever existed. It was awesome and I was hooked."

What impressed me most was the group's longevity – it has existed for longer than Hasbro held the WWF licence. When I joined, it was impossible not to get drawn back in. Before long, I found myself collecting again.

"The best thing about the group is the community," Robbie told me. "I've made friends for life and talk to members far more than people in 'real' life."

Phil agreed wholeheartedly. "The best thing is the community spirit. It's really difficult to make friends in your 30s, to reach out and take yourself out of your comfort zone. Some of my best friends are people I met through 'Legion of Hasbro.'"

This group isn't just about collecting figures; it's about building connections and finding a shared passion, no matter your age.

John Shone runs the Hasbro figure community page @hWoOfficialPage on X. He explained how the "Hasbro World Order" began as a way for collectors to reminisce about their childhood figures – but it quickly became something more.

"It was the figures that brought us all together, but now we're all good pals. We try and meet up every year at For The Love Of Wrestling. We've been to *WrestleMania*, *Clash at the Castle*, and *Money in the Bank*. One of the lads made a 'hWo' flag, and we take that everywhere.

"It's just a group of mates having a bit of a laugh. And it's all based on the Hasbro figures that we love from this era of the WWF."

On the surface, I'm a 40-year-old man who's regressed to buying toys again. I used to think people like that were the nerdiest of the nerds (we've all seen *The 40-Year-Old Virgin*, right?). But now, I see it differently.

Hasbro didn't just make toys that were fun to play with in the early '90s – they made memories that have lasted over 30 years. These figures transport collectors back to special Christmas mornings, unforgettable holidays, and moments shared with loved ones.

When I look at Hasbro figures now, I don't just see toys. I see miniature time machines, taking me back to my childhood and that golden era of WWF fandom in the UK. They are more than relics of a bygone era – they're symbols of a simpler time. In an age before smartphones and endless scrolling, they brought us endless creativity, unstructured play, and the joy of shared fandom. Looking at them now, it's not just about remembering the past, but holding onto the values it represented.

Toys are a way of bonding with my daughter in the technological age. We appreciate them in a different way, but we look at them together with a shared joy. And maybe, just maybe, the magic of these figures will carry on into the next generation, reminding them – as they reminded us – of a time when imagination ruled the playground and heroes came in plastic form.

My top 9 Hasbro WWF Figures

Hulk Hogan: Series One "With Gorilla Press Slam!" – *The one that started it all, the most iconic WWF toy ever made? (estimated eBay price, mint on card = £170)*

Ultimate Warrior: Series Two "With Ultimate Slam! – *The most toyetic wrestler ever, in all his neon tasselled glory. (estimated eBay price, mint on card = £180)*

Jake "The Snake" Roberts: Series One "With Python Punch!" – *Everyone had this one. The boots, the snake, it's a classic. (estimated eBay price, mint on card = £90)*

Randy "Macho Man" Savage: Series One "With Elbow Smash!" – *Ooooh yeah! Savage's WWF Championship-era look. (estimated eBay price, mint on card = £400)*

Bret "The Hitman" Hart: Series Eight "With Hart Attack!" – *Excellent attention to detail fit for the Excellence of Execution. (estimated eBay price, mint on card = £500)*

Davey Boy Smith: Series Four "With Bulldog Bash!" – *The UK's own and a must-have in 1992. (estimated eBay price, mint on card = £160)*

The Undertaker: Series Eight "With Tombstone Tackle!" – *His second figure, this time with a cloth* *trench coat. (estimated eBay price, mint on card = £400)*

The Legion of Doom: Tag Team Set "With Hawk Attack! & With Dooms-Dayer!" *– Iconic in the red and black spiked shoulder pads. (estimated eBay price mint on card = £160)*

"Hacksaw" Jim Duggan: Series Two "With Hack Attack!" *– Wonderful cartoonish depiction complete with a 2x4 accessory. (estimated eBay price mint on card = £120)*

SUMMERS
SIZZLING!

CHAPTER 14

THE SUMMERSLAM YOU THOUGHT YOU'D NEVER SEE! THE GREATEST DAY IN UK WRESTLING HISTORY

> The British Bulldog – he wanted the big fight – he's got the big fight.
>
> BRET "THE HITMAN" HART, *SUMMERSLAM '92*

ON JUNE 9, 1992, speaking at a press conference in London, "Mean" Gene Okerlund formally announced the news that would capture the attention of the UK and the wrestling world: *SummerSlam* was coming to Wembley Stadium.

"The news is official. One of the biggest events in World Wrestling Federation history, international in scope, will be held here at Wembley Stadium."

The BBC reported the announcement on their flagship news programmes, proclaiming: "This summer London plays host to the toughest, the most flamboyant, sports event there is." It was rare for a TV show to dominate national conversation and make the news like this in 1992. This was before a body was buried under the patio in *Brookside* or the "Free Deirdre" campaign from *Coronation Street*[1].

"Hacksaw" Jim Duggan, Davey Boy Smith, and The Ultimate Warrior lined up at Wembley for the press, and blowing the trumpet for the WWF as ever was *The Daily Mirror.*

> *Catherine O'Brien*
> *"So who's going to say they're as thick as three short planks?"*
> *Daily Mirror*
> *(London, June 10, 1992)*
> *The biggest names in soccer and rugby history have been turned into quivering nervous wrecks before setting foot on this famous turf.*
> *Now three mean, musclebound pioneers from the World Wrestling Federation – Davey Boy, Ultimate Warrior and Hacksaw Jim Duggan – were being dwarfed by the power of the twin towers.*
> *They will be among the grunt 'n' groan contenders at the World Wrestling Federation SummerSlam '92 which is being held at Wembley for the first time over August Bank Holiday weekend.*
> *For Davey – the only Brit in WWF's 40-strong troupe of menacing fighting machines – the occasion will have added poignancy.*
> *He looked around the vast stadium and admitted: "Every*

1. The saga of Trevor Jordache's murder and his body being buried under the patio was one of *Brookside's* most talked-about storylines, making news headlines as the body was finally discovered. The campaign to free the "Weatherfield One", Deirdre Rachid, resulted in Granada TV's switchboards being jammed and the matter being discussed by Prime Minister Tony Blair and Home Secretary Jack Straw. Absolutely bonkers.

> *kid dreams of appearing at Wembley – it is Britain's centre stage."*
>
> *Leading his entourage of supporters from Lancashire on the big day will be his retired gas board worker dad Sid, mum Joyce, his brother Terence and sisters Tracey and Joanne.*

The article was a fun mix of spectacle and surrealism, but my favourite flourish from Catherine O'Brien came when she described Jim "Warrior" Hellwig as looking like "a cross between Darth Vader and Tom Jones" in his face paint and tight white jeans.

No Davey Boy article in this era would be complete without a detailed update on his diet, and *The Mirror* duly confirmed that he was off the hamburgers, chips, and pizza, having slimmed down to a lean 18 stone on a fruit-heavy regimen.

As the craze reached fever pitch, Sky flooded its schedules with WWF content, fuelling the frenzy. In July, they ran a Friday night prime time WWF special on Sky Sports called *History & Heroes*. Sky was already airing the WWF's syndicated shows – *Wrestling Challenge*, *All American Wrestling*, *Prime Time Wrestling* and *Superstars* – almost daily, and often multiple times per day, across Sky Sports and Sky One.

On Monday, July 27, the WWF dominated the front page of *The Daily Mirror*. Dubbed "Grand Slam Week", day one featured an offer for free Merlin trading cards and an entire page dedicated to Bret Hart.

The promotional push didn't stop there. In August, Woolworths launched a TV advert campaign for Silver Vision's *WrestleMania VIII* video release: "It's awesome. It's earth-shattering. It's hair-raising. It's breathtaking. It's informative. WrestleMania VIII."

The word "informative" feels out of place next to the high-octane adjectives, though I suppose Papa Shango's botched run-in did raise important questions.

Superstar appearances took the frenzy to another level. When Davey Boy Smith appeared for Silver Vision in Maidstone, more fans showed up than security could manage. Meanwhile, The Undertaker's appearance for Merlin in Milton Keynes drew a staggering 12,500 people, prompting police intervention to control the crowd.

Even the wrestlers were taken aback. Bret Hart later recalled: "I've never seen anything like it... I got stampeded. I got fondled, I got dragged down by old women and young girls... this is in the buildings, on the bus, everywhere I went, hotel lobbies. It was crazy... it was insane."

WWF dubbed it *"The SummerSlam You Thought You'd Never See!"* – and they were right. Venue changes weren't unheard of – *WrestleMania VII* was relocated after poor ticket sales – but moving *SummerSlam* 3,500 miles across the globe three months before showtime? That was unprecedented.

"I don't think you could do that today with all the rules and regulations and the bullshit you have to go through," said promoter Harvey Goldsmith.

Harvey, who spoke at the London press conference, explained how it came about. "Their idea was to bring *SummerSlam* into Europe and we had the connections with Wembley Stadium. In those days, there were not too many non-football events at Wembley.

"It was a very heavy negotiation. Even if we sold every seat and every bit of merchandise it wouldn't have made it viable. Eventually, whoever the guy in charge of Wembley was at the time could see the potential and allowed it to happen."

Dave Meltzer echoed this sentiment in the June 1 edition of the *Wrestling Observer* newsletter: "The move on the surface seems to make a lot of sense. Nearly everyone forecasts US wrestling popularity to sink to a new low this summer. On the other hand, WWF wrestling has never been more popular in Europe, with England certainly the strongest country."

It *did* make a lot of sense. The post-*WrestleMania* European tour was the WWF's most successful to date. Running two shows per night, only three failed to sell out – and one of those, in Milan, drew over 10,000 fans.

The visual impact of a packed stadium was another key reason for the move. To quote David Brent: "Does a struggling salesman start turning up on a bicycle? No, he turns up in a newer car – perception, yeah?" Even as the WWF nosedived in America, a packed Wembley would give the illusion of a global juggernaut enjoying unprecedented success. Vince McMahon was staging a masterclass in showbiz sleight of hand.

The WWF's UK momentum was undeniable. They had sold out Wembley Arena on consecutive nights, pulling £170,000 at the gate each time, with merchandise sales making that last tour more profitable than *WrestleMania*. These numbers were more remarkable considering the absence of Hogan and Warrior.

With house shows being cancelled across the United States, WWF planned to increase the frequency of its European visits. Weeks later, the harsh reality of the American market crystallised and house shows were having to be cancelled. Those plans evolved into an audacious decision: moving the second-biggest pay-per-view of the year to the UK.

When the decision to move *SummerSlam* was made in June, Davey Boy Smith wasn't in the main event picture – nor was Bret Hart. The original plan for *SummerSlam* was Hart defending his Intercontinental Championship against Shawn Michaels.

In his book *Hitman*, Hart claimed credit for pitching a different scenario to Vince McMahon: "If SummerSlam was held in England, I suggested, why didn't I drop the IC belt to Davey there, and Davey could, in turn, drop it to Shawn shortly thereafter. The pop in the UK would be huge because Davey was a homeboy."

At the June press conference in London, it was announced that Hart would instead defend the title against the UK's very own megastar, Smith. For Hart, Hitman versus Bulldog seemed like an obvious main event: "Every show I ever wrestled in England or Germany was sold out... whenever I was on the tour it was like it was Bret Hart world over there. I don't even think Vince grasped what was going on... I was so over in England and Germany more than anyone else. It was on a special level that I've never seen, even now."

For fans in the UK, Hart versus Smith felt like a natural main event, and in hindsight, it's obvious to everyone else as well. But for the WWF, it was a massive gamble.

Neither wrestler was positioned as a top guy in the company on WWF television at the time and the Intercontinental Championship was the secondary title. This was *SummerSlam* – the second-biggest show of the year – and it was the first major pay-per-view with no Hulk Hogan. Objectively, filling the void left by the biggest star in WWF history with an upper mid-card match wasn't a sound business decision.

Titan's concerns about the match's appeal in the US were legitimate, where pay-per-view buys were still critical to the bottom line. Interest in the product was at its lowest point since the national expansion, and the *Wrestling Observer* newsletter reported on June 22 that WWF TV ratings were at an "all-time low."

To boost US interest, McMahon focused promotion on "Macho Man" Randy Savage defending his World Heavyweight Championship against The Ultimate Warrior. For the American audience, this was billed as the main event.

"A lot of American writers and people in the wrestling coverage business at that time felt that Warrior versus Savage was the main event of that show. It wasn't. The main event was Bret Hart versus The British Bulldog if you were there or living in the UK at the time," said Findlay Martin.

Tickets for the show went on sale on June 24, 1992.

People today complain about sitting in virtual queues on their web browsers, but back then, queues were very real. If you wanted tickets, you stood in line at the venue's box office. With no social media to scroll, your options were to nap, stare into space, or – heaven forbid – make conversation with strangers. For those who didn't live close by, the alternative was sitting by the landline with the phone to your ear, which would cost your parents 35p per minute.

Sean Mooney announced on *Superstars* that tickets sold out within ten hours. It was a claim steeped in mythology, straight from the *WrestleMania III* playbook as some upper-tier tickets were still available. Yet the WWF *had* shattered the professional wrestling record for first-day sales and revenue, tripling the number of tickets sold for *WrestleMania III* in its first week. "They knew they were onto a winner as soon as the press released it," said Harvey Goldsmith.

If you had missed out, there was the option of booking a place through travel companies offering *SummerSlam* packages. If you lived in the Liverpool area, Barnes Worldwide Travel promised a top bracket ticket and your return coach fare for a very reasonable price of £44.95. Essex residents could book their place through the *Brentwood Gazette* for only £28.50, although they'd only secured third tier tickets.

The demand came as no surprise to Bret Hart. On WWE's *The Bump* many years later, he reflected on his early experiences wrestling in England in 1981 and how he saw the potential for American wrestling in the UK: "They were always great wrestling fans in the UK... they had great history, great wrestlers. I said, 'Someday, if we get to England, they will take it to a new height.'"

He had been proved right with the demand for tickets for *SummerSlam*.

In the summer of 1992, WWF was bigger in the UK than it was in America. For many UK wrestling fans, that summer represented the peak of their childhood fandom. For some, it marked the beginning of a lifelong love affair with wrestling. For others, it was a high point that could never be reached again.

The Daily Mirror implored readers to "Get to grips with Hitman Hart" on Monday July 27. They ran a full-page article by Catherine O'Brien and a competition for a pair of VIP meet-and-greet tickets. Five runners up were promised a pair of standard tickets, the next 50 a replica pair of his sunglasses, and the next 50 a Bret Hart Hasbro action figure.

"I've had thousands of letters from kids in Britain and I'm dying to get over there to see what they are like," Hart told readers. "I have to assume that in England, fans are going to be rooting for British Bulldog. I'm going to be a bit like a cat walking into a dog pound."

The following Friday the competition got another half page, with the added bonus that the main prize winner would now also get to have a photograph taken with a top superstar, which Merlin would then turn into a trading card.

Sky aired the following advert in the lead-up to *SummerSlam*:

> *November the 9th 1989. Acting on a tip that SummerSlam was headed to London, England, millions of East Germans tear down the Berlin Wall and head west in a frenzied attempt to buy tickets.*
>
> *And now, almost three years later, their dream of democracy and freedom, to see the World Wrestling Federation Champion "Macho Man" Randy Savage defend his title against The Ultimate Warrior has become reality. World leaders, still in shock over the*

SummerSlam announcements, made these comments.

The advert then spliced in old news footage of George Bush, John Major, Mikhail Gorbachev, and Boris Yeltsin "commenting" on *SummerSlam* coming to the UK. The result was bizarre and, in hindsight, hilariously over-the-top.

> *Join the sell-out crowd of 80,000 at Wembley and witness history in the making. SummerSlam, coming soon to Sky Sports. In association with the video board game Atmosfear*[2].

As the show approached, media coverage began to intensify. Savage and Warrior may have been the headliners in the United States, but in the UK, there was only one story dominating *SummerSlam* week: Davey Boy Smith's quest to bring home the gold.

"There was nobody who made more of an impact in Britain as far as being a wrestler than Davey Boy Smith. There was never anybody that got the coverage that Davey Boy got in 1992," William Regal told *Biography: WWE Legends.*

Catherine O'Brien
"Family at war"
Daily Mirror
(London, August 14, 1992)

---

2. Atmosfear was a popular '90s VHS board game that seemed genuinely terrifying when you were eight. The creepy "Gatekeeper" – who got more grotesque as the game went on – barked orders at you through the TV, his voice booming over constant wind and thunder, while you tried to avoid drawing the card with your own worst fear written on it. It had more of an edge than Mouse Trap.

> *British Bulldog Davey Boy Smith has legs the size of tree-trunks – and they are used to weathering storms.*
> *But he is the first to admit that the thought of SummerSlam '92 has set his knees a-trembling.*
> *When the strains of Rule Britannia strike up, the Wigan-born wrestler – the only Brit in WWF's superstar line-up – will step out in front of 83,000 frenzied fans in the most famous sporting arena in the world.*
> *He knows that he's looking for a one-way result.* He's got to win.
> *"It is the ultimate challenge of my career. I've fought all around America, and all around the world. Now I'm coming back home. Every kid in England dreams of appearing at Wembley Stadium. I'm about to do it and I'm hungry for victory."*

The article delved into the tensions within the divided family and included quotes from Bret Hart:

> *"It has made things very difficult over the last few months. With the challenge, family gatherings have been a bit strained. He is my brother-in-law and because of that, I have a certain fondness for him. But once in the ring, I've got to be tough."*

Bret also spoke about the injuries he'd endured throughout his career, which led to this wild tabloid flourish:

> *There is certainly not a mark on his perfectly-formed body. The sight of his rippling muscles in his trademark pink tights send women wild. "I'm not*

complaining. It is very flattering to have the girls screaming for you," he says.

Ah, the tabloid press in 1992. Subtle as ever.
The next day, the spotlight shifted to Savage and Warrior:

Catherine O'Brien
"Savage revenge"
Daily Mirror
(London, August 25, 1992)
It was Elgar's masterpiece - a patriotic military march that put his name in the history books.
But for millions of American wrestling fans around the world the stirring strains of Pomp and Circumstance mean only one thing today - Macho Man Randy Savage.
Elgar's music has become the World Wrestling Federation champion's signature tune and will herald his appearance at Wembley Stadium on Saturday.
The 17st 5lb WWF Superstar is top of the bill for SummerSlam '92. And he is determined to stop The Ultimate Warrior knocking him off his perch.
"Sometimes the challenger is hungrier than the champion - but not in this case." Randy says.
"I'm heading for the biggest night of my life. We wrestlers live and die with what happens at SummerSlam, so I've been getting into superb shape, mentally as well as physically."
He faces a tough challenge. The war-painted Warrior is one of the strongest grapplers in the WWF...and he's already had the better of the Macho Man. Now Randy Savage wants revenge.

Some 83,000 people at Wembley are going to be watching, as well as zillions all over the world. "For their sake, Macho Man must remain King." He has been eating all the right foods – no hamburgers, pizzas or chips. And he has been doing all the right things – running, weight training, meditating. Now the big moment is almost here.

Those without tickets didn't watch events unfold live on August 29. The show aired on Sky in the UK and on pay-per-view in the US two days later. This delay was primarily to avoid the time difference issue and cut costs on an international live feed at a time when the WWF's finances were strained. It wasn't unprecedented; the first two *WrestleMania* events were shown on a tape delay to most of America. There were no internet spoilers or illegal streams to worry about back then.

Sky ramped up their advertising in the week leading up to the event. The timing couldn't have been better for WWF fans on the basic subscription package, as Sky Sports' move to a premium subscription model wasn't happening until September.

Their advert was played constantly:

Wembley Stadium. The home of top sporting events. Monday at four on Sky Sports, for the first time in the history of the World Wrestling Federation one of the biggest events will take Wembley by storm.

It's the greatest! It's the hottest! It's SummerSlam! See your favourite superstars including The British Bulldog, Bret The Hitman Hart and many more. SummerSlam, Monday afternoon at four, on Sky Sports.

I'm not sure if Smith got the chance to read any of these

glowing write-ups – he was too busy making his way across the country for a week of signings. One stop on the tour was Woolworths in Croydon, where he arrived on August 27 at 12pm. The event was scheduled to wrap up at 1:30pm, but, as with every Bulldog signing, the queues were enormous. The overrun was almost as long as the original runtime, as fans waited patiently for a brief moment with their hero.

Back in the US, Sean Mooney hosted a *SummerSlam Countdown* show featuring footage from interviews conducted at the Hart family home. Stu Hart kept it classic, delivering a stiff-upper-lip wrestling promo in his understated style. Helen Hart appeared visibly emotional, seemingly close to tears, while Diana, sister of Bret and wife of Davey Boy, openly wept at being caught in the middle of the family feud. Meanwhile, Bruce Hart didn't pause his workout to speak to the cameras – one of the most transparent come-and-get-me pleas to Vince McMahon in the history of the wrestling business.

The day before the big show, *The Daily Mirror* ran yet another full-page spread on Davey Boy Smith – this time, catching up with his father, Sid, for a dose of classic British Bulldog pride.

Ian Brandes
"Oh boy, look at him now"
Daily Mirror
(London, August 28, 1992)
His proud dad Sid Smith, a retired gasman, says: "Davey's obsession with wrestling began after watching the Olympics when he was 10.
"He started weight training to build his body up and spent every night working out."
Davey Boy even nagged mum Joyce to prepare a special diet of lean meat, fish, pasta and protein.

"He simply devoted himself to the sport and was never in any doubt about what he wanted to be," adds Sid.
"He idolised the professional wrestlers on TV, and was determined to get in on the action."

At 15, Davey was suddenly thrown into the lion's den on the Saturday afternoon programme with such home-grown greats as Mick McManus, Jackie Pallo, Big Daddy and Les Kellet.
Sid laughingly recalls: "I'm sure some of his mates knew, but his teachers certainly didn't. His headmaster was astonished when he turned on the telly to see one of his pupils grappling.
"Davey was really hauled over the coals the following Monday."

On August 29, WWF hysteria reached its peak as 80,355 fans poured into Wembley Stadium, having spent £1.2 million on tickets. It was the biggest event the WWF ever held outside the United States. The result was a European professional wrestling attendance record that stood for more than three decades.

Former NXT commentator Nigel McGuinness recalled the scene on A&E's *Biography: WWE Legends*: "We drove up that day to Wembley, and you could see lines of cars weaving their way round to the stadium. You got a sense of the grandeur and the size of what this is."

For 12-year-old Richard Sparkes, it was a journey from Nottinghamshire he'll never forget. "My dad dropped me off outside the old Twin Towers at Wembley, gave me a tenner and said, 'How long is this show?'

"I said, 'I dunno, about seven hours'.

"He said, 'I'll meet you back here in seven hours'.

"Being a dad now I wouldn't be dropping my kids off at

Wembley! I don't want it to sound like my Dad's really irresponsible – he's a lovely man! I don't think Dad had any idea of the scale of that event."

Findlay Martin made the trip from Kendal, combining his role as a fan with professional duties for *Superstars of Wrestling*. "I remember driving down from Kendal – which took a long time! It was exciting because it was *SummerSlam* and we knew it had done well in terms of ticket sales. And there was going to be this Davey Boy Smith versus Bret Hart main event, which was a huge match for the UK market."

The Sunday Sun, which described *SummerSlam '92* as "like the FA Cup final, only louder," caught up with fans before the show.

Pat Moore explained how the WWF had unexpectedly strengthened her bond with her grandson: "I get to see more of him now because he visits me to watch the wrestling," said Pat, 50, of Norton, North Yorkshire.

"Now he's hooked like me and I'm working on my other grandson, who is just three."

Claire Smith, 24, of Lingdale, near Guisborough, was refreshingly honest about her reasons for wanting to get closer to the action: "We love watching all those big muscle-bound men."

Meanwhile, 12-year-old Helen Byers had a more specific favourite in mind. She wanted to see Bret Hart "because he's so good-looking".

As fans descended on Wembley, they cleared out merchandise kiosks in a frenzy, eager to grab anything emblazoned with their favourite superstars. Parents shelled out for t-shirts, caps, jackets, foam belts, foam hands, and official souvenir programmes faster than staff could restock.

It was a banner day for Martin Goldsmith: "I think we sold more merchandise that day than in the history of the world.

"People asked me, 'How much merchandise are you going to bring?'

"I said, 'About a million at retail'.

"They all said, 'You'll never sell that!'

"I told them, 'Well if I don't, I'll go bankrupt'. We did and for many years we held the record for money taken."

A staggering £1.2 million changed hands in a few hours at Wembley Stadium. Adjusted for inflation, that's close to £3 million today. Watching the event back, it's impossible to miss the sea of green foam hands with pointed fingers waving in the crowd.

Outside the stadium, another kind of merchandising frenzy was unfolding. Bootleggers spotted a golden opportunity and flocked to Wembley in droves. Richard Sparkes remembers the scene vividly. "The merch was crazy, I remember loads of knock off t-shirts. You've got that long gangway walk and it was just lined with people selling knock off shit."

For Martin Goldsmith, the situation was one big headache. "We employed a local security company and got Trading Standards in to confiscate the goods being sold without a licence. So we were lucky we managed to get hold of most of that stuff and put it into a warehouse until the show was over.

"Believe it or not, ten years later I had a court writ for stopping trading at Wembley Stadium at *SummerSlam '92* – one of the pirate merchandisers actually sued us and took us to Southend Court.

"He got Legal Aid and his claim was we stopped him trading and cost him £30,000, even though what he was doing was illegal. When they found out what it was all about, they dropped him straight away."

WWF cameras captured the carnival atmosphere outside Wembley, interviewing the sea of neon merchandise-clad fans. It's doubtful that much polyester in one place would pass a fire safety assessment in 2025. One particular voice became a standout. A young girl with a bowl haircut – later nicknamed The British Bulldog Kid – was interviewed before the show. In her

Americanised Yorkshire accent, she confidently declared: "The British Bulldog is gonna win, whether he wants to or not!"

Unintentional though it may have been, the line became a cult favourite among wrestling fans. Decades later, fans tracked down Aimee Dunn from Doncaster and her surprise at her enduring popularity was as endearing as her original quote. As surprised as all the fans that mistakenly thought her to be a boy for almost three decades.

Drew McIntyre described the search for The British Bulldog Kid as "The Holy Grail of wrestling". That was the power of WWF fandom in the UK in 1992 – a kid with a daft haircut and a slightly baffling proclamation in a pre-show vox pop is still talked about more than 30 years later.

Inside Wembley, the atmosphere was electric. Fans had waited years for a WWF event on this scale. "Once you walked inside the stadium – I think I was about row 50 – it was dramatic," said Nigel McGuinness.

For Richard Sparkes, it was nothing short of life-changing. "I ended up in row 12, so I had floor seats. I found my way to my seat and it felt like a rite of passage for me. Being that young, doing that on my own."

The British weather might seem like a dull topic to intertwine with the greatest day in the history of professional wrestling in this country, but it was a major concern when planning a stadium show here.

"Had it rained it would have been all hell let loose," said Harvey Goldsmith. "We were lucky with the weather, it was fantastic. That's the biggest risk and that's really what made it all work."

Bret Hart shared similar worries, particularly given his position on the card: "I was worried, like a lot of people were, that it was going to rain. I think we were even told the day before it was about a 50:50 chance it was going to pour. And I was praying that it wouldn't rain."

With the sun shining and attendance and merchandise records already set, it was time for the fastest-selling show in professional wrestling history to begin.

SummerSlam '92 featured some strange matchups. The Ultimate Warrior and Papa Shango faced each other 55 times on the house show circuit during their feud in 1992. A payoff to their heavily promoted storyline, featured extensively on television and in *WWF Magazine*, would have made perfect sense here – but it never came to fruition.

The Undertaker and The Berzerker clashed 39 times that year at live events. Their feud, given plenty of TV time and *WWF Magazine* space, also failed to reach a proper conclusion at *SummerSlam*, or anywhere else[3].

The Legion of Doom and The Beverly Brothers had been locked in a fierce battle for months, clashing 38 times at house shows since April. The contrast between the two teams couldn't have been starker. LOD were the ultimate no-nonsense badasses, while The Beverlys – Beau and Blake – were purple-caped, silver-spooned pretty boys from the country club haven of Shaker Heights.

Every week on syndicated TV, The Beverlys taunted Animal and Hawk, mockingly dubbing them "The Legion of Sissies". It was a bold move, considering LOD had spent a decade steamrolling opponents across multiple promotions. But if The

---

3. The Berzerker, real name John Nord, even attempted to stab The Undertaker (in storyline) with his sword on one occasion. The lunatic Viking's attempt at murdering the Deadman was unsuccessful and his blade only pierced the ring canvas.

Beverlys were looking to make a name for themselves, they would learn that some fights simply aren't worth picking. But not at *SummerSlam,* as the two teams were also kept apart.

Then there was The Big Boss Man and Nailz. Randy Savage and Ric Flair. *SummerSlam '92* somehow managed to ignore the majority of the high-profile storylines happening in the WWF at the time.

I'm not suggesting Bret Hart should have faced Shawn Michaels or Davey Boy Smith should have squared off against Repo Man, but the opponent shifts across the rest of the card were undeniably odd.

Guess what? In the end, it didn't matter. *SummerSlam '92* became one of the most important pay-per-views in WWE history – even though the majority of matches were seemingly plucked out of thin air. So, what do I know?

The commentary team for *SummerSlam '92* featured the owner of the company himself, Vince McMahon, alongside the ever-entertaining Bobby "The Brain" Heenan.

WWE announcer Corey Graves reflected on the event on his *After The Bell* podcast, he said: "As the event progresses, Vince continues to use the phrase 'pageantry and spectacle'. And this lived up to it. That's the one recurring theme... Every superstar that made an entrance, everything felt enormous."

It seemed like a rule in Britain during this era: Jimmy Hart was always first through the curtain. This time, he accompanied The Nasty Boys and The Mountie for the opening dark match.

Bushwhacker Luke shared his memories of the match with me. "We were the first match, the people had been waiting a long time for some action. We were teamed up in a six-man, we had Jim Duggan as our partner against The Nasty Boys and The Mountie. I remember us marching out with Jim Duggan, me with the 'Whoa!', Butch with the 'Yeah!' and Jim Duggan with the 'Hoooooo!'.

"We got in that ring, put our heads under the top rope and did the 'Whoa!', 'Yeah!', 'Hoooooo!' on each side. The people in the arena were all doing it with us, like a soccer game.

"We started the match, locked up, and everything we did the people just bought. You'd make a punch and you'd hear the whole building. The crowd went crazy. Being British subjects, we were over strong."

"Hacksaw" Jim Duggan's ability to get UK crowds chanting for America – as he had done at the first show in '89 and again in '91 at the Royal Albert Hall – hadn't gone unnoticed by the talent sharing a ring with him that memorable August day.

"The funny part is the people were doing the 'USA! USA!' for Duggan, in England! We laughed about that. It was wild."

After the crowd-friendly theatrics, the match ended with Duggan pinning The Mountie for the popular win. The crowd hadn't needed any warming up, but now it was on fire.

On his *Prime Time* podcast, Sean Mooney asked Jim Duggan if the UK crowd was one of the greatest he'd ever experienced: "I think looking back at it, it sure was, you know. To be out in front of that many people in a foreign country and have them respond and welcome me into their country – and Butch and Luke – like that. It was a thrill. You're not kidding."

Before the broadcast began, there was one more dark match: Papa Shango versus Tito Santana. It marked El Matador's fourth consecutive UK show appearance, but bullfighting came second to voodoo this time, with the creepy shaman picking up the win after a brutal-looking shoulder breaker.

The Legion of Doom were massive in the UK, and for good reason. They graced the cover of the *Battle Royal at the Albert Hall* VHS, perfectly capturing their status as one of the era's defining teams. Their WWF stint coincided with the height of the UK's wrestling craze, cementing them as the tag team most fans associate with this golden period.

A big part of their appeal was their merchandise-friendly look, which got an upgrade for Wembley: their iconic red shoulder pads were swapped for gleaming gold. To top it off, they made an unforgettable entrance on motorbikes, kicking off the broadcast portion of the show with full-blown pageantry.

Martin Goldsmith told me this almost didn't happen. "They wanted to come to the ring on their bikes. I told them, 'Hang on, you can't just do that. You've got to get permission from Brent Council'.

"They looked at me like I was mad and said, 'What the fuck are you talking about?' Anyway, after a lot of arguing with the local authorities, they did it."

Brent Council might have had second thoughts if they'd known Hawk was driving under the influence.

The Legion of Doom's unforgettable motorbike entrance set the stage for their decisive victory over Money Inc. Once in the ring, the face-painted Chicagoans revved up the Wembley crowd, securing the win when Animal delivered a powerslam to The Million Dollar Man.

Reflecting on the match, Ted DiBiase told *Inside The Ropes* magazine: "Wrestling at Wembley Stadium was one of the highlights of my career."

As for Hawk, he rode off into the sunset – or, more accurately, out of Wembley Stadium. "It's quite a story," Jim Duggan recalled. "After the show, boom, missing in action. He disappeared. He was gone for like a week. He missed the flight. He hooked up with the Hell's Angels and disappeared into England. Nobody heard from him.

"It was the '90s, brother!"

The action continued with Nailz versus Virgil. The ex-convict, making his one and only UK appearance, choked out Ted DiBiase's former bodyguard in three minutes.

WWF Magazine reported: "Virgil battled valiantly, but that was not enough to overcome the ruthless Nailz, for whom brutality is a way of life. Next, the ex-convict will be going after the Big Boss Man."

Up next was a battle of egos as Shawn Michaels faced Rick Martel in singles action. With a stipulation that neither man could hit the other in the face to protect their good looks, it wasn't entirely clear who fans were supposed to root for – but that didn't matter to Corey Graves.

"My favorite match, I think, on the card... This was so different because even to this day, you very rarely see 'bad guy versus bad guy,'" he reflected years later.

Michaels, eager to establish himself as a singles star, did his best to steal the show. *WWF Magazine* reported: "The Model Rick Martel and Shawn Michaels put on a dazzling show of athleticism-and dirty tricks but in the end, they were both losers. The reason? While they were vying for the attention of Sensational Sherri, they were both counted out."

The magnitude of the event wasn't lost on Michaels. Reflecting in his book *Heartbreak & Triumph*, he called Wembley Stadium "the Rose Bowl, Lambeau Field, and Yankee Stadium all rolled into one."

The WWF Tag Team Championship was on the line next as The Natural Disasters defended their titles against The Beverly Brothers. Overcoming The Beverly's cheap shots, the behemoths elicited a huge cheer from the Wembley crowd when Earthquake crushed Beau Beverly to secure the win.

Former Demolition tag team partners faced off in the following match. In a clash of repackaged gimmicks, Crush battled Repo Man. The former Smash had traded in his face paint for a Lone Ranger mask and a persona akin to a bailiff from *Can't Pay? We'll Take It Away!*

Repo Man tried some sneaky stuff, but Crush, clad in

fluorescent gear, claimed victory with the Kona Clutch in four minutes.

Barry "Repo Man" Darsow told me that *SummerSlam '92* was one of the biggest shows he'd ever been part of. Darsow was determined to impress the Wembley crowd and made a request to his friend Brian "Crush" Adams in the locker room.

"I said, 'Brian, you have to press slam me.' He said, 'Barry, I can't press slam you!' I was 300lbs then. I said, 'I'll help you get me up there.'

"He had me up in that press slam, I'm looking down at him and I said, 'See, I knew you could do it.' He started laughing and he couldn't hold me up anymore, he had to slam me. That's one of the best memories I have with him, that was pretty fun."

The undercard concluded with a marquee match: WWF Champion Randy Savage versus long-time rival The Ultimate Warrior. Though positioned on the undercard, this was promoted as the main event in the United States.

Their *WrestleMania VII* clash had been a classic, and this encounter lived up to expectations. The Macho Man and The Ultimate Warrior engaged in a grueling match, however interference from Ric Flair and Mr. Perfect cost Savage the match by count-out, so he kept the title.

Flair, meanwhile, had enjoyed the event in more ways than one. "Well, it was one of the greatest weeks of my life!" he told *Inside The Ropes* magazine. "The Holiday Inn at Kensington, seven days, Stringfellows, all the clubs were open. It was one of the greatest weeks of my life."

Jim Duggan also found himself in Peter Stringfellow's infamous nightclub: "We were out partying with Michael Douglas and Grace Jones one night."

. . .

Having such a high-profile match halfway through the show may seem odd, but two things dictated the structure of *SummerSlam '92*: The Undertaker needed to make his entrance after dark, and Smith vs. Hart had to close the event.

The title match between Warrior and Savage ran nearly 30 minutes, entrances included. McMahon would have been mindful that its conclusion might prompt a mass exodus, and empty seats don't look great on television. To fill the gap, a live-audience-only match followed, with Tatanka defeating The Berzerker as fans dashed to the toilets and concession stands.

The next battle aired on TV featured The Undertaker and Kamala. This wasn't Kamala's first time performing in the UK. A decade earlier, under the name "The Mississippi Mauler" Jim Harris, he wrestled Big Daddy in a televised match for Joint Promotions in Hemel Hempstead. By 1986, Kamala was feuding with Hulk Hogan in one of the highest-grossing house show rivalries of the US wrestling boom, before leaving the WWF in 1987 for a five-year hiatus[4].

Corey Graves shared his thoughts on the Kamala gimmick, calling it one of the best ever in his view: "I think just the ability to strike fear, and it would never hold up in this day and age, but Kim Chee, or whomever was pulling the reins at the time, had found this savage warrior in the depths of the jungle and brought him to WWE to just wreak havoc on everybody. Really, really cool."

For his entrance, The Undertaker arrived in a hearse – but not without logistical hurdles. Martin Goldsmith had to clear the entrance with the local council. "A local funeral company let us hire a hearse," Martin explained. "The council reluctantly agreed

---

4. Harris told *Bleacher Report* in a 2014 interview that he left the WWF in '87 due to pay dissatisfaction, but regretted walking out unannounced after his high-profile programmes with Hulk Hogan and Jake Roberts.

to let us drive it into the stadium – but only after a lot of persuasion."

The *WWF Magazine* reported: "In a spectacle that seemed to leap from the pages of horror writer Stephen King, The Undertaker made his entrance in a gloomy British hearse. As he gazed down at the coffin in the back, it was clear that the man from the Dark Side had a special place to send Kamala."

This wasn't The Undertaker's first memorable entrance in the UK. His debut special entrance came at the Royal Albert Hall, but *SummerSlam* marked his first grand stadium entrance – a pivotal moment for The Deadman. It was here that fans began to see him as more than a midcard gimmick designed to scare kids. This was the turning point: the moment he began to emerge as a fan-favourite megastar capable of headlining major events. *SummerSlam '92* provided the blueprint for many of his spectacular entrances to come.

The match itself was short and to the point. The Undertaker won by disqualification after interference from Kamala's handler, Kim Chee. A post-match beatdown by The Ugandan Giant set the stage for their rematch at *Survivor Series*.

By the time the real main event rolled around, the sun had set, and Wembley Stadium was bathed in total darkness. A family divided, the fans divided – yet united in excitement and anticipation. This was the biggest match the WWF could have given its UK audience.

Bobby Heenan, ever the master of the verbal jab, shared his thoughts in *The Daily Mirror* beforehand: "What a pathetic pair of posers. Hitman's hair is so greasy you could cause a major oil glut just by draining his head. And as for the Bulldog, I hear that his wife takes him for walks at night to stop him making a mess. Neither is worthy of a WWF title, but Bulldog has the clear advantage – because he'll be yapping in his own back yard." Classic Heenan.

"The British Bulldog" Davey Boy Smith challenged "The Hitman" Bret Hart for the Intercontinental Championship in what became the most famous match in UK wrestling history. Lennox Lewis escorted Smith to the ring, proudly carrying the Union Flag through a sea of cheering fans waving their own. For Smith, in Britain, in the main event, attempting to win his first singles championship, the stakes couldn't have been higher. The crowd's deafening response took the match to an entirely new level.

Sam Roberts, who lived in England from 1988 to 1992, shared his experience of the event on the debut episode of his *Notsam Wrestling* show on the WWE Network: "You cannot overstate how popular "The British Bulldog" Davey Boy Smith was in the UK. I don't even know if it translated fully to fans in America.

"Representation is important. And there weren't a lot of Brits running around the WWE ring at the time. But there was one guy, who was crazy athletic, who was winning matches, who was a good guy, super muscular, super strong, had the Union Jack on his butt, and carried an actual British Bulldog to the ring. You don't get more British than that. He had the British flag colours in his braids."

Hart, playing heel despite his deep connection to the British audience, was also warmly received. Both men commanded huge support in the UK. In his book *Hitman*, Hart wrote:

> *The sky was a beautiful purple-blue by the time our match was called. The aisle was so long that my usual entrance music played twice as I made my way to the ring, the picture of confidence in my leather ring jacket. English football horns trumpeted through a crowd of all ages while Union Jacks fluttered in the soft breeze. I was eased by the sight of numerous pink and black signs, and I had the distinct sense that God was with me as I silently*

vowed to show Vince, Davey and the world how good I was.

UK fans were notoriously forgiving of sub-par matches, swept up in the sheer spectacle of the WWF. But this match was an exception – a legendary encounter that has stood the test of time. Dave Meltzer described it as, "the best WWF singles match on a major show since Savage-Steamboat in 1987".

The *WWF Magazine* perfectly described the ending, one of the most memorable in pay-per-view history: "After reversing an Irish whip, he bent to back-bodydrop Bret. Hart, being the masterful technician he is, foiled the move with a sunset flip attempt. But the Bulldog was one step ahead. He rolled with the momentum, then – at precisely the right moment – lowered his knees onto Hart's shoulders and cradled his legs to gain the win and the Intercontinental Championship."

When Davey Boy Smith won the belt, it was the UK's equivalent of Hogan slamming Andre. The crowd erupted with a deafening roar – one of the most thunderous reactions you'll ever hear. Smith's win over his brother-in-law not only defined the era but also became a cornerstone of British wrestling history, inspiring generations of fans and wrestlers alike.

Smith became the first Intercontinental Champion from the UK, in fact, the first from anywhere outside North America.

"When Howard Finkel finally made the announcement it was just like – I'm still feeling the goosebumps right now – it was one of the greatest experiences of my life," said Smith's son, Harry.

"It was just... it's beautiful. It may not be perfect. To me, it is beautiful," said Corey Graves.

Sean Mooney echoed the sentiment: "One of the greatest matches I ever saw."

For many, *SummerSlam '92* was the culmination of years of WWF fandom and the start of something larger. Some fans attended alone, others with friends or family, but everyone left with memories that would last a lifetime.

Findlay Martin reflected: "The main event was an absolute classic with one of the most amazing reactions in wrestling history when Smith won. It was an amazing moment, but at the same time it was also kinda sad as you knew they were never gonna top it."

Richard Sparkes was ecstatic: "I think that tribal thing probably came into play a bit… when there's that many people all into the same thing it's very easy to get lost in it. That *SummerSlam* didn't feel like a long day at all. I don't remember anyone settling down at all in '92, everyone just stayed hyped from the first match til the last.

"I was very lucky and probably didn't realise it at the time. People talk about *SummerSlam '92* like it was the biggest thing ever, and I suppose it was. It was huge."

The event left a lasting impression on both current and future superstars. "Bret and Davey Boy Smith's match was phenomenal," Ric Flair told *ITR*. "There are times in life that are special and that was a special moment. Bret deserved all the applause and all the glory he got from it. So did Davey Boy."

Stuart Bennett – who became WWE Intercontinental Champion Wade Barrett – found inspiration in the match. He told *AceOdds*: "I watched Davey Boy and Bret Hart, and that completely captivated me. They were nothing like the guys I was seeing around Preston!

"Seeing [Davey] perform, go out there, and become one of the biggest stars on the planet must have told me, at some level, 'Hey, you can do this too.'"

Drew McIntyre told Justin Barrasso: "[Smith] made me think this was something that was possible. For so long I heard, 'Wrestling, that's an American thing'. Seeing the Bulldog and the Union Jack, that gave me hope."

The deafening cheers and passionate support at Wembley didn't just define the event – they solidified the UK's status as a wrestling stronghold, paving the way for future international pay-per-views. For many British fans, this was the peak of their wrestling fandom – a perfect blend of national pride, wrestling spectacle, and raw, unfiltered passion.

For Martin Goldsmith, the event's success was personal: "I was so happy. I just took the gamble, but I knew it was going to sell. That is the nature of this business, you have to take a gamble."

For Findlay Martin, the triumph was bittersweet. Driving back to Kendal after the show, he reflected on what it might mean for the future of wrestling journalism. "You sort of had this sinking feeling, 'Is this the peak? Is it downhill from here? What's gonna happen to *Superstars Of Wrestling*, how long is that gonna last?' That was very much on my mind as I drove back up to Kendal after the show."

Thanks to the tape delay, Smith's victory hit the British press before the show had aired. So much for the '90s being a spoiler-free zone.

Gill Swain
"What a hero!"
Daily Mirror
(London, August 31, 1992)
Davey Boy Smith had dreamed for so long of wearing the gleaming belt of champions.
But now his vision looked like being cruelly shattered.
His beautiful wife watched helpless and ashen-faced at the ringside as The British Bulldog lay pinned to the canvas, painful defeat staring him in his sweat-streaked face.
He was at the mercy of the opponent he had most dreaded having to meet.

> *Where was Winston, his assistant? Alas, the faithful bulldog trained to nip the ankles of his master's brawny foes – wasn't there to help. He was back home in Florida, banned by Britain's anti-rabies laws.*
>
> *The odds looked hopeless. That dream was fading fast. Desperately, Davey Boy fought his way free, turned the tables on his opponent in a lightning sequence of brilliant moves...and it was all over.*
>
> *Then, in a moment of pure triumph, the Wigan-born hulk stood proudly in front of 83,000 delirious fans at Wembley Stadium as wrestling's Intercontinental Champion.*
>
> *It was the climax of the World Wrestling Foundation's [sic] SummerSlam – a long wild night of sweat, tears, and incredible thrills.*

It was the dawn of a new era in the WWF. Though Hogan had "passed the torch" to Warrior at *WrestleMania VI* in 1990, he had lingered in the shadows. Peak Hulkamania was over, but by the end of that year, Hogan had returned to the main event. Though in and out of the promotion through 1991, his presence at the top of the card remained constant.

Smith and Hart accomplished at *SummerSlam '92* what Warrior couldn't at *SummerSlam '90*: they delivered a monumental, Hogan-less finale. With Hogan's shadow over the WWF fading, Smith and Hart stepped into the spotlight and proved the company could thrive without its biggest star.

WWF Magazine devoted 11 pages to the results coverage in the November '92 issue and said: "All observers agreed that this was the most glorious *SummerSlam* in WWF history."

"Here's why I remember writing that," Keith Elliot Greenberg told me. "This is how primitive technology was in '92. There were these guys from TV production for WWF in the UK: they flew over to LaGuardia airport in New York City, drove up to Stamford, Connecticut, and Lou Gianfriddo and I waited in the parking lot at WWF headquarters. The guys handed us the cassette of what had occurred the day before! We went into the building and watched it and split it up."

SummerSlam '92 also marked the origins of main event careers for The Undertaker and Shawn Michaels, laying the groundwork for future eras of WWF dominance.

Reflecting on the event in the May 27, 2002 edition of the *Wrestling Observer*, Dave Meltzer wrote in Smith's obituary: "Davey, then known as the British Bulldog, won the title at a point when Europe was becoming a major part of the WWF business as its domestic business hit the skids. He was the biggest drawing card in Europe, with popularity on par with Steve Austin and Rock at their peak. To this day, WWE has never done, even in Austin's heyday, merchandise, most of which was for Bulldog, like they did on that night where he won the title from Bret."

In the summer of 1992, the WWF grabbed the attention of the UK. On August 29, they delivered what Corey Graves described as "one of the greatest pay-per-view events in the history of sports entertainment". It was one of the most significant. For one magical night under the bright Wembley lights, wrestling's biggest stars delivered an unforgettable spectacle. It inspired a new wave of British talent who grew up dreaming of emulating Davey Boy Smith's historic moment.

Jim Duggan later reflected on the perception of professional wrestling during that era: "So many people back then really kind of looked down their noses at professional wrestling... people despised us almost. But now you can't deny the Royal Albert Hall, you can't deny 80,000 people at Wembley Stadium."

Sean Mooney concurred: "The fact that it was in another

country, it was in the United Kingdom, it just showed how much the WWF had taken the world by storm. That was the beginning."

Not everyone agreed, of course. There's always one. This time, it was David Thomas, who used his weekly TV review column to issue this spectacularly over-the-top take on *SummerSlam* '92.

> *David Thomas*
> *"Blazing success from the ashes of hell"*
> *Sunday Express*
> *(London, September 6, 1992)*
> *Over six hours of programming, the children who form the bulk of WWF fans were urged to exult in a constant barrage of psychopathic violence.*
> *Yes, I know it's a pantomime. And I know that there is a great deal of careful choreography. But that almost makes it worse.*
> *Kids are asked to believe that you can spend 20 minutes pounding another man into a pulp, and then he will simply get up and walk away.*
> *Most youngsters know that this is rubbish. But enough don't. And when, last year, one sixth of all murders in America were committed by teenagers, can any sensible society afford to take the risk?*

I'm not sure The Bushwhackers licking each other's heads was a gateway to violent crime, any more than *The A-Team*, *Batman*, or any other action-packed entertainment of the era. But if you've managed to annoy *The Daily Express*, you're probably doing something right.

Despite the complaints from a small minority, *SummerSlam '92* was a landmark for British wrestling. Yet it also left some tantalising "what ifs".

Could Davey Boy Smith have become the long-term global superstar fans hoped for if his future had played out differently?

Might the WWF have leaned more heavily into the UK market after this roaring success and capitalised with a *WrestleMania* on British shores?

The questions linger, but one thing is certain – on that night, in front of 80,355 screaming fans, the UK felt like the centre of the wrestling world.

HULK

CHAPTER 15
MERCH MADNESS: WHEN EVERYTHING HAD A WWF LOGO ON IT

"WE WERE BREAKING all records per head when it came to merchandising at live events. The only thing that ever came near was probably AC/DC or Iron Maiden," Martin Goldsmith recalled, still blown away by the hunger for WWF merchandise in the UK.

The £1.2 million taken at *SummerSlam '92* is legendary, but on every European tour, kiosks were ransacked. "Let's say the average is 10,000 people at an indoor venue," Martin explained. "The average per head was probably £12, so you could take over a hundred grand in an evening in a small venue."

As kids, we wanted anything with WWF on it. This insatiable demand was music to the ears of WWF stars, especially in an era before guaranteed contracts. "In those days it was like, 'Just put me on a box, or give me a toy, or give me something,'" Bret Hart told Sean Oliver for *Kayfabe Commentaries.* "It was a really slow climb for me, but once they started that big wheel... That's when you start to feel like, 'Okay, now I can relax, I don't have to worry about my job all the time.'" Then, wrestlers were paid on "the house"[1]. Having a hot merchandise item meant financial security that wrestling didn't always afford.

Martin enjoyed exclusivity on European live event merchandising. Unlike retailers in a shopping centre, there was no competition inside the venue – well, aside from the illegal traders selling knockoff merchandise in car parks and on the streets.

His biggest challenge wasn't selling stock – it was keeping up with demand. "The fans wanted it, and God help you if you didn't have enough t-shirts because you'd sold out," Martin said.

Deciding which T-shirts to stock and in what sizes was a constant balancing act, and he couldn't always get it right. To stay ahead, he devised a plan. "We had set ups around Europe to make sure we never let them down. If we sold out of a certain size and needed a printed product, we had standby printers, and they delivered to the next venue the next day."

Martin's team travelled from Paris to Berlin to Birmingham, transporting merchandise from one venue to the next.

Martin's live event success caught the attention of Sky's QVC shopping channel, and the chief executive – none other than future Leeds United chairman Peter Risdale – gave him a call. "They came to me, not about wrestling, but about selling Beatles and Elvis Presley stuff. I then suggested we do a WWF show. They didn't really get it, but I told them, 'You're on Sky TV, they're on Sky TV: let's try it.'"

The first show, with Martin presenting, was a revelation. "We did the show with the WWF merchandise and it was unbelievable – we took something like £100,000 in an hour. This was the early days of shopping channels and it was completely unheard of, they

---

1. Jim Ross explained how this was done during his time in WWF in his book *Under the Black Hat*. He was given 30–35% of the live-event ticket sales to pay the wrestlers, with 3% of the after-tax net going to the main event stars. Ross said he tried to make sure nobody was paid less than $500 per event.

couldn't believe it and nor could I. It took us quite a while to cope with the demand."

Risdale was back on the phone, asking when he could do the next show. "He told me he'd been struggling to sell perfume and furniture and was staggered that I'd just waltzed in and taken six figures on wrestling hats and T-shirts."

Martin went to Vince McMahon with a proposal: a follow-up show, with The Bushwhackers as co-presenters. Vince obliged and Luke and Butch were shipped to the UK for a second QVC special, which was a runaway hit.

Delighted with the show's success, Martin decided to celebrate by taking Butch and Luke out – in full wrestling attire. "I took them into the fifth-floor restaurant in Harvey Nichols in Knightsbridge, which at the time was incredibly trendy. As we walked through the door, I could see the looks on all the faces and people dropping their knives and forks. They couldn't believe what they were seeing.

"There was me, and then these two characters in their full Bushwhacker outfits. Of course, all the staff knew exactly who they were, but the rest of the upmarket clientele didn't have a clue. It was absolutely hysterical."

Martin's relationship with the WWF lasted for 12 years, until the company established its own European offices. "We had the best times ever, then it was all over. I was completely heartbroken."

If you weren't lucky enough to attend a live event – and couldn't get the T-shirts – there were plenty of WWF goodies to be found at stores like Toys 'R' Us. Beyond the iconic Hasbro figures, one of the most memorable items (and one I rue never owning) was the WWF Wrestling Buddies. *"Bop 'em, pound 'em, hug 'em!"*

Originally made by Tonka before Hasbro bought them out, the Wrestling Buddies were soft, stuffed toys modelled after your favourite WWF superstars. They were equally at home being cuddled at bedtime or being pummelled as you reenacted your favourite matches in the living room. If you've still got one in the wrapper, an Ultimate Warrior recently fetched £150 on eBay – even a bashed-up version went for £80. It's a saved search category of mine.

For some kids, the toys weren't enough. They wanted to proudly display their favourite wrestler on their fronts, like the crowds at the *Rampage* shows on TV. Outside of Martin's live event merchandising empire, a whole new world of WWF merchandise opened up with mail order.

The catalogues stapled into the centre of *WWF Magazine* were a treasure trove. Hulkamania bandanas ($5.95), Legion of Doom shoulder pads ($17.95), and Bret Hart sunglasses ($5.95) were some of the top sellers.

"In time, huge money," Bret Hart said about his iconic pink shades. "I think they were one of the cheapest things to make and I know for sure they were the biggest seller merchandise-wise for years. For what they cost to make and what they were selling them for, it was nothing but profit."

Some items were more obscure, like a Hulk Hogan camera ($15.95), which recently sold for £100 on eBay. There was also a WWF makeup kit ($4.95), a WWF Superstar toothbrush set ($5.95), and even a Sid Justice pillowcase ($7.95). Where better to rest your head than on the snarling face of the Master and Ruler of the World?

If your parents were going all out for a birthday party, you could buy Hulk Hogan-themed invitations, party bags, napkins, cups, and plates. Every kid's birthday party was guaranteed to have at least one spillage and you needed a table cloth. The one WWF offered featured images of Ultimate Warrior and Jake Roberts alongside The Hulkster.

Every kid dreamed of becoming a WWF superstar, and if you were lucky enough to get a Wrestling Buddy for Christmas, you had the perfect opponent to bash. But for those wanting the full experience, the merchandise catalogue offered wrestler costumes to complete the fantasy.

These polyester jumpsuits with PVC masks weren't exactly high-end products, but for $14.95 (plus international shipping), they were as close as you could get to becoming Hulk Hogan or Randy Savage.

For many UK fans, however, the catalogue was little more than a pamphlet of frustration. There was a $50 order minimum – a significant amount in 1992 – plus minimum shipping costs of $15 for 4-6 week delivery by boat, or $30 for air mail. It was a tough sell to parents already paying for Sky, Silver Vision videos, Hasbro figures, and the monthly *WWF Magazine*.

While the mail-order system made US products available to UK fans, local manufacturers were quick to capitalise on the wrestling boom with exclusive items tailored to the British market.

Keith Shackleton acquired the rights to sell the UK licences and was responsible for the *Sporting Superstars* poster magazine with his business partner Richard Wallis. Keith later sold the licence that allowed Merlin to get started. Together, they pioneered mail-order merchandising before combining their efforts to form the company Squared Circle. Silver Vision followed suit, selling a range of officially licensed products imported from America.

One of the more accessible items – and one I eagerly collected – was the WWF Superstar pin brooches created by Dufort. Dufort captured all the classic characters in charming cartoon form, starting in 1992 with Hulk Hogan, The Bushwhackers, and Jim Duggan. However, the ones I remember most vividly were Bret Hart, Papa Shango, and Big Boss Man. Dufort nailed the packaging with a stars-and-stripes backing card and a wrestler "autograph" on the reverse. What was once a cheap and cheerful piece of merchandise is now highly sought after by collectors. On eBay, pin brooches sell for £10 to £30 each, and a full set recently fetched £279.

Stationery sets were another popular and affordable way to acquire WWF merchandise. Today, kids might do their homework on iPads and share their interests on social media. Back in the '90s, branded stationery let you show the world who you were. It was your precursor to the "favourite TV and music" sections on MySpace or Facebook.

You could choose from zip pencil cases with the iconic gold WWF logo on blue, Legion of Doom designs, or a tin pencil case featuring The Ultimate Warrior. Hulk Hogan fountain pens, Davey Boy Smith calculators, Ultimate Warrior colouring pencils, rulers, and rubbers with the WWF logo were all must-haves. To carry it all, you could opt for a WWF bum bag designed to look like the "Winged Eagle" belt or a Hulk Hogan swim bag – perfect for storing your Hasbro figures.

These items were readily available at WH Smith and Woolworths, both thriving hotspots during the UK wrestling boom.

C&A was the quintessential '90s clothing shop that you would be dragged around by your parents. They jumped on the trend and produced WWF socks featuring Lex Luger, Razor Ramon, and Bret Hart.

It wasn't just wearable merchandise we blew our pocket money on. Thanks to Red Mill, you could snack on WWF-branded food. They didn't replicate or import the beloved ice cream bars – and yes, I'm still bitter – but Red Mill gave us something exclusive to the UK: WWF Superstars corn snacks.

I spent many afternoons crunching on Bret Hart pickled onion *("the CHAMPION flavour")*, Undertaker spicy beef *("the DEAD GOOD flavour")*, and Randy Savage chunky cheese *("the MACHO flavour")*. But these crisps offered more than a delicious 20p snack.

Like all great '90s food products, they came with the chance to collect tokens and send them away for WWF goodies.

Ten bags got you a pin brooch. Another five bags, plus a £1.75 cheque from your parents, got you a mug. For £4.99, you could upgrade to a digital watch, flask, or lunchbox – though these felt more like paid purchases than free rewards.

A company called Thornycroft produced WWF chocolate and candy sticks that, oddly enough, resembled packets of cigarettes – a surefire way to earn instant cool points with kids in 1993. Paul Fairbairn, a lifelong WWF fan from Gateshead who was hooked by the phenomenon that year, has amassed an incredible collection of merchandise from this era. Over the course of 20 years, he managed to assemble a full collection of the candy stick wrappers. "eBay ruined my life!" he joked.

Each packet featured cartoon-style artwork of superstars like The Undertaker, Ultimate Warrior, Hulk Hogan, or Big Boss Man – the same style as the iconic pin brooches. Paul also pointed out that these designs were reused on WWF wallpaper, manufactured by a company based in Hartlepool.

Kinnerton in Norfolk jumped on the craze, producing WWF Easter eggs with cut-out door hangers printed on the back of the box. News that kids could now wrestle with a Hulk Hogan chocolate egg made *The Kent Evening Post*: "The Simpsons and the World Wrestling Federation are popular with people of all ages and are the theme of the new Easter collection from Kinnerton confectionery.

"The World Wrestling Federation, which has a huge following in the seven to 16-year-old age bracket, is featured in a milk chocolate egg with All American Hard Gums (£1.39) and a ceramic mug with milk chocolate egg (£2.35)."

Meanwhile, Dunkin released WWF bubblegum sticks in 1992, each pack containing collectible stickers – 50 in total, ensuring a nation of kids chewed their way through countless sticks in pursuit of a full set. (As I write this, someone on eBay is selling three empty packets for £179.99. Three people have added it to their watchlist!)

Even bath time wasn't left untouched by the wrestling boom. Grosvenor of London, known for licensing popular Disney characters, created WWF bubble baths. Naturally, Hulk Hogan got his own, and, of course, I scrubbed myself in it. Somehow, Hogan managed what many parents couldn't – making kids excited about bath time.

News of the bubble bath's arrival was reported in *The Cambridge Daily News:* "RELUCTANT bathers from toddlers to teenagers and beyond, may be tempted to the tub by Grosvenor of London's novel and colourful collection of bubble bath-filled models.

"World Wrestling Federation (WWF) addicts are catered for by Ultimate Warrior and Hulk Hogan who come filled with bath grains to produce a relaxing and enjoyable bathtime."

Who would've guessed that the WWF played such a significant role in the UK economy?

WWF merchandise was a way for fans to bring the larger-than-life world of wrestling into their everyday lives. Collecting pin brooches, saving tokens from crisps, or scrubbing with Hulk Hogan bubble bath connected fans to the spectacle of wrestling. They were pieces of a phenomenon that defined an era.

Decades later, those cheap toys and trinkets evoke memories of a time when WWF ruled the playgrounds, living rooms, and shaped the young lives of millions.

CHAPTER 16
THE HITMAN COMETH AND A BRITISH TV TAKEOVER

HULK WHO? Leading up to *SummerSlam '92*, the biggest question wasn't about the international relocation but whether the WWF could pull off a major pay-per-view without Hogan. That question was answered emphatically.

Bret Hart's loss hadn't harmed him. Headlining the biggest wrestling event ever held in the UK – and doing so in such style – elevated his status. Hart had announced himself as a main event player, and things would only get better in the aftermath.

In the '80s, Hart had been paired with Vince McMahon's next great hope, Tom Magee, because he could bring the best out of anyone[1]. What McMahon didn't realise was that the answer to

---

1. Tom Magee looked like a wrestler Vince McMahon would have built in a lab – a champion powerlifter and competitive bodybuilder who could flip and fly like an acrobat. He was sent to Japan to refine his wrestling skills but never lived up to the hype. As Magee faded into obscurity, McMahon found his "next Hulk Hogan" in The Ultimate Warrior.

Magee's match with Bret Hart became the Holy Grail of tape trading – long rumoured, never seen – until a VHS surfaced in 2019. WWE later produced an excellent documentary, *Holy Grail: The Search for WWE's Most Infamous Lost Match*, which included the rediscovered footage.

who could be the future talisman of his company was staring him in the face – and it wasn't Magee.

Bret Hart is arguably the greatest WWF superstar of all time – and he's my favourite. His mantra, *"The best there is, the best there was, and the best there ever will be,"* was no gimmick – it was a shoot, brother! You loved him as a kid because he looked like a rock star and acted like a hero. You loved him as an adult when you came to appreciate how incredible his matches were.

You knew exactly who Bret was and what he stood for. Like the fan who claims to have followed a stadium-filling band back when they were playing to 20 people in a pub, the UK had been Bret Hart fans from the very start.

"You got off the plane and all these fans are asking for your autograph... then there's, like a mob there... and now the police escort," Jim Duggan said of the UK fans on *Prime Time with Sean Mooney*. "They're always excited to see you until Bret's behind you, then it's like, 'Get out of the way, Duggan, there's Bret Hart!'"

American fans might wonder why Bret Hart – despite his star quality and elite in-ring abilities – was such a massive star in the UK and Europe. The answer lies in timing. By the time the WWF craze peaked in the UK in 1992, Hart was the one consistently stealing the show on television.

For American kids, Hulk Hogan defined wrestling – he *was* wrestling to them. But when Hulkamania was at its peak, British kids were still watching *Stoppit and Tidyup* and *Motormouth*. Those discovering the WWF in 1992 hadn't grown up with Hulkamania in the same way and didn't share the same connection to The Hulkster. Instead, they were growing up with Bret Hart.

Bret Hart was the hero we wanted, and he was the hero we needed. In the face of the steroid scandal taking hold, he became the superstar Vince McMahon needed, too. On October 12, 1992, in Saskatoon, Saskatchewan, Bret Hart finally pulled the sword out of the stone, becoming WWF World Heavyweight Champion with an unexpected win over Ric Flair.

For Davey Boy Smith, however, that famous night in London was not the beginning of a meteoric rise to the main event. It was the pinnacle of his time in the World Wrestling Federation.

As Hart's star was rising, the WWF continued to capitalise on its European popularity. In September 1992 the WWF embarked on its second European tour of the year, generating $2.5 million in revenue for Titan, excluding merchandise, which was bringing in at least that amount.

The tour included only two UK shows, neither in London following the record-breaking *SummerSlam* weeks earlier, selling over 20,000 tickets. Germany, by contrast, staged eight shows.

Tickets for the Sheffield show were priced at £25, £20, £15 and £10. On September 28, Bret Hart found himself back in the midcard, defeating Papa Shango in the pre-intermission match. The semi-main event saw The Legion of Doom defeat The Beverly Brothers in the match many felt should have happened at *SummerSlam* – but with a twist. Hawk was gone from the WWF after *SummerSlam*, and Crush was trialled as the second member of the team[2].

In the main event, Ric Flair successfully defended the WWF World Heavyweight Championship against Randy Savage, the man he had recently dethroned[3].

---

2. Hawk had grown increasingly unhappy with his tag team's direction in the WWF, particularly Vince McMahon's insistence that one of the most decorated duos in wrestling history needed a talking dummy gimmick. When Hawk turned up inebriated for his match at Wembley, the writing was on the wall.

3. Flair had defeated Savage for the WWF Championship at a *Prime Time Wrestling* TV taping on 1 September in Hershey, Pennsylvania. McMahon, reportedly unhappy with the quality of the match, sent them back out to redo it

The following night, the tour moved to Birmingham for another show at the NEC Arena. Yorks Coaches in Northampton were offering a £27 package for this one, including ticket and travel. A bargain when the same company was charging £16 to visit the set of *Coronation Street.*

This time, Bret Hart was back in the main event, losing to Ric Flair by count-out, while Savage picked up a win over Papa Shango.

The lucrative European tour concluded on October 3 in Frankfurt. While the tour underscored the WWF's well-established foothold in Europe, the absence of Davey Boy Smith – the hero of *SummerSlam* – hinted at trouble brewing behind the scenes.

Despite the roster's success overseas, back home Dave Meltzer reported: "WWF drew its lowest cable TV ratings in history over the weekend of 9/27-28, with both *All-American* and *Prime Time Wrestling* each drawing 1.8 ratings."

Returning to an increasingly disinterested American audience, the roster prepared for Bret Hart to begin his first WWF World Heavyweight Championship reign – and for the company to begin the difficult task of rebuilding.

When The Hitman defeated Ric Flair at a house show in Saskatoon, it sent shockwaves through the wrestling world. Behind the scenes, Flair had been struggling with an ear injury that caused dizziness and equilibrium issues. Sensing the need for a new direction, Vince McMahon decided it was time to give Hart the ball.

The 26-minute match that saw the title change hands didn't air in full on WWF television, but Silver Vision came to the rescue by

---

half an hour later – a bizarre experience for the live audience. If fan footage of that existed today, it would undoubtedly go viral.

including it on the *Smack 'Em, Whack 'Em* video release for the UK audience.

Meanwhile, Davey Boy Smith's momentum came to a screeching halt. On October 27, at the *Saturday Night's Main Event* taping, Smith lost the Intercontinental Championship to Shawn Michaels[4]. The belt had been earmarked for Michaels long before – it had been the original plan for *SummerSlam* – but the loss was a crushing blow for Smith, whose reign never got started. Unfortunately, this setback would soon be the least of his problems.

As the WWF ushered in a new era, Bret Hart was presented as a fighting champion. His first major title defence was set for *Survivor Series '92*, where he faced the man his career would forever be intertwined with: Shawn Michaels.

The annual Thanksgiving tradition took place on November 25 at the Richfield Coliseum, and Michaels found himself in the first pay-per-view main event of his career. The champion-versus-champion bout showcased Hart and Michaels' exceptional chemistry, giving fans a thrilling match and a glimpse of the new era of WWF that was beginning.

Survivor Series '92 aired in the UK on Sky Sports the following day, a Thursday, at 9:30 pm. By now, the channel had moved to a subscription model, a decision that didn't go down well with everyone. Some sections of the press fanned the flames of outrage, with *The Sunday Sun* reporting on the backlash:

Mark Adamson
"Dish out extra dosh, kids"
Sunday Sun

---

4. This was the second, and final, episode of *SNME* shown on Fox. Bret Hart defended his World Heavyweight Championship against Papa Shango in the main event.

> *(Northumberland, June 28, 1992)*
> *Thousands of North youngsters will be counted out of their favourite sport.*
> *For they will have to shell out an extra £72-a-year to watch the heavyweight heroes on TV.*
> *Satellite telly station BSkyB are to CHARGE viewers to tune into their exclusive World Wrestling Federation matches.*
> *The shock dosh-for-dust-ups scheme will cover WWF superstars like Hulk Hogan, The Undertaker and the Lancashire-born British Bulldog.*
> *Mark Temperley, 19, from Whitley Bay, fumed: "This will do the sport no good whatsoever.*
> *"We already have to pay for the satellite dishes. It's not fair that we should shell out more."*
> *Bosses at BSkyB will start charging £5.99-a-month for their Sky Sport channel, which carries WWF matches.*

Sky defended the move by pointing out that new computer games cost more than a monthly subscription. While the frustration was understandable – I didn't have basic Sky at this point – the UK had it relatively easy compared to the US, where pay-per-views cost $29.95 each.

If those *Sunday Sun* readers could see the price of live event tickets today, they'd probably pass out.

British viewers that did pay the £5.99 were introduced to two pay-per-view debutants who would become key players for WWF in 1993.

Have you ever wondered what might happen if Tony Montana from *Scarface* found himself trapped in WWF's box of gimmicks in 1992? Congratulations – you've just imagined Razor Ramon. The Bad Guy's arrival had been teased through a series of vignettes that summer before his debut in a *Superstars* squash match. At *Survivor Series*, Ramon skipped the usual slow build and jumped straight into a high-profile programme, tagging with Ric Flair against Randy Savage and Mr. Perfect.

Meanwhile, Rodney "Yokozuna" Anoa'i had been bulldozing enhancement talent on *Superstars* and *Wrestling Challenge*. Vince McMahon, unable to resist his fascination with "big men", assigned the Samoan powerhouse the role of a Japanese sumo wrestler. At *Survivor Series*, Yokozuna squashed Ted DiBiase's former lackey Virgil with his devastating Banzai Drop finisher. It was clear Yokozuna was destined for the top of the card; McMahon's new version of a monster attraction in a steroid-less world was trading Schwarzenegger-types for portly giants.

Notably absent from *Survivor Series* were The Ultimate Warrior and Davey Boy Smith: both recently fired, within a day of each other. In *Hitman*, Bret Hart revealed that Vince McMahon called him before anyone else to explain why: the pair had been receiving shipments of growth hormone from a UK-based dealer. McMahon was furious.

The timing couldn't have been worse, McMahon was already "under the gun" from the federal investigation, and the steroid scandal was casting a shadow over the company. Warrior had been scheduled to partner Savage in the *Survivor Series* main event, adding to McMahon's woes. Luckily, he found the "perfect" replacement.

Smith went on the PR offensive, telling *Superstars of Wrestling* magazine in March '93: "I could see my career heading downhill after I dropped the I.C. belt, so I decided it was time to get out of there."

As quickly as Davey Boy Smith had been elevated into the pay-per-view main event scene, his time in the WWF was over. With his departure came a crushing blow to the company's ambitions of sustaining their international momentum.

I can't believe it took this long, but in October '92, the WWF finally earned the ultimate badge of honour for a popular TV show – it got banned in a UK school.

Stephen Grey
"Head bans Hulk as children copy their wrestling heroes"
Daily Express
(London, October 31, 1992)
Young wrestling fans were on the ropes yesterday – after a headmaster declared his school a Hulk Hogan-free zone.
He has threatened to ban playtime for any child caught acting out the antics of World Wrestling Federation stars like Hogan, British Bulldog and Ultimate Warrior.
And anyone caught sneaking in comics featuring their heroes will have them confiscated.
Jeremy Rowe, of Beauvoir Junior School in Hackney, North London, has acted after a string of injuries suffered by pupils copying moves like headlocks and bodyslams.
"No serious injuries have occurred but I am concerned about the dangers of acting out wrestling moves," he said.

And we thought *The Demon Headmaster* was a work of fiction.

It wasn't the only case of kids copying WWF that made the news. *The Sunday Sun* reported that face paints sold by Boots (not official WWF merchandise I should add) had been pulled from shelves after two children – eager to look like their heroes, The

Ultimate Warrior and Legion of Doom – ended up needing treatment for swollen faces and rashes.

A spokesperson for Boots assured the public that the products had been manufactured correctly and that this was just an unfortunate coincidence, but they discontinued them anyway. Probably for the best – there's nothing quite as un-Warrior-like as an antihistamine and a cold compress.

Despite the best efforts of the tabloid press to start a scandal, WWF stars were everywhere on British television by the end of 1992.

Davey Boy Smith made a surprise appearance on an episode of *You Bet*, which aired on September 4, 1992. He presented 13-year-old Steven Smith from Bath with a copy of the SNES game *Super WrestleMania* and, naturally, a Silver Vision video. The highlight of the segment, however, was host Matthew Kelly addressing Smith simply as "British" – as if it were his first name.

Saturday morning kids' TV was legendary in the '90s. BBC, ITV, and Channel 4 somehow achieved what no parent could: getting school children out of bed with military precision by 7am.

I'd wake up as early as possible to catch every cartoon, creeping into the dining room (my parents' bedroom was above the living room) to watch the 14-inch portable TV on low volume. A bowl of Sugar Puffs – no milk, eaten like popcorn – in hand, I'd settle in for shows like *Bucky O'Hare*.

BBC One's *Going Live!* was a cornerstone of this Saturday ritual. Running for three hours from 9am, it was hosted by Sarah Greene and Philip Schofield and delivered a smorgasbord of kid-friendly entertainment: celebrity guests, comedy sketches by Trevor & Simon, a game show called *Run the Risk* (hosted by Shane Ritchie and featuring our old friend gunge), music, competitions, and cartoons like *Alvin and the Chipmunks*.

When the WWF single *Slam Jam* was primed to storm the UK pop charts, *Going Live!* was the perfect platform for promotion.

"Hacksaw" Jim Duggan appeared on the November 7 episode, but it was "Macho Man" Randy Savage's December 5 appearance that became unforgettable.

Dressed head-to-toe in his iconic gimmick – neon pink cowboy hat, matching sunglasses, a zigzag-patterned jacket, and long pink tassels streaming from his arms – Savage met an unlikely co-star: Gordon the Gopher. The squeaky ball of fluff was so popular that kids across the UK sent in handmade outfits for him, and the £15 replica became a must-have when it hit stores in 1990.

Watching this encounter as an adult, I feared the worst. Wrestlers appearing on mainstream shows often faced patronising hosts trying to belittle them – something that rarely ended well. But I was wrong. Savage was the ultimate professional and fully understood the assignment.

"Can I just introduce you to Gordon?" asked Greene.

Randy looked around, playing to the camera, "Yeah sure, where is he?" [Audience laughs].

"He's right behind you here..."

Randy turned around and jumped, "Hey!"

"Don't be nervous," said Greene.

"I'm not nervous, but what's he all about here?" asked Savage.

"He's a gopher, he lives down the road in Shepherd's Hedge. He's a great wrestling fan—"

"Wait a minute," Randy said, standing up. "Where's my wallet? Gordon took my wallet!"

It was absolutely brilliant. Savage bantered effortlessly with Gordon the Gopher and Sarah Greene, including some playful flirting which was far more sexually charged than you'd expect from a Saturday morning kids' magazine show.

Later, Savage participated in one of *Going Live!'s* famous phone-ins. Surrounded by a crowd of star-struck children, he fielded questions like, *"There's a rumour going on in school that you've quit wrestling and you're going to be a singer. Is it true?"* And, *"Were you ever bullied in school?"*

Savage's interactions with the kids were heartwarming, showcasing his charisma and authenticity. Unsurprisingly, one child eventually asked about the infamous snake bite incident – still the most jaw-dropping moment many kids had seen in wrestling.

I dialled the *Going Live!* telephone line – 081 811 8181, a number every child in Britain knew by heart – but sadly, I didn't get through to speak to The Macho Man.

The WWF's presence on British TV didn't stop with *Going Live!*; wrestlers continued to captivate audiences on other popular shows.

That November, "Hacksaw" Jim Duggan made a guest appearance on *GamesMaster*. By the early '90s, video games were so popular that when you weren't playing them yourself, you were watching others play on television – long before YouTube and Twitch came along.

GamesMaster was hosted by the sarcastic Scotsman Dominik Diamond and featured the disembodied, floating cyborg head of Sir Patrick Moore (a famous astronomer). The show combined video game challenges for children and celebrities with news, reviews, and tips.

In the celebrity challenges, you could expect to see darts champion Eric Bristow playing *Hemidall*, tennis star Pat Cash taking on *Baseball Stars Professional*, or Pat Sharp tackling *Ski or Die*, with Diamond providing play-by-play commentary alongside various gaming nerds.

Series two was set on an oil rig called The Pit. Diamond, always sharply dressed, had adopted a red blazer for this series that looked like it had been borrowed from Butlins. His delivery was full of dry humour and double entendres, most of which went straight over my head at the time.

Duggan entered the set, 2x4 in hand, and tried to get a "USA! USA!" chant going. Stripping off his shirt, he declared, "I've got one thing in mind, and that's to play some games – WWF Super Nintendo!" before hoisting a kid from the audience onto his shoulder. Addressing young Hayden from Birmingham, Duggan quipped that he'd been "working these thumbs all week".

Instead of the usual floating head of Sir Patrick, the challenge was introduced by Davey Boy Smith via a pre-recorded video. Duggan chose Randy Savage as his character, while Hayden picked The Undertaker. It wasn't even close. After being trounced by the 11-year-old, Duggan graciously admitted, "I've been beaten by a better man today," shaking Hayden's hand.

The victor received the coveted golden *GamesMaster* joystick – a television prize that, in my eyes, had replaced the "Bendy Bully" from *Bullseye* as the ultimate trophy.

Just a few years earlier, at the end of the '80s, wrestling had been jettisoned by ITV, and the idea of a wrestler appearing on a prime-time TV show would have been unthinkable. But by 1992, you could turn on the TV and see Roddy Piper on *Jim'll Fix It* without batting an eyelid[5].

By the end of 1992, the WWF was firmly embedded in British pop culture. From surprise TV appearances to sold-out arenas, the larger-than-life stars of wrestling had become household names. For British WWF fans, these moments felt like validation.

---

5. "Rowdy" Roddy Piper appeared on the December 28 episode of *Jim'll Fix It*, where host Jimmy Savile "fixed it" for seven-year-old John O'Keefe to wrestle him. For reasons I don't need to explain, footage of this, or any other episode of this series, is unavailable – and, frankly, it's best that it stays that way. Let's leave that one there.

1992 Honours List

World Heavyweight Champion:

Vacant (04/12/91 – 19/01/92)
Ric Flair (19/01/92 – 05/04/92)
"Macho Man" Randy Savage (05/04/92 – 14/09/92)
Ric Flair (14/09/92 – 12/10/92)
Bret "The Hitman" Hart (12/10/92 – 04/04/93)

Intercontinental Champion:

Bret Hart (26/8/91 – 17/01/92)
The Mountie (17/01/92 – 19/01/92)
Roddy Piper (19/01/92 – 05/04/92)
Bret Hart (05/04/92 – 29/08/92)
"The British Bulldog" Davey Boy Smith (29/08/92 – 14/11/92)
Shawn Michaels (14/11/92 – 17/05/93)

World Tag Team Champions:

The Legion of Doom (26/08/91 – 07/02/92)
Money Inc. (07/02/92 – 20/07/92)
The Natural Disasters (20/07/92 – 31/10/92)
Money Inc. (31/10/92 – 14/06/93)

The WWF Superstars – WrestleMania
1

CHAPTER 17
SLAM JAM: THE STORY OF WRESTLEMANIA – THE ALBUM

> Oh, oh, oh, oh, WrestleMania
> Yeah this is our life
> (Pump it up, pump it up)

STOCK/WATERMAN/WWF,
WRESTLEMANIA

WHEN I FIRST LEARNED THAT the WWF was releasing a single from my Grandad's copy of *The Daily Mirror*, I was beyond excited. I wasn't exactly a music connoisseur in 1992 – my tape collection consisted of Kylie Minogue, Jason Donovan, and the 21st edition of *Now That's What I Call Music!* – but none of that mattered. WWF was making music, and that alone was enough to blow my tiny mind. Whatever it sounded like on my Alba personal cassette player, I was all in.

Rick Sky
"WWF stars aim for smash hit"
Daily Mirror

(London, October 16, 1992)
The world's toughest wrestlers have called in disco king Pete Waterman to give them a knockout smash.
Over the past few days Waterman has been involved in secret talks with the world's top wrestling organisation, the WWF, to put the grunt 'n' groan kings on record.
The song will feature such greats as the British Bulldog and is set to make the Christmas No.1 spot.
A WWF source revealed: "This is all very top secret. But Waterman and a top boss from Arista records flew to New York last week to discuss things with the wrestling organisers."
The idea came from record boss Simon Cowell, and last night he said: "I think the problem with so many record companies is that they don't really appreciate what kids want.
"Kids today are really crazy for WWF wrestling."
But rumours that the song will be a cover of Gary Glitter's I'm The Leader Of The Gang (I Am) or the Thin Lizzy hit The Boys Are Back In Town are way off the mark.
"Pete and his partner Mike Stock have written a new song called Slam which the wrestlers will be recording next week."

My tragic taste in music at the time did mean I recognised the names Stock and Waterman. They were two-thirds of the famous Stock, Aitken and Waterman songwriting team that churned out No.1 hits for just about every major pop star of the late '80s and early '90s. Little did I know that the man responsible for this musical venture would later become a household name himself: Simon Cowell.

Cowell spotted a gap in the market for television and music crossovers, seeing the potential to sell records to a ready-made audience. He revealed on *The Diary of a CEO* podcast that the lightbulb moment came after someone told him about *SummerSlam '92*. Realising how "crazy" wrestling fans were about their heroes, he thought, "They'll buy an album!"

The logic made perfect sense to Cowell, but convincing others in the music industry was another matter. He described facing outright hostility from music executives, with some turning bright red with anger. "My boss at the time was so desperate for me not to do this, she actually got down on her knees – seriously – and was praying. She said, 'Simon, I am begging you not to do this, because it's going to be such a catastrophic failure.'"

Cowell wasn't fazed. His response? "You're not a seven-year-old-boy – this is who's going to buy the record!"

After securing a deal with the WWF by offering a cash advance, Cowell set his sights on getting the perfect songwriter. "I phoned up Pete Waterman. I said, 'How do you fancy making an album for the wrestlers?' He said, 'I'll do it kid,' instantly. He just got it. We flew all these wrestlers over from America, they all turned up as their characters, it was hysterical."

Pete Waterman told the *Hartlepool Northern Daily Mail:* "We tried to make Slam Jam as upbeat as possible but have *you* ever tried telling The Undertaker what to do? The WWF Superstars are absolutely awesome and Slam Jam is the most powerful song we've produced in a long time."

When the *Manchester Evening News* asked if the wrestlers could sing, he admitted with a laugh, "Not a lot". Waterman revealed to the *MEN* that he was already aware of the WWF phenomenon as his 11-year-old son was a "terrific fan".

While Cowell focused on producing the record, *The Daily Mirror* kept fans updated on the album's progress – but with a kayfabe twist. I wouldn't have expected the truth behind The

Ultimate Warrior's drug-related departure in November 1992 to be explained to UK audiences, but what we got was next-level kayfabe. It was framed in the tabloids as being due to *creative differences* in the recording studio.

Yes, we were supposed to believe that Warrior and Savage were squabbling like John Lennon and Paul McCartney during the *Get Back* sessions. It was a brilliant slice of absurdity that perfectly captured the WWF's over-the-top storytelling ethos.

Rick Sky
"Slam Jam ban for Warrior"
Daily Mirror
(London, November 12, 1992)

Wrestling superhero The Ultimate Warrior has been axed from Pete Waterman's grunt 'n' groan record, set to be this year's Christmas No.1.

The Warrior, whose real name is Jim Hellwig, was given the heave-ho after a series of rows between him and other wrestlers on the record.

Now early copies of the single, called Slam Jam, have had his name and picture deleted. Four other top wrestlers, including Bret Hitman Hart, the British Bulldog, Macho Man Randy Savage and the Undertaker, were also there to record the song, which was kept under wraps until The Limit revealed it three weeks ago.

But the atmosphere there turned nasty after friction between the Warrior and other heavyweights. Said a source: "They rowed mainly over billing. The Warrior felt he should get top billing over the rest of the guys. A lot of the guys are enemies in the ring and they were happy to leave their hostility behind on the day they made the record but The Warrior

> *wouldn't. In the end the others decided they didn't want him singing with them."*

Cowell had correctly recognised that the WWF had a fiercely loyal fanbase in the UK and he knew that attaching music to this already dedicated audience was bound to produce a hit. His instincts were spot on, and the project was poised for success.

Bookmaker William Hill made *Slam Jam* the frontrunner for the coveted Christmas No.1 spot, offering 9-2 odds on its success. Freddie Mercury followed at 6-1, while Abba, Madonna, and Cliff Richard were all given 12-1 odds. I would say those rankings are about right in terms of the quality of music they created.

"The odds are high that this year's Christmas No.1 CD will be a ditty growled out by a bulging barber shop quartet with a combined weight of nearly 80 stones," *The Daily Express* reported. "They don't so much sing as grunt, but dance fiends will love the funky, thumping base line of the pounding rap number, especially written for them by Stock and Waterman."

In the week leading up to the single's release, *The Daily Mirror* gave the track one last promotional push with a dedicated feature. The buzz was undeniable, and for wrestling-mad kids across the country, this wasn't your average pop single. It was the most exciting release in the history of music as far as we were concerned.

> *Catherine O'Brien*
> *"Slam, jam, no thank you ma'am!"*
> *Daily Mirror*
> *(London, December 1, 1992)*
> *As he walks into the hushed, elegant lobby of London's Conrad Hotel, you can almost hear the well-fed jaws dropping on the creamy marble floor.*
> *His outfit – skin tight spandex from head to toe,*

psychedelic sunglasses, sequinned jacket and silver stetson – don't so much turn heads as inspire double back-somersaults.

To the uninitiated Chelsea set, he is a one man circus. To the reverential hotel staff, he is Mr. Savage.

But to the wrestling fans who dog his every size-13 footstep, he is a hero. The superstar of the circuit. The Macho Man.

Eager autograph hunters besiege him. "Are you here to wrestle?" asks one.

"No ma'am, I'm here to sing."

It is a reply guaranteed to stop even the most fervent followers of the World Wrestling Federation in their tracks.

These grappling stars with their glistening torsos, rippling muscles and grunt 'n' groan antics are great showmen.

But singers? Surely not?

Incredible, but true. Macho Man Randy Savage has joined British Bulldog, Bret "Hitman" Hart and The Undertaker to cut their first single – Slam Jam.

A pulsating rap, it is unlikely to have Pavarotti quaking in his shoes. But thanks to WWF's legion of youthful fans, it is a contender for the coveted Christmas chart-topping slot.

And Macho Man, with a voice as deep as a Pennsylvanian mineshaft, is here to help it on its way.

He grins. "I'm hitting the high notes. We make one heck of a band – maybe not the Beatles, but close."

Slam Jam was released on November 30, 1992 and climbed to an impressive No.4 in the UK charts. It didn't take the coveted

Christmas No.1 spot as the bookies predicted, but this chart position was monumental at the time, especially considering it was only kept off the top spot by the likes of Whitney Houston's *I Will Always Love You* and Michael Jackson's *Heal the World* – two global megahits.

Slam Jam held onto fourth position for two weeks, spent a total of five weeks in the top ten, and sold over 200,000 copies, earning a Silver certification from the British Phonographic Industry.

The track itself was a funky pop anthem, complete with a rap section and iconic audio clips from Gorilla Monsoon and Howard Finkel. The superstars delivered vocal performances that are as unforgettable as they are quirky. Bret Hart confidently declared, "The Hitman bends, but the Hitman does not break". Randy Savage brought his signature flair with, "Yeah, slam jam, thank you ma'am!" The British Bulldog chimed in with a line that's burned into memory: "Everyone wants to pump with the British Bulldog". And let's not forget The Undertaker's ominous, "The Undertaker says slam".

The hook? Infectiously simple: "Everybody to a man slam, it's a slam jam, hah oh-woh." What an absolute banger.

The Broughty Ferry Guide and Advertiser didn't share my enthusiasm for the single but still gave it a surprisingly generous review – especially considering they began by stating: "None of us can stand the WWF wrestling."

"This isn't as bad as we feared," they admitted, "and is as catchy as people have suggested. It sounds like a hit to us, in spite of the fact that the B-side is the backing track from the A-side. Naughty, naughty. Right Track rating eight out of ten..."

With its success, there was only one logical step: a follow-up and a full album release. Naturally, I found out about it the same way I had about *Slam Jam*: through my grandad's newspaper.

Catherine O'Brien

"A Sharp Act"
Daily Mirror
(London, March 25, 1993)
Grapple with WWF's Mr Nice Guy.
Don't be fooled by the steamroller physique – wrestler Hacksaw Jim Duggan is really a big softie who loves to sing, has a sociology degree and can't wait to be a dad.
Hacksaw's the first to admit he's more likely to hit a flat than a sharp, but amazingly his voice is set to turn him into a pop star.
It's a feat that has floored this 21st hulk faster than any opponent during 12 years in the ring.
"If there is one thing I'm not, it is a great singer," he says "But we went into the studio, sang a few lines and by the time they had put in the backing singers and fiddled with the electronics I sounded quite good."
But Hacksaw's song on the new World Wrestling Federation's Superstars album – to be released next week – doesn't exactly compare with the crooning melodies of Barry Manilow.
It's a punchy ditty with the rap chant "I beat people up", which Hacksaw quickly explains means tapping your feet, not beating up people in the ring. The single WrestleMania, featuring Hacksaw, was released this week.

BBC children's TV presenter Andi Peters caught up with "Hacksaw" Jim Duggan in the recording studio ahead of the next single release. Peters was there for *The O-Zone* – a weekly music magazine show that was the coolest thing on CBBC – but his attempt at a proper interview was derailed when Duggan responded not with words, but with a booming trademark *"Hooo!"*

Sensing this interview was going to be a little different to his usual chats with the likes of Lenny Kravitz, Peters pivoted and gave it a go himself. Duggan, impressed by the effort, nodded in approval. "You got it down pretty good."

Peters seemed more intrigued by the plank of wood Hacksaw was carrying. Duggan's explanation? "I'm a meat and potato guy. I don't use nothing fancy, just a piece of wood to take care of business."

That was about as much insight as we got into the record, but fear not, Pete Waterman was on hand to fill in the blanks. He revealed he'd identified Hacksaw as a superstar worth featuring after seeing him on *Going Live!* "We just fell about laughing," he said. And it's not hard to see why: during his *Going Live!* appearance in November '92, Duggan had picked up Sarah Greene for a bodyslam in one segment, then destroyed a mannequin in a skit with Trevor and Simon in another.

WWF Superstars released the single *WrestleMania* on March 28, 1993. While it didn't reach the top ten, it debuted respectably at No.14 and stayed in the top 20 for three weeks.

It was available in multiple formats, including a 7-inch vinyl that came in a special poster pack. When unfolded, the poster revealed a brilliant glossy photo perfect for Blu Tacking to your wall. The image featured Bret Hart holding an electric guitar, Big Boss Man with a saxophone, and Jim Duggan with a trombone: a surreal yet delightful snapshot of WWF's time at the heart of UK pop culture.

The song itself is phenomenal – the instrumental track would later be used as Linda McMahon's entrance theme – which makes its modest chart performance surprising. I chalk it up to the imminent release of *WrestleMania: The Album*.

It felt like the nerdiest part of my personality was finally paying off. The WWF made me feel like I was part of a special gang – and now, we had an absolute belter of a pop song.

The track opens with Gene Okerlund's unmistakable voice asking, "Who will survive?" Slower in tempo than *Slam Jam*, it retains a catchy, funky beat. Honestly, it's fantastic. The vocal contributions come from Jim Duggan ("I'll show you how to get beat up"), Tatanka ("Tatanka will be successful"), Big Boss Man ("The Big Boss Man is law and order and justice"), The Nasty Boys ("We're comin' after ya"), and Bret Hart ("There's a new gun in town"). The whole thing is capped off with arguably the second-best chorus ever written in the history of music and the obligatory rap section.

WrestleMania: The Album first charted on April 18, 1993, entering the UK chart at No.23. A week later, it climbed to No.10, spending a full month in the top 40. While its time in the charts was fleeting, the impact of *WrestleMania: The Album* on fans like me was anything but short-lived.

Buying the album remains one of my earliest memories: it was the first music I ever purchased for myself. I can vividly recall leaving Our Price in Shrewsbury with my cassette in hand, my parents baffled by what was blaring through the car speakers on the ride home.

"I think musically it stands up – I don't care what anyone says!" WWF memorabilia collector Paul Fairbairn told me, sharing my enthusiasm.

The album cover featured a striking black background with the WWF Superstars standing proudly in front of a vibrant neon pink logo. The bold, eye-catching design was a perfect match for the early *New Generation Era*, reflecting the colourful, larger-than-life aesthetic that defined the period.

The album's opening tracks were the singles *Slam Jam* and *WrestleMania*, followed by *USA* by Jim Duggan, which, for some reason, was released as the third single, in July. Described by *The Sunday Sun* as "a chunky, throbbing monster of a song" and by *The Daily Mirror* as a "punchy ditty"; it's... well, not.

Listening now, it feels less like a song and more like a social experiment to test how far UK fans would go to buy something branded with the WWF. It charted at No.71, a step too far even for people prepared to buy Bret Hart pickled onion corn snacks.

The true standout on the album was Bret Hart's pop power ballad, *Never Been a Right Time to Say Goodbye*. It's nothing short of spectacular: one of those songs so gloriously over-the-top that it somehow becomes brilliant. The only thing that's ever come close was Barry from *EastEnders* belting out *Something Inside So Strong* at the World Indoor Bowls Championships. Or Michael Barrymore's bafflingly earnest cover of Coolio's *See You When You Get There*.

Legend has it that *Never Been a Right Time to Say Goodbye* was originally pitched to David Hasselhoff, who turned it down for being *too cheesy*.

Stock and Waterman were responsible for classics like Rick Astley's *Never Gonna Give You Up* and Jason Donovan's *Too Many Broken Hearts* – this song might outshine them all. Hart's delivery is more wrestling promo than vocal performance (some might call it monotone), but that somehow only adds to its charm. What elevates it is the avalanche of synthesizers and an irresistible chorus that screams early '90s pop perfection.

There's no accounting for taste and it appears *The Huddersfield Daily Examiner* had none. Andrew Hirst gave a scathing review of the album:

> *Funny how the macho monsters have suddenly become all-singing buddies.*
> *It's almost as if they didn't really mean that meanness in the ring.*
> *The contrived tracks are all virtually the same, wallowing in their gruesome dance/rap rhythm.*
> *Producers Stock and Waterman are to blame for this*

> *musical savagery, which happily butchers every note.*
> *The so-called performers include The Nasty Boys, Hacksaw Jim Duggan, The Big Boss Man, Tatanka and Bret Hitman Hart.*

The Examiner had it in for our boys and voted *WrestleMania* the 4th worst song of 1993. They hated Mr. Blobby and, incredibly, a track from The Prodigy, more.

I will concede that after the singles and Hart's epic pop power ballad, the rest of the album, sadly, doesn't hit the same heights. *The Man in Black* by The Undertaker sounds more like the soundtrack to a Mega Drive title screen than anything Johnny Cash would produce. Tracks from Tatanka, Mr. Perfect, and Crush are just spoken words over generic backing tracks.

Still, this album is a cherished piece of nostalgia. I kept my cassette copy all these years and recently snagged a second-hand CD from eBay for the bargain price of £9.69, postage included.

Simon Cowell, who spearheaded the project, clearly felt the same way. "We had so much fun doing this. When I made the video, I kind of turned myself into a kid again. Because you sort of have to believe it for it to work. I treated it as if it was a serious record."

Cowell's approach was simple: he put himself in the shoes of the target audience. Mission accomplished.

Thanks to the WWF, Cowell earned his crown as the king of novelty records. He followed *WrestleMania: The Album* with a string of hits, including records from *The Big Breakfast* puppets Zig and Zag, *The Power Rangers*, and Robson and Jerome from ITV's *Soldier Soldier*.

Simon Cowell's knack for tapping into the cultural zeitgeist was undeniable, and *WrestleMania: The Album* was proof of that. For a brief moment, it merged two worlds – music and wrestling –

that seemed unrelated but resonated deeply with British kids in the early '90s.

While critics might scoff at its cheesiness or dismiss it as a novelty cash grab, for those of us who lived through that era, it was something magical. This was *our* music, tailor-made for fans who had already plastered their bedrooms with posters, collected the Hasbro figures, and chomped through packets of spicy beef corn snacks with The Undertaker's face on the bag.

The album had nowhere near the same impact in America and failed to make the US Billboard 200. Coliseum did re-release the songs on a video called *Superstars – The Wrestling Video*. Randy Savage hosted the music videos for the three singles and his own track *Speaking From The Heart*[1]. It didn't get a UK release on VHS or DVD, and is yet to surface on Netflix or YouTube. A travesty.

Considering its lack of impact Stateside, I was delighted when, in April 2025, the WWE Vault YouTube channel finally acknowledged the album's existence with behind-the-scenes footage of the music video shoots. It was reassuring to see Duggan's lack of enthusiasm while recording the video for *USA*, in stark contrast to his energetic performance for the *WrestleMania* single. He knew he'd been stitched up by the songwriting team. Between takes, he had the look of a man who had lost his entire Sunday to being dragged around a retail park, followed by a kid's birthday party.

I never knew that what had been missing all these years was the chance to see The Excellence of Execution struggling to execute lip-syncing, The Nasty Boys fluffing their lines, and Tatanka being sprayed with water as dry ice went off in the background. And that was just the *WrestleMania* single.

1. It wasn't the final musical experiment of Savage's career. In 2003 he released an album called *Be A Man,* which was also the name of the lead song, a diss track aimed at Hulk Hogan. The album wasn't a critical or commercial success and sold only 15,000 copies.

We also got a rare glimpse behind the curtain for *Slam Jam*, where The Undertaker – of all people – broke character and even *laughed*. Something we *never* saw in '92 and wouldn't see him do publicly until he retired in 2020. Bret Hart and Davey Boy Smith, meanwhile, looked like they were having a great time. Seeing them enjoy making this ridiculous record as much as I enjoyed listening to it filled my heart with joy. I'd always assumed they viewed making the album as a chore – maybe even embarrassing – but now, finally, my unwavering enthusiasm for what is generally seen as a collection of naff songs felt vindicated.

It's some of the most incredible footage from this era I've seen – made more fascinating by the sudden appearance of The Ultimate Warrior, recording bits that were later cut from the finished track.

There was no follow-up to *WrestleMania: The Album,* despite a rumour in *The Sunday Sun's* wrestling column that Vince McMahon had plans to make Bushwhacker Luke the next singing sensation. Other TV spin-offs would try to replicate its success and by late 1993 the British public had truly lost all sense of musical taste – sending Mr. Blobby to No.1. The fact that Blobby topped the charts while Bret Hart didn't is a true injustice.

Looking back now, *WrestleMania: The Album* captures a moment in time when the WWF stood for something far bigger than a wrestling company. It shaped our Saturdays, our schoolyard conversations, and now, our cassette collections.

It was another way to connect with your heroes and feel part of something. As you sang along with Bret Hart on *Never Been a Right Time to Say Goodbye*, it didn't matter if you were in Shrewsbury or Sheffield. You belonged.

Cowell's vision, the WWF's enduring appeal, and the sheer joy of being a kid during this golden era of fandom created something unforgettable.

Decades later, whether it's through eBay finds, YouTube playlists, or those old cassette tapes tucked away in a drawer, *WrestleMania: The Album* still evokes that unbridled excitement of being a kid who loved the larger-than-life spectacle of the World Wrestling Federation.

THE NEW

CHAPTER 18
DAWN OF THE NEW GENERATION ERA

THE WWF HAD plenty on its plate as it entered 1993. The year began with yet another HR disaster when Kevin Wacholz – better known as Nailz – had to be physically pulled off Vince McMahon in a Green Bay locker room.

Nailz's *SummerSlam* '92 payoff had arrived, and he was furious: he felt that his short and uneventful squash match deserved more remuneration. WWF spokesperson Steve Planamenta explained: "What happened after that is he jumped on Vince. Police came, and then we have a police report that alleges Vince did things that were a fabrication." Nailz was fired on the spot and became one of the rare superstars McMahon never forgave enough to bring back.

But a Minneapolis street fighter grabbing McMahon by the throat wasn't close to being his biggest worry. Live event attendances in 1992 had plummeted by 19% compared to 1991, even with the blockbuster European tours propping up the numbers. Attendances were 33% down compared to 1990 and a staggering 58% down compared to 1985.

The roster had been in a state of flux for some time as the WWF worked to distance itself from steroids, leading to constant changes. In 1993, a number of new faces joined the roster: along with a few familiar ones sporting fresh, reimagined personas.

One returning star was Bam Bam Bigelow. Scott Charles Bigelow was a rare breed of superheavyweight who could move like a middleweight. His flame-patterned ring attire resembled the garish shirts later associated with men in the 2000s who had frosted tips, drank Monster, and listened to Smash Mouth. With his tattooed skull, Bigelow was impossible to ignore.

Having left the WWF in 1988 after putting over Andre the Giant at Madison Square Garden, Bigelow returned as a heel in 1993. He earned a midcard push, scoring a significant victory over The Big Boss Man at that year's *Royal Rumble*. This marked Boss Man's first *ever* clean loss on pay-per-view. Bigelow was positioned as World Heavyweight Champion Bret Hart's house show opponent throughout February and March.

Another "new" face was the man behind Doink the Clown: though fans would have never recognised him as Matt Borne, who had faced Ricky Steamboat at the very first *WrestleMania* in 1985. Now, he had been transformed into a villain that was more Stephen King than Charlie Chalk. While the character has often been dismissed by critics, he was misunderstood. Had circumstances been different, early-era Doink could have been one of WWF's greatest gimmicks[1].

Doink debuted at the end of 1992, lurking at ringside and playing pranks on babyfaces. But on *Superstars* a few weeks later, his sinister true colours were revealed. Sporting an arm sling, he approached Crush with a flower, which the happy Hawaiian graciously handed to a fan. As Crush turned away, Doink suddenly removed his "injured" arm – a prosthetic – and used

1. Borne suffered with personal issues which resulted in him being suspended multiple times by the WWF and eventually fired. The Doink character was played by numerous other wrestlers, but the new babyface persona left the character neutered and unrecognisable from its evil origins.

both real arms to batter him over the head in front of a horrified crowd. Children screamed in terror as the ambush unfolded, drawing negative US press coverage at the time. The clip was toned down for syndicated TV, but the damage had been done – Doink was no joke.

While some returned, others departed. Ric Flair left the WWF in February, having lost his main-event lustre. His final WWF match was in Germany, though he had already been written off US television after losing a Loser Leaves WWF Match to Mr. Perfect.

Before leaving, Flair faced Bret Hart 21 times in early 1993, including a 60-minute Iron Man match in Boston. But McMahon, realising Flair wouldn't fit the direction of his new-look WWF, allowed him to return to WCW where he immediately resumed his main event spot in Atlanta.

It wasn't just the roster evolving in 1993: WWF programming itself underwent a significant transformation. On January 11, *Monday Night Raw* debuted, replacing *Prime Time Wrestling* after an eight-year run.

Prime Time had been the source of countless memorable moments, from Gorilla Monsoon and Bobby Heenan's zany antics in France and Atlantic City to their ill-fated Western movie. But with interest waning in the US, McMahon believed a fresh direction was needed. The new show promised to be *"Uncut, Uncooked, Uncensored"*.

Shawn Michaels revealed in *Heartbreak & Triumph* that Vince McMahon held a major talent meeting where he announced the WWF was moving away from its "Saturday morning novelty act image."

This change wasn't exactly thrilling news for UK fans. The first *Raw* episode aired on Sky Sports on September 11, 1995 – over two and a half years later. For more than two years, UK fans were left with no complete *Raw* coverage.

Clips of *Raw* were shown on *WWF Mania* (Fridays at 8pm and Saturdays at 5pm on Sky One), but unless you were tape trading, you missed most of it. This pattern would repeat in the years to come. For instance, the first *In Your House* aired on July 23, 1995, but the UK didn't get to see one until April 1997.

WWF fans in the UK did, however, get to see the company's first pay-per-view presentation of the year when *Royal Rumble '93* aired on a two-day delay via Sky Sports, premiering on Tuesday, January 26, at 6pm.

The stakes were raised and it was the first *Rumble* where the winner would receive a World Heavyweight Championship opportunity at *Wrestlemania*. The added drama led to this stipulation becoming a regular feature going forward and a huge part of the annual storylines.

The roster was almost unrecognisable compared to the critically acclaimed *Rumble '92*. With McMahon releasing many of the muscle-bound stars of the past and embarking on a rebuilding process, the depth was noticeably lacking. Gone were key names like Hulk Hogan, Davey Boy Smith, Sid Justice, and The Barbarian. In their place were less inspiring additions such as Max Moon and Damien Demento, alongside veterans like Bob Backlund and Jerry Lawler, trusted hands who were called in to fill the numbers.

A familiar face returned on the *Royal Rumble* undercard. One-time Rocker Marty Jannetty made a comeback and challenged his former partner Shawn Michaels for the Intercontinental Championship. But he lost and was fired again immediately afterward[2].

The talent shakeup resulted in two fast-tracked pushes for

---

2. By May, he was back again and finally got his long-awaited revenge for the "Barber Shop" betrayal, defeating Michaels for the gold. It was a short-lived triumph. Within eight months, he was gone once more after the best solo run of his WWF career. Jannetty might well hold the company record for the most firings.

rising stars. Razor Ramon found himself thrust into the title picture, challenging Bret Hart for the World Heavyweight Championship. Though Ramon's rise to this position seemed premature, the reasoning was sound: if anyone could help elevate a new star, it was The Hitman. Ramon lost the match but emerged looking stronger in defeat, a testament to Hart's brilliance. The match showcased Ramon's potential to a pay-per-view audience, setting him up to become one of the biggest stars of the *New Generation Era*.

Sunday Sun wrestling columnist Adonis boldly predicted that "Mr. Perfect will win the Royal Rumble". However, it was Yokozuna that was catapulted to the top with a dominant victory.

The monster heel came in at No.27 and eliminated seven opponents in 15 minutes, Randy Savage the last. It was a shocking and radical move from McMahon to fast-track the 500+ pounder into the main event of the biggest show of the year, just months after his debut.

Just weeks later, on the February 6 edition of *Superstars*, Yokozuna's status as a killer heel was cemented. He crushed Jim Duggan with three brutal Banzai Drops, leaving him motionless. To add insult to injury, Yokozuna's manager, Mr Fuji, draped the American flag over Duggan's body before a stretcher was called.

The *Royal Rumble* featured an exciting debut from a towering newcomer. Giant Gonzales, formerly WCW's El Gigante, made his first appearance, targeting and eliminating The Undertaker in a dramatic moment. Sure, Gonzales wasn't officially a participant, but the sight of his infamous bodysuit costume stole the spotlight and gave fans their first glimpse of the latest monstrous addition to the WWF roster.

Bruce Prichard finally shed some light on the mystery of Giant Gonzales – well, sort of. Speaking on his *Something to Wrestle With* podcast with Conrad Thompson, he revealed that the WWF's creative services had initially provided a concept sketch resembling "how you would imagine Wolverine". However, translating an *X-Men*-style design into a practical wrestling costume was a different challenge altogether. "To say it looked horrible would be an understatement," Prichard admitted. "But we were in it. It was too late."

While the WWF were trying to create a new wave of stars, rivals WCW had been trying to capitalise on the UK wrestling boom. ITV, having axed WWF programming in 1988, looked foolish when wrestling became a national obsession again thanks to the WWF's resurgence. They regretted their decision but not enough to fully commit; they began airing WCW in 1991, stubbornly slotting it at 1am, far from prime time for kids.

This scheduling sabotage contributed to the disastrous *Roar Power* UK tour in December 1991. Findlay Martin recalled the Sheffield WCW show vividly. "I went to the Sheffield show, and it was like going to a funeral. It was absolutely miserable. That arena is colossal, and there were maybe less than a thousand people there. It was unbelievable. There would be five or six rows before there was another person in front of you – it was despairing.

"I think they assumed pro wrestling was so popular in the UK that they could just run a show with no TV support, put a few ads in the local press, and draw a decent crowd. They didn't. It bombed. What they didn't realise was it wasn't wrestling that was popular in the UK in 1991 – it was WWF. The brand and its stars were the draw. WCW's big mistake was assuming they could piggyback off WWF's success."

By spring 1992, ITV relented, showing a heavily edited and often confusing version of *WCW WorldWide* on Saturday afternoons. "The weekly footage broadcast in the UK was more likely to deter than encourage people to take an interest in WCW," Findlay said.

WCW planned another UK tour for March, hoping to ride the wave of *SummerSlam*'s success. To boost their profile, they also acquired the star attraction of *SummerSlam '92*: Davey Boy Smith. *The Daily Mirror* ran a feature in January that highlighted Smith's bitter legal battle with the WWF over the rights to his name:

> *Catherine O'Brien*
> *"There's only one British Bulldog"*
> *Daily Mirror*
> *(London, January 27, 1993)*
> *The World Wrestling Federation, his paymaster for the last six years, is trying to strip him of the title he holds so dear to his heart.*
> *It is the name that millions of fans worldwide recognise him by, the name he has always fought under - British Bulldog.*
> *The row had made him red faced with fury. Just thinking about it has sparks a ferocious growl in his throat.*
> *"There is only one British Bulldog - and that is me" he says. "You can imitate, but you can never duplicate.*
> *"Stopping me using my name is an insult to the British people. The Americans wouldn't stand for it if someone told them they couldn't hold up their flag and represent their country.*
> *"Yet that is what the WWF is trying to do to me - despite the fact I'm one of only a handful of people representing Britain in wrestling."*
> *The row has been brewing for two months - ever since Davey walked out on the WWF.*
> *"I'm amazed that it ended up so bitter. When I quit, they were saying what a great wrestler I was and that I could come back at any time."*

Two days later, another feature promoted the upcoming WCW tour, complete with "The Davey Diet" at the bottom:

> *BREAKFAST: 10 egg whites mixed with chopped onion for flavour. Four toasted bagels. A pint of orange juice. Two pints of skimmed milk.*
> *LUNCH: Four rounds of tuna sandwiches on wholemeal bread. Enough fruit to feed a family of four for a week. Skimmed milk and cranberry juice.*
> *DINNER: A large T-bone steak with masses of vegetables and salad. Cottage cheese with pineapple. Water.*

Despite Smith's involvement, WCW never reached the heights of the WWF in the UK. Eric Bischoff – named WCW's executive producer in February '93 – reflected on the challenges during his *83 Weeks* podcast: "Without the right promoter, which we did not have in place, it was always challenging. We didn't have a strong international footprint. Logistically, we just didn't have the infrastructure."

Findlay Martin reflected on this missed opportunity in *Pro Wrestling Through The Power Slam Years: 1994-2014*: "WCW could have done so much more to heighten company awareness in the UK, given Smith's incredible popularity when he signed with the organisation. The British Bulldog could have been a flagship, who opened doors for WCW in the UK, had WCW bothered knocking on any."

While WCW faltered, the WWF continued to refine and expand its UK presence. After the long gap between the first two shows in October 1989 and their return in April 1991, the WWF now toured the UK every few months. In 1993, they held a total of 49 European dates, 24 of which were in the UK and Ireland.

Despite *SummerSlam's* success at the gate, disappointing pay-per-view for the event in the US – where it had been built around The Ultimate Warrior vs. Randy Savage – deterred the WWF from hosting another major show in the UK in 1993.

It was a blow for UK fans when WWF didn't attempt another large-scale show following *SummerSlam '92*. The desire for a repeat has remained a topic of debate to this day. Kenny McIntosh believes the decision not to try again might have been a wise one. He told me: "What did they have to come back with? What was the main event? Who was the British guy? I think if Bulldog had stuck around, and there'd been a way for him to go for the World Heavyweight title, they could've done something big again.

"It would have been great if they'd done another one, but in some ways, it's almost perfect that *SummerSlam '92* was the one. Bulldog versus Bret was such a perfect match, a perfect British win, in front of 80,000 people."

The February tour made three stops in the UK before heading to Germany for six dates, where Bret Hart was treated like a God.

The first stop of the *1993 Winter Tour* was the G-Mex in Manchester, and it featured a host of firsts. Max Moon made his UK debut in a loss against Rick Martel. The Headshrinkers also made their debut, defeating The Bushwhackers. Bam Bam Bigelow's first UK appearance saw him repeat his *Royal Rumble* victory over The Big Boss Man.

In a supernatural clash, The Undertaker defeated Papa Shango. The main event saw Bret Hart defend the WWF World Heavyweight Championship against the soon-to-depart Ric Flair in a near 30-minute battle that left the crowd on their feet.

While in Manchester, Hart visited an old friend: "The Dynamite Kid" Tom Billington. In *Pure Dynamite*, Billington recalled their conversation: "We sat and talked for hours, had a few beers, and then Bret said to me, 'Tom, do you want to come back to the WWF? I'm the top man now, you know.'

"I said, 'No, not really, Bret. Even if I wanted to, I'd have to juice up a bit,' as in get back on the steroids.

"Bret said, 'Nobody's allowed to take steroids any more'. Which made me smile, because I knew that all the wrestlers had slimmed down a lot and they were saying things like 'Oh, I've lost weight... I'm going for the leaner look.' Which was bollocks."

Billington ultimately declined Hart's olive branch: "Physically, I just wasn't up to it."

The visit served as a bittersweet reminder of what might have been. Billington, once half of one of wrestling's greatest tag teams alongside Davey Boy Smith, wrestled his last ever match in 1996, in Tokyo, Japan. The following year, his body – worn down by years of death-defying stunts – gave out. Doctors told him he would never walk again.

The night after the G-Mex show, the tour moved to Whitley Bay Ice Rink. It was the first live WWF show life-long fan and collector Paul Fairbairn attended. "I had only just discovered wrestling the previous Christmas. Bret vs. Flair in the main event – it was insane considering what a dump the place is!"

The WWF wrapped up its UK leg on February 4 at Earls Court in London. The card and results were repeated at each venue, but the Earls Court show marked the last time The Big Boss Man would wrestle in the UK for the WWF until 1999. Shortly afterward, he departed for WCW, debuting as The Boss. However, legal threats from WWF alleging copyright infringement soon forced a name change.

Real name Ray Traylor, his commitment to the gimmick ensured that The Big Boss Man left a lasting legacy as one of the WWF's most memorable characters. This was no small feat, considering his career peaked alongside titans like Hulk Hogan, The Ultimate Warrior, and Randy Savage.

He remained a fan favourite, even amid the megastar competition. Chris Scull fondly recalled his childhood hero: "My aunt went to the cake shop with a poster of The Big Boss Man. There's a photo of me on my birthday with Boss Man for a cake! I liked his intensity. He would flip his nightstick around, and the entrance theme was fucking cool!"

Before the WWF returned to Britain, all eyes turned to *WrestleMania IX*. *The Daily Mirror* built anticipation with a full-page competition, offering a trip to Las Vegas, complete with seven nights at the Hilton. Ten runners-up would win a copy of *WrestleMania: The Album*, signed by "Hacksaw" Jim Duggan.

On Monday, March 22, *The Daily Mirror* launched one of its famous wall charts: "To commemorate WrestleMania IX, The Daily Mirror and Sunday Mirror have teamed up with Sky Television and the WWF to preview some of the big stars taking part."

Once again, I found myself cutting out images of my heroes, hands blackened by newspaper ink, and gluing them onto the chart with a Pritt Stick. It was like a continuation of the Merlin sticker albums, albeit on low-quality newsprint instead of glossy stickers.

WrestleMania IX aired live at midnight on Sky Sports on April 4 – 218 days after *SummerSlam '92*. Today, it's widely considered one of the worst *WrestleManias* ever. Yet it's my favourite: visually stunning and packed with bizarre, bonkers entertainment.

"*WrestleMania IX* holds such a special place for me," agreed fan Paul Fairbairn. "I know everyone slags it off."

Critics tore it apart, and I understand why. It was childish, hokey, and preposterous. But those were the very reasons British kids like me were hooked on the WWF during the *SummerSlam '92* era.

Kenny McIntosh describes this show as arriving "in the peak" of his fandom. "I understand objectively what it is, but it's like you're in this little club where you look at all that stuff and you go, 'That was our time.'"

The Caesars Palace setting inspired a unique set that made the show stand out. There's never been anything else like it. If Caesar and Cleopatra riding an elephant to ringside didn't get you excited, then Gorilla Monsoon and Jim Ross wearing togas would surely seal the deal. And in the unlikely event that the elephant and togas didn't get you, then Bobby Heenan came out backwards on a camel.

What I'm saying is, it was brilliant.

Unhinged from start to finish, the show gave us many unforgettable moments. There was the infamous chloroform incident and Giant Gonzales stumbling around in his infamous bodysuit. There were two Doinks and the iconic "double vision" mime spot.

Sure, there were plenty of disqualification finishes, but moments like those were what mattered to young WWF fans. Kenny McIntosh summed it up perfectly when he told me, "If you're doing a *WrestleMania* for kids, it's the best one."

The show delivered a shocking ending featuring a diminished Hulk Hogan, sporting a black eye[3]. Hogan teamed with long-time friend Brutus "The Barber" Beefcake earlier in the show to take on World Tag Team Champions, Money Inc.

Beefcake had only recently returned to action after a near-fatal parasailing accident in 1990, which left him with a crushed skull requiring 100 feet of wire and 32 screws to reconstruct his face. Ever the opportunists, the WWF turned his real-life tragedy into a storyline, using it to generate heel heat for Money Inc. It wouldn't be the last we saw of The Hulkster in Vegas.

In the main event, Yokozuna cheated his way to World

---

3. WWF's official line was that Hogan's black eye was the result of an attack outside his gym. Urban legend claims Randy Savage punched him, while Hogan himself attributed it to a jet-ski accident. Draw your own conclusions, especially considering where Elizabeth had reportedly been staying following her separation from Savage.

Championship victory over Bret Hart, with Mr. Fuji throwing salt into The Hitman's eyes. Hogan stormed to ringside, outraged at the injustice. Fuji, in a baffling move, challenged Hogan to an impromptu title match with the new champion. A blinded Bret Hart gave his blessing and Hogan beat Yokozuna with a clothesline and legdrop in 20 seconds. It was Hogan's fifth WWF World Championship title.

This chaotic and divisive finish perfectly encapsulated the spirit of *WrestleMania IX* – polarising, unpredictable, and unforgettable. Decades later, it remains a cult favourite for those who lived through the era.

For many wrestling fans, this finish is seen as a disaster. Hogan undercutting Hart and Yokozuna made the two newer stars look like afterthoughts. Over the years, stories of Hogan's backstage politics have emerged. It's been reported that McMahon had planned for Hart to win the title back from Hogan at *SummerSlam '93*, solidifying his main event status, but Hogan refused. Instead, he gave notice and left after dropping the belt to Yokozuna at *King of the Ring* in June 1993.

But as a '90s kid, none of that mattered. Impromptu title matches were unheard of, and the unpredictability was thrilling. Kenny McIntosh reflected: "I totally get if you didn't live through that time period as a kid, it's a terrible show. Objectively, it's a terrible show. But if you lived through it, you always have a soft spot for it. To me, it was peak childhood."

A few days before *WrestleMania IX*, Hulk Hogan made an appearance on BBC's *Pebble Mill* to promote his new film, *Mr. Nanny*[4].

Hogan made comments during his *Pebble Mill* appearance that

---

4. *Pebble Mill* feels like a bizarre choice for Hogan. It was a weekday lunchtime magazine show that aired when The Hulkster's entire fanbase was in school. Today, it'd be like CM Punk popping up on *Loose Women*.

allegedly caused a stir when word reached Titan. Sporting an ICOPRO vest, it was a feast of classic Hoganisms. He began by explaining his weight loss, attributing it to The Undertaker's neck-damaging Tombstone at *Survivor Series '91* — though he said it happened at *WrestleMania* — and "movie requirements."

It took host Judi Spears just one minute to ask the age-old question: "Is it all fake?" Hogan launched into his usual spiel about ridding WWF of beer drinkers and cigar smokers while promoting family-friendly entertainment. However, he also referred to wrestlers as "actors," a remark that Dave Meltzer later reported as being the source of some annoyance back at Titan. Yet that paled in comparison to what came next.

In a baffling attempt to endear himself to the UK audience, Hogan referenced the tragic murder of two-year-old James Bulger as inspiration for a future song. Describing it as "kind of like Eric Clapton," the proposed track was titled *Another Hulkamaniac in Heaven*[5]. Somehow, this mundane TV appearance on a show aimed at pensioners managed to be more unhinged than Randy Savage meeting a puppet on a Saturday morning.

With *WrestleMania* done for another year, it was time for the next European tour – and this one was a biggie. Spanning 22 shows, it included the third *Rampage* instalment for Sky.

The tour kicked off in Paris, with Bournemouth the next stop, the following day. That meant an 8.30am exit from the hotel foyer

---

5. A Hogan song did eventually surface in 1995, titled *Hulkster in Heaven*. Along with a title change, the backstory evolved too. Now, it was supposedly inspired by a Make-A-Wish meeting at a show Hogan wasn't even at with someone else who also wasn't there. Some things are so naff they become endearing. This song, however, was simply appalling – about as credible musically as Hogan's origin story.

in Paris, but as Martin Goldsmith recalled, one superstar didn't make that deadline.

"I came down at about 10am, and Yokozuna was standing there, looking completely lost. I asked him what he was still doing there, and he said, 'They've all gone without me – they've fucking left me!'

"When I asked why, he explained, 'I was sitting on the john, and the whole thing collapsed.'

"He was 600 pounds – he was a big boy. I told him he'd missed his flight, and then he asked for my help. By this time, the hotel manager had come over and was shouting at him in French.

"Eventually, I found a flight to Southampton leaving in about an hour. I called a car company to arrange a pickup to drive him to Bournemouth. What I didn't tell them, of course, was that he weighed 600 pounds.

"Apparently, when he got in the car, the door came off!"

Thanks to Martin's quick thinking and resourcefulness, Yoko made it to Bournemouth just in time for the show at the International Centre.

Vince McMahon's roster shakeup brought plenty of fresh faces to European audiences. Doink made his UK debut, defeating Crush. Damien Demento also made his first UK appearance, though he fell to Typhoon. Yokozuna, on his first UK tour, toppled Jim Duggan.

Elsewhere on the card, Shawn Michaels defended his Intercontinental Championship against Bob Backlund, and Mr. Perfect bested Lex Luger in the main event. Luger had recently moved to the WWF roster after his ill-fated stint with the WBF.

The tour brought the WWF to another new location: the Exeter Westpoint Exhibition Centre, which hosted a show the following night.

On April 11, the WWF returned to Sheffield Arena for another *Rampage* event, the first to air on the Sky Sports channel.

Broadcast live at 6pm on Easter Sunday, the show was followed by the UK television premiere of *Suburban Commando* at 8pm on Sky Movies Plus.

Despite the fanfare, the overall vibe of the tour had been somewhat underwhelming, and this show was no exception. Half of the already depleted roster was Stateside filming two episodes of *Raw* – one for live broadcast in the US on April 12 and another in the can for the following week. As a result, fans in Sheffield, along with those watching on Sky, were treated to a card conspicuously missing Bret Hart, Razor Ramon, the Steiner Brothers and The Undertaker.

The result was the weakest card since the first UK live events in 1989. While those early shows heralded the start of a boom period, this event signalled the beginning of a decline.

The 1993 edition of *UK Rampage* is terrible if you analyse it critically with the mindset of a jaded fan. It's also terrible if you look at it from the perspective of a WWF-obsessed kid in that era. It manages to disappoint on every level.

That didn't dampen spirits inside the arena. The 12,000-strong Sheffield crowd remained as enthusiastic as ever, with air horns blaring throughout the night. How they felt in the aftermath, when they thought about all the things they *didn't* see, may have been different.

Jim Ross and Bobby Heenan hosted the broadcast, with Lord Alfred Hayes conducting backstage interviews. Ross had left WCW – his home since 1987 – in February. He must have wondered what on earth he had got himself into when he was introduced to WWF viewers wearing a toga at *WrestleMania IX*.

The opening match between Headshrinker Fatu and Nasty Boy Brian Knobbs scraped the bottom of the barrel. Why these tag team wrestlers were facing off in singles action, well, it never came up.

Things improved slightly when Doink the Clown, in his

psychotic heel phase, defeated Kamala with help from his doppelgänger – a repeat of his antics at *WrestleMania IX*. At least now we had some familiar characters, but Kamala's manager, the Reverend Slick, was missing, which added to the feeling that this show wasn't being taken seriously as a big WWF event.

Next up, Mr. Perfect, one of the biggest names on this tour, took on Headshrinker Samu, securing a win with his signature Perfect Plex. Why a huge star was positioned here in the lower mid-card against a tag team wrestler, again, we didn't know.

It became all the more puzzling when we saw what followed: Bob Backlund defeating Damien Demento in a match that highlighted the roster's weaknesses. Backlund, whose heyday was in the '70s and early '80s, had little resonance with UK fans, who gravitated toward the larger-than-life characters of the modern era. He had been Vince McMahon Sr.'s ideal champion – a technically skilled, clean-cut babyface – but when McMahon Jr. took over and expanded nationally in 1984, he wanted his stars to be flashier and more marketable. Enter Hulk Hogan, followed by The Ultimate Warrior.

By 1993, Backlund's return felt out of step with the times. He didn't have entrance music, making him seem blander than when he was first cast aside a decade earlier. Vince McMahon giving us Bob Backlund in '93 is like being given an Amstrad CPC 464 for Christmas in '92.

Meanwhile, Demento – a performer saddled with an incoherent gimmick and limited athletic ability – was far from compelling. His absurd look would have made for a superb Hasbro figure, mind.

A surprise return from the first live event in '89 came next, not from Hulk Hogan or Randy Savage, but from *The Brooklyn Brawler*. The career jobber fell to Typhoon in another forgettable contest, which saw the big man secure the victory with a powerslam.

The semi-main event finally injected some excitement as

Shawn Michaels defended his Intercontinental Championship against Crush. The Heartbreak Kid retained his title after losing by count out, avoiding a title switch in Yorkshire. In the main event, Lex Luger defeated Jim Duggan by disqualification, leaving the audience without a decisive finish.

Scott Keith reflected on the show in *Scott's Blog Of Doom*: "I somehow hated this show even more than I did when I first reviewed it 20 years ago."

A dark match followed to send fans home happy, with Duggan, pulling double duty, defeating Yokozuna in just three minutes. But this *Rampage* event was a pale shadow of its predecessors from '91 and '92. Unbeknownst to fans at the time, it would be the final *Rampage* show in the UK.

The tour picked up pace after *Rampage* with two crews running simultaneously and one leaving the UK temporarily to make other European stops. With two crews covering different territories, the WWF ensured both the UK and mainland Europe remained key markets, for now.

On April 13 Shawn Michaels and Bob Backlund headlined the Aberdeen Exhibition and Conference Centre. Bret Hart headlined Belgium on April 14, while the UK crew was in Whitley Bay Ice Rink. The main event there was Mr. Perfect defeating Lex Luger.

Fans inside the Brighton Centre got to witness Tatanka defeating Papa Shango on April 15. The lucky swines also got the UK debut of Giant Gonzales, who was beaten by his *WrestleMania IX* opponent The Undertaker.

The Brighton crowd also witnessed the UK debut of The Steiner Brothers, a decorated duo with two IWGP Tag Team Championships and three WCW Tag Team titles to their name. After arriving in WWF in January, Rick and Scott Steiner made an impact, defeating The Beverly Brothers at the *Royal Rumble* and dominating the house show circuit. Their momentum saw them fast-tracked into the WWF Tag Team Championship picture.

Bret Hart was the main event winner in Brighton, having put away Bam Bam Bigelow. On the same night Wembley Arena got a similar card and results from the Whitley Bay show.

Selling out Wembley Arena with Kamala versus Kimchee on the card and no Bulldog, LOD, Savage, Hart, Hogan, or Warrior just shows how strong the pull of the WWF brand remained in the UK in early '93.

More evidence still: they sold out Wembley Arena again the following night, with ticket sales across the two nights coming to nearly £470,000. Birmingham also had consecutive shows on April 16 and 17 with the alternate cards.

There were two nights in Glasgow, another stop in Whitley Bay – five nights after the last one – and then the tour moved to Belfast and Dublin on April 20 and 21, before concluding with two dates in Germany, one in Barcelona, and a Tele+2 televised show in Milan.

The tour was a financial success, with UK ticket prices higher than those in the US and merchandise continuing to sell briskly. However, the impressive revenue couldn't hide the signs that the British wrestling craze was beginning to fade. Many venues – even those with smaller capacities than the ones used in 1991 and 1992 – were only 75% full.

The second-rate cards being presented underscored that the glory days of *SummerSlam* '92 were behind the WWF. Business in the UK was poised to decline, mirroring the downturn already seen in America at the start of the decade.

Back in the USA, next on the agenda was *King of the Ring '93*. Previously a house show-exclusive event with little recognition on WWF television, it was now elevated to pay-per-view status. Two years after Bret Hart had won the last *King of the Ring*, Vince

McMahon decided to give the concept a fresh coat of paint and use it to boost the company's coffers. For many viewers, unaware of its house show origins, it would appear as an exciting, brand-new concept.

Sky made the event feel more special by running a competition for one lucky viewer to win seven nights in a top hotel, £1,000 spending money, VIP seats for the show, and a backstage pass to meet the stars in person. The event aired on Sky Sports the day after, on Monday, June 14, at 7pm.

After a brief fling with Hulkamania at *WrestleMania IX*, the *New Generation Era* was rebooted and started for real at *King of the Ring*. Bret Hart was crowned King in what felt like a redemption story following his controversial *'Mania* loss. His path to victory that night included wins over Razor Ramon, Mr. Perfect, and Bam Bam Bigelow. Hart once again lived up to his Excellence Of Execution moniker with three well-crafted matches against three very different opponents.

However, his coronation was marred when an irate Jerry "The King" Lawler attacked him post-match after Hart called him "Burger King". The ambush kickstarted a feud that exceeded expectations but simultaneously kept Bret out of the main event spotlight for the rest of 1993.

Lawler, though undeniably entertaining, was another curious roster addition in 1993. Coming hot on the heels of Bob Backlund's return, it raised questions about McMahon's creative direction. McMahon had sidelined Randy Savage that same year, relegating him to commentary duties under the belief that Savage was too old to fit into his new vision for the company. Yet, at 40 years old, Savage was younger than both Backlund and Lawler, who were three years his senior.

King of the Ring also saw Yokozuna redeem himself after Hulk Hogan's gatecrashing antics at *WrestleMania IX*. Yokozuna crushed Hogan to reclaim the World Heavyweight Championship, setting up their feud as the main attraction for the upcoming European tour.

The Sunday Sun reported that the tour "could be the last chance of seeing Hulk Hogan in action live". Their sources told them, "fans who want to see him live had better move fast". It wasn't a marketing ploy – they were right.

The tour began on July 29 in Austria, followed by four dates in Germany, before arriving in Edinburgh on August 3. Hogan's Edinburgh appearance marked his first time wrestling in the UK since the 1991 *Rampage* show. In the main event, he defeated World Heavyweight Champion Yokozuna by disqualification.

Brutus Beefcake made his UK debut during this tour, having missed the height of the WWF craze due to his devastating parasailing injury. Bastion Booger also made his UK debut, losing to Jim Duggan in the semi-main event. Elsewhere, The Steiner Brothers defended their World Tag Team Championship against The Headshrinkers, Papa Shango defeated Owen Hart, and fans were treated to a solid undercard showcasing the era's variety of characters.

The tour continued with the same card and results at Earls Court on August 4 and Sheffield Arena on August 6. The Sheffield show marked a significant turning point, as it was the final WWF UK appearance for Brutus Beefcake, Jim Duggan, and Hulk Hogan. Beefcake would leave the company entirely after this show, Duggan would follow shortly after, and Hogan wouldn't return to the UK for nine years. It was the end of an era.

SummerSlam '93 was the next pay-per-view event on the calendar. Sky aired it on Wednesday, September 1, at 7pm on Sky Sports.

This show had a very different feel compared to the mammoth spectacle of Wembley just 12 months prior. Although it attracted

250,000 buys in America at $29.95 a pop, it felt smaller in scale and ambition.

The event was built around Vince McMahon's latest attempt to fill the Hogan-shaped void in WWF's main event scene. Despite early efforts to spotlight up-and-coming stars, McMahon's impatience led him to recycle an old formula: the patriotic All-American hero battling a foreign menace.

Lex Luger made his in-ring debut in the WWF as The Narcissist at *Royal Rumble '93*. It was a gimmick that seemed tailor-made for Luger's physique and his backstage reputation for arrogance: he'd admire himself in a full-length mirror after matches, and at *WrestleMania IX*, he took it a step further, entering with four bikini-clad women holding mirrors. The persona oozed self-obsession and had real potential.

But by the summer of '93, McMahon had decided to scrap it in favour of turning Luger into Hulk Hogan 2.0.

On July 4, a unique challenge was issued: could anyone bodyslam Yokozuna on the USS Intrepid? Wrestlers and athletes tried and failed until, in dramatic fashion, a helicopter descended, and out stepped Lex Luger, dressed in an American flag shirt. Luger saved America's blushes on Independence Day by scooping the near-600-pounder and slamming him to the mat.

And then came *The Lex Express*.

The Lex Express was, well, a bus. Painted with the American flag and WWF branding, it became Luger's mobile home as he toured the country like a politician on the campaign trail. But this wasn't a campaign for elected office; this was to convince WWF President Jack Tunney to grant him a title shot against Yokozuna in the main event of *SummerSlam*.

It all sounded ridiculous – and it was. Instead of wrestling, Luger spent his days shaking hands with laundrette managers in Delaware, signing autographs in Kentucky, and posing for photos with babies. Fans weren't watching him earn his title shot in the ring, and the entire campaign felt detached from what made the WWF exciting.

Even stranger, Luger wasn't paid for those grueling 18-hour days. As he revealed to Conrad Thompson on his *Lex Expressed* podcast, the WWF only paid talent for working shows, and since Luger wasn't wrestling, he earned nothing for his months on the bus.

By the time *SummerSlam '93* rolled around, fans expected Luger to cap off the saga by defeating Yokozuna and lifting the WWF World Heavyweight Championship. Instead, he won by count-out, leaving Yokozuna as the champion.

To make things even more baffling, balloons fell from the ceiling, and fellow babyfaces hoisted Luger onto their shoulders as he waved the American flag. It was a celebration fit for a conquering hero and even made the cover of *WWF Magazine* – except Luger hadn't won the title.

In a 2013 interview from *The Power Slam Interviews Volume 2,* Luger explained McMahon's creative reasoning. The WWF owner wanted the eventual title win to happen at Madison Square Garden, a venue with sentimental significance to the McMahon family. *SummerSlam* was held in Michigan, so the plan was to delay the big payoff for Luger until *WrestleMania X.*

"That was his thought process," Luger said. "Whether or not that was the correct thought process, I don't know."

The MSG rematch never happened. When *WrestleMania X* came around in 1994, it was Bret Hart – not Luger – who left with the World Championship. Luger's push fizzled out before it ever got going, but fans still talk about that moment on the Intrepid to this day.

One positive legacy of the saga was the music video for *I'll Be Your Hero.* Produced by Jim Johnston, the song is a Michael Bolton-esque cheesefest that tracks Luger's adventures on the Lex Express. He's seen holding babies, smouldering in front of waterfalls, and even sleeping in an American flag chair while wearing American flag trousers, clutching an American flag pillow, with an American flag hat in the background. It's so over-the-top that it circles back around to being brilliant.

While Luger's story dominated the build to *SummerSlam*, other notable events took place.

The Undertaker finally got his rematch against Giant Gonzales. Gonzales only made two more WWF appearances before exiting the company, with his last match being a battle royal on *Monday Night Raw* in September.

The event also marked the in-ring farewell of Ted DiBiase from the WWF. DiBiase lost to Razor Ramon, who was in the middle of a career-defining babyface turn following his shocking loss to The Kid (Sean Waltman) on *Raw*. The series of events that followed that upset loss cemented Ramon as a crowd favourite and his career skyrocketed from there[6]. Ramon would go on to become the first-ever three-time – and eventually four-time – Intercontinental Champion.

In hindsight, *SummerSlam '93* symbolised the WWF's creative growing pains during the transition from the larger-than-life characters of the '80s to the more grounded, athletic stars of the *New Generation Era*. It was ambitious yet flawed, entertaining yet baffling: a fitting snapshot of WWF in 1993.

Nearly a year after The Ultimate Warrior and Davey Boy Smith

6. The Kid earned the name The 1-2-3 Kid after his shock victory, a moment that instantly put him on the map. Ramon, humiliated by the loss, soon found himself targeted by Ted DiBiase, who mocked him on *Raw* for being beaten by a "nobody". But rather than sink further, Ramon embraced the underdog's fighting spirit, expressing admiration for The Kid's courage. This shift solidified his fan-favourite status, and before long, the pair were teaming up at *Survivor Series*.

were caught up in steroid controversy and shown the door, Shawn Michaels found himself in similar trouble. After failing a drug test, Michaels was suspended and chose to walk out rather than serve his time. As a result, he was stripped of the Intercontinental Championship. Of course, this was Shawn Michaels – so it wasn't long before fences were mended, and by November, The Heartbreak Kid was back in the fold.

As for Smith, he was working for WCW, but his run was about to come to an abrupt end. By the end of November, he was fired, bringing his time there to a close[7]. It took a few more months, but in August '94, The British Bulldog finally made his long-awaited return to the WWF: at *SummerSlam*, fittingly.

In October, WWF embarked on another European tour, though notably absent were any UK dates. Instead, they prioritised three shows in Germany – where sell-outs were consistent – and one each in Portugal and Austria.

Before returning to the UK, *Survivor Series '93* hit the airwaves. The event's standout moment, at least for nine-year-old me, was The Bushwhackers donning Doink face-paint and wigs as part of "The Four Doinks" team. Alongside Men on a Mission's Mabel and Mo, they faced Bam Bam Bigelow, The Headshrinkers, and Bastion Booger in one of the most absurd matches in WWF history.

The chaos featured slapstick antics involving turkey carcasses, banana peels, and a bucket. "We've seen just about everything here tonight," Vince McMahon declared as he watched the carnage unfold. Objectively, the match was a disaster – absurd and appalling – but for cartoon-loving kids, it was pure catnip.

---

7. WCW promised Smith he'd be their top earner on European tours, banking on his popularity in the UK to drive ticket sales. But when those tours failed to capture the imagination of British fans, the big-money paydays never materialised. Frustrated and out of pocket, Smith no-showed several dates in protest. WCW's response? They sacked him.

While it may have entertained the younger demographic, *Survivor Series '93* didn't resonate with a broader audience. Buy rates in America were down 30% compared to the previous year. Historically, WWF's dwindling popularity stateside had been offset by their surging success in the UK. But after the underwhelming tours and *Rampage '93* special, the British market could no longer be relied upon to balance Titan's books.

The WWF returned to the UK in December for a three-show run. On December 4 at the Birmingham NEC, The Smoking Gunns made their first appearance on UK soil. Billy and Bart's cowboy tag team gimmick felt like a throwback in a *New Generation Era* that was supposedly moving forward, but that didn't stop them from capturing the WWF Tag Team Championship three times.

Razor Ramon defended his Intercontinental Championship against IRS in The Bad Guy's first UK appearance. Diesel and the 1-2-3 Kid also made their UK debuts: Diesel had arrived from WCW in July '93, and after an attention-grabbing performance at the *Royal Rumble*, he would go on to capture the Intercontinental, World Tag Team, and World Heavyweight Championships before the end of '94, in one of the most meteoric pushes in wrestling history.

Randy Savage returned for the first time since defeating Papa Shango in Birmingham back in September '92, notching a victory over Shawn Michaels. The main event saw The Undertaker defeat WWF Champion Yokozuna via disqualification – an outcome that had become par for the course in title matches on these tours where belts never changed hands.

The next stops were Cardiff on December 5 and Bournemouth on December 6, with the tour concluding after two shows in Germany.

Adam Bomb made his UK debut in Cardiff, defeating Virgil. Bryan Clark's new persona had launched in the spring with a look that screamed "nuclear menace" from every angle. Supposedly exposed to radiation, he sported eerie yellow contact lenses beneath a pair of goggles and flashed a bright red tongue for added effect. His singlet was covered in radioactive hazard symbols – just in case his name and ominous entrance theme *Nuclear Winter* didn't get the message across.

For UK fans, Adam Bomb's Hasbro figure remained a Holy Grail: it was part of the elusive 11th series "green cards" that never made it to British high streets.

While attendances were solid and bringing in much-needed revenue, the era of automatic sell-outs and packed arenas was fading. The WWF branched out into smaller venues in lesser-known cities, but even these struggled to fill every seat. The superstars we once eagerly collected in Hasbro figure form, swapped in sticker albums, and played as in video games were disappearing.

By December '93, the shows looked unrecognisable compared to the glory days of packed arenas and raucous crowds. The magic of the Royal Albert Hall in late '91 felt like a distant memory. Newspaper coverage had all but vanished, with *The Sunday Sun's* ever-reliable wrestling column one of the few remaining holdouts. As '93 drew to a close, the WWF's invasion of the British Isles had begun to lose steam.

For Vince McMahon, however, declining European ticket sales were just one of many problems. The steroid scandal that had loomed over Titan Sports since the Zahorian trial had now reached a boiling point.

McMahon stepped down as president of Titan Sports in May, but by November, the real reason for his sudden exit became clear.

He was indicted and charged with conspiracy to distribute anabolic steroids and illegal possession of the drugs, facing potential prison sentences of five and three years, respectively, along with a $500,000 fine. Additional charges were filed against

Titan Sports itself, and a guilty verdict could have resulted in the forfeiture of Titan Towers, the company's Connecticut headquarters valued at an estimated $9.5 million.

McMahon pled not guilty to all charges and was released on bail after paying a $250,000 bond. The trial was set for May 1994, with the future of the WWF – and McMahon himself – hanging in the balance.

1993 Honours List

World Heavyweight Champion:

Bret "The Hitman" Hart (12/10/92 – 04/04/93)

Yokozuna (04/04/93 – 04/04/93)

Hulk Hogan (04/04/93 – 13/06/93)

Yokozuna (13/06/93 – 20/03/94)

Intercontinental Champion:

Shawn Michaels (14/11/92 – 17/05/93)

Marty Jannetty (17/05/93 – 06/06/93)

Shawn Michaels (06/06/93 – 27/09/93)

Vacated (27/09/93 – 11/10/93)

Razor Ramon (11/10/93 – 13/04/94)

World Tag Team Champions:

Money Inc. (31/10/92 – 14/06/93)

The Steiner Brothers (14/06/93 – 16/06/93)

Money Inc. (16/06/93 – 19/06/93)

The Steiner Brothers (19/06/93 – 13/09/93)

The Quebecers (13/09/93 – 10/01/94)

PYTHON
OASIS

CHAPTER 19
THE AFTERMATH OF THE WWF'S UK BOOM

THE END of the *Rampage* events wasn't the end of the WWF's popularity in the UK, but the craze that had once burned so brightly had started to fade. In 1994, the company kept touring, but demand, media coverage, and show quality had all scaled down. At the start of the '90s, the UK had kept the WWF afloat while business in the US struggled, but that momentum had stalled.

For many British kids who had jumped on the WWF bandwagon at the turn of the decade, wrestling had a limited shelf life. The same playgrounds once filled with talk of body slams and sharpshooters were now dominated by Merlin's Premier League sticker swaps.

1994 marked the birth of Britpop. Oasis released their debut album, *Definitely Maybe*, and Blur's *Parklife* defined a generation. Before long, BBC News was covering their chart battles instead of Davey Boy Smith's Wembley heroics. Hulk Hogan bandanas and Bret Hart sunglasses gave way to Liam Gallagher haircuts and parkas. *Live & Kicking* replaced *Going Live!* on Saturday mornings, and with it, guitar bands pushed out Randy Savage and Jim Duggan.

Pop culture had shifted, and so had the WWF. 1994 wasn't a disaster – *that* was coming in '95 – but the cracks were widening[1]. With Vince McMahon on trial and Titan Sports in financial turmoil, the roster had been neglected, and it showed.

McMahon took a trip back to 1985 for inspiration: *Jurassic Park* would have been a more fitting name for some of these shows. King Kong Bundy – last seen in 1988 – returned in August. Nikolai Volkoff, a relic of the '80s, had barely been around since 1990 but was now back full-time. Koko B. Ware and Jim Neidhart were also re-signed. These weren't the kind of characters that could hold the attention of '90s kids growing more distracted by Ryan Giggs shiny stickers and *Live Forever* CD singles.

Even the pay-per-view main events felt like something from another era. *King of the Ring '94* was headlined by Roddy Piper vs. Jerry Lawler. Bob Backlund – whose last WWF Championship reign had ended in 1983 – won the title again. And when it wasn't washed-up veterans taking centre stage, it was questionable creative decisions like The Undertaker vs. The Undertaker at *SummerSlam*.

The *Royal Rumble* and *WrestleMania X* delivered, and Bret Hart's feud with younger brother Owen was an all-time classic. But despite The Hitman's best efforts, the WWF in '94 felt like the glory days were fading fast. A decade earlier, Vince McMahon had revolutionised the industry. Now, his magic touch was slipping, and soon it would be Ted Turner's WCW turning heads.

I still loved the WWF in '94 – this was *my* era. But between the parade of returning fossils and creative flops, many of the British fans swept up in the *SummerSlam '92* hysteria had tuned out.

As interest dwindled, the UK was no longer the WWF's

---

1. "The worst year – financially, creatively, artistically – in the hundred years of the professional wrestling/sports entertainment industry up until that point in time," is how Jim Cornette describes 1995 in James Dixon's *Titan Sinking*.

European priority. Of the 60 international events in '94, only 13 took place here. Germany had taken over as the hottest market, hosting 35 events across the year. The days of sold-out arenas were over – the WWF was now running smaller venues in Blackburn, Telford, and Peterborough, with match cards that reflected the less glamorous locations.

The *Winter Tour* in February skipped the UK entirely. When the WWF finally returned in March, the *European Tour '94* felt like a shadow of its former self. Just under 4,000 fans turned up at Blackburn Arena and saw Thurman "Sparky" Plugg vs. The Brooklyn Brawler open the show – not exactly LOD coming out on motorbikes at Wembley. The Brooklyn Brawler was still padding out the roster in 1994, five years after absolutely no one in London or Birmingham had asked for him. Although I probably wouldn't tell him that to his face.

Other names that never made it onto school pencil cases, like Virgil and Kwang, filled out cards in the UK. Spirits were briefly lifted when Randy Savage beat Crush, and Razor Ramon defended the Intercontinental Championship against Shawn Michaels in the main event.

Shropshire had never been a hotbed of WWF activity, and it's just as well – because Telford's big opener was Kwang vs. Koko B. Ware. At least they got a World Heavyweight Championship match during the town's first (and last) WWF show, as Bret Hart defended against his brother Owen.

Then things got even quieter. The *WrestleMania Revenge Tour* in May and June ran for nine European dates but skipped the UK entirely. The *Summer Fest Tour* in July added six more shows – again, none in Britain.

It wasn't until September's *Hart Attack Tour* that the WWF returned, with four of ten dates in the UK. This time, Bret Hart and the recently returned Davey Boy Smith teamed up in the main events, defeating Jim Neidhart and Owen Hart. The stars still had drawing power – 10,000 fans packed Wembley Arena to see Shawn Michaels and Diesel defend their Tag Team Championships against Lex Luger and Razor Ramon. Aberdeen, Hull, and Birmingham got the same match, plus a clash of the former WWF Champions between The Undertaker and Yokozuna.

By December, the WWF's decline in the UK was undeniable. Of the three *Winter Tour* house shows, Great Britain got just one. That lone event, in Sheffield, was the ultimate sign that the craze was dead. The card featured Aldo Montoya vs. Pierre, The Bushwhackers vs. Barry Horowitz and Timothy Well, Duke "The Dumpster" Droese vs. Kwang, and Davey Boy Smith was saddled with King Kong Bundy.

If the WWF boom wasn't over at the start of the year, it was by this point.

1995 followed the same pattern. The *WWF In High Gear Tour* in April skipped the UK entirely. The *WWF Tour de Force* in June included just two UK dates – London and Birmingham – out of ten European stops. The *Full Metal Tour* in September wasn't much better, with only two UK shows from seven. London's legendary Royal Albert Hall – where Davey Boy Smith had once stood tall in front of a raucous sellout crowd – was now left with hundreds of empty seats. A crowd of just 2,800 people attended the second show in Hull.

But then, things started to change.

By late 1996, the *Attitude Era* began to take shape with a shift in the WWF's programming, necessitated by tough competition. Eric Bischoff's WCW had upped their game, launching *Nitro* and poaching WWF stars like Razor Ramon (Scott Hall), Diesel (Kevin Nash) and, ironically, Hulk Hogan. The Monday Night Wars put the WWF on the back foot, forcing Vince McMahon to fight back with edgier, more compelling programming.

The *Golden* and *New Generation Eras* hooked kids at the start of the decade, but the *Attitude Era* targeted teens and young adults. As we grew up, so did WWF's BBFC age ratings, drawing lapsed fans back in. As kids, we had painted our faces like Warrior and LOD, tying shoelaces around our arms. Now, as teenagers, we were flipping the bird, crotch-chopping in school corridors, and yelling "suck it" at teachers who definitely didn't get the reference. We didn't either, if we're being honest. The bright colours and superhero-style characters were gone – replaced by chaos, chair shots, and risqué antics.

WWF's late '90s resurgence in the UK wasn't just down to the *Attitude Era* – the way we consumed wrestling had changed too. By this time, more British households had Sky TV, making WWF programming more accessible than ever before. The rise in home internet access gave die-hard fans instant updates from America, while magazines like *Power Slam* catered to an older audience who craved behind-the-scenes stories.

The two UK house shows that came in November '96 felt like the dawn of a new era – and it was. They featured a trio of stars who would soon define the next boom period: "Stone Cold" Steve Austin, The Rock, and Mankind all made their UK debuts.

This set the stage for a new era of UK pay-per-views.

The first, *One Night Only*, aired live on Sky Box Office in September 1997, drawing 11,000 fans in Birmingham – and Davey Boy Smith was back in the main event, albeit losing this time around in a match that really gave birth to D-Generation X.

In 1998, *Mayhem in Manchester* packed in 19,000 fans at Manchester Arena in April with "Stone Cold" Steve Austin on top, while *Capital Carnage* attracted 10,000 to London in December, buoyed by a special appearance from Vinnie Jones, fresh off a starring role in the Guy Ritchie hit movie *Lock, Stock and Two Smoking Barrels*.

Come 1999, the UK had three house shows, plus two pay-per-views: *Rebellion* in Birmingham (12,000 fans) and *No Mercy* in Manchester (over 18,000 fans).

By the end of the decade, while the WWF hadn't exploded into mainstream British culture the way it had at the start of the '90s: it wasn't far off. The UK remained a vital market for WWF, a fact that holds true today.

But that's another story.

CHAPTER 20
THEN. NOW. FOREVER: THE WWF'S UK LEGACY

NOSTALGIA HITS HARD. At 40, you might struggle to recall every detail, but you never forget how it *felt*. That's why *UK Rampage*, swapping stickers, the Royal Albert Hall, the Hasbro figures, *SummerSlam* at Wembley, the Silver Vision tapes, and the pages of *WWF Magazine* still hold such a grip on us. Thinking back to these things we had can stir up all kinds of emotions.

The World Wrestling Federation was a shared obsession that turned playgrounds into arenas and let us escape into a world bigger and bolder than our own. When we think back to these experiences, we are transported back to these amazing times when our imaginations were running wild with these fantastic characters and their crazy stories. We remember family members rolling their eyes and shaking their heads at kids obsessed with this cartoon world come-to-life.

I've read countless internet posts, blogs, and articles arguing that the WWF in '92 and '93 was terrible – criticising its weird booking, unfinished feuds, technically limited wrestlers, and underwhelming pay-per-views. But that completely misses the point of why people my age loved it.

The WWF in the early '90s wasn't about five-star match ratings, backstage politics, or internet discourse. It was about *feeling* something: tantrums when your favourite lost, uncontainable excitement when the hero triumphed, and genuine investment in utterly absurd storylines, which sometimes involved attempted murder. Loving something isn't always about its objective quality; sometimes, it's just about the moment it collides with your life. Who cares if Papa Shango and The Ultimate Warrior never settled their feud? I was eight years old and there was *a curse*, and black goo poured from Warrior's head!

That's what made it special. That's why, decades later, fans talk about it with the same enthusiasm as if they were right there, perched on the carpet, watching through the static of a dodgy Sky Sports signal because it's started raining into the dish again.

Modern wrestling may be slicker, faster and more technically impressive, but it rarely captures that same magic. The larger-than-life characters, the simple but clear storytelling with defined heroes and villains, the *moments* that seared themselves into our memory... that was the WWF at its peak. That's why we just can't help looking back.

"It was such a special era. It's never, ever been matched, it will never be matched again," Sean Mooney told Ben Veal on the *Wrestling Life* podcast. "It was a golden time and just kept getting better and better."

This era left a permanent mark and not just on the fans. Bret Hart, one of its biggest heroes, still speaks fondly of his UK exploits. He told *talkSPORT*: "I always love coming here, I feel like I probably have my most loyal following anywhere, maybe more so than American fans and Canadian fans. Go back to the Wembley era and that was such a powerful time for me, and wrestling fans here see those as the glory days."

Barry Darsow – who went from being Demolition's Smash to The Repo Man in this era – shares Hart's enthusiasm for his UK fan base. He continues to travel here for fan conventions and meet-and-greets. He told Ben Veal: "It's incredible to do these events. The fans know everything about your whole life and are so respectful – they'll talk about matches you've forgotten about, and it's fun to bring up the old memories again. I always enjoy coming over to the UK: the people are great, the beer is good, and Bill [Eadie] and I always have a blast when we go over the pond."

For The Love Of Wrestling is Europe's biggest dedicated wrestling convention, with fans flying in from all over the world for the chance to meet their childhood heroes. James Harvey has been involved since the beginning, and he told me that stars from the early '90s draw some of the biggest crowds. Lex Luger, in particular, stood out as a huge hit.

"The wrestlers from the *Golden Era* and *New Generation Era* are some of our most popular guests," James said.

He's also involved in 16 other conventions – including the regional UK Comic Cons – and books many of the same '90s names for those too. Their appeal stretches far beyond wrestling die-hards.

"Ted DiBiase has done a few of those and always does amazingly well," James said. "People bring their kids to meet him and say, 'I hated this guy when I was your age!'"

And then came that phrase again – *larger-than-life*.

"The wrestlers people want to meet are the ones with really strong gimmicks," he explained. "We had The Mountie in full gimmick, and every single person in the place wanted a photo. We've had IRS, Papa Shango, and Brutus Beefcake in gimmick – and they all killed it. Those familiar, iconic characters are the ones that always do really well."

Kenny McIntosh's Inside The Ropes is another company that keeps these superstars connected to their British fans. ITR is the best in the business at hosting live spoken-word events and Kenny tours the UK and Ireland with some of the biggest names in wrestling from the *SummerSlam '92* era: his peak time as a young fan.

Bret Hart, "Hacksaw" Jim Duggan, and Jake "The Snake" Roberts are just some of the names he's interviewed in front of packed houses in recent years. He told me: "There's a reason that people like Brutus "The Barber" Beefcake and Jim Duggan still get booked on shows in the UK and conventions all the time. Because people remember them and still want to meet them. That's the legacy of it – fans from that era were so rabid they just remember in such a more passionate way than I think fans of any other era."

After decades of promoting stadium-filling bands like U2, Bon Jovi, and Oasis, the *Rampage Tour* promoters still recall those WWF shows as something special.

"I remember we went to Telford and did a show at the English Tennis Centre," Tim Parsons recalled. "You were the biggest thing that's ever happened. It was nice.

"I was very cynical about wrestling before the WWF, the thing you used to watch on ITV Saturday afternoon at 4pm. Effectively this is exactly what the WWF was, but it was so well organised; the characters, the costumes, the different levels of events.

"Vince's ability to recreate and reinvent was exemplary. WWF was the machination of Vince's imagination and intelligence."

Harvey Goldsmith concurred. "What Vince understood is that if wrestling was going to work you needed to put on a show – and that's what he did. It was a whole different world. ITV looked at it as a sport. We, and Sky, looked at it as entertainment.

"It was really cleverly choreographed and put together. To me the best part of doing shows is watching the audience and if they love it, that's great for me."

Findlay Martin often questioned how long the craze would last – he asked himself that very question right after *SummerSlam '92*. The WWF may never have reached those same heights again, but the craze changed the course of his life and he covers professional wrestling to this day.

I asked Findlay for his thoughts on how American wrestling, and specifically the WWF, had been able to capture the imaginations of people in such a profound way. "I think there was a gap in the market after British wrestling was cancelled on ITV in December of '88. Wrestling didn't exist on television anymore.

"It was just so bold and dynamic in comparison to what we had seen, so much bigger. But I never imagined that it was going to have the longevity that it did."

Richard Sparkes was a kid so fascinated by wrestling that he went on to work on the WWE license for Topps under Richard Wallis at the start of the *Ruthless Aggression Era*. "You couldn't help but be exposed to it, it was everywhere. Especially around *SummerSlam*; if you were in the UK in '92 you knew about wrestling. It was on the news – Bulldog was on the six-o-clock news!"

Steve Riley loved watching his Silver Vision videos so much, he wrote to them and asked for a job – which he got. He remembers the start of the craze fondly. "Building up to having an actual event in the UK, people were talking about it. People knew who Hulk Hogan was, people knew who The Ultimate Warrior was. You didn't have as many events, so each one was really special. It's still my favourite era of wrestling."

Chris Scull has a fondness for all things '90s; after all, he's one of the creators of the incredible podcast *Quickly Kevin Will He Score – The '90s Football Show*. He told me he doesn't keep up with the modern product, but still watches wrestling shows from that era. He gave me his thoughts on why it struck a chord.

"Kids were reaching out for superhero-like things. The advantage that the WWF had over something like *Teenage Mutant Hero Turtles* was it felt real. You could engage with it in ways far beyond how you could with cartoons. I was into *Inspector Gadget* and *Ghostbusters,* but there's a small archive of content that you could really invest in. Whereas the WWF was happening every week, the storylines there were just continual.

"You had so many methods to engage with it. You could go and see a live show, or collect the trading cards, or the action figures and play along by yourself. It had tentacles in so many directions and it was simply so exciting to watch. Everything else was relatively boring. You could get behind your guy and you were so invested in all their characters."

Kenny McIntosh echoed these sentiments. "The UK was just crying out for what WWF was able to deliver. We had all this Americana in UK culture, but if you think about everything else that got big here, like *The Simpsons*, the WWF was the one thing out of all that stuff where you could go to an arena and see the characters live. They were able to offer a lot more."

The WWF's invasion of the British Isles that began in 1989 offered more than that; it changed people's lives. Ian Allan at Silver Vision was able to develop his love of the WWF into a business that flourished and created opportunities for others. For Mark Hillier, Peter Warsop, and their fellow Merlin founders, first, it saved their homes, then it kickstarted their incredible legacy in collectibles. For people like Findlay Martin and Kenny McIntosh, it provided the opportunities for them to build successful careers and businesses linked to these times, more than 30 years later.

The superstars who sacrificed their bodies nightly – without the safety net of a company pension – gained a devoted overseas fanbase that still supports them today; an audience that grew to love them so much they can fly over today and make a living from photos and autographs.

Fans didn't just watch – it became part of their lives. Decades later, they're passing those memories on to their own children. Was 1989-1993 the best time to be a wrestling fan in the UK? That's for you to decide. I don't think there will ever be another time like it. It was the perfect storm of new technology in a pre-internet era, when physical media was king. It was a time when British entrepreneurs like Ian Allan were brave enough to take a leap of faith and grab hold of a license, not knowing for certain what the future would bring.

To me, everything about the WWF was exciting during those years. Often it was preposterous, most of the time it lacked a handle on reality, but that was part of the reason I loved it. Like all the best things for young people, my parents didn't understand why I liked it. They just saw fighting that was faked. They missed the point. The most exciting thing about it was the characters.

Those characters bled into every part of our lives, on the playgrounds, in our sticker albums, coming through the TV via the battered VHS tapes passed between friends. That's why we're still talking about it today. Because it wasn't just something we watched, it was something we *lived*.

Decades later, we're still here – still reminiscing, still watching old matches, still buzzing when Bret Hart's electrifying theme music kicks in. For all its chaos, cartoonish gimmicks, and outright lunacy, the WWF nailed it.

The power of those memories fuelled a campaign to honour a legend of that era who had long been overlooked.

Such was the legacy left by that famous day in Wembley Stadium, in 2019 *The Daily Star* launched a campaign to have Davey Boy Smith put into the WWE Hall of Fame. Britain's greatest wrestling star tragically passed away on May 18, 2002 aged 39.

They wrote: "Regarded as one of the best British wrestlers of all-time, Bulldog was a national hero and was known across the world for his unique powerhouse and athletic style."

As WWE prepared to launch a UK wrestling training centre

and stage a new event in the UK – *NXT UK TakeOver: Blackpool* – the newspaper ramped up their campaign.

Boxing champion Ricky Hatton gave his support, telling *The Daily Star Online* it would be "great for his family, fans and for the country". Former WWE Champions Christian and Daniel Bryan also backed the campaign. Bryan added: "One of the highlights of my fandom was SummerSlam '92 when [the Bulldog] beat Bret. To me as a kid, when I thought of epic matches, I thought of Ric Flair vs. Ricky Steamboat and I thought of Bret Hart vs. Davey Boy Smith."

22,000 readers added their signatures to the petition. Then the announcement came. Davey Boy Smith had finally been inducted into the WWE Hall of Fame.

"Smith, known by his ring name the British Bulldog, was one of the biggest stars in the 90s until his death in 2002, but your Daily Star agreed with fans that felt he had been overlooked for a spot in the WWE's Hall of Fame. Now the Wigan-born grappler has finally been inducted into the legends lounge class of 2020."

Smith's widow Diana, daughter Georgia, and son Harry, accepted the posthumous honour on his behalf at a ceremony in Florida. Georgia said: "My family and I have been waiting years for this. It is like a missing puzzle piece for my dad's wrestling legacy."

Justin Barrasso paid tribute in *Sports Illustrated*: "Smith had an unmistakable presence, one that especially stood out in his red, white and blue gear. He proudly represented the UK, particularly on the WWE platform, helping spark a global interest in the product."

Davey Boy Smith was one of the most famous people in the country in the early '90s. When he did signings at Liverpool's Woolworths, Birmingham's Virgin Megastore, and Milton Keynes' Our Price in April '92, thousands of fans travelled from all over the country. It was absolute carnage. The nation went barking mad for

The British Bulldog, and he played a pivotal role in the greatest day in UK wrestling history. His place in the Hall of Fame was well deserved and long overdue.

And two wrestlers he inspired to follow in his footsteps – Drew McIntyre and Sheamus – will undoubtedly take their rightful places in the WWE Hall of Fame one day, carrying on the legacy that Smith helped to build.

The characters and the way we consume content today is very different, but we are in another amazing time to be a WWE fan in this country. The leadership team of Paul Levesque and Nick Khan are embracing their overseas fans in ways I never imagined possible. I believe the new generation of wrestling fans in this country will get their *SummerSlam '92* moment. I hope they do.

We live in a divided society and WWE fan culture is something that continues to physically bring people together and create positive social interactions. If you're a lapsed fan who drifted away when the UK boom ended in the mid-'90s, now is the time to come back. You might just find that spark again; if you're willing to embrace the chaos and craziness once more.

It's easy to scoff at adults going to shows dressed as their favourite wrestler, or queuing up at fan conventions for a photo. But look below the surface. What you are seeing is a group of mates having a great time. They have found their tribe and are having fun just being themselves.

If you have ever looked back at photograph albums with older family members you probably heard the phrase, *"I wish I knew back then what I do now"*. You may have said it yourself. I have. We like to think the version of ourselves that exists today is the most accomplished, our brains have had thousands of software updates and, even if the hardware is creaking, our processing chip is running at peak performance, in our own opinion.

I disagree with this when it comes to wrestling. What we didn't know back then was the real gold. I'm sometimes guilty of being cynical and jaded because I've been watching pro wrestling for so long. Rather than always being in the moment, my thoughts might drift to the wider implications of a storyline and trying to predict what will happen next.

I wish I could watch wrestling again like I did as a child, as children do now I hope. To see wrestling from that same perspective of someone lost in the moment and loving it unconditionally. We could all benefit from learning how to welcome that early '90s child back into our minds when we watch wrestling today.

Because when I hear a theme song from 1992, or see a battered Hasbro figure at a car boot sale, I don't just remember the WWF; I *feel* it, just like I did back then. And that's why I'm 40, with a hairline like Hulk Hogan's in 1987, still refusing to leave all this childish nonsense behind.

BIBLIOGRAPHY

1: From Big Daddy to the Big Time: How the WWF Snuck onto British TV

Garfield, S. (1996). *The Wrestling*. London: Faber and Faber Limited.

https://www.itvwrestling.co.uk/87.html

https://www.itvwrestling.co.uk/88.html

Kane, P. (1987). "Death of a Baddie", *Daily Mirror*, August 25, p.4-5.

Regal, W. and Chandler, N. (2005). *Walking a Golden Mile.* London: Pocket Books.

Purnell, T. (1988). "Grunt and Groan is KO'd by ITV", *Daily Mirror*, May 17, p.1.

McIntyre, D. and Edworthy, S. (2021). *A Chosen Destiny*. London: Ebury Press.

2: Rock 'n' Wrestling, Rumbles and Ruthlessness: Meanwhile, in America...

Newman, B. (1985). "Who's Kidding Whom?", *Sports Illustrated*, April, p.28-42, 59-70.

Taaffe, W. (1985). "How Wrestling Got TV in its Clutches", *Sports Illustrated*, April, p.38.

LaGreca, D. and Dreamer, T. and Ray, B. (2024). "The Master's Class: The Art of the Handshake Deal", *Busted Open*. [Podcast]. Available at: Apple Podcasts.

Biography: WWE Legends – WrestleMania 1. (2022). Directed by Doug Safchik. USA: A&E.

Meltzer, D. (2011). "Dave looks back at past Manias", *Wrestling Observer*, April 6. Available at: https://www.f4wonline.com

Meltzer, D. (2023). *The Wrestling Observer Complete Collection: 1989 January-December*. Titan Insider Press.

"A Headlock on Pay-per-view", (1989), *Channels,* November, p.100

Bixenspan, D. (2019). "I fell down a historical PPV buy rate rabbit hole. Here's what I found", *Babyface v. Heel.* Available at: https://babyfacevheel.substack.com/p/i-fell-down-a-historical-ppv-buy

Bixenspan, D. (2019). "Just how do we navigate all of this PPV buy data, anyway?", *Babyface v. Heel.* Available at: https://babyfacevheel.substack.com/p/just-how-do-we-navigate-all-of-this

Elsworth, P. (1985). "Cable Courts The Impulse Buyer", *Channels,* July/August, p.46-47.

Linder, Z. (2024). "Immortal animation: The true story behind 'Hulk Hogan's Rock 'n' Wrestling'". Available at: https://www.wwe.com/classics/hulk-hogans-rock-n-wrestling

https://wrestlenomics.com/wwe-historical-attendance/

https://www.cagematch.net/
https://www.prowrestlinghistory.com
Billington, T. and Coleman, A. (1999). *Pure Dynamite*. Lancaster: SW Publishing.
Martin, F. (2016). *The Power Slam Interviews Volume 1*. SW Publishing Ltd. eBook available from Amazon.
Martin, F. (2017). *The Power Slam Interviews Volume 2*. SW Publishing Ltd. eBook available from Amazon.
Palmeri, C. (1988). "The Up & Comers: TitanSports' World Wrestling Federation", *Forbes*, October 17, p.133.
Berkow, I. (1989). "Sports Of The Times; Even The Turkeys Were Purple", *The New York Times*, February 23, p.13.
Meltzer, D. (1988). "A Tale Of Two Hebners", *Wrestling Observer*, February 15. Available at: https://www.f4wonline.com
Martin, F. (2014). "The 20... Greatest Angles/Turns", *Power Slam,* August, p.32-35.

3: Revolution in Choice: The Launch of Sky Television
https://tvark.org/branding/sky/sky-tv-launch
McIntyre, D. and Edworthy, S. (2021). *A Chosen Destiny*. London: Ebury Press.

4: Hulkamania Runs Wild in London
Veal, B. (2025). "43: Sean Mooney", *Wrestling Life with Ben Veal*. [Podcast]. Available at: Apple Podcasts.
Dixon, W. (1989). "Invasion of the body smashers", *Wales on Sunday*, October 8, p.87-88.
"Superstars in sell-out", (1989), *Gloucester News*, p.29.
Loy, R. (1989). "Only Rock 'n' Roll", *Evening Herald (Dublin),* March 13, p.4.
Meltzer, D. (2023). *The Wrestling Observer Complete Collection: 1989 January-December*. Titan Insider Press.
Mooney, S. and Duggan, J. (2017). "SummerSlam 1992", *Prime Time*. [Podcast]. Available at: Apple Podcasts.
https://www.cagematch.net
Gibson, O. (2011). "Richard Keys resigns from Sky Sports after sexism", *The Guardian*, Jan 26.
https://en.wikipedia.org/wiki/Bollea_v._Gawker
Prichard, B. and Thompson, C. (2019). "STW 186: Survivor Series '89", *Something to Wrestle with Bruce Prichard*. [Podcast]. Available at: AdFreeShows.com
Blake, M. (1989). "It's Hulk the sulk!", *Sandwell Evening Mail,* October 12, p.3.

5: Kayfabe Crimes to Arresting Bobby Heenan: How Tom Emanuel Brought WWF Magazine to the UK
Manning, J. (1988). "Wrestling story pinned by mistake", *The Milwaukee Sentinel,* March 17, p.1, p.10.

Cika, A. (1987). "Hulk Hogan, MacNeil/Lehrer Help Magazines Increase Sales", *Southern Connecticut Business Journal; Port Chester*, November 30, p.6.
Martin, F. (2015). *Pro Wrestling Through The Power Slam Years: 1994-2014*. SW Publishing Ltd. eBook available from Amazon.

6: US Decline, UK Rise, and The British Bulldog's Return

Meltzer, D. (2011). "Dave looks back at past Manias", *Wrestling Observer*, April 6. Available at: Available at: https://www.f4wonline.com
Martin, F. (2023). *Power Slam Yearbook 1994*. Titan Insider Press. Available at: https://powerslammagazine.com/
"Fans beat cable cut", (1990). *Milton Keynes Citizen*, March 29, p.2.
https://www.cagematch.net
Roberts, J. and DeAngelo, M. (2023). "Ep.16: Blinded By Arrogance", *The Snake Pit with Jake Roberts*. [Podcast]. Available at: AdFreeShows.com
Meltzer, D. (2002). "Death of Davey Boy Smith", *Wrestling Observer*, May 27. Available at: https://www.f4wonline.com
Billington, T. and Coleman, A. (1999). *Pure Dynamite*. Lancaster: SW Publishing.

7: A Sticky Situation in Milton Keynes: The Story of Merlin's WWF Collectibles

"Attention all wrestling fans", (1992), *Northampton Chronicle and Echo*, August 27, p.24.
"Fans make a grave discovery", (1992), *Milton Keynes Citizen*, September 3, p.3.

8: UK Rampage

"Lee tries to pin down the hulks", (1991), *Sandwell Evening Mail*, March 7, p.12.
McIntosh, K. (2021). "Let's Talk... Sgt. Slaughter", *Inside The Ropes Magazine*, March, p.20-25.
"Disaster! Slaughter Takes The WWF Championship for Iraq", (1991), *WWF Magazine*, March, p.10-11.
Cole, P. (1991). "The Hulk's back in business", *Sandwell Evening Mail*, February 12, p.18.
Gianfriddo, L. (1991). "It's a Matter of Muscle", *WWF Magazine*, March, p.40-45.
"WWF To Enter Low-Priced PPV Arena", (1991), *Broadcasting*, January 28, p.40.
"WWF Study Finds That Lower Price Points Don't Lead To Higher Buy Rates", (1991), *Broadcasting*, February 18, p.51.
Meltzer, D. (2023). *The Wrestling Observer Complete Collection: 1991 Part 1 (January-June)*. Titan Insider Press.
Meltzer, D. (2024). *The Wrestling Observer Complete Collection: 1991 Part 2 (July-December)*. Titan Insider Press.
Blackhall, S. (1991). "Lords Of The Ring", *Daily Star*, April 18, p.18-19.
https://www.cagematch.net

Ellis, G. (1991). "Megastars of the ring set to take Province by storm", *Ulster Star*, April 12, p.54.
Cole, P. (1991). "No Holds Barred!", *Birmingham Mail,* February 9, p.11.
Sloan, B. (1991). "Lords Of The Ring", *Daily Record,* February 1, p.22.
"Wrestler a star thanks to his mum", (1991), *Wolverhampton Express and Star*, April 5, p.11.
Young, G. (1991). "The British Bulldog", *Birmingham Mail*, April 11, p.17.
Hulme, A. (1991). "Gripping stuff", *Manchester Evening News*, April 16, p.27.
"A scream of a good time", (1991). *The Stage*, May 2, p.24.
McIntosh, K. (2022). "Let's Talk... William Regal", *Inside The Ropes Magazine*, September, p.20-24.
Graves, C. Patrick, K. (2021). "SummerSlam 1992", *WWE After The Bell with Corey Graves & Kevin Patrick.* [Podcast]. Available at: Apple Podcasts
"Gladiators delight local grapple fans", (1991). *Ulster Star,* May 3, p.67.
Billington, T. and Coleman, A. (1999). *Pure Dynamite*. Lancaster: SW Publishing.
Hébert, B. and Laprade, P. (2020). *The Eighth Wonder Of The World*. Ontario: ECW Press.
Barrasso, J. (2021). "'British Bulldog' Davey Boy Smith Set for WWE Hall of Fame Induction Thanks to His Family's Hard Work", *Sports Illustrated.* Available at: https://www.si.com/wrestling/2021/04/06/wwe-hall-of-fame-british-bulldog-davey-boy-smith
"Hulka wannabees at the Point", (1991). *Sunday Tribune,* April 28, p.8.
Roberts, P. (1991). "Jumbo special takes strain", *Manchester Evening News*, April 27, p.2.
"Wrestling rampage – on tape", (1991). *Ealing Leader*, May 24, p.19.
"Teenager dies hours before his birthday", (1991), *Shropshire Star*, May 3, p.22.

9: Ian Allan, Reel Superstar: The Story of Silver Vision

McIntyre, D. and Edworthy, S. (2021). *A Chosen Destiny*. London: Ebury Press.

10: European Rampage and a Battle Royal at the Albert Hall

Greenberg, K.E. (1991). "The Darkness Is In Me Forever...", *WWF Magazine*, August, p.44-48.
Roberts, J. and DeAngelo, M. (2023). "Ep.35: Teaching Warrior The Darkside", *The Snake Pit with Jake Roberts.* [Podcast]. Available at: AdFreeShows.com
"The Bulldog and Winston Biting At Perfect's Intercontinental Championship", (1991), *WWF Magazine*, August, p.26-30.
"Led Zeppelin's Robert Plant Was A WRESTLING FAN", Wrestling Life Online. Available at: https://www.youtube.com/watch?v=TZKH-laYV5Y
"Ricky Steamboat on Why He Left WWE in 87", The Hannibal TV. Available at: https://www.youtube.com/watch?v=qQB2nW_OLpo

Sullivan, K. and Shields, B. (2012). *WWE Encyclopedia*. Indiana: DK/BradyGAMES.
https://www.cagematch.net
Bixenspan, D. (2019). "The Ultimate Reconciliation: An Inside Look at the Vince McMahon-Ultimate Warrior Relationship", *Babyface v. Heel*. Available at: https://babyfacevheel.substack.com/p/the-ultimate-reconciliation-an-inside
"Repo Man Parks In The World Wrestling Federation", (1992), *WWF Magazine*, January, p.10-11.
Utley, T. (1991). "Who can save the Hulk?", *Sunday Express,* December 22, p.57.
Graves, C. Patrick, K. (2021). "SummerSlam 1992", *WWE After The Bell with Corey Graves & Kevin Patrick*. [Podcast]. Available at: Apple Podcasts
Keirn, S. And Douglass, I. (2024). *The Keirn Chronicles — Volume Two*. WOHW/Darkstream Press.
Hart, B. (2007). *Hitman*. London: Ebury Press.
"Personality Profile – The Mountie", (1991), *WWF Magazine*, March, p.12-13.
Greenberg, K. E. (2021). "Let's Talk... Jacques Rougeau", *Inside The Ropes Magazine*, December, p.22-25.
McIntosh, K. (2022). "Let's Talk... William Regal", *Inside The Ropes Magazine*, September, p.20-24.
Mooney, S. and Duggan, J. (2017). "SummerSlam 1992", *Prime Time*. [Podcast]. Available at: Apple Podcasts.
Gianfriddo, L. (1991). "Lowdown – The Matador", *WWF Magazine*, August, p.58.
Keenan, P. (1991). "Idols of ring thrill crowd", *Sandwell Evening Mail*, October 9, p.12.
Kelly, M. (1991). "Hunks 'n' hulks...", *Liverpool Echo,* October 18, p.29.
O'Brien, B. (1991). "Alive and kicking... the Bulldog breed", *Daily Mirror*, p.12-13.
"The Snake Strikes Again", (1992), *WWF Magazine*, January, p.34-38.
Roberts, J. and DeAngelo, M. (2022). "Ep. 1: This Tuesday in Texas", *The Snake Pit with Jake Roberts*. [Podcast]. Available at: AdFreeShows.com
"The Undertaker clears up the Hulk Hogan neck injury incident at Survivor Series", ESPN. Available at: https://www.youtube.com/watch?v=7B7w4LHYpBU
Bixenspan, D. (2021). "A brief history of Hulk Hogan claiming that The Undertaker maimed him", *Babyface v. Heel*. Available at: https://babyfacevheel.substack.com/p/hulk-hogan-undertaker-survivor-series-91
Hogan, H. and Friedman, M. J. (2002). *Hollywood Hulk Hogan*. London: Pocket Books.
"A Talk With: Ric Flair", (1992), *WWF Magazine*, January, p.16-19.
O'Sullivan, K. (1991). "I quit says the Hulk", *Daily Mirror*, December 20, p.13.

11: Power-Up: WWF Video Games in the Early '90s

Smith, T. (2014). "You're NOT fired: The story of Amstrad's amazing CPC 464".

Available at: https://www.theregister.com/Print/2014/02/12/archaeologic_am strad_cpc_464/
Smith, T. (1992). "Don't bother wrestling with a bad game", *Western Daily Press*, December 18, p.15.
https://archive.org/

12: European Rampage Again

Mooney, S. and Duggan, J. (2017). "SummerSlam 1992", *Prime Time*. [Podcast]. Available at: Apple Podcasts.
Scull, C. and Widdicombe, J. and Marden, M. (2021). "WWF SummerSlam 92", *Quickly Kevin; will he score? The 90s Football Show*. [Podcast]. Available at: Apple Podcasts.
"The Rockers – Are They Breaking Up?", (1992), *WWF Magazine*, January, p.50-54.
Ventura, J. (2025). "The Body Shop Returns", *Jesse Ventura's Die First Then Quit*. [Podcast] Available at: https://jesseventura.substack.com
https://caselaw.findlaw.com/court/us-8th-circuit/1387808.html
Balukjian, B. (2024). *The Six Pack*. New York: Hachette Books.
Meltzer, D. (1992). *Wrestling Observer*, (various). Available at: https://www.f4wonline.com
Barrasso, J. (2015). "Bret Hart, Jake Roberts, Marty Jannetty remember Roddy Piper", *Sports Illustrated*. Available at: https://www.si.com/extra-mustard/2015/08/03/roddy-piper-memorial-bret-hart-jake-roberts
Hart, B. (2007). *Hitman*. London: Ebury Press.
Looney, F. (1992). "When a body meets a body", *Irish Independent*, April 4, p.20.
"Get a grip", (1992), *Daily Mirror*, April 13, p.9.
Martin, F. (1992). "Invasion U.K!", *Superstars Of Wrestling*, June, p.14-17.
Dickson, S. (1992). "KER-UMPH", *Daily Mirror*, April 15, p.24-25.
Dickson, S. (1992). "Heart-throb from hell", *Daily Mirror*, April 16, p.13.
Greenberg, K.E. (1992). "Big Boss Man vs Berzerker In Birmingham", *WWF Magazine*, August, p.20-25.
"WRESTLEMANIA!", (1992), *Milton Keynes Citizen*, April 30, p.4.
Flury, A. (1992). "Fans mob wrestling giant Davey", *Birmingham Daily Post*, April 24, p.4.
"Wrestling giant Davy grabs 2,000 fans in city visit", (1992), *Liverpool Echo*, April 23, p.5.

13: Fantastic Plastic: Hasbro's WWF Action Figures

The Toys That Made Us - Wrestling. (2019). Directed by Brian Volk-Weiss. USA: The Nacelle Company.
Fordy, T. (2021). "The History Of Hasbros, Bro", *Inside The Ropes Magazine*, March, p.26-29.

"It's a high-tech whizz-bang Christmas!", (1991), *Gloucester Citizen*, December 24, p.5.
"Game Boy is top of the pops on the toy counter", (1991), *Liverpool Echo*, December 12, p.4.
Jones, J. (1991). "Wrestlers KO all other boys' toys", *Northampton Chronicle and Echo*, December 19, p.12.
Laundy, S. (1991). "Favourite Toys Set To Repel Hi-Tech Invaders", *Sunderland Daily Echo*, December 13, p.12.
O'Brien, B. (1991). "Alive and kicking... the Bulldog breed", *Daily Mirror*, p.12-13.
Balukjian, B. (2024). *The Six Pack.* New York: Hachette Books.

14: The SummerSlam You Thought You'd Never See! The Greatest Day in UK Wrestling History

O'Brien, C. (1992). "So who's going to say they're as thick as three short planks?", *Daily Mirror*, June 10, p.16+29.
Biography: WWE Legends – British Bulldog. (2024). USA: A&E.
Hart, B. (2007). *Hitman.* London: Ebury Press.
Meltzer, D. (1992). *Wrestling Observer*, (various). Available at: https://www.f4wonline.com
WWE's The Bump, Aug 24. (2022). Available at: https://www.youtube.com/@WWE
O'Brien, C. (1992). "Get to grips with Hitman Hart", *Daily Mirror*, July 27, p.9.
O'Brien, C. (1992). "Family at war", *Daily Mirror*, August 14, p.13.
O'Brien, C. (1992). "Savage revenge", *Daily Mirror*, August 25, p.9.
Brandes, I. (1992). "Oh boy, look at him now", *Daily Mirror*, August 28, p.9.
Biography: WWE Legends – British Bulldog. (2024). USA: A&E.
Oakley, K. (1992). "Slam-tastic", *Sunday Sun (Newcastle)*, September 6, p.18-19.
Richardson, D. (2020). "SummerSlam 1992 British Bulldog GIRL Finally Found, What She Looks Like Now", *ITR Wrestling*. Available at: https://itrwrestling.com/news/summerslam-1992-british-bulldog-girl-finally-found-what-she-looks-like-now/
Graves, C. Patrick, K. (2021). "SummerSlam 1992", *WWE After The Bell with Corey Graves & Kevin Patrick.* [Podcast]. Available at: Apple Podcasts
Mooney, S. and Duggan, J. (2017). "SummerSlam 1992", *Prime Time.* [Podcast]. Available at: Apple Podcasts.
McIntosh, K. (2022). "Let's Talk... Ted DiBiase", *Inside The Ropes Magazine*, May, p.20-23.
Michaels, S. and Feigenbaum, A. (2005). *Heartbreak & Triumph.* London: Pocket Books.
McIntosh, K. (2020). "Let's Talk... Ric Flair", *Inside The Ropes Magazine*, October, p.22-25.
King, J. (2014). "From Wrestling Legend to Double Amputee, Kamala Keeps

Fighting", Bleacher Report. Available at: https://bleacherreport.com/articles/2267803-from-wrestling-legend-to-double-amputee-kamala-keeps-fighting
Notsam Wrestling - Firsts. (2020). USA: WWE.
Barrasso, J. (2021). "'British Bulldog' Davey Boy Smith Set for WWE Hall of Fame Induction Thanks to His Family's Hard Work", *Sports Illustrated.* Available at: https://www.si.com/wrestling/2021/04/06/wwe-hall-of-fame-british-bulldog-davey-boy-smith
Gianfriddo, L. and Greenberg, K.E. (1992). "SummerSlam Results", *WWF Magazine*, November, p.42-53
"Wade Barrett interview", AceOdds. Available at: https://www.youtube.com/watch?v=Mmc2GRJr2R4
Swain, G. (1992). "What a hero!", *Daily Mirror,* August 31, p.20-21.
Meltzer, D. (2002). "Death of Davey Boy Smith", *Wrestling Observer,* May 27. Available at: https://www.f4wonline.com
Thomas, D. (1992). "Blazing success from the ashes of hell", *Sunday Express,* September 6, p.30.

15: Merch Madness: When Everything Had a WWF Logo on It
Timeline: The History of WWE 1992 - As Told By Bret Hart. (2014). Available at: https://www.youtube.com/c/KCVault/Join
Ross, J. (2020). *Under the Black Hat: My Life in the WWE and Beyond.* S&S/Simon Element.
"Chocoholics are in heaven, as dieters wrestle with temptation", (1992), *Kent Evening Post*, April 7, p.31.
"Models to tempt toddlers to the tub", (1992), *Cambridge Daily News,* December 7, p.43.

16: The Hitman Cometh and a British TV Takeover
https://www.cagematch.net
Martin, F. (1993). "Let's Talk... with Davey Boy Smith", *Superstars Of Wrestling*, March, p.16-17.
Mooney, S. and Duggan, J. (2017). "SummerSlam 1992", *Prime Time.* [Podcast]. Available at: Apple Podcasts.
"Holy Grail | The Search for Bret Hart vs. Tom Magee", WWE Vault. Available at: https://www.youtube.com/watch?v=Ekh67I6wRBo
Hart, B. (2007). *Hitman.* London: Ebury Press.
Adamson, M. (1992). "Dish out extra dosh, kids" *Sunday Sun (Newcastle)*, June 28, p.24.
Grey, S. (1992). "Head bans Hulk as children copy their wrestling heroes", *Daily Express*, October 31, p.45.
Robson, I. (1992). "Counted Out", *Sunday Sun (Newcastle),* November 8, p.3.

17: Slam Jam: The Story of WrestleMania – The Album

Sky, R. (1992). "WWF stars aim for smash hit", *Daily Mirror*, October 16, p.15.
Bartlett, S. (2024). "Simon Cowell Opens Up About His Heartbreaking Loss", *The Diary of a CEO with Steven Bartlett.* [Podcast]. Available at: Apple Podcasts.
Sky, R. (1992). "Slam Jam ban for Warrior", *Daily Mirror,* November 12, p.15.
O'Brien, C. (1992). "Slam, jam, no thank you ma'am!", *Daily Mirror,* December 1, p.16-17.
"Right Track", (1992), *Broughty Ferry Guide and Advertiser*, December 5, p.13.
"Pop king slams into Christmas", (1992), *Manchester Evening News*, November 18, p.6.
"Whitney homes in on top spot", (1992), *Hartlepool Northern Daily Mail,* November 26, p.17.
"Win a chance to see the hunks in action", (1992), *Daily Express*, November 27, p.39.
"Grapple group heads for No 1", (1992), *Birmingham Mail*, November 13, p.19.
Hirst, A. (1993). "Weekend Record Reviews", *Huddersfield Daily Examiner*, May 1, p.17.
O'Brien, C. (1993). "A Sharp Act", *Daily Mirror*, March 25, p.30.
"Grapple stars muscling in on pop world", (1993), *Sunday Sun (Newcastle)*, July 4, p.34.
"Shaken but not stirred", (1993), *Sunday Sun (Newcastle)*, April 18, p.22.
"Behind the scenes of WrestleMania: The Album", WWE Vault. Available at: https://www.youtube.com/watch?v=944IDT33-GE

18: Dawn of the New Generation Era

https://www.cagematch.net
Prichard, B. and Thompson, C. (2017). "STW 32: WrestleMania IX", *Something to Wrestle with Bruce Prichard.* [Podcast]. Available at: AdFreeShows.com
Meltzer, D. (1993). *Wrestling Observer*, (various). Available at: https://www.f4wonline.com
Michaels, S. and Feigenbaum, A. (2005). *Heartbreak & Triumph.* London: Pocket Books.
"Perfect time to cause a Rumble", (1993), *Sunday Sun (Newcastle)*, January 10, p.30.
O'Brien, C. (1993). "There's only one British Bulldog", *Daily Mirror,* January 27, p.20-21.
Martin, F. (2015). *Pro Wrestling Through The Power Slam Years: 1994-2014*. SW Publishing Ltd. eBook available from Amazon.
Meltzer, D. (2002). "Death of Davey Boy Smith", *Wrestling Observer,* May 27. Available at: https://www.f4wonline.com
Billington, T. and Coleman, A. (1999). *Pure Dynamite*. Lancaster: SW Publishing.

Keith, S. (2023). "The SmarK Rant for WWF UK Rampage 93 – 04.11.93", *Scott's Blog Of Doom.* Available at: https://www.blogofdoom.com
"Grapple guru Hulk to quit for a full year", (1993), *Sunday Sun (Newcastle)*, June 27, p.34.
Martin, F. (2017). *The Power Slam Interviews Volume 2* . SW Publishing Ltd. eBook available from Amazon.
Luger, L. and Thompson, C. (2024). "SummerSlam 1993 Revisited", *Lex Expressed.* [Podcast]. Available at: AdFreeShows.com
Richardson, D. (1993). *The Wrestling Yearbook 1993.* Titan Insider Press.

19: The Aftermath of the WWF's UK Boom
Dixon, J. (2014). *Titan Sinking: The decline of the WWF in 1995.* Titan Insider Press.
https://www.cagematch.net

20: Then. Now. Forever: The WWF's UK Legacy
Veal, B. (2025). "43: Sean Mooney", *Wrestling Life with Ben Veal.* [Podcast]. Available at: Apple Podcasts.
https://talksport.com/wrestling/380444/bret-hart-im-embarrassed-wwe-hall-fame-does-not-include-owen-hart-or-british-bulldog/
Veal, B. (2024). "Outside The Ropes: Barry Darsow", *Inside The Ropes Magazine*, July, p.20-21.
Holloway, H. (2019). "WWE must induct The British Bulldog into the Hall of Fame – Daily Star Online campaign", *Daily Star*. Available at: https://www.dailystar.co.uk/news/latest-news/wwe-news-british-bulldog-hall-17144509
Holloway, H. (2019). "Ricky Hatton backs British Bulldog for Hall of Fame..and says he'd LOVE return to WWE", *Daily Star*. Available at: https://www.dailystar.co.uk/news/latest-news/wwe-hall-fame-2019-british-16902925
Holloway, H. (2019). "WWE Champion Daniel Bryan backs British Bulldog for Hall of Fame ahead of Royal Rumble", *Daily Star*. Available at: https://www.dailystar.co.uk/news/latest-news/wwe-daniel-bryan-british-bulldog-17148426
Jameson, A. (2021). "WWE legend Davey Boy Smith inducted into Hall of Fame following Daily Star campaign", *Daily Star*. Available at:
https://www.dailystar.co.uk/news/latest-news/wwe-legend-davey-boy-smith-23872333
Barrasso, J. (2021). "'British Bulldog' Davey Boy Smith Set for WWE Hall of Fame Induction Thanks to His Family's Hard Work", *Sports Illustrated.* Available at: https://www.si.com/wrestling/2021/04/06/wwe-hall-of-fame-british-bulldog-davey-boy-smith

ACKNOWLEDGMENTS

Thank you to everyone who contributed to Rampage: Barry Darsow, Ben Tallon, Ben Veal, Bushwhacker Luke, Chris Scull, Daniel Warburton, Dave Meltzer, Dee Kalsi, Findlay Martin, Gary Banham, Harvey Goldsmith, Ian Allan, James Harvey, John Shone, Keith Elliot Greenberg, Kenny McIntosh, Mark Hillier, Martin Goldsmith, Paul Fairbairn, Peter Warsop, Phil Rapley, Richard Sparkes, Richard Wallis, Robbie Duncan, Steve Riley, Tim Parsons, and Tom Emanuel.

Most of all, thank you to my family. For giving me the time and space that allowed me to put in the hours needed, and for never questioning my sanity when I stay up until 5am for *WrestleMania*.

And Nan and Grandad, for keeping those copies of *The Daily Mirror* for me.

ABOUT THE AUTHOR

Lee Herbert lives in Manchester and has been a fan of professional wrestling on and off since the early '90s. These days, he's trying to brainwash his daughter with a bag full of battered old Hasbros.